Ullstein

ÜBER DAS BUCH:

Der Erlös aus zwei ererbten silbernen Leuchtern ermöglicht es im Jahr 1910 der ebenso schönen wie mittellosen sechzehnjährigen Anna, aus ihrer polnischen Heimat nach Amerika auszuwandern. Sie findet eine Stellung als Hausmädchen in der Villa der Bankiersfamilie Werner und verliebt sich in den Sohn Paul, der aber aus Standesgründen ein Mädchen aus der höheren Gesellschaft heiratet. Anna gibt schließlich dem Werben Josephs nach, der ebenso arm ist wie sie selbst. Doch mit Annas Hilfe gelingt es ihm in wenigen Jahren, zu Reichtum und Ansehen zu gelangen. Anna aber kann ihre Liebe zu Paul nicht vergessen und muß eines Tages feststellen, daß eine ihrer seltenen Zusammenkünfte mit ihm Folgen hat. Ihr Leben ist von Schuldgefühlen überschattet, denn Joseph darf niemals erfahren, daß Iris, die von ihm so geliebte Tochter, nicht seine eigene ist ...

DIE AUTORIN:

Belva Plain war schon vierfache Großmutter, als sie 1978 ihren ersten Roman und damit zugleich einen Weltbestseller schrieb: *Dieses mächtige Glück (Evergreen)* stand 41 Wochen lang auf der Bestsellerliste der *New York Times*. Die Autorin, deren Großeltern 1875 aus Deutschland nach Amerika auswanderten, lebt in South Orange, New Jersey. Mit bisher zwölf Romanen hat sie sich in die Herzen von Millionen Lesern geschrieben.

Belva Plain

Dieses mächtige Glück

Roman

Ullstein

ein Ullstein Buch
Nr. 23849
im Verlag Ullstein GmbH,
Frankfurt/M – Berlin
Titel der amerikanischen
Originalausgabe:
EVERGREEN
Ins Deutsche übertragen
von Helmut Kossodo

Ungekürzte Ausgabe

Umschlagentwurf:
Vera Bauer
Illustration:
Silvia Christoph
Alle Rechte vorbehalten
Taschenbuchausgabe mit freundlicher
Genehmigung der Hestia Verlag KG,
Rastatt
© 1978 Belva Plain
© der deutschsprachigen Ausgabe
1986 Hestia (Verlagsunion
Pabel-Moewig KG, Rastatt)
Printed in Germany 1996
Gesamtherstellung:
Ebner Ulm
ISBN 3 548 23849 1

April 1996
Gedruckt auf alterungs-
beständigem Papier mit
chlorfrei gebleichtem Zellstoff

Von derselben Autorin
in der Reihe
der Ullstein Bücher:

Wie schwankendes Schilf (23649)
Diese eine Stunde (23724)
Diese große Liebe (23741)

Die Deutsche Bibliothek –
CIP-Einheitsaufnahme

Plain, Belva:
Dieses mächtige Glück : Roman / Belva
Plain. [Ins Dt. übertr. von Helmut
Kossodo]. – Ungekürzte Ausg. –
Frankfurt/M ; Berlin : Ullstein, 1996
    (Ullstein-Buch ; Nr. 23849)
    ISBN 3-548-23849-1
NE: GT

Für meinen Mann,
den Gefährten meines Lebens

*Ein Geschlecht vergeht,
das andere kommt,
die Erde bleibt aber ewiglich.*
PREDIGER 1–4

Inhalt

Erstes Buch

Holprige
Straßen

1

Am Anfang war ein warmer Raum mit einem Tisch, einem schwarzen Eisenherd und rotgeblümten Tapeten. Das Kind lag auf der Pritsche und fühlte die wohltuende Wärme, während die Mutter sich friedlich zwischen Tisch und Herd bewegte. Das kleine Lied mit den einschläfernden und unsinnigen Worten, das sie leise vor sich hin sang, sollte fröhlich sein, aber das Kind empfand es als traurig.

»Singe nicht!« befahl es, und die Mutter hörte auf. Es amüsierte sie.

»Stell dir vor«, sagte sie zu ihrem Mann, »Anna mag meine Stimme nicht! Sie hat mir heute das Singen verboten.«

Der Vater lachte und nahm Anna auf den Arm. Er hatte einen rotblonden Bart und wäßrige blaue Augen. Seine Zärtlichkeiten brachte er stets nur behutsam an, besonders wenn er die Mutter berührte. Das Kind freute sich jedesmal, wenn er die Mutter umarmte.

»Küß Mama!« sagte es.

Sie lachten wieder, und das Kind verstand, daß sie glücklich waren und ihre Tochter liebten. Jahrelang änderte sich nichts am Alltag der Familie.

Zu Hause bewegte sich die Mutter zwischen Tisch und Herd, und der Vater hämmerte Schuhe und schnitt Leder zu in seiner kleinen Schusterwerkstatt. Im großen Bett des Zimmers hinter der Küche hatte die Mutter neue Kinder geboren; in einem Jahr waren es Zwillingsbuben gewesen, rothaarig wie Anna und Papa.

An den Freitagabenden lag eine weiße Decke auf dem Tisch, es gab Zucker zum Tee und weißes Brot. Papa brachte Bettler aus der Synagoge mit; sie waren schmutzig und stanken. Man gab ihnen vom Besten im Haus, Pflaumenmarmelade, Hühnerbrust. Im Halbdunkel des Zimmers leuchtete das weiße Kerzenlicht durch Mamas segnende Hände und funkelte auf den Perlen an ihren Ohren. Dann hatten ihre Worte und der Ausdruck ihres Gesichts etwas Erhabenes und Geheimnisvolles.

Dem Kind schien es, als sei die Welt schon immer so gewesen und würde auch immer so bleiben. Es konnte sich nicht vorstellen, wie ein anderes Leben möglich wäre. Die Dorfstraße war staubig im Sommer, schlammig und vereist im Winter. Sie erstreckte sich bis über den Fluß hinaus, den eine Brücke überquerte, setzte sich angeblich über Meilen und Meilen fort und führte zu anderen Dörfern, die diesem hier glichen. Die Häuser lagen am Straßenrand oder drängten sich dicht um die hölzerne Synagoge, den Marktplatz und die Schule. Jeder kannte jeden und nannte ihn beim Namen.

Die Merkzeichen des Tagesablaufs waren die Morgen-, Nachmittags- und Abendgebete des Vaters und das Kommen und Gehen der Brüder mit ihren schwarzen Mänteln und Schirmmützen, die die Schule besuchten. Die Wochen zogen sich von Freitagabend bis Freitagabend hin und das Jahr von Winter zu Winter, wenn der Schnee alles in Schweigen hüllte und die Stimmen draußen wie Glöckchen klangen. Später wurde der Schnee zu Regen, der auf den Flieder im Hof prasselte und die Blütenblätter über den Schlamm verstreute. Und bevor die Kälte wiederkam, gab es den kurzen, heißen Sommer.

Anna sitzt auf den Stufen vor dem Haus und schaut in den Himmel, wo die Sterne leuchten und funkeln. Die Luft ist wie Seide. Wolken ballen sich am Horizont, und der Wind weht kühl. Auf der gegenüberliegenden Straßenseite schließt jemand die Fensterläden zur Nacht mit einem lauten Klick und Klack. Anna steht auf und geht ins Haus zurück.

Manchmal, wenn Vater und Mutter am Abend leise miteinander reden, schnappt sie Gesprächsfetzen auf, und da es fast immer die gleichen Worte sind, hat Anna sie sich eingeprägt. Sie reden über Amerika. Anna hat eine Weltkarte gesehen und weiß, daß man nach einer Reise von vielen Tagen an das Ende des Landes Europa gelangt, in dem sie lebt, und daß man dann an ein Wasser kommt, an einen Ozean, der größer ist als das Land, das man verläßt. Dieses Wasser überquert man in einer tagelangen Reise auf einem Schiff. Das muß aufregend, aber auch beängstigend sein.

Natürlich gibt es viele Leute im Dorf, deren Verwandte nach Amerika gezogen sind. Mama hat eine Kusine zweiten Grades in New York, eine gewisse Ruth, die schon vor Annas Geburt dort gewesen ist. Durch die Post erfährt man allerlei: In Amerika sind alle gleich, und es ist dort wunderbar, weil es keinen Unterschied zwischen Reich und Arm gibt. Es ist ein Ort, wo jeder die gleichen Rechte hat und auch die gleichen Chancen. Zudem ist Amerika ein Ort, wo man sehr reich werden kann, goldene Armbänder trägt und mit silbernen Gabeln und Löffeln ißt.

Papa und Mama reden schon seit langem über diese Reise, aber immer ist etwas dazwischengekommen. Zuerst war es die Großmutter mit ihrem plötzlichen Schlaganfall. Die Amerikaner würden sie nicht hereinlassen, und natürlich konnte die Familie nicht einfach auswandern und die alte Frau zurücklassen. Dann war Großmutter gestorben, kurz darauf aber wurden die Zwillinge Eli und Dan geboren. Danach kam erst Rachel, dann Celia. Papa mußte für die Reise noch mehr sparen, und so verzögerte sich alles wieder um ein bis zwei Jahre.

Anna wußte, daß sie nie reisen würden. Amerika war nur etwas, über das man abends im Bett miteinander redete. Sie würden also immer hier bleiben. Eines Tages, in vielen, vielen Jahren, wird Anna erwachsen sein, einen weißen Brautschleier tragen und unter den Baldachin geführt werden, während die Fiedler zum Tanz aufspielen. Und dann wird auch sie Mutter sein und wie Mama mit einem eigenen Baby im Bett liegen. Aber das Leben wird sich sonst nicht geändert haben. Papa und Mama werden immer noch dasein und genauso wie jetzt aussehen.

2

Jedesmal wenn Anna die Geschichte von der hübschen Leah erzählte oder daran dachte, verfiel sie in den Ton und in die Sprache eines zwölfjährigen Kindes, das sie damals gewesen war.

»Mama schickte mich zum Bauernhof, um ein paar Eier zu kaufen. Die hübsche Leah und ich standen im Hof und zählten die Eier. Dann wollte ich in die Scheune gehen, um mir ein neugeborenes Kalb anzusehen. Ich war gerade dort, als die Männer kamen – drei Männer auf Ackerpferden, die in den Hof trabten.

Ich glaube, die hübsche Leah dachte, die Männer wollten auch ein paar Eier kaufen, denn sie schaute sie lächelnd an. Die Männer lachten, aber ich glaube, sie waren auch böse. Ich wußte es wirklich nicht. Aber dann schrie die hübsche Leah, und ich stieg schnell die Leiter zum Heuboden hinauf und versteckte mich.

Sie zerrten sie hinein und verriegelten die Scheunentür. Sie schrie – ach, wie sie geschrien hat! Die Männer waren betrunken, sagten schmutzige Dinge auf polnisch, und ihre Augen waren ganz zusammengekniffen. Sie rissen ihr den Rock über das Gesicht. Mein Gott, sie werden sie ersticken, sagte ich mir. Ich darf nicht hinschauen, und doch konnte ich nicht wegschauen.

Es war wie damals mit dem Bullen und der Kuh, als ich mit Mama draußen war und Mama sagte: ›Schau nicht hin‹, und ich fragte: ›Warum nicht?‹, und sie antwortete: ›Weil du zu klein bist, um es zu verstehen. Es wird dich nur erschrecken.‹

Aber der Bulle und die Kuh hatten mich überhaupt nicht erschreckt. Was sie taten, schien eine ganz einfache Sache zu sein. Aber das hier war furchtbar. Die hübsche Leah wand sich und schlug mit den Beinen aus, und die Schreie unter ihrem Rock gingen in Weinen über, in ein wimmerndes Flehen, wie man es manchmal bei kleinen Tieren hört. Zwei Männer hielten ihr die Arme auf dem Boden fest, und der dritte legte sich über sie. Dann wechselten sie die Plätze, bis alle drei auf ihr gelegen hatten. Nach einer Weile bewegte sie sich nicht mehr, und auch das Weinen war verstummt. Ich sagte mir: Mein Gott, sie haben sie umgebracht!

Als die Männer hinausgingen, stießen sie die Scheunentür weit auf, und ich hörte die Hennen im Hof gackern. Das Licht drang ein und fiel auf die hübsche Leah, mit dem Rock über dem Gesicht, die nackten Beine weit gespreizt, klebrige Blutflecken auf den Schenkeln. Es dauerte eine ganze Weile, bis ich mich die Leiter hinuntertraute. Ich hatte Angst, sie anzufassen, aber ich zwang mich, ihr wenigstens den Rock herunterzuschieben. Sie atmete und war nur ohnmächtig geworden. Am Kinn hatte sie eine Schramme, und ihre schwarzen Zöpfe hatten sich aufgelöst. Die Arme, sagte ich mir. Wenn sie aufwacht, wird sie sich wünschen, tot zu sein.

Ich verließ die Scheune und erbrach mich im Gras. Dann nahm ich den Korb mit den Eiern und ging nach Hause.«

So erinnerte sie sich daran, in all den Jahren ihres Lebens, und obgleich es ihr widerstrebte, hatte sie noch oft diese Vorstellung von dem, was ein Mann mit einer Frau tat, wenn sie auch wußte, daß es nicht so zu sein brauchte.

An jenem Abend, nachdem das Geschirr gewaschen und fortgestellt war, sagte Mama: »Komm, Anna. Setzen wir uns draußen auf die Stufen und reden wir ein bißchen miteinander.«

Es herrschte bereits tiefblaue Dämmerung. Hinter den Bäumen bewegten sich Schatten und Dinge, und aus der Ferne waren dumpfe Schritte zu hören, die näher kamen.

»Ich will nicht hinausgehen«, sagte Anna.

»Gut, dann werde ich Papa bitten, sich mit den Kindern in den Hof zu setzen, damit wir unter vier Augen reden können.«

Die Mutter legte sich auf das Bett neben die Tochter und nahm ihre Hand. Die Hand der Mutter war heiß und rauh.

»Hör mir gut zu«, sagte sie leise. »Ich hätte alles darum gegeben, um dir zu ersparen, was du heute gesehen hast. So eine häßliche, gemeine und böse Sache!« Sie zitterte am ganzen Körper, und ihre Stimme bebte. »Die Welt kann so schrecklich sein, und die Menschen sind manchmal schlimmer als die Tiere. Aber du darfst nie vergessen, Anna, daß die meisten Menschen gut sind. Du mußt versuchen, nicht mehr an diese

Geschichte zu denken und sie so schnell wie möglich zu vergessen.«

»Wird denn niemand diese Männer bestrafen?«

»Erstens kann niemand beweisen, wer es gewesen ist. Niemand hat es gesehen.«

»Ich habe es gesehen. Und ich erinnere mich an die Gesichter. Besonders an den kleinen Dicken. Der trägt ein rotes Hemd und geht manchmal in Krohns Wirtschaft, um sich zu betrinken.«

Die Mutter setzte sich auf. »Anna, jetzt höre aber mal! Das darfst du niemandem erzählen, keinem Menschen, verstehst du? Sonst würden dir schreckliche Dinge geschehen. Und nicht nur dir, sondern auch Papa und mir und uns allen! Du darfst nie und nimmer auch nur ein Sterbenswörtchen . . .«

Das Kind war zu Tode erschrocken. »Ich verstehe. Aber kann man denn nichts gegen solche Leute tun?«

»Nichts.«

»Wie kann man denn sicher sein, daß es nicht wieder geschieht? Es könnte doch sogar dir passieren, Mama.«

Die Mutter schwieg, und Anna wurde dringlicher: »Sag mir, wie.«

»Es gibt keine Sicherheit.«

»Dann können sie also immer tun, was sie wollen? Uns sogar ermorden?«

»Auch das. Du bist jetzt alt genug, um es zu wissen.«

Das Kind begann zu weinen, und die Mutter hielt es in ihren Armen. Nach einer Weile kam der Vater herein. Er stand in der Tür, und sein Gesicht war runzlig und eingefallen.

»Ich habe mich entschlossen. Jahr für Jahr haben wir es hinausgezögert. Aber in diesem Frühling werden wir es irgendwie schaffen! Wir werden die Möbel verkaufen, auch deine Ohrringe und die silbernen Leuchter von Mama. Wir müssen unbedingt nach Amerika kommen.«

»Wir sind sieben.«

»Und selbst wenn wir siebzehn wären, würden wir es schaffen müssen. Hier kann man nicht leben! Bevor ich sterbe, möchte ich wenigstens einmal ohne Angst einschlafen.«

Sie hatten also immer Angst gehabt, die ganze Zeit hindurch – in ihrem eigenen Heim. Und Mama hatte immer so ruhig und tüchtig den Haushalt geführt, während Papa vor sich hin summte und lächelte, wenn er mit seinen starken Armen auf die Schuhe einhämmerte oder das Leder zuschnitt. Das Kind sagte sich verwundert: Das wußte ich nicht, das habe ich nie gewußt.

Der Winter 1906 war ungewöhnlich warm. Es hatte nur einmal kurz geschneit, und dann war der Schnee zu grauem Matsch geworden. Ein feuchter Wind wehte, und die Leute schwitzten in ihren schweren Mänteln; sie niesten, fröstelten und hatten Fieber. Spät im Februar setzte Regen ein, der dann wochenlang vom trüben Himmel prasselte. Die Dorfstraße verwandelte sich bald in eine Schlammgrube, und der kleine Fluß, der am Dorfende einen Bogen machte, trat über die Ufer und überschwemmte alles ringsum.

Die Krankheit hatte unten am Fluß begonnen. Mitte März waren ein kleines Kind und ein Großvater im gleichen Haus gestorben. Auf der anderen Seite des Flusses, wo die Bauern wohnten, war eine ganze Familie gestorben. Jeder Tag brachte mehr Krankheit und einige Todesfälle. Die Krankheit verbreitete sich nach Norden und Süden, und die Bauern brachten ihre Toten von meilenweit her, um sie auf dem Friedhof zu begraben. Es war wie die Schwarzfäule, die sich in manchen Jahren über die Kartoffelfelder ausbreitete. Es gab kein Davonkommen, und man konnte nur abwarten, bis es vorüber war.

Manche meinten, mit der Überschwemmung sei Schmutz in das Trinkwasser geraten. Der Dorfpfarrer sagte, es sei gekommen, weil die Menschen gesündigt hätten. Die Kirchenglocken läuteten fast jede Stunde zu einem Begräbnis oder einer Seelenmesse und erfüllten die Regenluft mit metallischem Klang. Jedesmal, wenn es zu regnen aufhörte, bildeten sich Prozessionen. Der Priester ging voran, gefolgt von den Chorknaben mit ihren Kerzen und Bannern und dem Reliquienschrein, in dem ein Knochen verwahrt wurde. Männer trugen eine Statue der Jungfrau auf schwankendem Thron, und die Frauen weinten.

In Annas Haus waren die Fensterläden verschlossen. »Wenn diese Krankheit nicht bald aufhört«, sagte der Vater, »wird man uns die Schuld geben.«

Die Mutter sagte traurig: »Ich weiß nicht, was schlimmer ist, die Angst vor der Cholera oder die Angst vor den Leuten.«

»In Amerika gibt es keine Cholera«, sagte Anna, »und dort hat niemand vor niemandem Angst.«

»Im Sommer werden wir dort sein«, sagte Papa.

Vielleicht würden sie in diesem Jahr wirklich reisen. Wer weiß?

Der Vater und die Mutter starben Ende März nach zweitägiger Krankheit. Celia und Rachel starben mit ihnen. Anna und die Zwillinge waren gesund geblieben.

Das spindeldürre rothaarige Mädchen und die beiden zehnjährigen Buben folgten den vier Tannenholzsärgen auf den Friedhof, wo sie im peitschenden Wind zitterten, während die Gebete gesungen wurden und sie die ersten Erdklumpen auf das Holz fallen sahen. Beeilt euch doch, es ist so kalt, sagte sich Anna. Und dann: Ich werde sie nie vergessen. Schließ die Augen, denke an ihre Gesichter und erinnere dich an den Klang ihrer Stimmen, wenn sie dich beim Namen riefen.

Die Kinder befanden sich in der Küche des Hauses, das einmal ihr Heim gewesen war. Jemand hatte alles ausgelüftet und desinfiziert, man hatte Suppe gebracht, und jetzt standen die Nachbarn in ihren schwarzen Mänteln und Schals in dem kleinen Raum herum.

»Was fangen wir mit diesen Kindern an?«

»Keine Familie! Leute ohne Verwandtschaft will niemand.«

»Das ist wahr.«

»Nun, dann wird die Gemeinde für sie sorgen müssen.«

Und wer ist die Gemeinde? Natürlich in erster Linie der reichste Mann, von dem alle Wohltätigkeit erwartet wird und der bei allen hohes Ansehen genießt. Er tritt jetzt vor: Meyer Krohn, Gastwirt, Stoffhändler und Geldverleiher. Er ist ein hochgewachsener, pockennarbiger Mann mit Bauernstiefeln und Mütze. Der struppige Graubart mit der rauhen Stimme wirkt gebieterisch: »Wer wird sie zu sich nehmen? Du, Avrom? Du, Jossel? Ihr habt doch Zimmer genug.«

»Meyer, du weißt, daß ich gebe, was ich kann. Ein Kind würde ich gern zu mir nehmen, aber nicht drei.«

Meyer Krohn runzelt die Stirn, und die Falten sind so tief, daß man eine ganze Fingerspitze darin vergraben könnte. Er brüllt: »Wir trennen keine Familien! Wer wird sich dieser Waisen annehmen? Ich frage euch, wer?«

Schweigen. Anna drohen die Beine zu versagen.

»Aha«, sagt Meyer, »ich weiß, was ihr denkt! Ihr denkt, Meyer ist reich, soll er sich darum bekümmern!« Er streckt die gewaltigen Arme aus. »Bin ich vielleicht ein Rothschild, der die halbe Gemeinde versorgen kann? Meyer, die Schule braucht einen neuen Ofen, Meyer, soundso hat sich das Bein gebrochen, und seine Familie hat nichts zu essen . . . alles erwartet ihr von mir, alles soll immer ich tun.«

Eli scharrt mit den Füßen und hustet. Man hat ihm gesagt, er müsse jetzt ein Mann sein, und er gibt sich alle Mühe, nicht zu weinen.

»Schon gut«, sagt Meyer Krohn. »Schon gut.« Er seufzt. »Meine Kinder sind erwachsen und fortgezogen. Das Haus ist weiß Gott groß genug. Wir haben ein Zimmer für die Buben, und Anna kann das Bett mit der Dienstmagd teilen.« Seine Stimme wird sanfter. »Was sagst du dazu, Anna? Und du, Eli? Welcher von euch beiden ist Eli, und wie heißt der andere? Ich vergesse es immer wieder.« Er legt den beiden Buben die Arme um die schmalen Schultern. »Kommt mit nach Haus«, sagt er.

Ach, er ist anständig, und er ist gütig! Das Dumme ist nur: Anna hat man die Kleider vom Leibe gerissen, und sie hat noch keine neuen Sachen bekommen. Alle schielen nach ihren wachsenden Brüsten und sehen die Geheimnisse ihres Körpers. Sie fühlt sich geschändet – wie die hübsche kleine Leah.

Die Krohns leben im Wohlstand. Das Haus hat zwei Stockwerke und Holzfußböden. Im vorderen Zimmer liegt sogar ein Teppich. Tante Rosa besitzt ein Pelzcape. Eine Dienstmagd macht im Haus sauber, während Tante Rosa mit der Elle den Stoff ausmißt und die Kunden im Laden bedient. Manchmal hilft sie in der Wirtschaft, und manchmal springt Onkel Meyer im Laden ein.

Anna arbeitet überall, wo sie gebraucht wird, und sie wird immer überall gebraucht. Oft ist sie furchtbar müde, aber sie ist so groß wie ihre Mutter geworden, mit hellem, gesundem Haar. Die Krohns haben sie gut genährt.

»Wie alt bist du?« fragt Onkel Meyer eines Tages beim Einordnen der Stoffballen in die Regale.

»Sechzehn.«

»Wie die Jahre vergehen! Du hast dich gut in meinem Haus entwickelt. Ein nettes, arbeitsames Mädchen. Es ist Zeit, daß wir für dich einen Mann finden.«

Anna sagt kein Wort, aber das stört Onkel Meyer nicht. Wenn er spricht, achtet er nicht darauf, ob man ihm antwortet oder schweigt.

»Ich hätte mich schon lange darum kümmern sollen, aber ich finde nie die Zeit dazu. Da denken die Leute: Meyer Krohn ist ein reicher Mann, was hat er schon für Sorgen? Aber, mein Gott, wenn ich mich abends ins Bett lege, kann ich nicht schlafen, weil sich hunderterlei Dinge in meinem Kopf drehen . . . Und dann müssen wir auch an deine Brüder denken. Was soll aus ihnen werden? Wie alt sind sie jetzt?«

»Vierzehn.«

»Hm. Schon vierzehn. Was soll aus ihnen werden? Wie sollen sie sich durchs Leben bringen?« Er denkt laut nach. »Rosa hat einen Onkel in Wien. Er ist vor Jahren dorthin gezogen. Du hast sicher schon von ihm gehört. Er handelt mit Pelzen. Übrigens kommt sein Sohn in diesem Frühjahr hierher, um Fuchsfelle einzukaufen. Das wäre eine Idee.«

Er schaut selbst wie ein Fuchs aus, fand Anna. Der junge Mann aus Wien war schlank und lebhaft, zwinkerte ständig mit seinen rötlichen Augen, trug einen Stadtanzug, der ihm wie angegossen paßte, und er redete so viel und so schnell, daß sogar Onkel Meyer verdutzt war. Eli und Dan waren fasziniert.

». . . und das Opernhaus hat Marmortreppen und goldenen

Stuck an den Wänden. Es ist so riesig groß, daß ihr dreißig Häuser, also fast euer halbes Dorf, hineinstellen könntet.«

»Ach was!« Onkel Meyer konnte der Versuchung nicht widerstehen. »Wer hat nicht schon große Gebäude gesehen? Ich bin in Warschau gewesen und habe zu meiner Zeit viele davon bewundert.«

»Warschau? Das vergleichst du mit Wien? Ich rede von einem kultivierten Land, wo die Juden Theaterstücke schreiben und an den Universitäten lehren, wo es keine Pogrome gibt und man nicht ständig der Willkür betrunkener Bauern ausgesetzt ist.«

»Soll das heißen«, fragt Dan, »daß die Juden in Wien genauso wie alle anderen leben?«

»Nun, natürlich besuchen sie nicht die Bälle im Schloß von Kaiser Franz Joseph, aber das tun ja viele andere Leute auch nicht. Sie haben immerhin große Häuser und Wagen, und sie besitzen große Geschäfte mit Porzellanwaren, Orientteppichen oder Modekleidern . . . und ihr solltet einmal sehen, wo ich arbeite. Wir haben den Raum verdoppelt. Wenn man hart arbeitet und sein Köpfchen benutzt, kann man seine Familie für Generationen zu Wohlstand und Ansehen bringen, und da gibt es keine Grenzen.«

Der fuchsige junge Mann hat Gedanken ausgesät, die sofort aufkeimen.

»Übrigens fahre ich im Frühjahr vielleicht nach Paris«, sagt er beiläufig. »Habe ich euch das noch nicht erzählt?«

»Nein«, sagt Dan.

»Wir verkaufen dort Pelze an einige Firmen, und der Chef will über die Preise verhandeln. In Paris hat man natürlich Einblick in die neueste Mode, und das gibt Ideen für den Einzelverkauf. Der Chef hat versprochen, mich mitzunehmen.«

Die Katze kratzt und scharrt auf dem Boden, der Wasserdampf für den Tee und die Fragen hängen in der Luft.

»Hierher komme ich nicht mehr zurück. Wir suchen nach neuen Kontakten für Rohfelle. In Litauen.«

»Das heißt also mit anderen Worten«, sagt Onkel Meyer, »daß es jetzt gleich sein muß, falls du dich entscheidest, diese Buben mit nach Wien zu nehmen.«

»So ungefähr.«

Dan blickt Anna an, und sie sieht seine Bitte, sein Flehen. Sie sagt sich: Es ist wahr, hier gibt es nichts. Onkel Meyer kann nichts für sie tun. Was soll aus ihnen werden? Träger mit Strikken um den Bauch, die schwere Bündel durch die Straßen von Lublin schleppen? Oder Leute, die etwas in Wien gelernt haben und zu Wohlstand gelangen können?

Lebe wohl, Eli, lebe wohl, Dan. Ihr kleinen Stupsnasen, ihr kleinen schmutzigen Gesichter. Ich bin die einzige, die euch voneinander unterscheiden kann. Eli hat den kleinen Leberfleck an der Nase, und Dan hat einen angeschlagenen Schneidezahn.

»Ich lasse euch später nach Amerika kommen«, sagt Anna zu ihnen. »Dort werde ich hinfahren und genug Geld verdienen, um euch die Reise zu bezahlen. Amerika wird noch besser sein.«

»Nein, wir werden Geld verdienen und dich kommen lassen. Wir sind zwei, und wir sind Männer. Du kannst dann aus Amerika zurückkommen. Falls du überhaupt hinfährst.«

Aber aus Amerika kommt man nicht zurück.

Ein paar Wochen nachdem sie fort waren, sagte Tante Rosa: »Anna, ich habe dir etwas zu sagen. Onkel Meyer hat einen sehr netten jungen Mann gefunden.«

»Aber ich wandere nach Amerika aus.«

»Unsinn! Mit sechzehn willst du ganz allein um die Welt fahren?«

»Ich habe keine Angst«, erklärte Anna. Aber das entsprach nicht ganz der Wahrheit. Konnte man denn wissen? Im Dorf war man wenigstens daheim, und man kannte wenigstens die Drohungen, denen man ausgesetzt war. Und doch ... Amerika. Aus irgendeinem Grunde sah sie es immer am Ende der Reise wie eine tropische Insel aus dem Meer ragen, wie eine silbergrüne Märchenwelt. Natürlich wußte sie, daß es nicht so war, aber sie sah es halt so.

»Du wirst mir fehlen«, sagte Tante Rosa betrübt und schüchtern. »Du bist mir eine Tochter geworden. Meine eigene sehe ich nie mehr, seitdem sie geheiratet hat und fortgezogen ist.« Und dann in schmeichlerischem Ton: »Schau dir doch den jungen Mann nur einmal an. Vielleicht wirst du dich dann anders besinnen.«

Er kam am Freitag zum Abendessen, ein sanfter junger Mann aus einem anderen Dorf, der sich seinen Lebensunterhalt durch das Hausieren mit Tabak, Garn und Kurzwaren in den Bauernhäusern verdiente. Er hatte ein Pickelgesicht, roch nach Knoblauch, und sein Lächeln war sanft und traurig. Anna ekelte sich vor ihm, und sie schämte sich, für einen anständigen und ehrenhaften Menschen einen solchen Ekel zu empfinden.

Unvermittelt fiel ihr die hübsche Leah ein; sie dachte an jene Männer und das, was sie getan hatten. Immerhin war dieser junge Mann kein Säufer, kein brutaler Kerl, und mit ihm wäre es bestimmt nicht so. Aber trotzdem ekelhaft.

»Tante Rosa, ich kann es nicht . . .«

Tante Rosa schlug die Hände zusammen, und ihr Gesicht verzog sich zu tiefen Falten. »Ach, Onkel Meyer wird aber sehr böse sein! Nach allem, was er für dich getan hat! Anna, Anna, was willst du eigentlich?«

Was sie wollte? Sehen, wie die Welt hinter diesem Dorf beschaffen war, frei sein, Musik hören, ein neues rosa Kleid tragen, eine eigene Wohnung haben und nicht für alles danke sagen müssen.

Immerhin besaß sie vier silberne Kerzenleuchter, zwei von jeder ihrer Großmütter. Und so sagte sie sich: Behalte die beiden, die Mama in ihren Händen gehalten hat, und verkaufe die beiden anderen für einen Schiffsplatz nach Amerika. Dann kann's losgehen!

Auf der Koppel des Hügels blieb der Wagen stehen, um die Pferde verschnaufen zu lassen. Unten lag das Dorf in der Biegung des Flusses. Dort der kleine Holzturm der Synagoge, und da der Marktplatz mit den Verkaufsständen, dem lauten Treiben und dem Gegacker des Federviehs in den Kisten. Geschäftiges Leben, emsiges tägliches Einerlei.

»Los geht's«, sagte der Kutscher. »Wir haben noch eine lange Fahrt.«

Der Wagen ratterte und holperte die Straße am Fluß entlang. Dort, die letzten Häusergruppen, die Lattenzäune und Fliedersträucher. Im nächsten Monat werden Mamas gelbe Rosen wie zum Andenken blühen.

Jetzt bog die Straße ab, führte hügelabwärts durch ebene Felder; dampfende dunkle Erde und feuchtes Grün flimmerten im Licht der Frühlingssonne. Das Dorf war entschwunden, wie ausgelöscht. Die Vergangenheit lag hinter dem Hügel, und die Straße führte in die Zukunft.

Staub, Fliegen, schmutzige Gasthäuser. Die Grenze: Zollwächter, Papiere, scharfe Verhöre. Werden sie uns vielleicht nicht durchlassen? Dann Deutschland: saubere Bahnhöfe, wo man Süßigkeiten und Obst kaufen konnte. Paß auf, daß du deinen mit den silbernen Kerzenleuchtern zusammen in ein Tuch gewickelten kleinen Schatz nicht verschwendest.

Die Leute von der Auswandererhilfe kamen, um die Fahrt nach Hamburg zu organisieren. Deutsche Juden in feinen Anzügen, mit Krawatten und weißen Hemden. Sie bringen Essen, unterschreiben Papiere, schaffen etwas Ordnung mit den vielen Kisten, Koffern und Federbetten. Sie sind großzügig und liebenswürdig, aber sie haben auch alle Eile, die Auswanderer auf die Schiffe und aus Deutschland zu schaffen.

Der Atlantik ist eine zehntägige Schranke zwischen zwei Welten. Er ist der einsame Klageton der Nebelhörner auf der grauen Wasserwüste; er ist der Wind und die hohe See, das Krachen und Ächzen des Schiffs; er ist das Sich-Erbrechen mit nüchternem Magen, das elende Gefühl, wenn man auf der oberen Pritsche liegt, alle Kraft verloren hat und sich nicht einmal mit den Händen halten kann. Das lärmende Stimmengewirr, Gelächter, Streit, Wehklagen auf jiddisch, deutsch, polnisch, litauisch, ungarisch. Und viele Diebstähle, denn die Armen stehlen von den Armen. (Einer Frau hat man ihr goldenes Kruzifix entwendet, laß also nur nicht das Bündel mit den Kerzenleuchtern aus den Augen.) Ein Kind wird geboren, die Mutter weint. Ein alter Mann stirbt, die Witwe weint.

Plötzlich ist es vorüber. Ein breiter, ruhiger Fluß. Vom Deck aus sieht man Häuser und Bäume. Die Bäume kommen näher, der Wind wirbelt die silbernen Unterseiten der Blätter auf. Die Luft schmeckt säuerlich und scharf wie Hexenhasel. Möwen fliegen über das Schiff, kreisen, schießen in die Höhe, lassen sich langsam niedergleiten.

Amerika.

3

Das Haus in der Hester Street war fünf Stockwerke hoch. Kusine Ruth wohnte auf der obersten Etage mit ihrem Mann Solly Levinson, ihren vier Kindern und sechs Untermietern. Anna sollte die siebente sein.

»Du hast keinen Platz für mich«, sagte sie entsetzt. »Es ist nett von dir, mich einzuladen, aber ich würde dir nur im Wege sein . . .«

Ruth wischte sich das Haar von der schwitzenden Stirn. »Und wo willst du einen Platz finden, wo du niemandem im Wege bist? Dann bleib schon lieber hier, wo du wenigstens Verwandte hast. Und um dir die Wahrheit zu sagen, ist es nicht nur Nettigkeit von mir, denn wir können das Geld gut gebrauchen. Wir müssen zwölf Dollar im Monat für diese Wohnung bezahlen, ganz abgesehen vom Gas für das Licht und der Kohle für die Heizung im Winter. Wir berechnen dir fünfzig Cents die Woche. Paßt dir das?«

Die Gerüche! Der Gestank drang von der Straße die vier Stockwerke hinauf: Speisefett, Zwiebeln, das übergelaufene Klosett auf dem Treppenflur, der übelkeitserregende Dampf der Bügeleisen, der penetrante Tabaksgeruch der auf die Straße hinausgehenden Wohnung, in der Zigarren hergestellt wurden . . . Annas Magen zog sich zusammen. Aber was blieb ihr anderes übrig? Wo hätte sie sonst hingehen können?

Ruth versuchte, es ihr schmackhafter zu machen. Ihre wachsamen hübschen Augen waren an den Rändern dunkelblau geschminkt. »Abends, wenn wir mit dem Nähen fertig sind, stelle ich mit Solly unser Bett in die Küche. Die Nähmaschine schieben wir in die Ecke und holen die Matratzen heraus. Die Frauen haben das beste Zimmer, das mit den Fenstern. Und die Männer schlafen hinten beim Luftschacht. Es ist gar nicht so schlimm. Kannst du nähen?«

»Nur stopfen. Einen einfachen Rock kann ich machen. Ich hatte nie Zeit zum Lernen, weil ich im Laden arbeiten mußte.«

In einer Ecke standen mehrere schwarze Säcke voller Jakken und Hosen. Zwei blasse Kinder mit Lockenhaar schliefen darauf.

»Du kannst Solly beim Säcketragen helfen. Dabei wirst du den Chef kennenlernen, und dann wird man dir im Handumdrehen zeigen, wie man ein Paar Hosen zusammennäht. Eine gute Näherin verdient ihre dreißig Cents pro Tag.«

Anna stellte ihre Bündel ab und löste ihren Schal, so daß ihr die dunkelroten Zöpfe über die Schultern fielen.

Der Lärm war am schlimmsten. Die Gerüche und die vielen Menschen konnte man vielleicht noch ertragen, aber Anna hatte ein empfindliches Gehör, und der Krach hämmerte wie mit Fäusten auf sie ein. Unten auf der Straße sang der Altkleiderhändler mit nasaler Stimme: »Jacken für fünfzig Cents, Jacken für fünfzig Cents!« Und bis Mitternacht heulten und quietschten die Nähmaschinen. Gab es denn nie Schlaf, nie eine Kampfpause?

An manchen heißen Abenden setzten sich Anna und Ruth auf die Stufen vor dem Haus. Im Hause konnte man nicht schlafen, und sie hatten Angst, sich, wie es viele noch taten, auf die Feuertreppe zu legen, seit sie gehört hatten, daß eine Frau auf der anderen Straßenseite im Schlaf zu sehr an den Rand gerollt und dann auf die Straße gestürzt war.

»Du bist so ruhig«, sagte Ruth. »Bist du über irgend etwas besorgt? Über deine Brüder vielleicht?«

»Sie fehlen mir, aber es geht ihnen ganz gut, und sie werden sich schon durchschlagen. Sie haben ein nettes Zimmer im Hause ihres Chefs, und in Wien soll es sehr schön sein.«

»Hier ist es nicht schön, weiß Gott!«

»Das ist wahr.«

»Aber man hat hier eine Zukunft. Daran glaube ich noch immer.«

27

»Ich glaube es auch, denn sonst wäre ich nie hierher gekommen.«

»Weißt du was?« sagte Ruth. »Ich habe mir überlegt, daß du eigentlich keinen Grund hast, so schwer zu schuften. In deinem Alter solltest du etwas vom Leben haben und Männer kennenlernen. Es ist meine Schuld, und ich weiß, daß ich schon längst etwas hätte tun müssen. Ich werde Solly bitten, sich nach einer guten Tanzschule für dich umzuschauen. Es gibt davon viele hier.«

»Wenn ich mir schon die Zeit nehme, gehe ich lieber auf die Abendschule. Bei all der Arbeit hier hatte ich nicht einmal Gelegenheit, Englisch zu lernen.«

»Das ist auch keine schlechte Idee. Wenn du genug lernst, um Schreibmaschine zu schreiben, findest du leichter einen Mann, und einen aus besserer Familie.«

»Es interessiert mich nicht, einen Mann zu finden. Ich will nur etwas lernen.«

»Du bist wie deine Mutter. Ich kann mich noch gut an sie erinnern.« Ruth seufzte. »Auch ich würde gerne etwas lernen. Aber mit all den Kindern, die ernährt werden wollen, und jetzt noch mit dem da . . .« Sie seufzte wieder und legte die Hand auf den geschwollenen Leib unter ihrer Schürze.

Anna dachte an den in seiner Ecke über seine Nähmaschine gebeugten Solly mit seinem schüchternen, spitzen Mausgesicht. Die arme hoffnungsvolle Ruth. Der arme müde Solly. Die würden hier nie herauskommen.

Leute, die zwanzig Jahre vor ihnen aus Europa angekommen waren, lebten immer noch in diesem Viertel. Die alten Männer waren hager, hatten schöne dunkle Augen und schienen irgendwie zerbrechlicher als die alten Männer, an die Anna sich von zu Hause erinnerte – jene Alten mit ihren Hausiererkarren, auf denen sie alte Kleider, Hühner, Hüte, Fische und Brillen zum Verkauf anboten. Und die alten Frauen waren dick und erinnerten in der Gestalt und der Hautfarbe an Kartoffeln, da ihr schlaffes weißes Fleisch nie mit der Sonne in Kontakt kam.

Anna wanderte ziellos umher, ging durch die Straßen und

beobachtete. Unter der Hochbahnüberführung auf der Zweiten Avenue saßen Frauen beim Rettichschälen und wischten sich dabei die tränenden Augen. Sie machte einen Bogen um die Penner, die im Hof über den Ventilationsschächten der Bäckeröfen schliefen, ging an den Synagogen im Elendsquartier der Bayard Street vorbei, und als sie fünf, zehn oder noch mehr Häuserblocks weiterging, sah sie Menschen, die ganz anders ausschauten, und hörte Sprachen, die sie nicht verstand. Im italienischen Viertel wimmelte es noch mehr von Kindern als in der Hester Street. Dort bot ein Straßenverkäufer mit einem Karren rosa und gelbes Speiseeis an, ein Leierkastenmann mit Kopftuch und Ohrringen spielte traurige Melodien in der hellen Morgensonne, und auf seiner Schulter saß ein flinkes Äffchen mit einer roten Jacke. Hörte sie die Italiener reden, so klang es ihr wie Gesang.

Dann die irische Kolonie, wo auf den Reklameschildern der Kneipen über der Tür meist Kleeblätter oder Harfen abgebildet waren und in zerlumpten Kleidern schöne Frauen saßen, deren Gesichter zart und fein wirkten.

Und Mott Street, wo die Straßenhändler mit den seltsam geschnittenen Augen Wassermelonen und Zuckerrohr verkauften. Durch die halb geöffneten Kellertüren sah man die Chinesen beim Fan-Tan-Spiel. Die Männer trugen Zöpfe, die ihnen beim Sitzen bis über die Knie hingen. Chinesische Frauen oder Kinder sah man nie. Warum wohl? Wie konnte das sein?

Ein Kaleidoskop unterschiedlichster Welten auf engstem Raum. Alle paar Straßen weiter eine neue Welt. Woher waren all diese so verschiedenartigen Menschen gekommen? Aus chinesischen Dörfern, aus irischen Dörfern – aus Gegenden, die bestimmt ganz anders waren als bei ihr zu Haus. Hatten diese Menschen ähnliche Ängste ausgestanden wie wir? fragte sie sich. Sind sie mir vielleicht doch gar nicht so unähnlich?

4

Sie hieß Miss Mary Thorne, trug einen dunklen Rock aus Serge, eine gestärkte weiße Bluse und stand schlank und aufrecht vor der versammelten Klasse, eine Karte der Vereinigten Staaten auf der einen, Porträts von Washington und Lincoln auf der anderen Seite. Sie sieht ihnen direkt ähnlich, fand Anna. Ein typisch amerikanisches Gesicht. Amerikaner sind immer groß und schlank und haben lange Gesichter.

Die Abendschule fand in einem Klassenzimmer statt, das tagsüber zehnjährigen Buben gedient haben mußte, denn die Pulte waren so niedrig, daß man keinen Platz für die Knie hatte und sich seitwärts setzen mußte. Die von der Decke hängende Birne verbreitete grelles Licht, und aus der Heizung drang eine solche Hitze, daß manche zu gähnen begannen. Anna saß still da und paßte auf. Miss Mary Thorne vermittelte ihr Wissen etwa so, wie man ein gutes Getränk aus einer Kanne ausschenkt.

Gegen Ende des Winters wurde Anna nach dem Unterricht zum Lehrerpult gerufen. »Sie haben sich erstaunlich gut bewährt, Anna. Man würde es nicht glauben, daß Sie vorher nie Englisch gelernt haben. Ich werde Sie in meine Gruppe für Fortgeschrittene versetzen.«

»Vielen Dank, Miss«, sagte Anna mit verlegenem Stolz.

»Hatten Sie in Ihrem Dorf irgend etwas gelernt?«

»Wir hatten eine Lehrerin, die zu den Mädchen in die Häuser kam. Von ihr lernten wir Rechnen, Schreiben und Lesen. Auf jiddisch.«

»Nicht Hebräisch? Ach nein, das ist ja nur den Jungen vorbehalten, nicht wahr? Die heilige Sprache.«

»Ja, nur für die Jungen.«

»Das ist hier anders, wie Sie sehen. Ein Mädchen kann lernen, was es will.«

»Ich weiß. Das ist sehr gut.«

»Nun ja.« Miss Thorne stand auf und ging zum Bücherregal hinter ihrem Pult. »Das ganze Geheimnis ist Lektüre, Anna, und sonst nichts. Wissen Sie was? Wenn Sie viel lesen und lesen, brauchen Sie nicht einmal zur Schule zu gehen, denn dann können Sie sich selbst bilden. Aber erzählen Sie bitte niemandem, daß ich Ihnen das gesagt habe. Zuerst müssen Sie jeden Tag die Zeitung lesen, die *Times* oder den *Herald.* Lesen Sie nicht das *Journal,* weil es ein billiges Sensationsblatt ist. Dann werde ich Ihnen eine Liste von Büchern geben, an der Sie Jahre zu lesen haben. Sie werden noch lange lesen, nachdem Sie die Abendschule verlassen haben. Heute gebe ich Ihnen ein Buch, aus dem Sie die Geschichte Ihres neuen Landes von Beginn an lernen können. Es ist ein Buch über Indianer, eine herrliche Ode mit dem Titel *Hiawatha,* von einem unserer besten Dichter, Henry Wadsworth Longfellow. Wenn Sie damit fertig sind, bringen Sie es mir zurück und sagen Sie mir, was Sie darüber denken. Dann gebe ich Ihnen ein neues Buch.«

Über dem Kamin hing ein runder Spiegel in einem vergoldeten Rahmen. Alles sah sehr seltsam darin aus. Sie konnte sich sehen, die geblümte Teetasse in der Hand über der gestickten Tischdecke, den kleinen Tisch mit der Teekanne und dem Kuchenteller und Miss Thorne am anderen Ende des Tisches. Und alles wirkte gedrungen, breit und flach. Sogar Miss Thorne.

»Das ist ein Bullaugenspiegel«, erklärte Miss Thorne, die Annas Blicken gefolgt war. »Ich hätte mir so etwas nie angeschafft, aber es ist schließlich nicht mein Haus.«

»Nein?«

»Es gehört meinem Neffen. Er und seine Frau haben nur ein Kind, und da das Haus sehr groß ist, hatten sie mir angeboten, bei ihnen zu wohnen, als ich aus Boston kam. Es ist sehr praktisch für mich.«

»Waren Sie auch Lehrerin, als Sie in Boston lebten?« fragte Anna schüchtern.

»Ja, seit ich die Schule verlassen habe, bin ich immer Lehrerin gewesen. Ich kam nach New York, um die Stelle einer stellvertretenden Direktorin in einer Privatschule für Mädchen anzunehmen. Das tue ich tagsüber, und am Abend gebe ich den Neueinwanderern wie Ihnen Englischunterricht.«

»Würden Sie mir bitte noch eine Frage beantworten?«

»Gern, wenn ich kann.«

»Ich habe noch nie aus einer solchen Tasse Tee getrunken. Was muß ich mit dem Löffel tun, nachdem ich den Tee umgerührt habe?«

»Sie legen ihn einfach auf die Untertasse, Anna.«

»Das war wohl eine dumme Frage. Ich hätte von selbst darauf kommen sollen.«

»Es war keine dumme Frage. Aber lassen Sie mich Ihnen etwas sagen. Wohin auch immer Sie einmal kommen mögen, und ich hoffe, daß Sie weit kommen werden, seien Sie nie nervös in bezug auf Manieren. Manieren sind an sich etwas ganz Natürliches, man muß nur ordentlich sein und Rücksicht auf andere Menschen nehmen. Ich glaube nicht, daß Sie je mit dem einen oder dem anderen Schwierigkeiten haben werden, Anna.«

»Darf ich dann noch ein Stück Kuchen haben, bitte? Der Kuchen ist sehr gut.«

»Natürlich. Und wenn Sie fertig sind, gebe ich Ihnen die Bücherliste, die ich für Sie aufgestellt habe.«

Die Liste erstreckte sich über viele Seiten, und die Handschrift sah ganz wie Miss Thorne selbst aus. Anna überflog sie rasch.

Hawthorne: *Das Haus mit den sieben Giebeln.*
Hardy: *Heimkehr.*
Dickens: *David Copperfield, Das öde Haus.*
Thackeray: *Jahrmarkt der Eitelkeiten.*
Henry James: *Die Leute aus Boston, Washington Square.*

Sie blickte bestürzt auf. »Ich wünschte mir nur, ich hätte mehr Zeit, um all diese Bücher zu lesen. Man braucht so lange dazu.«

»Sie werden die Zeit finden. Allein an den Sonntagen können Sie eine Menge lesen.«

»Sonntags arbeite ich.« Als Miss Thorne ein erstauntes Gesicht machte, erklärte sie: »Ich habe mir den Nachmittag freigenommen, weil Sie mich einluden, und das war mir eine so große Ehre, daß ich unbedingt kommen wollte. Aber eigentlich müßte ich arbeiten.«

»Ich verstehe. Es ist wirklich ein Jammer. Da fällt mir übrigens ein, daß meine Nichte etwa in Ihrer Größe ist. Ich werde sie fragen, ob sie vielleicht einen guten warmen Mantel für Sie hat. Außerdem habe ich Zweitexemplare von einigen der Bücher aus der Liste, und die können Sie behalten, um sich damit eine eigene Bibliothek einzurichten. Ich schicke Ihnen das alles zu, da Sie so wenig Zeit haben, hierher zu kommen.«

Anna legte sich den Schal um die Schultern, und sie traten in die Diele hinaus. Auf der anderen Seite war eine Tür halb offen, und man blickte in einen Raum mit Büchern vom Boden bis zur Decke, in dem ein kleiner Junge an einem großen schwarzen Klavier saß und übte.

»Es verletzt Sie doch nicht, daß ich Ihnen einen Mantel anbiete, Anna?«

»O nein. Ich freue mich, denn ich brauche einen Mantel.«

»Eines Tages werden Sie eine derjenigen sein, die etwas zu verschenken haben. Dessen bin ich sicher.«

»Ich werde mich glücklich schätzen, anderen zu helfen, wenn es mir eines Tages möglich sein sollte, Miss Thorne.«

»Der Tag wird kommen. Und hoffentlich kennen wir uns dann noch, damit ich Sie daran erinnern kann.«

Ich glaube nicht, daß wir uns dann noch kennen werden, ich weiß es fast. Aber ich weiß auch, daß ich mich ganz bestimmt an Miss Mary Thorne erinnern werde. Ich werde sie nie vergessen.

5

»Sie müssen Anna sein«, sagte der junge Mann.

Er stand über ihr, während sie auf der Treppe saß und las.

Unwillig wandte sie sich wieder der Straße zu, die an diesem Sabbatnachmittag sehr still war. Alte Männer in langen schwarzen Gewändern gingen fast lautlos vorbei, und auf einmal schlug diese fremde Stimme an ihr Ohr.

»Darf ich?«

»Natürlich. Setzen Sie sich.« Sie rückte zur Seite und betrachtete ihn verstohlen. Dabei konnte sie nichts Besonderes an ihm entdecken. Er war von durchschnittlicher Größe und mittlerem Alter, trug einen unauffälligen braunen Anzug und hatte ein Durchschnittsgesicht, das nichtssagend dreinblickte.

»Ich bin Joseph. Joseph Friedman. Sollys Vetter.«

Der Amerikaner, so genannt, weil er in New York geboren worden war. Der Anstreicher aus der oberen Stadt. Und natürlich hatte Ruth diese Begegnung arrangiert. Genau wie Tante Rosa!

»Ruth bat mich, Ihnen einen Besuch zu machen, um Sie kennenzulernen. Aber, um Ihnen die Wahrheit zu sagen, wäre ich beinahe nicht gekommen. Jedes Mädchen, das je hier von einem Schiff gestiegen ist, hat man mir anhängen wollen. Ich hatte schon genug davon. Aber dieses Mal kann ich wirklich sagen, daß ich froh bin, gekommen zu sein.«

Anna starrte ihn an und versuchte, seine erstaunlichen Worte zu begreifen.

»Es ist mir so peinlich«, sagte sie. »Ich habe nichts davon gewußt. Ruth hätte nicht . . .«

»Ich bitte Sie! Ich weiß, daß Sie nichts damit zu tun haben. Wollen wir ein Stück spazierengehen?«

»Wie Sie wollen«, sagte sie.

Von da an sahen sie sich jeden Samstag. In der Hitze des Nachmittags schlenderten sie die Schattenseite der Straße entlang. Meist gingen sie wortlos zwei oder drei Häuser hinunter. Joseph war ein schweigsamer Mann, aber wenn ihm einmal nach Reden zumute war, konnte man ihn kaum aufhalten. Immerhin war er recht interessant.

Ruth sagte: »In diesem Land braucht man wenigstens kein Geld zu haben, um zu heiraten. Nicht wie drüben. Natürlich gehen immer noch viele Leute zum Schadchen und lassen sich verkuppeln, aber moderne Menschen tun das nicht. Man mag sich, und dann heiratet man einfach. Und beide arbeiten.« Da Anna nichts erwiderte, sagte sie: »Erzähle mir, wie es mit dir und Joe steht.«

»Joseph. Kein Mensch nennt ihn Joe.«

»Und warum nicht?«

»Keine Ahnung. Jedenfalls paßt Joseph besser zu ihm. Es klingt würdiger.«

»Na schön, also Joseph. Aber wie steht es mit euch beiden? Erzähle.«

»Da gibt es nichts zu erzählen.«

»Nichts?«

»Ach, ich habe ihn ganz gern. Aber da ist kein . . .« Anna suchte nach einem Wort. »Kein Feuer. Da ist kein Feuer.«

Ruth streckte die Hände in die Luft und blickte mit hochgezogenen Brauen kurz zum Himmel. »Und warum gehst du mit ihm?«

»Er ist ein Freund . . . nur ein Freund. Das Leben ist einsam ohne Freund.«

Ruth starrte sie verdutzt an. Als wenn ich Chinesisch mit ihr gesprochen hätte, sagte sich Anna.

»Weißt du, wie viele Menschen hier noch nie über die Vierzehnte Straße hinaus nach Norden gekommen sind?« hatte Joseph Anna gefragt.

»Ich gehöre dazu.«

»Dann warte mal, ich will dir etwas zeigen.«

Die glatten Holzbänke der Straßenbahn waren kühl, und es wehte ein frischer Wind, als sie mit beschleunigtem Tempo die Lexington Avenue hinauffuhren.

»In Murray Hill steigen wir aus, und dann gehen wir zur Fünften«, erklärte Joseph.

Sie gingen durch die stillen Straßen, von der Sonne in den Schatten, vom Schatten in die Sonne. Hie und da fuhr ein Wagen vorbei, und die Pferde hatten ein glänzend gestriegeltes Fell und geflochtene Schwänze.

»Die wollen zu einer Spazierfahrt in den Central Park«, erklärte Joseph. Anna war überrascht, daß er sich so gut in diesem Teil der Stadt auskannte.

Ein Automobil fuhr vor einem der Häuser vor. Die Dame auf dem Rücksitz trug einen breiten Hut mit einem Schleier. Der Chauffeur in Uniform und Lederstiefeln ging um den Wagen herum und half ihr heraus. Sie hatte zwei kleine beigefarbene Hunde, einen unter jedem Arm. Dann wurde die Haustür von innen geöffnet, und eine junge Frau kam die Stufen herunter. Sie trug ein blau-weiß gestreiftes Kleid, eine kleine Spitzenschürze und ein dazu passendes Häubchen. Sie nahm der Dame die beiden Hunde ab und folgte ihr die Treppe hinauf.

»Nun? Was sagst du dazu?« fragte Joseph.

»Hier ist es wirklich sehr schön«, sagte Anna. »Das hätte ich mir nie vorgestellt.«

»Das ist noch gar nichts. Warte, bis du die Fünfte Avenue gesehen hast. Das ist ein Anblick!«

Die Sonne schien, und die Bäume im Park an der Avenue und der Neunundfünfzigsten Straße leuchteten grün und golden.

»Das ist das Plaza Hotel«, sagte Joseph. »Und auf dieser Seite siehst du das berühmte Hotel Netherland.«

Sie überquerten die Avenue und schlenderten in ungewisser Richtung weiter. Als der Polizist seine Trillerpfeife ertönen ließ, setzte sich der Verkehr in Bewegung, und sie mußten auf der Betoninsel stehenbleiben, auf der der überlebensgroße General Sherman sein Pferd am Zügel hielt.

»Ein ganz schönes Denkmal, was?« sagte Joseph.

Anna las die Inschrift. »Das ist ja der General der Union, der all die Häuser in Brand setzen ließ, als er während des Bürgerkrieges mit seinem Heer durch Georgia zog.«

Joseph war erstaunt. »Ich hatte noch nie von ihm gehört!«

Hinter General Sherman stand ein großes Haus aus roten Ziegeln und weißem Stein, umgeben von einem Eisengitter. »Das ist das Haus der Vanderbilts. Oder eins ihrer Häuser, besser gesagt.«

»Es ist kein Hotel?«

»Nein, ein Wohnhaus. Darin lebt eine Familie.«

Sie glaubte, er scherzte. »Eine Familie? Das ist doch nicht möglich? Es müssen doch mindestens hundert Zimmer sein.«

»Ich sage dir die Wahrheit.«

»Wie kann man so reich sein?«

»Die Familie Vanderbilt hat ihr Geld mit Eisenbahnen gemacht. Ich könnte dir auf dieser Avenue noch Dutzende solcher Häuser zeigen. Die Leute haben sich ihr Vermögen mit Erdöl, Stahl, Kupfer oder einfach nur durch Land- und Immobilienbesitz gemacht. Weißt du, daß die meisten der ärmlichen

Mietshäuser in Downtown wie das, in dem du wohnst, den Leuten gehören, die hier die großen Häuser haben? Wenn wir unsere Miete bezahlen, geht das Geld hierher.«

Sie dachte an das baufällige Haus in der Hester Street. »Findest du das gerecht?«

»Wahrscheinlich nicht, aber vielleicht auch doch. Ich weiß es nicht. Wer schlau genug ist, auf so etwas zu kommen, hat bestimmt den Gewinn verdient. Jedenfalls ist die Welt nun einmal so, und solange es keine bessere gibt, werde ich mich dieser hier anpassen.«

Anna schwieg, und Joseph fuhr mit zunehmender Erregung fort: »Eines Tages werde auch ich so leben, Anna. Vielleicht nicht gerade in einem Palast wie diesem, aber irgendwo in Uptown in einem schönen Haus an einer Seitenstraße. Das werde ich tun, du kannst dich darauf verlassen.«

»Du denkst zu sehr an das Geld«, sagte sie ruhig.

»Findest du? Ich werde dir mal was sagen, Anna. Wenn du kein Geld hast, wirst du angespuckt. Dann bist du nichts.«

»Nein, das ist nicht wahr. Die großen Schriftsteller und Künstler hatten auch kein Geld, und sie werden von allen geehrt. Du machst alles viel zu häßlich und grausam.«

Die Idee kam ihr in einer erstickend heißen Nacht, als der Gestank von Speisefett in den ungelüfteten Räumen lag. Ihr Nackenhaar war schweißfeucht, und sie sehnte sich nach einem Bad in kühlem Wasser. Aber es gab nicht nur kein Badezimmer, sondern auch keinen Ort, wo man sich geruhsam waschen konnte. Ruths Fünfjähriger war krank und unruhig, und man konnte nicht schlafen.

Da dachte sie an das Zimmermädchen, das die Stufen des Hauses mit dem in Töpfe gepflanzten Immergrün heruntergekommen war. Während der Fahrt über den Atlantik hatten einige Bauernmädchen von den Stellen erzählt, die sie in Amerika erwarteten, Stellen in schönen sauberen Häusern wie denen in Uptown. In einem solchen Hause würde sie ruhig schlafen können, Platz für ein kleines Regal haben, um die von Miss Thorne geschenkten Bücher unterzustellen, und vielleicht sogar in der Lage sein, etwas Geld zu sparen und ihre kleine Bibliothek zu vergrößern. Denn schließlich hätte sie ja nichts für die Miete und das Essen zu bezahlen. So könnte sie anständig leben und in den schönen Straßen spazierengehen. Sie überlegte und überlegte, doch endlich hatte sie ihren Entschluß gefaßt.

»Ruth meint, ich sei verrückt, weil ich mir eine Stelle als Dienerin suche«, erzählte sie Joseph einige Tage später.

»Aber warum denn? Es ist eine ehrliche Arbeit. Solange du weißt, was dir gefällt, brauchst du nicht auf andere zu hören.«

6

So sah es also hinter jenen breiten Fenstern aus, deren fast stets geschlossene Läden von draußen wie die Augenlider eines schlafenden Gesichts wirkten. Samtteppiche, auf denen man seine eigenen Schritte nicht hörte, Bilder in vergoldeten Rahmen, frische gelbe oder rosa Rosen mitten im September und überall Treppen, die immer höher gingen. Anna folgte Mrs. Werner.

»Wir sind eine kleine Familie. Meine Tochter ist verheiratet und lebt in Cleveland. Hier sind also nur Mr. Werner, ich und unser Sohn, Mr. Paul. Das hier ist sein Zimmer.« Sie öffnete eine Tür, und Anna sah Regale voller Bücher, Reitstiefel in einer Ecke und über dem Kamin eine große blaue Flagge mit der Inschrift: *Für Gott, für das Vaterland und für Yale.*

»Die Männer unserer Familie sind zur Zeit alle in Yale, oder sie sind dort gewesen. Mr. Paul wird erst nächste Woche aus Europa zurück sein, aber ich möchte trotzdem, daß sein Zimmer jeden Tag gemacht wird. Und jetzt zeige ich Ihnen Ihr Zimmer. Es liegt ganz oben.«

Sie stiegen ein Stockwerk höher, aber hier war die Treppe nicht mehr mit Teppichen ausgelegt. »Das vordere Zimmer benutzen wir für die Näherin, die im Frühjahr und im Herbst für je drei Wochen kommt, um meine Kleider zu nähen. Dahinter liegt das Zimmer der Köchin und Ihres gleich nebenan.«

Die beiden Zimmer waren fast identisch: ein sauberes Bett, eine Kommode, ein einfacher Holzstuhl. Bei der Köchin hing ein riesiges hölzernes Kruzifix über dem Bett. Unglaublich, ein solches Zimmer für nur eine Person! Und mit elektrischem Licht. Es gab sogar eine Badewanne für die Dienerschaft, eine hohe weiße Badewanne auf Klauenfüßen.

»Möchten Sie die Stelle haben?«

»Oh, ganz gewiß, sehr gern.«

»Gut. Das Gehalt beträgt fünfzehn Dollar im Monat. Gewöhnlich bezahle ich zwanzig, aber da Sie keine Erfahrung haben, müssen Sie zuerst noch angelernt werden. Haben Sie noch irgendwelche Fragen?«

»Nein.«

»Anna, schicklicherweise sagt man: ›Nein, Mrs. Werner.‹«

»Nein, Mrs. Werner.«

»Möchten Sie heute anfangen?«

»O ja! Ja, Mrs. Werner.«

»Dann können Sie jetzt gehen und sich Ihre Sachen holen. Es ist elf Uhr ... schauen wir mal ... eigentlich brauche ich den Wagen erst um zwei Uhr. Quinn kann Sie nach Downtown fahren.«

»Im Auto?«

»Ja. In der Straßenbahn ist es mit all den Paketen zu mühsam und beschwerlich.«

Im Geiste ging sie noch einmal den Tag durch. Die Fahrt in dem geschlossenen Wagen, der wie ein kleines Zimmer war, mit blassem sandfarbenem Stoff ausgeschlagen, die Sitze weich wie Seide. Auf dem Boden ein dunkelgrauer Pelzteppich mit einem großen aufgenähten W. Der Chauffeur Quinn saß draußen und hatte kein Dach über dem Kopf. Er hat kein Wort mit mir gesprochen, und ich glaube, es gefiel ihm gar nicht, in die Hester Street zu fahren, wo die Leute den Wagen ständig anglotzten. Außerdem kam man dort nur schwer durch wegen all der Handwagen. Und dann versuchten die Kinder in den Wagen zu klettern, und Quinn wurde böse. Aber er half mir mit meinen Schachteln.

Ich wollte, Joseph hätte diesen Wagen gesehen. Ruth erklärte mir noch einmal, ich sei verrückt, meine Freiheit aufzugeben und eine Dienerin zu sein, aber ich sehe wirklich nicht, welche Freiheit sie genießt. Wenn ich hierbleiben würde, wäre ich bald genauso wie sie. Trotzdem wird sie mir fehlen.

»Wie kommt es, daß man Sie Mistress nennt und mich nur bei meinem Vornamen?« fragte Anna eines Morgens die Köchin.

»Die Köchin wird immer Mistress genannt«, erwiderte Mrs. Monoghan. »Weißt du übrigens, daß du hier das erste jüdische Hausmädchen bist? Obgleich die Familie jüdisch ist.«

Anna war erstaunt. »Die Werners sind Juden?«

»Natürlich, und sie sind ganz ausgezeichnete Herrschaften. Ich bin nun schon seit sieben Jahren hier. Meine Schwägerin meinte, ich würde mir nur schaden, wenn ich bei Juden arbeite, aber ich habe es nie bereut. Die Werners sind richtige Herrschaften, und daran gibt es keinen Zweifel.«

»Es freut mich, das zu hören«, sagte Anna steif.

»Du hast doch hoffentlich gut geschlafen? Die erste Nacht in einem neuen Haus . . . da fällt einem das Schlafen schwer.«

Das Kohlenfeuer, das die Nacht über geglüht hatte, flammte auf. In der Pfanne brutzelte etwas, das angenehm roch.

»Was ist das?« fragte Anna.

»Das? Aber Speck natürlich. Was ist denn los?«

»Sie haben doch gesagt, diese Leute seien Juden! Wie können sie da Speck essen?«

»Keine Ahnung, da mußt du sie schon selbst fragen. Mr. Werner ißt jeden Morgen Eier mit Speck. Sie nimmt nur eine Tasse Tee mit Toast und Marmelade in ihrem Schlafzimmer. Ich zeige dir, was alles auf dem Tablett stehen muß, und dann bringst du es ihr um Viertel nach acht hinauf. Du wirst dich beeilen müssen, denn am Morgen ist die Zeit kostbar.«

»Ich kann keinen Speck essen«, sagte Anna mit aufsteigender Übelkeit.

»Dann iß ihn halt nicht!« Plötzlich leuchtete Mrs. Monaghans Gesicht auf. »Ach, jetzt verstehe ich. Es ist wegen deiner Religion, nicht wahr? Es ist dir verboten.«

»Ja«, sagte Anna.

»Und warum wohl?« fragte Mrs. Monaghan, den Speck in der Pfanne umdrehend.

»Ich weiß es nicht. Es ist nicht erlaubt. Es ist schlecht.«

Mrs. Monaghan nickte teilnahmsvoll. »Der Fleischerjunge wird bald vorbeikommen, um die Bestellung fürs Abendessen aufzunehmen. Die Familie wird Entenbraten essen, und da es Freitag ist, werde ich mir Fisch bestellen.«

»Warum müssen Sie am Freitag Fisch essen?«

»Weißt du denn nicht, daß unser Heiland an einem Freitag gestorben ist?«

Anna hätte gern gefragt, in welcher Beziehung der Fisch zum Tode des Heilandes stand, aber da ertönte die Klingel im Anrichteraum, und Mrs. Monaghan eilte hinaus.

»Mein Gott, heute ist sie aber früh auf! Schnell, reich mir eine Tasse und Untertasse von dem blauweißen Porzellan. Und lege die *New York Times* auf das Tablett! Ach, du liebe Güte, da klingelt schon der Eismann! Lauf bitte zur Tür und sage ihm, er soll uns heute fünfzig Pfund bringen. So ist's recht . . .«

Es war wirklich nicht schwer, sich die Pflichten und Gepflogenheiten anzugewöhnen. Mach die Tür auf, nimm der Dame den Mantel und dem Herrn den Hut und den Stock ab. Bediene von links und serviere von rechts ab. Gehe besonders vorsichtig mit dem Porzellan und dem Kristall um. Füll die Blumenvasen mit Wasser auf und verschütte keinen Tropfen auf den Tisch, weil es sonst helle Flecken auf dem Holz gibt. Bringe den Tee um fünf Uhr herein – das weißt du ja noch von Miss Thorne –, und wenn Mrs. Werner und ihre Freundinnen vom Einkaufen heimkommen und die kalte Luft in ihre Pelzmäntel dringt, riecht ihr Parfüm wie Zucker. Lerne, das Telefon richtig zu benutzen – zuerst die Kurbel an der Wand drehen, dann die Nummer der Zentrale melden und den Mund stets beim Sprechen dicht an die Muschel halten. Und vergiß nicht, alle Nachrichten und Bestellungen fein säuberlich auf dem Notizblock zu vermerken.

Und wenn du am Abend mit der Arbeit fertig bist, kannst du auf dein Zimmer gehen, dein eigenes Privatzimmer mit der Reihe von Büchern auf der Kommode, und dann kannst du dich ins Bett legen und lesen . . . und dabei sogar eine Orange essen oder ein paar Weintrauben.

»Iß sie nur«, sagt Mrs. Monaghan freundlich, »bevor sie schlecht werden.«

»Tja«, meinte die Köchin eines Tages, die Ellbogen auf den Küchentisch gestützt, »die reichen Leute haben halt ihre Schrullen. Den Werners gehört noch ein Haus in den Bergen von Adirondack. Es ist groß und gemütlich – ein richtiges Blockhaus wie das von Lincoln, das man auf Bildern sieht, nur viel größer. Und wenn man aus dem Fenster schaut, sieht man nur den See und Bäume und meilenweit keine lebende Seele. Da wird es einem direkt unheimlich, und ich würde keinen Penny für ein solches Ding bezahlen. Um dorthin zu kommen, muß man die ganze Nacht reisen. Im Schlafwagen. Aber das, muß ich sagen, ist eigentlich recht abenteuerlich. Um meinen Neffen Jimmy haben sie sich mit einer wahren Herzensgüte bekümmert! Als er sich das Bein gebrochen hatte, haben sie ihn und seine Schwester Agnes für den ganzen Sommer dorthin mitgenommen. Jimmy und Mr. Paul sind nämlich im gleichen Alter. Sie haben sich ausgezeichnet miteinander verstanden. Ich meine natürlich, als sie noch Kinder waren. Jetzt arbeitet Jimmy in einer Garage, und Mr. Paul ist bei der Bank der Familie. Wußtest du, daß ihnen eine Bank gehört? Ein riesiges Gebäude, behauptet Quinn. Auf der Wallstreet oder dort in der Nähe. Mr. Paul wird dir übrigens gefallen. Er ist sehr nett, und man muß ihn einfach gern haben. Es heißt, er sei sehr klug, aber er kann auch sehr einfach sein, und du würdest es ihm nie anmerken. Nur eins verstehe ich nicht. Er kauft ständig Bücher, und bald wird im Hause kein Platz mehr dafür sein.«

Eines Morgens im September kommt er an, nimmt auf der Außentreppe zwei Stufen auf einmal, gefolgt von Quinn und einem Stapel Koffer mit dem Etikett *Lusitania, Erste Klasse*.

Seine hellblauen Augen – sie wirken auffallend in seinem dunklen Gesicht – sehen aus, als hätten sie eben gelacht. Er hat Geschenke für alle mitgebracht und besteht darauf, sie sofort zu verteilen.

»Parfüm?« sagte Mrs. Monaghan. »Wo soll eine alte Frau wie ich mit Parfüm hin?«

»In die Kirche, Mrs. Monaghan«, erklärte Mr. Paul sehr bestimmt, und die blauen Augen blinzeln vergnügt und sagen: Ist sie nicht eine spaßige Alte? »Es ist keine Sünde, den Gebeten einen Duft von Blumen hinzuzufügen. Schmückt die Heilige Jungfrau sich nicht auch mit Blumen?«

»Ach, diese Lästerzunge!«

»Und eine Flasche für Agnes. Sie ist doch noch nicht ins Kloster eingetreten?«

»Noch nicht, und ich glaube nicht, daß sie es je tun wird, obgleich es ihrem Vater und ihrer Mutter das Herz bricht, wenn sie es nicht tut.«

»Oh, Mrs. Monaghan, das will ich doch nicht hoffen.« Sein Gesicht lacht nicht mehr, und er spricht ernsthaft. »Agnes muß mit ihrem Leben tun, was sie allein für richtig hält. Das ist ihr Recht, und sie sollte sich darum keine Vorwürfe machen.«

An diesem Abend liegt Anna im Bett und kann nicht schlafen. Sie glaubt, das Pochen ihres Herzens zu hören. Wie sie sich auch legt, auf die rechte oder auf die linke Seite oder auf den Rücken – immer fühlt sie das Herz. Plötzlich scheint es ihr, als sei die Welt voller herrlicher, aufregender Dinge, die an ihr vorübergehen, und sie verpaßt alles, weil sie arbeiten muß und dann sterben wird und nichts vom Leben gehabt hat.

»Nun, was hältst du von Mr. Paul?« fragt Mrs. Monaghan.

7

Die Weinranken wachsen unmerklich während der Nacht. Am Morgen sehen sie aus wie am Abend zuvor. Und dann sieht man eines Tages, daß sie bereits bis zur halben Höhe des Baums gewachsen sind. Wie konnte das geschehen? Sie müssen die ganze Zeit lang gewachsen sein, denn jetzt sind sie so fest und stark und so zäh an den Stamm geheftet, daß man sie kaum noch wegreißen kann.

Es ist so lächerlich, so schandbar, ständig an Paul Werner zu denken! Wie konnte das geschehen? Sie weiß überhaupt nichts über ihn, und es geht sie auch nichts an! Er kommt eines Tages daher – ihr völlig fremd, sich kaum ihrer Existenz bewußt –, und er nimmt Besitz von ihrer Seele. Das ist doch unsinnig!

Jedesmal wenn sie ihm etwas zu sagen hat, scheint es ihr, daß er ihre Gedanken kennt, daß er sie ganz klar auf ihrem Gesicht lesen kann. Die einfachsten Worte (Herr Soundso war hier und wird um neun Uhr noch einmal vorbeikommen) nahmen eine viel tiefere Bedeutung an, als sie wirklich hatten. Und dann ging ihr seine Antwort noch lange durch den Kopf. (Herr Soundso haben Sie gesagt? Er kommt um neun Uhr noch einmal vorbei?)

Warum kann der Mensch auf einen anderen Menschen so anziehend wirken? Warum?

»Du bist nicht wie sonst«, bemerkte Joseph nach einigem Schweigen. Es war Mrs. Monaghans freier Sonntag, und sie saßen in der Küche beim Abendessen. Mrs. Werner war Joseph eines Tages am Eingang des Untergeschosses begegnet, hatte ihn »einen sehr netten jungen Mann« gefunden und Anna erlaubt, ihn zum Abendessen einzuladen. »Was ist los? Bist du hier nicht glücklich?«

»Um dir die Wahrheit zu sagen, gefällt es mir nicht sehr.«

»Aber du sagtest doch, die Arbeit sei leicht.«

»Ach, das schon . . .«

»Was ist es dann?«

»Ich weiß es nicht genau.«

»Anna, du bist sehr geheimnisvoll.« Josephs Augen waren voller Besorgnis.

Sie machte sich Vorwürfe wegen ihrer Gedanken. Er konnte ja nicht wissen, an was sie dachte. Wie langweilig er ist, wie grau und farblos.

»Du bist so gütig«, sagte sie. »So gütig. Aber mach dir keine Sorgen um mich. Es ist ja nichts.«

»Ich glaube, ich weiß, was es ist«, sagte er plötzlich. »Du sorgst dich um deine Brüder. Du vermißt sie. Das ist es doch, nicht wahr?«

»Natürlich vermisse ich sie. Aber es geht ihnen sehr gut. Dan schreibt, daß er und Eli das nächste Mal ihren Chef nach Paris begleiten werden.«

Joseph zuckte die Schulter. »Sehr schön. Aber ich verstehe einfach nicht, warum sie in Europa bleiben wollen, anstatt hierherzukommen.«

Anna sagte: »Ich hörte, wie Mr. Paul jemandem am Telefon sagte, falls er noch einmal auf die Welt käme, würde er entweder in Frankreich oder in Norditalien leben wollen. Er sagt, der Comer See sei der schönste Ort der Welt.«

»Quatsch! Warum zieht er nicht dorthin? Die Vereinigten Staaten werden sicher auch ohne ihn auskommen.«

»Du brauchst nicht gleich so gehässig zu werden!«

»Das wollte ich nicht, aber solche Reden bringen mich in Wut. Die Leute sollten stolz auf dieses Land sein und es zu schätzen wissen. Besonders jemand wie er, der in einem so schönen Haus lebt.«

»Er hat sich bestimmt nichts Böses dabei gedacht.« Sie sprach mit Eifer, war sich fast der Beflissenheit in ihrer Stimme bewußt. »Aber du mußt verstehen, wenn man immer so gelebt hat, nimmt man es als selbstverständlich hin. Dann sieht man nicht mehr, wie wunderbar es ist.«

»Ach ja, wenn die Familie einem ein Vermögen in den Schoß gelegt hat, kann man es sich leisten, es als selbstverständlich hinzunehmen.«

»Joseph, du bist nur neidisch.«

Gestern abend, als sie in ihrem Zimmer gelesen hatte, war sie auf ein Wort gestoßen, das sie nicht kannte. Sie hatte im Wörterbuch nachgeschaut. Besessenheit: zwingendes und dauerhaftes Gefühl, dem man nicht mehr entrinnen kann. Und jetzt, als sie Joseph den Tee eingoß, ihm den Teller mit den Brötchen reichte, dann den Tisch abdeckte und sich wie im Traum in der Küche bewegte, sagte sie sich: Ich bin besessen, besessen.

Eines Samstagvormittags, als Paul Werner unerwartet früh nach Hause kam, arbeitete Anna noch in seinem Zimmer.

»Ich bitte um Verzeihung«, sagte sie. »Ich werde mich beeilen, ich wußte nicht . . .«

»Schon gut. Sie konnten ja nicht wissen, daß ich vorzeitig zurückkommen würde«, sagte er rücksichtsvoll. »Ach! Sie interessieren sich für Malerei?«

Sie hatte ein riesiges Buch auf dem Tisch offen liegengelassen. »Entschuldigen Sie bitte! Ich wollte nur . . .«

»Nein, schlagen Sie es nicht zu. Was haben Sie sich angeschaut? Monet?«

»Das hier«, stammelte sie. Ein von einer Mauer umgebener Obstgarten. Eine Frau im Sommerkleid. Sonnenlicht ohne Hitze, duftige, frische Kühle.

»Ach ja, das ist herrlich, nicht wahr? Es ist auch eins meiner Lieblingsbilder. Schauen Sie sich oft diese Bilder an?«

Jetzt muß ich ihm schon die Wahrheit sagen, ganz gleich, was dann passiert. Er ist jung und nicht so streng wie seine Mutter, und er wird mir nicht sehr böse sein.

»Ich schaue mir besonders dieses hier an. Jeden Tag.«

»Tatsächlich?« sagte er. »Und warum gerade dieses da?«

»Es macht mich glücklich, wenn ich es mir anschaue. Wenn ich daran denke, daß es einen solchen Ort gibt.«

»Der Grund ist einleuchtender als manche anderen. Möchten Sie sich das Buch ausleihen, Anna? Es für eine Weile auf Ihr Zimmer nehmen? Sie können es gerne haben.«

»Oh, vielen Dank«, sagte sie, »vielen herzlichen Dank.« Ihre Hände begannen zu zittern. Sie war sicher, daß er es sehen konnte, und sie verschränkte sie hinter dem Rücken.

»Danken Sie mir nicht. Bibliotheken sind dazu da, daß man sie benutzt. Hier, nehmen Sie es. Und erzählen Sie mir etwas von sich, Anna.«

»Ich weiß nicht, was Sie hören möchten.«

»Was taten Ihre Eltern? Wie war es in Ihrer Heimat? Warum sind Sie ausgewandert?«

»Aber das geht jetzt nicht. Ich muß hinuntergehen, ich habe Arbeit.«

»Also dann am nächsten Samstagvormittag. Oder sonst irgendwann, wenn wir Zeit finden. Einverstanden?«

Sie fanden des öfteren Zeit, mal einige Minuten an Samstag-
vormittagen, mal nach dem Abendessen im Treppenhaus – er
auf der Schwelle seines Zimmers, sie auf den Stufen –, wenn
sie zufällig wegen ihrer Arbeit hinauf oder hinunter mußte.
Sie hatte ihm von ihrem Dorf erzählt, er ihr von dem Sommerhaus in den Adirondacks. Sie berichtete ihm von ihrem Vater,
er von Yale. Diese Gespräche erschienen ihr wie ein Spiel, bei
dem der Ball ständig über ein Netz hin und her ging. Und sie
fand es auch aufregend wie ein Spiel. Wenn sie sich durchs
Haus bewegte, sang sie vor sich hin und mußte sich bemühen,
ihre Fröhlichkeit im Zaum zu halten.

Eines Tages im Frühling sprach er sie an: »Sagen Sie Ihrem
Freund, er soll am nächsten Sonntag nicht kommen. Ich
möchte Sie zum Tee einladen.«

»Aber das können wir doch nicht! Ich glaube nicht . . .«

»Was glauben Sie nicht? Ich möchte mich mit Ihnen unterhalten, mich irgendwo hinsetzen und ein richtiges Gespräch
führen.«

Sie zögerte und fühlte aufsteigende Angst.

»Niemand braucht es zu wissen, falls das Ihre Sorge ist. Obgleich es nichts zu verbergen gibt. Ich verlange ja nichts von
Ihnen, dessen Sie sich schämen müßten.«

Sie saßen auf vergoldeten Stühlen, und hinter ihnen stand ein
Wandschirm mit Palmenblättern. Ein Kellner rollte Kuchen
auf einem kleinen Wagen heran. Geigen spielten Walzerme-
lodien.

»Anna, Sie sehen schön aus, besonders mit diesem Hut.«

Er hatte darauf bestanden, ihr diesen Hut zu kaufen, trotz
ihrer heftigen Proteste. Es war ein prächtiger Strohhut mit sei-
denen Mohnblumen und Weizenähren.

»Ich habe viel über Sie nachgedacht, Anna. Sie sind so jung
und haben schon so viel in Ihrem Leben getan.«

»Was habe ich getan? Überhaupt nichts, wie mir scheint.«

»Doch! Sie haben Ihr Leben in Ihre Hände genommen, sind
ganz allein um die halbe Welt gereist, haben eine neue Sprache gelernt, um weiter vorwärtszukommen . . .«

»So hatte ich es bisher noch nie gesehen.« Anna lachte.

»Sie sind einfach zauberhaft, wenn Sie lachen. Ich komme überall in der Stadt herum, und wissen Sie was? Ein so hübsches Mädchen wie Sie habe ich bis jetzt noch nirgends gesehen.«

»Aber schauen Sie sich doch nur um. Hier sitzen so viele schöne Mädchen.«

»Nicht wie Sie. Keine gleicht Ihnen. Sie haben ein wunderbares Gesicht, und Sie strahlen Lebendigkeit aus. Die meisten Leute hier tragen eine Maske, und alles langweilt sie.«

»Langweilt sie? Wie kann das sein? Allein um zu sehen, was man sehen will, müßte man mindestens hundert Jahre leben, und auch das wäre nicht genug.«

Am Abend machten Mr. und Mrs. Werner einen Beileidsbesuch, und Mrs. Monaghan war im Untergeschoß, um sich ihre Sonntagsbluse zu bügeln. Anna stieg die Treppen zu ihrem Zimmer empor. Als sie auf dem darunterliegenden Stockwerk ankam, schien es ihr ganz natürlich, daß er dort auf sie wartete.

Sie klammerte sich an ihn. Die Wand in ihrem Rücken, an die sie sich lehnen mußte, weil ihre Beine nachgaben, war warm und fest. Der Mann war auch warm und fest. Sein Mund wanderte über ihren Hals und ihr Gesicht. Als seine weichen Lippen ihren Mund fanden, seufzten beide auf. Sie schloß die Augen, und alles drehte sich um sie wie ein Feuerwerk in dunkler Nacht.

Er trat zurück. »Anna, du bist so schön! Ich kann dir gar nicht sagen, wie herrlich schön du bist.«

Sie war benommen und kehrte ins Licht zurück. Sanft führte er sie die letzten Stufen hinauf. Sie schwebte zwischen Angst und Triumph und dachte: Er geht mit mir hinauf.

»Wir müssen . . . du mußt jetzt auf dein Zimmer«, sagte er leise und zärtlich. Dann ging er in sein Zimmer zurück.

Sie stand lange Zeit vor dem Spiegel, zog sich ihr Nachthemd über den Kopf. Statuen im Museum hatten Brüste wie sie. Bei Kusine Ruth hatte sie nackte Frauen gesehen, einige hatten riesige formlose Säcke, andere lange flache Schläuche, wieder andere fast überhaupt keine. Sie zog die Nadeln aus ihrem Haar und ließ es über Stirn und Schulter fallen. Das

Haar fühlte sich warm an auf der nackten Haut. Musik erklang in ihrem Kopf, eine liebliche Melodie. Er hätte sie nie so geküßt, wenn er sie nicht liebte. Jetzt war ganz bestimmt eine große Veränderung in ihrem Leben eingetreten, und eine noch größere Veränderung würde folgen. Ganz bestimmt.

8

Am Morgen sagte Mrs. Monaghan: »Wir haben heute abend Gesellschaft. Meine Nichte Agnes wird kommen, um beim Servieren zu helfen. Madame sagt, es sei nur ein Familiendinner, aber es muß schon etwas Besonderes sein. Stell dir vor: Schildkrötensuppe, Hummerauflauf, Lammkeule. Sie möchte, daß du mit ihr heraufkommst, um den Tisch zu decken.«

Das Speisezimmer funkelte im Glanz des Kristalls und des Silbers auf den Spitzendecken. Silberne Teller, silberne Kerzenleuchter, silberne Schüsseln für das Konfekt und die Rosen.

»Einige dieser Stücke sind fast zweihundert Jahre alt«, erklärte Mrs. Werner. »Diese Kaffeekanne gehörte meiner Ururgroßmutter Mendoza. Sehen Sie, hier ist das M.«

»Das haben Sie alles aus Europa mitgebracht?«

»Nein, es ist amerikanisches Silber. Meine Familie kam aus Portugal und war schon hundert Jahre hier, bevor diese Sachen hergestellt wurden.«

»Das ist alles so anders als bei mir«, sagte Anna.

»Nicht wirklich, Anna. Nur eine zufällige Wendung der Geschichte und weiter nichts. Die Menschen sind überall gleich.« Mrs. Werners seltenes Lächeln ließ das kühle Gesicht etwas sanfter erscheinen.

Sie hat irgend etwas, das mich an Mama erinnert, sagte sich Anna. Ich habe es noch nie bemerkt. Eine gewisse Kraft und Zuverlässigkeit. Ich würde sie gerne umarmen. Es wäre schön, wieder eine Mutter zu haben. Ich frage mich, ob sie schon etwas weiß.

Mrs. Werner sah in ihrem dunkelroten Seidenkleid blendend aus. Für eine Frau von über vierzig wirkte sie erstaunlich jugendlich. Die Gäste am Tisch schienen eine Familie zu sein: die Eltern, eine Großmutter und zwei Schwestern in Annas Alter. Sie hatten helle, sommersprossige Haut, und die Gesichter mit den Adlernasen verrieten einen gewissen Stolz.

Anna bewegte sich um den Tisch herum, reichte den Gästen die Speisen auf den Silbertabletts und goß ihnen Eiswasser aus der silbernen Karaffe ein. Paß auf, daß nichts danebengeht. Der Spitzenkragen der Großmutter ist aus Valenciennes. Mrs. Monaghan hat mir von Valenciennes erzählt. Gott sei Dank schaut er mich nicht an. Werde ich ihn später sehen?

»Anna, rufen Sie doch bitte Mrs. Monaghan und Agnes herein«, flüsterte ihr Mr. Werner zu.

Sie war sich nicht sicher, ihn richtig verstanden zu haben, und er wiederholte es. »Danach bringen Sie den Champagner«, fügte er hinzu.

Er füllte drei Extragläser, eins für Agnes, eins für Mrs. Monaghan, eins für Anna. Dann hob er sein Glas, und alle warteten gespannt.

»Ich kann euch nicht sagen, wie glücklich wir sind. Deshalb möchte ich euch nur bitten, auf die Freude dieses wunderbaren Tages in unserem Leben zu trinken. Auf die Zukunft unseres Sohnes Paul und Marians, die bald unsere Tochter sein wird.«

Man stieß mit den Gläsern an, und es klang wie Glockengeläut. Mr. Werner stand auf und küßte das in Blaßblau gekleidete Mädchen auf beide Wangen. Und Mrs. Monaghan fügte hinzu: »Gesegnet seien die Heiligen für eine Hochzeit in diesem Haus!«

Nur er hatte nichts gesagt. Aber er mußte doch etwas gesagt haben, und vielleicht hatte sie es nur nicht gehört. Alles war plötzlich verschwommen, wie ausgelöscht und in weiter Ferne.

Im Anrichteraum flüsterte Mrs. Monaghan ihr zu: »Anna, reiche noch einmal den Kuchen herum.«

Anna lehnte sich an den Schrank. »Den Kuchen?«

»Die Walnußtorte auf der Anrichte. Was ist denn mit dir los?«

»Ich weiß es nicht. Mir wird schlecht.«

»Jesus Maria und Joseph! Du siehst ja ganz grün aus! Daß du dich nicht in meiner Küche erbrichst! Agnes, nimm ihr die Schürze ab und geh ins Speisezimmer. So ist's recht! Und du, Anna, du gehst auf dein Zimmer. Ich werde mich später um dich kümmern. Was hast du nur wieder angestellt? Ausgerechnet jetzt!«

»Geht es Ihnen jetzt besser, Anna?« Mrs. Werner war besorgt. »Mrs. Monaghan sagte mir, Sie wollen uns verlassen. Das kann ich nicht glauben.«

Anna richtete sich in ihrem Bett auf. »Ich weiß, daß es nicht recht ist, Sie so plötzlich zu verlassen, aber ich fühle mich wirklich nicht wohl.«

»Wir werden den Arzt rufen lassen!«

»Nein, nein, ich kann zu meiner Kusine in Downtown ziehen. Sie wird mir schon einen Arzt besorgen.«

»Nun, ich kann Sie nicht zurückhalten, wenn Sie sich entschlossen haben. Sowie Sie bereit sind, werde ich Quinn bitten, Sie mit dem Wagen hinzubringen.« An der Tür blieb Mrs. Werner noch einmal stehen. »Falls Sie je wieder zurückkommen möchten, Anna, sind Sie uns immer herzlich willkommen. Und falls wir sonst noch etwas für Sie tun können, rufen Sie uns bitte an, nicht wahr?«

»Ich danke Ihnen, Mrs. Werner. Aber ich habe mich entschlossen.«

An einem stickigheißen Abend einige Wochen später saßen Joseph und Anna auf den Stufen vor dem Haus und unterhielten sich. Die Sonne war untergegangen, und im Licht ihrer letzten Strahlen spielten die Jungen eine letzte Partie Baseball auf der Straße. Die Mütter riefen sie mit schrillen, kreischenden Stimmen: Benn-ie! Lu-ie! Die Straßenverkäufer führten ihre müden Gäule – mit hängenden Köpfen und schleppenden Hufen – in die Stallungen der Delancey Street zurück. Langsam verebbte das Leben der Straße.

Sie redeten über dieses und jenes, schwiegen, redeten wieder. Nach einer Weile sagte Joseph zu Anna, daß er sie liebe, und dann fragte er sie, ob sie ihn heiraten würde. Sie war einverstanden.

9

Er betete sie an. Seine Augen und Hände wanderten ehrfürchtig über ihren Körper. Im neuen Messingdoppelbett, das er für die Hochzeit gekauft hatte, stützte er sich auf den Ellbogen und betrachtete sie.

»Rosa und weiß«, sagte er, und dann wickelte er eine Strähne ihres Haars um sein Handgelenk. Er lachte und schüttelte verwundert den Kopf. »Ganz vollkommen. Sogar deine Stimme und deine Art, das ›th‹ auszusprechen. Ganz vollkommen. Und wenn du mehr gelesen hättest, wärst du klüger als jeder, den ich kenne. Hättest du nur auch eine ganz kleine Chance gehabt, dich weiterzubilden, so wärst du jetzt jemand – eine Lehrerin, vielleicht sogar eine Ärztin oder Rechtsanwältin. Du hast das Zeug dazu.«

Seufzend streckte sie die Hand aus, an deren Finger sie den breiten Goldring mit der Inschrift »Für A. von J. 16. Mai 1913« trug. »Ich bin eine Ehefrau«, sagte sie.

»Und wie fühlst du dich als Ehefrau?« fragte er. Sie wandte sich ihm zu, legte sanft die Hand auf die seine. »Ich fühle mich sehr zufrieden«, sagte sie.

Dann streckte sie sich, gähnte und hielt sich die Hand vor den Mund. Zehn zarte Glockenschläge erklangen von der Kaminuhr auf Josephs Kommode.

»Dieses pompöse dumme Ding!« rief Anna aus.

»Was? Die Uhr? Was hast du nur gegen diese schöne Uhr? Bloß weil du die Leute nicht magst, die sie uns geschenkt haben.«

Eines Tages, ein paar Monate nach der Hochzeit, hatte ein Laufjunge das Paket von Tiffany bei ihnen abgegeben.

»Ich wußte, daß die Werners uns ein Geschenk machen

würden«, hatte Joseph gesagt. »Ich sollte es dir nicht erzählen, aber sie hatten ihren Chauffeur zu Ruth geschickt, um sich zu erkundigen, wie es dir geht, und da hat sie ihm gesagt, daß wir geheiratet hätten. Freust du dich denn nicht? Du siehst gar nicht erfreut aus.«

»Ich bin nicht erfreut«, hatte sie geantwortet.

»Ich verstehe nicht«, sagte er jetzt, »was du gegen diese Leute hast. Es sieht dir gar nicht ähnlich, dir, die du immer so lieb bist.«

»Es tut mir leid. Nun ja, es war nett von ihnen, uns etwas zu schenken. Aber die Uhr ist viel zu prunkvoll für dieses Haus. Wir haben nicht einmal einen richtigen Platz für sie.«

»Das ist wahr. Aber eines Tages werden wir einen besseren Platz haben. Einen Platz, wo diese Uhr hinpaßt und auch deine silbernen Kerzenleuchter.«

»Joseph, arbeite nicht so schwer, schufte dich nicht ab. Mir genügt, was wir haben.«

»Eine Kellerwohnung auf den Washington Heights?«

»Es ist die beste Wohnung, die ich je gehabt habe.«

»Und bei den Werners?«

»Da habe ich nicht richtig gewohnt. Da gehörte mir nichts.«

»Aber so ein Haus wirst du einmal haben. Ich werde dafür sorgen, daß du auch einmal so lebst. Du wirst sehen, Anna.«

»Es ist nach zehn«, ermahnte sie ihn leise. »Und du mußt um fünf Uhr auf sein.«

Annas Atem flüsterte im Dunkel. Sie bewegte ihre Beine, und das Laken raschelte. Schritte hallten auf der Straße, nur wenige Meter von seinem Kopf entfernt. Die kleine Uhr ließ elfmal ihr *Ting* vernehmen, und er konnte nicht schlafen, war ganz mit seinen Gedanken beschäftigt.

Anna! Anna, weiß und rosa. Blüte auf einem hohen Stengel in einem Garten. Er hatte noch nie einen wirklichen Garten gesehen, wußte jedoch irgendwie, wie er ihn sich vorzustellen hatte. Duftend und kühl und feucht. Er hatte nicht geglaubt, bereit für die Ehe zu sein, hatte sogar geplant, damit abzuwarten, bis er älter wäre, vielleicht um die Dreißig, und etwas fortgeschrittener in seiner Laufbahn. Aber jetzt schien es ihm plötzlich, als sei er doch bereit. Das hatte er fast beim ersten

Mal verspürt, als er sie auf den Stufen sitzen gesehen hatte, mit einem gebildeten Buch auf englisch in der Hand, sie, die erst vor kaum einem Jahr mit dem Schiff angekommen war!

Ihre Stimme, ihre Füßchen in den Lackstiefeln, ihr süß duftendes Haar, ihr hübsches Lachen. Die komisch-ernste Art, mit der sie über alles zu reden wußte. Sie war ein Mädchen aus einem polnischen Dorf, und sie wußte über Maler in Paris Bescheid, über Schriftsteller in England und Musiker in Deutschland! Wie konnte sie das alles in ihrem stolzen, hellen Köpfchen behalten? Er lächelte.

Sie bewegte sich neben ihm und murmelte etwas im Schlaf. Er fragte sich, was sie wohl träumte. Hoffentlich ist es nichts Trauriges oder Schmerzhaftes. Er wußte so wenig von ihr. Während er im Dunkeln lag, wurde er sich bewußt, wie sehr sie trotz allem einander fremd waren. Würde das immer so sein? O nein, bestimmt nicht! Wenn sie ihn so sehr brauchte wie er sie, dann würden sie schon zueinander finden. Er wußte, daß bei ihr Zugehörigkeitsgefühl und Liebe ganz anders waren als bei ihm, aber sie waren ja erst seit so kurzer Zeit verheiratet, kaum ein paar Monate. Er mußte Geduld haben. Wenn sie erst ein Kind hätten, würde sie das zusammenbringen. Ja, ein Kind sollten sie haben. Vielleicht war es schon unterwegs? Im machtvollen Auf- und Abwallen ihrer Vereinigung hatte bestimmt eine schöpferische Absicht mitgespielt. Derartige Gefühle müssen doch etwas ergeben. Und liegt darin nicht der Sinn des Lebens?

Sein Körper wurde schwebend leicht unter der Bettdecke, und seine Gedanken waren verschwommen. Jetzt schlafe ich ein, stellte er fest. Der Gedanke verliert seine Schärfe, der Geist schwimmt in einem leuchtenden Nebel, einem Durcheinander von Schatten und Farben, roten Ovalen, Lavendelspiralen, cremefarbenen Säulen, silbernem Rauch. Und dann fällt ein Vorhang, dunkle Laubranken von Träumen, und durch das schattige Grün fällt ein Sprühregen von goldenen Punkten, von Konfetti. Nein, kein Konfetti: Goldmünzen sind es, und wenn er die Hand ausstreckt, rinnen sie über seine Finger und in seine Handfläche – gar nicht hart, gar nicht metallisch, sondern wie ein milder Regen, ein weicher, schützender Regen, der Anna umspült, denn für Anna und über Anna soll der herrliche goldene Regen fallen.

Um Mitternacht war er eingeschlafen.

10

Sie standen verschämt Rücken an Rücken in der Frauenabteilung der Badeanstalt, bis sie ihre Badeanzüge anhatten. Schwarze Taftröcke, schwarze Strümpfe, Badeschuhe und ein unter dem Kinn befestigter Strohhut, den der Wind nicht fortblasen konnte. Anna hatte noch nie einen Badeanzug getragen; ihre Beine waren zwar bestrumpft, aber bis zu den Knien sichtbar, und sie schämte sich, so in der Öffentlichkeit zu erscheinen. Aber das hätte sie Ruth nie eingestanden, denn Ruth war schon oft am Strand gewesen und kannte derartige Probleme nicht.

»Siehst du, habe ich dir nicht gesagt, daß du sehr gut aussehen wirst?« sagte Ruth. »Man sieht es dir wirklich nicht an, daß du bald ein Kind haben wirst. Wenn ich schwanger bin, werde ich dick wie ein Elefant. Komm, wir suchen uns einen guten Platz aus, bevor die große Menge kommt. Es ist immer ratsam, früh dazusein«, fuhr sie fort, während sie durch den schweren Sand stapften.

Solly und Joseph hatten bereits die Decken ausgebreitet. Harry und Irving, die neun- und zehnjährigen Buben, knochig wie ihr Vater und in braungestreiften Badeanzügen, waren schon im Wasser. Die kleinen Mädchen hatten Schaufeln und Eimer.

»Ah, da seid ihr ja!« rief Joseph aus. Sein Ausdruck, den niemand sonst bemerkt hätte, sagte Anna, daß sie sehr gut aussah. In den wenigen Monaten hatten sie bereits eine Art von geheimer Ehesprache. Sie hätte nicht gedacht, daß es so schnell gehen würde.

Die Decken lagen hinter einem Felsvorsprung. Ruth lehnte sich an die Felswand und stellte den Essenskorb in den Schatten.

Anna legte sich auf den Rücken. Das Kind bewegte sich in ihr, und sie fühlte sein schwaches Pochen bis in ihre Handflächen. Ihr Körper war geschwächt und schlaff von der warmen Bürde und der warmen Sonne.

Wie wird dieses Kind aussehen? Sie war so ungeduldig, sein Gesicht zu sehen. Und wie wird es sein? Glücklich, mit den Eltern zu leben und sie zu lieben? Manchmal kann man tun, was man will, und die Kinder lieben einen nicht. Wird es jemandem ähneln, den sie kannten, oder jemandem, der schon längst gestorben ist und an dessen Namen sich niemand mehr erinnert?

Jedenfalls war es ein erwünschtes Kind, gewollt von Vater und Mutter in gleichem Maße. Joseph war so stolz auf ihren schwellenden Leib mit der straffen Haut, die bläulichweiß schimmerte wie Milch. Er machte sich Sorgen und regte sich häufig auf. »Du hast es nicht nötig, den ganzen Tag zu putzen und zu kochen. Zwei Eier zum Abendessen genügen mir vollauf. Du nimmst dir nicht genug Ruhe, du rennst ständig herum und rackerst dich ab.«

Ja, Joseph kümmerte sich um alles. Für sie war er ein gemäßigter und umsichtiger Mensch, der sein Leben plant und aufbaut. Er war mit Vertrauen in die Ehe gekommen, entschlossen, sie vorsichtig, Stein für Stein, aufzubauen und sie zu etwas Wertvollem und Beständigem zu machen. Von ihm war kein Verrat zu erwarten. Er meinte, was er sagte, und er sagte, was er meinte. Es war absoluter Verlaß auf ihn, und wenn sie nachts neben ihm lag, fühlte sie seine Standhaftigkeit, seine schützende Kraft, seine Zärtlichkeit.

Zärtlichkeit war alles, was sie wollte. Das andere, jene Kraft, die ihn trieb, wenn er in sie eindrang und glaubte, ein Teil von ihr zu sein, brauchte sie nicht. Sie wußte, daß er etwas sehr Starkes fühlte, aber sie fühlte es nicht. Ihr kam es nur auf die liebende Wärme an. Sie redete sich sogar ein, daß Frauen in Wirklichkeit nie etwas anderes empfanden und daß all das übrige nur dazu diente, den Mann zu befriedigen und Kinder zu kriegen. Natürlich hatte sie noch nie mit jemandem über dieses Thema gesprochen.

»Anna, du siehst wie deine Mutter aus«, sagte Ruth. Anna

öffnete die Augen. Ruth stand über ihr und trocknete sich mit einem Handtuch ab.

»Wirklich?«

»Ich habe sie ja nicht sehr oft gesehen, aber ich erinnere mich noch an manches. Sie war nicht wie andere Leute.«

»Wieso?«

»Sie interessierte sich nicht für die Dinge, über die die Frauen im Dorf redeten. Ich fand immer, daß sie besser nach Warschau oder vielleicht nach Wilna gepaßt hätte, wo es Schulen gab. Das wäre etwas für sie gewesen. Allerdings hat sie sich nie beklagt, soweit ich mich erinnern kann.«

»An was kannst du dich sonst noch erinnern?«

»An nichts. Ich war ja schließlich noch ein Kind, als ich die Heimat verließ. Aber es ist schon ein Jammer, wenn eine Familie so zersplittert. Deine Kinder werden keine nahen Verwandten kennen, außer natürlich Josephs Mutter.«

»Sie ist vierundsechzig«, sagte Anna.

»Tatsächlich? Ich hätte sie für älter gehalten. Sie ist so greisenhaft«, sagte Ruth.

»Sie hat ein schweres Leben gehabt. Wir wollten sie heute mitnehmen, denn sie ist noch nie an einem Strand gewesen. Stell dir vor, in all den Jahren! Aber sie wollte nicht kommen.«

Nach einer Weile kamen die Männer zurück und setzten sich. »Fühlst du dich auch wohl, Anna?« fragte Joseph.

»Einfach wunderbar!«

»Wenn du müde wirst, mußt du es mir sagen.«

»Müde? Vom Nichtstun bin ich müde!« Sie nahm ihre Häkelarbeit aus dem Korb.

»Solly, schau doch mal!« rief Ruth aus. »Das ist ja herrlich! Was machst du denn da?«

Anna blickte etwas verschämt auf das lange weiße Viereck mit Spitzenbesatz. »Eine Decke für den Kinderwagen. Ich werde sie dann mit rosa oder blauer Kunstseide füttern, sobald wir es wissen.«

Ruth schüttelte bewundernd den Kopf. »Anna, du bist ein Prachtexemplar! Was du alles kannst! Backen und Handarbeit . . .«

»Erzähle ihr vom Kinderwagen«, unterbrach Joseph sie und

erzählte dann selbst: »Wir haben ihn letzte Woche auf dem Broadway gekauft. Weißes Korbgeflecht und ein auf- und abklappbares Dach, das jeweils für Sonne und Schatten sorgt.«

»Ach ja«, sagte Ruth, »das erste Kind ist wunderbar. Ihr habt noch viel Zeit dafür . . . Vera und June, hört auf, Cecile mit Sand zu bewerfen! Ihr solltet euch schämen!«

»Fünf Kinder«, sagte Joseph bewundernd. »Da gehört schon etwas dazu.«

»O ja, das will ich meinen. Es ist ein Segen Gottes! Und ich will noch so viel für sie tun!« Sie blickte auf das Meer hinaus, als ob sie von dort eine Bestätigung ihrer Worte erwartete. Dann stand sie auf. »Die Salzluft macht Appetit. Wollen wir nicht etwas essen?«

»Warte, ich komme schon«, rief Anna ihr zu, wickelte die Pakete auf, griff in den Korb und brachte nacheinander eine Büchse Corned beef, eine Salami, Salzgurken, saure Tomaten, Kohlsalat, hartgekochte Eier und zwei große Laibe Roggenbrot zum Vorschein.

»Und zum Nachtisch Wassermelone«, sagte sie. »Die lassen wir im Schatten liegen, bis wir soweit sind.«

»Und jedes Kind kriegt eine Orange«, fügte Ruth hinzu. »Nicht grapschen, ihr Buben! Und Vera, laß die Füße von der Decke, sonst kommt Sand ins Essen!«

Anna erinnerte sich amüsiert, daß Joseph schon immer gesagt hatte, Ruth rede zuviel.

Solly rieb sich den Bauch. »Ein wahres Festessen«, sagte er seufzend, und dann dachte er wieder an seine gastgeberischen Pflichten. »Gefällt es dir, Anna?«

»Oh, sehr! Wenn man bedenkt, daß wir hier direkt am Rande des Erdteils sind! Stellt euch vor, ihr könntet all die Tausende von Meilen über den Ozean schauen – dann würdet ihr Europa sehen.«

»Polen«, sagte Ruth verächtlich. »Sei mir nicht bös, aber Polen kann mir gestohlen bleiben.«

»Nicht Polen«, belehrte Anna sie. »Sondern Portugal, und dahinter Spanien. Dort möchte ich gerne einmal hinfahren. Miss Thorne war in Spanien, und ihr Vater war dort amerikanischer Konsul. Sie sagt, es sei ein sehr schönes Land.«

»Ohne mich! Ich will Europa nie mehr sehen«, sagte Solly kopfschüttelnd. »Besonders jetzt nicht, bei der heutigen Lage. Denn die sieht sehr schlimm aus, das kann ich euch sagen.«

»Wie meinst du das?« fragte Joseph.

»Es wird Krieg geben«, antwortete Solly sehr ernst.

»Du und deine Schwarzseherei!« fuhr Ruth ihn an. »Warum erzählst du uns so etwas?«

»Weil es wahr ist. Als ich letzte Woche las, daß ein Serbe den Erzherzog Ferdinand in Sarajevo erschossen hat, habe ich gleich gesagt: ›Das gibt Krieg, darauf könnt ihr euch verlassen.‹«

»Wer war denn dieser Erzherzog?« fragte Anna.

»Der österreichische Thronfolger. Das bedeutet also, daß Österreich Serbien den Krieg erklären wird, und dann wird Rußland Serbien zu Hilfe kommen. Deutschland wird sich Österreich anschließen, und Frankreich wird den Russen helfen. Da habt ihr die Bescherung.«

Anna ließ den Kopf hängen, und die Angst überlief sie wie eine kalte Dusche.

»Was hat es für einen Sinn, von Dingen zu reden, die wir nicht einmal kennen?« sagte Joseph. »Verderben wir uns nicht den schönen Tag. Niemand will Krieg, und wir fürchten uns vor etwas, was wahrscheinlich nie stattfinden wird.«

»Du hast recht«, entschuldigte sich Solly. »Du hast absolut recht, Joseph. Warum sollen wir uns den schönen Tag verderben? Komm, wir gehen noch einmal schwimmen.«

11

Der kleine Maurice wurde am 29. Juli 1914 im Messingbett seiner Eltern geboren. Er wog sieben Pfund und hatte einen dichten hellen Haarschopf.

»Drei Stunden Wehen für das erste Kind!« rief Dr. Arndt aus. »Sie ahnen ja nicht, was für ein Glück Sie haben. Wenn Sie so weitermachen, haben Sie bald sechs Kinder!«

Draußen rief ein Zeitungsjunge: »Extraausgabe! Extraausgabe!«

»Was ist es?« fragte Anna, und Joseph ging hinaus. Er kam mit der *New York Tribune* zurück.

»Österreich erklärt den Krieg!« las er vor. »Großangriff auf Serbien; Rußland schickt achtzigtausend Mann an die Grenze. Solly hatte recht. Der Krieg ist ausgebrochen.«

Der Arzt brummte: »Schon wieder eine sinnlose Schlächterei, und wozu?«

Anna sagte: »Eli und Dan werden dabeisein.« Und dann blitzten alte Erinnerungen auf: Mama in ihrem Bett, die Zwillinge neben ihr, eine Frau über sie gebeugt, eine Nachbarin oder eine Hebamme. Sie nahm ihr Kind in die Arme.

»Diesem kleinen Jungen wird nichts passieren. Ich werde dafür sorgen, daß ihm nichts passiert!«

»Natürlich«, sagte der Arzt beschwichtigend.

Für Anna waren die Ereignisse des Krieges wie Marksteine in den ersten Lebensjahren ihres Sohnes. Sie erinnerte sich, daß die *Lusitania* am gleichen Tag versenkt wurde, als er seine ersten Schritte gemacht hatte, die Händchen an ihre Finger geklammert – und das im Alter von erst zehn Monaten! Als die russische Armee die Österreicher in die verschneiten Karpaten zurückdrängte – sie hatte um Dan und Eli gebangt und geweint –, war auch der große Tag gekommen, an dem Maury seine ersten Worte sprach. Und als Amerika in den Krieg eintrat, war er fast drei Jahre alt – ein aufgewecktes, lebhaftes Bürschlein, das alle entzückte.

Sie betrachtete das Gesicht, das zu sehen sie sich so gesehnt hatte und das jetzt charakteristische Formen anzunehmen begann. Eine gerade Nase, mandelförmige dunkelblaue Augen, ein Grübchen am Kinn. Wem siehst du ähnlich, mein Sohn? Niemandem, der je gelebt hat oder leben wird, nur dir selbst.

Sie fühlte deutlich, daß er eine große Veränderung in ihr hervorgerufen hatte. Sie betrachtete sich nicht mehr als Mädchen. Seit der Zeit vor seiner Geburt schien eine Ewigkeit vergangen zu sein. Er hatte ihren Horizont erweitert, und sie entdeckte ein neues Gefühl, wenn sie den blinden alten Mann auf der Straße sah oder an all die jungen Leute dachte, die in Europa sterben mußten. Andererseits hatte er es fertiggebracht, alles andere als unwichtig erscheinen zu lassen – so unwichtig sogar, daß es ihr egal war, was überall passierte, solange er nur in Sicherheit war.

Nachts hörte sie oft Joseph aufstehen und zum Bettchen gehen, dann wußte sie, daß er dem Atem seines Kindes lauschte. Kein Kind war je so geliebt worden wie dieses! Kein Kind wurde sorgfältiger gepflegt, ernährt, gebadet, angezogen, unterhalten!

»Vielleicht wird er einmal Arzt werden«, sagte Joseph.

»Rechtsanwalt wäre auch schön.«

Sie waren durchaus fähig, über ihren närrischen Stolz zu lachen, aber sie meinten trotzdem genau das, was sie sagten.

Natürlich wünschte sie sich noch mehr Kinder, und Joseph wünschte sich eine große Familie. Aber es kam keins. Allerdings war man ja nicht in Eile, und diese Jahre mit Maury, eigentlich nur ein paar hundert Tage eines langen Lebens, waren zu schön, als daß man sie sich wegwünschen könnte. Den ganzen Tag – Joseph ging vor Tagesanbruch zur Arbeit und kehrte erst in der Dunkelheit heim – hatten Anna und Maury für sich allein.

Oh, kleiner Maury, mein lieber kleiner Junge!

Über der Stadt lag noch Dunkelheit, und die Straßenlaternen brannten oberhalb ihres Schlafzimmerfensters. Es war kurz vor fünf Uhr. In einer Minute wird Anna aufstehen und Joseph das Frühstück zubereiten.

Er war ihr von Anfang an als ein Mensch erschienen, den man leicht verstehen konnte, weil er einfach und unkompliziert war. Und doch hatte sie sich in letzter Zeit Sorgen um ihn gemacht. Er war so still. Gewiß, er war nie sehr gesprächig gewesen, aber jetzt hatte er fast überhaupt nichts mehr zu sagen.

Das Schweigen selbst störte sie nicht besonders, denn der Abend war die einzige Zeit, in der sie in Ruhe lesen konnte. Was sie störte, war das, was sich hinter diesem Schweigen verbarg.

Beim Frühstück sagte er: »Ich habe in der Nacht die Briefe

deiner Brüder gelesen. Ich wachte gegen ein Uhr auf und konnte aus irgendeinem Grund nicht wieder einschlafen.

Ich hatte mich so gefreut, wieder von ihnen zu hören«, fuhr er fort. Seit dem Ende des Krieges waren ihre Briefe sehr optimistisch gewesen. Dan war nach vier Jahren an der Front unverletzt heimgekehrt. Eli hatte eine Schrapnellwunde am Arm und würde nie mehr den Ellbogen beugen können, hatte aber dafür eine Tapferkeitsmedaille bekommen und war in der Firma ein paar Sprossen höher gerückt, weil seine drei Rangälteren gefallen waren.

»Wenn man im Kriege nicht umkommt, kann man es weit bringen«, sagte Anna. »So empörend es auch klingen mag.«

»Das scheint mir auch so«, erwiderte Joseph mit Bitterkeit. »Man braucht ja nur zu sehen, was der Krieg für Solly getan hat.«

Wer hätte geglaubt, daß ausgerechnet Solly so vom Krieg profitieren würde? Sein Chef hatte mit der Herstellung von Drillichhosen für die Armee ein Vermögen gemacht, und Solly war in die neue Fabrik eingetreten, zuerst als Assistent und dann als Direktor. Sie waren nach Uptown gezogen und wohnten in einer netten Fünfzimmerwohnung Ecke Broadway und Achtundneunzigste Straße, wo die Zimmer viel schöner waren als die von Joseph und Anna.

»Laß nur, Joseph, wir können uns ja nicht beklagen«, versuchte Anna ihn zu trösten.

»Nicht beklagen?« Er schlug mit der Faust auf den Tisch. »Ich bin jetzt achtundzwanzig, werde bald dreißig sein, und was habe ich erreicht? Nichts. Und wenn ich älter werde und nicht mehr täglich meine zehn bis zwölf Stunden arbeiten kann, was dann? Wo die Preise ständig steigen! Ich werde dir sagen, was dann ist. Dann haben wir noch weniger als jetzt.«

Es war nicht zu leugnen. Seit dem Krieg wurde alles teurer. Und es stimmte auch, daß sie keine Fortschritte machten.

»Anna, ich habe Angst. Ich schaue in die Zukunft, und zum erstenmal habe ich Angst«, sagte er.

Er hatte kleine Adern an den Schläfen, und eine von ihnen zuckte, wenn er sprach. Das hatte sie vorher noch nie bemerkt. Seine Hände waren voller Ölfarbenflecke. Sie sahen wie die fleckigen Hände eines alten Mannes aus. Anna sagte sich: Er sieht älter als achtundzwanzig aus. Und plötzlich hatte auch sie Angst.

Eines Tages kam Joseph in heller Aufregung nach Hause. »Weißt du«, platzte er heraus, »was der Klempner Malone mir heute erzählt hat? Er weiß ein Mietshaus hier in der Nähe, das man für fast nichts kaufen kann. Der Besitzer hat sein Geschäft verloren, und dazu sind seine beiden Kinder an Asthma erkrankt. Das eine wäre im Winter fast daran gestorben. Deshalb will er in den Westen ziehen und möchte das Haus möglichst schnell verkaufen.« Er ging im Zimmer auf und ab, wie er es gewöhnlich tat, wenn er aufgeregt war. »Malone und ein anderer Kollege wollen, daß ich in das Geschäft einsteige. Ich brauche zweitausend Dollar in bar. Wo kann ich mir die beschaffen?«

Er ließ das Essen auf dem Teller, nahm die Zeitung, warf sie wieder auf den Tisch.

»Anna, ich habe eine Idee«, sagte er plötzlich.

»Ja?«

»Die Werners haben dich doch immer sehr gut behandelt, als du bei ihnen warst. Könntest du sie nicht vielleicht bitten, uns das Geld zu leihen?«

»Ausgeschlossen!«

»Aber warum nicht? Ich würde ja Zinsen zahlen. Vielleicht werden sie es dir bewilligen, denn reich genug sind sie ja. Ich habe schon von solchen Dingen gehört.«

Sie fühlte sich schwach vor Entsetzen. Was verlangte er da von ihr?

»Ein Versuch kann doch nicht schaden?«

»Joseph, ich bitte dich. Ich würde alles für dich tun, aber verlange das nicht von mir.«

»Aber ich bitte dich doch nicht, etwas Unrechtes zu tun! Du bist wohl zu stolz, um ein Darlehen zu bitten, was?«

»Joseph, schreie nicht, du wirst Maury wecken.«

Sie gingen zu Bett. Es erschreckte sie, daß er so wütend war – er, der so selten in Zorn geriet. »Joseph, zwinge mich nicht«, flüsterte sie und streckte die Hand nach ihm aus, aber er rückte fort und tat, als ob er schlief.

Am Morgen fing er wieder an. »Verdammt noch mal, ich könnte so viel mit dem Geld machen! Ich weiß es! Malone und ich könnten das Haus ausbessern, die Mieten erhöhen, es dann verkaufen. Siehst du denn nicht ein, daß das die Chance ist, auf die ich immer gewartet habe? So etwas gibt es nur einmal im Leben.«

Er wird mich noch mürbe machen, dachte Anna.

»Ich würde ja selbst gehen, aber ich kenne die Leute nicht. Auf dich würden sie hören.«

Am dritten Tag gab sie nach. »Nun hör schon um Gottes willen auf! Ich werde Mrs. Werner morgen anrufen.«

Am Samstagmorgen stieg sie die Stufen des Hauses in der Einundsiebzigsten Straße empor. Für den März war es ein warmer Tag, aber auch wieder nicht so warm, daß es erklärte, warum sie im Nacken schwitzte. *Diese Frau,* sagte sie sich. Sie wird sagen: »Sie sehen aber gut aus, Anna. Und einen Sohn haben Sie? Das ist ja prächtig!« Und wenn sie dann den Scheck ausschreibt (wird sie es tun?), wird sie in all ihrer Würde lächeln und sich sehr gütig vorkommen.

Die Klingel schallte durch das Haus. Einen Augenblick später öffnete Paul Werner die Tür. Er trug seinen Mantel, und er hielt ein Paket in der Hand.

»Ach, Anna«, sagte er überrascht. »Anna!«

»Ich bin mit deiner Mutter verabredet.«

»Aber Mutter ist die Woche über in Long Branch. Die ganze Familie ist dort.«

»Sie hat mich für zehn Uhr bestellt.«

»Wirklich? Schauen wir einmal auf ihrem Schreibtisch nach. Vielleicht hat sie dort eine Nachricht hinterlassen.« Und da Anna unten an der Treppe wartete, fügte er hinzu: »Komm herauf, Anna.«

Das Zimmer hatte sich nicht verändert. Die geblümte Chaiselongue und der Stickereikorb waren immer noch da. Ein neues Foto stand auf dem Schreibtisch, das Porträt eines Babys, bestimmt eine Atelieraufnahme. Sein Kind?

Er kramte in Papieren herum. »Ich sehe nichts . . . doch, hier ist ihr Tischkalender. Die Verabredung ist für den nächsten Samstag. Du bist eine Woche zu früh gekommen.«

Mein Gott, sagte sie sich, wie blöde schaue ich aus. Und Joseph braucht das Geld am Mittwoch.

»Zu schade. Sie sind für die Woche im Landhaus meiner Kusine Blanche. Es gibt eine große Hausparty, und Mrs. Monaghan und Daisy sind mitgefahren. Daisy hat jetzt deine Stelle.«

Sie hatte seine warme, tiefe Stimme vergessen. Sie klang wie ein Cello.

»Kann ich irgend etwas für dich tun, Anna? Weshalb wolltest du Mutter sprechen?«

»Ich wollte sie fragen, ob sie uns Geld leihen könnte.«

»Ach, ihr seid in Schwierigkeiten? Setze dich und erzähle es mir.«

»Aber ich halte dich nur auf. Du hast deinen Mantel an.«

»Dann ziehe ich ihn halt aus. Ich war nur vorbeigekommen, um ein Paket abzuholen, und ich wollte sowieso erst den Nachmittagszug an die Küste nehmen.«

Stockend erzählte sie ihm Josephs kurze Geschichte. Im Hause war es still. Das Haus war wie eine Festung, sicher und abgeschirmt gegen die Unbilden der Welt, mit Seidenvorhängen, Teppichen, Kissen.

Sie schaute ihm nicht ins Gesicht, sondern blickte zu Boden und sah nur die übergeschlagenen langen Beine und das feine polierte Leder seiner Schuhe. Starke Beine, mit denen man reiten und Tennis spielen kann und die nie alt werden. Joseph hatte bereits Krampfadern. Vom zu vielen Stehen, hatte der Arzt gesagt.

»Ich wollte es nicht tun!« schrie sie plötzlich fast wütend. »Ich sehe keinen Grund, warum ihr einem Mann, den ihr nicht einmal kennt, zweitausend Dollar leihen solltet.«

Er lächelte. Wie konnte man nur so leuchtende Augen haben? Niemand sonst hatte derartig tiefe und lebhafte Augen. »Du hast recht. Es gibt keinen Grund. Außer dem, daß ich es tun will!«

»Du willst es tun?«

»Ja. Du bist sehr tapfer und tüchtig. Ich tue es für dich.«

Er zog ein Scheckbuch aus seiner Tasche, nahm einen Federhalter. So leicht ist es den Mächtigen, über das Leben zu entscheiden, ihr eigenes oder das der anderen!

»Wie ist der Name deines Mannes?«

»Joseph. Joseph Friedman.«

»Zweitausend Dollar. Wenn du nach Hause gehst, gib ihm noch das hier zum Unterschreiben. Es ist ein Schuldaner- kenntnis. Du kannst mir den Zettel dann per Post schicken. Nein, schick ihn lieber an meine Mutter. Sie hätte euch das Geld bestimmt auch gegeben.«

»Ich weiß nicht, was ich sagen soll!«

»Sage nichts.«

»Mein Mann wird euch so dankbar sein. Ich glaube nicht, daß er es wirklich erwartete . . . es war nur eine leise Hoff- nung. Denn wir kennen ja sonst niemanden.«

»Ich verstehe.«

Anna hatte sich die Jacke ihres Kostüms aufgeknöpft, und jetzt sah sie, daß sein Blick auf ihre Bluse gerichtet war, auf die Reihe der spiralenförmigen Rüschen zwischen ihren Brüsten. Sie sollte jetzt aufstehen, sich noch einmal bedanken und zur Tür gehen. Aber sie rührte sich nicht.

»Du bist sogar noch schöner als früher. Weißt du das?«

»Wirklich?«

Die Hände lagen ihr wie gelähmt im Schoß, und als er sich neben ihrem Stuhl auf den Boden kniete, ihr Gesicht in seine Hände nahm, hatte sie überhaupt keine Kraft mehr.

Sie hatte neun Perlenknöpfe an der Bluse. Dann die Unter- röcke, zuerst den aus Taft, dann den aus Musselin mit dem blauen Einsatz. Und die Korsetthülle. Und das Unterhemd.

Seine Stimme kam von weit her, wie aus einem anderen Zimmer, und sie hatte einen Echoklang. Ihre Augen waren geschlossen und die Arme schwer wie Blei, als sie auf die ge- blümte Chaiselongue getragen wurde.

»Ist dir kalt, Liebste?« sagte er zärtlich und zog eine Stepp- decke über sie beide. Da lagen sie in glückseliger Wärme. Er preßte die Lippen an ihren Hals, und sie fühlte und hörte sei- nen Atem. Es ist ein Traum, sagte sie sich.

Sie öffnete die Augen. Das Zimmer war in Halbdunkel, in ein perlgraues Nordlicht von solcher Blässe und Zartheit ge- taucht, daß es ihr wie Abendschimmer vorkam.

So weich und sanft. Sie schloß die Augen. Seine Finger fuhren ihr durchs Haar, lösten Kämme und Nadeln. Als es dann locker über ihre Schultern fiel, strich er es von den Schläfen zurück.

»Wie schön«, hörte sie ihn sagen. »Wie wunderschön du bist.«

Er bewegte sich langsam, nicht wie ein gieriger Mann, der sich rasch entladen und dann schlafen will, sondern ganz behutsam, wie schwebend über ihrer Haut, wie eindringend in ihr Blut, und er flüsterte ihr süße Dinge ins Ohr.

Nie, nie zuvor hatte sie dergleichen erlebt.

Eine Flutwelle überschwemmte sie, stieg an, wich ein wenig zurück, stieg wieder an, immer höher. Einen Augenblick lang glaubte sie, ihre Stimme gehört zu haben. Hatte sie wirklich »Bitte« geflüstert? Aber sein Mund war auf ihren Lippen und erstickte das Wort. Die Flut schwoll an, Woge um Woge, dann konnte nichts in der Welt die Gewalt dieser Flut mehr zurückhalten.

Sie erwachte mit einem Schrecken. Unten auf der Straße ächzte und kreischte ein Leierkasten.

Sie hörte Schritte. Er war hinausgegangen und hatte sie schlafen lassen. Ihre Kleider waren vom Boden aufgelesen worden und lagen säuberlich gefaltet auf einem Stuhl.

Langsam zog sie sich an. Im Zimmer herrschte eisige Kälte. Sie fühlte sich schwach, setzte sich auf den Rand der Chaiselongue, sprang plötzlich auf und starrte auf die Kissen. *Nicht gut genug für ein Ehebett, nur für das,* sagte sie sich entsetzt. Wie nackt und entehrt sah dieses Damensofa aus, das nur für ein Nachmittagsschläfchen geschaffen war oder für ein Buch und eine Schachtel Konfekt. Und sie hatten . . .

Es war nicht seine Schuld. Du bist immer stolz auf deine Ehrlichkeit gewesen, also sei ehrlich und fair. Er hat ein anderes Mädchen geheiratet? Das hat nichts mit heute zu tun.

Elende Verwirrung. Oh, wie elend . . .

Paul war am Fuß der Treppe, als sie herunterkam. Sie ging an ihm vorbei und rannte zur Tür.

»Warte!« rief er, als er ihr Gesicht sah. »Anna, du bist mir doch nicht böse?«

»Böse? Nein. Nur verängstigt.«

»Du darfst dir keine Vorwürfe machen. Es ist nichts, worüber man weinen muß. Anna, höre mich an, seit du uns verlassen hast, habe ich immer an dich gedacht, ich begehrte dich so. Aber als du in diesem Haus lebtest, warst du noch ein Mädchen, ein Kind, und ich hätte dich nie berührt.«

Es kann nicht wahr sein. Was sich eben noch da oben abgespielt hat, kann gar nicht geschehen sein.

»Und du wolltest mich auch«, sagte Paul sehr leise. »Ich weiß es. Aber Anna, das sind doch keine Dinge, deren man sich schämen muß, nicht wahr, Liebste?«

Sich schämen muß? Ich, Anna Friedman, Josephs Ehefrau und Maurys Mutter, habe das getan. Am vierzehnten März um zwölf Uhr mittags habe ich das getan.

Übelkeit stieg in ihr auf, würgte in ihrer Kehle. »Ich muß gehen! Ich muß raus!« schrie sie und hantierte am Schloß.

»Ich kann dich so nicht gehenlassen! Komm, setze dich eine Minute, reden wir. Ich bitte dich, es tut mir wirklich leid . . .«

Aber sie war blind und taub vor Entsetzen.

»Nein! Nein! Laß mich raus!« Das Schloß gab nach, und die Tür flog auf. Sie stieß ihn beiseite und floh die Steinstufen hinunter. Sie mußte rennen, weit fort von hier. Oder nach Haus.

Sie rannte nach Haus.

Joseph war mit Maury ausgegangen. Wahrscheinlich waren sie am Fluß, um sich die dort geankerten Kriegsschiffe anzuschauen. Kleine Boote rasten zwischen den Schiffen und dem Ufer hin und her. Man sah sogar die Matrosen auf den Decks.

Sie ging ins Badezimmer und riß sich alle Kleider vom Leib. Dann ließ sie siedend heißes Wasser in die angeschlagene alte Badewanne ein. Schande! Ich wollte getragen werden, mich nehmen lassen, ich wollte fühlen. Das habe ich getan. Ihn trifft keine Schuld. Wenn er nicht gewußt hätte, daß ich mich nicht wehren würde, hätte er es nie getan.

Ihre Haut begann zu jucken. Schmutzig! Sie nahm eine Scheuerbürste und rieb sich gründlich ab. Die zarte blasse

Haut auf ihren Armen begann zu bluten. Ich könnte mich hier ertränken. Ich brauchte nur mit dem Gesicht unter das Wasser zu gleiten, und dann wird man glauben, ich sei ohnmächtig geworden.

Die Wohnungstür ging auf, und Joseph kam mit Maury herein.

»Anna?« rief er vor der Badezimmertür.

Sie kam in einem Morgenrock heraus. »Ich habe den Scheck. Er liegt auf dem Schreibtisch. Du kannst Mr. Malone anrufen.«

»Sie haben dir das Geld gegeben«, sagte er verwundert, als habe er es nicht begriffen. Dann war er ganz aufgeregt und stellte hastige Fragen. »Wie hast du sie darum gebeten? Was hat sie gesagt? Wollte sie etwas über mich wissen?«

»Sie war gar nicht da. Der Sohn hat es mir gegeben.«

»Anna, war es sehr schwer? Ja, es muß dir schwergefallen sein, darum zu bitten. Aber wie gütig und anständig sind diese Leute! Daß sie uns vertrauen! Weißt du, jetzt kann ich es dir ja sagen, ich hatte wirklich nicht geglaubt, daß sie es tun würden. Aber es war die einzige Möglichkeit.«

»Ja. Nette Leute.«

Er blickte sie an. »Was hast du denn? Du scheinst nicht . . .«

»Es ist mein Magen. Ich habe unterwegs ein Sandwich gegessen. Die Butter schmeckte schlecht.«

»Armes Mädchen! Lege dich hin, ich werde Maury zu essen geben und ihn von dir fernhalten.«

Als er die Schlafzimmertür hinter sich geschlossen hatte, ging sie ins Badezimmer zurück und nahm noch ein Bad. Schmutzig, ich bin schmutzig.

Verliere ich den Verstand?

Einige Tage später beim Frühstück betrachtete Joseph sie prüfend. Er war bestürzt. »Ich hatte gedacht, du würdest dich freuen, daß ich das Haus gekauft habe.«

»Ich freue mich ja. Sehr sogar.«

Er griff unter den Tisch und suchte ihre Hand. »Es . . . es ist nicht leicht zu sagen, aber ich habe lange nachgedacht . . . könnte es deshalb sein, weil ich dir nachts nicht . . . nahe gekommen bin? Ich weiß, daß es schon seit ein paar Wochen so ist, aber siehst du, wenn ein Mann Sorgen hat, ist ihm nicht danach. Ich will damit nur sagen, daß es nichts mit dir zu tun hat.«

Ihr wurde heiß, und ihre Handflächen begannen zu schwitzen. O mein Gott!

»Habe ich dich in Verlegenheit gebracht? Aber wir sollten uns doch eigentlich alles sagen können. Solche Dinge sind doch nur natürlich, nicht wahr?«

»Dieses Mal scheinen Sie nicht so glücklich zu sein«, bemerkte Dr. Arndt.

»Ich fühle mich auch nicht so wohl.«

»Jede Schwangerschaft ist anders. Stecken Sie sich immer ein paar Kekse in die Handtasche, und fasten Sie nicht zu lange zwischen den Mahlzeiten. In ein paar Monaten ist es vorüber.«

Der weise und väterliche Dr. Arndt.

Joseph kaufte einen nagelneuen Ford Modell T für dreihundertsechzig Dollar. »Ich brauche ihn, weil ich viel unterwegs sein werde«, erklärte er. »Malone und ich werden dieses Haus ausbessern und dann rasch verkaufen. Wir steigen ganz groß in das Immobiliengeschäft ein, das kann ich dir sagen! Auf Malone kann man sich verlassen. Er ist ehrlich, und er ist schlau. Wir beide werden es schaffen.«

»Das freut mich.«

»Hast du bemerkt, wie immer eins zum anderen kommt? Im Guten wie im Schlechten. Wir haben das Haus, und jetzt erwarten wir ein zweites Kind. Es geht wirklich aufwärts mit uns.«

»Ich weiß.«

»Im September werde ich in der Lage sein, mit der Rückzahlung zu beginnen. Ich denke, ich werde Mr. Werner dann tausend Dollar geben können. Ich sollte ihn eigentlich besuchen und mich persönlich bei ihm bedanken, findest du nicht? Immerhin war ich für ihn doch ein völlig Fremder.«

»Solche Leute sind viel zu beschäftigt«, sagte Anna schwach. »Ein Brief wäre besser.«

»Meinst du? Vielleicht hast du recht. Ist dir heute immer noch schlecht, Anna?«

»Ja. Diese Übelkeit . . . es ist schrecklich.«

»Vielleicht sollten wir zu einem anderen Arzt gehen.«

»Nein, es wird bald vorüber sein.«

Das neue Leben wuchs, strampelte sich wach. Anna sagte sich: Ich sollte es lieben, ich sollte mich nach dem Anblick seines Gesichts sehnen. Aber sie fühlte nichts von alledem. Du armes Ding, du armes Geschöpf, das sich in mir nährt und das ich nicht in mir haben will. Nachts lag sie wach. Josephs Hand lag locker auf der ihren, denn er hielt ihr gern die Hand, wenn sie gemeinsam einschliefen. Wenn sie sich nur an ihn hätte wenden können, um ihn zu Hilfe zu rufen!

Wenn sie nur die Wahrheit sagen könnte! Manchmal stieg die Wahrheit bis zu ihren Lippen auf, und dann preßte sie sie zusammen, damit ihr nichts entschlüpfte. Die Worte hatten einen besonderen Geschmack und sogar auch eine Form und eine Farbe – blutrot in der Dunkelheit. Sie hörte ihren Klang, wenn sie ins stille Zimmer fielen.

Das kalte Grausen lief ihr über die Haut wie ein lebendiges Tier, so daß sich die Haare auf ihren Armen sträubten.

Joseph sagte: »Ich frage mich, was Maury dazu sagen wird. He, Maury, möchtest du ein Brüderchen oder ein Schwesterchen haben?«

Mein Gott, sieht er denn nicht, daß ich ersticke?

Eines Samstagnachmittags sagte sie: »Ich gehe mir einen Hut anschauen. Kannst du dich unterdessen um Maury kümmern?«

»Natürlich. Aber es wird regnen.«

»Ich nehme einen Regenschirm.« Sie mußte hinaus. In der letzten Nacht hatte sie von einem langen, gebogenen, bösen Messer geträumt. Jemand kam mit dem erhobenen Messer auf sie zu. Wer könnte ihren Tod wollen? Vielleicht sollte sie sich selbst umbringen.

Es regnete, und auf dem Broadway herrschte dichter Verkehr. Wenn ich jetzt vor die Straßenbahn springe, hier, wo sie den Hügel herunterkommt, ist alles vorbei. Aber . . . Maury. Mein kleiner Junge. O mein kleiner Junge.

Sie kämpfte sich im Wind voran, und ihr Herz begann heftig zu pochen. Die Last des Kindes, das sie seit sieben Monaten in ihrem Leib trug, wurde unerträglich schwer. Keine Kraft. Überhaupt keine Kraft. Wenn ich falle, werde ich schreien, werde ich es hier auf der Straße in die Welt hinausschreien, und alle werden es wissen. Ich verliere den Verstand.

Der Wind trieb ihr den feinen Regen ins Gesicht, ihr Kragen war durchweicht, und sie fühlte die nasse Wolle in ihrem Nacken. Der Wind wurde stärker, und der Regen peitschte. Der Himmel verfinsterte sich. Schreiende Menschen suchten Unterschlupf in Hauseingängen, Ladengeschäften, überall. Dort ist eine flache Treppe; wo führt sie hin? Ist es ein Postamt oder eine Schule? Viele Leute eilen hinauf. Anna folgt ihnen und gelangt ins Trockene.

Der stille Ort ist eine Kirche. Zum ersten Mal in ihrem Leben hat sie eine Kirche betreten.

Auf drei Seiten sind Statuen und Bilder: Da die eindrucksvolle Figur eines blonden Jünglings, dessen Körper sich schmerzvoll am Kreuz verkrampft – dort eine bleiche Frau aus blauem Gips; das muß Maria sein, diejenige, die man die Muttergottes nennt. Anna schließt die Augen. Ich habe keinen Hut gekauft, und Joseph wird sich fragen, warum ich den ganzen Nachmittag im Regen herumgelaufen bin.

Jemand begann auf der Orgel zu üben, hielt inne, setzte erneut ein. Die Musik stieg wie Rauch in das hohe Gewölbe, schwebte weiter hinter den vergoldeten Altar und in alle Ekken. Sie setzte sich, stützte die Stirn auf den Rücksitz der Vorderbank und weinte.

Lieber Gott, erhöre mich! Wenn der Tempel geöffnet wäre, würde ich dort sein. Nein, das ist nicht wahr, ich würde Angst haben, daß jemand mich sieht. Lieber Gott, ich weiß nicht einmal, ob ich an dich glaube. Ich wünschte, ich wäre wie Joseph, denn er glaubt, er hat einen festen Glauben. Aber bitte erhöre mich trotzdem und sage mir, was ich tun soll. Ich bin vierundzwanzig Jahre alt und habe noch so viele Jahre vor mir; aber wie soll ich all diese Jahre überstehen?

Jemand fragte: »Sind Sie in Besorgnis, meine Tochter?«

Sie blickte auf und sah einen jungen Priester in schwarzer Robe mit einer Kette um die Hüfte. So nahe war sie noch nie einem Priester gewesen. Wenn man daheim einem begegnete, machte man einen Umweg.

»Ich bin nicht katholisch«, sagte sie, »ich kam nur herein, weil es draußen so sehr regnet.«

»Das macht doch nichts. Wenn Sie hier sitzen möchten, sind Sie willkommen. Aber vielleicht wollten Sie mit jemandem reden?«

Ein menschlicher Jemand mit gütigem Gesicht. Und sie würde ihn nie wiedersehen.

»Ich bin in einer solchen Bedrängnis, daß ich sterben möchte«, sagte Anna.

»Irgendwann im Leben fühlt jeder das einmal.« Der Priester setzte sich.

Wie sollte sie beginnen? »Mein Mann vertraut mir«, flüsterte sie. Welch ein blöder Anfang. »Er sagt, ich sei der einzige Mensch auf der Welt, dem er unbedingt vertrauen kann.«

Der Priester wartete.

»Er sagt, er wisse, daß ich ihn nie belügen würde. Nie . . .«

»Und Sie haben ihn belogen?«

»Mehr als das. Ach, viel mehr als das!« Sie konnte ihm nicht in die Augen schauen. Auch nicht auf die Statuen und Bilder. Sie blickte zu Boden, die Hände im Schoß gefaltet. »Wie kann ich es Ihnen sagen? Sie werden von mir denken, daß ich . . . Sie werden es nicht hören wollen . . . Sie haben so etwas bestimmt noch nie gehört . . .«

»Es gibt nichts, was ich nicht schon gehört hätte.«

Aber nicht das. Ich kann es nicht sagen. Ich kann es einfach nicht. Aber ich kann es auch nicht immer für mich behalten. Es muß einmal raus.

»Hat es mit dem Kind zu tun, das Sie erwarten? Ist es das, was Sie mir zu sagen versuchen?«

Sie antwortete nicht.

»Es ist nicht sein Kind, nicht wahr?«

»Nein«, stammelte sie flüsternd. »O mein Gott, ich möchte lieber tot sein.«

»Das dürfen Sie nicht sagen. Nur Gott weiß, was gut für Sie ist, und er wird darüber entscheiden, dessen können Sie gewiß sein.«

»Aber verdiene ich es denn noch, zu leben?«

»Alles, was lebt, verdient es, zu leben. Und dieses Kind ganz gewiß.«

»Ich würde mich besser fühlen, wenn ich dafür bezahlen könnte, wenn man mich bestrafen würde.«

»Sind Sie nicht bereits genug gestraft? Bezahlen Sie es nicht mit jedem Tag Ihres Lebens?«

Die Orgel, die einen Augenblick verstummt war, ertönte wieder. Die ruhige Musik erhob sich wie ein feiner Nebel.

»Ich habe den Mut gesucht, Joseph die Wahrheit zu sagen. Ich habe gebetet, aber der Mut kam nicht.«

»Warum müssen Sie es ihm sagen?«

»Um ehrlich zu sein, um mich wieder sauber zu fühlen.«

»Um den Preis seines Friedens?«

»Glauben Sie das?«

»Denken Sie einmal nach.«

Keine Gedanken stellten sich ein. Nichts Zusammenhängendes, außer dem Gesicht ihres kleinen Jungen. Er saß auf dem Küchenfußboden und aß einen Apfel.

»Ist es vielleicht so, daß Sie diesen anderen Mann lieben?«

»Nein, nein, ich liebe meinen Mann.« Eine leichte Antwort. Wahrheitsgemäß, und doch . . . Frieden und Leben und Güte. Maury, Kind meines Herzens – wiegt das nicht jenen kurzen Augenblick des Rausches und der Verzückung auf?

Sie sagte verzweifelt: »Muß ich also immer so weitermachen?«

»Wenn Sie blind oder lahm wären, müßten Sie es. Viele Menschen müssen es.« Er seufzte. »Die Menschen haben so viel Mut, daß es mich immer wieder erstaunt.«

»Ich habe all meinen Mut aufgebraucht.«

»Sie werden ihn wiederfinden. Und danken Sie Gott dafür.« Seine Stimme war ruhig, ohne Vorwurf, ohne Teilnahme.

»Ich hoffe es.«

»Und nach einer Weile wird es leichter für Sie werden.«

»Ich hoffe es.«

Vielleicht weiß er etwas. Er hört und sieht so viel. Das muß bestimmt schon anderen passiert sein.

Der Priester stand auf. »Fühlen Sie sich besser?«

»Ein bißchen«, antwortete sie wahrheitsgemäß. Sie war um einen Teil ihrer Bürde erleichtert, und es war ihr, als hätte sie diesen Teil auf ihn abgeladen.

»Können Sie jetzt nach Hause gehen?«

»Ich glaube es. Ich werde es versuchen. Ich möchte Ihnen danken«, flüsterte sie.

Er hob die Hand, und sein schwerer Rock fegte über die Fliesen.

Es war eine schwere Geburt. Nachbarn nahmen Maury zu sich, und Ruth kam zur Hilfe.

»Komisch, daß dieses Kind so lange gebraucht hat«, sagte sie. »Sonst ist es beim zweiten immer viel leichter.«

Joseph betrachtete das winzige Mädchen in Annas Armen. »Das arme kleine Ding! Auch sie sieht ganz erschöpft aus.«

Anna setzte sich erschrocken auf. »Warum sagst du das? Stimmt etwas nicht mit ihr?«

»Nein, nein, Dr. Arndt sagte, sie sei völlig gesund. Ich meinte nur, daß sie mager ist und ein bißchen schwächlich aussieht.«

Sie war nicht so hübsch, wie Maury es gewesen war. Sie hatte schütteres schwarzes Haar und ein Affengesicht, und sie schien verängstigt zu sein, aber das bildete sich Anna nur ein.

»Und ihr beiden habt euch noch keinen Namen für sie ausgedacht?« fragte Ruth.

»Ich überließ es Anna«, erklärte Joseph. »Maury wurde nach meinem Vater genannt, und jetzt ist sie an der Reihe.«

»Meine Mutter hieß Ida«, sagte Anna.

»Also etwas, das mit einem I anfängt«, überlegte Ruth. »Du wirst sie doch nicht Ida nennen? Das ist so altmodisch.«

Ich bin müde, sagte sich Anna. Was spielt der Name schon für eine Rolle?

»Isabel«, schlug Ruth vor. »Oder . . . ich weiß, Iris! Das ist ein hübscher Name. In der Zeitung war eine große Artikelserie über eine englische Gräfin, Lady Iris Ashburton.«

»Also Iris«, sagte Anna. »Und jetzt lege sie bitte in den Korb zurück, damit ich ein wenig schlafen kann.«

Kurz nach dem neuen Jahr schob sie den Kinderwagen auf dem Heimweg vom Krämer. Maury zottelte an ihrer freien Hand. An einer Straßenecke kam ihnen ein Mann im schwarzen Priesterrock entgegen und blieb vor ihnen stehen.

»Junge oder Mädchen?« fragte er.

Hitze stieg in Annas Gesicht auf. Es war dunkel in der Kirche gewesen, aber er hatte sich an sie erinnert.

»Ein Mädchen. Iris.«

»Gut. Gott segne dich, Iris«, sagte er und ging weiter.

Gott segne uns alle. Die Lippen des Babys bewegten sich hungrig, und Maury sagte: »Ich will mein Mittagessen haben.«

»Wir sind gleich zu Hause, und dann gebe ich dir zu essen.«

Und ich werde mit all meiner Kraft für euch beide sorgen. Woher war diese neue Kraft gekommen? Wie Wasser in einem ausgetrockneten Flußbett. Die Kraft strömte ihr in die Glieder und trieb sie den Hügel hinan. Ich knirsche mit den Zähnen, ich muß aufhören, mit den Zähnen zu knirschen. Es geht mir schon viel besser. Gott segne uns alle.

12

Die Stadt streckte und reckte sich, breitete sich bis nach Brooklyn und bis nach Queens aus, sprang über die Brücken, an der Bronx vorbei bis an die Grenzen von Westchester. Und die Stadt streckte sich auch in die Höhe, immer weiter in den Himmel hinein. Auf der Fünften Avenue rissen die Abbruchunternehmen mit ihren schweren Steinkugeln die im Renaissancestil gebauten Millionärsvillen nieder. Die wenigen, die man stehen ließ, dienten jetzt als Museen oder Büros für wohltätige Institutionen.

Wer im Jahre 1918 noch ein paar hundert Dollar verdient hatte, konnte einige Jahre später, falls er Glück hatte, hart arbeitete und clever genug war, Gewinne von Zehntausenden oder noch mehr verbuchen. Das Baugeschäft hatte einen kometenhaften Aufschwung erlebt. Häuser wurden verkauft, noch ehe sie fertig waren. Die Grundstückswerte verdoppelten und verdreifachten sich. Man mußte nur ein bißchen Köpfchen haben und die Entwicklung voraussehen, und dann konnte man brachliegendes Ackerland auf Long Island im Nu in eine ordentliche Siedlung von Zweifamilienhäusern oder sechsstöckigen Mietskasernen verwandeln und sich ein dauerhaftes Einkommen oder einen glänzenden Gewinn sichern.

Ein Anstreicher und ein Klempner hatten mit einem kleinen, schwer von Hypotheken belasteten Mietshaus auf den Washington Heights angefangen. Sie hatten ihre ganze Kraft und ihre sämtlichen Mittel darin investiert – alles, was über die wenigen Dollar hinausging, die sie für die Ernährung ihrer Familien brauchten. Sie hatten neue Kochherde, Öfen und Badezimmereinrichtungen gekauft, die Fußböden poliert und alles vom Dach bis zum Keller renoviert. Das Treppenhaus und alle Wohnungen wurden neu gestrichen, die Messingklinken geputzt, die Fenster abgedichtet, und sie hatten sogar zwei Immergrünpflanzen in Kübeln gekauft, die vor der Haustür standen.

Als sie fertig waren, gab es kein Gebäude in dieser oder einer der anliegenden Straßen, das sich mit diesem vergleichen ließ.

Die Mieter waren erstaunt, denn seit Jahren war es hier nie so sauber gewesen. Draußen hing ein Schild: Keine Wohnungen mehr frei.

Und sie hatten die Mieten erhöht.

Eines Morgens rief ein Makler an. Er hatte einen Geldgeber, der sich für gut gepflegten, voll ausgemieteten Immobilienbesitz interessierte, wo nichts repariert zu werden brauchte. So verkauften sie das Haus, das ihnen kaum ein Jahr gehört hatte: mit einem Gewinn von zwanzig Prozent!

Sie gingen zur Bank, die die Hypotheken verwaltete, und sagten: »Jetzt seht ihr, was wir machen können. Gebt uns eine Hypothek auf ein anderes Haus, und wir tun das gleiche.«

Gegen Ende 1920 besaßen sie zwei Häuser auf den Washington Heights. Und dabei hatte keiner von ihnen ein Paar anständige Schuhe oder einen Anzug zum Ausgehen. Jeden Cent investierten sie in ihren Besitz. Sie kauften drei leere Bauterrains in Brooklyn. Und dann hatten sie unheimliches

Glück, weil das Syndikat, dem der anliegende Grundbesitz gehörte, dieses Terrain brauchte, um ein Hotel zu bauen. Sie nannten ihren Preis, und das Syndikat bezahlte, weil ihm keine andere Wahl blieb.

Jetzt kamen sie in Verbindung mit einem Elektromonteur und einer kleinen Baufirma, die von Vater und Sohn geleitet wurde. Könnte man sich nicht zusammenschließen und auf eigene Faust bauen? Der Bauunternehmer kannte einen Anwalt, dessen investitionsfreudige Klienten über Bargeld verfügten. Sie kauften weitere Grundstücke und bauten eine Reihe von Zweifamilienhäusern. Es ist ratsam, klein anzufangen. Sie mußten jeden Morgen um vier Uhr aufstehen, um rechtzeitig bei der Arbeit in Brooklyn zu sein.

Die Häuser wurden bereits vor ihrer Fertigstellung abgestoßen. Ein Zahnarzt, der weiter unten in der Straße wohnte, trat mit einem Vorschlag an sie heran: In Long Island sei Grundbesitz zu verkaufen; ob sie daran interessiert wären? Er würde in das Geschäft einsteigen. Das Land war für ein Butterbrot zu haben. Nun, vielleicht nicht gerade für ein Butterbrot, aber immerhin zu einem sehr annehmbaren Preis. Jetzt waren sie zuversichtlicher und bauten eine ganze Siedlung von Zweifamilienhäusern, fünfundsiebzig Häuser und eine Reihe von Ladengeschäften.

Umsicht, Geduld, beharrliches Planen und Arbeit. Ziegel auf Ziegel, Stein auf Stein. Kaufen, bauen, verkaufen, den Gewinn anlegen, wachsen und gedeihen lassen. Zuerst ganz langsam, dann rascher und kühner. Ein Speicher im Konfektionsviertel, eine Garage an der Zweiten Avenue, große Interessengemeinschaften, hohe Hypotheken, wachsende Gewinne, zunehmendes Ansehen. So wird es gemacht.

Und natürlich waren die Zeiten gerade richtig.

Das Gebäude an der West End Avenue war sechzehn Stockwerke hoch, mit zwei Wohnungen pro Etage. Joseph und Anna mieteten sich die mit der Aussicht auf den Fluß: neun große Zimmer und ein geräumiges Vestibül im elften Stock. Wenn man mitten im Vestibül stand, konnte man ins Wohnzimmer blicken, wo der Himmel die hohen Fenster ausfüllte, in die holzgetäfelte Bibliothek, in der die noch nicht ausgepackten Kisten mit den Büchern Annas standen, und in das prächtige Speisezimmer mit dem langen Tisch, den zehn Polsterstühlen und dem chinesischen Wandschirm, der die Verbindungstür zur Küche verbarg.

»Herrlich!« rief Ruth bewundernd aus. »Und wenn man bedenkt, daß ihr alles so rasch eingerichtet habt! Wie habt ihr das geschafft?«

»Ich hätte mir gerne mehr Zeit genommen«, sagte Anna. »Ich weiß nicht, ob mir alles wirklich so gut gefällt, wie es sollte. Aber es ist nun mal getan.«

»Ob dir nicht alles gefällt? Aber Anna, es ist fabelhaft.«

»Joseph wollte, daß alles gleich fertig ist. Du weißt ja, wie genau er ist! Er verträgt keine Unordnung. Er sagt, er habe lange genug in Armseligkeit und Unordnung gelebt. Und deshalb bat er Mrs. Marks – die Frau des Rechtsanwalts –, mir zu zeigen, wo ich einkaufen müsse, und da sind wir jetzt.«

»Es ist einfach phantastisch!« wiederholte Ruth. »Sogar einen Stutzflügel habt ihr!«

»Eine Überraschung von Joseph.«

»Ich finde, ein Klavier gehört in jedes Haus, selbst wenn niemand darauf spielt. Sieht so ein Flügel nicht wunderbar aus?«

»Iris wird Unterricht nehmen. Maury auch, wenn er will, aber du kennst ihn ja. Er tut nur, was ihm paßt. Iris wird das Klavierspiel lernen, und sei es nur, um ihrem Vater zu gefallen.«

»Sie ist eine richtige kleine Dame mit ihren vier Jahren«, sagte Ruth. »Und ein Radio habt ihr auch? Wir haben noch keins. Was hältst du davon?«

»Ich komme nicht oft zum Radiohören, denn Joseph und Maury lassen mir nie den Kopfhörer frei. Aber das Ding ist wirklich ein Wunder. Ruth, denkst du noch manchmal an die Zeit zurück, als wir in der Hester Street wohnten? Und fragst du dich da nicht, wie das alles geschehen konnte? Oft denke ich, daß ich es gar nicht verdient habe.«

»Wie es geschehen konnte? Wir haben wie die Sklaven geschuftet, Solly und ich, und was wir besitzen, haben wir uns redlich verdient.« Sie fügte hinzu: »Natürlich läßt sich das nicht mit dem vergleichen, was ihr erreicht habt, aber wir sind ganz zufrieden. Solly hat einen klugen Geschäftspartner, und wir haben gute Aussichten.«

»Manchmal scheint es mir nicht wirklich zu sein«, sagte Anna nachdenklich.

»Du wirst schon sehen, wie wirklich es ist, wenn du diese große Wohnung sauberhalten mußt, das kann ich dir sagen! Du wirst mindestens einmal in der Woche eine Putzfrau brauchen.«

»Ich habe bereits zwei Mädchen. Joseph hat sich an eine Agentur gewandt. Sie kommen morgen.«

»Zwei Mädchen? Für wie viele Tage in der Woche?«

»Wir haben zwei Mädchenzimmer hinter der Küche, können die beiden also bei uns unterbringen. Sehr nette Mädchen«, beeilte Anna sich zu sagen, um Ruths Schweigen zu überbrücken. »Zwei irische Schwestern. Ellen und Margaret.«

»Wenn ich bedenke, daß du auch einmal Hausmädchen warst!« sagte Ruth.

Sie will mich ärgern, aber es wird ihr nicht gelingen, sagte sich Anna. »Ja, wenn man bedenkt, daß ich mit einem Bündel Kleider und zwei Kerzenleuchtern in diesem Land ankam«, erwiderte sie sehr ruhig. »Was mich übrigens daran erinnert, daß ich sie auspacken muß, bevor jemand auf sie tritt.«

Sie griff in eine noch nicht ausgepackte Kiste an der Eßzimmertür und entnahm ihr die beiden Kerzenleuchter. Sie waren aus schwerem getriebenem Silber und sehr alt. Nachdem sie den Staub weggeblasen hatte, stellte sie sie liebevoll auf den Tisch.

Diese beiden hatten so viele Orte gesehen, ehe sie hier ankamen. Anna betrachtete sie aufmerksam. Dann schweifte ihr Blick durch den Raum – über das englische Porzellan, das französische Kristall und all die glanzvollen, kostbaren und zerbrechlichen Dinge, die jetzt ihr gehörten.

Irgendwo hinter der freudigen Erregung wurde eine Gewißheit wach, eine nagende, bohrende Gewißheit, die sie mit Ängsten und Schuldgefühlen bedrängte. Die Gewißheit, daß das alles hier nicht von Dauer sein konnte und würde.

13

Ihre Eltern wissen nicht, daß sie wach ist. Sie glauben, sie habe ihre Schularbeiten fertiggemacht – sie ist in der vierten Klasse und keine besonders gute Schülerin – und sei dann zu Bett gegangen. Sie wissen ja nicht, wie schwer es ihr oft fällt, einzuschlafen. Sie hat ein Eckzimmer, und ihre Fenster liegen so, daß sie Ausblick nach Westen über den Fluß, die Lichter der Palisaden und nach Osten auf die West End Avenue hat, wo der Verkehr im Laufe des Abends und der Nacht immer schwächer wird. Sie denkt an nichts Besonderes, wünscht sich nur, es wäre schon Freitag und sie brauchte zwei Tage lang nicht zur Schule zu gehen. Sie hofft, daß es am Samstag regnen wird, damit sie zu Hause bleiben und lesen kann, anstatt von ihrer Mutter an die frische Luft geschickt zu werden. Aber am Sonntag durfte es nicht regnen, damit sie und Papa ihren Morgenspaziergang zum Wasserwerk machen können.

Dieser Sonntagsspaziergang ist etwas, das sie für sich allein hat, denn dann schläft Mama sich endlich einmal richtig aus und Maury auch, wenn er nicht gerade Schlittschuh laufen geht oder sich sonstwo mit Freunden trifft. Papa ist immer früh auf.

Iris liebt es, mit ihm allein zu sein. Oft stellt sie sich vor, wie schön es wäre, wenn Mama und Maury nicht mehr da wären. (Tot? Meint sie etwa das?) Dann würde sie mit Papa ganz allein zusammen speisen und am Abend in der Bibliothek ungestört mit ihm plauschen können. Sie macht sich Vorwürfe wegen dieser Gedanken, denn es sind böse, schlechte Gedanken.

Sie ist hellwach. Es ist kühl, sie schlüpft in ihren Morgenrock, geht barfuß auf den Flur hinaus – sie liebt es, den Teppich unter ihren nackten Sohlen zu spüren – und stellt sich in die Ecke vor der Eingangsdiele. Die Eltern sitzen im Bibliothekszimmer und können sie nicht sehen. Aber sie kann sie hören, und der Klang ihrer Stimmen beruhigt sie, besonders wenn Iris über irgend etwas besorgt ist.

Manchmal sprechen ihre Eltern kein Wort. Mama studiert immer irgend etwas, liest Shakespeare oder nimmt Kurse im

Kunstmuseum, und Papa ist oft mit seinen Blaupausen beschäftigt, die er auf dem Tisch zwischen den Fenstern ausbreitet.

Manchmal jedoch unterhalten sie sich über interessante Dinge. Mrs. Malone hatte eine Fehlgeburt, und Mama sagt, es sei zwar bedauerlich, aber mit sieben Kindern habe sie doch eigentlich genug. Sie hört, daß Mama demnächst einen Nerzmantel bekommt, denn Papa will ihr einen schenken, und der Pelzhändler, der unter Solly wohnt, hat ihnen ein preiswertes Angebot gemacht. Sie hört auch, daß Maury zu seinem Geburtstag ein neues Fahrrad bekommt. Maury ist immer wieder erstaunt, daß Iris alles im voraus weiß.

Sie hat ein bißchen Angst, ertappt zu werden, aber nur ein bißchen. Papa würde ihr nicht böse sein, denn Papa ist ihr nie böse. Und Mama würde auch nicht wirklich böse sein, nur aufstehen und mit strenger Stimme zu ihr sagen: »Kleine Mädchen gehören ins Bett. Und es ist gar nicht nett, anderer Leute Gespräche zu belauschen. Komm, Iris.« Und dann würde Mama sie ins Bett schicken. Das ist der Unterschied zwischen Papa und Mama.

Heute abend wird sie gewahr, daß man über sie spricht. Sie hält den Atem an, das Herz klopft ihr bis zum Halse.

»Es wäre mir lieb, wenn sie in das Ferienlager in Maine ginge. Die Waldluft und das Zusammensein mit anderen Kindern würden ihr guttun.«

»Joseph, sie würde es hassen!«

»Aber Maury ist ganz versessen darauf. Jeden Sommer zappelt er vor Ungeduld, dort seine Ferien zu verbringen.«

»Maury ist halt Maury, und ihm fällt alles leicht. Iris würde sich dort elend fühlen.«

»Seltsam«, sagt Papa. »Zwei Kinder, und so verschieden voneinander! Im gleichen Heim, mit den gleichen Eltern, und doch so verschieden.«

Ja, das ist wahr. Maury ist im Schülerrat und in der Juniorbasketballmannschaft. Im nächsten Jahr wird er in das Auswahlteam aufgenommen, das gegen die anderen großen Privatschulen der Stadt spielt. Die Leute sind immer wieder überrascht, daß Iris seine Schwester ist, aber natürlich sind die

Erwachsenen viel zu höflich, um es sich anmerken zu lassen, während die Kinder in der Schule es oft gar nicht glauben wollen.

»Du kannst doch nicht Maury Friedmans Schwester sein«, sagen sie, und einmal ist sogar ein Mädchen nach einem Basketballspiel zu Maury gegangen und hat ihn gefragt: »Bist du wirklich ihr Bruder? Sie behauptet es.«

»Klar«, hatte Maury geantwortet. »Natürlich bin ich ihr Bruder.«

»Maury ist wie meine Brüder«, erklärt Mama. »Besonders wie Eli. Er erinnert mich sehr an ihn.«

Auf ihrem Toilettentisch hat sie vergrößerte Fotos von ihren Angehörigen in Europa: Onkel Dan mit seiner dicken Frau und seinen vielen Kindern, Onkel Eli mit seiner Frau auf Skiern vor einem Holzhaus in den Bergen, von dessen Dach Eiszapfen hängen. Ihre kleine Tochter steht auch auf Skiern. Sie heißt Liesel, ist im gleichen Alter wie Iris und hat unwahrscheinlich langes, blondes Haar. Liesel und ihre Eltern sehen wie der Sonnenschein aus. Derartige Vergleiche zieht Iris oft. Ellen und Margaret zum Beispiel sind für sie Maisstauden, hoch und schlank und mit großen gelben Zähnen.

Haben andere Menschen auch solche Gedanken? fragt sie sich. Gibt es jemanden auf der Welt, der mir gleicht?

Die Stimmen ihrer Eltern werden leiser, und sie beugt sich vor, um besser zu verstehen.

»Er soll ein erstklassiger Kinderarzt sein, und er hat sie sehr gründlich untersucht«, hört sie Mama sagen.

»Und was hat er gesagt?«

»Eigentlich nichts. Es fehlt ihr nichts. Sie sieht ein bißchen kränklich aus, ist aber soweit ganz gesund, höchstens ein bißchen nervös. Das alles wissen wir ja zur Genüge.«

»Sie ist so empfindsam!« sagt Papa. »Weißt du, was sie mich auf unserem letzten Sonntagsspaziergang gefragt hat? ›Papa‹, hat sie gesagt, ›hast du dir je deinen Arm angeschaut und dir dabei gedacht, daß er von Leuten erschaffen wurde, die vor vielen hundert Jahren gestorben sind, und hast du dich dabei gefragt, wie du ihnen gefallen würdest, wenn sie dich sehen könnten?‹ Stell dir vor, ein neunjähriges Kind sagt mir so etwas!«

»Ja, sie macht sich viele Gedanken. Ein ungewöhnliches Kind.«

»Weißt du, ich sehe sie oft vor mir, als sie noch ein ganz kleines Baby in der Wiege war, und wenn ich dann vor ihr stand und sie anschaute, rührte sie mich in einer Weise, wie Maury es nie getan hat. Er war immer so kräftig und hungrig und gesund. Aber sie . . .! Oft ging ich zur Tür und kam dann noch einmal zurück, um sie mir anzuschauen, und dann sagte ich mir immer, daß sie es im Leben nicht leicht haben würde.«

Die Mutter sagt nichts, oder sie sagt etwas, das Iris nicht hören kann.

Dann sagt Papa: »Sie ist der Schatz meines Herzens, Anna! Aber ich wünschte mir so, daß sie dir ähnelte! Dann wäre es nicht so schlimm, daß sie schüchtern ist. Dann würde sie anziehend auf die Leute wirken.«

»Ruth meinte noch vor ein paar Tagen, Iris gehöre zu der Art von unscheinbaren Mädchen, deren Aussehen sich mit der Zeit bessert, und ich glaube, sie hat recht.«

»Würdest du sie wirklich unscheinbar nennen, Anna?«

»Es ist schwer, über sein eigenes Kind zu urteilen. Aber jedenfalls würde ich nicht sagen, daß sie hübsch ist.«

Nicht hübsch. Nicht hübsch. Man könnte ebensogut sagen: Du hast eine schreckliche Krankheit, du wirst nie wieder gehen können. Oder: Du wirst höchstens noch einen Monat leben, und dann wirst du sterben. So ist es also. Das denkt man von mir.

Plötzlich sagt Papa: »Anna! Mrs. Werner ist gestorben! Es steht hier in der Zeitung. Betrauert von ihrem Mann Horace, ihrem Sohn Paul, ihrer Tochter Evelyn Jonas in Cleveland.«

»Das wußte ich nicht.«

»Du solltest dir wirklich öfter die Todesanzeigen anschauen. Sie war erst sechzig. Ich frage mich, woran sie gestorben ist.«

»Keine Ahnung«, sagt Mama.

Werner. Iris vergißt nie einen Namen, vergißt fast überhaupt nichts. Das sind die Leute, denen sie vorige Woche in der Stadt begegnet war, als sie mit ihrer Mutter einen Frühlingsmantel kaufen ging. Und die Dame hatte Mama erzählt, daß sie krank sei! Warum lügt Mama jetzt?

Sie waren aus dem Konfektionsgeschäft Best gekommen, als die Dame sie auf der Straße angesprochen hatte. »Entschuldigung, aber Sie sind doch Anna, nicht wahr?«

»Ja, ich bin Anna«, hatte Mama geantwortet. »Wie geht es Ihnen, Mrs. Werner?«

»Paul, du erinnerst dich doch noch an Anna?« hatte die Dame gesagt.

Der Mann – er war sehr groß, sah der Dame ähnlich, mußte also ihr Sohn sein – verneigte sich nur ein bißchen und sagte: »Natürlich.« Aber zu Mama sagte er kein Wort.

Die Dame war wirklich nett. Sie sagte zu Mama: »Sie waren schon immer hübsch, aber Sie sind noch hübscher geworden.«

Mamas Gesicht bekam komische rote Flecken, und sie war gar nicht höflich zu diesen Leuten. Mir sagt sie immer, ich müsse mich für ein Kompliment bedanken, aber sie sagte gar nichts.

Dann fragte Mrs. Werner: »Ist das Ihre Tochter?«

»Meine Tochter Iris«, antwortete Mama.

Iris mußte ihr die Hand geben und freundlich lächeln. Die Dame lächelte auch, aber der Mann schaute sie nur streng an und lächelte nicht.

Dann sagte die Dame mit sanfter Stimme: »Wie ich sehe, haben Sie es weit gebracht, Anna.«

Mama erwiderte nur: »Ja, so ist es«, was sehr ungewöhnlich war, weil Mama sonst immer sehr viel redet, wenn sie eine ihrer Freundinnen trifft.

Die Dame hatte sehr schönes graues Haar, fast silberfarben, und einen Pelzmantel wie Mama. Aber ihre Augen waren sehr dunkel, und die Haut darunter auch. Sie sah krank aus.

»Wir sind aus unserem Haus ausgezogen, wegen der vielen Treppen. Mein Herz ist plötzlich schwach geworden. Aber Sie sehen prächtig aus! Sie sind überhaupt nicht älter geworden.«

»O doch«, hatte Mama gesagt. »Um Jahre älter.«

»Jedenfalls sieht man es Ihnen nicht an. Besuchen Sie uns

doch einmal, Anna. Wir wohnen Ecke Achtundsiebzigste und Fünfte. Und mein Sohn wohnt nur zwei Häuserblocks weiter, was mir sehr angenehm ist.«

Nachdem sie sich verabschiedet hatten, sagte Mama eher zu sich selbst als zu Iris: »Fünfte Avenue! Natürlich, die West Side ist ihr nicht mehr fein genug!«

Iris erinnert sich genau an all das.

»Die Beerdigung ist Mittwoch um elf«, sagt Papa jetzt. »Ich werde versuchen, mit dir hinzugehen, wenn ich es schaffe. Sonst mußt du es allein tun.«

»Ich denke nicht daran, hinzugehen«, sagt Mama ganz ruhig.

Iris hört die Zeitung rascheln. »Was? Das ist doch nicht dein Ernst?«

»Es ist mein voller Ernst. Ich habe die Frau seit Jahren nicht gesehen, und ich habe ihr nie etwas bedeutet, als sie lebte. Warum sollte ich sie besuchen, wenn sie tot ist?«

»Warum geht man zu Beerdigungen? Weil es zum Anstand gehört, einem Menschen die letzte Ehre zu erweisen. Ich verstehe dich nicht!«

Mama antwortet nichts, und Papa fährt fort: »Außerdem haben sie uns einmal sehr geholfen, falls du das vergessen haben solltest. Es gibt immer noch so etwas wie Dankbarkeit.«

Mamas Stimme hatte einen leicht zornigen Klang. »Dankbarkeit? Du nimmst bei einer Bank ein Darlehen auf, zahlst es mit Zinsen zurück, und dann sollst du der Bank auch noch dankbar sein?«

»Es war keine Bank, Anna. Du bist mir unbegreiflich!«

»Wo steht es geschrieben, daß ich dir immer begreiflich sein muß?«

Das klingt gar nicht wie Mama, die sonst immer Dinge sagt, wie: Der Mann ist der Chef des Hauses; erinnere dich stets daran, wenn du einmal heiratest. Oder: In der Ehe ist nicht alles halbe-halbe; die Frau muß immer nachgeben, um den Frieden im Heim zu bewahren.

Die Tür von Maurys Zimmer fliegt auf, und er rennt in den Flur hinaus. »Du kleine Geheimniskrämerin!« ruft er und schlägt Iris mit der Faust auf den Rücken.

Die Eltern kommen herbeigeeilt. »Was ist los? Was tut ihr da?«

»Dieses kleine Biest steht hier herum und lauscht! Iris, wenn du dich je unterstehst, das mit mir zu tun, da kannst du was erleben, du verdammte Petze.«

»Maury, so spricht man nicht«, sagt Papa. »Komm mal her, Iris. Was ist los? Hast du uns wirklich belauscht?«

»Ich wollte ja nicht lauschen. Ich wollte mir ja nur in der Küche einen Apfel holen.«

»Sie lügt«, sagt Maury.

Mama schüttelt den Kopf. »Maury, geh bitte zu deinen Schularbeiten zurück und lasse uns diese Sache erledigen. Iris, ich möchte jetzt wissen, was du gehört hast.«

Sie will am liebsten sagen: ›Ich habe gehört, wie du sagtest, ich sei nicht hübsch, und Kusine Ruth habe gemeint, ich würde mich ein bißchen bessern, wenn ich älter bin. Aber das geht euch gar nichts an, und ich hasse euch!‹ Sie ist jedoch zu stolz, um es zu sagen.

Die Mutter runzelt besorgt die Stirn. Iris hat eine böse List ersonnen und freut sich schon auf das, was sie sagen wird. »Ich habe gehört, wie du Papa erzähltest, daß du die Dame nicht gesehen hast, aber du hast sie gesehen!«

»Wovon redest du eigentlich?« fragt Papa.

»Von Mrs. Werner«, petzt Iris. »Wir sahen sie letzte Woche in der Stadt mit ihrem Sohn.«

»Ist das wahr, Anna?«

Mama seufzt. »Ja, wir sind ihnen auf der Fünften Avenue begegnet. Ich hielt es nicht für erwähnenswert.«

»Aber aus irgendeinem mir unbekannten Grunde hast du es mir absichtlich nicht sagen wollen.«

»Joseph«, sagt Mama. »Es ist wirklich nicht der geeignete Moment . . .« Und Iris weiß, was sie sagen will: *Nicht vor dem Kind.*

»Nun gut«, sagt Papa. »Iris, deine Mutter wird dir eine Tasse heiße Milch auf dein Zimmer bringen, und dann möchte ich, daß du schläfst.«

»Bring du mir die Milch, Papa!« quengelt Iris.

Er hält ihr die Tasse, während sie trinkt. »Fühlst du dich

jetzt besser? Wenn du etwas auf dem Herzen hast, kannst du es mir ruhig erzählen.«

Ihre Augen füllen sich mit Tränen, und sie sagt flüsternd: »Ich habe keine Freundinnen. Niemand mag mich.«

Er braust auf: »Wenn all die Kinder so dumm sind, daß sie nicht sehen, was du wert bist, dann tun sie mir leid! Du bist die Klügste von allen! Du bist meine kleine Prinzessin, und wenn du einmal erwachsen bist, wirst du es ihnen schon zeigen! Denn dann bist du diejenige, auf die man hört.«

»Ich bin nicht hübsch«, sagt sie.

»Wer hat das behauptet? Den möchte ich mal sehen, der so etwas sagen würde!«

»Marcy hat dicke Zöpfe mit Schleifen an den Enden.«

»Und wennschon! Ich mag Zöpfe sowieso nicht! Du hast viel hübscheres Haar.«

»Nein, Papa, das ist nicht wahr!«

»Aber ich finde es, Schätzchen. Weißt du was?« sagt er mit der leeren Tasse in der Hand. »Nächste Woche hast du deine Thanksgiving-Ferien. Möchtest du dann mit mir ins Kino gehen? Du kommst am Vormittag in mein Büro, und dann haben wir vor dem Kino sogar noch Zeit, dir ein neues Kleid zu kaufen. Mama hat Gäste zum Abendessen, und ich möchte dich all den Leuten in deinem neuen Kleid zeigen. Dann werden wir mal sehen, wer hübsch ist!«

»Ins Büro und ins Kino will ich gerne gehen. Aber nicht zum Abendessen mit all den Leuten.«

»Na schön, reden wir vorläufig nicht darüber.« Er beugt sich über sie und gibt ihr einen Kuß. »Bist du jetzt müde? Wirst du gleich einschlafen, wenn ich das Licht ausknipse?«

Sie nickt, und er schaltet das Licht aus. Aber sie ist gar nicht schläfrig. Sie liegt im Dunkeln, und ihre Gedanken überschlagen sich.

Ja, er liebt Mama, sonst würde er nicht so viel von ihr reden. »Hör auf deine Mutter, Iris«, sagt er, »deine Mutter weiß, was recht ist.«

Aber heute abend ist er böse auf Mama. Sie streiten sich. Man hört sie in ihrem Schlafzimmer. Großer Gott, ich bin so froh, daß er böse auf sie ist.

»Es ist doch höchst merkwürdig«, sagt Papa. »Du scheinst irgend etwas gegen die Mutter oder den Sohn zu haben, denn wenn man diese Leute bloß erwähnt, bist du gleich eingeschnappt.«

»Das ist nicht wahr!« schreit Mama. Iris hat sie noch nie so schreien gehört.

»Doch, es ist wahr! Ich frage mich manchmal, was damals in diesem Haus passiert ist, daß du so reagierst. Du kannst nicht einmal zugeben, daß du ihr zufällig auf der Straße begegnet bist, und jetzt weigerst du dich auch noch, zu ihrer Beerdigung zu gehen. Ich kann mir darauf keinen Reim machen . . .«

Die Tür wird zugeschlagen. Es folgt wieder lautes Gerede, das Iris nicht verstehen kann, dann geht die Tür auf, und sie hört Papa sagen: »Wahrscheinlich ist es nur dein falscher Stolz. Du hast dir helfen lassen, voranzukommen, und du möchtest nicht daran erinnert werden . . .«

»Willst du mich endlich in Ruhe lassen!« schreit Mama.

Dann herrscht Stille.

Eine lange Zeit später wird die Tür zu Iris' Zimmer geöffnet. Ein Lichtkegel dringt herein und verbreitet sich. Die Mutter tritt an ihr Bett.

»Iris?«

Sie antwortet nicht.

»Iris, du bist wach. Ich höre es an deinem Atem.«

»Was willst du?«

Die Mutter setzt sich auf das Bett, nimmt Iris' Hand, die sich nicht bewegt. »Ich wollte nur noch einmal hereinkommen und dir die Hand halten, bevor du einschläfst.«

Sie hat das Gesicht halb abgewandt, aber Iris sieht, daß etwas mit ihren Augen nicht stimmt. Sie scheinen geschwollen zu sein. »Hast du geweint, Mama?«

»Nein.«

»Doch, du hast geweint. War es, weil ich Papa von der Dame und dem Mann erzählt habe?«

»Welche Dame und welcher Mann?«

Als ob sie es nicht wüßte! »Du weißt es genau«, sagt Iris verärgert. »Die Dame, die gestorben ist.«

»Nein«, sagt Mama und schaut fort.

Plötzlich fühlt Iris etwas, das sie bisher noch nie gefühlt hat. Eine Art von Reue, von Mitleid für Mama.

»Ich habe es absichtlich getan«, sagt sie. »Ich wollte, daß Papa mit dir böse ist.«

»Ich weiß.«

»Und du bist mir nicht böse?«

»Nein. Es geht uns allen manchmal so, daß wir Leute nicht mögen oder ihnen weh tun wollen.«

Sie möchte sagen, es tut mir leid, daß ich dich nicht so lieb haben kann wie Papa, aber statt dessen sagt sie: »Papa will mir ein neues Kleid für deine Party kaufen, aber ich will mich nicht damit vor all den Leuten zeigen.«

Er ruft sie immer herein, wenn sie Gesellschaft haben. Dann muß sie allein im Türrahmen stehen, während all die Leute, besonders die Damen mit ihrem Parfüm und den vielen Armbändern, im Kreis herumsitzen und Iris anstarren.

»Ich will es nicht«, wiederholt sie. »Muß ich?«

»Nein«, sagt Mama. »Du brauchst es nicht zu tun.«

»Versprichst du mir das? Ganz gleich, was Papa sagt?«

»Ich verspreche es dir.«

»Ich hasse es nämlich! Ich hasse es!«

»Ich verstehe«, sagt Mama.

Sie seufzt erleichtert auf. »Jetzt bin ich schläfrig«, sagt sie.

»Wirklich? Das ist gut.« Die Mutter geht hinaus und macht die Tür ganz leise hinter sich zu.

Sie konnte ja nicht wissen, was sie erst viel später erfuhr: daß ihr Vater sie in seiner blinden Liebe anlog, vielleicht ohne sich wirklich darüber im klaren zu sein. Er log, als er sie eine Prinzessin nannte, denn sie war nie eine Prinzessin gewesen und würde auch nic eine sein. Er log, als er von den großen Dingen redete, die sie einmal tun, und von den Leuten, denen sie es einmal zeigen würde. Später wird es ihr peinlich sein, sich an diese gutgemeinten, jedoch närrisch blöden Worte zu erinnern.

Mama dagegen machte ihr keine falschen Hoffnungen. Mama machte kein Hehl daraus, daß Iris sie oft in Verlegenheit brachte und ihr auf die Nerven ging, und dann konnte Iris wiederum sehr wütend auf ihre Mutter sein und sie sogar hassen. Gleichzeitig wußte sie jedoch, daß sie auf immer so eng miteinander verwachsen waren wie die Finger mit der Hand und die Hand mit dem Arm. Wie hätte sie all diese Dinge begreifen sollen, als sie neun Jahre alt war? Erst nachdem sie einiges erlebt und einige Erfahrungen gesammelt hatte, war sie in der Lage, es zu verstehen.

14

Keiner von der Familie konnte irgend etwas im Hause oder außerhalb tun, ohne daß der Vater es wußte. Maury hatte manchmal das Gefühl, er sei allgegenwärtig, selbst wenn er gar nicht zu Hause war. Einige seiner Freunde mochten ihre Väter nicht, zwei oder drei haßten sie sogar. Andere wiederum hatten Grund zur Annahme, daß ihre Väter sich überhaupt nicht für sie interessierten. Das traf auf Maury und Pa nicht zu. Er interessierte sich für alles, was Maury betraf: seine Freunde, seine Zähne, sein Benehmen. Er lehrte ihn, wie man sich eine Krawatte bindet, und er zeigte ihm, wie man jemandem die Hand schüttelt. »Ein Mann drückt die Hand mit festem Griff, ganz so, wie es seinem Charakter entspricht«, sagte er.

Aber es wäre Maury lieber gewesen, wenn Pa sich nicht so sehr für ihn interessiert hätte. Manchmal wünschte er sich, Pa würde ihn in Ruhe lassen. Iris, diese blöde jammernde Göre, konnte ihm alles ausreden. Aber nicht Maury. Maury mußte »spuren«, »am Ball sein«. Das war einer seiner Lieblingsausdrücke. Ein anderer war »den Anforderungen entsprechen«, und den haßte Maury besonders.

Heute früh war Maury wütend und verärgert, weil er mit Pa die Großmutter besuchen gehen sollte. Sie war in einem Altersheim.

»Ach du liebe Zeit«, jammerte er. »Muß ich wirklich gehen? Gerade heute früh hatte ich eine Verabredung zum Schlittschuhlaufen.«

»Natürlich mußt du gehen«, sagte seine Mutter. »Du hast

deine Großmutter seit Monaten nicht mehr gesehen, und sie hat nach dir gefragt.« Sie reichte Maury seine Krawatte und Jacke, nahm seinen guten Kamelhaarmantel aus dem Schrank und drängelte: »Beeile dich, dein Vater hat schon den Mantel an. Du weißt, daß er es nicht ertragen kann, wenn man ihn warten läßt.«

Es war sehr kalt an diesem Morgen. Sie fühlten es bereits im Fahrstuhlschacht, als sie zum Erdgeschoß hinunterfuhren, und auf der Straße schlug ihnen ein eisiger Wind entgegen. Der Chauffeur hielt ihnen den Wagenschlag auf.

»Wir fahren zum Altersheim, Tim«, sagte Pa.

»Jawohl, Mr. Friedman.« Tim faßte sich wie immer an die Mütze und machte eine Bemerkung über das Wetter. Dann ging er um den Wagen herum und setzte sich ans Steuer.

Das Heim, in dem Maurys Großmutter lebte, lag etwas außerhalb der Bronx. Früher waren hier Felder und Wiesen gewesen, jetzt standen hier vereinzelt Neubauten, teilweise mit einem Ladengeschäft im Erdgeschoß, dazwischen kahle Bauplätze. Alles sah unfertig aus. Maury kannte niemanden, der hier lebte, und er kam nur hierher, um seine Großmutter zu besuchen, was nicht sehr oft geschah. Das letztemal hatte er sie vor fast einem Jahr gesehen, kurz vor seiner Bar-Mizwa, als sein Vater so wütend gewesen war, weil sie nicht kommen und »diesen Tag erleben« konnte.

»Der Wagen fährt wie eine Wolke«, sagte Pa. Er zündete sich eine Zigarre an, eine jener teuren schwarzen Zigarren, von denen er immer eine Anzahl in seiner inneren Jackentasche trug. Er und seine Freunde hatten die Gewohnheit, sich gegenseitig ihre Marken anzubieten, und dann saßen sie und stießen den blauen Rauch aus, der ganz angenehm duftete, obgleich manche Frauen sehr heftig dagegen protestierten. Pa schien stolz darauf zu sein, daß seine Frau den Zigarrengeruch liebte, aber Maury wußte, daß seine Mutter auch nichts sagen würde, wenn es sie störte.

Sein Vater strich ein zweites Streichholz an, fummelte am Ende der Zigarre herum, nahm sie aus dem Mund, blickte sie prüfend an, steckte sie wieder zwischen seine Lippen und inhalierte.

»Wie eine Wolke«, wiederholte er.

Der Wagen war neu. Soweit Maury sich erinnern konnte, hatten sie immer ein Automobil gehabt, aber dieses hier war das erste, das als Limousine mit Trennscheibe zwischen Fahrersitz und Innenraum eingerichtet war. Maurys Vater war noch nicht daran gewöhnt, sich kutschieren zu lassen, und fühlte sich unbehaglich mit Chauffeur. Man hatte beim Abendessen darüber diskutiert.

»Ich fahre sehr viel«, hatte er erklärt, aber es klang wie eine Entschuldigung. »Unsere Baustellen sind über die ganze Stadt verteilt und liegen bis weit nach Long Island hinaus. Dann die ständige Sorge mit dem Parken! Außerdem kann ich jetzt eine Menge Papierarbeit erledigen, während ich gefahren werde.«

Pa gab nie Geld für sich selbst aus, wenn er nicht einen praktischen Grund dafür anführen konnte. Für seine Familie war ihm nichts zu teuer, ob es Spielsachen oder Möbelstücke oder Pelzmäntel für Maurys Mutter waren; aber in allem, was ihn selbst betraf, war er äußerst sparsam.

Das Heim war ein altes Steingebäude mit mehreren Anbauten, Rasenplätzen und einem Säulenvorbau als Eingang. Das Innere war ein Gewirr von Korridoren und kleinen Zimmern, vor denen Rollstühle und Blechtabletts mit schmutzigem Geschirr standen. Schlimm war der Gestank. Es roch nach Desinfektionsmitteln, Bratfett und Urin. Maury ekelte sich vor all den alten Leuten, die sich mit technischen Hilfsmitteln fortbewegten, während die jungen Krankenschwestern emsig von Zimmer zu Zimmer eilten. Durch die halboffenen Türen sah er noch mehr alte Leute in den Betten, das graue Haar wie Moos auf den Kissen. Maury schüttelte sich.

»Deine Großmutter ist achtundsiebzig«, sagte Papa jetzt. Ihr Zimmer lag am Ende des Flurs, und sie hatte es ganz für sich allein. Die meisten Pensionäre lebten zu zweit in einem Zimmer.

»Danny hat eine Urgroßmutter, und die ist zweiundneunzig.«

»Das ist sehr selten. Aber diese Frau hatte auch ein leichtes Leben, brauchte nie zu arbeiten. – Guten Tag, Mama, wie geht es dir?«

Die Großmutter saß mit vier anderen alten Leuten in einer Nische vor ihrem Zimmer. Wenn sein Vater sie nicht angesprochen hätte, wäre Maury an ihr vorbeigegangen, ohne sie zu erkennen. In ihren schwarzen oder lavendelblauen Pullovern und Baumwollkleidern sahen die alten Frauen alle gleich aus. Wenn sie nicht aufgedunsen waren, sahen sie verhutzelt und verschrumpelt aus. Maurys Großmutter war so ein verschrumpelter Typ.

»Willst du denn der Oma nicht guten Tag sagen?«

Maury sagte guten Tag und küßte sie. Er wußte, daß man das von ihm erwartete. Das Küssen gefiel ihm gar nicht, und es gab ihm sogar ein komisches Gefühl im Magen. Sie hatte eine Art von milchiger Schicht über den ihm zugewandten Augen, und aus ihren Mundwinkeln rann Speichel. Sie ekelte ihn an.

Pa zog ein paar Stühle heran. »Gib deiner Oma die Kekse«, sagte er, und dann berichtigte er sich. »Nein, stell sie ihr ins Zimmer. Sie kann sie später essen.« Er neigte sich ihr zu. »Ma, Mama?« sagte er.

Die alte Frau starrte ihn an und runzelte die Stirn. Ihr Blick war leer.

»Es ist Joseph, Mama«, sagte Pa. »Dein Sohn Joseph. Und ich habe Maury mitgebracht.«

War sie taub? Kannte sie ihren eigenen Sohn nicht mehr? Maury starrte verlegen vor sich hin.

Plötzlich begann sie zu reden. Sie lehnte sich zurück und nahm Pas Hand, weinte und lachte fast gleichzeitig. Pa antwortete ihr auf jiddisch, und Maury verstand kein Wort.

Die dicke alte Frau an Maurys anderer Seite berührte seinen Arm und fuhr sich mit dem Finger an die Stirn. »Sie redet Unsinn«, flüsterte sie vernehmlich. »Achte nicht auf sie«, sagte sie auf englisch. »Manchmal ist sie nicht ganz beisammen. Sie redet verrücktes Zeug.«

Pa hörte es und runzelte die Stirn. Aber die alte Frau ließ sich nicht entmutigen. »Du bist zu dünn«, sagte sie zu Maury.

Der alte Mann in der Mitte schaute Maury an und sagte: »Der ist nicht zu dünn!«

»Was wissen Sie denn schon? Haben Sie vielleicht Kinder?« fuhr die alte Frau ihn an. »Ich habe vier Kinder und drei Enkelkinder, und ich weiß, wovon ich rede.«

Der alte Mann fragte: »Ist das deine Oma?«

Maury nickte.

»Warum sprichst du nicht mit ihr?«

Maury wurde rot. »Sie spricht kein Englisch.«

Die Greisin ließ einen ganzen Redeschwall auf seinen Vater los. Sie erzählte eine lange Geschichte und schien sich zu beklagen oder etwas zu verlangen. Ergab das, was sie sagte, überhaupt einen Sinn? Maury konnte es nicht wissen, denn sein Vater hörte nur zu, nickte hier und da oder schüttelte den Kopf.

Dann wandte sich die Großmutter an Maury, sagte etwas, und sein Vater antwortete, während er selbst woanders hinblickte.

Dazwischen ließ sich der alte Mann vernehmen: »Dein Vater ist eine wichtige Persönlichkeit. Ich bin achtundachtzig, und ich sehe sofort, ob jemand wichtig ist oder nicht. Du kannst mal alles werden, was du willst«, erklärte er Maury. »So ein Junge bist du.«

Maury blickte zu Boden. Der alte Mann machte sich in die Hose. Man sah den Fleck am Schlitz, der sich dann das Bein entlang ausbreitete. Jetzt tropfte es sogar auf den Schuh.

Herrgott, bloß raus aus dieser Klapsmühle!

Eine Krankenschwester kam herbeigeeilt und nahm den alten Mann beim Arm. »Ach du liebe Zeit! Jetzt müssen wir mal schnell verschwinden gehen.«

Die Großmutter fing schon wieder zu weinen an.

»Maury«, sagte Pa, diesmal sehr entschlossen. »Warte draußen auf mich. Ich komme gleich. Oder schau dir ein bißchen das Haus an.«

»Hast du schon den schönen Aufenthaltsraum gesehen, den dein Vater uns gestiftet hat?« fragte die Krankenschwester. »Du findest ihn rechts am Ende des Flurs.«

Sein Vater spendete viel für wohltätige Zwecke. Der Briefkasten war immer voll von Bittgesuchen – Blindenheime, Krankenhäuser, jüdische Armenfürsorge. Oft sah er ihn am Schreibtisch sitzen und Schecks ausschreiben. Einmal hatte ihm Mr. Malone sogar ein paar katholische Priester geschickt. Maury hatte ihnen die Tür geöffnet und war sehr erstaunt gewesen, die beiden Männer mit den verkehrt aufgeknöpften Kragen zu sehen. Pa hatte sie empfangen, und als sie nachher gegangen waren, hatten sie sich bedankt. »Wir werden Ihrer gedenken, wenn wir unsere Messe lesen«, hatten sie gesagt.

Maury erinnerte sich, darüber einen gewissen Stolz empfunden zu haben. Man respektierte seinen Vater, und überall, wo sie hingingen, hörte man ihm zu und bemühte sich, ihm gefällig zu sein.

Eine Krankenschwester kam auf ihn zu. »Wie gefällt dir der Aufenthaltsraum?« fragte sie ihn.

»Er ist sehr schön.«

»Dein Vater hat uns viel geholfen. Er ist ein sehr großzügiger und gütiger Mensch«, sagte sie.

Pa winkte ihm vom Ende des Korridors zu. Maury war erleichtert und stellte sich überrascht. »Gehen wir schon?«

»Ja, deine Oma fühlt sich nicht wohl. Ich möchte sie nicht ermüden.«

»Willst du, daß ich mich von ihr verabschiede?« Er hoffte auf ein Nein, obwohl ihm klar war, daß er wenigstens fragen sollte.

»Nein, ist nicht nötig«, sagte Pa. »Sie ist in ihr Zimmer gegangen.«

Als sie wieder im Wagen saßen, zog Pa ein Bündel Papiere aus seiner Aktenmappe. »Entschuldige mich, Maury, aber ich muß mir das noch rasch ansehen. Mir ist gerade etwas eingefallen.«

Maury wußte, daß es sich um das neue Apartmenthotel handelte, das bisher größte Unternehmen seines Vaters. Letzte Woche hatten die Maurerarbeiten den dritten Stock erreicht, darüber erhob sich die rote Stahlkonstruktion mit ihren Quadraten bis zu der schwindelnden Höhe von zweiundvierzig Stockwerken.

»Das Allerneueste auf dem Gebiet des Apartmenthotels«, sagte Pa jetzt, über die Papiere gebeugt. »Etwas ganz Neues für die Stadt. Wußtest du, daß wir bereits die Hälfte der Wohnungen vermietet haben, obgleich das Haus erst im nächsten Herbst fertig sein wird?«

Er griff in seine Tasche, zog eine Zigarre und Streichhölzer heraus und paffte genüßlich ein paar Züge. »Weißt du was? Manchmal kann ich es selbst nicht glauben, daß all das geschehen ist. Wenn ich aufwache und das Licht durch die Vorhänge dringen sehe, weiß ich eine Sekunde lang überhaupt nicht, wo ich bin. Ist das nicht komisch? Ich kann mir einfach nicht vorstellen, daß das alles Wirklichkeit ist. Kannst du das verstehen? Nein, wie solltest du das verstehen. Du hast ja Gott sei Dank nie etwas anderes gekannt, und ich werde dafür sorgen, daß es dabei bleibt.«

Das wird er bestimmt tun. Alles, was er tut, gelingt ihm.

Er wandte sich wieder seinen Papieren zu, und da Maury nichts anderes zu tun hatte, begann er die *New York Times* zu lesen. Es war nicht sehr interessant, aber was man sah, wenn man aus dem Fenster schaute, war auch nicht viel besser. Sie kamen an einem Bankgebäude mit einer Uhr vorbei. Halb eins. Maury stellte fest, daß er noch viel Zeit hatte.

»Pa«, sagte er, »könntest du mich bei der Eisbahn absetzen? Schlittschuhe kann ich mir bei jemandem ausleihen.«

Sein Vater blickte ihn an, und Maury wußte sofort, daß die Antwort Nein sein würde. »Du bist jetzt zwei Wochen lang nicht beim Religionsunterricht gewesen, weil du erkältet warst«, sagte er. »Du hast bestimmt noch viel nachzuholen.«

Ein Gedächtnis wie ein Elefant. Man sollte doch wirklich meinen, daß ein Mann, der überall in der Stadt große Häuser baut, keine Zeit hat, um an solchen Kleinkram zu denken. »Das kann ich doch morgen machen. Ich werde früh aufstehen, bevor ich zur Schule gehe.«

»Du weißt genau, daß du das nicht tun wirst. Nein, heute nachmittag bleibst du zu Haus und bereitest deine Arbeit vor.«

Konnte er ihn nicht mit diesem religiösen Kram in Ruhe lassen? Die meisten Jungen auf der Schule waren vom Religionsunterricht befreit, weil ihre Eltern es engstirnig und unmodern fanden. Nur Pa war in diesen Sachen so streng, feierlich und langweilig. Bei Mama machte es ihm nichts aus, denn ihre rituellen Handlungen waren wirklich schön, wenn sie zum Beispiel am Freitagabend die Kerzen segnete. Die silbernen

Kerzenleuchter, die sie aus Europa mitgebracht hatte, gaben dem Ganzen einen Hauch von Poesie.

Es war ihm zuwider, am Samstagmorgen früh aufzustehen und in die Synagoge zu gehen.

»Laß ihn doch schlafen«, sagte Ma oft. »Er hat gestern abend bis spät an seinen Schulaufgaben gearbeitet. Ich sah das Licht unter der Tür.«

»Nein«, sagte Pa. »Es gibt einen richtigen und einen falschen Weg, Anna.«

»Er hat nicht einmal Zeit zum Frühstücken. Laß ihn doch dieses eine Mal zu Hause bleiben, Joseph.«

»Dann wird er halt ohne Frühstück gehen.«

Und jetzt, da sie im Wagen heimfuhren, sagte sich Maury: Er befiehlt über alles und alle. Ja, Maury hatte irgendwie das vage Gefühl, daß sein Vater ihn sein ganzes Leben lang überragen würde. Wann wird es endlich so weit sein, daß ich ihm sagen kann, was ich will, daß ich meinen eigenen Weg gehen kann und diesen ewigen Kampf mit jemandem, der mächtiger ist als ich, hinter mir habe?

Kurz vor dem Abendessen rief Pa ihn in sein Arbeitszimmer. Vor ihm auf dem Tisch lag eine Schachtel voller Fotos.

»Hier, mein Junge, sind die Bilder, die ich dir zeigen will. Ich habe sie hervorgeholt, um sie einzuordnen.«

Auf ein dickes Stück Pappe geklebt war ein altes verblichenes Foto von einem Mädchen, das an eine Wand gelehnt stand. Der Rock hing ihr über die Schuhe, und die Ärmel des Kleides hoben sich von den Schultern wie Ballons ab. Sie trug zwei lange Zöpfe, und selbst in dieser komischen Kleidung konnte man sehen, daß sie sehr hübsch war. Rechts unten in der Ecke stand ein ausländischer Name, der Name des Fotografen, und das Wort Lublin. Das war eine Stadt in Polen, soweit er wußte.

»Wer ist es?« fragte er.

»Meine Mutter«, sagte Pa. »Deine Oma, bevor sie verheiratet war.«

Maury schaute noch einmal hin. Sie hatte in fast kesser Pose die Hand in die Hüfte gestemmt und lachte. Vielleicht hatte der Fotograf ihr etwas Komisches erzählt.

»Man hat mir immer gesagt, daß sie als junge Frau sehr schön war«, sagte sein Vater. »Und du siehst, daß es stimmt.«

Das war das, was sie heute gesehen hatten, und *das* war einmal dieses Mädchen gewesen?

Er hatte eine blitzartige Vision, und im Bruchteil einer Sekunde war es ihm, als sähe er zum erstenmal in seinem Leben alles, was zu sehen ist, und als verstünde er alles, was zu verstehen ist. Ein Satz, eine Zeile aus einem Gedicht oder einem Text, den er im Englischunterricht gelesen hatte, fiel ihm ein – etwas über »die langen Korridore der Zeit«. Und er sagte sich: So ist es also.

Plötzlich, unwillkürlich und unbeabsichtigt, beugte er sich vor und küßte seinen Vater, und das war etwas, das ihm sonst immer besonders peinlich gewesen war und gegen das er sich schon als kleiner Junge immer gesträubt hatte.

15

Die *Berengaria* verließ den Hafen um zwölf Uhr mittags mit flatternden Wimpeln und festlicher Musik. Es ging nach Southampton. Die Motoren ratterten und ächzten, während das Schiff rückwärts in den Hudson fuhr, wendete, an der Freiheitsstatue vorbeirauschte und an jenem Ort, an dem sich einst Castle Garden befand, wo Anna zum erstenmal amerikanisches Gebiet betreten hatte. Damals war sie viel weniger erregt gewesen als heute, und das fand sie seltsam.

Die leeren Champagnerflaschen von der Abschiedsparty standen immer noch in ihrer Kabine herum. Und überall Geschenke auf den Tischen, drei Obstpyramiden, genug für zehn Personen, Schachteln mit Konfekt und Keksen, ein Stapel Romane, Blumen, ein mit Schleifen verschnürtes Paket von Solly und Ruth.

Anna öffnete es und entnahm ihm ein in Leder gebundenes Tagebuch mit Goldschnitt. »Meine Europareise« war auf dem Deckel eingeprägt.

Joseph lächelte. »Ruth weiß, daß du eine Schreiberin bist.«

»Ich werde jeden Tag meine Eintragungen machen«, sagte Anna entschlossen. »Ich will keine Minute dieser Reise vergessen.«

4. Juni

»Eine so weite Reise, bis ans andere Ende der Welt! Ich kann es immer noch nicht fassen.

Im März sagte Joseph plötzlich eines Abends: ›Für unseren diesjährigen Hochzeitstag möchte ich etwas ganz Großes unternehmen. Wir fahren nach Europa. Wir können es uns leisten.‹

Eine Menge Leute begleiteten uns auf das Schiff, Freunde und Geschäftspartner, und natürlich auch die Malones. Malone und Mary werden nach unserer Heimkehr im September für etwa sechs Wochen nach Irland reisen. Sie wollten das Land sehen, aus dem ihre Ahnen stammen. Joseph sagte, er würde bestimmt nicht nach Rußland fahren, um zu sehen, woher seine Ahnen gekommen sind!

Nach dem Ruf ›Alles an Land, was an Land muß!‹ gingen wir an Deck. Maury und Iris sahen winzig klein aus, als sie da unten mit Ruth und Solly standen. Ich hätte die Kinder gern nach Europa mitgenommen, aber Joseph will die Ferien mit mir allein verbringen. Wir hatten noch nie Ferien ohne die Kinder gemacht, nicht einmal einen einzigen Tag! Daß Joseph sich überhaupt Ferien genommen hat, er, der sechs Tage die Woche arbeitet und manchmal sogar sieben, ist schon erstaunlich genug. Aber ich werde die Kinder vermissen.

Ruth hatte Iris den Arm um die Schultern gelegt, was besagen sollte, ich brauchte mir keine Sorgen zu machen. Aber ich mache mir trotzdem welche. Iris ist erst zehn, und sie ist so schüchtern und so blaß. Wenn ich an sie denke, wird es mir schwer ums Herz, obgleich ich weiß, daß Ruth sich um sie bekümmern wird.

Unsere Kabine liegt ganz oben im Schiff, auf dem Verandadeck. Eben bin ich hinausgegangen; der Himmel ist noch hell, aber das Meer ist bereits schwarz. Kein Land in Sicht. Wir sind wirklich auf hoher See. Überall nur Himmel und Meer.«

100

5. Juni

»Joseph war heute früh wirklich böse mit mir. Ich bin
daran gar nicht mehr gewöhnt, denn es passiert nur selten,
und dann meist nur wegen unwichtiger Sachen. Wir saßen an
Deck und lasen, und plötzlich schrie er mich fast an: ›Wo ist
dein Ring?‹ (Er meinte den Brillantring, den er mir im vorigen Monat zu unserem Hochzeitstag geschenkt hat.) Als ich
ihm sagte, er sei unten in meiner Schublade mit der Unterwäsche, wurde er wütend. Er sagt, ich soll den Ring immer tragen, in jeder Minute des Tages. Ich erwiderte, ein so großer
Brillantring passe doch nicht zu einem Pullover und Rock,
aber er sagte, das sei ihm völlig egal, der Ring sei sehr wertvoll, und ich müsse verstehen, daß man ihn nie aus den
Augen lassen dürfe. Er schickte mich hinunter, um ihn zu holen, und unterwegs hatte ich furchtbare Angst, daß jemand
ihn gestohlen haben könnte. Er muß ein Vermögen gekostet
haben. Gott sei Dank war er da, versteckt zwischen meinen
Strümpfen.

Ich muß allerdings gestehen, daß ich ihn mir nie gewünscht
habe. Derartige Dinge bedeuten mir nicht viel, aber Joseph
versteht das nicht. Er glaubt, alle Frauen seien völlig versessen auf Brillanten. Vielleicht sind es die meisten. Jedenfalls
waren alle meine Freundinnen sehr beeindruckt, als sie ihn
sahen. Wahrscheinlich ist das auch der wirkliche Grund,
warum Joseph will, daß ich ihn immer trage, und warum er so
darauf bestand, daß ich ihn auf diese Reise mitnehme.«

7. Juni

»An unserem Tisch erfuhr ich, daß die Seefahrt eine Welt
für sich ist und daß diese Reise, die wir als ein Abenteuer
betrachten, für manche nichts weiter als Beruf und Lebensunterhalt bedeutet. Diese Leute überqueren den Atlantik,
wie wir den Bus auf der Fünften Avenue nehmen. Ein Ehepaar aus der Gegend von Philadelphia, Leute in unserem Alter, reisen mit drei Kindern und einem Kindermädchen, die
ihre Mahlzeiten in der Kabine einnehmen. Sie fahren jedes
Jahr nach Europa und mieten sich ein Haus in England, der
Schweiz oder Frankreich. Joseph war erstaunt, denn er fand,

daß sie gar nicht so reich aussahen, aber er weiß halt nicht, daß ihre Einfachheit besonders teuer ist. Sie reden nicht viel, und wenn sie etwas sagen, wenden sie sich lieber an die alte Dame als an uns. Die alte Dame ist die Witwe eines Bankiers aus New York. Wie es scheint, reist sie mit ihrer Tochter überall in der Welt herum. Die Tochter ist Ende Zwanzig. Sie sieht sehr einsam und gelangweilt aus, und sie tut mir leid.

Gestern abend gingen wir nach dem Abendessen zum Tanzen. Die Musik war wunderbar, und Joseph tanzt sehr gut. Das sollten wir öfter tun! Es klärt den Kopf, man fühlt sich so leicht und beschwingt, und man denkt an nichts.«

8. Juni

»Heute hat es geregnet, und der Wind war so stark, daß es einen auf dem Deck fast umwehte. Alle sind drinnen. Joseph hat ein paar Gleichgesinnte gefunden, mit denen er jetzt Karten spielt. Andere sind ins Kino hinuntergegangen. Aber ich will keine Minute der Seereise verpassen. Ich ging alleine an Deck und stand im heftigen Sprühwind. Wie wild ist doch der Nordatlantik, selbst im Sommer! Man spürt die Gefahr, fürchtet die stürmischen Elemente, obgleich wir auf einem großen modernen Schiff sind und ich mir mit meiner Angst nur etwas vormache.«

11. Juni

»Ich glaube, ich kenne alle Straßen in London. Am ersten Vormittag gingen wir spazieren. Unser Hotel ist auf der Park Lane. Wir hatten geplant, uns die Wachablösung vor dem Buckingham Palace anzuschauen, und dann wollte Joseph Hyde Park Corner sehen, wo die Radikalen und Querköpfe ihre Reden halten. Als ich ihm sagte, wir müßten links abbiegen, blickte er mich verblüfft an und fragte: ›Bist du sicher, noch nie hiergewesen zu sein?‹ Ich antwortete ihm, ich sei in Dutzenden von Büchern hier gewesen, mit Dickens und Thakkeray und all den anderen Autoren auf der Liste, die Miss Thorne damals für mich aufgestellt hatte.

Was mag wohl aus Miss Thorne geworden sein? Wahrscheinlich ist sie wieder nach Boston zurückgekehrt, hat sich zur Ruhe gesetzt und macht sich ihren Tee in einem kleinen Zimmer voller Bücherregale. Wie hätten wir damals ahnen können, was in all den Jahren geschehen würde?«

13. Juni

»Joseph hat eine geschäftliche Verabredung mit einigen englischen Finanzleuten, die sich für den Immobilienmarkt in New York interessieren. Ich bedauerte, daß unser Ferienaufenthalt durch geschäftliche Dinge unterbrochen werden mußte, aber ihm machte es überhaupt nichts aus. Ich glaube sogar, daß ihm diese Abwechslung höchst willkommen war. So unternahm ich die Bootsfahrt zu den Kew Gardens allein. *Warst du in Kew, wenn der Flieder blüht?*

Ich saß neben einem sehr netten Herrn, einem Amerikaner aus New Hampshire. Er lehrt Geschichte an irgendeiner berühmten Universität, deren Namen ich vergessen habe. Seine Frau ist vor sechs Monaten gestorben. Er sagte, sie hätten diese Reise vor langer Zeit geplant, und er habe ihr versprechen müssen, das Vorhaben nach ihrem Tode trotzdem durchzuführen. Sie hatte gesagt, es würde ihm guttun, und er solle nicht zu Hause herumsitzen und trauern. Was für eine wunderbare, selbstlose und großzügige Frau!

Er fragte mich, woher ich käme. Wegen meines Akzentes glaubte er, ich sei Französin, und er schien überrascht, als ich ihm die Wahrheit sagte.

Der Name dieses Mannes ist Jeffers. Sie hatten keine Kinder, was sehr bedauerlich ist, denn jetzt bleibt ihm überhaupt nichts von seiner Frau. Ich erzählte ihm von meinen Kindern, vor allem von Maury, der gern einmal in Yale studieren würde und sich für Literatur interessiert. Er erwähnte einige Professoren, die besonders angesehen und berühmt sind. Alles in allem war es ein sehr angenehmer Tag, und wir plauderten wie Leute, die sich seit langem kennen. Ich bin selten, vielleicht sogar noch nie einem Mann begegnet, der sich gern mit Frauen unterhält. Ich fand seine Gesellschaft herzerwärmend und tröstlich, aber das sind vielleicht nicht die richtigen Worte – erfreulich wäre passender.

Auf dem Rückweg, als der Ausflug fast zu Ende war, sagte

Mr. Jeffers, er habe einen unerwartet wunderbaren Nachmittag verbracht.

›Ich bin sehr traurig, daß wir uns nicht wiedersehen werden‹, sagte er. Dabei schaute er mir ernst und bekümmert in die Augen. Gott weiß, daß er kein Lügner war, denn diese Sorte kenne ich zu gut, um mir was vormachen zu lassen. Er meinte es wirklich, und deshalb erwiderte ich: ›Auch ich bedauere es sehr, und ich hoffe, daß Sie eines Tages wieder glücklich sein werden.‹ So habe ich es auch gemeint. Es war mir, als wären wir eben erst ins Gespräch gekommen und hätten uns noch so viel zu sagen, wenn nicht . . . wenn es nicht hunderterlei Gründe gegeben hätte, es nicht zu tun.

Joseph erwartete mich auf der Landungsbrücke. Zuerst fragte er mich, wie mir der Ausflug gefallen habe, und dann wollte er wissen, wer der Mann sei.

›Du scheinst dich sehr lebhaft unterhalten zu haben‹, sagte er. ›Ich habe dich beobachtet, als das Boot ankam.‹

›Ach ja‹, sagte ich. ›Er ist ein Amerikaner, und er lehrt auf einer Hochschule. Er hat mir sehr gute Ratschläge für Maury gegeben.‹

›Ihr habt die ganze Zeit über Maury geredet?‹

›Joseph, ich habe nicht die ganze Zeit mit dem Mann gesprochen!‹

›Weißt du denn nicht, daß ich eifersüchtig bin?‹ sagte er.

Aber er hat keinen Grund dazu und wird auch nie einen haben. Ich bin absolut und völlig vertrauenswürdig. Dafür bürge ich mit meinem Leben.«

26. Juni

»Wir sind im Zug und überqueren die Grenze nach Österreich. In ein paar Stunden werde ich Dan und Eli sehen! Joseph ist fast ebenso aufgeregt wie ich. Er weiß, was diese lange Trennung für mich bedeutet hat. ›Familien sollten nicht so auseinandergerissen werden‹, sagte er, und er hat recht. Aber was kann man tun?

Joseph beobachtet mich. ›Wirst du deiner Kritzeleien nie müde?‹ fragt er lächelnd. Er weiß, daß ich innerlich ganz kribbelig bin, und er streichelt mir besänftigend die Hand.«

»Mein Bruder Eli heißt jetzt Eduard. Er und Tessa haben uns am Bahnsteig erwartet. Ich muß gestehen, daß ich ihn nicht wiedererkannt hätte. Aber es ist schließlich neunzehn Jahre her! Sein Haar ist allerdings immer noch rot. Wir haben beide geweint, und Joseph war sehr gerührt; aber ich glaube, Tessa war es ein bißchen peinlich vor ihrem Chauffeur. Sonst war sie jedoch ganz lieb, küßte mich und hieß uns willkommen. Sie ist nicht besonders hübsch, aber schlank, graziös und eigentlich recht sympathisch. Joseph ist allerdings anderer Meinung, und ich glaube, er mochte sie von Anfang an nicht – was für Joseph, der selten über Leute spricht, sehr ungewöhnlich ist.«

»Wir sind wieder im Hotel Sacher und ziehen uns zum Essen um. Eduard wird uns den Wagen schicken. Aber zuerst sahen wir uns sein Haus im Achten Bezirk an. Es ist ziemlich weit vom Stadtzentrum entfernt, fast ein Vorort mit großen Häusern und Gärten. Man nennt sie hier Villen, aber an amerikanischen Maßstäben gemessen, sind es eher Miniaturpaläste. Eduard hat Engel aus vergoldetem Stuck an der Zimmerdecke. Ich versuchte, nicht ständig den Kopf nach oben zu verdrehen, während Tessa uns mit Kaffee und Kuchen bewirtete. Wir saßen eine Weile im Garten, einem sehr schönen Plätzchen mit hohen Bäumen ringsherum, die es zu einer Art von Außenzimmer machen, mit lila und roten Blumen überall. Ich sollte mir wirklich einmal den Namen der Blumen merken, denn alles, was nicht gerade eine Rose oder ein Gänseblümchen ist, entzieht sich voll und ganz meiner Kenntnis. Ach, ich vergaß zu erwähnen, daß alle Zimmer im Winter von riesigen Öfen geheizt werden, die wie große Kisten aus hübsch dekorierten Porzellanfliesen aussehen. Joseph fand das sehr amüsant, und auf dem Rückweg sagte er: ›Stell dir vor, Ofenheizung im zwanzigsten Jahrhundert! Wie rückständig Europa ist!‹

Die Kinder kamen uns begrüßen: ein hübscher kleiner Junge und zwei größere blonde Mädchen. Liesel ist gerade im

gleichen Alter wie Iris. Meiner Meinung nach spielt sie gut
Klavier, aber ich kann es natürlich nicht beurteilen. Jedenfalls
haben diese Kinder ausgezeichnete Manieren.«

»Jetzt, nachdem ich einen Tag mit Eduard verbracht habe,
sehe ich wieder deutlich den Jungen vor mir, der er früher einmal war. Das gleiche charmante Lächeln, das energische
Kinn, die lustig blinzelnden Augen. Und doch schaut er dabei
wie ein vornehmer Österreicher aus. Ich sehe, daß er etwas
auf seine Kleidung hält. Oder ist es Tessa?

Über Dan bin ich sehr betrübt. Er sieht gar nicht mehr wie
sein Bruder aus, und dabei sind sie eineiige Zwillinge! Er hat
einen ziemlich krummen Rücken, und sein Lächeln wirkt fast
wie eine Bitte um Entschuldigung. Seine Frau Dena ist ganz
hübsch, wenn auch zu dick. Sie macht sich nichts aus ihrer Figur, und sie bestellt sich doppelte Portionen Schlagsahne. Jedenfalls ist sie nett, und sie gefiel mir sofort. In ihrer Gegenwart fühle ich mich locker, was ich von Tessa nicht sagen kann.

Wie ich sehe, hält Tessa nicht viel von Dena und Dan; sie
leben offensichtlich in zwei verschiedenen Welten. Dena hilft
Dan in seinem Pelzgeschäft, und das ist gewiß nicht leicht für
sie. Sie haben sechs Kinder, und nach dem Essen flüsterte sie
mir zu, daß sie schon wieder schwanger sei!

Ich wollte, ich hätte mehr Kinder haben können. Aber vielleicht ist es noch nicht zu spät? Ich bin erst fünfunddreißig. Joseph ist schrecklich enttäuscht, daß wir nur zwei haben. Ich
weiß es, obgleich er es nie erwähnt. Wahrscheinlich glaubt er,
es würde wie ein Vorwurf klingen, oder er findet es zwecklos,
über Dinge zu reden, an denen man nichts ändern kann. Er ist
ein ausgesprochen praktischer Mensch, und er verschwendet
keine Worte. Ich sollte ihn jetzt gut genug kennen, um das zu
wissen.

Es war ein etwas seltsamer Abend, und es ist mir jetzt klar,
daß meine Brüder nicht sehr oft zusammenkommen, wenn
auch keiner von ihnen es zugab. Aber was mich am meisten
verblüffte, war die Tatsache, daß es zwischen ihnen ein
Sprachproblem gibt, ein allerdings völlig erkünsteltes Sprach-

problem. Dan und Dena sprechen Jiddisch bei sich zu Haus. Dena ist ein armes Mädchen ohne Bildung, und sie hat unter armen, ungebildeten Leuten gelebt, seit sie in Wien angekommen ist. Tessa spricht natürlich kein Jiddisch, sondern nur Deutsch und Französisch, was sie uns sehr betont zu verstehen gab. Nun sind aber die jiddische und die deutsche Sprache so miteinander verwandt, daß sie sich mit ein bißchen Mühe leicht untereinander verständigen könnten. Joseph schwört, daß es so ist und daß Tessa nur so tut, als ob. Er hatte jedenfalls keine Schwierigkeiten, Tessas Deutsch zu verstehen, sagte er. Ich glaube, sie ist eine halsstarrige Frau, und ich frage mich, ob Eduard mit ihr glücklich ist.«

2. Juli

»Eduard war einfach wunderbar. Ich sagte ihm, daß es mir fast leid täte, diese schöne Zeit mit ihm verbracht zu haben, weil es mir die Trennung schwerer machen wird. Es ist komisch, wie anders er in Tessas Abwesenheit ist. Und doch bin ich sicher, daß er sie liebt, denn er schaut sie immer so stolz an.

Heute nachmittag sind wir bei Dan eingeladen, und Eduard erbot sich, uns hinzufahren. (Es ist Sonntag, und all die Kirchenglocken läuten. Es müssen Tausende sein. Das ist noch etwas in Europa, an das ich mich erinnern werde: der süße Klang der Glocken, bei dem mir ein wohliger Schauer über den Rücken läuft. Joseph sagt, er vertrage den Lärm nicht, aber das behauptet er nur, weil er die Kirchen nicht mag.)

Jedenfalls fuhren wir zu Dan. Er wohnt in einer ärmlichen Straße, wo die Geschäfte auch am Sonntag offen sind. Es ist ein bißchen wie die Lower East Side. Kleiderläden, billige Konfektion, Gebrauchsartikel. Groß- und Einzelhandelsgeschäfte. Die Männer sitzen vor der Tür und laden die Passanten zum Eintreten und Kaufen ein. Ja, es ist wie die Lower East Side, nur etwas ruhiger, ordentlicher und ohne die vielen Handwagen. Aber die Leute wohnen wie dort über ihren Läden.

Dans Wohnung ist dunkel und eng. Die Möbel sehen viel zu groß für die Zimmer aus. Es muß für Dena schwer sein, den Haushalt zu führen und sich um all die Kinder und um ihren

Vater zu kümmern, der auch noch bei ihr lebt. Er ist ein kleiner, sehr alter Mann mit einem schwarzen Mantel und Schläfenlocken, und man würde ihn eher für ihren Großvater halten.

Eduard blieb über eine Stunde. Dena bewirtete uns mit Kaffee und Kuchen. In Wien scheint man von Kaffee und Kuchen zu leben, aber ich muß gestehen, daß es köstlich und sehr nahrhaft ist. (Eduard lud uns gestern bei Demel zum Kuchen ein, und es war phantastisch.) Wir drei kamen ins Gespräch und tauschten Erinnerungen aus. Es war ein schönes und wohltuendes Gespräch und gar nicht traurig, wie ich es erwartet hatte. Joseph und Dena saßen dabei, hörten zu und freuten sich mit uns. Joseph sagte, daß er das gute Verhältnis mit meinen Brüdern besonders zu schätzen wisse, weil er ganz allein aufgewachsen sei. Dena hat drei Schwestern, aber sie leben alle in Deutschland, und sie hat sie seit Jahren nicht gesehen.

Nach dem Abendessen war es noch hell, und ich half Dena beim Abräumen, während Dan und Joseph einen kleinen Spaziergang machten. Dan sagte, da Joseph Bauunternehmer sei, wollte er ihm etwas zeigen. Sie waren über eine Stunde fort und kehrten in bester Stimmung zurück. Sie hatten ein Schulhaus aus dem siebzehnten Jahrhundert besucht, dessen Mauern zehn Zentimeter dick sind und das immer noch in Betrieb ist.

Wir kommen so gut miteinander aus, und es ist wirklich ein Jammer, daß wir wie Fremde leben müssen. Das hat mir Dena gesagt, als sie mich zum Abschied umarmte: ›Es ist ein Jammer, daß wir so weitab voneinander wie Fremde leben müssen.‹«

6. Juli

»Ich muß sagen, daß Tessa sehr nett zu mir gewesen ist. Heute nachmittag nahm sie mich auf einen Einkaufsbummel mit, und wir sind bestimmt in jedem Geschäft am Graben und auf der Kärntnerstraße gewesen. Ich kaufte mir eine Handtasche (Wiener Petit point), einige Geschenke und ein herrliches Teeservice aus Porzellan. Ich erwähnte ihr gegenüber, daß ich diese teuren Tassen und Teller zu Hause selbst abwaschen wollte, weil ich sie niemandem anvertrauen würde.

›O ja‹, sagte sie. ›Das kann ich verstehen. Bei mir ist es allerdings etwas anderes, denn ich habe meine Trudl, die mir aus dem Elternhaus gefolgt ist, als ich heiratete. Sie kümmert sich um meine Sachen, als ob sie ihre eigenen wären.‹

Ich bewunderte Tessas Selbstvertrauen, und ich glaube nicht, daß sie wirklich arrogant ist und sich für etwas Besseres hält. Wahrscheinlich verstehen wir sie nur nicht. Oder sind wir vielleicht neidisch auf ihr Selbstvertrauen? Jedenfalls bin ich froh, Josephs Rat gefolgt zu sein und mir ein paar gute Kleider mitgebracht zu haben, denn die Frauen hier sind sehr elegant.

Ich habe Joseph eine goldene Armbanduhr gekauft. Sie kostete weniger als in den Staaten, war aber trotzdem teuer genug. Ich habe mir einiges von meinem Haushaltsgeld zusammengespart, denn sonst hätte ich nicht die Möglichkeit gehabt, Joseph etwas wirklich Schönes zu schenken. Er gönnt sich ja nie etwas. Ich werde ihm die Uhr erst zeigen, wenn wir auf dem Schiff sind, damit er mich nicht zwingt, sie zurückzubringen.«

9. Juli

»Eduard und Tessa gaben heute abend einen großen Empfang für uns. Es war prächtig, und ich verstehe, warum Dena und Dan die Einladung ausgeschlagen haben, denn Dena hätte bestimmt nichts anzuziehen gehabt. Es waren alle möglichen Leute da, Musiker und Regierungsbeamte und sogar ein Ehepaar, dessen Name mit einem ›von‹ beginnt, was – wie Joseph behauptet – bedeutet, daß sie nicht arbeiten müssen, weil jemand anders vor einigen hundert Jahren für sie geschuftet oder gestohlen hat. Trotzdem fand ich es sehr aufregend.

Nach dem Abendessen gingen wir in einen der Salons, wo man eine Reihe vergoldeter Stühle aufgestellt hatte. Wir hörten ein Streichquartett und Klaviermusik. Die meisten Stücke, die sie spielten, waren von Mozart. Ich verstehe nicht viel davon, versuche aber zu lernen. Komisch, wenn man Mozart zum erstenmal hört, klingt es ziemlich trocken und schrill. Man muß sich daran gewöhnen, und nach einer Weile wird es sehr schön, klar und spritzig. Ich merkte allerdings sofort, daß es Joseph nicht gefiel. Die einzige Musik, die er erträglich findet, ist Tschaikowsky, dessen Stil die Lehrerin in meinem Musikkurs als Gefühlsschwelgerei bezeichnete. Aber ich sehe nicht ein, warum diese schlecht sein soll, solange man sie genießt.«

12. Juli

»Heute war unser letzter Abend. Wir haben alle ins Hotel zum Essen eingeladen. Joseph bestellte ein großes Diner mit der berühmten Sachertorte als Nachspeise. Die Auswahl der Weine überließ er dem Kellermeister. ›Ich bin Amerikaner und kenne mich überhaupt nicht in Weinen aus. Bringen Sie uns nur vom Besten.‹ Das ist ein Zug, den ich immer an Joseph bewundere. Er ist absolut ehrlich und schämt sich nicht, seine Unkenntnis zuzugeben.

Beim Essen ging es lustig zu, aber auch etwas traurig, denn das Herz war mir schwer. Wir fahren morgen sehr früh nach Paris, und wir baten sie, uns nicht zur Bahn zu begleiten und sich hier von uns zu verabschieden. Das macht es uns allen leichter. So trennten wir uns mit dem Versprechen, uns bald wieder zu besuchen, hier oder in Amerika, aber ich bezweifle sehr, daß es je dazu kommen wird.

Der kleine Dan und der kleine Eli . . . Als sie fort waren und wir auf unser Zimmer gingen, legte ich mich aufs Bett. Joseph legte sich neben mich und nahm meine Hand. Nach einer Weile erzählte er mir, er habe Dan gefragt, ob er etwas für ihn tun könne, und Dan habe ihm gesagt, er brauche nichts. Aber Joseph hat trotzdem eine Summe Geld auf ein Bankkonto eingezahlt, und Dan wird das erst erfahren, wenn wir fort sind. Ich weinte vor Dankbarkeit über seine Güte meinem Bruder gegenüber, über die Güte meines Mannes.«

22. Juli

»Jetzt sind wir schon fast eine Woche in Paris, und ich bin zu müde, zu beschäftigt und zu aufgeregt gewesen, um etwas in mein Tagebuch zu schreiben. Wir haben die ganze Stadt besichtigt, und heute sind wir zum Schluß auf dem Eiffelturm gewesen, von wo aus wir eine phantastische Aussicht auf das Häusermeer mit all den großzügig angelegten Plätzen, Parks und Alleen hatten.

›Wir haben eine Verabredung um drei Uhr‹, sagte Joseph

und tat dabei sehr geheimnisvoll. Als ich ihn mit Fragen bedrängte, stellte es sich heraus, daß es gar keine Verabredung war. Er hatte nur beschlossen, mir bei einem der großen Couturiers ein paar Kleider zu kaufen. Ich sagte ihm, es sei viel zu teuer und ich brauchte es nicht. Wir kennen niemanden, der Pariser Kleider trägt. Aber er bestand darauf, und so gingen wir hin. Ich glaube, er hatte die Adresse einer Modezeitschrift entnommen, die jemand in der Hotelhalle liegengelassen hatte.

Jedenfalls besitze ich jetzt ein schönes marineblaues Kostüm, das ich viel tragen werde, und ein blaßrosa Abendkleid, welches zum Kostbarsten gehört, das ich je gesehen habe. Beim Gehen und Drehen berauschen mich seine fließenden Bewegungen, und wenn ich stillstehe, wirkt es wie das Faltengewand einer Statue.

Joseph sagte, rothaarige Frauen sollten nie Rosa tragen. Die Verkäuferin, eine sehr hochmütige Person in Schwarz, widersprach ihm. ›Ganz im Gegenteil, Rosa ist eine gute Nuance für sie. Madame ist von auffallender Schönheit. Aber, *vous permettez,* Madame? Nicht so viele Armbänder. Und nie, nie Modeschmuck zu echtem.‹ Ich wußte es, aber Joseph besteht immer darauf, daß ich mich mit so viel Schmuck behänge.

›Zu viel Schmuck ist wie ein Zimmer mit zu vielen Möbeln‹, sagte sie.

Apropos Möbel, wenn wir wieder zu Hause sind, werde ich all das überladene Zeug rausschmeißen. Jetzt, da ich französische Möbel gesehen habe, sehe ich, daß unsere Einrichtung viel zu protzig ist – zwar teuer, aber nachgeahmt. Ob Joseph es mir erlauben wird!?«

23. Juli

»Ich könnte stundenlang zuhören, wie die Leute in den Läden und auf der Straße französisch sprechen. Es ist eine so sprudelnde und sehr lebhafte Sprache, so elegant wie knisternder Taft. Ich wünschte, ich könnte diese Sprache sprechen. Einer meiner vielen Wünsche!«

»Wir sind gerade von unserer Rundfahrt durch das Land der Schlösser an der Loire zurückgekehrt. Ich habe keine Zeit für eine Beschreibung, und es fehlen mir auch die Worte; ich kann nur sagen, daß es ein zauberhafter Traum war. Meine Kleider sind gerade noch rechtzeitig fertig geworden, und Joseph hat eine Verabredung getroffen, um mit mir zu einem Porträtmaler zu gehen. Die Adresse hat er von einem Amerikaner, der im gleichen Hotel wie wir wohnt. Wie es scheint, läßt sich jeder von Rang und Namen von diesem Künstler porträtieren. Ich soll mir mein rosa Abendkleid anziehen, und ich komme mir blöde vor, aber Joseph ist von der Idee so begeistert, daß ich nicht nein sagen kann. Das Bild wird nach unserer Abreise vollendet, gerahmt und uns dann zugeschickt.«

11. August

»Der Künstler hat die Vorarbeiten zum Porträt beendet. Das Gesicht ist fix und fertig, das übrige angedeutet, jedoch so, daß man bereits sehen kann, wie es ausschauen wird. Jeder würde mich leicht erkennen, und die Ähnlichkeit ist gut getroffen. Aber der bloße Gedanke, daß ich in diesem Abendkleid gemalt werden soll, um der Nachwelt erhalten zu bleiben, scheint mir so lächerlich! Oft denke ich an die Zeit zurück, als ich bei Ruth Hosen nähte, als ich Stoffballen schleppte und Onkel Meyers Ladentisch abstaubte oder als ich über den Fluß ging, um mir bei der hübschen Leah Eier zu holen – aber daran möchte ich lieber nicht denken.«

12. August

»Morgen fahren wir mit der Bahn zur Küste, um uns einzuschiffen. Lebe wohl, Europa!«

14. August

»Die Heimreise ist ganz anders. Ich bin etwas betrübt. Es wird lange dauern, bis wir wieder nach Europa kommen – falls überhaupt. Und trotzdem kann ich es kaum erwarten, in New York zu sein. Maury ist im letzten Jahr so gewachsen, und ich frage mich, ob er noch größer geworden ist. Und obgleich

Ruth geschrieben hat, daß es Iris gutgeht, frage ich mich, ob das der Wahrheit entspricht. Vielleicht wollte Ruth uns nur nicht beunruhigen und uns nicht die Ferien verderben. Es könnte aber auch sein, daß Iris sich nach außen hin so gibt, als fühle sie sich ausgezeichnet – denn sie hat ihre Art, sich zu verstellen –, während sie sich in Wirklichkeit elend fühlt und verzweifelt ist. Manchmal bilde ich mir ein, meine Tochter gut zu kennen, und dann wieder muß ich feststellen, daß sie mir ein völliges Rätsel ist. Maury ist so leicht zu verstehen. Oder mache ich mir da etwas vor? Joseph findet, ich machte mir viel zuviel Sorgen um die Kinder.«

15. August

»Auf der Rückfahrt haben wir bessere Gesellschaft bei Tisch, oder vielleicht sollte ich lieber sagen, daß es Leute sind, mit denen wir uns besser verstehen, weil wir mehr miteinander gemein haben. Die eine Dame, eine gewisse Mrs. Quinn, erinnert mich an Mary Malone. Der gleiche weiße Teint, die gleichen schönen, runden irischen Augen. Ihr Mann ist im Autozubehörgeschäft. Er und Joseph reden über den eventuellen Kauf eines Grundstücks. Später sagte ich, wie üblich, zu Joseph: ›Kannst du nicht mal an etwas anderes denken als an deine Geschäfte? Du wirst bald genug zu Hause sein.‹«

16. August

»Am Tisch nebenan sitzt ein höchst seltsames Paar. Meine Tischnachbarinnen schauen ständig hin. Er ist ein sehr alter Mann, gut angezogen und schlank, mit weißem, gepflegtem Haar. Aber seine Haut ist trocken wie Pergament, und er muß um die Achtzig sein. Sie ist ein ganz junges Mädchen, sieht wie neunzehn aus, muß aber älter sein. Sie ist zart und zierlich wie eine Schwalbe. Man sollte meinen, sie sei seine Enkeltochter. Aber nein, sie sind verheiratet!

Nach dem Essen sahen wir sie wieder im Festsaal. Sie hörten dem Sänger zu, einem jungen Mann, der Lieder auf spanisch – oder vielleicht war es italienisch – zum besten gab. Es war eine sehr schöne, romantische, leidenschaftliche Musik, wahrscheinlich von Schubert geklaut. Ich schaute mir die junge Frau an und fragte mich, was sie wohl empfinden mochte, während der junge Mann sang.

Ich sprach mit Joseph darüber, und er sagte: ›Sie ist eine Hure, das ist doch ganz offensichtlich! Manche Frauen tun für Geld alles.‹

Aber meiner Meinung nach erklärt das noch lange nicht alles. Man müßte die Umstände kennen, die die Menschen zu ihrem Tun bewegt haben. Joseph meint, ich sei zu weich und suche immer Entschuldigungen für das, was die Leute tun. Aber ich finde, er macht es sich zu einfach.«

18. August

»Nur noch ein Tag, und dann sind wir in New York. Ich stehe am Bug und halte mein Gesicht in den Wind. Die Haut fühlt sich kühl und sauber an. Danach gehe ich zum Heck und schaue mir das Kielwasser an, wie es in der Form eines V aufschäumt, ein silbernes V auf grünem Grund. Morgen, wenn wir uns dem Land nähern, werden die Möwen kommen und dem Schiff folgen, wie sie es auch bei der Hinfahrt getan haben. Ich hatte mich schon darauf gefreut, aber dann erzählte man mir, sie warteten nur auf die Abfälle, die vom Schiff geworfen werden. Ich hätte eine poetische Erklärung vorgezogen, ich bin nun einmal eine unheilbare Romantikerin!

Heute früh wachte ich mit dem Gedanken auf, daß wir nur noch einen Tag von unseren Kindern entfernt sind. Ich kann es nicht erwarten. Am liebsten würde ich aussteigen und das Schiff schieben. Und dann kam noch etwas anderes dazu. Ich wurde gewahr, daß ich während der ganzen Zeit unserer Abwesenheit nicht ein einziges Mal an das gedacht habe, was mich sonst jeden Tag verfolgt. Ich konnte es doch unmöglich vergessen haben! Aber ich weiß, daß es immer da ist, selbst wenn ich nicht bewußt daran denke. Wie jemand, der hinter einem Vorhang steht und wartet. Jetzt ist es wieder da, hinter dem Vorhang. Ich fühle, wie es mich belauert, fühle seine Gegenwart.

Der Kopf tut mir weh. Jener Mann, jener Priester einer anderen Religion, hatte recht, als er sagte: ›Bezahlen Sie es nicht mit jedem Tag Ihres Lebens?‹«

»Eben haben wir die Meerenge zwischen Staten Island und Long Island passiert. Unser Gepäck ist auf dem Hauptdeck, und ich bin noch einmal rasch in unsere Kabine gegangen, um mich zu vergewissern, daß wir nichts zurückgelassen haben. Joseph steht an der Reling, weil er die Freiheitsstatue nicht verpassen will. Als ich gerade jetzt neben ihm stand, legte er mir den Arm um die Schultern und fragte mich, ob ich froh sei, wieder zu Hause zu sein, und ob die Reise so schön gewesen sei, wie ich sie mir erhofft hatte. Die Antwort auf beide Fragen war ein freudiges Ja, und das sagte ich ihm. ›Das Leben ist gut zu uns gewesen‹, sagte er, und das stimmt. Ich verdiene nicht, was es mir beschert hat.«

16

In der ersten Septemberwoche 1929 erwachte New York aus seinem Sommerschlaf. Auf den heißen, in goldenes Sonnenlicht getauchten Straßen wimmelte es von einkaufsfreudigen Ferienheimkehrern. Die Schaufenster auf der Fünften Avenue mit den neuesten Pariser Modellen wirkten besonders anziehend auf die Damen. Die Gürtellinie war wieder oberhalb der Hüften, und die Röcke hingen bis an die Wadenmitte. Die Farbe des Jahres war *bois-de-rose,* und man sah wieder viel Brokat bei den Theaterpremieren. Die Vorverkaufsstellen hatten alle Hände voll zu tun, und die Revuen und Musicals waren auf Monate ausverkauft. Auf den Avenuen hörte man das Rattern der Baumaschinen. Allenthalben schossen Wolkenkratzer mit Terrassen, vielschichtigen Fassaden und Glaswänden im neuen Stil Le Corbusiers in den Himmel. Die Börse, Ursache und Wirkung dieser Dinge, hatte einen noch nie dagewesenen Höhepunkt erreicht.

Am 3. September war eine einzige Montgomery-Ward-Aktie, die man im Jahr zuvor für 132 Dollar hatte kaufen können, 466 Dollar wert. Radio Corporation of America (RCA) war von 94½ auf 505 gestiegen. Viele Leute besaßen Tausende solcher Aktien, denn man konnte sie mit einer Anzahlung von nur zehn Prozent kaufen und dem Makler den Rest schulden.

Am 4. September gingen die Kurse etwas herunter, ohne daß sich jemand darüber Sorgen machte. Am 5. September zeigte der Börsenindex der *New York Times* eine Baisse von zehn Punkten, worüber sich immer noch niemand Sorgen machte, obgleich der Finanzredakteur Roger Babson schrieb, die Vergnügungsfahrt sei zu Ende und man gehe einer Depression entgegen. Man hielt ihn für einen querköpfigen Alarmisten, denn schließlich wußte doch jeder, daß es nicht immer ohne Unterbrechung aufwärtsgehen kann, sondern daß es immer kleine Baissen und Kursschwankungen gibt, bevor die Hausse wieder einsetzt.

Aber am Anfang der Woche des 21. Oktober war der Kurs so weit gesunken, daß die Makler das vorgeschossene Geld einzutreiben begannen. Als das Geld jedoch nicht kam – wie hätte es auch kommen sollen? –, fing das Dumping an, und am Donnerstag, dem 24. Oktober, brach der Markt zusammen. Millionen von Aktien wurden zu Schleuderpreisen abgestoßen, an der Börse herrschte Chaos, und draußen an der Ecke Broad und Wallstreet sammelten sich an diesem schwarzen Donnerstag riesige Menschenmengen an, die in gebanntem Schweigen verharrten. Niemand mochte so recht daran glauben. Man erwartete, daß irgend etwas geschehen würde, um den Sturz aufzuhalten. Aber was?

Fünf Tage lang ging es so weiter, bis am neunundzwanzigsten die Panik ausbrach und die Kurse in bodenlose Tiefen stürzten. In diesen Tagen verlor allein General Electric, bisher eine der gesündesten Aktien des Landes, 48 Punkte. Es sollte noch schlimmer kommen, aber das wußten die Leute damals noch nicht. Sie wußten nicht, daß im Jahre 1932 die United States Steel auf einundzwanzig und General Motors auf sieben Punkte heruntergehen würden.

Wenn sie es gewußt hätten, wäre es ihnen wahrscheinlich egal gewesen, denn sie waren bereits ruiniert.

In den nächsten Monaten wuchsen keine Wolkenkratzer mehr, und es wurde offenbar, daß ihre Grundfesten aus dem

Papier der Wallstreet beschaffen waren. Die Baumaschinen verstummten, und das vertraute Geratter der Preßluftbohrer, das eine neue Zukunft verheißen hatte, war nicht mehr zu hören. Die in diesem Jahr in der Stadt geborenen Kinder würden auf die High-School gehen, ohne auch nur einmal dieses Geräusch gehört zu haben.

Alles schien stillzustehen und auf Joseph zu warten. In seinen Tag- und Nachtträumen sah er überall bleiche Gesichter, die ihn fragend anstarrten und Antwort erheischten.

Es begann in der Woche des 21. Oktober, und es betraf den armen Malone. Joseph wußte nicht, daß Malone alles in Papieren angelegt hatte. Er selbst hatte nie viele besessen, denn für ihn waren nur Grund und Boden von Bedeutung. Vor seiner Reise nach Europa hatte er das, was ihm an Aktien gehörte, verkauft, weil er die Theorie vertrat, daß man sich nur selbst um seine eigenen Geschäfte kümmern könne.

Als der Makler anrief, war Malone immer noch in Irland, wo er den Herbst zu verbringen beabsichtigte. Der Makler brauchte mindestens hunderttausend Dollar, um Malone vor dem Ausverkauf zu retten.

»Geben Sie mir bis morgen Zeit«, bat Joseph ihn. »Ich werde ihn schon irgendwie erreichen.« Er fragte sich allerdings, wo Malone eine solche Summe in bar auftreiben könnte.

Er versuchte, eine telefonische Überseeverbindung zu bekommen, und nach Stunden antwortete ihm eine schwache und blecherne Stimme in einem Hotel in Wexford: »Mr. und Mrs. Malone haben sich einen Wagen gemietet, um Verwandte auf dem Lande zu besuchen.«

Nein, sie hätten keine Adresse hinterlassen, und sie würden auch nicht zurückerwartet. Die Heimreise war erst für die nächste Woche gebucht, und bis er sie auf dem Schiff erreichen konnte, wäre es längst zu spät.

Das Unglück seines Freundes raubte ihm den Schlaf in dieser Nacht.

Ganz früh am Morgen klingelte das Telefon. Solly entschuldigte sich, zu so früher Stunde anzurufen, aber er hatte die ganze Nacht nicht geschlafen, und Joseph war seine allerletzte Hoffnung. Könnte Joseph ihm heute fünfundvierzigtausend Dollar leihen?

Das sei immerhin eine Menge Geld.

Ja, das wisse er, aber die Kurse seiner Aktien seien völlig zusammengebrochen, und sein Makler habe ihm den Kredit auf elf Uhr gekündigt.

Mein Gott, das sei ja schrecklich.

Ja, schrecklich. Es bliebe ihm sonst nichts – außer seiner Lebensversicherung.

So wie Solly bisher gelebt hatte, müßte er doch eigentlich mehr haben, sagte sich Joseph, aber das zeigt wieder einmal, wie leicht man sich irren kann.

Es sei ja auch nur vorübergehend, versicherte ihm Solly. Er habe das sichere Gefühl, daß der Markt sich in ein bis zwei Monaten wieder erholen würde. Wenn Joseph ihm also vorläufig aus der Patsche helfen würde, könnte er die Aktien bei der nächsten Hausse verkaufen und ihm sein Geld zurückzahlen.

Es sei aber immerhin eine Menge Geld, wiederholte Joseph, weil ihm nichts anderes zu sagen einfiel und er nicht wußte, wie er ihm erklären sollte, daß er nur auf Sollys »sicheres Gefühl« hin eine solche Summe nicht riskieren würde und daß er – wenn er schon etwas riskierte – es lieber für Malone getan hätte.

Solly wäre natürlich gern bereit, Zinsen zu bezahlen, falls Joseph das wünschte.

Nein, das wünschte er nicht, denn an jemandem wie Solly, den er so gut kannte und wie einen Verwandten liebte, würde er doch kein Geld verdienen wollen. Er könne es nur deshalb nicht tun, weil er zuerst an seine eigene Familie denken müsse. Er hoffe, Solly würde das verstehen. Er wäre ihm wirklich gern zu Hilfe gekommen, aber sei Solly sicher, daß er alles versucht habe? Die Banken, die Geldverleiher? Josephs Stimme wurde müde und leise.

Ja, sagte Solly, er habe alles versucht, und Joseph sei seine letzte Hoffnung. Könne er es sich nicht doch noch einmal überlegen?

Leider nicht, und er bedauere es sehr. Solly könne gar nicht wissen, wie sehr.

Das war das letztemal, daß sie sich sprachen. Um fünf Uhr nachmittags an diesem Tag war Solly tot.

Auf der Heimfahrt vom Büro hatte Tim zufällig einen Weg gewählt, der durch Sollys Straße führte, aber kurz vor seinem Haus kamen sie an eine Polizeisperre, und eine große Menschenmenge hatte sich auf den Gehsteigen angesammelt. Er lehnte sich aus dem Fenster und fragte einen Passanten, was los sei.

»Ein Mann hat sich aus dem Fenster gestürzt«, erzählte dieser, und Joseph wußte irgendwie sofort, daß es nur Solly sein konnte.

Als er zu Hause war, ging er ans Telefon. Eine fremde Stimme antwortete ihm in Sollys Wohnung, vielleicht eine Nachbarin.

»Ist irgendwas . . . ist alles in Ordnung?« fragte er mit einem bösen Vorgefühl.

»Nein«, sagte die Frau mit weinender Stimme. »O mein Gott, Solly hat sich das Leben genommen!«

Er legte den Hörer langsam auf die Gabel zurück, saß eine Weile schweigend allein und rief dann Anna. In den folgenden Tagen waren sie mit Ruth beschäftigt. Sie war so still, als sei auch sie gestorben. Die Leute, die sie besuchten, zögerten an der Tür, machten bestürzte Gesichter. Was sollten sie ihr sagen? Niemand wußte es. Also umarmte man sie, küßte sie auf die Wangen und ging dann ins Eßzimmer, wo die Nachbarn Kaffee und Kuchen bereitgestellt hatten, Schüsseln mit Obst, Sandwiches und kalte Platten, weil das Leben weitergeht und weil man essen muß.

Alle paar Minuten sagte jemand: »Ich glaube, sie ist sich der Sache noch gar nicht richtig bewußt«, und dann erwiderte ein anderer: »In einer Woche oder in einem Monat wird ihr erst klarwerden, was passiert ist.«

Inzwischen saß Ruth im Wohnzimmer auf Sollys Stuhl. Die dicke weiße Trauerkerze brannte in ihrem Ständer auf dem Klavier, über dem seit kurzem der große spanische Schal hing, den Joseph und Anna vor ein paar Wochen aus Europa mitgebracht hatten. Er war aus schwarzer Seide, mit aufgestickten Blumen und langen Fransen, ein protziges Ding, das Ruth sich gewünscht hatte. Jetzt streckte sie ihre schmale und durchsichtige Hand über der Kerzenflamme aus.

»Leer, leer«, sagte sie und verfiel wieder in Schweigen.

Er schreckte aus dem Schlaf auf und begriff, daß es ein Traum gewesen war, der im Nu verflog. Er erinnerte sich nur noch, auf dem Sims des vierzehnten Stockwerks gestanden, gekrochen oder gekniet zu haben. Dann war er hinuntergestürzt – geradewegs auf die Autos zu, die tief unten wie Käfer vorbeikrabbelten. Er fühlte den Wind in seinem Gesicht, nein, nicht in seinem Gesicht, in Sollys Gesicht. War es Solly, oder war es Joseph, der dort oben kurz vor dem Absturz hing, zitternd vor Angst und Schrecken, verzweifelt bemüht, sich festzuhalten? Zu spät, zu spät, er hatte keinen Halt mehr. War es Solly oder Joseph? Die Straße schnellte auf ihn zu, drehte sich, kreischte. Wer war es, Solly oder Joseph? Dann eine Hand auf seiner Schulter, Annas Hand.

»Sei still und beruhige dich, Joseph. Du hast nur geträumt. Alles ist gut.«

Und dann sorgte er sich um Malone, der völlig ruiniert war. Dieser saß in seinem Büro und hatte das Telefon abgestellt. Die Haut hing ihm in schlaffen Falten über Nacken und Gesicht, all der Speck des guten Lebens war verschwunden, und er mußte an die zehn Kilo abgenommen haben.

Einmal, als Joseph hereinkam, starrte er aus dem Fenster. Als er sich umwandte, sah Joseph, daß er geweint hatte. Er wollte ihn allein lassen, aber Malone sagte: »Warum habe ich nicht gewußt, daß das, was in die Höhe schießt, wieder herunterfällt? Sage mir, warum habe ich das nicht gewußt?«

»Du bist nicht der einzige«, erwiderte Joseph, denn etwas anderes fiel ihm nicht ein.

Er machte sich Sorgen um das fast fertiggestellte Gebäude, aber Malone war nicht in der Verfassung, mit ihm darüber zu reden. So rief er seinen Anwalt an und erfuhr von ihm, daß die Bank vielleicht nicht in der Lage wäre, die letzte Zahlung des Baudarlehens zu leisten. Drei große Banken hatten bereits ihre Schalter geschlossen, und überall standen die Leute Schlange, um das Geld von ihren Konten abzuheben. Dadurch konnte selbst eine gesunde Bank in Zahlungsschwierigkeiten geraten. Und wie sollten sie die Arbeiten beenden, wenn es kein Geld gab?

Er beschloß, seinen Verbindungsmann bei der Bank am nächsten Morgen aufzusuchen. Ein persönliches Gespräch, kein Telefonanruf, denn hier ist Vorsicht geboten, und man fällt nicht einfach mit der Tür ins Haus und erzählt den Leuten, man habe Gerüchte gehört, daß sie vor der Pleite stünden.

Als er am nächsten Morgen um zehn Uhr vor der Bank ankam, hatte sich eine Menschenmenge vor dem Gebäude versammelt. Alte Frauen, Männer in Straßenanzügen, Arbeiter in Overalls rüttelten an den Türen. Alle Türen waren verschlossen.

Was sollte er tun? Neun Stockwerke und ein Penthouse auf der eleganten Upper East Side, ein wahres Juwel von einem Haus, und bereits halb vermietet. Mit hunderttausend Dollar wäre es geschafft. Es blieb ihm also nichts anderes übrig, als sein eigenes Geld zu verwenden. Schließlich, so überlegte er, lieh er es sich ja nur selbst. Andererseits wäre damit sein Kapital fast aufgebraucht.

Als er besorgt und gedankenschwer heimkehrte, war schon wieder ein Unglück geschehen.

»Es handelt sich um Ruth«, sagte Anna. »Wir dachten, sie hätte wenigstens Sollys Lebensversicherung. Aber sie hat offenbar diverse Unterschriften geleistet, wodurch alles zur Absicherung des Darlehens für die Aktien verpfändet worden ist. Und nun sagt man ihr, sie habe keine Versicherung mehr! Joseph, sie besitzt keinen einzigen Cent, sie lebt in dieser großen Wohnung ohne einen Cent!«

Das Blut pochte ihm in den Schläfen, und er sagte sich: Kann man mich nicht in Ruhe lassen? Unvermittelt erinnerte er sich, wie Solly ihm das Ballspielen beigebracht hatte, wie Ruth zu Anna gekommen war, als sie niemanden finden konnten, der ihnen mit den Kindern half, und wie beide sich noch in diesem Sommer so rührend nett um Iris gekümmert hatten.

»Frage sie, was sie braucht«, sagte er. »Sie sind so gut zu uns gewesen, Anna. Das vergesse ich nicht.«

In diesem Winter gab es heftige Schneefälle. Die Stadtverwaltung setzte Schneeschipper ein, die jeden Morgen vor der Dämmerung in langen Kolonnen aufmarschierten. Überall in der Stadt bildeten sich Schlangen – mal um ein Stück Brot, mal um einen Teller Suppe zu ergattern. Joseph fuhr in seinem Wagen an ihnen vorüber, und wenn er einen Bekannten erblickte, schaute er rasch woanders hin.

Die Schnelligkeit, mit der sich die Katastrophe ausbreitete, war unglaublich. Wenn Tim ihn abends in seiner Luxuslimousine nach Hause fuhr, zu seiner gut geheizten Wohnung, wo es immer mehr als genug zu essen gab, konnte er sich sagen, daß er nicht zu den armen Teufeln gehörte, die Schlange stehen mußten. Und doch – da gerade von Teufeln die Rede ist – hatte sich ein kleiner Angstteufel in seinem Kopf eingenistet und lauerte – lauerte worauf?

Das neue Gebäude, das kleine Juwel, ließ sich kaum vermieten. Wenigstens das Penthouse fand schließlich einen Abnehmer, aber nur zur Hälfte der geplanten Miete. Die Ladenkette, die für das Haus auf der Madison Avenue einen Mietvertrag auf neunundneunzig Jahre abgeschlossen hatte, war pleite gegangen. Die Lagerschuppen der Pelzhändler standen zum größten Teil leer, die beiden großen Mietshäuser am Central Park West waren nur noch dünn besetzt und brachten fast nichts mehr ein, aber die Hypothekenzinsen, die Steuern und die Unterhaltskosten fielen in voller Höhe an. Er hatte sein ganzes persönliches Vermögen dafür eingesetzt. Malone hatte natürlich nichts beizutragen. Wie lange konnte diese Krise oder Depression – oder was es auch immer war – noch andauern? Wie lange konnte er durchhalten?

Er verlor jedoch nicht den Kopf. Monat für Monat rechnete er, kürzte die Ausgaben, hielt sich über Wasser. Er zog mit Malone aus dem großen Büro aus und entließ die meisten seiner Angestellten. Auch den Wagen verkaufte er, aber Tim behielt er als Boten, obgleich er keinen brauchte; denn Tim hatte zwei kleine Kinder zu ernähren. Dem Hauspersonal wurde gekündigt, und Iris wechselte von der Privatschule zur Volksschule. Bei all den Snobs hatte sie sich ja ohnehin nicht wohl gefühlt, sagte Joseph, aber er wußte, daß er sich das nur einredete, um sich die bittere Pille zu versüßen. Schließlich brachte er noch Annas Brillantring auf die Pfandleihe, um eine Hypothek zu bezahlen, die er dann trotzdem später verlor. Es war einer der traurigsten Augenblicke seines Lebens, als sie den Ring vom Finger zog und ihm gab. Sie riet ihm dringend, ihn zu verkaufen, aber er weigerte sich strikt unter Beteuerungen, er würde ihr diesen Ring eines Tages zurückgeben, und wenn er sich dafür das Herz aus dem Leibe reißen müßte.

Schließlich gelang es ihm, wenigstens ein Haus zu retten, ein kleines Mietshaus auf den Washington Heights, wo sie begonnen hatten; das hielt die Familie während der Hungerjahre über Wasser.

17

»Ein Mann hat heute für dich angerufen«, sagte Iris zu Anna beim Abendessen. »Ich hatte vergessen, es dir zu sagen.«

»Wer war es?«

»Er hat seinen Namen nicht hinterlassen. Ich dachte zuerst, es sei der Mann von der chemischen Reinigung, weil du sagtest, er würde dich wegen Papas Anzug anrufen. Aber er war es nicht.«

»Iris!« ermahnte Anna sie. »Willst du jetzt endlich zur Sache kommen!«

»Das tue ich ja. Es war Mr. Werner, und er sagte, er riefe wegen des Gemäldes an, das er dir geschickt hat.«

»Du hast doch gesagt, er habe seinen Namen nicht genannt«, stichelte Maury.

»Das war bei seinem ersten Anruf. Beim zweitenmal hat er gesagt, wer er sei.«

»Nur die Hoffnung nicht verlieren, liebe Leute«, sagte

Maury. »In ein paar Jahren wird dieses Kind gelernt haben, eine Bestellung auszurichten.«

Anna legte die Gabel auf den Tisch, ergriff sie wieder und stocherte in ihren Karotten herum.

»Werner? Ein Gemälde?« fragte Joseph.

»Ja, er hat gesagt, er habe Mama ein Bild geschickt, und da er seitdem nichts von ihr gehört habe, frage er sich, ob es vielleicht verlorengegangen sei.«

»Ach«, sagte Anna, »ich wollte ihm schreiben, bin aber einfach noch nicht dazu gekommen. Er hat dieses Bild geschickt, als sein Vater starb, und er schrieb, daß sie beim Aufräumen der Wohnung . . . daß also Paul Werner und seine Schwester beim Aussortieren der Sachen auf dieses Bild gestoßen seien, das mir angeblich ähnlich sehen soll, was aber gar nicht stimmt, weil es ein nichtssagendes und dummes Geschmier ist . . . aber jedenfalls haben sie . . . hat er es geschickt, ich hatte es ganz vergessen, und deshalb ist es mir nicht einmal in den Sinn gekommen, es überhaupt zu erwähnen . . .« Sie stand auf und begann die Teller abzuräumen. »Möchtest du Tee oder Kaffee, Joseph?«

»Zeige uns das Bild, Ma!« rief Maury in die Küche.

»Ja, zeige es uns, Anna«, sagte Joseph, als sie zurückkam.

»Willst du es unbedingt sehen? Ich weiß gar nicht mehr, wo ich es hingetan habe, und ich müßte erst überall herumkramen.«

»Ich möchte es sehen«, wiederholte Joseph.

Sie benimmt sich höchst seltsam, stellte Iris fest.

Anna stellte das Bild auf den Wohnzimmertisch. Es war eine Pastellzeichnung. Auf dem geschnitzten Goldrahmen war ein kleines Etikett, und Iris beugte sich darüber. »*Frau mit rotem Haar*«, las sie, und darunter den Namen des Künstlers.

Eine sitzende Frau, der Körper leicht nach vorn gebeugt, der geneigte Kopf mit dem zu einem Knoten geflochtenen mattroten Haar, ein langer schlanker Hals, nackte Schultern, die Andeutung eines Busens, der Arm im Schoß ruhend, die Hand in den Schatten übergehend. Iris sah es sich noch genauer an, dabei entdeckte sie eine angefangene Strickarbeit auf dem Schoß und das zu Boden gefallene Wollknäuel.

Es gab ihr ein angenehmes und zufriedenes Gefühl. Sie las noch einmal den Namen des Künstlers. »Mallard. Ich habe Bilder von ihm gesehen, als wir mit der Klasse im Museum waren. Er muß berühmt sein!«

»Kein Grund zur Aufregung«, sagte Anna kühl. »Es ist nur eine Pastellskizze, und die ist bestimmt kein Vermögen wert.«

Wie kann Mama nur so etwas sagen! Das sieht ihr gar nicht ähnlich. Und dieser bissige Ton!

Joseph neigte den Kopf zur Seite und blickte zweifelnd drein. »Es muß wertvoll sein, denn sonst hätte man es doch nicht in einen so wertvollen Rahmen getan.«

Annas Mund verzerrte sich. Iris sah es.

Joseph seufzte. »Na schön. Wie du willst. Es ist ja schließlich nicht so wichtig, nicht wahr?«

»Das habe ich ja von Anfang an gemeint«, sagte Anna. »Es ist völlig unwichtig.«

Als Iris sich vor dem Schlafengehen die Zähne putzte, kam ihre Mutter ins Badezimmer.

»Iris, jetzt erzähle mir noch einmal genau, was Mr. Werner gesagt hat.«

»Das habe ich doch schon getan.«

»Hat er sonst noch etwas gesagt?«

»Ach, nachdem ich ihm sagte, daß du nicht zu Hause seist, fragte er mich, ob ich das kleine Mädchen mit den großen Augen sei. Er erinnerte sich nämlich noch an mich, weil er uns einmal auf der Fünften Avenue begegnet ist.«

»Sonst noch was?«

»Ich glaube, das ist alles. Ach ja, er sagte dann noch etwas über meine Augen ... und daß er mich nicht vergessen hätte ... und daß die Augen mein halbes Gesicht seien, was ich allerdings ziemlich dumm fand. Meinst du nicht auch?«

»Sehr dumm«, stimmte Anna ihr zu.

Irgend etwas ist geschehen, stellte Iris fest, als sie wieder allein war. Aber ich bin froh, daß sie sich nicht streiten.

Sie lag wach, lauschte auf Streitgeräusche im Zimmer ihrer Eltern, hörte aber diesmal nichts. Nicht zu vergleichen mit jener Nacht vor fünf Jahren, an die sie sich noch immer erinnerte, als Papa sich so furchtbar aufgeregt hatte, nachdem sie und Mama Mr. Werner und seiner Mutter in der Stadt begegnet waren.

Seitdem hatte sich so viel verändert. Sie waren reich gewesen, und jetzt waren sie arm. Das wußte sie, denn sie hörte das Geflüster über Rechnungen, und sie hatte längst gemerkt, daß ihre Eltern in ihrer und Maurys Gegenwart nicht darüber reden mochten. Sie hatten sie sogar einmal sagen hören, es sei eine Schande, die Kinder mit solchen Sorgen zu belasten.

Ja, es gab jetzt genug Ärger, und sie war froh, daß heute abend alles ruhig war. Nicht daß ihre Eltern sich oft gestritten hätten. Manche ihrer Schulkameradinnen erzählten, daß ihre Väter und Mütter sich ständig zankten. Die Eltern eines Mädchens wollten sich sogar scheiden lassen, was ganz schrecklich sein muß. Es macht einem richtig angst, wenn man an solche Dinge denkt.

Das Bild verschwand. Iris sah ein flaches, in braunes Papier gewickeltes Paket im obersten Fach des Schranks im Vestibül und nahm an, daß es sich jetzt dort befand.

Einige Tage später lag ein Brief offen auf dem Schreibtisch im Wohnzimmer, neben dem dazugehörigen Umschlag, und Mama schien ihn absichtlich so hingelegt zu haben, daß man ihn lesen würde. Iris tat es. Er war sehr kurz.

»Lieber Herr Werner, mein Mann und ich danken Ihnen für das Bild. Wir haben mit Bedauern zur Kenntnis genommen, daß Ihr Vater gestorben ist. Hochachtungsvoll, Anna Friedman.«

Was für ein seltsamer kurzer Brief! Dazu noch mit nachlässiger Krakelschrift auf billigem weißem Papier geschrieben und mit einem Fettfleck auf dem Bogen! Sonst schreibt Mama immer so nette Briefe an ihre Freunde, mit schöner schwarzer Tinte auf krokusgelbem Papier und mit der schönen spitzen europäischen Schrift, die wie der Abdruck von Vogelfüßen aussieht.

Seltsam!

Sie hatte fast eine Woche gebraucht, bis sie sich wieder normal fühlte. Mein Gott, sagte sich Anna, er muß wahnsinnig geworden sein, hier im Haus anzurufen – und mit Iris zu reden! An jenem Abend, als das Kind bei Tisch von seinem Anruf gesprochen hatte, wäre sie beinahe vor Schreck in Ohnmacht gefallen.

Ein wahres Wunder, daß Joseph es so leichtgenommen hat. Ich werde nie den Krach wegen Mrs. Werners Beerdigung vergessen und seine eifersüchtige Wut, denn nur das konnte es gewesen sein, obgleich er es nie hatte zugeben wollen. Dieses Mal hatte er nur ein paar Fragen gestellt und sich dann mit ihrer Erklärung, daß das Bild ein Geschenk von Paul Werner *und seiner Schwester* sei, zufriedengegeben oder wenigstens so getan.

Aber Joseph war auch nicht mehr der gleiche wie vor fünf Jahren. Er hatte jene Entschlossenheit eingebüßt, mit der er über das Haus zu herrschen pflegte, als alles noch so gut lief. War es nicht ein Jammer? Er erinnerte sie jetzt an den schmachtenden, armen jungen Mann, der er bei ihrer ersten Begegnung gewesen war.

An all das dachte sie an diesem Nachmittag auf dem Heimweg vom Einkaufen, und sie sagte sich gerade, daß die einst so schöne Wohnung bereits schäbig auszusehen begann und daß es wirklich nicht lange dauern konnte, bis die Armut unübersehbar sein würde. Sie war fast zu Hause angelangt, als eine Stimme sie beim Namen rief. Sie wandte sich um und starrte in das Gesicht von Paul Werner, der zur Begrüßung mit dem Zeigefinger an die Hutkrempe tippte.

»Ich habe deinen Brief erhalten«, sagte er.

Sie brachte kein Wort hervor, ihr Herz schien einen Augenblick auszusetzen, doch dann pochte es um so wilder. »Wie kannst du mir das antun?« schrie sie. »Warum hast du mir dieses Bild geschickt? Und jetzt kommst du hierher, wo jeder dich sehen kann . . .«

»Beruhige dich doch, Anna! Ich habe ganz offen bei dir angerufen und meinen Namen hinterlassen. Niemand hat irgendeine Ursache, Argwohn zu schöpfen.«

Sie ging weiter, und er hielt mit ihr Schritt. Sie war in eine

Seitenstraße eingebogen, die von ihrem Hause fort zum Fluß führte. Iris konnte jeden Augenblick von der Schule nach Hause kommen, und Iris hatte sie an jenem Abend so wachsam beobachtet.

»Bitte geh!« bat sie. »Bitte geh, Paul!«

Aber er ließ sich nicht abweisen. »Dein Brief war dir so unähnlich, Anna! Ich hatte bestimmt nichts Böses beabsichtigt, als ich dir den Mallard schickte. Ich hatte das Bild seit Jahren nicht gesehen – es war von Vater irgendwo hingestellt worden –, und als ich darauf stieß, war ich verblüfft über die Ähnlichkeit. Deshalb fand ich, daß du es haben solltest.«

Sie kamen an den Riverside Drive. Wagen strömten vorbei, glitzerten im zitronengelben Licht. Die Luft flimmerte und ließ alles vor Annas Augen verschwimmen. So stand sie am Straßenrand, die Finger um den Griff der Einkaufstasche verkrampft, wie versteinert, als ob der Rinnstein ein Abgrund wäre und die Avenue ein Höllenschlund.

Paul nahm sie beim Arm. »Wir müssen reden. Komm herüber. Wir werden uns auf eine Bank unter den Bäumen setzen.«

Ihre Beine bewegten sich. Wie war das möglich? Wie konnte das geschehen? Eben noch auf dem Heimweg vom Markt, an einem frischen, windigen Vorfrühlingsnachmittag, und im nächsten Augenblick saß sie auf einer Bank mit diesem Mann, den sie nie im Leben hatte wiedersehen wollen. Wie konnte das geschehen?

»Anna, ich mußte dich sehen«, sagte er. »Ich habe dich nie vergessen können. Nie. Kannst du das verstehen?«

Sie hatte Angst, ihn anzuschauen. »Ja«, flüsterte sie.

»Manchmal denke ich an dich inmitten einer Besprechung oder wenn ich in meinem Wagen sitze oder eine Zeitung lese – plötzlich bist du da. Morgens wache ich auf und erinnere mich an dich, selbst wenn das, was ich geträumt habe, überhaupt nichts mit dir zu tun hat. Aber . . . du bist immer da. Und als ich dieses Bild sah, wurde die Erinnerung an dich so stark, daß ich etwas tun mußte.«

Sie atmete etwas ruhiger, wandte ihm ihr Gesicht zu. »Es war so schön, und ich fühlte mich . . . so erregt. Aber trotzdem hättest du nicht kommen sollen. Es ist ein Wahnsinn, siehst du das nicht ein, Paul?«

»Anna, ich konnte nicht anders. Mehr ist darüber nicht zu sagen.«

Er nahm ihre Hand, verschränkte seine Finger mit den ihren. Trotz des dicken Handschuhleders fühlte sie die Kraft, die Wärme, das Leben seines Fleisches.

»Nein«, stammelte sie.

Ihre ineinander verschränkten Hände lagen zwischen ihnen auf der Bank – unberührt von dem Treiben ringsum: Kinder eilten auf Rollschuhen oder Fahrrädern vorbei, Hunde zerrten an der Leine, junge Frauen schoben Kinderwagen vor sich her, doch niemand schien von dem Paar auf der Bank Notiz zu nehmen.

Nach einer Weile sagte Paul: »Anna, warum schaust du mich so an?«

»Entschuldigung! Es war nicht beabsichtigt.«

»Es stört mich durchaus nicht. Ganz im Gegenteil.«

Errötend blickte sie zum Fluß. Ihr Herz schlug schon wieder so heftig, daß sie kaum atmen konnte.

»Möchtest du etwas über mich wissen? Ich . . . wir haben keine Kinder . . . werden nie welche haben. Marian hatte eine Operation vor einigen Jahren.«

»Das tut mir leid«, erwiderte Anna automatisch.

»Mir auch, und ihr auch. Aber wir werden keine Kinder adoptieren. Sie ist übrigens vollauf beschäftigt mit ihrer Wohltätigkeit, und sie ist sehr großzügig – nicht nur mit Geld, sondern auch vor allem mit ihrem Aufwand an Zeit und Energie.« Er hielt inne und fügte noch hinzu: »So, das wäre mein Leben. Willst du mir jetzt etwas von deinem erzählen?«

Sie holte tief Atem und begann: »Es ist ein sehr gewöhnliches Leben. Wie das vieler anderer Frauen. Ich kümmere mich um das Haus und die Kinder, passe mich den bösen Zeiten an . . .«

»Habt ihr sehr darunter gelitten?«

»Wir haben fast alles verloren«, erklärte Anna schlicht.

»Brauchst du Geld? Kann ich dir helfen?«

Sie schüttelte den Kopf. »Nein, wir schaffen es schon. Und

im übrigen glaubst du doch nicht etwa, daß ich von dir Geld nehmen würde?«

Sie schien sich plötzlich der kalten Wirklichkeit bewußt zu werden, zog ihre Hand zurück und verschränkte die Hände im Schoß.

»Wahrscheinlich könntest du es nicht«, sagte Paul entmutigt. Es folgte ein langes Schweigen. Dann rief er aus: »Anna, ich hätte dich heiraten sollen! Hättest du mich geheiratet?«

»Du weißt genau, wie gerne ich es damals getan hätte! Aber was hat es für einen Zweck, jetzt darüber zu reden?« Fast wütend fuhr sie ihn an: »Warum hast du mich nicht geheiratet? Du siehst, daß ich keinen Stolz mehr habe. Es liegt mir nichts mehr daran, stolz zu sein, und deshalb frage ich dich: Warum hast du es nicht getan?«

Paul blickte sie an, blickte durch sie hindurch. »Ich war damals ein Junge«, sagte er schließlich, »und noch kein Mann. Während du bereits eine Frau warst. Ich hatte nicht den Mut, mich den Plänen meiner Eltern zu widersetzen und dich zu heiraten.« Seine Stimme wurde rauh. »Kannst du das verstehen, ohne mich darum zu verachten? Kannst du das?«

Etwas wurde in Anna lebendig, blühte auf, jubelte, und es war Zärtlichkeit und Genugtuung zugleich. »Oh«, sagte sie, »es hatte mich damals so geschmerzt, daß ich sterben wollte! Und dann war ich so wütend, so verbittert und wütend . . . aber verachten könnte ich dich nie. Nie und nimmer.« Und sie dachte: Vielleicht sollte ich es ihm jetzt sagen? Hat er nicht das Recht, zu erfahren, daß meine Tochter auch seine ist?

Paul sagte plötzlich: »Ich habe dir noch nicht alles gesagt. Da ist noch etwas.«

»Was denn?«

»Erinnerst du dich an den Tag vor einigen Jahren, als wir uns auf der Fünften Avenue begegneten? Ich sehe dich immer noch vor mir, wie du da standest und deiner kleinen Tochter schützend die Hand auf die Schulter legtest. Ich weiß nicht, warum mich das so gerührt hat, aber ich werde es nie vergessen. Und das Gesicht dieses Kindes verfolgt mich seitdem. Du wirst mich für wahnsinnig halten, aber ich hatte – und habe immer noch – das Gefühl, daß sie meine Tochter ist. Mein

Kind. Ich kann mir diesen Gedanken einfach nicht aus dem Kopf schlagen.«

Es überraschte Anna nicht, daß er die Wahrheit entdeckt hatte. Diesem scharfen, analytischen Geist, diesen weitblickenden, alles durchdringenden Augen konnte nicht viel entgehen. Nein, es überraschte sie nicht. Sie öffnete die Lippen, wollte sprechen, aber er unterbrach sie.

»Es ist also wahr.«

»Es ist wahr.«

»Es bestürzt mich nicht, es erschreckt mich nicht, es erstaunt mich nicht. Es ist, als hätte ich es schon immer gewußt.« Er zündete sich eine Zigarette an, täuschte Beherrschtheit vor, aber sie sah, daß seine Hände zitterten. »Und Joseph?« fragte er nach einer Weile.

Anna schüttelte den Kopf. »Nur ich weiß es.«

Langes Schweigen. Paul rauchte, die Augen geschlossen, reglos und still. Nach einer Weile öffnete er die Augen und sagte: »Erzähle mir bitte, wie sie ist.«

Anna überlegte, wie sie ihm in ein paar Worten den komplizierten, zurückhaltenden und empfindsamen Charakter des kleinen Mädchens beschreiben könnte.

»Iris ist sehr intelligent und aufgeweckt. Sie interessiert sich für Musik und gute Bücher, und ich glaube, sie hat dein Gefühl für Kunst.«

Er lächelte schwach. »Erzähl weiter.«

Das Sprechen wurde ihr leichter. Die Worte, die zuerst nur zögernd gekommen waren, sprudelten aus ihr heraus. Sie war ja schließlich eine Mutter, die über ihr Kind spricht, und sie hatte einen aufmerksamen Zuhörer, der alles wissen wollte. So erzählte sie ihm vom Essen, von der Schule, von ihren amüsanten Aussprüchen und tat ihr Bestes, um Iris in Pauls Augen lebendig werden zu lassen.

»Und sie liebt dich doch sicher sehr, nicht wahr? Ich hoffe es, denn nicht jedes Kind hat eine Mutter wie dich.«

»Wir haben keine großen Probleme, aber sie hängt eigentlich mehr an Joseph. Er betet sie an, und sie ist sein ein und alles. Aber so ist es nun einmal mit Vätern und Töchtern«, schloß sie und wurde sich plötzlich ihrer Taktlosigkeit bewußt.

Paul jedoch stimmte ihr zu. »Das ist wahr.«

»In Wirklichkeit bin ich nicht gut genug für sie«, rief sie auf einmal aus. »Nicht wie ich sein sollte, Paul! Ich bin gut zu ihr, und ich liebe sie ebenso, wie ich Maury liebe. Es ist nur, daß ich mich mit ihr irgendwie nie ungezwungen fühlen kann . . . es ist . . . es ist einfach anders . . .« Sie stammelte.

»Natürlich. Das ist doch weiter nicht erstaunlich.«

»Wenn ich sie anschaue, versuche ich mir vorzustellen, daß sie . . .« Sie wollte sagen »Josephs Tochter ist«, aber sie sagte: »anders ist. Und das gelingt mir auch meistens. Wie du siehst, habe ich dich aus der Gegenwart verbannt und in eine dunkle Ecke der Vergangenheit zurückgewiesen. Aber jetzt ist die Vergangenheit wieder da, und jetzt werde ich Iris nicht mehr anschauen können, ohne zu denken, daß . . .« Sie konnte den Satz nicht beenden.

Paul nahm ihre Hand und streichelte sie zärtlich.

Dann sagte Anna: »Ich frage mich, was die arme Iris von dem allen fühlt. Sie fühlt ganz bestimmt etwas!«

Nach einer Weile sagte er: »Ich möchte dich jetzt heiraten. Ich möchte unsere kleine Tochter haben und euch beiden geben, was euch zusteht. Ich möchte nicht mehr mitten in der Nacht aufwachen und mich bange fragen, wie es euch geht. Ich möchte dich neben mir sehen, wenn ich aufwache.«

»So einfach ist es?« Ihr Ton war bitter, und sie hörte es. »Und was geschieht mit Maury? Und mit Joseph? Ganz abgesehen von der kleinen Tatsache, daß du bereits eine Frau hast?«

»Ich würde Marians Leben nicht zerstören, wenn ich sie um eine Scheidung bäte. Glaube mir, Anna, ich bin kein Zerstörer. Ich tue niemandem weh, wenn ich es irgend vermeiden kann.«

»Du tust niemandem weh? Bist du dir eigentlich bewußt, was für ein Schlag es für Joseph wäre, wenn er wüßte, daß ich hier mit dir sitze? Er ist ein frommer, gläubiger, aufrichtiger Mann. Ein Puritaner, Paul! Das würde er mir nie verzeihen. Eine Scheidung? Das wäre sein Tod!« Ihre Stimme wurde lauter. »Wie könnte ich so etwas tun, Paul? Wie kann ich einem solchen Mann das Messer in die Brust stoßen? Wie kann ich das? Und außerdem liebe ich ihn! Weißt du, was ich damit meine, wenn ich sage, daß ich ihn liebe?«

Er antwortete nicht.

»Aber du siehst es doch, Paul! Du siehst doch, wie es ist?«

Er schrie auf: »Es tut mir so leid für uns alle! O mein Gott, du weißt ja gar nicht, wie leid es mir tut!«

Anna begann zu weinen.

»Bitte, weine nicht«, flüsterte er ihr zu und nahm sein Taschentuch. »Hier, du darfst nicht mit verweinten Augen nach Hause gehen. Sonst wirst du wirklich Erklärungen abgeben müssen.« Er trocknete ihr die Augen. »Anna, Anna, was sollen wir tun?«

Sie zog einen Spiegel aus ihrer Handtasche und unterzog ihr Gesicht einer aufmerksamen Prüfung.

»Du siehst blendend aus. Ich habe nichts zu bemängeln. Du bist immer noch bezaubernd . . . selbst in diesem Mantel.« Er errötete. »Ich wollte nichts Schlechtes über deinen Mantel sagen. Ich meinte nur . . . daß dir schwarzer Samt und Brillantohrringe besser stehen würden.«

Sie lachte, und er sagte: »Das ist besser. Dein Lachen hat mir schon immer gefallen, und ich habe es so lange nicht mehr gehört.«

»Ich muß gehen, Paul. Es ist furchtbar spät.«

»Gehe nur, liebste Anna. Ich rufe dich morgen früh um zehn an. Paßt dir das?«

»Ja, um zehn.«

»Du kannst dir bis dahin überlegen, wie und wann wir uns wiedersehen.«

»Du hast das Bild weggestellt«, sagte Joseph am Abend, als sie im Bett lagen.

»Ja, denn es hat ja weder dir noch mir gefallen.«

»Ich frage mich, warum dieser Mann es dir geschickt hat.«

»Reiche Leute machen gern Geschenke und denken sich nichts weiter dabei. Es gibt ihnen ein Gefühl der Macht.«

»Aber er kennt dich doch kaum. Es wäre etwas anderes, wenn du zu seinen engeren Bekannten gehörtest.«

Sie erwiderte nichts, und er drang nicht weiter in sie. Der arme Joseph! Er schlich um das Thema herum, hätte gern mehr gefragt, traute sich aber nicht. Die letzten Jahre waren zuviel für ihn gewesen, hatten sein einstiges Selbstvertrauen zerstört. Seit dem Beginn der Depression hatte er den Ozean mit einer Suppenkelle ausgelöffelt, und jetzt war er müde.

Er seufzte. »Ist es nicht schön, die Ruhe und den Frieden zu genießen? Die Welt draußen mag noch so kalt und grausam sein, aber hier habe ich meine Zufluchtsstätte und kann während ein paar Abendstunden meine Schulden, meine neuen Geschäfte und die Büromiete vergessen, um nur noch an die wesentlichen Dinge zu denken, an dich und mich. So hat es angefangen, und so wird es immer sein, Anna. Das einzige, was zählt, ist unsere Familie, du und ich und unser kleiner Prachtjunge und das hübsche Töchterchen, die Kinder aus unserem Fleisch und Blut.«

Sie schluckte, und die Kehle war ihr wie zugeschnürt.

»Und für euch, für meine Lieben, muß ich kämpfen. Vielleicht wird es ein bißchen besser werden mit diesem neuen Präsidenten, diesem Roosevelt. Jedenfalls hoffe ich es«, murmelte er.

Als er eingeschlafen war, drehte Anna sich um. Dieses Vertrauen, diese Treue und Zuversicht! Es war wie eine Rüstung, die er trug, ohne zu wissen, wie sehr sie ihn schützte. Einen Mann in einer solchen Rüstung kann man nicht verletzen.

Es wurde kalt, und die Angst ließ sie frösteln. Sie suchte Geborgenheit und schob sich näher an Josephs Rücken heran, bis sie seine schützende Wärme spürte. Dann kamen ihr plötzlich Pauls Worte in den Sinn: »Ich möchte dich neben mir sehen, wenn ich aufwache.« Die Hitze des Fiebers vertrieb die Kälte, sie zitterte vor Begierde, Scham und Angst, und dann wurde ihr wieder kalt.

Die Zeiger der Uhr flimmerten auf dem Nachttisch. Anna lag wach, die Augen weit geöffnet, und verfolgte das Vorrücken der Minuten und Stunden der Nacht.

Das Telefon klingelte um zehn. Es läutete nur einmal, denn sie hatte neben dem Apparat gesessen.

»Ich habe die ganze Nacht nicht geschlafen«, sagte sie.

»Ich auch nicht. Hast du dir überlegt, wo und wann?«

»Paul, ich kann dich jetzt nicht sehen. Ein anderes Mal vielleicht, aber jetzt nicht.«

»Das hatte ich befürchtet.«

»Ich habe Angst. Schuldgefühle und Angst. Es ist einfach zuviel für mich, und mir fehlt die Kraft. Bitte, versuche mich zu verstehen, und sei mir nicht böse.«

»Ich glaube nicht, daß ich dir je wirklich böse sein könnte. Aber ich bin sehr enttäuscht.«

»Es ist so schwer! So furchtbar schwer!«

»Aber Anna, ich werde es nicht zulassen, daß du das Band zwischen uns zerschneidest. Das werde ich nie zulassen.«

»Ich verlange es ja auch nicht von dir. Wenn du mich wissen läßt, wo du bist, schicke ich dir von Zeit zu Zeit eine Postkarte, eine ganz harmlose Postkarte, die jeder lesen kann. Nur du wirst wissen, daß es sich um Iris und mich handelt.«

»Moment . . . du hast doch eben gesagt, du könntest mich jetzt nicht sehen, aber vielleicht ein anderes Mal, nicht wahr? Das hast du doch gesagt?«

»Ja, ja.«

»Dann werde ich geduldig sein. Und ich werde dich immer wissen lassen, wo ich bin. Auch auf einer Postkarte. Hast du Freundinnen, die viel reisen?«

»Ja. Schreibe irgendeinen Namen. Es ist egal.«

»Das werde ich tun.«

»Paul? Wirst du jetzt aufhängen?«

»Noch einen Augenblick. Vergiß bitte nie, was ich dir jetzt sage: Falls du dich je anders besinnen solltest, in bezug auf ein Wiedersehen oder eine Heirat, oder falls ich dir irgendwie nützlich sein kann, schreibe mir nur ein paar Worte, und ich komme zu dir. Und du wirst dich bestimmt einmal anders besinnen, das weiß ich.«

»Ich werde jetzt aufhängen«, sagte sie leise.

»Na schön, hänge auf, aber sage mir bitte nicht Lebewohl.«

Zweites Buch

Wechselnde Winde

18

Maury war der einzige in der Familie, für den es keine Veränderungen gab. Sie hatten ihn in seiner Schule gelassen, weil sie
dies für das spätere Studium in Yale für erforderlich hielten.
Außerdem war es besonders wichtig für den Jungen. Joseph
wußte zwar, daß Maury sich ebensogut auf dem City College
weiterbilden konnte – einige der besten Köpfe der Nation hatten dort studiert –, aber irgendwie war es immer eine Selbstverständlichkeit gewesen (wenn auch niemand wußte,
warum), daß Maury einmal in Yale studieren würde. Es war
eine Art von Versprechen gewesen, und Joseph wollte sich
nicht in den Augen seiner Familie blamieren. Sie hätten sich
wer weiß wie bemühen können, es ihn nicht fühlen zu lassen,
aber Joseph wußte, daß es eine Blamage wäre.

So kam eines Tages die Zusage aus Yale, und die Familie
feierte das Ereignis am Eßzimmertisch. Die Malones, die
Maury gekannt hatten, »bevor er geboren war«, wurden auch
eingeladen. Joseph hatte ihnen außerdem noch anderes mitzuteilen.

Nachdem die jungen Leute aufgestanden waren, saßen die
anderen noch eine Weile beisammen. »Und jetzt habe ich
euch etwas zu berichten«, sagte Joseph. »Ich bin letzte Woche
beim Leiter der Bank gewesen, denn ich zermartere mir ständig den Kopf und suche nach einer neuen Betätigungsmög-
lichkeit für uns. Wir können nicht Däumchen drehen und abwarten, bis Fortuna um die Ecke kommt, wie es im Lied heißt.
Ich ging also zu ihm und sagte: ›Hören Sie mal, Mr. Fairbanks,
Sie sind uns etwas schuldig. Daß wir von den bei Ihnen hinter-
legten Geldern nur fünfzig Cent pro Dollar zurückbekommen
haben, ist schlimm genug, aber darüber will ich mich nicht einmal beklagen – wenigstens nicht allzusehr. Ich finde jedoch,
daß Sie uns eine Chance geben sollten, uns unseren Lebensunterhalt zu verdienen. Wir wollen nämlich ins Verwaltungsgeschäft einsteigen . . .‹«

»Ins Verwaltungsgeschäft?« unterbrach ihn Malone.

Joseph hob die Hand. »Laß mich ausreden. Ich sagte: ›Ich werde Ihren Grundbesitz verwalten. Mein Partner und ich, wir haben mehr als genug Erfahrung in solchen Dingen. Gott weiß, wie viele Häuser wir gebaut haben.‹ Und er sagte, er wolle es sich überlegen.«

»Da wird nichts draus«, sagte Malone traurig. »Sie haben seit Jahren dafür ihre Leute gehabt. Warum sollten sie ausgerechnet uns das Geschäft geben?«

Joseph lächelte. »Ich weiß zwar auch nicht, warum sie es tun sollten, aber sie haben es getan. Er hat mich heute nachmittag angerufen, und wir gehen Montag morgen zu ihm, um uns einweisen zu lassen.«

Malone starrte ihn an und machte den Mund einige Male auf und zu, ehe er Worte fand: »Ich will verdammt sein! Du hast Köpfchen, du hast Mut, und du bist der ehrlichste, wahrste und beste Mann, den man sich nur denken kann! Und der beste Freund, den ich je auf der Welt hatte, den man sich nur wünschen kann. Ich werde zuerst auf dein Wohl trinken, und dann auf das unsere!« Er stand auf und hob sein leeres Glas.

Joseph schob ihm die Flasche zu und übersah geflissentlich Annas Stirnrunzeln, ihren warnenden Blick, der ihm sagen sollte: *Er hat genug.* Wenn der Mann trinken wollte, war es jetzt wirklich nicht der Moment, ihn daran zu hindern, denn seit Jahren lachte er heute wieder zum erstenmal.

»Ich muß euch von unserer Überseereise erzählen«, sagte Malone. »Die einzige Europareise unseres Lebens, und verflucht sei der Tag, an dem wir uns dazu entschlossen! Denn wenn ich zu Hause geblieben wäre . . . aber das ist eine andere Geschichte. Wir sind also in Irland gewesen und haben unsere Verwandten in Wexford besucht. Ein gottverlassenes, ödes Kaff! Plumpsklosett im Hof, und eine Kälte, eine Kälte, sage ich euch, wie ich sie noch nie erlebt habe! Ich sage also zu meinem Vetter, einem hageren kleinen Kerl mit Wollmütze: ›Fitz‹, sage ich, ›hör mal zu: Heute abend laden meine Frau und ich die ganze Familie zum Essen ein. Ich werde ein großes Festmahl bestellen, und du kümmerst dich um Einladungen und bittest alle Verwandten hierher, verstanden?‹ Er erklärt sich sofort bereit, und ich gehe mit Mary einkaufen – Steaks und Pasteten und Schnaps in jeder Menge. Dann ziehen wir uns um, weil wir als die Verwandten aus Amerika natürlich Eindruck schinden müssen, und als wir runterkommen, sitzen sie alle da und warten auf uns. Du wirst es mir nicht glauben, aber ich schwöre, daß es vierundfünfzig Personen waren. Vierundfünfzig Personen! Stell dir das vor! Zum Glück hatte ich genug Reiseschecks, denn sie fraßen wie hundertvierundfünfzig!«

Anna lachte. Sie sieht so jung aus, fand Joseph. Trotz all ihrer Sorgen sieht sie so frisch und jung aus. Was würde ich ohne sie tun? Sie hatte sich ihre Schürze umgebunden, um den Tisch abzuräumen, und stand gerade vor ihrem Porträt, das in seinem feingeschnitzten Goldrahmen zwischen den Fenstern hing. Er sah all die gemeinsam verbrachten Jahre vorüberziehen, seit dem Augenblick, als er ihr zum erstenmal in der Hester Street begegnet war und sein wirkliches Leben begonnen hatte.

19

Der Bar Harbor Express brauste ratternd durch die Nacht. Sie hatten New York vor anderthalb Stunden verlassen, die Schlafwagenbetten waren gemacht, und der Panoramawagen, in dem Maury saß, leerte sich allmählich.

Schließlich stand auch er auf und ging zum Schlafwagen zurück. Beim Morgengrauen würde er in Maine sein, und es war ihm, als roch er bereits den Fichtenwald und das Brackwasser, an das er sich noch so gut aus den Jahren in der Ferienkolonie erinnerte. Vor allem auf das Wiedersehen mit Chris freute er sich.

Es war, wie man glauben könnte, eine höchst ungewöhnliche Freundschaft, denn Chris gehörte väterlicherseits einer Familie an, bei der es seit Ururgroßvaters Zeiten eine Ehrenpflicht war, in Yale zu studieren, während die Familie seiner Mutter sich zu Harvard bekannte, wo sein Großvater Vorsitzender des Kuratoriums gewesen war. So befand er sich, wie er mit spöttischem Ernst erklärte, immer in einer peinlichen Lage, wenn das jährliche Ballspiel zwischen Yale und Harvard ausgetragen wurde.

Er gehörte den exklusivsten Clubs an, seine Familie besaß eine Sommerresidenz, sein Vater nahm an den Segelregatten bei den Bermudas teil. Es war in der Tat eine höchst ungewöhnliche Freundschaft, und es wäre auch wohl nie dazu gekommen, wenn sich Chris nicht in einer eisigen Winternacht auf dem Heimweg von einem Stelldichein einen Sehnenriß zugezogen hätte, während Maury zufällig am Fenster gewesen war.

»In dieser Nacht war weit und breit kein Mensch zu sehen, und ich wäre bestimmt erfroren, wenn Maury mich nicht entdeckt hätte«, pflegte Chris zu erzählen, und wahrscheinlich entsprach es auch der Wahrheit.

Eddy Holtz, sein Zimmergefährte, war erstaunt, runzelte die Stirn und schüttelte den Kopf.

»Was suchst du ausgerechnet in *der* Gruppe, Maury? Da paßt du nicht hin. Siehst du das denn nicht?«

»Wieso passe ich da nicht hin? Sie mögen mich, und wir sind Freunde.«

»Sie mögen dich aber nicht genug, um dich in ihre Clubs aufzunehmen.«

»Dafür kann Chris doch nichts. Und außerdem bin ich es satt, in dieser ständigen Eingeengtheit zu leben«, fuhr Maury seinen Kameraden an. »Immer diese Ängste und diese Einschränkungen! Da draußen ist eine große freie Welt, Eddy! Ich überlasse dir gerne die Bürde, ein Jude zu sein, da du offenbar nicht den Mut hast, dich ihrer zu entledigen.«

Bald darauf trennten sie sich und zogen in andere Zimmer. Sie waren gute Freunde gewesen und hatten es auch später nie zu einer wirklichen Feindschaft kommen lassen. Wenn sie sich begegneten, winkten sie sich immer noch freundlich zu, aber sonst hatten sie sich nichts mehr zu sagen.

Maury verstaute die Schachtel mit den fünf Pfund Konfekt für Chris' Mutter in seinem Koffer. Ma hatte dieses Geschenk gekauft, ihm seine Kleidung zurechtgelegt, die Schuhe geputzt, die weißen Flanellhosen beim Schneider bügeln lassen und ihm sogar ein paar neue Krawatten gekauft.

Er lächelte jetzt, als er an seine Mutter dachte. »Du wirst doch nicht etwa diese alten Hosen mitnehmen, Maury? Die sind doch schon ganz verblichen.«

»Ich weiß, aber wir gehen angeln, und außerdem legen diese Leute keinen Wert auf Kleidung.«

»Höre, was deine Mutter dir sagt«, hatte sein Vater ihn ermahnt. »Reiche Leute mit einem solchen Sommerhaus ziehen sich bestimmt auch gut an. Du willst doch nicht wie ein Bettler aussehen.«

Maury hatte es zu erklären versucht und war dabei fast ins Schwärmen geraten. »Sie sind nicht reich, Pa, wenigstens nicht in der Art, wie du es dir vorstellst. Chris ist es ganz egal, was er trägt, selbst wenn es ein Pullover mit Löchern ist. Er und seine Freunde sind sehr einfach. Für sie ist das Leben kein ständiger Kampf. Du würdest erstaunt sein.«

»Vielleicht würde ich gar nicht erstaunt sein«, sagte sein Vater stirnrunzelnd. »Für sie ist das Leben kein ständiger Kampf, sagst du. Sie können es sich leisten, einfach zu sein. Wenn ich mich mit einem Loch im Mantel in der Stadt sehen lasse, wird man sagen, Friedman ist pleite, und dann will niemand mehr etwas mit mir zu tun haben. Leute wie wir müssen gut gekleidet sein.«

Als er am nächsten Morgen aus dem Zug stieg, war er froh, sich auf sein eigenes Urteil verlassen zu haben. Chris, seine Brüder und ihr Freund Donald saßen in einem alten Kombi, der mit Säcken von Hundefutter vollgeladen war. Ihre Kleidung war so alt und zerschlissen wie der Wagen, und ihre Turnschuhe hatten große Löcher.

Zum Abendessen zogen sie sich allerdings um, und er war seiner Mutter dankbar, daß sie ihm die weißen Flanellhosen eingepackt hatte.

Das niedrige Haus aus verwittertem dunkelbraunem Holz war ziemlich geräumig. Auf der vorderen Veranda stand eine Reihe von Korbsesseln. Von dort hatte man Aussicht auf Wiesen, Wasser und waldige Hügel. Nach dem Abendessen

saßen sie dort alle beisammen und bewunderten den Sternenhimmel!

Chris' Großvater, der aufrecht in seinem hohen Korbsessel
saß, tippte Maury mit seinem Stock auf das Knie: »Na, junger
Mann, soll ich Ihnen mal erzählen, wie dieses Haus gebaut
wurde?«

»Gern, Sir.«

»Es war 1875, ich war fünfundzwanzig Jahre alt und hatte
gerade mein Jurastudium beendet. Seit einem Jahr war ich bereits verheiratet, und meine Frau erwartete das erste Kind.
Ihre Familie waren Seeleute hier an der Küste, und obgleich
sie sich während des Winters in Boston ganz wohl fühlte,
sehnte sie sich im Sommer sehr nach ihrer Heimat zurück.
Deshalb beschloß ich, als ich eines Tages etwas von meiner
Großmutter geerbt hatte, ein Haus in der Nähe des Dorfes
meiner Frau zu bauen. Damals mußte man noch per Schiff reisen, um von Boston nach Bar Harbor zu gelangen, und dann
ging es über Land, das Gepäck per Lastkarren und wir mit der
Kutsche. Die Fahrt dauerte fünf Stunden und führte über
einen einzigen, endlos langen Sandweg. Nächsten Donnerstag
werde ich übrigens zweiundachtzig.«

»Wie gefällt es dir, zweiundachtzig zu sein, Opa?« fragte
Tommy, ein elfjähriger Bub, Chris' jüngster Bruder.

Alle lachten.

»Ich frage mich, wie es James geht«, sagte Chris' Mutter.

Jemand antwortete: »Wie gewöhnlich. Er bestand darauf,
daß Polly und Agatha zum Nationalfeiertag am 4. Juli kommen, was wieder mal typisch für seine übliche Selbstlosigkeit
ist.«

Chris erklärte Maury: »Mein Onkel James hatte Kinderlähmung und ist verkrüppelt, und deshalb reist er nicht gerne, obgleich er manchmal kommt. Es ist ein langer Weg für ihn,
denn sie wohnen in Brewerstown im Staate New York.«

»Wie schrecklich!«

»Das kann man wohl sagen. Er war ein angesehener Anwalt
und vertrat einige amerikanische Banken in Frankreich, als
ihm das vor etwa zwölf Jahren passierte. So kam er zurück,
und jetzt hat er eine kleine Praxis, um etwas zu tun zu haben.

Aber, wie du dir vorstellen kannst, hat diese Geschichte ihr Leben völlig durcheinandergebracht.«

»Aggie ist toll, sie wird dir gefallen«, sagte Tommy. »Sie geht in Wellesley zur Schule. Voriges Jahr, als sie zu Opas Geburtstag kam, ging sie mit mir auf den Jahrmarkt und nahm mich aufs große Rad mit. Sie spielt auch sehr gut Tennis.«

Er fand sie nicht gerade schön, und trotzdem mußte er sie immer wieder anschauen. Ihre zarte kleine Gestalt und ihre Leichtfüßigkeit erinnerten ihn an einen Vogel oder ein Reh. Alles an ihr war braun – die Haut, das Haar, sogar die Augen mit ihrem goldigen Glanz. In Gedanken nannte er sie »September«.

Am zweiten Tag nach ihrer Ankunft lagen sie zusammen auf dem Floß. Alle waren segeln gegangen, aber Agatha hatte sich geweigert. »Bleib hier und leiste mir Gesellschaft«, hatte sie zu Maury gesagt. »Wir könnten ein bißchen schwimmen, aber natürlich möchte ich dich nicht zwingen. Es bleibt dir überlassen.«

Und er hatte geantwortet: »Ich werde dir Gesellschaft leisten.«

Jetzt lagen sie in der heißen Sonne und dem kühlen Wind, und Agatha fragte plötzlich: »Maury, wirst du es mir nicht übelnehmen, wenn ich dir eine indiskrete Frage stelle?«

»Schieß nur los.«

»Bist du arm?«

Er stützte sich auf seinen Ellbogen. »Was für eine Frage! Wie kommst du auf die Idee?«

»Ich weiß, daß es schrecklich klingt. Aber Chris hat so viele furchtbar reiche Freunde, und da fragte ich mich, weil du irgendwie ziemlich still bist, ob du vielleicht arm bist. Wir sind nämlich die armen Verwandten in dieser Familie, und daher weiß ich, wie man sich in einem solchen Fall fühlt.«

Arm? Maury erinnerte sich an die schäbigen Mietshäuser, in denen seine Eltern gewohnt hatten und in denen immer noch Menschen hausten und sich mühsam durchschlugen. Der Gedanke erweckte bittere Gefühle in ihm.

»Nein«, sagte er ruhig, »eigentlich nicht. In Anbetracht der schlechten Zeiten geht es meinem Vater noch ganz gut.«

»Dann kommt es wahrscheinlich daher, weil du ein Jude bist.«

Er war sprachlos und wußte nicht, was er diesem Mädchen sagen sollte.

»Chris hat es mir erzählt.«

»Ist es denn ein so interessantes Thema?«

»Meiner Meinung nach schon. Ich kenne nur wenige Juden, eigentlich nur zwei Mädchen in meiner Internatsabteilung. Aber Dad redet so oft darüber, daß ich neugierig geworden bin.«

»Da gibt es keinen Grund zur Neugier. Es sind Menschen wie alle anderen. Manche sind gut, manche sind schlecht . . .«

»Mein Vater haßt sie. Für ihn sind sie an allem schuld, an allen Übeln seit Beginn der Welt. Es ist eine Art Hobby von ihm, wie Onkel Wendells Ausgrabungen in Griechenland.«

Eine Art Hobby! Er schluckte.

»Habe ich irgend etwas gesagt, das dich verletzt hat?«

Er erwiderte rasch: »Ich möchte nur eins wissen: Bist du auch wie dein Vater?«

»In welcher Beziehung?«

»In Beziehung auf die Juden.«

Sie lachte. »Natürlich nicht! Wie kannst du das fragen? Ich glaube nicht an diesen Quatsch! Niemand in der Familie glaubt daran. Onkel Wendell ist der liberalste, großzügigste und toleranteste Mensch . . .«

»Und deine Mutter?«

Aggie überlegte einen Augenblick, und dann sagte sie zögernd: »Mutter ist . . . es ist schwer zu sagen, wie Mutter wäre, wenn sie nicht unter dem Einfluß meines Vaters stünde, und das war besonders in den letzten Jahres der Fall, seit er immer zu Hause war. Ich glaube übrigens, daß er zum großen Teil nur so denkt, weil er krank ist. Wenn man sich nicht mehr frei bewegen kann, verengt sich der Horizont, und wenn man nie neue Menschen um sich sieht, wird man . . . fanatisch. Du liebe Güte«, fuhr sie entschuldigend fort, »er mag ja nicht einmal die Katholiken, und besonders nicht die Iren. Vielleicht hat das alles auch ein bißchen auf Mutter abgefärbt. Ganz bestimmt sogar.«

»Sie weiß nichts von mir?«

»Ich habe es ihr gegenüber nicht erwähnt.« Sie runzelte die Stirn. »Maury?«

»Ja?«

»Es wäre vielleicht besser, wenn Mutter es nicht wüßte.«

Ach, zum Teufel mit der ganzen Familie! Zum Teufel mit ihrer kaltschnäuzigen und verklemmten Mutter und der ganzen Bande!

»Maury?«

»Ja?«

»Ich möchte nicht, daß du schlecht von mir denkst ... ich bin kein Vogel, der das eigene Nest beschmutzt ... Mein Vater ist in Wirklichkeit und trotz allem ein wunderbarer und gütiger Mann. Er hat furchtbar gelitten, und ich liebe ihn sehr. Du sollst nicht von mir glauben, daß ich aus einer abartigen und abscheulichen Familie stamme, wo alle sich hassen.«

Konnte es ihr nicht egal sein, was er von ihr oder ihrer Familie dachte?

Sie schaute ihm lächelnd in die Augen, und für ihn war es das aufreizendste, süßeste Lächeln, das er je bei einem Mädchen gesehen hatte. Er lächelte zurück, und dann lachte sie auf; es war ein offenes, echtes Lachen – kein gekünsteltes dümmliches Gekicher.

Am 4. Juli weckte ihn am ganz frühen Morgen der Lärm der Knallfrösche in den Hügeln. Dann hatten sie Tennis gespielt, ein ausgiebiges Frühstück genossen, waren noch einmal zum Floß hinausgeschwommen, und jetzt, um zwölf Uhr mittags, standen sie auf der Hauptstraße, der einzigen Straße des Dorfes, und schauten sich die Parade unter den Ulmen an.

Eine Kapelle nach der anderen kam die Straße heruntermarschiert, die Feuerwehr, die High-School-Band, die American Legion, eine Gruppe von Schulkindern, die unter Anleitung ihres Lehrers den *Yankee Doodle* sang, und ganz zum Schluß sah man drei alte Männer, die aus einem sehr langsam fahrenden Wagen mit ihren blauen Militärmützen winkten –

146

die letzten Veteranen des Bürgerkriegs. Als alles vorüber war, machte man sich zur Heimfahrt bereit.

»Wer möchte mit mir zu Fuß zurückgehen?« fragte Agatha.

Ein allgemeines Stöhnen antwortete ihr. »Um Gottes willen, Aggie, das sind doch zwei Meilen!«

»Ich weiß, aber es ist ein herrlicher Spaziergang, wenn man die Abkürzung nimmt und nicht auf der Straße bleibt. Wer kommt mit?« Sie wartete.

»Ich«, sagte Maury.

Sie schlugen einen kleinen schmalen Fußweg ein, der von der Straße abbog und durch Wiesen und Buschland führte. Es war früh am Nachmittag und sehr still.

Unter ihnen fiel der Hang in Windungen und Rinnen ab, stieg dann wieder an im silbriggoldenen Glanz der Sonne und im Dunkelgrün der vorüberhuschenden Wolkenschatten. Das Land war von der Bucht und ihren kleinen Förden durchschnitten, Inseln ragten verstreut aus dem Wasser, und dahinter hoben sich wieder Hügel ab, so weit das Auge reichte.

Agatha rezitierte.

»Dort, wo ich stand, erblickt' ich bald
drei lange Berge und einen Wald.«

Maury lächelte und antwortete:

»Ich wandt' mich um, ich schaute fort
und sah drei Inseln in einem Fjord.«

Sie standen sich lange gegenüber, und dann sagte Agatha:
»Als ich dich zum erstenmal sah, glaubte ich, du seist wie Chris und die meisten seiner Freunde, die irgendwie nichts im Kopf haben.«

»Ich weiß nicht, wie ich in Wirklichkeit bin.«

Etwas bewegte ihn so, daß er sich von ihr abwandte, und da sah er einige hohe Pflanzen; größer als er, die in einem Büschel aus dem Boden schossen. »Was sind das für Dinger mit den kleinen weißen Blüten?«

»Das dort? Ach, das ist Wiesenraute, ein Unkraut.«

»Und das Zeug, das so stark riecht?«

»Auch eine ganz gewöhnliche Pflanze. Schafgarbe.«

Er blickte auf. Sie stand immer noch da, mit diesem seltsamen Ausdruck auf ihrem Gesicht. Er sagte: »Es ist mir eigentlich egal, wie man sie nennt.«

»Das hatte ich mir gedacht.«

Und dann berührten sich ihre Körper, waren wie eins, von den Lippen bis zu den Knien, durchzuckt von tausend Pulsen, von pochenden Schlägen, die durch die Stoffschichten ihrer Kleider drangen.

»Wann mußt du fort, Agatha?«

»Morgen früh. Und du?«

»Übermorgen. Du weißt, daß wir uns wiedersehen müssen.«

»Ich weiß es.«

»Wann? Und wie?«

»Im September. Du kommst nach Boston, oder ich komme nach New Haven. So oder so.«

»Mir ist etwas ganz Verrücktes passiert. Ich bin verliebt.«

»Ja, es ist verrückt, nicht wahr? Ich nämlich auch.«

Sie trafen sich in Boston im September. Einmal war sie nach New Haven gekommen, und er hatte sie im Zug zurückbegleitet. Sie gingen spazieren, saßen stundenlang bei einer Mahlzeit im Restaurant, standen in den Museen herum, bis ihnen die Füße schmerzten, und als es auf den Winter zuging, war es überall so naß und kalt und windig, daß es kaum noch einen Ort gab, wo sie zusammensein konnten.

Einmal zeigte sie ihm einen Wohnungsschlüssel. »Den hat mir meine Freundin Daisy gegeben. Sie ist zum Skilaufen nach Vermont gefahren.«

»Nein«, sagte er, »das können wir nicht tun.«

»Warum nicht? Ich vertraue Daisy. Und wir sind nie allein gewesen. Ich möchte ja nur irgendwo mit dir sitzen, wo wir Ruhe haben und ganz unter uns sind.«

Er begann zu zittern. »Ich könnte nicht einfach mit dir allein in einem Zimmer sitzen, das weißt du doch!«

»Aber ich bin ja bereit, alles zu tun, um dich glücklich zu machen. Ich möchte so sehr, daß du glücklich bist.«

»Aber später würden wir nicht mehr glücklich darüber sein,

Aggie, mein Liebling. Ich will, daß von Anfang an alles richtig ist, ich will keinen Fehler machen. Wir haben schon so viel gegen uns, daß ich nicht noch mehr hinzufügen möchte.«

Sie warf den Schlüssel in ihre Handtasche und ließ sie zuschnappen.

»Aggie, du glaubst doch nicht etwa, daß ich es nicht will?« rief er aus.

»Ich frage mich nur, ob wir je einmal allein in einem Zimmer zusammensein werden«, erwiderte sie bitter.

»Natürlich werden wir zusammensein. Du darfst an so etwas nicht denken.«

»Hast du bei dir zu Hause je etwas von mir erwähnt?« fragte sie.

»Nein. Und du?«

»Mein Gott, natürlich nicht! Ich habe dir doch von meinem Vater erzählt. Ach«, fügte sie hinzu, »wir hatten übrigens Streit, als ich das letztemal bei ihm war. Er redete davon, wie die Juden Roosevelt unterstützen, denn natürlich ist Roosevelt für ihn der ärgste Bösewicht aller Zeiten, für dessen Sünden an Amerika unsere Nachkommen noch einmal zu bezahlen haben werden.«

»Wir werden uns schon etwas einfallen lassen«, sagte Maury zuversichtlich, weil ein Mann nun einmal zuversichtlich zu sein hat und an sich glauben muß. Aber sein Glaube war nicht sehr stark.

Das Telefon war gleichzeitig ein Lebensspender und eine entsetzliche Qual. Agatha nahm seine Anrufe in einer kleinen Nische am Ende des Korridors der Internatsabteilung entgegen. Bei all dem Lärm, dem Knallen von Türen, dem Geschrei und Geplauder, konnte sie ihn kaum hören, und er mußte ihr immer wieder zischend zuflüstern: »Ich liebe dich, ich sehne mich so nach dir«, und dann kam er sich blöde vor, war enttäuscht und traurig. Und dann das Schweigen, wenn die Sekunden vorbeitickten, ohne daß man sich etwas zu sagen hatte oder vielmehr, während man sich so viel zu sagen hatte und nicht wußte, wie – bis die drei Minuten vorüber waren.

Die Thanksgiving-Ferien mußten überstanden werden. Er

begleitete seinen Vater in das Mietshaus auf den Washington Heights, um die Mieten einzukassieren und die Reparaturarbeiten nachzuprüfen. Er stand auf der Straße und sah zu, wie die Möbelwagen ausgeladen wurden, als die ersten Flüchtlinge aus Deutschland ankamen. Es war schweres, prunkvolles Mobiliar aus irgendeiner Villa in Berlin-Charlottenburg, das nie und nimmer in die kleine Wohnung über dem Delikatessenladen oder der Wäscherei passen würde.

Die Weihnachtsferien waren auch nicht besser. Agatha kam zu einer Party nach New York, und er traf sich mit ihr in der Halle des Hotel Commodore. Er spürte Eifersucht in sich aufkeimen, fühlte sich nutzlos und seiner Manneswürde beraubt, während sie ihm beteuerte, daß Peter Soundso und Douglas Soundso ihr nichts bedeuteten und nur ihre Partybegleiter waren, daß ihr überhaupt niemand sonst etwas bedeutete (o Gott, Maury, brauche ich dir das noch zu sagen?), und obgleich er wußte, daß sie die Wahrheit sprach, quälte er sich bei dem Gedanken, daß andere Hände sie berühren würden, wenn sie tanzten, daß andere Ohren ihre Stimme hörten und andere Augen sie ganz frei und offen anschauen durften, ohne sich entschuldigen zu müssen.

Im März, als es die kurzen Frühlingsferien gab, war er der Verzweiflung nahe. »Pa, ich möchte für ein bis zwei Tage einen Wagen haben«, sagte er. »Ich will einen Freund in der Gegend von Albany besuchen.«

Er fuhr nach Norden über die Albany Post Road und überquerte dann den Fluß bei West Point. Es wurde kälter. Die kleinen Dörfer ruhten immer noch in winterlicher Stille, und an den Hängen lag Schnee. Zum Mittagessen kehrte er in einer Imbißstube ein, wo es nach heißem Fett roch. Jedesmal wenn die Tür sich öffnete, zog es kalt herein. Um den Schanktisch drängten sich lärmende Männer, lachten und neckten die matronenhafte Kellnerin mit anzüglichen Scherzen. Ihn überkam Verzweiflung und Hoffnungslosigkeit. Er war nahe daran, alles aufzugeben und umzukehren, tat es aber dann doch nicht. Bei der nächsten Zapfsäule ließ er sich den Tank auffüllen und fuhr weiter. Die Gehöfte wurden größer und lagen weiter entfernt voneinander. Meilenweit sah man nur Wald, alte, ungestrichene Häuser, struppiges Vieh in den Einzäunungen der Höfe. Gegen Abend kam er in Brewerstown an.

Es kam ihm so vor, als wäre er ins achtzehnte Jahrhundert gefahren. Er war ganz begeistert und fühlte sich wie neugeboren. Das ist meine Epoche! Hier gehöre ich hin! Aber natürlich war es Unsinn, denn Maury kannte diesen Ort nur von Fotos. Aber er kannte ihn genau, kannte die breiten Straßen mit den Ulmen, deren dunkelgrünes Laub im Sommer wohltuenden Schatten spendete, er kannte die weiße Kirche mit dem Friedhof auf der einen und dem Pfarrhaus auf der anderen Seite. Und all die weißen Zäune, die Ziegelmauern, die Giebelfenster, die Hauseinfahrten mit den Rhododendronbüschen. Büsche von dieser Größe waren mindestens ein halbes Jahrhundert alt.

Die Geschäfte waren bereits geschlossen, und nur der Drugstore auf der Hauptstraße hatte noch Licht. Maury ging hinein, nahm sich das Telefonbuch und schrieb die Adresse und Telefonnummer auf. Außer ihm war nur der Verkäufer hinter dem Ladentisch anwesend.

»Ist die Lake Road weit von hier?« fragte Maury.

»Kommt ganz drauf an, wo Sie hinwollen. Die Lake Road geht fünf bis sechs Meilen um den See herum und mündet dann in den Highway. Wen suchen Sie denn?«

Maury schüttelte den Kopf. »Ach, ich habe nicht vor, heute abend hinzufahren. Ich rufe vorher an.«

Er warf eine Münze in den Schlitz und verlangte die Nummer beim Amt.

»Der Anschluß ist besetzt«, sagte die Telefonistin.

Er fragte sich, ob er den Mut haben würde, es noch einmal zu versuchen.

Der Mann hinter dem Ladentisch musterte ihn neugierig. »Sie sind wohl nicht aus dieser Gegend?«

»Nein. Aus New York City.«

»Ach ja. Bin auch mal in New York gewesen. Hat mir nicht gefallen.«

»Das kann ich Ihnen nicht übelnehmen. Hier ist es viel schöner.«

»Ach ja. Meine Familie kam hierher, als nur Indianer in der Gegend lebten.«

Maury warf noch einmal die Münze ein. Dieses Mal antwortete jemand. »Könnte ich bitte mit Agatha sprechen?«

»Miss Agatha?« Er stellte erleichtert fest, daß er mit dem Dienstmädchen sprach. »Wen darf ich melden?«

»Ich bin ein Freund. Ein Freund aus New York.«

Als sie an den Apparat kam, flüsterte er: »Aggie, ich bin hier in der Stadt.«

»O mein Gott, warum?«

»Weil ich es einfach nicht mehr aushielt, dich nicht zu sehen.«

»Aber was soll ich denn sagen? Was soll ich tun?«

Plötzlich war er entschlossen. »Sage, du brauchst etwas aus dem Drugstore. Irgendwas. Ich erwarte dich einen Häuserblock von hier in einem braunen Maxwell. Wie lange wirst du brauchen?«

»Fünfzehn Minuten.«

»Gerade die Grenze des Erträglichen«, sagte er.

Sie fuhren etwa zwei Meilen aus der Stadt, und dann hielt er den Wagen an. Als sie sich umarmten, war es wie das Heilen einer Wunde.

»Ich muß jetzt wissen, wie es mit uns weitergehen soll«, sagte er.

Sie begann zu weinen. »Weine nicht«, flüsterte er. »Seit jenem Weihnachtsball in New York lebe ich ständig mit dem Gefühl, daß die Welt voller Feinde ist, voller Leute, die dich von mir wegnehmen wollen . . .«

»Das kann niemand«, sagte sie entschlossen.

»Willst du mich also heiraten, Agatha? Im Juni, nach meiner Abschlußprüfung?«

»Ja, das will ich.«

»Komme, was wolle?«

»Komme, was wolle.«

Wenigstens wußte er jetzt, was ihr Ziel war. Er hatte zwar nicht die geringste Ahnung, wie sie es schaffen würden, wie es ihm möglich wäre, sein Jurastudium zu beenden und zu heiraten, aber er hatte ihr Versprechen. Und das hielt ihn aufrecht, gab ihm Kraft, das Frühjahrssemester, die Abschlußprüfung und den akademischen Festakt durchzustehen.

Seine Mutter hatte die Angewohnheit, vor dem Schlafengehen eine Tasse Kaffee in der Küche zu trinken. Dort saß er bei ihr am Abend nach dem akademischen Festakt. Er hatte den ganzen Tag gewußt, daß sie ihm etwas sagen wollte. Er kannte sie so gut.

»Maury«, begann sie nun, »du hast eine Freundin, nicht wahr, und sie ist nicht jüdisch.«

Er verspürte ein völlig absurdes Bedürfnis, zu kichern, und hielt sich mit Mühe zurück. »Wie hast du das erraten?«

»Aus welchem Grunde hättest du ein solches Geheimnis daraus gemacht?«

Er antwortete nicht.

»Dort warst du im Frühjahr, als du dir Pas Wagen ausgeliehen hattest, nicht wahr?«

Er nickte.

»Und was willst du jetzt tun?«

»Sie heiraten, Ma.«

»Du weißt natürlich, welchen Ärger dir das einbringen wird?«

»Ich weiß. Und es tut mir leid.«

Sie rührte in ihrer Tasse, und der Löffel machte ein angenehmes und tröstendes Geräusch. Sie sprach mit sanfter Stimme: »Oft gehen meine Gedanken in ganz verschiedene Richtungen, und dann kann ich bei allem zwei Seiten sehen, als ob ich einen Ball zwischen meinen Händen hielte. So denke ich: Maury, du hast recht. Wenn du wirklich einen Menschen liebst – wenn es ein echtes Gefühl ist, und Gott weiß, wie wenig wahre Liebe es auf dieser Welt gibt und wie viele Dinge dazugehören, die sogar ich in meinem Alter nicht verstehe, warum es vielleicht ratsamer wäre, das Wort Liebe durch ›Mögen‹ zu ersetzen –, wenn du also wirklich einen Menschen so sehr magst, gäbe es doch eigentlich keinen Grund, darauf zu verzichten. Das Leben ist so kurz, und warum sollen wir leiden und uns opfern? Man wird mit einem

Etikett geboren, und man könnte ebensogut mit einem anderen geboren sein. Verstehst du, was ich meine, Maury?«

»Ich verstehe. Und was ist die andere Seite?«

»Die andere Seite sagt mir: Ermahne Maury, auf seinen Vater zu hören.«

»Ma, ich könnte es nicht ... ich kann es nicht.«

»Auf sie verzichten?«

Er konnte kaum sprechen. Aber ein erwachsener Mensch weint doch nicht! Der Kloß in seiner Kehle waren die heruntergeschluckten Tränen. »Nicht auf sie verzichten«, wiederholte er mit belegter Stimme, und dann schloß er die Augen.

Sie schwieg. Er sah sie nicht, fühlte jedoch eine wohltuende Wärme in der Luft und wußte, daß sie ganz nahe vor ihm stand, ohne ihn zu berühren. Doch dann legte sie ihm die Hand auf den Kopf und streichelte ihm das Haar.

»Maury, Maury, es tut mir so leid. Aber das Leben kann furchtbar schwer sein.«

»Maury, du wolltest mit mir sprechen?« fragte Pa.

Sie saßen in seinem Arbeitszimmer, inmitten all der vertrauten Dinge: die Mahagonikiste, in der der Tabak sich feucht hält, all die Fotografien von Ma, den Kindern, von seinen Eltern, der Vater mit Melone neben seiner kleinen Frau in ihrem Kleid aus dem Jahre 1880 und mit Federhut, der Globus vor dem Fenster, über allem Zigarrenrauch.

»Ich nehme an, Ma hat dir bereits angedeutet, worüber ich mit dir reden wollte«, sagte Maury.

»Das hat sie. Aber du mußt wissen, daß es eigentlich nichts zu besprechen gibt«, sagte sein Vater sanft. »Natürlich habe ich durchaus etwas dazu zu sagen. Aber vor allem möchte ich erst mal hören.«

Maury begann: »Ich kann dir weiter nichts sagen, als daß ich Agatha liebe. Sie ist ein so wunderbarer Mensch. Du würdest sie bestimmt mögen. Sie ist so intelligent, ausgeglichen und gutherzig.«

»Ich glaube dir. Du würdest bestimmt kein Mädchen so sehr mögen, wenn es nicht all diese Qualitäten hätte. Aber eine Ehe ... ist ausgeschlossen.«

»Pa, möchtest du sie nicht wenigstens kennenlernen? Ich könnte Agatha einmal mitbringen, und dann könntest du mit ihr reden, und . . .«

»Nein, nein. Es hat keinen Sinn!«

»Dann unterscheidest du dich in nichts von ihren Leuten. Du bist genauso voreingenommen und intolerant.«

»Was? Du mußt total verrückt sein! Ihre Familie ist also auch dagegen?«

»Natürlich! Was hast du dir vorgestellt?«

»Siehst du denn nicht ein, wie unmöglich es ist? O Maury, glaube mir doch! Du wirst ein paar Monate leiden, das weiß ich, aber dann ist es vorüber, und du wirst ein liebes Mädchen deiner Art kennenlernen, und diese Agatha wird einen anderen Mann finden. So ist es am besten für euch beide.«

Maury fühlte etwas in sich zerbersten. »Das will ich nicht hören! Wage es nicht, mir das zu sagen!«

»Maurice, erhebe deine Stimme nicht gegen deinen Vater. Ich versuche dir nur zu helfen. Es hat keinen Sinn, und es würde nur zu einem bösen Ende führen.«

Als er zur Tür ging, hätte er am liebsten irgend etwas zerschmettert, die Lampe zu Boden geworfen und alles in Scherben gehauen. Die verdammte Welt! Das verdammte Leben! »Und was wirst du tun, wenn wir trotzdem heiraten?« fragte er.

Das Gesicht seines Vaters wirkte krank, eingefallen und nahm eine grünliche Färbung an. »Maurice«, sagte er fast tonlos, »das wirst du hoffentlich nicht tun. Um deiner Mutter willen, um meinetwillen, um unser aller willen hoffe ich, daß du es nicht tun wirst. Ich flehe dich an, ich warne dich, lasse nicht das Undenkbare geschehen.«

Agatha weinte am Telefon. »Ich habe mit meinen Eltern gesprochen, Maury. Ich habe es wenigstens versucht. Sie waren völlig entsetzt, und mein Vater hat sich dermaßen aufgeregt, daß ich glaubte, er habe den Verstand verloren. Immer wieder schrie er mich an, ich müsse wahnsinnig geworden sein! Ich kann dir gar nicht erzählen, was er alles gesagt hat.«

»Ich kann es mir vorstellen«, erwiderte Maury mit Bitterkeit.

»Meine Mutter hat zuerst geweint, und dann wurde sie wütend auf mich, weil Daddy plötzlich ganz bleich war und sie glaubte, er würde einen Schlaganfall bekommen. Sie hat mich aus dem Zimmer geschickt. O Maury, ist es nicht schrecklich, auf diese Weise zu heiraten und seine Familie zu verlassen?«

Er überlegte einen Augenblick. »Meinst du, ich sollte mal mit Chris sprechen und ihn fragen, ob er nicht mit deinen Eltern reden kann?«

»Ach, Maury, ich weiß nicht. Versuche es wenigstens.«

»Er kommt übers Wochenende nach New York. Ich werde ihn in seinem Hotel aufsuchen.«

»Ja«, sagte Chris, »meine Eltern hatten nur Gutes über dich zu sagen. ›Ein sehr attraktiver junger Mann‹, meinte meine Mutter. Ich kann mich noch an ihre Worte erinnern.«

»Wenn sie eine so gute Meinung von mir haben, könnten sie oder du vielleicht einmal mit Aggies Eltern reden? Ich glaube, es könnte viel helfen.«

»Das glaube ich nicht«, erwiderte Chris mit sanftem Bedauern.

»Du glaubst es nicht? Aggie ist da anderer Meinung.«

»Aggie sollte es besser wissen. Sie klammert sich an einen Strohhalm.«

Maury glaubte, so überzeugend gesprochen zu haben.

Chris trat ans Fenster und schaute eine Weile hinaus. Er schien einen Entschluß fassen zu wollen. Dann ging er wieder ins Zimmer zurück. »Hör mir gut zu, ich habe einen Vorschlag. Daß du am Ende mit deinen Nerven bist, sieht fast ein Blinder. Warum läßt du nicht alles stehen und liegen und fährst mit mir nächste Woche nach England? Falls Geld ein Problem sein sollte, kann ich dir welches leihen. Wir werden durch England trampen, und du wirst wie neugeboren sein. Was sagst du dazu?«

»Du verstehst mich nicht. Du sagst, daß du mir helfen willst. Dann tue doch lieber das, worum ich dich gebeten habe. Was hält dich davon ab? Du kannst ganz ehrlich zu mir sein.«

»Meinst du das wirklich?«

»Ja.«

»Dann werde ich es dir sagen. Ich billige diese Ehe nicht. Hätte ich vorher gewußt, was sich zwischen dir und Aggie anbahnte, dann wäre es nie soweit gekommen, das kannst du mir glauben.«

»Aber warum, Chris, warum?«

»Nun komm schon, Maury, so naiv bist du doch nicht. Warum? Weil du das bist, was du bist. Deshalb.«

»Und worin unterscheide ich mich so sehr von dir?«

»Für mich gibt es keinen Unterschied, aber für die Welt gibt es ihn. Und du verlangst von Aggie, mit dir ein Opfer der Gesellschaft zu sein.«

»Es ist ihr egal.«

»Das bildet sie sich nur ein. Ihre Clubs, ihre Freunde – die meisten ihrer Freunde – werden sie fallenlassen. Ihre Kinder werden ausgestoßen sein, und die Leute, bei denen sie früher willkommen war, werden ihr das Haus verweigern.«

»Und ich sage dir, daß sie sich einen Dreck darum schert!«

»Sie schert sich mehr als einen Dreck, wenn es ihre Eltern betrifft. Aggie steht ihnen nämlich sehr nahe, besonders ihrem Vater. Seit seiner Kinderlähmung war sie immer seine rechte Hand. Ich erinnere mich, als sie noch ein kleines Kind war, nicht älter als neun oder zehn, und als sie ihm half, wieder gehen zu lernen. Es war herzzerreißend.«

»Und das hier ist nicht herzzerreißend?«

Chris blickte ihn wortlos an. Maury öffnete die Tür. »Mein Freund. Mein guter Freund Chris. Scher dich zum Teufel!«

Sie wurden an einem glühendheißen Julitag auf dem Standesamt getraut. »Heute könnte man auf der Straße Spiegeleier braten«, sagte der Beamte, als er die Urkunde abstempelte.

In ihrem stickigen Hotelzimmer summte ein elektrischer Ventilator an der Decke. Durch das offene Fenster drangen die Klänge einer immer wieder gespielten Platte der Bajazzo-Arie herein. Der Zimmerkellner brachte ihnen das Essen – zu lange gebratenes Steak mit matschigen Kartoffeln. Aber es war das schönste Zimmer, das köstlichste Mahl und die berauschendste Musik, die sie je erlebt hatten.

Aggie holte eine Flasche Wein aus ihrem Koffer. »Das habe

ich mitgebracht, damit wir auf unsere Hochzeit trinken können. Schau dir das Etikett an. Nur das Beste vom Besten.«

»Ich verstehe überhaupt nichts von Wein. Bei uns zu Hause gab es nie welchen.«

»Ich habe mich in Frankreich daran gewöhnt. Dort trinkt man ihn wie Wasser.«

»Werden die Leute davon nicht betrunken?«

»Nur leicht beschwipst. Auf dein Wohl!« sagte sie.

»Und auf deins, Mrs. Friedman.«

Sie tranken sich zu, zogen den Rolladen herunter und gingen wieder ins Bett, obgleich es erst drei Uhr nachmittags war.

Am Morgen, als er mit Sicherheit annehmen konnte, daß sein Vater zur Arbeit gegangen war, rief er seine Mutter an.

»Maury«, sagte sie, »ich würde dich so gerne sehen! Aber ich kann es nicht. Dein Vater hat es mir verboten.« Und dann brach sie in Tränen aus. »Du lieber Himmel, warum hast du uns das angetan? Seit gestern ist es hier wie in einem Totenhaus. Iris und ich können kaum noch atmen. Dein Vater ist um zehn Jahre gealtert.«

Er war ihr nicht böse. »Lebe wohl, Ma«, sagte er leise und hängte den Hörer auf.

Sie hatten gemeinsam etwas über vierhundert Dollar.

»Wenn wir sehr vorsichtig sind«, sagte Maury, »können wir damit ein paar Monate leben. Aber bis dahin habe ich bestimmt eine Arbeit.« Er fühlte sich sehr stark und zuversichtlich.

»Ich werde mir auch etwas suchen. Ich könnte als Hilfslehrerin Französischunterricht geben, bis später eine feste Stelle frei wird.«

»Inzwischen mieten wir uns eine möglichst billige kleine Wohnung, bis wir wissen, wo wir uns niederlassen werden.«

Frohgemut gingen sie die Inserate in den Zeitungen durch, machten lange Fahrten mit der U-Bahn und fanden schließlich eine möblierte Wohnung auf der obersten Etage eines Zweifamilienhauses in Queens. Der Besitzer, George Andreapoulis, war ein höflicher junger Amerikaner griechischer Herkunft, der gerade zu Beginn der Depression sein Jurastudium beendet hatte. Auf einer Reise nach Griechenland hatte er seine Braut kennengelernt – die kräftige gesunde Elena mit dem strahlenden Lächeln und den stark behaarten Armen.

Die Wohnung war neu mit gelben Ahornmöbeln eingerichtet, und am Boden lag die häßliche Imitation eines Orientteppichs.

»Ich sollte fünfzig Dollar im Monat dafür verlangen«, erklärte Mr. Andreapoulis, »aber die Zeiten sind schlecht, und ich werde mich mit vierzig zufriedengeben.«

Maury stand am Küchenfenster, sah den kleinen Hof aus Aschenbeton, die endlosen Häuserreihen, die baumlosen Straßen und die sich bis zu den Reklameschildern auf dem Highway erstreckenden Rasenflächen. Selbst im flimmernden Sonnenlicht wirkte alles blaß und matt. Wenn die Welt flach wäre, könnte man sich diesen Ort als die äußerste Grenze vorstellen, von wo man in das bodenlose Nichts stürzt. Immerhin war es sauber, der Hauswirt schien ein freundlicher, rechtschaffener Mann zu sein, und im übrigen hatten sie ja nicht die Absicht, lange hierzubleiben.

»Meine Frau spricht kein Englisch«, erklärte Mr. Andreapoulis. »Wir sind auch jung verheiratet. Vielleicht können Sie ihr beim Englischlernen helfen, Mrs. Friedman? Sie kann Ihnen dafür das Kochen beibringen, denn sie ist eine wunderbare Köchin.« Er machte plötzlich ein verlegenes Gesicht. »Ich bitte um Verzeihung, wie dumm von mir, aber ich meinte nur, daß viele junge Amerikanerinnen nie das Kochen gelernt haben – wogegen Sie sich vielleicht schon recht gut darin auskennen.«

Agatha lachte. »Nein, ich kann, wie man sagt, nicht einmal Wasser kochen. Ich will es gerne lernen. Wenigstens bis ich eine Stelle gefunden habe.«

Es war also abgemacht. Für den Transport brauchten sie zwei U-Bahn-Fahrten mit ihren Koffern, einer schweren Bücherkiste und ihrer einzigen Neuanschaffung, einem Superhet-Rundfunkempfänger, den Maury für fünfunddreißig Dollar gekauft hatte. Sie stellten ihn auf den Tisch im Wohnzimmer neben die Lampe.

Sie hatten zwar ein etwas schlechtes Gewissen, sich diesen Luxus geleistet zu haben, aber schließlich erwies es sich als eine gute Investition. Der Mensch braucht ein bißchen Unterhaltung, und ein Kinobesuch hätte sie siebzig Cents gekostet. Hier hatten sie jedoch kostenlos das philharmonische Orchester am Sonntagnachmittag und eine gute Tanzkapelle fast um jede Zeit. Sie konnten in der Küche zu den Klängen von Glen Grays Casa-Loma-Orchester tanzen oder zu Paul Whiteman im Biltmore. *Begin the Beguine, Flying down to Rio, Dancing in the Dark,* all die schönen und bedeutungsvollen Schlagertitel und Melodien gehörten zu ihrer ganz privaten Welt, und beglückt und berauscht schwebten sie wie ein einziger Körper durch den Raum, bis er, ohne seine Umarmung zu lockern, den Apparat abstellte und sie sich in der plötzlichen Stille, immer noch wie ein Körper, dem Bett zu bewegten.

20

Sie gingen den Riverside Drive hinauf und bogen bei Iris' Straße in die West End Avenue ein. Es war ein warmer Aprilabend, und die Straßen waren noch ziemlich belebt: Familienväter, die ihre Hunde ausführten, junge Leute, die sich gegenseitig anrempelten, laut und schallend lachten oder »Goodnight Broadway« sangen. Iris und Fred befanden sich nach einer Party auf dem Heimweg.

»Es tut mir leid, so früh aufgebrochen zu sein«, sagte Fred, als sie vor Iris' Haustür standen. »Ich hätte mir nicht so viele Schularbeiten für den Sonntagabend aufhalsen sollen. Meine Schuld.«

Sie standen eine Weile verlegen herum, und sie fragte sich, ob sie ihn nicht vielleicht doch für ein paar Minuten nach oben bitten sollte. Sie wollte es eigentlich nicht und wußte, daß auch er keine Lust dazu hatte.

»Vielen Dank für die Einladung«, sagte er. »Es war eine schöne Party. Ich wußte gar nicht, daß du mit Enid befreundet bist.«

»Wir sind nicht befreundet. Das war nur, weil unsere Mütter im gleichen Wohltätigkeitskomitee arbeiten.«

»Jedenfalls war es eine schöne Party«, sagte Fred noch einmal und schickte sich an, wegzugehen.

Sie ging ins Haus und nahm den Fahrstuhl nach oben.

Ihre Mutter las im Wohnzimmer und blickte überrascht auf. »So früh? Und wo ist Fred?«

»Es wurde vorzeitig Schluß gemacht, und er hat noch Schularbeiten zu machen.«

»Du meine Güte, es ist doch erst halb zehn. Er hätte doch noch etwas essen können. Ich habe Kakao und Kuchen bereitgestellt.«

»Es gab reichlich zu essen, und wir konnten nicht mehr.«

Iris ging auf ihr Zimmer und zog sich das Kleid aus. Es war smaragdgrün wie nasses Laub. Ihre Mutter hatte es gekauft, als Fred sich für sie zu interessieren begann. Damals waren sie gemeinsam bei der Schulzeitung tätig gewesen. Ihre Mutter sagte, sie müsse jetzt, da sie fünfzehn sei, etwas mehr auf ihre Kleidung achten.

Fred war ein ernsthafter Junge. Er interessierte sich für Politik, und oft hatten sie lange Diskussionen, obgleich sie meist einer Meinung waren.

»Du hast einen guten Kopf«, pflegte er zu ihr zu sagen. »Du stellst vernünftige Überlegungen an, und du denkst selbständig.«

Vor einer Woche hatte er sie zu einer Hochzeit eingeladen. Einer seiner Vettern heiratete, und man hatte ihn gebeten, ein Mädchen mitzubringen. Es war eine große festliche Angelegenheit, und natürlich konnte man nur im Abendkleid erscheinen. Iris war noch nie auf einer Hochzeit gewesen. Sie freute sich darauf ebenso wie darüber, daß Fred sie eingeladen hatte.

Ihre Mutter sagte: »Wir müssen dir etwas besonders Hübsches aussuchen.« Sie hatte eine Idee, holte eine Schachtel aus der obersten Schublade des Schranks und entnahm ihr ein Kleid. Iris erkannte es wieder: es war das rosa Seidenkleid vom Porträt ihrer Mutter aus Paris.

»Wir können es zu einer Schneiderin bringen und für dich ändern lassen«, sagte die Mutter. »Schau«, und sie breitete den Rock wie einen Fächer aus, »zehn Meter Stoff, und was für ein Stoff! Das gibt ein herrliches Kleid für dich. Und dazu färben wir dir ein Paar Schuhe. Was meinst du?«

Es war wirklich prächtig, aber Iris hätte trotzdem gern gewußt, was die anderen Mädchen tragen würden, und sie überlegte, wie sie das herausfinden könnte.

Jetzt hängte sie ihr grünes Wollkleid auf den Bügel. Es war wirklich eine schreckliche, jämmerliche Party gewesen. Sie bereute es, Fred eingeladen zu haben, aber Enid hatte sie gebeten, einen Jungen mitzubringen. Enids Freunde waren alle von der Art, die Fred nicht ausstehen konnte: oberflächlich und angeberisch, und sie erwarteten, daß man auf ihre blöden Witzeleien mit anderen blöden Witzeleien antwortete, was auf die Dauer sehr ermüdend war. Fred und Iris hatten Blicke ausgetauscht, die nur bestätigten, daß sie sich beide fehl am Platze fühlten. Dann war er zum Büfett gegangen, hatte ihr einen Teller gefüllt und gesagt: »Das Essen ist wenigstens gut.« Und da er immer einen Riesenappetit hatte, bediente er sich mehrere Male.

Enid und einige ihrer Freunde hatten den Teppich in der Diele aufgerollt und Grammophonplatten aufgelegt. Alle tanzten. Auch Fred legte den Arm um Iris, und sie tanzten mit Begeisterung.

»Ich würde gern einen Walzer tanzen«, hatte sie zu Fred gesagt.

»Einen Walzer wirst du hier nicht hören«, hatte er lachend geantwortet, und dann hatten sich ihre Wangen berührt. Ein sehr erregendes Gefühl, ihm so nahe zu sein. Eigentlich hätte es noch ganz nett werden können, stellte Iris jetzt fest.

Sie ging ins Badezimmer und ließ die Wanne vollaufen, obgleich sie vor der Party bereits ein Bad genommen hatte und bestimmt noch sehr sauber war. Aber sie wollte im warmen Wasser liegen und nachdenken. Warmes Wasser gibt einem ein Gefühl der Geborgenheit.

Wenn das Mädchen nicht gekommen wäre, hätte es wirklich noch ganz nett werden können. Aber kaum war sie eingetreten, da hatte sich alles geändert. Sie gehörte zu jenen lebhaften Mädchen, die immer alle Aufmerksamkeit auf sich ziehen, und dazu brauchen sie nicht einmal sonderlich hübsch zu sein.

162

»Das ist Alice«, hatte Enid gesagt. »Sie ist vor kurzem aus Altoona hierhergezogen. Wir kennen uns aus der Ferienkolonie.«

»Alice aus Altoona«, hatte Alice gesagt, und alle lachten, obgleich es gar nicht besonders witzig war. Alle interessierten sich sofort für sie, und man bestürmte sie mit Fragen: Wann bist du hierher gezogen? Wo gehst du zur Schule? Bist du zum erstenmal in New York?

Sie schien all diese Aufmerksamkeit geradezu erwartet zu haben. Wahrscheinlich war sie es so gewöhnt. Iris hatte sie beobachtet und sich gesagt: Es ist wie in einem Theaterstück, wenn die Hauptdarstellerin auftritt und man plötzlich merkt, daß all die anderen nur Nebenrollen spielen. Iris hatte zu entdecken versucht, worin Alice sich von den anderen unterschied. Alice sprach nie ein Wort zuviel. Wenn sie etwas sagte, war es wohlüberlegt und meist dazu bestimmt, Gelächter zu erregen. Oder es war ein Kompliment, nie zu dick aufgetragen, fast beiläufig erwähnt, in einer Weise, daß der Angesprochene sich wichtig fühlte. Es sah so einfach und leicht aus, wie sie es tat, ohne je zu übertreiben, aber Iris wußte, was an Mühe dahintersteckte.

»Du bist so groß!« hatte Alice zu Fred gesagt, was Iris recht albern fand, denn er war doch schließlich kein Riese von ungewöhnlichen Ausmaßen.

Aber Fred mußte es gefallen haben, denn gleich danach forderte er sie zum Tanzen auf. Es war ein Peabody, und Alice kannte ein paar neue Variationen. »So wird es bei uns in Altoona gemacht«, sagte sie und wirbelte herum. Ihr Rock flog so hoch, daß man die Spitzen ihres Höschens sah. Fred fing sie auf, wie man es beim Ballett tut, und alle traten in einem Kreis zurück, um sich die Darbietung Freds und Alices anzuschauen. Fred war entzückt und begeistert.

Iris hatte sich bemüht, so auszusehen, als ob es ihr Spaß machte, auf dem Parkett herumzustehen und die beiden zu bewundern. Als Enid die Platte wechselte, hatte Fred einfach mit Alice weitergetanzt. Bald folgten ihnen alle anderen, außer Iris.

Schließlich hatte Fred sie ganz allein sitzen gesehen und war zu ihr gekommen, wahrscheinlich nur, weil er sich an seine Pflichten als ihr Begleiter erinnerte. Außerdem hatte es einen Partnerwechsel gegeben, und jemand hatte ihm Alice weggenommen.

»Meinst du nicht, daß wir bald aufbrechen sollten?« hatte sie ihn gefragt. »Es ist Sonntag, und wir müssen morgen früh aufstehen.«

Zu ihrer Überraschung war er sofort einverstanden gewesen und hatte gesagt, er habe noch Schularbeiten zu machen. Und dabei hatte sie befürchtet, er würde bis zum Schluß bleiben wollen.

Das Wasser begann kalt zu werden. Sie stieg aus der Wanne und zog sich ihr Nachthemd an. Das Telefon klingelte im Vestibül. Ihre Mutter antwortete und rief sie dann.

»Für dich.«

Iris schaute auf die Uhr. Fast elf. Sie nahm den Hörer auf, und Fred sagte: »Iris? Entschuldige bitte, daß ich dich so spät anrufe, aber ich habe eben etwas erfahren, und ich dachte mir, daß du es wissen solltest . . .«

»Ja?« Sie wartete.

»Es ist wegen dieser Hochzeit«, sagte er. »Es ist mir furchtbar peinlich, aber wie es scheint, hat es da irgendwo ein Mißverständnis gegeben . . . jedenfalls hat sich herausgestellt, daß ich gar kein Mädchen mitbringen sollte. Du kannst dir denken, wie unangenehm es mir ist, aber . . . du wirst es sicher verstehen.«

»Natürlich.« Sie ließ sich nichts anmerken. »Natürlich verstehe ich.«

Er redete noch ein paar Minuten, sprach von der Schulzeitung, aber sie hörte ihm nicht wirklich zu. Sie sagte sich: Warum bitte ich ihn nicht, mir seine Lügen zu ersparen? Ich weiß genau, daß er beabsichtigt, mit Alice statt mit mir auf die Hochzeit zu gehen. Wahrscheinlich ist er auf die Party zurückgekehrt, nachdem er mich hier abgesetzt hat. Warum sage ich es ihm nicht?

Als sie aufhängte, kam ihre Mutter aus dem Schlafzimmer. »Du meine Güte«, sagte sie lächelnd, »konnte er nicht einmal bis morgen warten, wenn er dich in der Schule sieht?«

»Es war wegen der Hochzeit. Er hatte sich geirrt. Es war ein Mißverständnis. Er sollte gar kein Mädchen mitbringen.«

»Oh«, sagte die Mutter langsam, »ich verstehe.« Sie sah besorgt aus, blickte Iris an, deren stolzes Gesicht kein Gefühl verriet. Dann sagte sie: »Ach was, es wird noch andere Hochzeiten geben. Mach dir nichts draus.«

Meine Mutter glaubt jetzt bestimmt, daß mir elend zumute ist, denn sie weiß so gut wie ich, daß Fred gelogen hat. Es ist genau wie damals vor Jahren am Strand, als all die Kinder auf der Wiese spielten, während ich allein in meiner Hängematte lag und las.

Wenn ich auf das College gehe, möchte ich mich auf englische Literatur spezialisieren. Ich habe schon immer den Klang und den Rhythmus, den Zauber und den Duft der Worte geliebt, wahrscheinlich seit meiner frühesten Kindheit, als Mama mir zum erstenmal Geschichten vorlas. Damals war ich drei Jahre alt, vielleicht sogar noch jünger. Man kann Worte fühlen, so wie man mit den Fingern Samt fühlt.

Sie wäre so gern Schriftstellerin geworden, das Problem war nur, daß sie nicht wußte, worüber sie schreiben sollte. Eine ihrer Klassenkameradinnen hatte die Schule verlassen, um an einem Konservatorium zu studieren. Sie hatte bereits in einem Orchester gespielt. Wie phantastisch mußte es sein, wenn man die Begabung hat, das auszudrücken, was in einem ist! Es schien Iris, daß etwas in ihrem Inneren lebte, herauswollte und nicht konnte. Und was in ihrer Brust aufkeimte, war so schön und verwirrend, daß die Leute stehenbleiben und sie überrascht anstarren würden, wenn sie es wüßten.

Es ist wahr, sagte sich Iris. Die Person, die in mir lebt, und die Person, die die anderen sehen, ist nicht die gleiche.

21

Im Herbst 1935 schien es keine Arbeit für einen wohlerzogenen und gepflegt aussehenden jungen Mann zu geben, der in Yale Philosophie studiert hat und zu allem bereit ist. Auch nicht für eine attraktive junge Frau aus angesehener Familie, die in Wellesley zur Schule gegangen ist, in Europa Kunstgeschichte studiert hat und ein besseres Französisch spricht als die Franzosen selbst. Nicht einmal als Kellnerin in einem Lunchimbiß wollte man sie haben, weil es für jede derartige Stelle fünfzig Kandidatinnen mit Berufserfahrung gab. Er bemühte sich vergeblich um eine Stelle als Gepäckträger, und er kam nicht an, weil er erstens nicht wie ein Gepäckträger aussah und weil zweitens niemand einen Gepäckträger brauchte. Alle Bemühungen waren vergeblich.

Die einzige Möglichkeit war Eddy Holtz. Gewiß, sie waren auseinandergegangen, und die einstige Freundschaft war ziemlich abgeflaut. Aber Eddy war ein Mensch, dem gegenüber Maury das Gefühl hatte, seinen Stolz herunterschlucken zu können, und das war immerhin eine Qualität, die Anerkennung verdiente. Eddy war an der Fakultät für Medizin und Chirurgie von Columbia. Seine schwere Schufterei hatte sich bezahlt gemacht, und Maury stellte reumütig fest, daß Eddy immer in der Lage sein würde, seinen Weg zu gehen und sein Ziel zu erreichen. Sein Vater besaß mehrere Schuhgeschäfte in Brooklyn. Vielleicht könnte er . . .

»Ich werde meinen Vater fragen«, sagte Eddy. »Ich will sehen, was ich für dich tun kann. Bist du glücklich, Maury?«

»Ja, außer in bezug auf Arbeit. Wußtest du, daß ich verheiratet bin?«

»Chris Guthries Kusine, nicht wahr?«

»Ja, und unsere Familien wollen nichts mehr mit uns zu tun haben und wir mit ihnen auch nicht. Deshalb hatte ich an dich gedacht. Wir sind vielleicht nicht immer einer Meinung gewesen, Eddy, aber ich wußte, daß du die Zeiten nicht vergessen würdest, als wir noch Freunde waren.«

»Ich habe dir noch nicht geholfen. Aber ich werde es versuchen.«

Der Laden war nur zwei Straßen von der U-Bahn-Station entfernt, und Maury hatte nicht weit zu gehen. Die beiden anderen Verkäufer Resnick und Santorello arbeiteten dort schon seit fünfzehn Jahren. Sie verdienten vierzig Dollar die Woche, und Maury, der einen in der vorigen Woche plötzlich gestorbenen älteren Mann ersetzte, sollte zwanzig bekommen.

»Binders Tod war eine Ersparnis für den Chef«, erklärten ihm die anderen. »Er war länger hier als wir und bekam fünfundvierzig Dollar.« Maury tröstete sich mit dem Gedanken, daß es für ihn wenigstens nur vorübergehend war. Einmal müssen ja wieder bessere Zeiten kommen, sagte er sich, und dann kann ich etwas Richtiges anfangen. Aber für diese beiden hier ist es das Ende, obgleich sie sich nur darin von mir unterscheiden, daß ich mehr Bücher als sie gelesen habe. Ich muß dankbar sein, daß ich Aggie habe und daß wir gut miteinander auskommen.

Zwei Wochen Gehalt gehen für die Miete ab, und damit bleiben uns etwa vierzig Dollar für den Monat. Acht fürs Essen, das macht zweiunddreißig, und acht für Bahnfahrten, Gas und Elektrizität. Solange wir keine neuen Kleider brauchen und keine Arztrechnungen bezahlen müssen, müßte es reichen. Außerdem sagte George Andreapoulis, daß er jemanden für Schreibarbeiten braucht. Eine Sekretärin kann er sich in seinem winzigen Büro nicht leisten, und Aggie, die ziemlich gut tippt, könnte ihm da aushelfen. Nur müßte George eine Schreibmaschine besorgen, denn ich habe meine Iris gegeben, und Aggie hat ihre zu Hause gelassen, womit sie für uns verloren ist. Es sei denn – es wurde ihm ganz wirr im Kopf, und er stellte fest, daß er sich noch nie mit solcher Energie um kleine Einzelheiten gekümmert hatte –, es sei denn, Iris könnte ihre Eltern überreden, ihr eine neue zu kaufen . . .

Vor etwa vier Wochen war er eines Nachmittags heimgekehrt und hatte seine Schwester angetroffen, die mit Aggie am Tisch saß. Sie war direkt aus der Schule gekommen, trug einen karierten Rock und einen Pullover, dazu die Perlenkette, die sie als kleines Kind bekommen hatte, und zweifarbige Schnürschuhe, die jetzt sehr in Mode waren. Neben ihrem Stuhl lag ein Stapel Bücher auf dem Fußboden. Sie stand auf und küßte ihn.

»Habe ich dich überrascht, Maury?«

»Und wie! Ich kann dir gar nicht sagen, wie ich mich freue! Habt ihr beiden schon Bekanntschaft gemacht?«

»Ich bin erst seit ein paar Minuten hier«, sagte Iris. »Ich hatte mich verlaufen. Ich bin ja noch nie in Queens gewesen.«

»Wie hast du unsere Adresse herausgefunden?«

»Durch die Post. Ich dachte mir, daß ihr eine Nachsendeadresse hinterlassen habt.«

»Ich hätte mich erinnern sollen, wie schlau du bist.«

Sie errötete, und die Farbe gab ihrem strengen Gesicht einen sanfteren Ausdruck.

»Hast du . . . hast du jemandem gesagt, daß du kommen würdest?«

»Nur Ma, und sie weinte ein bißchen. Sie hat nichts gesagt, aber ich weiß, daß sie sich freute.«

»Aber sonst weiß es niemand?« Er konnte und wollte das Wort Vater nicht aussprechen.

»Ich wollte nichts verheimlichen, und deshalb sagte ich heute früh, daß ich spät nach Hause kommen würde, weil ich noch zu euch wollte. Ich sagte es laut genug, damit Pa es von der Diele aus hören konnte. Ich würde ihnen nichts verheimlichen«, wiederholte sie stolz.

Maury war gerührt. Dieses Mädchen war eine Persönlichkeit. Entweder hatte sie sich geändert oder er. Er hatte sich nie richtig mit ihr abgegeben, sie war für ihn immer wie ein Gegenstand gewesen, der einfach da war wie ein Sofa oder ein Stuhl, der – soweit er sich erinnern konnte – am gleichen Platz gestanden hatte und über den man manchmal im Dunkeln stolpert. Aber sie war eine Persönlichkeit aus Fleisch und Blut.

Er beobachtete sie, wie sie still und gefaßt auf ihrem Stuhl saß und an ihrem Tee nippte, den Kopf geneigt und den Arm auf den Tisch gestützt. Sie ist kein Kind mehr, sagte er sich. Sie begegnete seinem Blick und fragte ihn: »Möchtest du nicht wissen, wie es zu Hause geht? Oder willst du mich nur nicht danach fragen?«

Er war erstaunt über ihren Scharfsinn. »Erzähle es mir.«

So erfuhr er, daß Pa und Malone sich immer noch mit der Verwaltung von Mietshäusern beschäftigten. Sie kamen gerade zurecht, hatten es jedoch nicht leicht. Ma tat mehr oder weniger das gleiche wie immer. Ruth und zwei ihrer Töchter hatten ein paar Wochen bei ihnen gewohnt, bevor sie in ihre neue Wohnung zogen. June war verheiratet, und die anderen hatten Halbtagsstellen und arbeiteten für Junes Schwiegervater.

»Aber Pa sorgt immer noch für den größten Teil ihres Unterhalts«, sagte sie schließlich, und Maury wußte, was sie damit andeutete: Versuche nicht zu vergessen, was für ein guter Mensch Pa ist, versuche ihn zu verstehen, hasse ihn nicht zu sehr.

Einige Monate später erhielten sie eine Einladung zur Hochzeit eines Mädchens, das mit Aggie auf das College gegangen war. Presbyterianische Kirche, Fünfte Avenue, nach der Trauung Empfang im River Club.

»He«, sagte er, »das könnte doch ganz lustig sein. Du würdest all deine alten Freunde wiedersehen.«

Sie schnitt Brot und blickte nicht auf.

»Ist irgendwas los?«

»Nein. Aber wir gehen nicht auf die Hochzeit.«

Er sagte sich sofort: Sie hat kein Kleid. Das ist es. »Aggie, wir besorgen dir ein Kleid. Du kannst schon ein ganz hübsches für fünfzehn Dollar bekommen, vielleicht sogar für zwölf.«

»Ich habe nein gesagt.«

Er fühlte Ablehnung und Zorn in ihrer Stimme. »Erkläre es mir doch wenigstens. Warum tust du so geheimnisvoll? Schämst du dich vielleicht meinetwegen?«

Sie hob den Blick. »Es ist eine Gemeinheit, mir so etwas zu sagen! Dafür solltest du dich entschuldigen.«

»Na schön, ich bitte um Verzeihung. Aber sage mir doch endlich den Grund.«

»Du würdest es nicht verstehen. Es ist einfach gekünstelt und verlogen. Ein Nachmittag, und dann ist alles vorbei. Wir werden uns nie wiedersehen, wir leben in verschiedenen Welten. Warum also etwas anfangen, was man nicht fortsetzen kann?«

»Ich habe dich also doch von allem fortgenommen.«

»Oh!« rief sie aus, und dann sprang sie auf und umarmte ihn. »Maury, so habe ich es nicht gemeint. Was bedeuten mir schon Louise und Foster? Es ist nur so kompliziert. Eines Tages, wenn wir uns irgendwo richtig niedergelassen haben, ist alles wieder gut, und dann werden wir viele Freunde haben.«

Als er sie inmitten des kleinen Zimmers in seinen Armen hielt, fühlte er zum erstenmal, daß er ihr gar nicht nahe war.

Am Tag der Hochzeit kam er in besonders zärtlicher Stimmung nach Hause. Er ahnte schon, daß sie an ihre Freundin dachte, die in ihrem Brautkleid mit Schleier, Spitzen und Blumen vor den Altar trat und alles genoß, was Aggie verwehrt war. Er öffnete die Tür und sah zu seiner Bestürzung, daß sie betrunken war.

»Ich feiere Louises Hochzeit«, rief sie ihm zu, »ganz alleine!«

Er war völlig verwirrt und wütend, und er hatte Angst. Er versuchte sich zu erinnern, was in solchen Situationen zu tun war, und das einzige, was ihm einfiel, war schwarzer Kaffee. Er ging in die Küche, kochte welchen und brachte ihn ihr.

Er sah an ihren Bemühungen, einen Witz daraus zu machen, daß sie sich schämte. »Es tut mir wirklich leid«, sagte sie. »Ich habe ein bißchen zuviel auf nüchternen Magen getrunken und hätte es besser wissen sollen.«

Er sagte zögernd: »Mich erstaunt vor allem, daß du überhaupt getrunken hast . . . so ganz allein.«

»Aber das ist es ja gerade«, erwiderte sie. »Nur deshalb habe ich es getan. Es ist so deprimierend, hier herumzusitzen. Die Stille dröhnt mir in den Ohren, und in diesem trostlosen Loch fühlt man sich wie begraben.«

»Kannst du denn nicht lesen, spazierengehen oder sonst etwas tun?«

»Maury, sei vernünftig, ich kann doch nicht lesen, bis ich blind werde! Hast du dir je überlegt, was ich hier für ein Leben führe? Ich tippe ein paar Seiten für George, staube unsere paar Möbel ab, und das ist mein Tagewerk.«

»Verzeihe mir, Aggie, ich wußte nicht, daß es so schlimm ist.«

»Dann denke einmal darüber nach! Spazierengehen? Ich kenne keine Seele. All die Frauen schieben ihre Kinderwagen vor sich her, und ich hätte sowieso nichts mit ihnen gemein.

Ach ja, ich vergaß, ich kenne doch eine Seele. Elena. Mit ihr kann ich auf den Markt gehen und ihr alles auf englisch erklären. Das ist ein Radieschen, sage Ra-dies-chen, und das ist eine Gurke . . .«

»Und wie kommt es, daß Elena sich nicht langweilt? Sie ist Tausende von Meilen von zu Hause weg und kann nicht einmal die Sprache sprechen.«

»Ach, Maury! Das ist doch etwas ganz anderes! Elena lebt in einer zahlreichen lieben Familie. Es sind richtige Angehörige, Verwandte und viele Freunde aus der griechischen Kirche. George wird von ihren Eltern angebetet, und sie hat alle Liebe und allen Schutz, wie man es sich nur wünschen kann.«

Er verstand, was sie meinte, und schwieg. Irgendwie mußten sie ihrem Leben mehr Bestand geben, nur wußte er nicht wie. Er hatte einen unruhigen Schlaf und wälzte sich von einer Seite auf die andere, bis er plötzlich ihre Nähe fühlte, ihre Arme, ihre Lippen, alles, und im Nu waren die Spannung, die Angst, die Sorgen verflogen.

Er verfiel in den süßesten Schlaf, als sie ihn flüsternd weckte. »Maury, Maury, ich hatte vergessen, das Ding reinzutun. Glaubst du . . .?«

»Ach du lieber Gott!« Er war plötzlich hellwach und sehr besorgt. »Das hätte uns gerade noch gefehlt!«

»Es tut mir leid, es war dumm von mir. Ich werde in Zukunft besser aufpassen.«

Aber jetzt wurde er vorsichtig. In der nächsten Nacht zog er sich plötzlich zurück. »Hast du das Ding drin?«

Sie setzte sich auf. »Was redest du da? Du bist mir weiß Gott ein romantischer und feuriger Liebhaber!«

»Was soll das nun schon wieder heißen? Habe ich nicht das Recht, zu fragen?«

Sie begann zu weinen, und er knipste das Licht an.

»Mach das Licht aus! Du machst einen ja blind mit deiner ewigen Festbeleuchtung!«

»Kann ich dir denn nichts recht machen? Ich bin kein Liebhaber, ich schalte das Licht an . . . soll ich mich vielleicht erschießen, damit du endlich Ruhe hast? Verdammt noch mal, ich gehe in die Küche und lese meine Zeitung.«

»Maury, bitte nicht! Komm ins Bett zurück. Verzeihe mir, aber ich bin furchtbar nervös.«

Er war rasch wieder besänftigt. Sie war wie ein Kind, als sie da im Bett saß, mit ihrer lockigen Mähne, dem gerüschten weißen Baumwollnachthemd und den tränenfeuchten Augen.

»O Aggie, auch ich bin nervös. Es ist nicht deine Schuld. Ich meine ja nur, daß wir uns im Augenblick kein Kind leisten können. Und ich habe Angst. Vielleicht sollte ich dir das nicht sagen. Der Mann sollte immer der Stärkere sein.«

»Sage es mir, Liebling.«

»Ich fürchte, die Stelle zu verlieren. Santorello sagte heute, er habe gehört, daß man den Laden schließen wird. Der Umsatz deckt die Kosten nicht mehr.«

»Vielleicht wird Eddys Vater dir Arbeit in einem anderen seiner Läden geben.«

»Nein, ich würde ihn nicht einmal darum bitten. Er hat Leute, die zehn Jahre lang oder noch länger für ihn gearbeitet haben. Er kann doch nicht einen von denen rausschmeißen, um mich anzustellen.«

Gegen Morgen erwachte er mit dem Gefühl, allein im Bett zu sein, und stand auf. In der Küche war Licht. Agatha saß am Tisch, starrte ins Leere, und ihr Gesicht war eingefallen und traurig. Vor ihr standen eine Flasche Wein und ein Glas.

»Aggie, es ist fünf Uhr morgens! Was zum Teufel treibst du da?«

»Ich konnte nicht schlafen, und da ich sehr unruhig war und dich nicht wecken wollte, bin ich aufgestanden.«

»Und warum trinkst du Wein?«

»Ich habe dir doch erklärt, daß es mich entspannt. Ich dachte, ich könnte dann wieder schlafen. Du führst dich auf, als ob ich betrunken wäre.«

»Es ist eine schlechte Angewohnheit, Aggie. Das gefällt mir nicht. Mit dem Trinken wirst du deine Probleme nicht lösen, sondern nur noch schlimmer machen. Und außerdem ist es teuer.«

»Du hattest mir fünfzehn Dollar für ein Kleid gegeben, und ich habe mir dafür ein paar Flaschen gekauft. Sei mir nicht böse, Maury.«

Er behielt die Stelle noch einen Monat. Am Freitag, als er seinen letzten Lohn ausgezahlt bekam, schleppte er sich müde nach Hause. Er stieg leise die Treppe hinauf, in der Hoffnung, daß George Andreapoulis ihn nicht hören und begrüßen würde. Heute abend war er nicht in der Laune, europäische Höflichkeitsfloskeln über sich ergehen zu lassen.

Er öffnete die Tür. Sage es ihr jetzt, bringe es hinter dich, und dann setze dich und überlege, was als nächstes zu tun ist. Bete zum Himmel, daß Andreapoulis für die nächsten Wochen viel Schreibmaschinenarbeit zu vergeben hat.

Agatha saß auf dem Sofa, die Hände im Schoß verschränkt. Sie sah wie ein kleines Mädchen in der Tanzschule aus, das darauf wartet, zu einem Tanz aufgefordert zu werden. »Maury, ich bin schwanger«, sagte sie.

Alles geschah in einer unerträglichen Hitze. Wenn ich einmal alt bin, sagte sich Maury, und ich mich an New York und an unsere Sorgen erinnern werde, wird mir zuerst das Quietschen und Rattern der U-Bahn und der saure Geruch heißen Metalls einfallen. Ich werde an die Schilder *Keine Arbeit* denken, an die feuchten Laken, auf denen Agatha mit ihrem geschwollenen Leib liegt, und an die Stadtbibliothek, in der ich meine Nachmittage verbrachte, um nicht nach Hause gehen zu müssen – denn, wenn man am Vormittag keine Arbeit findet, hat es keinen Zweck, an diesem Tage noch weiter zu suchen, und da ist man noch am besten in der Bibliothek aufgehoben.

»Der Sommer ist die schlimmste Zeit für die Arbeitssuche«, bemerkte George Andreapoulis teilnahmsvoll.

»Der Winter wird noch schlimmer sein. Ich habe weder einen warmen Mantel noch Überschuhe, und bei meinem Glück wird der Schnee in diesem Jahr kniehoch liegen.«

George sagte zögernd: »Vielleicht hat einer meiner Klienten eine Arbeit für Sie . . . ich werde die Augen offenhalten. Letzte Woche hatte ich mit dem Besitzer des Delikatessenladens auf der Avenue wegen der Abfassung eines Testaments zu tun. Sein Geschäft geht recht gut, und vielleicht kann er im Herbst eine Hilfskraft einstellen.«

Eines Morgens im September sagte Agatha etwas unsicher: »Ich hätte eine Idee, aber ich weiß nicht, was du davon halten wirst. Versprich mir zuerst, nicht böse zu sein.«

»Ich werde nicht böse sein.«

»Also . . . ich hatte mir folgendes gedacht: Wie du weißt, hat mein Vater einen Vetter, von dem ich dir schon oft erzählte und den ich immer Onkel Jed nannte. Er ist eigentlich nur der Mann der Kusine meines Vaters, und sie ist schon lange tot, aber ich weiß, daß er mich nicht vergessen hat. Er hatte nie eigene Kinder, und er mochte mich ganz besonders gern. Zu Weihnachten schickte er mir immer die schönsten Puppen, und als ich sechzehn wurde, schenkte er mir meine erste Perlenkette . . .«

»Ja, ja.« Er hatte alle Mühe, seine Ungeduld zu bezähmen, und hing seinen eigenen Gedanken nach, während sie plapperte. Sie sollten jetzt glücklich sein und sich keine Sorgen machen. Diese verdammte Welt macht alles kaputt, was so schön sein könnte. Sein Kind und Agathas Kind, sein in ihrem Leibe wachsendes Kind mit den winzigen Fingernägeln und Wimpern. So schön . . .

»Er ist Vizepräsident der Barlow-Manhattan-Bank und Direktor der Treuhandabteilung. Es widerstrebte mir, ihn hineinzuziehen, weil ich nicht wollte, daß Daddy es erfährt, aber das war falscher Stolz, und jetzt ist es mir egal. Würdest du es bei ihm versuchen?«

Er schwieg. Vor diesen Leuten kriechen? Sie anbetteln?

»Natürlich würde ich ihn zuerst anrufen. Maury?«

Für sie. Für das Kind, das flaumig-zarte Wesen in ihrem Leib. Wenn es herauskommt, wird es rosa, nackt und weich sein, und dann muß ich es wärmen, ernähren, beschützen.

»Rufe ihn noch heute vormittag an; ich werde gehen«, sagte er. »Hast du mir die Hochglanzwichse für meine schwarzen Schuhe besorgt?«

Von der Madison Avenue gelangte man durch eine Drehtür in eine mit Wandgemälden geschmückte Eingangshalle: Peter Stuyvesant, Indianer auf dem Kriegspfad, George Washington bei der Vereidigungszeremonie seines Amtsantritts, Equipagen auf der Fünften Avenue, Kinder beim Reifenspiel im Central Park. Keine Handkarren, keine Mietsbaracken.

Er schritt aufrecht und lässig über den moosgrünen Teppich. Hatte er nicht in Yale studiert, war er nicht ebenso wohlerzogen, präsentabel und ehrenwert wie jeder andere? Was hatte er zu befürchten?

Jedediah Spencer stand an der Tür. Komisch! Dieser alte hebräische Name hatte Würde, wenn man ihn auf einem Messingschild an einer Mahagonitür sah. Und doch würde heutzutage niemand, den er kannte, einem Kind einen solchen Namen geben.

Alles war dunkelbraun, die Holztäfelung, das Leder und Mr. Spencers Anzug.

»Sie sind also Agathas Mann . . . es freut mich . . .«

»Ganz meinerseits, Sir.«

»Agatha rief mich an, um mir zu sagen, daß Sie schon unterwegs seien. Es tut mir leid, daß sie nicht früher angerufen hat. Sie hätten sich den Weg ersparen können.«

»Und warum, Sir?«

»Wir haben bei der Bank keine Arbeit für Sie.«

»Sir, daran haben wir nicht gedacht. Wir dachten – Agatha dachte –, daß Sie mich vielleicht an irgend jemand empfehlen könnten, da Sie in Ihrer Stellung so viele Leute aus allen geschäftlichen Bereichen kennen.«

»Ich habe es mir zum Prinzip gemacht, unsere Kunden nie um persönliche Gefälligkeiten zu bitten.«

Mr. Spencer öffnete eine Schublade und griff nach einem Federhalter. Seine Hand war hinter einem großen Foto im Silberrahmen verborgen, und Maury konnte nicht sehen, was er schrieb, bis ihm das Stück Papier ausgehändigt wurde. Es war ein Scheck über tausend Dollar.

»Sie können ihn am Schalter in der Halle einlösen«, sagte Mr. Spencer, während er einen Blick auf seine Uhr warf. »Ich möchte natürlich nicht, daß Agatha Not leidet. Vielleicht reicht das aus, bis Sie wieder auf eigenen Füßen stehen.«

Maury blickte auf. Das kühle und korrekte Gesicht drückte Mißbilligung und Ablehnung aus. ›Bis Sie wieder auf eigenen Füßen stehen.‹ Wie soll ich auf eigenen Füßen stehen, wenn eure verdammte Welt es nicht zuläßt? Er legte den Scheck auf den Schreibtisch zurück. »Vielen Dank, aber ich nehme Ihr Geld nicht«, sagte er, drehte sich auf den Hacken um und ging hinaus.

Seine Hände schwitzten, sein Herz pochte. Er fühlte sich unendlich beschämt. Es war, wie wenn man träumt, daß man auf einer belebten Straße spazierengeht und plötzlich gewahr wird, daß man in Unterhosen ist. Nach der Scham kam Übelkeit.

An der Ecke war ein Drugstore. Er hatte zum Frühstück nur eine Tasse Kaffee getrunken und wußte, daß die Übelkeit nur Hunger war. Sollte er sich einen Sandwich und einen Ice Cream Soda mit einer dicken Schicht Schlagsahne leisten?

Er setzte sich an einen Tisch, weil er sich zu schwach fühlte, um auf einen Barhocker zu klettern, obgleich er wußte, daß die Tischbedienung ihn zehn Cents mehr kosten würde. Er dachte an Spencer: Dieser kaltschnäuzige Kerl hatte nicht einmal die Liebenswürdigkeit oder den Anstand, zu sagen, daß er versuchen würde, mir zu helfen, selbst wenn er es gar nicht beabsichtigte. Er hatte so viel Verachtung für mich, daß er sich nicht einmal die Mühe machte, so zu tun, als ob . . .

Ein Mann kam herein und setzte sich an seinen Tisch. Maury bemerkte, daß dieser Mann ihn anstarrte. Schließlich sagte der Mann: »Ich glaube, wir kennen uns. Ich habe Sie vor ein paar Jahren auf einer Hochzeit in Brooklyn gesehen.«

»Ja?« Maury war mißtrauisch.

»Ja. Solly Levinson – er ruhe in Frieden – und sein Sohn Harry, der geheiratet hat. Sie sind doch Joe Friedmans Junge, nicht wahr?«

»Ja, aber ich kann mich nicht . . .«

»Mein Name ist Wolf Harris. Ich kannte Ihren alten Herrn, als wir noch Kinder waren, aber jetzt wäre ich ihm wohl nicht mehr vornehm genug.«

Maury schwieg. Eine seltsame Begegnung. Und da der Mann ihn so offen angestarrt hatte, starrte er jetzt zurück und sah ein aufmerksames, makelloses Gesicht von etwa fünfzig Jahren, ein Gesicht, wie man es zu Tausenden in den Straßen der Stadt antreffen würde, wenn es nicht diese scharfen, intelligenten Augen gehabt hätte. Er trug einen teuren dunklen Anzug, seine Armbanduhr und seine Manschettenknöpfe waren aus Gold, und der Schuh, der unter dem Tisch hervorschaute, schien handgemacht zu sein.

»Ich hätte mir diesen Witz über Ihren alten Herrn nicht erlaubt, wenn ich nicht wüßte, daß er Sie rausgeschmissen hat.«

Zu einer anderen Zeit, als Maury noch jünger und noch nicht so niedergeschlagen war, als er mehr Stolz – oder falschen Stolz, wenn man es so nennen will – hatte, wäre er über diese Einmischung zutiefst empört gewesen, aber jetzt sagte er nur: »Ich weiß zwei Dinge über Sie. Sie haben ein bemerkenswertes Gedächtnis und einen guten Informationsdienst.«

Der Mann lachte. »Kein Informationsdienst, reiner Zufall. Ich traf Sollys Tochter auf der Straße . . . Sie wissen doch, dieses fette Gör, das zuviel schwatzt?«

»Ich weiß. Cecile.«

»Sie hat mir von Ihnen erzählt, obgleich ich es gar nicht hören wollte und es mir völlig egal war. Aber mein Gedächtnis, damit ist es etwas anderes. Ein Gedächtnis habe ich, und es gibt nichts, woran ich mich nicht erinnern kann. Ich vergesse nie etwas. Das kann man mir nicht nehmen. Was ist denn so komisch?«

»Ich dachte mir nur gerade, daß wahrscheinlich niemand Ihnen je etwas nehmen kann.«

Wolf starrte ihn eine Sekunde an und brach in Lachen aus: »Da haben Sie verdammt recht! Sie sind in Ordnung. Sie sind nicht auf den Kopf gefallen.«

»Danke.«

Die Kellnerin kam mit Block und Bleistift, um die Bestellungen aufzunehmen.

»Bringen Sie mir einen doppelten Cheeseburger, Pommes frites, gebratene Zwiebeln, einen Milchshake und dänisches Gebäck.«

Maury sagte: »Für mich einen Thunfischsandwich auf Toast.«

»Und zu trinken?« Das Mädchen war ungeduldig.

»Nichts. Nur den Sandwich.«

»Aber, aber . . .! Davon wird ja nicht einmal ein Kanarienvogel satt. Bringen Sie ihm das gleiche wie mir, Miss. Auf meine Rechnung.«

Maury wurde rot. Sah man ihm den Hunger an? Nein, es war die Kleidung. Sein Hemdkragen war abgenutzt, und vielleicht hatte der Mann Maurys Schuhe gesehen.

»Ein mieses Lokal. Aber man ist schnell bedient, und ich bin um ein Uhr Ecke Fünfundvierzigste und Madison verabredet.«

Maury schwieg. Er hatte nichts zu sagen. Mr. Harris lehnte sich leicht über den Tisch. »Nun? Was gibt es Neues? Was treiben Sie dieser Tage?«

Er fühlte sich wie ein eingeschüchtertes und gehorsames Kind. Warum konnte er ihm nicht einfach sagen: Ich habe keine Lust, mich über meine persönlichen Angelegenheiten zu unterhalten, ich habe keine Lust, mich überhaupt mit Ihnen zu unterhalten. Warum? Weil er nichts hatte und ein Niemand war. Und so geht es einem, wenn man nichts hat und ein Niemand ist.

»Was es Neues gibt? Meine Frau erwartet ein Kind. Und was ich treibe? Leider nichts.«

»Arbeitslos?«

»Ich hatte eine Stelle in einem Schuhgeschäft, aber der Laden wurde geschlossen.«

»Was können Sie sonst noch, außer Schuhe verkaufen?«

Bitternis stieg in Maury auf, und er fühlte ihr Brennen. »Um Ihnen die Wahrheit zu sagen, nichts. Vier Jahre in Yale, und das Resultat – nichts.«

»Ich habe nicht einmal die Grundschule abgeschlossen«, sagte der Mann leicht amüsiert.

»Und?« Maury blickte ihm in die lebhaften Augen.

»Und ich bin in der Lage, Ihnen eine Stelle anzubieten, falls Sie sie nehmen wollen.«

»Ich nehme sie«, sagte Maury.

»Sie wissen ja noch nicht, was es ist.«

»Sie meinen, ob ich es schaffen kann? Was ich nicht weiß, kann ich lernen.«

»Können Sie einen Wagen fahren?«

»Natürlich. Aber ich habe keinen Wagen.«

»Kein Problem. Ich kaufe Ihnen einen.«

»Und was soll ich damit tun?«

»Herumfahren. In der Gegend von Flatbush fahren Sie zu ein paar Adressen, die ich Ihnen gebe, holen dort einige Papiere ab und bringen sie in eine Wohnung.«

»Ist das alles?«

»Das ist alles. Sie haben mich noch nicht gefragt, was ich dafür bezahle.«

»Was Sie mir geben, ist auf jeden Fall mehr als das, was ich jetzt verdiene.«

»Junge, Junge, so schlimm sieht es also aus?« Sein Ton war überraschend sanft. »Von jetzt an brauchen Sie den Kopf nicht mehr hängenzulassen. Ich biete Ihnen fünfundsiebzig Dollar die Woche.«

»Nur fürs Herumfahren und Papiereabliefern?«

»Und fürs Maulhalten. Begreifen Sie das?«

»Ich glaube schon. Ich frage Sie alles übrige, wenn wir draußen sind.«

»Sie haben es erfaßt. Essen Sie, und wenn es Ihnen nicht reicht, sagen Sie es mir frei heraus. Ich mag Leute, die mir offen die Meinung sagen . . . aber natürlich nur zur rechten Zeit.«

Er war nicht nur hungrig wegen des verpaßten Frühstücks, sondern weil er seit Wochen nichts Richtiges mehr gegessen hatte. Es war nie genug, immer nur ein paar Kekse und Dosensuppe, denn die Milch, die Orangen und die Lammkoteletts waren für Aggie. Jetzt fühlte er die wohltuende Wärme in seinem Bauch; das Fleisch, den Käse, das nahrhafte Milchgetränk. *Illegales Zahlenlotto*. Das mußte es sein, ganz bestimmt. Das Nummernspiel. Na schön, es schadet doch niemandem? Niemand geht daran zugrunde, niemand stirbt daran. Die Reichen verspielen ganze Vermögen in den Casinos, und kein Mensch hindert sie daran. Warum sollen die Armen nicht mit ein paar Pennys ihr Glück versuchen? Ich weiß, das rede ich mir nur ein, um mich zu rechtfertigen. Aber wir werden einen vollen Eisschrank haben, Sachen für das Baby kaufen und auch ein paar Winterkleider für Aggie. Und ich werde Andreapoulis nicht aus dem Weg gehen müssen, wenn die Miete fällig ist.

Sie gingen auf die Straße hinaus. Die Madison Avenue

wirkte einladend. Zwei flinke junge Büromädchen gingen lachend an ihnen vorbei und warfen Maury einen Blick zu. Ein Mann trat in ein Herrenausstattungsgeschäft, in dessen Schaufenstern feine Hemden und Krawatten lagen. Die Welt war wieder schön.

»Ich hatte wirklich ein unverschämtes Glück, ausgerechnet an Ihrem Tisch zu sitzen, Mr. Harris«, sagte Maury.

»Der Name ist Wolf, und ab jetzt sind wir per du. Hier ist meine Telefonnummer. Melde dich morgen früh, und dann kommst du vorbei, und ich erkläre dir alles. Für heute haben wir genug geredet. Du weißt, worum es geht.«

»Ich weiß es«, sagte Maury. »Und du kannst dich absolut auf mich verlassen. Ich möchte, daß du das weißt.«

»Wenn ich es nicht wüßte, hätte ich dich gar nicht erst angesprochen. Ich brauche zwei Sekunden, um einen Menschen einzuschätzen. Was wirst du deiner Frau erzählen?«

»Daß ich Mieten einkassiere. Für die Wahrheit würde sie kein Verständnis haben.«

»Habe ich mir gedacht. Vornehm, was?«

»Nun ja.«

»Na schön. Du rufst mich also morgen an. Um halb elf, nicht früher und nicht später. Und hier hast du einen Zwanziger für das, was du inzwischen brauchst. Warte, hier hast du noch einen. Kauf dir ein Paar Schuhe.«

»Ich brauche doch nicht zwanzig Dollar für ein Paar Schuhe. Ich kann mir welche für sechs besorgen.«

»Zwanzig. Ich mag keine billigen Schuhe.«

Die Luft war herbstlich frisch, als Maury das Baby hereinbrachte. Er zog den Kinderwagen die Stufen hinauf und ließ ihn in der Diele vor der Treppe stehen. Die Andreapoulis' waren sehr entgegenkommend in solchen Dingen, und außerdem war dieser Kinderwagen ein Prachtstück: feinstes englisches Fabrikat aus dunkelblauem Leder und Chrom, wie sie auf der Park Avenue von uniformierten Kinderschwestern geschoben werden. Das Büro hatte ihn geschickt, als Eric geboren wurde, und das konnte nur bedeuten, daß Wolf Harris ihn bestellt hatte. Er war in allem immer sehr großzügig, aufmerk-

sam und genau. Ob es sich um einen Kranz oder einen Obst-
korb handelte, wie damals, als Scorzios Mutter gestorben war,
oder um Geschenke für Hochzeiten, Kommunionen oder
Bar-Mizwas. Er hatte ein erstaunliches Gedächtnis.

Maury hob das schlafende Kind aus dem Wagen und fühlte
die Wärme und den Duft des an seine Schulter geschmiegten
Köpfchens. Er trug es hinauf und legte es, immer noch schla-
fend, in seine Wiege. Dann schaute er auf die Uhr. Noch eine
halbe Stunde bis zur nächsten Flasche. Er fühlte mit dem Finger unter die Windel. Naß. Aber man sollte ihn deswegen
nicht extra aufwecken, denn in fünfzehn Minuten wäre er
doch nur wieder naß. Maury lächelte stolz über seine Fach-
kenntnisse. Wenn er am Nachmittag früh nach Hause kam,
und das passierte häufig in seiner kurzen Arbeitszeit, freute er
sich immer, daß Aggie ein bißchen ausgehen konnte. Während des ganzen Sommers hatte er mit einem Buch auf den
Stufen des Hauses gesessen, während Eric schlief. Einige
Frauen der Nachbarschaft, besonders die eingewanderten,
stießen sich an, wenn sie an ihm vorbeikamen. Sie fanden es
komisch für einen Mann, solche Dinge zu tun. Zum Teufel mit
ihnen!

Aggie sollte bald zu Hause sein. Er hatte ihr einen hübschen
Scheck gegeben, mit dem sie sich etwas zum Anziehen kaufen
konnte. Sie hatte sich bereits ein preiselbeerfarbenes Kostüm
angeschafft, in dem sie bezaubernd aussah, so schlank wie vor
der Geburt ihres Kindes. Nichts läßt sich mit dem Gefühl vergleichen, das man hat, wenn man zu seiner Frau sagt: Geh und
kauf dir etwas, kaufe dir, was du willst. Dann fühlt man sich
erst richtig als Mann! Er hatte Gehaltserhöhung bekommen
und verdiente jetzt neunzig Dollar plus Wagenspesen.

»Kaufe ein schwarzes Coupé«, hatte Wolf Harris ihm an jenem ersten Morgen aufgetragen und ihm dann eine ganze
Reihe von Verhaltensmaßregeln für seine neue Arbeit gegeben. »Sei so unauffällig wie möglich, nimm dich in acht, daß du
keinen Strafzettel bekommst, keine Parkbuße, nichts. Und
wenn du fährst, schaue immer in den Rückspiegel. Vergiß das
nie. Falls du den Eindruck hast, daß jemand dir folgt, fahre
langsam und errege keinen Verdacht. Dann hältst du vor der

nächsten Bar, steigst langsam aus, gehst auf die Toilette und leerst dort deine Taschen aus. Wenn du wieder herauskommst, immer langsam, verstehst du, setzt du dich an die Theke und bestellst dir ein Bier wie jemand, der sich nichts vorzuwerfen hat, und dann steigst du wieder in den Wagen und bist sauber. Noch Fragen, oder ist dir das alles klar?«

»Völlig klar.« Er hatte einen schwarzen Graham-Paige gekauft und bisher keinen Ärger gehabt. Alles lief sehr gut, und sie waren sogar mit dem Baby im Wagen nach Jones Beach gefahren. Er fühlte sich gar nicht wie ein Verschwörer und hatte nicht einmal den Eindruck, etwas wirklich Schlechtes zu tun, wenn es auch gegen das Gesetz verstieß – das allerdings war ihm unangenehm. Aber die Sache selbst schien ihm nicht so schrecklich. Sie taten ja niemandem weh. Nur das Gesetz machte es schlecht.

Sie hatten ihre »Büros« in verschiedenen Mietshäusern, und alle paar Monate wechselten sie die Adresse. Jetzt waren sie schon zweimal umgezogen, seit er angefangen hatte. Für Buchhaltung und Telefonate diente ihnen die Küche einer sehr bescheidenen Wohnung. Die Frau sah noch jünger als Aggie aus, und sie hatte zwei Babys. Es schien alles sehr unschuldig, wenn sie da über ihren Papieren saßen, während die kleinen Mädchen zu Mittag aßen.

Und die Männer, mit denen er arbeitete, waren ebensowenig Verbrechertypen, wie Maury einer war. Scorzio mit seiner italienischen Aussprache und auch Feldman unterschieden sich in nichts von den Männern, mit denen er im Schuhgeschäft gearbeitet hatte, außer daß diese hier keine ständigen Geldsorgen hatten. Sie schickten ihre Kinder im Sommer aufs Land und ließen ihnen Klavierstunden geben. Der, den man aus irgendeinem Grunde Windy nannte, war zwar im Umgang ein Rauhbein, aber sonst sehr anständig und großzügig. Als Maury plötzlich an Grippe erkrankt war, hatte er ihn nach Hause gefahren und sich auch sonst sehr aufmerksam um ihn gekümmert. Und Bruchman, der Buchhalter, hatte Köpfchen und war flink wie eine Rechenmaschine. Wenn die Depression nicht gewesen wäre, hätte er bestimmt etwas anderes gemacht. Tom Spalding war der Polizist, der jede Woche wegen seines Hunderters vorbeikam – ein offenes, ehrliches Gesicht. Thomas Jefferson nicht unähnlich. Ein durchaus netter Mensch, der nur Geld brauchte, weil er vier Kinder hatte.

Was das Geld anbetraf, so war es unglaublich, welche Mengen durch ihre Hände gingen. Und dabei waren sie nur eine kleine Gruppe. Aber ihre Wochenumsätze gingen in die Millionen. Jeder wußte, daß Harris noch andere Geschäfte laufen hatte und daß dieses hier nicht einmal das größte war. Man munkelte, er habe beschlossen, das Unternehmen allmählich in andere Hände übergehen zu lassen, weil er es nicht mehr brauchte. Seit der Aufhebung der Prohibition war er ins legale Geschäft eingestiegen. Er besaß Schnapsbrennereien in Kanada, ein ganzes Netz von Importfirmen für Alkohol, und er hatte einen großen Teil seiner Gewinne in besonders günstigen und sicheren Grundstücken angelegt. Es gab aber noch einen größeren Boß als Harris – Scorzio hatte es ihm einmal flüsternd anvertraut –, und zwar Jim Lanahan, der Vater des Senators. Er und Harris hatten sich ihr Vermögen während der Prohibition erworben, und jetzt wurde Lanahan auf fast eine Milliarde geschätzt. Scorzio hatte grinsend hinzugefügt, daß Harris nichts dagegen sei, weil er sein Geld nur nach Millionen zählte.

»Ich muß mit dir reden«, sagte Agatha eines Tages zu ihm, und ihr Ton war so barsch, daß er aufblickte. Sie stand in der Tür in ihrem preiselbeerfarbenen Kostüm, eine Hutschachtel, einen Schuhkarton und eine Zeitung in der Hand.

»Du hast mich angelogen«, sagte sie. »Du kassierst keine Mieten ein. Du bist ein Gangster. Du sammelst die Scheine für das illegale Zahlenlotto ein. Da, lies, es steht in der Zeitung.«

»Was steht in der Zeitung? Wovon redest du überhaupt?«

Sie hielt ihm das Titelblatt vor die Nase. Polizeirazzia in der Mietwohnung einer gewissen Marie Schuetz und Verhaftung des Gangsters Peter Scorzio. Er las, man habe ein großes Unternehmen mit einem wöchentlichen Umsatz von etwa hundertfünfzigtausend Dollar aufgedeckt.

»Ich glaube kaum, daß es zwei Leute namens Peter Scorzio gibt«, sagte Aggie.

Das Baby hatte seine Flasche ausgetrunken, und Maury hob es über seine Schulter, um es »Bäuerchen« machen zu lassen. Er sagte nichts. »So kommt also alles, was wir essen, was wir am Leibe tragen, alles, was Eric berührt, aus diesem Schmutz?« Ihre Wut war kalt und beherrscht. »Warum hast du mich angelogen, Maury? Wie konntest du mir das antun?«

Er begann zu zittern, nicht nur ihretwegen, sondern auch weil er wußte, daß sie ihn aufgegriffen hätten, wenn er heute etwas länger geblieben wäre. Jemand mußte sie verpfiffen haben, vielleicht ein neuer Bulle im Revier.

»Ich schämte mich. Ich wußte, wie du darüber denken würdest, und deshalb wählte ich den leichteren Weg und log dich an. Ich hätte es nicht tun sollen.«

»Und was wirst du jetzt tun?«

»Was kann ich denn tun?«

»Du kannst morgen früh hingehen und ihnen sagen, daß du nicht mehr mitmachst. Oder du könntest jetzt gleich deinen Gangsterboß anrufen und ihm sagen, daß du Schluß machst.« Ihre Stimme klang zornig. »Das kannst du tun!«

»Und dann? Was dann? Glaubst du vielleicht, ich hätte nicht versucht, mich nach etwas anderem umzuschauen? Und ich habe sogar etwas gefunden. Jawohl, eine Stelle bei A and P für zweiundzwanzig Dollar die Woche!«

»Nimm sie!«

»Und wie sollen wir davon leben? Womit kaufen wir die Milch für das Baby? Womit bezahlen wir den Kinderarzt? Ganz abgesehen davon, daß wir uns an das bißchen mehr gewöhnt haben.«

»Hat es sich gelohnt? Ach, ich hätte mir gleich sagen sollen, daß an der Sache etwas faul ist. Ein Chef, der solche Geschenke schickt, als Eric kaum geboren war, und der mir eine Armbanduhr zu Weihnachten schenkt! Wie naiv bin ich gewesen! Und weißt du was? Ich fühle mich schmutzig in diesen Kleidern, und ich möchte am liebsten diese Uhr in den Mülleimer schmeißen!«

Er ließ sie reden, denn ihm fiel nichts ein. Sie begann zu weinen. »Aber vor allem, vor allem, Maury, bedenke doch nur, was dir hätte geschehen können! Wenn du es statt dieses Scorzio gewesen wärst! Jahre im Gefängnis, ein Mann wie du, und wir wären auf ewig ruiniert . . . ruiniert . . .«

»Er wird keine Jahre im Gefängnis verbringen, nicht einmal eine Nacht. Er wird auf Kaution freigesetzt und ist vielleicht schon draußen. Und in ein paar Wochen wird die Anklage wegen Mangels an Beweisen fallengelassen.«

Sie starrte ihn an. »Du meinst, der Richter wird sich bestechen lassen . . . oder wer sonst dafür zuständig ist?«

»Genau. So wird es gemacht.«

»Und du hältst das für richtig?«

»Natürlich nicht. Wenn ich es ändern könnte, würde ich nicht zögern, und sowie ich eine Möglichkeit sehe, auszusteigen, werde ich es tun. Aber inzwischen . . .«

»Bleibst du dabei?«

»Inzwischen bleibe ich dabei.«

Das Telefon klingelte, und er gab ihr das Baby. »Das ist bestimmt für mich. Die neue Adresse für morgen.«

Sie gaben ihm eine neue Adresse an. Bei Timmy's, sagten sie; sei dort um elf Uhr für die Lieferung. Es war ein Sommertag, einer jener schönen Tage, an denen der Himmel so blau wie feines Porzellan ist und wenn die Luft überall, außer hier, nach Gras duftet.

Er fuhr die New Lots Avenue entlang und bog nach links ab. Die Landschaft war vertraut; Schutthalden und leere Grundstücke am Stadtrand, Reihen baufälliger Häuser – einstöckige Gebäude mit kleinen Ladengeschäften. Man nannte sie Steuerzahler, denn sie brachten nicht mehr ein, als sie kosteten, und man behielt sie nur in Erwartung besserer Zeiten, um sie dann abreißen zu können und ein wirklich einträgliches Projekt zu bauen.

Er hielt vor Timmy's. Es war ein Süßwarenladen in einer vernachlässigten Straße. So ein Geschäft lohnt sich nur, wenn irgendwo in der Nähe eine Schule ist, überlegte er. Dann könnte es nach drei Uhr ziemlich lebhaft werden, und auch an warmen Abenden, wenn die Kinder sich hier versammelten. Er trat ein. Zwei Typen, ein kleiner und ein großer, standen am Zeitschriftenregal. Sie sahen nicht wie Bullen aus, aber er guckte sie sich genauer an, um ganz sicherzugehen, und verständigte sich mit Timmy durch Augenzwinkern.

»Nur herein«, sagte Timmy, und sie gingen in den Raum hinter dem Laden. Die Männer konnten also keine Bullen sein. Timmy hatte ihn natürlich erwartet.

»Ich bin Maury, und ich werde wohl in nächster Zeit öfter vorbeikommen«, sagte er aus reiner Höflichkeit. Dann nahm er, was Timmy ihm gab, und steckte es in die Tasche. Nur um wirklich ganz sicher zu sein, aber auch aus Freundlichkeit, kaufte er beim Hinausgehen ein Päckchen Lucky-Zigaretten und schlenderte gemächlich bis zur nächsten Straßenecke, wo er vorsichtigerweise seinen Wagen geparkt hatte.

Ein Wagen stand hinter seinem. Wenn das Bullen sind, überlegte er, gehe ich einfach weiter. Er hörte rasche Schritte hinter sich. Als er sich umdrehte, erblickte er die beiden aus dem Süßwarenladen. Er trat beiseite, aber sie rannten geradewegs auf ihn zu und schlugen ihn zu Boden. Jemand öffnete die Wagentür, und er wehrte sich schreiend mit Händen und Füßen, als er in den Wagen gezerrt wurde. Die Straße war menschenleer, öde und verlassen wie ein Friedhof. Bullen sind es nicht, stellte er fest. Aber wer? Sie drückten ihn rücklings zu Boden, und der Wagen brauste davon.

»Was soll das? Um Himmels willen, laßt mich doch los, was wollt ihr denn von mir? Ich geb's euch ja . . .«

»Er gibt es uns. Shorty, hast du das gehört?« sagte der Große.

Dröhnendes Gelächter, aber man konnte nicht erkennen, ob einer oder zwei auf dem Vordersitz saßen. Shorty schlug Maury mit der Faust auf die Nase. Der Schmerz war betäubend.

»Wer seid ihr?« schrie er. »Was wollt ihr von mir? Bitte, sagt es mir doch! Ich will ja alles tun, was ihr wollt, nur bitte nicht . . .« Der Große war halb vom Sitz gerutscht und drückte Maury das Knie unter die Rippen.

»Du wirst jetzt reden«, sagte er und stieß ihm das Knie noch tiefer in den Bauch. »Du wirst uns sagen, was du bei Timmy gemacht hast. Wir wissen es, aber wir wollen es nur noch mal von dir hören.«

»Wenn ihr es wißt . . . dann wißt ihr doch, daß ich für Scorzio die Scheine holte . . . Herrgott!« Maury brüllte. Shorty schlug wieder zu, Maury konnte gerade noch mit einer raschen Bewegung sein Auge retten, aber der Schlag traf ihn auf den Backenknochen und die Seite seiner blutenden Nase. »Fragt doch Scorzio. Ruft ihn an. Er wird es euch bestätigen.«

»Du bist ein Freund von Scorzio? Das ist aber nett!«

»Ruft ihn an, fragt ihn doch!«

Jemand rief vom Vordersitz: »Du lieber Himmel, das kann doch nicht wahr sein! Wo haben die sich eine solche Flasche aufgelesen?«

»Kuhsch, erkläre es ihm«, sagte Shorty. »Dieser Herr hier ist mein Freund Kuhsch. In Wirklichkeit heißt er Kuhscheiße, aber wir nennen ihn Kuhsch. Er wird dir alles erklären.«

Kuhschs Knie stieß noch tiefer. Ich werde ohnmächtig, sagte sich Maury verzweifelt, ich werde ohnmächtig, oder ich sterbe.

»Schau, Liebling«, sagte Kuhsch, »du hast dir heute großen Ärger eingehandelt, und Scorzio kann nichts für dich tun. Ihr beide habt nämlich zufällig die Grenze überschritten, die in unser Gebiet führt. Scorzio glaubt vielleicht, er sei noch auf seinem Gebiet, aber da irrt er sich gewaltig, weil es nicht sein Gebiet ist, sondern unseres, und du verdammter Hurensohn hast hier nichts zu suchen.« Er packte Maury bei den Ohren und schlug ihm den Kopf auf den Wagenboden.

»Ich wußte doch nicht . . .« Maury schrie, weinte, schluckte. »So wahr mir Gott helfe, ich wußte es nicht . . . ich hätte sonst nie . . .«

»Er soll endlich die Schnauze halten«, sagte jemand. »Schmeißt den beschissenen Trottel einfach raus. Wir sind fertig mit ihm.«

Der Wagen quietschte um eine Kurve und fuhr etwas langsamer. Sie öffneten die Tür, die weit aufflog, und stießen ihn mit Fußtritten hinaus. Maury hörte seine Schreckensschreie und versuchte verzweifelt, die Tür zu fassen, die außer seiner Reichweite lag – es nutzte nichts. Den Aufprall spürte er schon nicht mehr.

Es war dunkel, und aus der Ferne kam ein Summen wie ein Bienenschwarm oder wie starker Verkehr auf dem Highway. Er wollte wissen, was es war, strengte sich an, hob den Kopf und fühlte einen so scharfen Schmerz, als hätte man ihm ein Messer ins Ohr gebohrt. Er schrie auf, und plötzlich wurde alles hell. Er war in einem Zimmer, sah ein fluoreszierendes Licht an der Decke und jemand, der über ihm stand. Er hörte leise Stimmen. Und dann wurde er sich nach und nach der Wirklichkeit bewußt. Die Menschen waren Krankenschwestern, und er lag auf einem Bett. Das Summen waren ihre Stimmen gewesen.

»Mr. Friedman«, sagte die eine. »Fühlen Sie sich besser?« Eine andere fragte: »Wissen Sie, wo Sie sind?«

Er blinzelte verwirrt und verstand nichts, doch dann dämmerte ihm allmählich, daß man festzustellen versuchte, ob er seine fünf Sinne alle beisammen hatte. Er wollte lachen, aber der Mund tat ihm weh, und er murmelte nur: »Kankenau? Kankenau?«

»Ja, Sie sind im St. Mary's. Seit zwei Tagen. Sie sind aus einem Wagen gestürzt. Können Sie sich daran erinnern?«

»Ja.« Erinnerung, Panik, blendendes Rot vor den Augen. Sie töten mich. Nasse Hose. Auf den Boden gedrückt. Immer tiefer gedrückt. Schreie, Hexenstimmen. Hexenschreie. Ihre? Seine? Die auffliegende Tür, der Windstoß, das rasende Tempo. Was war noch?

Er schüttelte sich und stöhnte auf.

»Ganz ruhig«, sagte die Schwester. »Sie werden jetzt schlafen. Reden Sie nicht mehr. Ich weiß, daß Sie mich verstehen. Nur eins möchte ich Ihnen noch sagen, bevor Sie wieder einschlafen: Sie haben es gut überstanden. Sie hatten eine Gehirnerschütterung, eine Schnittwunde auf der Stirn, die gut verheilen wird, das Schlüsselbein ist gebrochen und zwei Finger. Sie hatten Glück, so gut davongekommen zu sein. Ihre Frau war hier mit Ihrem Nachbarn. Wir haben sie nach Hause geschickt, und es geht ihr gut. Sie brauchen sich also um nichts zu sorgen.«

Eine ruhige, feste Stimme, die etwas Mütterliches an sich hatte. Er schlief ein.

Sein Kopf schmerzte bei jedem Schritt. Er war seit drei Tagen wieder zu Hause, und der Arzt hatte gesagt, er solle sich ein bißchen bewegen. So ging er bis zur nächsten Straßenecke und zurück. Zwischen den Häuserblocks war ein kleines Rasenstück; dort setzte er sich auf einen Stein. Die Stirn begann unter dem Verband zu jucken, und das war ein Zeichen, daß die Wunde heilte. Ein tiefer Riß, hatte man gesagt, der aber rasch vernarben würde, weil Maury noch jung war. Gott sei Dank hatte er seine Augen vor diesen Tieren gerettet. Tieren? Tiere tun so etwas einander nicht an. Es war ein warmer Tag, aber ihm war immer noch kalt, und vor einigen Tagen hatte er sogar noch einen leichten Pullover getragen. Nervenschock! Über den kommt man nicht so schnell hinweg. Immerhin war er überrascht, daß Agatha sich so gut beherrschte. Sie hatte eine solche Angst um ihn gehabt, daß sie ihn nicht einmal fragte, was er nun zu tun gedachte.

Als Bruchman ihn besuchte, hatte sie sich mit Eric ins Schlafzimmer zurückgezogen, von wo aus sie dem Gespräch lauschte. Zuerst erklärte Bruchman, jemand – er sagte nicht wer – habe einen schrecklichen Fehler gemacht und sei sich über die Aufteilung der neuen Gebiete nicht richtig im klaren gewesen. Nur deshalb habe man Maury in eine Gegend geschickt, die ihnen nicht gehörte. Das sei nun aber berichtigt worden, man habe bereits eine neue Beschäftigung für Maury, sobald er wieder auf den Beinen wäre, und er brauchte nicht mehr wie bisher ständig in der Stadt herumzugondeln.

Aber Maury hatte »nein, danke« gesagt.

Falls es eine Geldfrage sei, so wisse er doch, daß es bei ihnen keine Geldprobleme gäbe. Er könne das Doppelte seines bisherigen Gehalts verdienen. Habe man nicht das Privatzimmer im Krankenhaus für ihn bezahlt und dafür gesorgt, daß seine Frau genug zum Leben hatte, während er fort war? Nein, es sei keine Geldfrage, entgegnete Maury. Er wisse auch ihre Großzügigkeit sehr zu schätzen und trage niemandem etwas nach und sei ihnen für alles dankbar. Nur weitermachen wolle er nicht mehr. Um Bruchman abzuwimmeln, flunkerte er ihm sogar vor, er würde New York wahrscheinlich verlassen.

Bruchman bohrte noch etwas weiter und wurde dabei recht

eindringlich, mußte aber schließlich einsehen, daß es keinen Zweck hatte. Er zog unverrichteterdinge ab, nachdem er Maury die Hand geschüttelt und ihm viel Glück gewünscht hatte.

Agatha hatte die Schlafzimmertür geöffnet und fiel ihm weinend um den Hals. Tränen rannen ihr über die Wangen, aber ihr Gesicht strahlte, als sie sich an ihn lehnte. »O Maury, ich weiß nicht, was ich getan hätte, wenn dir etwas Ernstliches passiert wäre! Ich hätte es bestimmt nicht ertragen!«

»Ich werde für dich sorgen«, sagte Maury. »Das schwöre ich dir.« Und sie antwortete: »Ich weiß es, Maury, ich weiß es.«

Aber wie? Er hatte keine Ahnung. Wie und wo? Er stand auf, ging langsam zum Haus zurück, dachte an die Stellenanzeigen in der Zeitung und an die Menschenschlangen um fünf Uhr früh, hundert Mann für jede Stelle, Schlangen und Schlangen von der Bronx bis nach Brooklyn und Queens und wieder zurück.

Wie? Und wo?

Er bog um die Ecke, immer noch den stechenden Schmerz im Kopf, und stieg die Treppe hinauf. Agatha hörte ihn und öffnete die Tür. Verblüfft entdeckte er hinter ihr im Wohnzimmer seine Mutter und auf dem Sofa mit dem kleinen Jungen im Arm seinen Vater.

»Ma?« sagte er verwundert.

»Wer denn sonst?« Ihre Stimme war hell und bebend. »Du brauchst nichts zu sagen. Wir wissen alles. Gott sei Dank, Gott sei Dank bist du am Leben.«

22

Er stand im staubigen Büro und wartete, während das Mädchen ihm seinen Gehaltsscheck ausschrieb. Das Zimmer hatte einen Linoleumfußboden, und einer der Fensterrolläden war stark eingerissen. Er dachte an das große Büro am Broadway zurück: drei Etagen, lange Pultreihen, Mahagonimöbel, Teppiche – wie eine Bank.

Pa hängte den Telefonhörer auf. »Ich weiß, was du denkst, Maury. Früher war es anders.«

»Du bist wenigstens noch im Geschäft.«

»Gewiß, gewiß. Wir halten uns über Wasser.« Sein Vater zündete sich eine Zigarre an, keine Havanna wie einst, aber schwarz und stark riechend.

»Ich finde, die billigen riechen besser als die, die du immer bei Dunhill gekauft hast.«

»Du verstehst halt nichts von Zigarren. Ich habe noch meinen Zigarrenschrank, und du kannst sicher sein, daß ich ihn eines Tages wieder mit Dunhills auffüllen werde.«

»Ich hoffe es, Pa.«

»Ich weiß es. Ich habe Vertrauen in dieses Land. Wir werden die Krise schon überwinden. Leider kann ich inzwischen nicht mehr für dich tun. Fünfzig Dollar die Woche sind kein großes Gehalt, aber ich tue mein Bestes.«

»Ich kann froh sein, daß ich überhaupt eine Arbeit habe.«

»Aber es ist eine Schande, daß ein Mensch mit deiner Bildung herumlaufen und Mieten einkassieren muß. Mir wird schlecht, wenn ich bloß daran denke.«

»Dann denke nicht mehr daran. Wie du sagst, halten wir uns gerade über Wasser. Das ist mehr, als viele Leute von sich sagen können . . . Ich muß jetzt nach Hause. Vergiß nicht, daß wir euch um sieben erwarten«, sagte Maury.

»Warum bleibst du nicht noch und fährst dann mit mir im Wagen? Warum willst du die Untergrund nehmen?«

»Ich will möglichst rasch zurück sein, um Eric zu sehen und Aggie ein bißchen zu helfen.«

»Hoffentlich macht sie sich keine Umstände wegen des Abendessens. Wir sind schließlich keine Ehrengäste.«

»Mach dir keine Sorgen. Aggie kocht gern.«

»Deine Mutter bringt ihren Strudel mit, der reicht für eine ganze Armee. Du kennst ja deine Mutter.«

»Aggie wird sich freuen. Wir sehen euch also dann.«

»Warte, Maurice. Ist bei dir zu Hause alles in Ordnung? Bist du glücklich?«

Er fühlte, wie seine Gesichtszüge erstarrten. »Aber natürlich. Warum nicht?«

Jetzt zog sich das Gesicht seines Vaters zusammen. »Schon gut, schon gut, ich habe ja nur gefragt.«

Die Bahn schlingerte und ratterte. Vater und Sohn spielten einander etwas vor. Pa war klar, daß Maury wußte, daß sie es ahnten. Iris war zuverlässig, aber sie hatte bestimmt mit ihnen darüber geredet. Er war jedoch nicht bereit, darüber zu reden. Jetzt nicht, noch nicht. Vielleicht würde es einmal ganz von selbst aus ihm herauskommen. Vielleicht, und vielleicht auch nicht, jedenfalls war er noch nicht bereit, die geheime Kammer aufzuschließen.

Vielleicht nach dem Umzug, sagte eine Stimme in ihm, und eine zweite sagte: Das macht keinen Unterschied, und du weißt es genau. Der Mietvertrag lief noch fast über ein Jahr. Sein Vater hatte eine Wohnung in einem der von ihm verwalteten Häuser erwähnt, drei ziemlich große Zimmer – vier, wenn man die Küche mitzählt – für fünfundvierzig Dollar im Monat. Allerdings war es auf den Heights, die man dieser Tage witzigerweise – und was für ein Witz – das Vierte Reich nannte, weil dort fast nur noch deutsche Flüchtlinge wohnten. Man hörte fast kein Englisch auf den Straßen.

Er konnte sich Agatha dort nicht vorstellen. Es fiel ihm plötzlich ein, daß sie für ihn stets Agatha war, wenn er in schlechter Stimmung war oder Sorgen hatte, und Aggie, wenn alles gutging. Jedenfalls konnte er sich Agatha nicht vorstellen, wie sie im Park saß und den Kinderwagen auf den Washington Heights vor sich herschob. Sie wäre eine absolute Außenseiterin, aber das war sie ja auch, wo sie jetzt wohnten. Wenn man es richtig bedachte, wäre sie eigentlich überall in New York City eine Außenseiterin, außer auf der Park oder der Fünften oder den Straßen dazwischen. Und dafür sind wir noch nicht reif, stellte er betrübt fest.

Die Bahn nahm eine Kurve, und er schwankte. Warum fühlte er sich so müde? Bestimmt nicht von der Arbeit, eher schon von der Entmutigung über die Lage zu Hause. Sie wollte nicht zugeben, daß sie trank. Wenn er hereinkam, es an ihren Augen sah, es an ihrem Atem roch, behauptete sie hartnäckig, er bilde sich das nur ein. Und dann ging sie zum Angriff über und drängte ihn in die Defensive. Er gönne ihr nicht einmal ein Nachmittagsschläfchen, klagte sie, er sei argwöhnisch und habe fixe Ideen. Eine Zeitlang hatte er das Niveau der Flaschen nachgeprüft und die Verstecke gesucht, in denen sie den billigen Wein aufbewahrte, aber dann kaufte sie nur noch einzelne Flaschen, die man schnell austrinken und dann draußen in den Müllkasten werfen konnte. All seine Bemühungen hatten zu nichts geführt, und schließlich hatte er es aufgegeben, weil es völlig zwecklos war.

Er versuchte es mit Vernunftsargumenten. »Du sagtest, was dich so nervös gemacht habe, sei die Arbeit gewesen, die ich damals machte, und das konnte ich noch verstehen. Aber jetzt gehe ich einer ehrbaren Beschäftigung nach, arbeite für meinen Vater, und du hast nichts mehr zu befürchten. Warum bist du immer noch so nervös?« Und sie antwortete darauf völlig vernünftig: »Wenn ich dir sagen könnte, warum ich nervös bin, wäre ich ja nicht nervös, nicht wahr?« So drehten sie sich im Kreise, und nichts wurde erreicht.

Aber er wußte, was es war, glaubte es mit Bestimmtheit zu wissen. Sie bereute, ihn geheiratet zu haben. Vielleicht wollte sie es sich nicht eingestehen, vielleicht war es ihr nicht einmal bewußt, aber sie bereute es. O Gott, und sie hat mich so geliebt, als wir heirateten! Und sie liebt mich immer noch, aber sie leidet darunter. Natürlich wird sie mich nicht verlassen, und auch ich werde sie nie verlassen. Das könnte ich gar nicht! Nicht ich, der Sohn meiner Eltern, der Nachkomme meiner Ahnen. Ein Mann verläßt nicht Weib und Kind. Aber ich könnte es ohnehin nicht tun, denn was wäre das Leben ohne dich, Aggie? Ach, wenn du nur wieder wie früher sein könntest! Warum kannst du das nicht?

Immer im Kreise herum.

In ihrem Waggon herrschte fürchterliches Gedränge. Die graugesichtigen Stadtmenschen mit ihren dunklen Mänteln trugen rot und grün eingewickelte Pakete. Er hatte vergessen, daß übermorgen Weihnachten war. Jetzt quetschte sich noch der Weihnachtsmann herein, hielt sich am Handgriff fest und wurde von zwei kleinen Jungen angestaunt.

»Was macht der in der Bahn?« flüsterte der eine dem anderen zu, und der Weihnachtsmann räusperte sich.

»Ich nehme die U-Bahn, damit die Rentiere sich ein bißchen verschnaufen können«, sagte er, und die Leute lächelten verständnisvoll, zwinkerten sich zu und klopften den Kleinen auf die Schultern.

Die meisten Leute wollen nicht viel, überlegte Maury. Im Grunde wünschen sie sich nur ein sicheres Plätzchen, wo sie keine Angst vor der Zukunft zu haben brauchen, und jemanden, der sie liebt.

Genug philosophiert, fand er, und er war froh, in die feuchte Nachtluft hinauszukommen. Nur noch ein paar Straßen weiter, und dann war er zu Hause, wo Eric ihn wie immer mit stürmischer Begeisterung begrüßen würde, und er dachte an Erics wachsende Zähnchen, sein dichter werdendes Haar, seine Füßchen in den roten Galoschen und sein helles Lachen.

Das erste, was er sah, als er die Tür öffnete, war der Baum. Eine üppige, duftende Tanne von der Größe Aggies. Sie hatte eine Schachtel mit bunten Glaskugeln und ein paar Packungen Lametta, um den Baum damit zu schmücken. Ihm hatte sie kein Wort davon gesagt.

»Du hast doch nicht vergessen, daß meine Eltern kommen?«

»Natürlich nicht! Riechst du denn nicht den Putenbraten? Er ist fast gar.«

»Ich meine den Baum«, sagte er. »Den Baum.«

»Was ist mit dem Baum?«

»Vielleicht war es meine Schuld«, sagte er. »Ich wußte nicht, daß du einen kaufen würdest. Ich hätte es dir sagen sollen . . . wir haben keine Weihnachtsbäume.«

»Wir haben keine Weihnachtsbäume? Wen meinst du mit ›wir‹?«

»Meine Eltern natürlich. Bei ihnen gibt es keinen Weihnachtsbaum.«

»Natürlich, das weiß ich doch! Aber was hat das mit uns zu tun?«

Es war keine Frage von zu vielem Wein. Sie hatte nichts getrunken, das sah er sofort. Hier ging es um etwas anderes.

»Ich sollte meinen, daß es schon etwas mit uns zu tun hat«, sagte er vorsichtig.

»Inwiefern?«

»Persönlich habe ich natürlich nichts dagegen. Meinetwegen kannst du dir einen ganzen Wald aufstellen. Aber für meinen Vater wäre es ein furchtbarer Schock, Aggie, und nach all dem Kummer, den wir in der Familie hatten, möchte ich ihm das ersparen.«

»Dein Vater kann in seinem eigenen Haus tun und lassen, was er will, aber ich sehe nicht ein, warum Eric deshalb auf die Freude verzichten soll.«

»Eric hat keine Ahnung von derlei Dingen«, entgegnete Maury geduldig.

»Na schön, aber was ist mit mir? Für mich ist der Baum eine meiner schönsten Erinnerungen an zu Hause.«

»Deine schönen Erinnerungen an zu Hause kennen wir«, sagte er und bedauerte sofort, es gesagt zu haben. Das war ein Tiefschlag.

»Falls du auf die Vorurteile meiner Eltern anspielst, kann ich dir nur antworten, daß die deinen in diesem Fach auch eine Eins verdienen.«

»Schon gut, streiten wir nicht darüber. Aber ich bitte dich, Agatha, sei so gut und stell den Baum weg. Erspare meinem Vater diese Ohrfeige, wenn er zur Tür hereinkommt. Wir wollen doch nicht das, was wir mit Mühe erreicht haben, wieder zerstören. Ich bitte dich.«

Sie antwortete ihm sanft, aber unnachgiebig. »Maury, ich will bestimmt nichts schlimmer machen, aber es ist unser Heim, und wenn dein Vater mich wirklich – uns wirklich akzeptieren will, wäre es da nicht besser, ihm nichts vorzumachen?«

»Aggie, der Mann ist fast fünfzig Jahre alt, und er hat schwer mit sich gekämpft. Müssen wir ihn denn unbedingt vor den Kopf stoßen?«

»Das klingt wie die jüdische Mama, die jedesmal einen Herzanfall kriegt, wenn eins ihrer lieben Kinder nicht tut, was sie will.«

»Agatha, ich verbitte mir derartige Bemerkungen«, sagte er pikiert.

»Nun komm schon, führe dich nicht auf, als ob ich eine Antisemitin wäre! Witze über jüdische Mütter gehören zur Sprache, und außerdem stimmt es ja auch, daß sie sehr besitzergreifend sind! Bin ich vielleicht beleidigt, wenn du sagst, daß Nichtjuden zuviel trinken?«

»Das habe ich nie gesagt. Ich sage nur, daß *du* zuviel trinkst.«

Sie ignorierte ihn, griff in die Schachtel, nahm eine rote Kugel und hängte sie an einen Zweig.

»Was soll ich ihm nur sagen, wenn er kommt? Du weißt nicht, was es für Pa bedeutet. Agatha, so höre mir doch zu! In den Städten, wo er und meine Mutter aufgewachsen sind, war Weihnachten die Zeit, als die Kosaken und all die anderen Rowdies mit Hunden und Peitschen durch die Straßen ritten, die Häuser in Brand setzten, die Frauen vergewaltigten . . .«

»Hier gibt es keine Kosaken, und es ist höchste Zeit, daß ihr Leute aufhört, in der Vergangenheit zu leben. Wir sind hier in Amerika. Du hast übrigens selbst gesagt, daß dein Vater in der Vergangenheit lebt. Hinter mittelalterlichen Mauern, hast du, glaube ich, gesagt.«

Maury wurde rot. »Vielleicht habe ich es gesagt. Aber sind deine Eltern denn so modern und aufgeschlossen und nett? Mein Vater ist wenigstens da!«

»Und was hat ihn hierhergebracht? Fast umbringen mußte man dich, um ihm das Herz zu erweichen!«

»Wenigstens ist er da«, wiederholte Maury.

»Vielleicht wäre meiner auch da, wenn ich ihn die Wahrheit hätte wissen lassen! Vielleicht hätte ich ihm erzählen sollen, mein Mann arbeitet für das illegale Zahlenlotto, und ein paar Gangster haben ihn zusammengeschlagen, also komm bitte, lieber Vater, ich brauche dich!«

Die Uhr auf dem Radioapparat schlug halb sieben.

»Agatha, sie werden jede Minute hier sein. Nimm den Baum fort, und ich verspreche dir, daß ich dir später heute abend helfen werde, ihn wieder aufzustellen, nachdem sie fort sind. Ich schwöre es dir«, sagte er und nahm eine Silberkugel ab.

»Faß das nicht an! Höre, sind wir hier zu Hause oder nicht? Du verwahrst dich gegen jede Zumutung, deine Abstammung zu verleugnen. Sollte das nicht auch für mich gelten? Was würdest du sagen, wenn wir zu meinen Eltern gingen und ich dich bäte . . .«

»Das ist eine akademische Frage. Du weißt verdammt gut, daß sie mich in ihrem Haus nicht sehen wollen. Und weißt du was? Ich will diese Scheißchristen auch nicht sehen.«

»Mußt du so ordinär sein?«

»Klar. Ich bin doch ein Dreckjude. Und du weißt doch, daß Dreckjuden ordinär sind.«

Erics plötzliches Weinen drang durch die verschlossene Tür zu ihnen.

»Siehst du, was du angerichtet hast? Er wird sich daran erinnern, Maury. Kinder erinnern sich an solche Dinge.« Sie begann zu weinen. »Es sollte so schön sein, und du hast alles verdorben! Ich hasse deine Stimme, wenn du so schreist! Und du siehst richtig böse aus! Du solltest dich einmal sehen.«

»Schon gut, schon gut, nun hör schon zu weinen auf, ja? Laß den verdammten Baum stehen, und ich werde es erklären . . .«

»Ich will den Baum nicht mehr. Nimm ihn fort.« Eine Glaskugel fiel zu Boden und zersplitterte. »Du hast mir die ganze Freude zerstört. Ich gehe jetzt zu Eric.«

Sie legte den Kopf an seine Schulter. »War es schrecklich, Maury? War der Abend eine schlimme Enttäuschung?«

»Nein, nein, sie haben sich wohl gefühlt, und sie waren einfach froh, hier zu sein.«

»Ich will nämlich nicht, daß deine Eltern mich hassen.«

»Sie hassen dich nicht, Aggie. Sie mögen dich . . . wirklich.«

Er merkte, wie traurig sie war, und streichelte ihr den zitternden Rücken. Früher war sie so fröhlich gewesen . . .

»Die Welt ist so hart«, sagte sie. »Wie kann man nur eine so harte Welt ertragen?«

»Es ist ja nicht immer so hart. Und es ist die einzige Welt, die wir haben.«

»Glaubst du, ich habe getrunken, Maury?«

»Ich weiß, daß du nichts getrunken hast.«

»Dann gib mir jetzt einen Cognac. Mir ist furchtbar kalt.«

»Heißer Tee wird dich wärmen. Ich mache dir welchen.«

»Es ist nicht das gleiche, und es entspannt mich nicht. Bitte, ich brauche es heute abend.«

»Nein. Laß nur, ich mache Tee für uns beide.«

»Spare dir die Mühe. Bleib nur ein bißchen bei mir.«

»Aggie, Liebling, alles ist gut. Für dich, für mich, für uns ...«

»Aber ich habe Angst ... solche Angst. O mein Gott, Maury, was soll aus uns werden?«

23

Der Abend, an den sie sich noch lange erinnern sollten, begann in der Küche, die jetzt der Mittelpunkt der Wohnung war. Wenn Joseph von der Arbeit heimkehrte, ging er direkt in die Küche. An diesem Abend hatte er Maury mitgebracht. Iris war mit Agatha nach Downtown gefahren, weil dort ein Ausverkauf von Wintermänteln stattfand. Später wollten sie alle gemeinsam zu Abend essen.

Anna rührte einen Pudding auf dem Herd. Wie viele Jahre war es her, seit Maury und Joseph sich miteinander beraten hatten! Zensuren, Ferienlager, Religionsunterricht, all die Dinge, die damals so wichtig schienen, waren nichts im Vergleich zu jetzt.

»Wann hast du es mit Bestimmtheit gewußt?« fragte Joseph.

»Das läßt sich nicht so genau sagen«, antwortete Maury. »Ich kann nicht behaupten, ich habe es an dem und an dem Datum festgestellt. In der ersten Zeit wußte ich nur, daß sie hie und da gern ein Gläschen trank, um sich über einen Kummer hinwegzuhelfen.«

»Kummer!« rief Anna aus. »Was weiß sie schon von Kummer! Hat sie in ihrem Leben je Sorgen gehabt?«

»Sehr wenige, bevor sie mich heiratete, Ma. Aber seitdem eine Menge.«

»Niemand hat sie gezwungen, dich zu heiraten.«

Joseph stand auf. »Anna, du redest wild daher. Mit Zorn

wirst du nichts erreichen. Hörst du mich?« Er faßte sie am Arm.

Der Druck seiner Finger schmerzte sie. Er hatte natürlich recht, aber seine ruhige und tolerante Haltung erstaunte sie. Es wunderte sie schon die ganze Zeit im Laufe der geheimen Diskussionen mit Iris, die Abend für Abend zwischen ihnen aufgekommen waren, bis Maury sich entschlossen hatte – sie wußte nicht, warum und wie –, ganz offen mit ihnen darüber zu reden.

»Wie oft passiert es?« wollte Anna wissen. »Iris sagte . . .«

Joseph hob die Hand. »Laß ihn in Ruhe, Anna. Wir brauchen nicht noch einmal auf die Einzelheiten einzugehen. Ich kenne sie zur Genüge.«

»Du hast also schon mit Maury darüber geredet?«

»Wir haben geredet«, sagte Joseph kurz.

Warum müssen die Leute in Augenblicken der Krise immer aufeinander herumhacken? »Aha«, erwiderte sie. »Ich verstehe. Und darf man wissen, was ihr gesagt habt, oder ist das zuviel verlangt?«

Keiner antwortete. Der Pudding lief schäumend über und verbreitete einen Geruch von verbranntem Zucker. Anna wischte wütend den Herd ab. »Was ist nur mit dem Mädchen los? Es ist eine Schande, eine wahre Schande!«

»Es ist keine Schande«, verbesserte sie Joseph. »Es ist eine Krankheit. Verstehst du denn nicht? Sie kann nichts dagegen tun.«

»Eine verderbte Krankheit!«

»Jede Krankheit ist verderbt, Anna.«

»Wenn es eine solche Krankheit ist, soll sie halt zum Arzt gehen!«

»Sie will aber nicht.«

»Dann lasse um Himmels willen einen Arzt kommen. Worauf wartest du noch?«

»Das habe ich bereits getan.«

»Nun? Und was ist geschehen?«

»Sie ist über die Hintertreppe davongelaufen. Sie wollte den Arzt nicht sehen.«

Maury stand auf. Sein Stuhl machte ein scharrendes Geräusch, und Anna wandte sich von dem angebrannten Pudding auf dem Herd ab. Sie sah die häßliche Fleischnarbe auf seiner Stirn, die er wahrscheinlich immer behalten würde. Er sah viel älter als vierundzwanzig aus! Warum mußte ausgerechnet er so leiden, ein so schweres Leben haben?

Joseph seufzte. »Du hast sie von ihren Leuten weggenommen, Maury, und sie ist dir willig gefolgt. Für die guten und die schlechten Zeiten, und jetzt sind die schlechten Zeiten da, und wir müssen einen Weg finden, sie wieder zum Guten zu wenden.«

Maury blickte auf. »Wie denn?«

»Ja, wie?« wiederholte Anna.

Joseph runzelte die Stirn. »Ich weiß es nicht, aber ich habe nachgedacht. Maury, warum fährst du nicht mit Agatha und dem Baby für ein paar Wochen nach Florida? Ich werde euch die Reise bezahlen, irgendwie schaffe ich das schon. Ein paar Wochen am Strand, fern vom täglichen Einerlei, können Wunder wirken. Die Sonne heilt vieles.«

»Auch den Alkoholismus?« fragte Maury resigniert.

»Das weiß ich nicht, aber Ferien an einem schönen Ort, wo ihr ganz für euch seid, das kann dem Geist nur helfen. Und wer weiß . . .?«

»Es ist wirklich sehr lieb von dir, Pa. Ich weiß es sehr zu schätzen.«

»Werdet ihr fahren?«

»Ich werde es mit Aggie besprechen.«

Anna fiel etwas ein. »Wenn du mit ihr über das Trinken sprichst, was sagt sie dann?«

»Sie gibt es nicht zu. Aber es ist wohlbekannt, daß Trinker es höchst selten eingestehen.«

Die Schwingtür zum Eßzimmer flog auf. »Du hast über mich geredet!« schrie Agatha. »Maury, du hast mit deinen Eltern über mich geredet, nicht wahr?«

»Wir haben nur . . .«, begann er.

»Lüge nicht! Ich habe jedes Wort gehört. Du wußtest nicht, daß wir schon zu Hause waren . . .« Sie hämmerte mit ihren Fäusten an seine Brust. »Entschuldige dich! Gestehe, daß du Lügengeschichten über mich erzählt hast.«

Maury packte ihre Hände. »Es tut mir leid, vielleicht hätte ich nicht einmal mit meinen Eltern darüber reden sollen. Aber ich werde nicht sagen, daß es nicht der Wahrheit entspricht. Du weißt genausogut wie ich, daß es stimmt.«

»Ich verstehe es einfach nicht . . .« Agatha wandte sich an Joseph und Anna. »Es ist eine fixe Idee von ihm . . . dieses puritanische Getue jedesmal, wenn man ein Gläschen trinkt! Nur weil er es nicht mag, bildet er sich ein, daß man nach ein oder zwei Gläschen betrunken sein muß. Und wenn ich mich für ein paar Minuten hinlege, dann kann es nie sein, weil ich vielleicht müde bin . . . o nein . . . dann kann es nur deshalb sein, weil ich getrunken habe!«

Joseph und Anna schwiegen. So ein Kind, sagte sich Anna und empfand Mitleid und Abscheu zugleich. Sie ist nichts weiter als ein ungezogenes Kind, wie sie da in Rock und Bluse steht, mit ihrem tränenverschmierten, trotzigen Gesicht. Sie ist nicht einmal hübsch; was hat er nur an ihr gefunden? Wenn ich an all die Mädchen denke, die er hätte heiraten können, an all die hübschen Mädchen! Und dann wieder das Mitleid, das Verständnis von Frau zu Frau. Wie hilflos wir sind, gleich Vögeln im Netz, wenn wir der Begierde nachgeben! Habe ich es nicht am eigenen Leibe erfahren?

»Aggie, wir kommen nirgendwohin, wenn wir nicht ehrlich zueinander sind«, sagte Maury. »Wenn du nur zugeben würdest, daß du ein Problem hast, könnten wir dir helfen.«

»Ich ein Problem? Falls ich ein Problem habe, bist du es!«

»Warum? Weil ich herausfinde, wo du die Flasche hinter dem Herd versteckst?«

»Was ist denn los?« unterbrach sie Iris. »Ich war am Telefon und hörte einen solchen Krach, daß ich aufhängen mußte!«

»Iris«, sagte Joseph, »wir haben hier eine Aussprache. Willst du uns bitte für ein paar Minuten allein lassen?«

»Ich will, daß sie bleibt!« schrie Agatha. »Sie ist die einzige hier, mit der ich reden kann. Weißt du, Iris, daß man mich anklagt, eine Säuferin zu sein? Sage es Ihnen, Iris, hast du mich je betrunken gesehen? Sage es ihnen!«

»Laß Iris da heraus«, sagte Joseph mit Strenge. »Und jetzt

hör einmal zu, Agatha, und sei ganz ruhig. Wir gehen in mein Arbeitszimmer und unterhalten uns dort ein bißchen.«

»Warum essen wir nicht zuerst?« Anna war selbst überrascht, als sie sich das sagen hörte. So oft schien es das einzige zu sein, was sie in schwierigen Situationen zu sagen wußte. »Ich habe einen schönen Braten, und alles ist bereit.«

»Nein«, sagte Agatha. »Ich gehe nach Hause! Ich kann hier nicht bleiben und mich an euren Tisch setzen!«

Iris versperrte ihr die Tür. »Aggie, ich weiß nicht, wie das alles angefangen hat, aber ich bitte dich, bleib noch. Außerdem gießt es in Strömen, und du kannst jetzt nicht mit dem Wagen fahren, wo die Sicht so schlecht ist. Warte ein bißchen.«

Aber Agatha hatte sich den Mantel übergeworfen, rannte zur Tür hinaus. Maury stand auf dem Treppenabsatz vor der Fahrstuhltür und sagte gerade zu ihr: »Ich werde dich nicht fahren lassen. Wenn du schon unbedingt fort willst, wirst du mir das Steuer überlassen müssen.«

»Wenn ich den Wagen fahren will, fahre ich ihn«, hörten sie Agatha sagen, dann öffnete und schloß sich die Fahrstuhltür, und man vernahm nur noch das summende Geräusch der abwärtsgleitenden Kabine.

Anna stellte das Essen auf den Tisch, die drei setzten sich wortlos, aber rührten kaum einen Bissen an. Anna versuchte zaghaft, das Schweigen zu brechen: »Nicht ein einziges Mal zuvor, in all den Jahren, die wir in diesem Hause wohnen . . .« Doch sie beendete den Satz nicht. Iris half ihr beim Abräumen und in der Küche, und Joseph setzte sich mit der Abendzeitung ins Wohnzimmer, ohne eine Zeile zu lesen. Der Wind und der Regen peitschten an die Fenster. Unten auf der menschenleeren Straße ließ der Wind die Pfützen im fahlen Laternenlicht aufspritzen.

Später, als sie nach einer Ewigkeit wieder in der Lage waren, zu sprechen oder sich an die Geschehnisse dieser Februarnacht zu erinnern, sahen sie es wie ein Stück aus zwei Teilen, einem Vorspiel und einem Schluß und ohne Mitte.

Es war fast halb neun, als es an der Tür klingelte. Iris sah die beiden Polizisten mit ihren nassen schwarzen Gummicapes und wußte sofort Bescheid.

»Ist Mr. Friedman da?« sagte der eine.

Joseph stand von seinem Stuhl auf und ging ihnen ganz langsam entgegen. »Kommen Sie herein.«

»Wir haben . . . ich habe . . . ich habe Ihnen eine Mitteilung zu machen«, stammelte der eine und verstummte. Der andere – er sah älter aus, mußte also mehr Erfahrung in solchen Dingen haben – ergriff das Wort. »Es hat einen Unfall gegeben«, sagte er leise.

»Ja?« Joseph wartete, die Frage wartete, wiederholte sich im schwachen Licht der Diele. Ja?

»Es handelt sich um Ihren Sohn. Auf dem Boulevard in Queens. Können wir uns irgendwo hinsetzen?«

Sie haben sich gestritten, sagte sich Iris, sie haben sich in dem engen kleinen Wagen gezankt.

Der Polizist hatte einen seltsamen Gesichtsausdruck. Er schluckte, als habe er einen Klumpen in der Kehle. »Sie waren . . . ein Zeuge sagte aus, daß der Wagen sehr schnell fuhr. Er sauste an ihnen vorbei, zu schnell für die nasse Straße, und er verpaßte die Kurve.«

»Sie wollen mir sagen, daß er tot ist.« Joseph wußte selbst nicht, ob es eine Frage oder eine Feststellung war. Auch das hing in der Luft und wiederholte sich – daß er tot ist, daß er tot ist.

Der Polizist antwortete nicht sofort. Er nahm Joseph beim Arm und setzte ihn wie eine Puppe auf den harten geschnitzten Stuhl.

»Sie haben nichts gefühlt«, sagte er sehr leise. »Nichts. Es ging alles so schnell, und dann war es vorüber.«

Der Jüngere stand da und drehte seine Mütze in den Händen. »Nein, keiner der beiden hat etwas gespürt«, sagte er, als ob diese Bestätigung ein Trost und ein Segen wäre.

»Wir konnten nicht feststellen, wer am Steuer saß«, sagte der erste. Dann wandte er sich an Iris. »Junge Dame, haben Sie ein bißchen Whisky im Hause? Und können wir jemanden kommen lassen? Jemanden aus der Familie oder einen Arzt?«

Im Hintergrund, nahe der Tür, die ins Innere der Wohnung führte, und doch wieder wie aus der Ferne klingend, ertönte ein durchdringender Schrei. Dann noch einmal und wieder und wieder. Es war Anna.

»Sie waren ein so nettes und ruhiges Paar«, sagte Mr. Andreapoulis. Er saß mit Joseph und Anna in seinem kleinen Wohnzimmer. Durch die offene Küchentür sah man seine Frau, die auf einem Tisch Teig knetete. »Sie haben nie etwas gesagt, aber wir wußten von Anfang an, daß sie irgendeinen Kummer hatten. Nie hatten sie Besuch. Sie machten lange Spaziergänge. Sie taten uns leid, meiner Frau und mir.«

Sie hatten nie ihre Familien erwähnt, solange der kleine Junge nicht geboren war. Aber dann waren sie eines Abends mit sehr ernsthaften Mienen zu ihm gekommen, hatten gesagt, sie müßten ein Testament aufsetzen und brauchten seine Hilfe dazu. Sie hätten zwar nichts zu hinterlassen, müßten jedoch für den Fall vorsorgen, daß ihnen beiden etwas geschehen würde. Für die Sicherheit des Kindes. Mr. Andreapoulis hatte ihnen zugestimmt. Sie waren sich im ungewissen gewesen und hatten lange gezögert, dann aber beschlossen, daß der kleine Junge im Falle ihres Todes der Obhut von Agathas Eltern anvertraut werden sollte. Damit wäre die rechtliche Seite in dieser traurigen Situation klar geregelt.

»Es kann also nichts mehr getan werden«, sagte Joseph, »um daran etwas zu ändern.«

»Nun, wie ich Ihnen bereits sagte, hat jeder das Recht, ein Testament anzufechten. Aber Sie können in einem solchen Fall doch kaum schwerwiegende Einsprüche geltend machen. Diese Leute wußten ja nichts davon.« Mr. Andreapoulis blickte bedauernd drein. »Und sie wollen das Kind wirklich, verstehen Sie? Natürlich würde jedes Gericht Ihnen das Recht auf regelmäßige Besuche zusprechen.«

»In ihrem Haus?«

»Dort müßte es wohl sein.«

»Wie ein Besuch im Gefängnis«, brummte Joseph.

»Nun, wollen Sie es anfechten? Viel Hoffnung besteht nicht, aber man kann ja nie wissen.«

»Gerichte und Anwälte. Ein schmutziges Geschäft. Entschuldigen Sie, es ist nicht persönlich gemeint, aber . . .«

»Ich weiß, was Sie sagen wollen, und es macht mir nichts aus.«

»Ein schmutziges Geschäft«, sagte Joseph noch einmal, und seine Augen füllten sich mit Tränen.

Der junge Mann blickte fort und wartete ab.

Joseph stand auf. »Wir werden es uns überlegen«, sagte er, »und uns dann wieder bei Ihnen melden. Komm, Anna.«

An der Wand hinter dem Schreibtisch des Arztes hing eine Menge Diplome, die seinen Kopf sehr eindrucksvoll umrahmten. In den Bücherregalen, soweit Joseph und Anna sie sehen konnten, standen die von dem Arzt verfaßten Bücher und noch viele andere. Anna las die Titel: *Die Psychologie der Pubertätsjahre* und *Die Psychologie des Kindes in den Vorschuljahren*.

»Ja, ich würde sagen, daß dieses Kind bereits genug traumatische Schocks erlitten hat«, sagte der Arzt. »Natürlich entsprach das, was ich Ihnen sagte, nicht Ihren Hoffnungen.«

Anna wischte sich die Augen. »Nein, ich glaube, Sie haben recht. Es ist die einzige vernünftige Lösung. Es würde ihm nicht guttun, hin- und hergerissen zu werden, selbst wenn das Gericht es zuließe, und das ist nach Meinung des Anwalts ohnehin nicht sehr wahrscheinlich.«

»Sie haben reiflich darüber nachgedacht, Mrs. Friedman.«

»Und doch ist mir alles unklar!« rief sie mit Bitterkeit aus. »Wenn das Testament andersrum gewesen wäre, hätte ich diese Leute nicht so behandelt, wie sie uns behandeln!«

»Aber ich hätte es getan«, sagte Joseph. »Ich hätte genau das getan, was sie tun. Das ist die Wahrheit.«

»Was nur beweist«, bemerkte Dr. Briggs, »daß man dem Kind derlei Feindseligkeiten ersparen sollte. Der kleine Kerl hat in seinem kurzen Leben bereits genug Verwirrung und Schocks gehabt. Falls Sie ihn wirklich lieben, wovon ich mich überzeugen konnte, würden Sie ihm die größte Güte erweisen, indem Sie nachgeben und ihn in Ruhe lassen. Überlassen Sie es den anderen Großeltern, ihn zu erziehen und ihm ein Gefühl der Sicherheit zu geben. Er ist kein Preis, um den man kämpft.«

»Wir werden ihn also nicht einmal besuchen dürfen«, sagte Anna.

»Unter den gegebenen Umständen, wie Sie sie beschrieben haben, würde ich das an Ihrer Stelle gar nicht versuchen. Wie soll er mit so viel Haß fertig werden? Und warum sollte man ihn zwingen, Partei zu ergreifen? Wenn der Junge einmal älter ist, wird er Sie kennenlernen wollen. Teenager sind sehr um ihre Identität besorgt. Dann wird sich eine völlig andere Lage ergeben.«

»Teenager!« rief Anna aus.

»Ich weiß, es ist eine lange Wartezeit«, sagte der Arzt.

24

Nach dem ersten tiefen Schmerz des Verlustes kamen lange, trostlose Tage und Nächte. Warum? Warum? Keine Antwort. Nichts. Das Essen machte zuviel Mühe, es war zu beschwerlich, sich anzuziehen oder auf den Markt zu gehen, und zu lästig, den Hörer abzunehmen, wenn das Telefon klingelte.

Doch eines Morgens erwachte in Anna wieder der Wunsch, am Leben teilzunehmen, wieder ein Gefühl zu haben. Sie nahm sich einen Stapel gebündelter Briefe vor, die während der schrecklichen Zeit nach Maurys Tod aus Europa angekommen waren. Stimmen riefen aus dem Dunkel: die ihrer Brüder (Eli und Dan, die stupsnäsigen und sommersprossigen Buben in der Küche ihrer Mutter), die Liesels (Elis blondes, silbriges Töchterlein) oder die unbekannte Stimme Theos, den dieses kleine Mädchen später heiratete.

1

Wien, 7. März 1938

Lieber Onkel Joseph und liebe Tante Anna,
jetzt, da ich mich endlich hinsetze und Euch einen Brief schreibe, schäme ich mich und muß mich zuerst entschuldigen, daß ich Euch nicht schon vorher geschrieben habe – abgesehen von den wenigen Zeilen, mit denen ich Euch für das

herrliche Hochzeitsgeschenk dankte, das Ihr Theo und mir geschickt habt. Der einzige Grund, weshalb ich in all den Jahren nicht geschrieben habe – er kann kaum als Rechtfertigung gelten –, ist, daß Papa Euch alles über uns schreibt. Jedenfalls sitze ich, Eure schreibfaule Nichte Liesel, jetzt im Bibliothekszimmer und schaue auf den schmelzenden Schnee und die kleine Gartenlaube hinaus, wo wir, als Ihr hier wart, unseren Nachmittagskaffee tranken. Ist es wirklich schon neun Jahre her? Damals war ich noch ein solches Baby, und ich beäugte neugierig die Verwandten aus Amerika. Jetzt bin ich verheiratet, und unser kleiner Sohn Friedrich – wir nennen ihn Fritzl – ist dreizehn Monate alt. Er macht seine ersten Gehversuche, und nun kommen *wir zu Euch* nach Amerika! Ich kann es nicht glauben.

Deshalb wollte ich Euch schreiben. Theo ist heute früh mit der Bahn nach Paris gefahren. Er wird ein Schiff in Le Havre nehmen und am Neunzehnten in New York ankommen. Er hat Eure Telefonnummer, also seid nicht zu überrascht, wenn er Euch anruft. Er hat drei Jahre in Cambridge verbracht und spricht sehr gut Englisch, was ich von mir nicht sagen kann. (Deshalb schreibe ich Euch auf deutsch. Ich erinnere mich, daß Ihr es sehr gut versteht.) Ich weiß, daß Ihr ausgezeichnet miteinander auskommen werdet.

Theo macht diese Reise vor allem, um unsere Einwanderung vorzubereiten. Wie Ihr wißt, ist er Arzt, sein Spezialgebiet ist plastische Chirurgie, und er hat seine Arbeit an der hiesigen Klinik fast beendet. Ich sah das Resultat einer seiner Operationen – ein Kind mit einem verbrannten Arm. Er ist wirklich sehr begabt und liebt seine Arbeit! Er möchte sich erkundigen, was man tun muß, um in den Vereinigten Staaten praktizieren zu können, und vielleicht findet er einen Arzt, der einen jungen Assistenten braucht. Es ist alles noch sehr unbestimmt, wie Ihr Euch denken könnt. Daher fiel mir ein, daß Ihr vielleicht unter Euren vielen Freunden einen Arzt kennt, der ihn beraten könnte. Wir werden auch eine Wohnung brauchen. Theo möchte schon jetzt einen Mietvertrag abschließen und alles übrige vorbereiten. Dann kommt er zurück, holt mich und Fritzl und kümmert sich um den Umzug.

Vielleicht könnt Ihr ihm sagen, wo er eine passende Wohnung findet.

Ich muß gestehen, daß ich alldem mit gemischten Gefühlen entgegensehe. Theo ist überzeugt, daß die Nazis in etwa einem Jahr Österreich besetzen werden. Das hat er schon vor unserer Hochzeit gesagt, und eigentlich seit ich ihn kenne. Er interessiert sich sehr für Politik, und er scheint sich auch gut darin auszukennen. Jedenfalls ist er entschlossen, uns durch die Auswanderung zu retten.

Sollte es sich herausstellen, daß Theo in bezug auf die Nazis recht hat, so wäre unser Leben in Gefahr, weil wir Juden sind. Es ist seltsam, aber ich habe mich nie als Jüdin gefühlt. Ich betrachte mich immer als Österreicherin oder, besser gesagt, als Wienerin. Verzeiht mir meine Offenheit, die Euch vielleicht verletzt hat, denn ich erinnere mich, daß Papa sagte, Ihr wärt immer noch sehr fromm. Aber ich bin sicher, daß Ihr mich verstehen werdet. Ob man fromm ist oder nicht, ist doch eine rein persönliche Angelegenheit. Jeder tut, was ihm richtig erscheint.

Da wir von frommen Leuten reden, muß ich Euch etwas mitteilen, was Ihr vielleicht noch nicht wißt: Onkel Dan ist bereits fort. Er ist mit seiner ganzen Familie im vorigen Monat nach Mexiko ausgewandert. Er versuchte, in den Vereinigten Staaten aufgenommen zu werden, aber das war nicht möglich, weil er in Polen geboren ist, und für Polen ist die Einwanderungsquote auf Jahre ausgeschöpft.

Dieser Brief ist länger geworden, als ich es beabsichtigt hatte. Jetzt höre ich Fritzl aus dem Schlaf erwachen. Wir hatten alle geglaubt, daß er rotes Haar haben würde wie Papa und Du, Tante Anna, aber er ist ganz semmelblond geworden, fast weiß.

Ich hoffe, daß es Euch allen gutgeht, und ich danke Euch im voraus für alle Hilfe, die Ihr Theo geben könnt. Er braucht kein Geld, nur guten Rat.

Mit herzlichen Grüßen,
Eure liebende Nichte
Liesel Stern

Wien, 9. März 1938

Liebe Schwester, lieber Schwager,
heute früh kam Euer Brief hier an, und ich bin krank vor
Kummer. Ihr habt Euren Sohn verloren, Euren geliebten
Sohn! Und dazu noch in einem so sinnlosen Unfall! Nicht
einmal in einem Kriege, im Kampf für sein Vaterland! Das
wäre schmerzlich genug, aber wenigstens wäre dann ein
Grund vorhanden gewesen und ein gewisser Trost. Aber so?
Ich gräme mich für Euch, es bricht mir das Herz, und auch
Tessa und uns allen. (Wie ich höre, schrieb Liesel Euch gestern oder vorgestern und wußte noch nichts davon.) Wenn
ich nur etwas für Euch tun könnte, liebe Anna und lieber Joseph.
Die Welt scheint plötzlich verrückt geworden zu sein, und
überall herrschen Kummer und Sorge. Was mich bedrückt,
steht natürlich in keinem Verhältnis zu Eurem Schmerz, aber
wir sind untröstlich über die bevorstehende Trennung von
unseren Kindern. Ihr wißt inzwischen, daß mein Schwiegersohn, ein vortrefflicher junger Mann aus guter Familie, es
sich in den Kopf gesetzt hat, nach Amerika auszuwandern.
Glaubt bitte nicht, daß ich gegen Amerika voreingenommen
bin. Als du, Anna, damals auswandern wolltest, war es durchaus verständlich. Aber Österreich verlassen, weil irgendein
Fanatiker jenseits der Grenzen Drohungen ausstößt – das ist
ein Unsinn. Selbst wenn die Deutschen Österreich besetzen
sollten – und glaubt mir, das wäre gar nicht so einfach –,
selbst dann wäre es noch lange nicht das Ende der Welt!
Möglicherweise würden einige Extremisten einige Juden an
der Ausübung ihres Berufs hindern, aber das ist für uns
nichts Neues. Derartige Dinge haben wir schon immer in Europa gehabt, manchmal ein bißchen mehr, manchmal ein bißchen weniger. Jedenfalls ist es nichts, was man nicht überstehen kann. Ich habe Theo klarzumachen versucht, daß wir mit
unseren Beziehungen nichts zu befürchten haben.
Verzeiht mir, daß ich diese Dinge zur Sprache bringe, wo
Eure Herzen so voller Gram sind. Wir sind in Gedanken bei
Euch, bei Eurer Tochter Iris und Eurem kleinen Enkelkind.

Wir beten, daß Ihr die Kraft finden werdet, diesen schrecklichen Schlag zu überstehen.

Herzlichst Euer Bruder
1s3 Eduard

3

Liebe Tante, lieber Onkel,
ich schreibe in aller Eile, um Euch zu erklären, warum ich nicht in New York angekommen bin. Sicher habt Ihr Euch darüber gewundert, daß ich nicht auf dem Schiff war, aber vielleicht habt Ihr aus den Nachrichten den Grund erfahren.
Am Tage, bevor ich mich einschiffen sollte, wurde Österreich besetzt. Ich habe verzweifelt versucht, meine Wohnung, Liesels Eltern oder meine Eltern telefonisch zu erreichen. Aber ich erhielt keine Verbindung. Ich muß annehmen, daß sie alle Wien verlassen haben und auf das Land gereist sind. Vielleicht sind sie in den Bergen, in der Gegend von Graz, wo Tessas Familie ein Landhaus besitzt. Jedenfalls nehme ich morgen einen Zug nach Wien, wo sie bestimmt eine Nachricht für mich hinterlassen haben. Ich schreibe Euch, sobald ich etwas erfahren habe.

Hochachtungsvoll
Theodor Stern

4

Liebe Tante, lieber Onkel,
schon wieder schreibe ich in aller Eile, weil ich mir vorstellen kann, in welcher Sorge Ihr sein müßt. Ich verliere fast den Verstand. Nichts kann ich herausfinden, und es ist wie ein Alptraum für mich gewesen. Ich versuchte, nach Österreich zurückzukehren, aber man sagte mir hier in Frankreich, ich sollte es lieber nicht riskieren, weil man mich im Zug verhaf-

ten würde. Ich wollte es nicht glauben, aber dann las ich in den hiesigen Zeitungen von Ereignissen und Namen, von Leuten, die wie ich zu ihren Familien zurückkehren wollten. Und es ist wahr, sie wurden alle verhaftet und in Konzentrationslager gebracht. Es hätte mir also nichts genützt. Aber ich habe hier einige Kontakte, die mir bestimmt weiterhelfen werden. Ich werde Euch auf dem laufenden halten.

Hochachtungsvoll
Theodor Stern

5

Paris, 26. März 1938

Liebe Tante, lieber Onkel,
immer noch nichts. Die Erde hat sich aufgetan und all die Menschen, die ich liebe, verschlungen. Aber das ist nicht möglich. Ich kann es nicht glauben, und ich will es nicht glauben. Ich arbeite Tag und Nacht, und ich schreibe Euch sofort, wenn ich etwas erfahre.

Hochachtungsvoll
Theodor Stern

6

Paris, 3. April 1938

Liebe Tante, lieber Onkel,
Gott sei gedankt! Sie sind am Leben! Sie befinden sich im Internierungslager von Dachau, wo prominente Leute der Regierung, der Presse usw. verhört werden. Man erklärte mir, es geschähe in der Absicht, »subversive Elemente zu eliminieren« – wir haben also nichts zu befürchten, denn unsere Familie kann man kaum als subversiv bezeichnen. Für sie dürfte es also bald vorüber sein. Ich habe Leute aus den höchsten Kreisen auf meiner Seite, und ich werde die Familie nach Frankreich kommen lassen.
Ihr könnt Euch nicht vorstellen, auf welche Weise ich das alles

herausgefunden habe. Ich erwähnte bereits die Geschäftsverbindungen meines Vaters hier in Paris. Aber ich erinnerte mich auch an einen meiner Freunde aus Cambridge, einen Deutschen, der jetzt hier bei der Gesandtschaft ist. Mit ihm setzte ich mich in Verbindung, und durch ihn und das Internationale Rote Kreuz gelang es mir, einige wichtige Telefonverbindungen herzustellen.
Ich schreibe Euch bald wieder, wahrscheinlich in der nächsten Woche, sowie ich Nachrichten habe.

Hochachtungsvoll
Theodor Stern

7
Marigny-sur-Oise, 14. August 1938

Monsieur und Madame Friedman,
Sie kennen mich nicht, aber ich bin mit der Familie Dr. Theodor Sterns befreundet und demnach auch indirekt mit der Ihren. Dr. Stern hat in den letzten drei Monaten bei meiner Frau und mir gewohnt. Wir kannten seinen Vater seit vielen Jahren, und im April trafen wir ihn wieder in Paris, wo wir uns bemühten, ihm im Hinblick auf die Rettung seiner Frau, seines Kindes und seiner Eltern behilflich zu sein – aber tragischerweise konnten wir nichts erreichen.
Ich nehme an, daß Ihre Verwandten, als Sie das letztemal von ihnen hörten, im Konzentrationslager Dachau waren. Dr. Stern hatte Himmel und Erde in Bewegung gesetzt, um ihre Freilassung zu erreichen, und es bricht mir das Herz, Ihnen mitteilen zu müssen, daß er keinen Erfolg hatte. Die gesamte Familie ist in den Tod gegangen, zum Teil in Dachau selbst, zum Teil in anderen Lagern, wo man sie mit vielen tausend Menschen hingebracht hatte. An Einzelheiten wissen wir nur, daß das Kind einige Tage nach der Verhaftung an Lungenentzündung gestorben ist. Was alle anderen betrifft, so ist es vielleicht besser, nichts Genaues zu wissen.
Dr. Stern ist infolge dieses Schicksalsschlags schwer erkrankt. Ich hatte mir schon seit einiger Zeit Sorgen um ihn gemacht,

212

denn er gönnte sich keinen Augenblick Ruhe, schlief kaum, konnte nicht essen, rannte wie ein Wahnsinniger in Paris umher und wandte sich an jeden, der ihm möglicherweise hätte helfen können. Als er dann die Nachricht erhielt, brach er verständlicherweise völlig zusammen. Da entschlossen wir uns, ihn in unser Landhaus zu bringen, wo er Ruhe und ausgezeichnete ärztliche Pflege hat. Wir haben unser Bestes getan. Er scheint sich jetzt etwas erholt zu haben. Er ißt ein bißchen, verhält sich ruhig, ist aber sehr schweigsam. Er bat mich, Ihnen diesen Brief zu schreiben, und ich fand es eine gute Idee, denn es wäre zu schmerzhaft für ihn gewesen, die Erinnerung an die tragischen Ereignisse wiederaufleben zu lassen und alles noch einmal niederzuschreiben.

Gestern teilte er uns mit, daß er beschlossen habe, sich in England niederzulassen, wo er auf der Universität so viele glückliche Jahre verbracht hat. Er beabsichtigt, sich der britischen Armee zur Verfügung zu stellen, um auf den Krieg vorbereitet zu sein, der nach seiner festen Überzeugung unmittelbar bevorsteht. Ich soll Ihnen ausrichten, daß er Ihnen bald wieder schreiben wird, da er sich mit Ihnen als den nächsten Verwandten am stärksten in der Trauer um seine Frau und sein Kind verbunden fühlt.

Mit dem Ausdruck meiner aufrichtigen Anteilnahme,
Ihr
Jacques-Louis Villaret

8

Mexico City, 23. August 1938

Lieber Joseph und liebe Anna,
ich habe Euch so lange nicht geschrieben, daß Ihr Euch fragen müßt, was mit uns geschehen ist. So schreibe ich es Euch jetzt und hoffe, daß Ihr meinem Bruder Eduard und seiner Familie mitteilen werdet, wo wir sind. Gebt ihnen unsere Adresse und schickt mir die ihre. Ich nehme an, sie haben Wien verlassen, aber da Eduard immer so gute Beziehungen zu den höchsten Stellen hatte, bin ich sicher, daß es ihnen gutgeht. Gott sei Dank.

Mexico City ist sehr groß. Die Gebäude an den Avenuen sind noch prunkvoller als die in Wien! Wir kamen im Februar an, da wir Wien in aller Eile verlassen hatten, und es war ein seltsames Gefühl, um diese Jahreszeit an einem so frühlingshaften Ort zu sein. Wir haben uns ein recht anständiges kleines Haus mit dem hier üblichen Innenhof gemietet. Dena hat Blumen gepflanzt, und in diesem sonnigen Klima wächst und gedeiht alles. Der Alte – ich vergaß zu erwähnen, daß wir Opa mitgenommen haben, er ist dreiundneunzig Jahre alt und immer noch geistig rege –, der Alte sitzt draußen, rückt von der Sonne in den Schatten, und ich glaube, es gefällt ihm hier. Zuerst wollte er nicht mitkommen, aber natürlich konnten wir ihn nicht zurücklassen. Wir mußten ihn zum Mitkommen zwingen, aber er hat die Reise sehr gut überstanden. Ein wahres Wunder.

Ich arbeite als Kürschner bei einer sehr guten Firma. Das Pelzgeschäft ist gut, trotz des milden Klimas. Viele Leute hier sind wohlhabend und legen Wert auf Eleganz. Tillie, unsere jüngste Schwiegertochter, ist eine erstklassige Näherin und hat eine gute Stelle in einem Modehaus, das die Pariser Modelle nachahmt. Saul ist Uhrmacher und hat auch Arbeit gefunden, während Leo immer noch sucht; aber ich bin sicher, daß er bald auch irgendwo unterkommt. Unsere fünf Jüngsten haben mit der Schule begonnen und in den wenigen Monaten so gut Spanisch gelernt, daß wir sie zum Einkaufen oder zu geschäftlichen Besprechungen immer mitnehmen. Für Dena und mich ist es viel schwieriger, eine neue Sprache zu lernen. Wir sind schließlich über vierzig und kommen zum zweitenmal in unserem Leben als Einwanderer und Fremde in ein neues Land mit einer neuen Sprache. Aber es wird schon gehen. Sogar der Alte hat ein paar Worte gelernt.

Wir planen, soviel wie möglich auf die Seite zu legen und dann mit unseren Schwiegersöhnen – und auch mit meinen Söhnen, die bis dahin alt genug sein werden – eine Art von Import-Export-Geschäft zu eröffnen. Ich glaube, hier werden wir leichter vorwärtskommen als in Wien. Hier scheint es Platz für Neuankömmlinge zu geben, was drüben nicht der Fall war. Jedenfalls, und Gott sei dafür gedankt, leben wir hier in Frieden. Wir sind alle beisammen, können des Nachts in Ruhe schlafen, und was kann man sich mehr wünschen, wenn man es richtig bedenkt?

Wir hoffen, daß Ihr alle wohlauf seid und daß wir von jetzt ab, da Ihr unsere Adresse kennt, öfter von Euch hören werden.

Dein Dich liebender Bruder
Daniel

PS: Ich hatte keine Ahnung, daß Nordamerika so groß ist. Ich wollte Euch sagen, kommt uns doch einmal besuchen, aber dann schaute ich auf die Landkarte und sah, daß New York Tausende von Meilen von Mexico City entfernt ist. Aber vielleicht kommt Ihr doch einmal vorbei?

25

An einem windigen, grauen Novembermorgen klingelte das Telefon. Anna nahm den Hörer ab und hörte eine unverkennbare Stimme.

»Anna? Ich bin hier. Ich bin gestern abend mit dem Schiff angekommen.«

»Paul?« fragte sie ungläubig.

»Sowie ich deine Karte erhielt, nahm ich die *Queen Mary* und kam zurück. Ich weiß nicht, was ich für dich tun kann oder ob überhaupt jemand etwas tun kann, aber ich mußte kommen.«

Ach ja! Vor einem Monat – oder war es länger her? –, an einem unsagbar düsteren Tag, hatte sie – nach langem Schweigen – einem plötzlichen, unerklärlichen Impuls folgend, Paul eine Postkarte geschickt. »Maury ist tot«, waren die Worte gewesen, sonst nichts, keine Unterschrift, kein Datum, nur dieser Schrei aus ihrem Herzen. Sie hatte sie nach London geschickt und später bereut, es getan zu haben.

»Anna? Bist du noch da?«

»Ich bin da. Ich kann es nicht glauben, daß du von so weit gekommen bist . . .«

»Ich bin gekommen, und dieses Mal lasse ich mich nicht auf das Risiko ein, Verabredungen zu treffen, die dann nicht eingehalten werden. Ich bin unten auf der Avenue gegenüber deinem Haus und warte auf dich in einem Wagen. Zieh dir also einen Mantel an und komm.«

Vor Aufregung zitternd, fuhr sie sich mit dem Kamm durch das Haar, ehe sie Handtasche, Hut und Handschuhe aus dem Schrank holte. All die Jahre! Alle drei oder vier Monate hatten sie kurze Nachrichten ausgetauscht: »Iris als drittbeste Schülerin ihrer Klasse versetzt« – »Muß geschäftlich nach Zürich, bin in sechs Wochen zurück.« Sie hatte sich an den Gedanken gewöhnt, daß ihr Kontakt sich nur auf diese Postkarten beschränkte. Und jetzt war er da.

Er stand neben dem Wagen. Statt vieler Worte ergriff er zur Begrüßung ihre kalten Hände. Wie mager war er geworden! So mager und so ernst, stellte Anna fest, als er ihr in die Augen schaute. Im Wagen wiederholte sie: »Ich kann es nicht glauben, daß du von so weit gekommen bist.«

»Kannst du mir sagen, was geschehen ist, Anna? Möchtest du darüber sprechen?«

Sie erzählte es ihm ganz einfach. »Es war ein Unfall mit dem Wagen. Seine Frau starb auch. Im März.«

»Im März? Warum hast du so lange gewartet und es mir nicht früher mitgeteilt?«

Sie machte eine resignierende Geste.

Paul sagte teilnahmsvoll: »Ich weiß, was Maury dir bedeutet hat.«

»Er hinterließ einen kleinen Jungen von zwei Jahren. Aber wir sehen ihn nicht.«

»Warum nicht?«

»Eine Art Familienfehde. Seine anderen Großeltern haben ihn.«

Paul sagte leise: »Es ist ein Glück, daß du sehr, sehr stark bist.«

»Ich? Ich fühle mich so schwach . . . Du kannst dir nicht vorstellen, wie schwach.«

»Du bist einer der stärksten Menschen, die ich je gekannt habe!«

Er legte den Gang ein und fuhr die Avenue hinunter.

»Machen wir eine kleine Spazierfahrt. Willst du mir mehr erzählen? Oder lieber nicht?«

»Es gibt nicht mehr zu erzählen. Das ist alles.«

»Ja, es spricht für sich selbst. Und wie geht es dir sonst?«

»Ein bißchen besser, obgleich wir immer noch sehr bescheiden leben. Joseph legt jeden Cent, den er auftreiben kann, in Land an. Er sagt, wenn die Depression zu Ende geht, werden die Preise steigen.«

»Er hat recht. Die Preise werden steigen. Sage mir, mußt du heute um eine bestimmte Zeit zu Hause sein?«

»Ich habe den ganzen Tag für mich. Joseph kommt nicht zum Mittagessen, und Iris geht zu einer Freundin, um für ihr Studium zu arbeiten.«

»Dann kannst du den Tag mit mir verbringen. Ich möchte von Iris hören, und ich möchte mit dir über alles sprechen. Magst du das Meer im Winter?«

»Im Winter bin ich noch nie dort gewesen.«

»Ach, es ist herrlich! Nur die Möwen und die Ruhe! Sogar die Brandung wirkt beruhigend. Fahren wir nach Long Island hinaus. Ich habe dort ein kleines Haus, das wir in den letzten Jahren immer vermieteten. Aber natürlich steht es um diese Jahreszeit leer. Wir können am Strand spazierengehen. Das wird dir guttun.«

Der Highway war fast leer. Sie fuhren durch Dörfer und an brachliegenden Feldern vorbei.

»Ich wollte, ich könnte Iris sehen. Da lebt ein Teil meiner selbst, wandert durch die Welt und hat vielleicht ähnliche Gedanken und Gefühle wie ich – und ich kenne sie nicht.« Und da Anna schwieg, fuhr er fort: »Wie ich dich fortgehen sah an jenem Tage, als ich die Wahrheit über Iris erfuhr, saß ich auf der Bank bis in die Nacht hinein. Es fehlte mir jede Kraft. Ich erinnere mich, wie ich mich bemühte, meine Gefühle in Ordnung zu bringen – zu unterscheiden zwischen dem, was zu fühlen man von mir erwartete, und dem, was ich wirklich fühlte.«

»Und hast du es herausgefunden?«

»Nein, ich weiß es noch immer nicht. Was kann ein Mann in bezug auf einen . . . biologischen Zufall fühlen? Kann ich sie lieben, nachdem ich sie nur ein einziges Mal fünf Minuten lang gesehen habe?« fragte er bitter. »Und trotzdem, wenn ich bedenke, was für ein Wunder es ist, daß sie aus dir und mir besteht, liebe ich sie . . . O Anna! Wie habe ich gehofft, geträumt, mir ersehnt, eine Nachricht von dir zu erhalten! Eine Nachricht mit den Worten: ›Ich habe mich anders besonnen.‹ Aber sie kommt nie.«

»Ich bitte dich«, flüsterte Anna.

Er blickte sie an. »Gut. Kein Wort mehr davon. Dieser Tag soll ohne Probleme für dich sein, und du sollst dich nicht bedrängt fühlen.«

Sie hielten auf der Hauptstraße eines sauberen und ordentlichen Dorfes. Neuenglische Schrägdachhäuser unter Ahornbäumen, eine weiße Holzkirche mit Turm und blankgeputzte Schaufensterscheiben mit Büchern, Tweedstoffen und importierten Delikatessen.

»Hübsch, nicht wahr?« bemerkte Paul. »Eine künstliche Enklave in einer schmutzigen Welt, ein sehr privilegierter und unwirklicher Ort. Aber, ehrlich gesagt, gefällt es mir. Zumindest im Sommer, wenn ich auf ein oder zwei Monate hier bin, fühle ich mich sehr wohl.«

Die Straße war fast menschenleer, und man sah nur wenige Wagen. Offenbar war das Dorf zu drei Vierteln in den Winterschlaf versunken und würde erst wieder am Memorial Day erwachen.

»Komm, kaufen wir uns etwas zu essen, bevor wir zum Haus gehen.«

Der Krämerladen war blitzsauber und strahlte wie ein Juweliergeschäft. Paul nahm einen Einkaufskorb, füllte ihn rasch entschlossen und trug ihn zur Kasse.

Anna protestierte. »Das reicht ja für sechs Personen!« Er hatte kaltes Fleisch eingekauft, Käse, Kekse, Kuchen, Obst, Artischockenherzen in der Dose, eine kleine Büchse Kaviar, eine Flasche Wein und eine Stange Weißbrot.

»Du wirst essen. Ich habe den Eindruck, daß du in letzter Zeit nicht sehr gut gegessen hast.«

»Das stimmt«, gab sie zu. »Ich hatte keinen Hunger.«

»Die Meeresluft wird dir Appetit machen.«

Vom Ende der Straße aus führte ein schwarz asphaltierter Landweg an gemütlichen Villen vorbei durch kleine Waldungen, und von Zeit zu Zeit war ein Ausblick auf die schiefergraue See frei. Dann kam ein Sandweg. Struppige Königskerzen und Wolfsmilch säumten den Wegesrand. Der Wagen holperte und schaukelte eine Viertelmeile, und dann hielt Paul an.

»Hier sind wir«, sagte er.

Ein kleines Haus aus verwitterten Holzplanken, die silbern im Sonnenlicht glänzten, nur ein paar Meter von der Brandung des Ozeans entfernt. Ein niedriger Zaun, an dem noch die verdorrten Ranken der Rosen vom letzten Sommer hingen, schützte den Hof vor dem Eindringen des wilden Sumpfgrases.

»Wie herrlich!« rief Anna aus. »Es muß sehr, sehr alt sein!«

»Nein, obgleich dieser Teil der Insel im siebzehnten Jahrhundert besiedelt wurde und es noch einige echte Häuser aus dieser Zeit gibt. Dieses hier ist nur eine sehr geschickte Nachahmung.«

»Ich finde es trotzdem wunderbar«, sagte Anna.

Es war schlicht und einfach, Flickenteppiche auf den Böden, ein verrußter Kamin, rustikale Möbel, aber gut ausgewählt und nicht zuviel, getrocknete Blumen in einem Messingeimer auf dem Kaminsims.

Paul fuhr mit dem Finger über den Sims. »Sauber«, verkündete er. »Ich habe eine erstklassige Putzfrau. Warte, ich stelle die Heizung etwas wärmer.« Er drehte am Thermostatschalter, und sofort hörte man es im Keller rumoren.

»Wir sind gut ausgerüstet. Ende August kann es nämlich ziemlich kühl werden. Komm, gehen wir ein bißchen spazieren, bis es im Hause wärmer ist. Du solltest dir den Schal um den Kopf binden, denn am Strand weht ein scharfer Wind.«

Die Flut kam, überschwemmte den harten Strand bis zu der Linie ihrer üblichen Grenze und wogte wieder zurück. Das Meer brauste und donnerte in großen Brechern, deren sprühende Gischt die sonst klare Sicht immer wieder für Augenblicke vernebelte.

Weit und breit war kein Mensch zu sehen. Paul wies auf eine Art baufälligen Holzschuppen am Ufer.

»Das Gasthaus«, rief er ihr zu. »Köstliche Fisch- und Schalentiergerichte! Eins der besten Ferienhotels der Welt!«

Joseph hätte diesen Ort entsetzlich gefunden – alt, zerfallen, abgelegen. Warum fragte sie sich immer, was Joseph davon halten würde? Selbst jetzt?

In das Haus zurückgekehrt, rieben sie sich die Hände in der wohltuenden Wärme. »Aber wir machen noch ein Kaminfeuer, damit es gemütlicher ist«, sagte Paul.

In wenigen Minuten brannte es. Die Flamme breitete sich aus, vom zerknüllten Zeitungspapier über das Reisig zum Scheit aus Zedernholz, und es knisterte, glühte orangefarben, scharlachrot und weißgolden auf. Anna schaute zu, während Paul mit dem Feuerhaken und dem Blasebalg hantierte.

»Ich bin ganz bezaubert«, sagte sie. »Mir ist, als sei ich heute früh Tausende von Meilen gereist!«

Paul erhob sich von den Knien und richtete sich auf. »Dieses Haus paßt zu dir, Anna. Oder besser noch könnte ich mir vorstellen, wie du auf einem elisabethanischen Landsitz aussehen würdest, wenn du langsam die Treppe zum Garten hinuntergehst.« Er machte eine ausladende, gespielt romantische Geste. »Oder auch in einer weißen spanischen Villa mit einem roten Fliesenfußboden und einem Springbrunnen im Patio. Jedenfalls sehe ich dich nicht in einer Wohnung der New Yorker West Side.«

Er zündete sich eine Zigarette an, so bedächtig und umständlich, daß Anna das Gefühl hatte, seine Gedanken seien im Augenblick ganz woanders. Dann schüttelte er den Kopf, als versuchte er, eine lästige Überlegung loszuwerden, und fuhr fort: »Was Iris betrifft, so solltest du sehen, daß sie etwas Praktisches lernt – und nicht nur die sogenannte feine Bildung wie ein bißchen Latein, Madrigale oder ein Seminar über das Drama im neunzehnten Jahrhundert.«

»Das klingt fast verächtlich!«

»Nicht im geringsten. Es sind alles faszinierende Gebiete. Aber man muß auch gelernt haben, sich den Lebensunterhalt zu verdienen.«

»Joseph wird für sie sorgen«, beschwichtigte ihn Anna.

»Das meine ich nicht. Es ist eine Frage der Selbstachtung, und ich finde es einfach schlecht, wenn man sein ganzes Leben lang von anderen abhängig ist – besonders für jemanden wie Iris, die, wie du sagst, schon immer sehr wenig von sich selbst gehalten hat.«

Anna hatte es noch nie von diesem Gesichtspunkt aus gesehen. Man erwartete von einem Mädchen, daß es irgendwann wie jedes andere Mädchen heiratet und damit versorgt ist. Vor allem aber erkannte Anna jetzt, daß sie in diesen letzten Jahren der Sorge um Maury Iris weitgehend vernachlässigt hatte.

Paul war aufgestanden, um den Tisch abzuräumen. Als Anna ihm helfen wollte, winkte er ab. »Nein, heute bist du mein Gast. Bleib sitzen.«

Aber sie stand doch auf, ging ruhelos im Zimmer auf und ab und blieb schließlich vor einem alten Spiegel stehen, der zwischen den Fenstern hing. So, wie sie da stand, entdeckte sie eine Ähnlichkeit mit der Frau auf dem Bild, das Paul ihr geschickt hatte: das gleiche schmale Gesicht, der wie unter der Last des üppigen roten Haars leicht geneigte Kopf, die vom Wind gelockerten Haarsträhnen auf dem langen Hals und jene Ruhe, die man je nach Belieben als stille Zufriedenheit oder Melancholie interpretieren konnte.

Anna suchte nach einem Vorwand, das zwischen ihnen eingetretene Schweigen zu brechen.

»Wirst du bleiben, da du jetzt wieder zu Hause bist?«

»Nein, ich werde in London sein, bis der Krieg ausbricht, und das wird sehr bald geschehen, darauf kannst du dich verlassen. Und dann muß ich von dort weg.«

Sie war verblüfft. »Aber dein Geschäft, deine Bank ist doch hier?«

»Ich bin dort nicht für die Bank tätig.«

Sie begriff, daß sie keine weiteren Fragen stellen sollte, und wartete ab. Er stocherte im Feuer herum – ganz unnötigerweise, denn ein Funkenregen sprühte auf, und einige Glutteile fielen auf den Teppich. Er trat sie aus und blickte Anna an.

»Ach, ich kann es dir ruhig sagen. Es geht um folgendes: Ich habe verschiedene Reisen nach Deutschland gemacht, um einige unserer Leute aus den Konzentrationslagern und Gefängnissen zu retten. Zuerst sammeln wir Gelder, und dann stellen wir Kontakte her. Für Geld sind nämlich diese Nazischweine zu allem bereit. Das Unglück ist nur, daß wir nie genug Geld haben, um mehr als sehr wenige Menschen hie und da zu retten . . . vereinzelte Fälle, von denen wir zufällig hören.«

Anna dachte nach. »Du machst Reisen nach Deutschland? Ist das nicht furchtbar gefährlich?«

»Ich kann nicht sagen, daß es ungefährlich ist. Ich bin zwar amerikanischer Staatsbürger, und das ist immerhin ein großer Schutz, aber ich bin auch Jude, und man kann nie wissen. In diesem Lande kann man sehr rasch und unbemerkt verschwinden, und die amerikanische Botschaft könnte nichts beweisen.«

»Wird es denn um Himmels willen nie ein Ende nehmen?«

»Das mag der Himmel wissen. Ich weiß es nicht. Aber wir müssen es versuchen. Wir arbeiten auch in Palästina. Die Engländer wollen uns dort nicht reinlassen, aber es wird für viele der einzige Zufluchtsort sein, und deshalb haben wir dort eine gigantische Arbeit vor uns. Nur darf ich darüber nicht sprechen. Es tut mir leid.«

»Ich weiß ungefähr, was da vor sich geht. Joseph hat letzte Woche einen Scheck an diese Leute geschickt, obgleich er es sich eigentlich nicht leisten kann. Aber er hat es trotzdem getan . . . Paul, paß auf dich auf.«

Er lächelte. »Das werde ich gewiß tun. Aber jemand muß die gefährliche Arbeit leisten, und ein Mann wie ich, der keine Familie hat, für die er sorgen muß, der reich und jung und bei guter Gesundheit ist . . . ein solcher Mann hat eine Pflicht«, sagte er schlicht.

Annas Augen füllten sich mit Tränen, und sie wandte sich ab. Aber er hatte es gesehen.

»Anna, was hast du?«

»Du wirst glauben . . . du wirst glauben, daß ich nichts als Kummer habe! Es ist fast nicht zu fassen, was alles in meiner Familie passiert ist . . .«

»Sage mir, was ist es?«

»Mein Bruder in Wien. Er und seine Frau und seine Kinder, sie sind alle in Dachau umgekommen.« Sie hielt sich die Hände vor das Gesicht.

Paul streichelte ihr Haar. »Das war alles viel zuviel für dich. Mein Gott, es ist nicht fair.«

Sie schmiegte sich an seine Schulter und fühlte den harten Wollstoff an ihrer Wange, als sie flüsterte: »Wir sind wie Schlafwandler am Rande des Abgrunds. Seit Maurys Tod lebe ich in ständiger Angst. Ich mag mir noch so viel Mühe geben, vernünftig zu sein, aber ich muß immer wieder denken und mich fragen: Welches Unglück trifft uns als nächstes?«

»Die Würfel sind bereits gefallen, Anna, mein Liebling. Wahrscheinlich hast du alles auf einmal abbekommen, und danach kommt nichts mehr.«

Er nahm ihr Gesicht in die Hände und küßte ihr die Tränen von den Wimpern und den feuchten Wangen, bis er ihre Lippen fand.

Sie spürte Wärme und Linderung, seine Kraft war ihr Trost und Balsam. Mit einem leisen Schrei klammerte sie sich fester an ihn, und ihr Schmerz verebbte. Nach einer Weile lag sie auf dem Rücken im Licht des Feuers, während er ihr sanft, doch entschlossen das Kleid auszog. Einen Augenblick lang war sie sich ihrer nach dem Feuer ausgestreckten Hand bewußt, deren Durchsichtigkeit sich im Widerschein der Flammen abhob. Sie sah seine leuchtenden Augen, bevor sie die ihren schloß. Und dann verlosch alles, und sie fühlte nur noch den Hunger und das drängende Bedürfnis, den überwältigenden Wunsch, daß das sich in ihr vollziehende Wunder ewig dauern möge ...

Eine lange köstliche Weile später kam eine wunderbare Ruhe über sie, während er sie immer noch in den Armen hielt, und dann schlummerte sie ein.

Paul saß neben ihr auf dem Fußboden und blickte sie besorgt an. »Ich hatte Angst, du würdest dir wieder Gewissensbisse machen.«

Sie blinzelte. »Seltsamerweise fühle ich nichts dergleichen.«

»An was hast du gedacht, bevor du die Augen öffnetest?«

»Ich bin einfach aufgewacht.«

»Du warst schon ein paar Minuten wach. Deine Augenlider haben sich bewegt.«

So scharfsichtig ist er! Vor ihm kann man nichts verbergen. »Na schön. Ich erinnerte mich an meine Gedanken über jenes andere Mal, und ich fragte mich, ob es wirklich so gewesen war oder ob ich es mir nur eingebildet hatte.«

»Und?«

»Es war wirklich so gewesen.«

Er lachte. »Gut! Gut!«

Beim Anblick seines triumphierenden Gesichts mußte Anna lächeln, und dann lachte sie richtig. Es war das erste Mal seit Monaten, daß sie gelacht hatte. Und doch wußte sie, daß der Kummer immer noch da war, daß er sie wieder schmerzen würde, nachdem diese Stunde vorüber und vergangen war.

Das Feuer knisterte, brannte aus, und aus dem Radio kam leise Musik.

So saßen sie, bis es dunkel wurde. Das Feuer war nur noch Glut und Asche, und nachdem die Musik sich zu einem leidenschaftlichen Finale gesteigert hatte, verstummte sie.

»Ich kehre morgen zurück«, sagte Paul.

Sie richtete sich auf. »Morgen schon? Aber warum?«

»Die *Queen Mary* läuft um Mitternacht wieder aus. Ich bin nur gekommen, um dich zu sehen, Anna. Ich muß zurück.«

»Die ganze Reise, nur um mich zu sehen? War das der einzige Grund?«

»Grund? Es war keine vernünftige Überlegung. Es war einfach etwas, das ich tun mußte.« Er stand auf, reichte ihr die Hände und half ihr auf die Beine. »Komm, Anna, meine Anna. Es ist Zeit.«

Heute war mein Tag, sagte sie sich, als sie allein in der stillen Wohnung war, denn weder Joseph noch Iris waren heimgekehrt. Es war mein Tag. Ich weiß, daß ich nach Rechtfertigungen suche, um für das, was ich als Unrecht zu erkennen gelernt habe, Verzeihung zu finden. Und soweit Betrug und

Selbstbetrug immer etwas Unrechtes sind, war es schlecht von mir. Aber wir sind Fleisch und Blut, und es war unvermeidlich. Wir sind viel häufiger Duldende als Handelnde.

Die Tür wird sich mit einem dumpfen Knall schließen, wenn Joseph hereinkommt. Er hustet schon wieder. Wahrscheinlich kriegt er die Grippe – zum drittenmal in diesem Jahr! Er arbeitet viel zuviel, er schuftet sich ab. Ich muß ihm sagen, daß er damit aufhören soll, und ich will nicht, daß er sich all diese Mühe macht. Gewiß, es war schön, sich alles leisten zu können, aber es lohnt sich nicht für den Preis, den er zu zahlen bereit ist. Und doch kann ich ihn nicht aufhalten.

Iris ist ernsthaft, schwerfällig und besorgt. Ich kann nichts tun, um sie zu dem zu machen, was ein junges Mädchen sein soll, nämlich rege, begeisterungsfähig, voller rosiger Träume. Ich war einmal ein solches Mädchen voller rosiger Träume, aber vielleicht war ich nur närrisch. Jedenfalls kann ich Iris nicht ändern.

Dinge geschehen, und Dinge bestehen. In bin in zwei Richtungen gerissen. Werde ich Paul je wiedersehen? Ich glaube es, aber ich kann es nicht mit Bestimmtheit wissen. Morgen nacht wird er auf dem Ozean sein und sich in tausend Gefahren begeben. Er sagt, er warte auf die Nachricht, daß ich mich anders entschlossen hätte. Das wird nie sein, Paul. Nie.

Aber den heutigen Tag werde ich nicht vergessen. Nach jenem ersten Mal hatte ich mich in der Badewanne abgeschrubbt, aber jetzt genieße ich das Gefühl deines Fleisches auf dem meinen. Damals war ich jung, und ich sah die Welt nur in Schwarz oder Weiß, ohne Zwischenschattierungen. Jetzt weiß ich, daß es nicht so ist, obgleich Joseph es immer behauptet. Sollte Joseph vielleicht doch recht haben? Wenn ja, kann ich es auch nicht ändern. Heute war mein Tag.

Ich habe niemandem weh getan, und ich werde niemandem weh tun.

»O Maury! Iris, Joseph . . .«, sagte sie laut.

Die Wohnungstür wurde mit einem Schlüssel geöffnet, und Iris trat ein. »Liest du noch? Ist Papa noch nicht zu Hause?«

Wie immer fragte sie nach Papa.

»Nein, er kommt heute spät.« Anna stand auf und durchquerte das Zimmer. »Iris«, sagte sie, strich ihr das Haar zurück und küßte sie auf die Stirn.

»Mama, was hast du? Ist etwas los?«

»Nein, es ist nur, daß du mir so viel bedeutest, mein Liebling.«

Iris war überrascht, vielleicht sogar etwas verlegen. »Aber . . . mir fehlt ja nichts, Mama.«

»Dir darf nie etwas geschehen. Nie, verstehst du?«

»Was soll mir schon geschehen? Geh zu Bett, Mama! Nimm dir ein Buch, und dann wirst du beim Lesen einschlafen. Nun geh schon.«

Schlaf. Ja, der Schlaf, falls er kommt, falls er kommen will. Das kann man auch nicht befehlen. Der Schlaf kommt und bringt den Frieden, wenn er es will. Die Gedanken strömen nur so herbei: Iris, Joseph, Maury . . . und Eric . . . und Paul. Sie schäumen auf wie die Brandung des Ozeans, und es gibt keine Ruhe.

26

Das Haus war so still. Iris sollte bald nach Hause kommen, sie mußte nach der Schule aufgehalten worden sein. Vor zwei Jahren hatte sie ihre erste Stelle angetreten, als Lehrerin der vierten Klasse in der Volksschule. Arbeit war leicht zu finden, weil alle jungen Männer zum Kriegsdienst eingezogen waren. Iris war übrigens eine ausgezeichnete Lehrerin, und sie hätte sich in jedem Fach bewährt, weil sie wie Joseph gern und schwer arbeitete. Es tat ihr auch gut, ihr eigenes Geld zu verdienen und sich selbst einzukleiden, wenn sie sich auch nicht viel aus Kleidern machte. Zu schade, daß gerade in diesen Jahren ihrer Jugend die Männer alle fort waren! Wenn sie nur ein wenig älter oder vielleicht sogar ein paar Jahre jünger gewesen wäre, aber sie war ausgerechnet im mittleren Alter, dreiundzwanzig Jahre, und es gab kaum Männer, die sie kennenlernen konnte. Sie kannte zwar einen komischen kleinen Kollegen, der wegen Wehrdienstuntauglichkeit an ihrer

Schule tätig war und der sich ihr gegenüber recht freundlich und nett verhalten hatte, wenn auch sonst nicht viel mit ihm los war. Jedenfalls war er der einzige, der Iris mehr als zwei- oder dreimal zum Ausgehen eingeladen hatte. Freundinnen gaben ihr die Namen von Soldaten, die in der Gegend stationiert waren, und Ruths Töchter stellten ihr manchmal Männer vor, aber keiner meldete sich je wieder bei ihr. Ruths Töchter! Mit allem, was sie durchgemacht hatten und obgleich keine von ihnen so intelligent wie Iris war oder wesentlich besser aussah, waren sie alle verheiratet. Oft begegnete Anna ihnen bei ihrer Mutter und sah jenen leicht gequälten Ausdruck von überarbeiteter Hausfraulichkeit, der eine Maske für ihre Zufriedenheit und ihren Stolz ist. Sie hatten etwas – was es auch immer war –, das Iris nicht hatte, und es war nicht zu erwarten, daß Iris es sich plötzlich aneignen würde.

Wer wird sich um sie kümmern? Wer wird sie lieben? Sie ist gar nicht so leicht zu lieben. Manchmal möchte ich die Hand nach ihr ausstrecken, aber dann würde sie meiner Berührung nur ausweichen. Das tut sie immer. Es gibt keine Feindschaft zwischen uns – jetzt, da sie eine Frau ist –, nie ein Wort des Streits, und doch weiß ich, wie man eben solche Dinge weiß, daß sie sich von mir nicht anfassen lassen will. Ruth meint, sie sei eifersüchtig auf mich. Das hätte Ruth nicht sagen sollen. Sie sagt manchmal Dinge, die viel zu intim sind und mich verblüffen. Aber vielleicht hat sie recht. Könnte es so sein?

Eifersüchtig auf mich. Anna schlug sich die Hände vor das erhitzte Gesicht.

Manchmal vergehen Tage, ohne daß ich daran denke, und dann fällt es mir plötzlich wieder ein. Zum Beispiel wenn Joseph so liebend sagt: »Ich finde, sie ähnelt mir sehr, meinst du nicht auch, Anna? Denn dir gleicht sie überhaupt nicht.« Nein, und Joseph auch nicht. Diese Augen, diese Nase, dieses lange Kinn . . . genau wie er und seine Mutter. Nur ohne ihre vornehme Haltung und ihren Stolz, das arme Wurm! Als ob sie wüßte, daß sie falsch geboren ist. Meine Schuld, meine Schuld.

Wenn ich jeden Tag diese Gedanken hätte, würde ich wahrscheinlich verrückt werden. Aber die Zeit ist, wie man sagt, gnädig, und so ist es auch mit mir gewesen. Man findet immer Mittel und Wege, eine Wunde zu schützen, ein verkrüppeltes Bein zu schonen, und nur hie und da, wenn man eine falsche Bewegung macht, fühlt man plötzlich den Schmerz.

Letzte Woche, als wir auf einer Kunstausstellung waren (Joseph geht nicht gerne hin, aber er tut es mir zu Gefallen, und außerdem ist es eine der wenigen Zerstreuungen, die nichts kosten), sagte ich gedankenlos: »Du liebe Güte! Das habe ich ja schon zigmal gesehen!« Und Joseph sagte: »Ausgeschlossen. Auf dem Prospekt steht, daß diese Bilder zum erstenmal aus dem Privatbesitz verliehen worden sind.« Und dann fiel es mir ein. Der von einer Mauer umgebene Obstgarten, die vor dem Ziegelwall aufgereihten Bäume, die lesende Frau im weißen Kleid. (»Nehmen Sie sich das nur auf Ihr Zimmer mit, Anna. Bücher sind dazu da, benutzt zu werden.«) Ein Buch auf einem Tisch in einem Zimmer und in einem Haus, das ich nie vergessen werde.

Ich habe ihn seit vier Jahren nicht mehr gesehen. Kein Wort, auch keine Postkarten mehr, denn er will nur noch hören, was ich ihm nicht sagen kann. Vielleicht ist es besser so.

Der Schlüssel drehte sich in der Wohnungstür. »Ma?« rief Iris.

»Ich bin hier in meinem Zimmer«, rief Anna fröhlich zurück. Sie wollte dem Mädchen nicht zeigen, daß sie einmal wieder ihre »Laune« hatte. Sie nahm ein paar an Bügeln hängende Kleider vom Haken und legte sie auf das Bett.

»Was machst du da?« Iris stand neugierig an der Schwelle. In dem dunkelbraunen Kleid mit dem weißen Kragen wirkte ihr Hals noch länger, und der Gesamteindruck war von fast kirchlicher Strenge.

»Ich räume die Schränke aus. Schau dir diese Dinger an, sie müssen mindestens vierzehn Jahre alt sein, die Röcke gehen bis über das Knie! Und jetzt sind sie wieder modern. Wenn man seine Sachen lange genug aufbewahrt, werden sie wieder wie neu.« Anna plapperte munter drauflos, denn sie glaubte, Iris mit derartigen Trivialitäten aufheitern zu müssen. Die Welt ist gut, im Grunde gar nicht so schrecklich, und alles läßt sich irgendwie arrangieren, sagte dieses Geplapper.

»Wo ist Pa?«

»Er kommt heute spät. Er ist mit Malone nach Long Island gefahren, um sich ein Grundstück anzusehen. Kartoffelfelder, glaube ich.«

»Er arbeitet zuviel. Und in seinem Alter . . .«, sagte Iris finster.

»Es gefällt ihm aber.«

»Ich bleibe nicht zum Essen. Carol hat mich zu sich eingeladen.«

»Ach, das ist aber nett. Eine Party?«

»Nein. Wir wollen nur ins Kino gehen.«

Etwas Besseres als »Das ist aber nett«, fiel ihr nicht ein, und es klang blöde. »Wirst du dich umziehen?«

»Nein. Hast du etwas an diesem Kleid auszusetzen?«

»Nein, ich habe ja nur gefragt.«

»Dann werde ich jetzt aufbrechen. Ich glaube, ich werde zu Fuß gehen. Ich will ein bißchen frische Luft schnappen. Worüber lächelst du denn so?«

»Habe ich gelächelt? Mir fiel nur eben auf, daß du eine hübsche Stimme hast. Es ist ein Vergnügen, dich reden zu hören.«

»Du bist komisch«, sagte Iris. »Deine Tochter ist dreiundzwanzig, und erst jetzt bemerkst du ihre Stimme.« Aber sie freute sich trotzdem darüber.

Ihr Gesicht war eigentlich recht attraktiv, wenn sie sich über etwas freute. Ein feines, intelligentes und sanftes Gesicht, und doch fehlte ihm etwas, was andere Menschen anzieht. Wie manche Kleinen im Kindergarten, die immer abseits stehen, während die anderen sich streiten und spielen. Warum? Was fehlt? Was es auch immer sein mag, man erfährt nur zu bald, daß es nicht da ist, und da man es haben möchte, sich so sehr darum bemüht, es sich so wünscht, entwickelt man eine schüchterne Haltung, lächelt beflissen und redet zuviel, weil man Angst hat, daß das Schweigen langweilig wirken könnte – was es ja manchmal auch sein kann.

Oh, meine Märchenkinder. Ich kann nichts für dich tun, Iris, und ich konnte auch nichts für Maury tun, ebensowenig wie für Eric.

Ein heftiger Windstoß schlug wie ein Stein an das Fenster,

und Anna sprang auf und zog die Vorhänge zu. Die Scheibe war kalt wie Eis, und man fühlte fast die Kälte auf dem Fluß und in den Straßen. Sie sagte sich: Wo Eric ist, herrscht jetzt noch größere Kälte. Das würde mir sehr mißfallen, denn ich liebe die Wärme. Aber er wird sich vielleicht daran gewöhnen und es sogar genießen. Einen Augenblick lang sah sie ihn in dickem Pullover mit Strickmütze Schlitten fahren oder Ski laufen. Das alles sah sie – bis auf sein Gesicht, das sie nicht kannte.

»Schicken Sie bitte keine Geschenke mehr«, hatten sie geschrieben. »Es wird bald zu schwer sein, es ihm zu erklären.«

»Das ist mir völlig egal«, hatte Joseph gesagt.

Jetzt würde er also nicht wissen, welche Liebe sich hinter dem gelben Wagen und der Stoffkatze verbarg, aber später, wenn er einmal erwachsen ist, wird er sich erinnern, wie sehr er sich über diese Dinge gefreut hat, und dann wird er auch wissen, von wem sie geschickt worden waren. Wenn er erst lesen kann, werden wir ihm Bücher schicken, und aus der Auswahl dieser Bücher wird er etwas über uns erfahren, wissen, was für Leute wir sind.

»Ich muß jetzt damit aufhören«, sagte Anna laut zu sich selbst. »Ich habe bereits den ganzen Tag vertan, und ich habe nicht das Recht, den Tag zu verschwenden. Ich kann nichts ändern.«

Sie ging ins Badezimmer und bürstete sich das Haar. Gott sei Dank war es immer noch dunkelrot. Man sagte ihr, sie sähe viel jünger aus, als sie wirklich war, aber heutzutage war man mit über vierzig noch lange nicht alt. Ihr Haar bildete einen ovalen Rahmen um ihr Gesicht. Sie fragte sich, wie ihr Leben wohl ohne dieses schöne Haar verlaufen wäre. Vielleicht hätte niemand von ihr Notiz genommen! Darüber mußte sie lächeln, denn zum Glück hatte sie sich einen gewissen Humor bewahrt, der ihre romantischen Anwandlungen überspielte.

Sie ging in die Küche und machte sich etwas Tee und Toast mit Marmelade. Während sie den Zucker in ihrer Tasse verrührte, empfand sie das Klappern des Löffels als ein wohltuendes, vertrautes Geräusch, das die Stille unterbrach. Morgen war wieder einmal Tag des Roten Kreuzes. Vielleicht stach ein Truppentransporter in See. Man erfuhr es immer erst in letzter Minute, wenn man auf die Docks gerufen wurde, um den jungen Soldaten zum Abschied noch eine Tasse Kaffee und einen Krapfen zu servieren. Das letztemal war es die *Queen Mary* gewesen, die man für die Fahrt über den Atlantik alles überflüssigen Beiwerks entblößt und dunkel angestrichen hatte. Sie erinnerte sich besonders an einen jungen Mann. Gewöhnlich schaute sie sich beim Austeilen des Kaffees nie die Gesichter an, zum Teil wegen der Eile, aber auch aus Scheu, weil sie wußte, was ihnen bevorstand. Nur dieses Mal hatte sie aufgeschaut und war so überrascht gewesen, Maurys Gesicht zu sehen – sogar die Lücke zwischen den Schneidezähnen und die Form der Augenbrauen (ein umgekehrtes V), die seinem Blick einen leicht schmachtenden Ausdruck verlieh. Sie hatte ihn eine Weile angestarrt, und dann hatte er ihr den Becher aus der Hand genommen, mit texanischem Akzent »Vielen Dank, Ma'am« gesagt – und sich abgewandt.

Genug! Sie stand auf, goß den Rest des Tees in das Spülbekken, nahm sich einen Apfel und ein Buch und ging ins Wohnzimmer, wo sie alle Lampen anknipste. So saß sie mit dem Apfelstrunk und dem Buch in der Hand, als Joseph mit Malone heimkehrte.

»Ich mache dir einen Drink«, sagte Joseph zu Malone.

»Aber viel Zeit habe ich nicht. Mary wartet auf mich.« Er setzte sich schwerfällig hin, sprang aber rasch wieder auf. »Das ist ja Josephs Sessel.«

»Um Himmels willen, setz dich doch hin, wo du willst.«

Der Gute war schon ziemlich ergraut und sah viel älter aus als Joseph, obgleich beide im gleichen Alter waren.

»Du schaust ja ganz versonnen drein, Anna.«

»Wirklich? Mir fiel nur gerade ein, wie ich dich das erstemal auf den Heights sah. Joseph kam mit dir an, und du hattest dein Klempnerwerkzeug mitgebracht. Das war der Anfang eurer Geschäftspartnerschaft.«

»Ich kann mich noch gut an den Tag erinnern.«

»Der Krieg war gerade vorüber, und mit all den Paraden und Gesängen kam man sich eigentlich viel mehr wie im Krieg vor. Dieses Mal ist es einfach nur ein Leiden, ein Überleben. Ich nehme an, wir haben inzwischen einiges gelernt.«

Malone sagte: »Meine Jungen sind irgendwo in der Welt an Orten, von denen ich noch nie gehört habe. Ich habe im Atlas nachgesehen und brauchte zehn Minuten, bis ich sie fand.«

Ich weiß, daß mein Sohn tot ist, dachte Anna, und ich habe gelernt, mit dieser Gewißheit zu leben, denn es blieb mir nichts anderes übrig. Aber Malone ist jeden Tag auf die Folter gespannt: Leben meine Söhne noch heute früh, und werden sie heute abend leben? »Wie geht es Mary?«

Malone zuckte die Schultern. »Besorgt, wie alle es sind. Aber eine Freude hat sie wenigstens: Mavis wird im Juni den Schleier nehmen. Das ist etwas, wofür Mary gebetet hat, und Gott sei Dank ist ihr Wunsch erfüllt worden.«

»Es freut mich für sie«, sagte Anna ganz ehrlich. Mary Malone hatte gebetet, daß eine ihrer Töchter in ein Kloster eintreten und einer ihrer Söhne Priester werden würde. Die Hälfte ihres Gebets war also erhört worden, und darüber freute sich Anna, obgleich ihr das alles völlig unbegreiflich war.

Joseph brachte Malone den Drink. »Weißt du, an was ich auf der Heimfahrt dachte? Ich dachte an die Zeit, als wir gemeinsam anfingen, Malone. Das einzige, was wir damals hatten, war Energie und Hoffnung, und jetzt sind wir wieder in der gleichen Lage.«

Malone seufzte: »Nur haben wir inzwischen einiges gelernt.« Er hob sein Glas. »Ich trinke auf dein Wohl! Wenn wir es dieses Mal nicht schaffen . . .«

Anna fragte: »Was soll das heißen?«

»Hat er es dir nicht gesagt? Wir haben das Land gekauft, dreihundert Morgen Kartoffeläcker.«

»Ich hatte immer geglaubt, das mit den Kartoffeläckern sei ein Witz.«

»Es ist kein Witz«, erklärte Joseph. »Jetzt wird nicht gebaut, aber nach dem Krieg wird man zehn Jahre oder noch mehr aufholen wollen. Erinnerst du dich an 1925, als der Bronx River Parkway eröffnet wurde? Wie viele Häuser da gebaut wurden, wie sich die Städte ausbreiteten? Nach dem Krieg wird es das gleiche sein, nur noch mehr, weil die Bevölkerung erheblich zugenommen hat. Und die Preise werden steigen. Deshalb investieren wir jeden Penny – und ich meine auch jeden Penny –, den wir in die Finger kriegen können ... Und danach habe ich ein Auge auf eine Farm in Westchester geworfen. Ich möchte, daß du am Freitag mit mir hinausfährst, Malone.« Er sprach rasch und entschlossen, seine wachsamen Augen blitzten, und er wirkte um Jahre jünger. »Höre auf meine Worte«, fuhr er fort. »Es wird ein ganz neuer Lebensstil beginnen. Die Leute werden die Städte verlassen, und die Nachfrage nach Mietshäusern inmitten von Grünflächen wird gewaltig sein. Überall in den Vorstädten werden dann neue Ladengeschäfte eröffnen, denn die Leute wollen zum Einkaufen nicht mehr in die City fahren. Wir werden ihnen die Geschäfte in ihre Wohngegenden bringen. Ich sage euch voraus, daß jedes größere New Yorker Warenhaus innerhalb von zehn Jahren nach Kriegsende Zweigniederlassungen in allen Vorortsiedlungen haben wird.«

»Du redest, als ob der Krieg morgen zu Ende wäre«, sagte Anna. »Aber bis dahin kann es meiner Meinung nach noch lange dauern.«

»Gewiß, aber ich möchte bereit sein. Wir werden etwas für deine Jungen haben, wenn sie heimkehren«, sagte Joseph lächelnd zu Malone.

Die Männer erhoben sich und gingen zur Tür. »Sage Mary einen schönen Gruß von mir, und ich werde dir wegen Freitag noch telefonisch Bescheid geben.«

Anna machte das Licht aus, und sie gingen ins Schlafzimmer.

»Das Salz der Erde«, sagte Joseph.

»Irgendwie fand ich ihn immer ein bißchen traurig.«

»Traurig? Ich weiß nicht. Natürlich hat er viele Sorgen – aber die hat er ja schon immer gehabt. Es ist gar nicht so einfach, sieben Kinder aufzuziehen.«

»Wahrscheinlich nicht.«

»Immerhin«, sagte Joseph, während er sich die Schuhe auszog, »mir hätte es nichts ausgemacht, so viele zu haben. Ich glaube, ich hätte es schon geschafft.«

»Das hättest du. Manchmal glaube ich, dir wäre nichts unmöglich gewesen.«

»Meinst du das wirklich? Das ist das größte Kompliment, das du mir machen konntest. Ein Mann hört es gern, daß seine Frau an ihn glaubt. Und ich muß dir gestehen, Anna, daß ich mich in letzter Zeit wieder ganz jung fühle. Ich habe den Eindruck, daß ich noch Großes leisten werde, daß wir bald wieder ganz oben sind.«

Sie verspürte eine vage, schwer definierbare Unruhe – so etwas wie Furcht vor neuen Herausforderungen und unbekannten Schwierigkeiten, denen sie sich nicht gewachsen fühlte. Sie dachte an die Hektik ihres ersten Aufstiegs, an all die harte Arbeit, die letzten Endes zu nichts geführt hatte. Am liebsten hätte sie gesagt: Davon haben wir genug gehabt; laß uns ruhig und bescheiden leben, ohne großartige Pläne zu machen oder unsere Fühler in eine halsabschneiderische Welt auszustrecken. Aber da sie nicht wußte, wie sie das alles ausdrücken sollte, sagte sie nur: »Joseph, wir brauchen nicht ganz oben zu sein. Ich bin ganz zufrieden mit dem, was wir jetzt haben.«

»Zufrieden? Nun komm schon. Jetzt leben wir schon seit fast dreizehn Jahren in diesen ärmlichen Verhältnissen. Wir sind nicht weiter gekommen als bis zum Asbury Park! Ich will hier raus und in eine bessere Gegend ziehen. Eines Tages, und zwar bald, werden wir ein eigenes Haus mit Garten haben. Ich habe den Kopf voller Pläne für uns.«

»Ein Haus? Jetzt, in unserem Alter? Es wäre etwas anderes, wenn wir eine Familie aufzuziehen hätten. Aber was sollen wir mit einem Haus?«

»Darin wohnen! Und was soll das heißen, ›in unserem Alter‹? Schau dich doch einmal an! Du bist immer noch eine junge Frau.«

»Ist es dir wirklich ernst mit diesem Haus?«

»Nicht jetzt, nicht gleich, aber sobald ich es kann.«

»Iris würde nicht gern aus der Stadt ziehen.«

»Iris wird mitkommen, und wenn nicht, soll sie ihr eigenes Leben leben. Übrigens wird sie in ein paar Jahren ohnehin verheiratet sein.«

»Das glaube ich nicht. Ich mache mir große Sorgen um sie, wenn ich es dir auch nicht immer sage.«

»Ich weiß, wie sehr du dich sorgst. Aber du kannst nicht ewig Mutter sein.«

»Du hast gut reden! Machst du dir vielleicht keine Sorgen?«

Er lachte betroffen. »Du hast recht. Wir machen uns beide zuviel Sorgen. Wahrscheinlich sind alle Eltern so. Nein, das muß ich berichtigen: Alle sind nicht so, und vielleicht machen wir es falsch. Man schuldet sich auch selbst etwas und sollte nicht nur für seine Kinder leben.«

Sie sah ihn im Spiegel ihres Toilettentisches. Er hatte die Zeitung niedergelegt, saß im Bett und schaute sie an.

»Deine neue Frisur gefällt mir«, sagte er.

Neuerdings hatten die Frauen wieder angefangen, ihr Haar im Pompadourstil hoch über die Stirn aufzukämmen und es dann weich und wellig über die Ohren fallen zu lassen. Ihre Mutter hatte es schon so getragen, und Anna entdeckte immer mehr Eigenschaften ihrer Mutter an sich.

»Ich hätte nicht gedacht, daß es dir auffallen würde.«

»Vernachlässige ich dich so sehr, Anna?«

Sie legte die Haarbürste nieder, eine silberne Bürste mit Monogramm, die sie einmal in längst verflossenen Zeiten zum Geburtstag bekommen hatte.

»Das will ich auch nicht«, sagte Joseph sehr ernst. »Du bist das Herz meines Lebens, ich kann es nur nicht richtig ausdrükken.«

Ihr Blick schweifte ab und blieb am Muster des Teppichs haften: drei rosa Schleifen auf beigefarbenem Grund, eine Spirale, ein moosgrünes Blatt.

»Das freut mich sehr«, erwiderte sie, »denn du bist auch das Herz meines Lebens.«

»Wirklich? Ich hoffe es. Weil ich weiß, daß ich es nicht war, als wir heirateten.«

»Das darfst du nicht sagen!«

»Warum nicht? Es ist doch die Wahrheit«, sagte er sanft. »Es spielt jetzt keine Rolle mehr, aber du brauchst es nicht abzuleugnen. Alles muß offen und ehrlich zwischen uns beiden sein. Immer.«

»Ich war damals sehr jung und unwissend und hatte keine Ahnung vom Leben! Überhaupt keine Ahnung, verstehst du das?« Tränen rannen ihr über die Wangen, und sie wischte sie rasch fort. »Verstehst du das?« wiederholte sie.

»Jetzt, da wir darüber reden«, meinte er, »bin ich mir nicht mehr so sicher, daß ich alles richtig verstehe. Ich hatte – ich habe das Gefühl, daß es Dinge in deinem Leben gibt, von denen ich nichts weiß.«

Panische Angst stieg in Anna auf. »Warum? Was könnte es geben, von dem du nichts weißt?«

Er zögerte. »Nun, wenn wir schon mal davon reden, werde ich es dir sagen. Weißt du, wann ich tatsächlich völlig außer mir war?«

»Keine Ahnung«, log sie.

»Das war, als Paul Werner dir dieses Bild schickte, dieses Bild, das dir angeblich ähneln soll. Ich war sehr bemüht, es mir nicht anmerken zu lassen, aber ich war innerlich ganz schön aufgewühlt.«

»Aber das war . . . das ist doch schon Jahre her! Und ich dachte, wir hätten uns endgültig darüber ausgesprochen und die Sache sei erledigt.«

»Ich weiß, und es ist wahrscheinlich dumm von mir, daß ich immer noch daran denke. Aber es will mir anscheinend nicht aus dem Kopf.«

»Es ist ein Jammer, daß du dich für nichts und wieder nichts mit solchen Dingen quälst«, sagte Anna leise.

»Du hast völlig recht. Aber sage es mir bitte noch einmal, und sei mir nicht bös: Liebtest du ihn? Ich werde dich nicht fragen, ob er in dich verliebt war, weil es ganz offenbar der Fall gewesen sein muß und es mir im übrigen nichts ausmacht. Ich will nur wissen, ob du ihn liebtest. Hast du ihn geliebt, Anna?«

Sie nahm einen tiefen Atemzug. »Ich habe ihn nie geliebt.« (Ich erdulde Qualen der Sehnsucht und erdulde sie immer noch. Aber das ist doch nicht das gleiche, nicht wahr? Oder doch?)

Ich frage mich, wie mir jetzt wäre, wenn ich Paul geheiratet hätte. Würde ich das Gefühl haben, daß er mich braucht, wie

Joseph mich braucht? Kann etwas Vollkommenes – und es war vollkommen – auf die Dauer bestehen?

Joseph lächelte. »Ich glaube dir.«

»Und du wirst es nicht wieder zur Sprache bringen? Ist jetzt wirklich ein für allemal Schluß damit?«

»Ein für allemal.«

Sie sagte sich: Ach, Joseph, wenn ich dessen nur sicher sein könnte! Ich würde alles geben, um dir nicht weh zu tun! Du weißt ja gar nicht, wie lieb du mir geworden bist. Und das ist seltsam, weil wir beide so verschieden sind. Wir mögen fast nie die gleichen Dinge und haben in allem einen anderen Geschmack. Und doch würde ich für dich sterben, wenn es nötig wäre.

Ist das Liebe? Liebe ist schließlich nur ein Wort wie jedes andere. Wenn man es oft genug wiederholt, verliert es seinen Sinn. Baum, Tisch, Stein, Liebe.

»Anna, Liebling, mach das Licht aus und komm zu Bett.«

Ihr Morgenrock glitt mit einem seidigen Rascheln zu Boden. Der Wind rüttelte wieder heftig am Fenster. Während sie sich im Dunkeln durch das Zimmer tastete, machten sich ihre Gedanken selbständig, wie schon den ganzen Tag.

Wir werden von Windstößen getrieben, unter rollende Räder geweht und zerquetscht oder sanft in einen sonnigen Garten getragen. Und das alles aus reinem Zufall, ohne ersichtlichen Grund.

Drittes Buch

Wiesen und Weiden

27

Opa hatte einen blauen Chrysler mit einem aufklappbaren Verdeck, das bei schönem Wetter immer offen war, selbst an einem kalten, klaren Apriltag wie diesem. Er war ein Freiluftfanatiker, und für ihn war frische Luft das beste Heilmittel gegen alle Krankheiten. Der Wagen war eine Sonderanfertigung, seinen fast völlig gelähmten Beinen angepaßt, mit Handkupplung und Handbremse. Meist stand der Wagen hinter dem Haus – dort, wo in früheren Generationen die Scheune und die Stallungen gewesen waren. Wenn Opa mit seinen Krücken aus dem Hause humpelte, erinnerte er Eric an einen Krebs oder eine Krabbe, denn seine Beine zuckten und schlenkerten. Zum Einsteigen drehte er den beweglichen Rumpf so lange hin und her, bis er auf dem Fahrersitz die richtige Haltung erreicht hatte. Saß er einmal dort, die Tweedmütze auf dem Kopf und die Pfeife im Mund, so sah er wie jeder andere aus, und niemand hätte erraten, daß er ein Krüppel war. Vielleicht fuhr er deshalb so gern Auto.

»Gut, mein Junge«, sagte er, »paß auf, daß die Tür richtig zu ist; drück den Knopf herunter.« Er steckte den Schlüssel in die Zündung, hielt jedoch plötzlich inne. Von der Baumgruppe zwischen der Scheune und dem See ertönte ein zartes Pfeifen. »Ki-witt! Ki-witt!«

Opa legte den Finger auf die Lippen. »Pscht . . . weißt du, was das ist? Ein Grauschnäpper. Nahe verwandt mit dem Rotscheitel-Tyrannen.«

»Wie sieht er aus?«

»Grau und mit zwei weißen Streifen auf den Flügeln.«

»Ki-witt, Ki-witt!«

»Könnte ich ihn sehen, wenn ich jetzt aussteigen würde?«

»Wahrscheinlich schon, wenn du dort unter die Bäume gehst, aber ganz still und ruhig, und wenn du dich hinsetzt, ohne auch nur einen Finger zu bewegen. Eigentlich könntest du bald lernen, meinen Feldstecher zu benutzen. Warum nicht? Morgen werde ich dir vielleicht zeigen, wie man damit umgeht. Er liegt auf dem zweiten Brett in meinem Schrank im Bibliothekszimmer, neben meinen Vogelbüchern.«

Der Wagen fuhr los, rollte in die Ausfahrt und bog hinter den Torpfosten in die Straße ein, am Haus seines Freundes Teddy vorbei. Dann kam das große gelbe Haus von Dr. Shane, das von den Timminses und das von den Whitelys, die sich auf ihren Weiden Reitpferde hielten. Der Wagen bog nun in die Hauptstraße von Brewerstown ein.

»Wir brauchen Benzin«, sagte Opa. »Eric, gib mir bitte das Rationierungsbuch. Es liegt im Handschuhfach.«

Der Tankwart bückte sich unter einen Wagen. Als er den Chrysler bemerkte, richtete er sich auf und wischte sich die öl-verschmierten schwarzen Hände an einem Lappen ab.

»Guten Tag, Mr. Martin. Soll ich volltanken?«

»Ja, bitte, Jerry. Heute bin ich mal verschwenderisch. Es ist Erics Geburtstag, und wir machen eine Spazierfahrt.«

»Tatsächlich? Ich gratuliere! Wie alt bist du denn geworden? Neun oder zehn?«

»Sieben«, antwortete Eric stolz.

»Sieben? Du bist aber sehr groß für dein Alter!«

»Wie geht es Jerry junior?« erkundigte sich Opa.

»Er schließt nächste Woche seine Grundausbildung in Fort Jackson ab, und danach wird er wohl nach Übersee gehen.«

Opa antwortete nicht. Das einzige Geräusch war das Surren der Pumpe, und als sie endlich stillstand, reichte Opa dem Mann das Rationierungsbuch und einige Dollarscheine. Jerry riß die Marken heraus und gab das Buch zurück.

»Also Hals- und Beinbruch«, sagte Opa leise. »Grüßen Sie mir Jerry junior, und sagen Sie ihm, ich erwarte ihn zurück. Wie alle anderen . . . bald.«

»Danke, ich werde es ihm ausrichten.«

Opa ließ den Motor an, und dann fuhren sie die Hauptstraße zum See hinunter.

»Wo fahren wir hin, Opa?«

»Ich entwerfe ein Testament für Oscar Thorgerson. Du weißt doch, das ist die große Farm auf der anderen Seite von Peconic. Ich hatte mir gedacht, ich nehme mal ein paar Notizen mit und zeige ihm, wie ich mir die Sache vorstelle. Wenn er einverstanden ist, kann ich dann das Dokument offiziell aufsetzen. Damit erspart er sich eine Reise während der Zeit des Pflügens, und uns gibt es Gelegenheit zu einer Spazierfahrt.« Er lächelte Eric von der Seite an.

Die Straße führte an Gehölzen und Sommerhäusern vorbei, deren Fenster noch mit Brettern vernagelt waren. Zwischen den Bäumen erhaschte man einen Blick auf den See. Dann bog die Straße vom Ufer ab, stieg eine Hügelkette hinan und verlief weiter geradeaus durch ein breites Tal mit Gutshäusern und Feldern auf beiden Seiten. Der Wind rauschte wie ein Wasserfall in Erics Ohren. Ein Mann pflügte ein riesiges Feld; vor ihm war die Erde trocken, gelblichbraun, mit den Maisstoppeln vom letzten Jahr, und hinter ihm war sie dunkel und feucht wie schmelzende Schokolade. Die mächtigen Pferde zogen den Pflug hügelan.

»Pferde vor einem Pflug . . . das habe ich seit Jahren nicht mehr gesehen«, sagte Opa.

»Wieso? Wie kann man es denn sonst noch machen?«

»Mit Traktoren. Aber jetzt haben wir Krieg und kein Benzin, und deshalb sind wieder die Pferde dran. He, schau dir das einmal an!«

Eine Vogelschar flog auf und durchstreifte den Himmel.

»Schwalben«, sagte Opa. »Vogelbeobachtung ist schon immer eine meiner Lieblingsbeschäftigungen gewesen! Ich habe Vögel gesichtet, auf die andere Leute Jahre gewartet haben. Und als wir in Frankreich wohnten, mußte ich mir ein ganz neues Vokabular aneignen, nicht nur die Namen, sondern auch all die neuen Arten von Vögeln, die es hier nicht gibt. Ich kann mich noch gut erinnern, als ich zum erstenmal eine Nachtigall hörte und dann auch sehen konnte. Es war ein bezauberndes Erlebnis.«

»Ach, Opa, sage doch bitte etwas auf französisch.«

»*Je te souhaite un bon anniversaire.*«

»Was heißt das?«

»Ich wünsche dir einen schönen Geburtstag.«

»Es klingt hübsch.«

»Französisch ist eine schöne Sprache. Wie Musik.«

»Kannst du alles auf französisch sagen, was du willst?«

»O ja. Obgleich ich es nicht mehr so fließend spreche wie damals, als wir dort lebten. Eine Sprache muß man pflegen, weil sie einem sonst entwischt.«

»Ich möchte einmal nach Frankreich fahren. Sind dort die Bäume und die Häuser und all das andere genauso wie hier?«

»Ja . . . und dann wieder auch nein. Ich meine, Bäume sind Bäume, und Häuser sind Häuser, nicht wahr? Aber es gibt Unterschiede. Eines Tages wirst du es sehen.«

»Wirst du mitkommen?«

»Das geht leider nicht, Eric. Mit diesen Krücken wäre mir das Reisen zu schwer.«

»Dann fahre ich auch nicht. Ich bleibe bei dir.«

Der Großvater nahm eine Hand vom Steuer und legte sie auf Erics Hand. »Du wirst reisen und dir die Welt anschauen. Das ist mein Wunsch. Und ich werde warten, bis du wieder zurückkommst. Ich werde auf dich warten.« Er zog seine Hand zurück. »Ich wollte dich überraschen, aber ich kann ein Geheimnis nicht für mich behalten. Oma und ich haben eine Überraschung für deinen Geburtstag. Es ist ein Geschenk, das du aber erst im Sommer bekommen wirst. Wahrscheinlich so um den vierten Juli herum. Du brauchst nicht so enttäuscht dreinzublicken! Wir haben noch andere Sachen für dich, die du heute abend beim Geburtstagsessen erhalten wirst. Aber auf dieses große Geschenk mußt du noch warten . . . kannst du erraten, was es ist?«

Eric runzelte die Stirn. »Nein, das kann ich nicht. Was ist es?«

»Etwas, das du dir sehr gewünscht hast. Du hast uns oft darum gebeten.«

Ein Lächeln erhellte Erics Gesicht, zuerst zögernd, dann freudestrahlend. »Ein Hund? Ein junger Hund? Opa, ist es wirklich ein Hund?«

»Jawohl, ein Hund. Und nicht irgendein Hund. Ein wahrer Prinz. Ein großer Labrador wie der von Dr. Shane.«

Eric zappelte auf dem Sitz. »Wo ist er? Wo wirst du ihn kaufen? Kann ich ihn jetzt schon sehen?«

»Das ist einer der Gründe, weshalb ich dich mitnahm. Mr.

Thorgersons Hündin wird dieser Tage ihre Jungen haben. Das erklärt auch, warum du bis zum Sommer warten mußt, weil das kleine Tierchen zu jung und schwach ist, um ohne Mutter auszukommen. Aber sobald es fähig ist, aus seinem Napf zu fressen, holen wir es ab.«

»Ach, Opa, Opa, ich möchte einen männlichen Hund haben und ihn George nennen.«

»Abgemacht. George.«

Ein langer Sandweg zweigte zwischen Zäunen von der Straße ab. Das Haus war an die Scheune angebaut und bildete mit den Schuppen und Stallungen ein L. Hühner scharrten im herumliegenden nassen Stroh. Opa hielt den Wagen an. Einen Augenblick später kam Mr. Thorgerson in Gummistiefeln, die ihm bis zu den Hüften reichten, um die Ecke.

»Habe Sie den Weg heraufkommen sehen. War gerade dabei, meine Pumpe zu reparieren, und bin davon ganz naß geworden«, sagte er. »Und wie geht es Ihnen, Mr. Martin? Und dir, junger Mann?«

»Danke, gut, Mr. Thorgerson.«

»Ich habe diese Papiere mitgebracht«, sagte Opa. »Lesen Sie sich alles noch mal durch, denken Sie und Ihre Frau ein paar Tage darüber nach, und wenn Sie ganz sicher sind, daß alles Ihren Wünschen entspricht, rufen Sie mich an. Dann lasse ich das Ganze in Reinschrift setzen, und Sie brauchen nur noch zu unterzeichnen.«

»Geht in Ordnung. Ich gehe nur mal rasch ins Haus und wasche mir die Hände, bevor ich alles schmutzig mache.« Er beugte sich vor und flüsterte Opa etwas ins Ohr.

»Aha.« Opa machte ein erfreutes Gesicht. »Ich muß Ihnen gestehen, daß ich das Geheimnis nicht für mich behalten konnte. Ich habe es Eric erzählt, und er weiß Bescheid. Eric, was sagst du dazu? Lady hat heute früh ihre Jungen geworfen, und wenn du dich ganz still verhältst und sie nicht störst, wird Mr. Thorgerson dich mit hineinnehmen und sie dir zeigen.«

Die Mutter lag mit ihren Kleinen auf einem Stapel Wolldecken in einer Ecke der Küche. Im Licht der durch das Fenster eindringenden Sonnenstrahlen glänzte ihr Fell wie schwarzer Teppich. Die Welpen – Eric fand sie nicht viel größer als Mäuse – piepsten und krabbelten übereinander.

»Sie kriegen jetzt Hunger«, flüsterte Mrs. Thorgerson ihm über die Schulter zu. »Sie wird eine gute Mutter sein, sie ist sehr sanft. Ich habe den ganzen Morgen hier in der Küche gearbeitet, und sie hat nicht geknurrt, wenn ich in ihre Nähe kam.«

»Sie weiß, daß Sie ihren Kleinen nicht weh tun werden«, sagte Eric altklug.

»Welchen möchtest du denn?« fragte Mr. Thorgerson.

»Schwer zu sagen. Sie sehen alle gleich aus.«

»Er hat recht, Oscar. Komm in ein paar Wochen wieder, wenn sie ein bißchen größer sind, und dann kannst du dir einen aussuchen.«

Ich werde die Hand ausstrecken, nahm sich Eric vor. Das werde ich tun. Und dasjenige, das auf mich zukrabbelt, wenn es männlich ist, werde ich nehmen, weil ich dann weiß, daß er mich gern hat. Und dann bringe ich ihn nach Hause, und er wird in einem Korb in meinem Zimmer schlafen, vielleicht sogar auf meinem Bett. Und wir werden Freunde sein, und ich werde ihn immer gut behandeln. Vielleicht dieser da?

Alle lachten. Einer der Welpen – sie waren alle winzig, feucht und blind, dieser aber ein bißchen kräftiger als die anderen – rollte sich herum, drängte quietschend und piepsend eins seiner Geschwister von seinem Platz und krabbelte auf die freigewordene Zitze der Mutter zu.

»Möchtest du einen Marmeladekrapfen?« fragte Mrs. Thorgerson.

»Ja, bitte . . . ich meine, vielen Dank, gern.«

Die Küche duftete angenehm nach Zucker und Gebackenem. Ein paar Topfpflanzen standen auf dem Fensterbrett neben dem Tisch, wo man ihm ein Glas Milch und zwei Krapfen auf einem weißen Teller hingestellt hatte. Es war schön, in der Küche zu essen, in Reichweite des Eisschranks und des Herdes, und es war viel gemütlicher als im Speisezimmer zu Hause, wo man immer aufpassen mußte, daß man nichts auf den Teppich oder auf die glattpolierte Tischplatte verschüttete.

Mrs. Thorgerson stand vor ihm und blickte ihn an. »Hat's geschmeckt?«

»Danke, sehr gut.«

»Es ist lange her, seit meine Jungen das letztemal an diesem Tisch gegessen haben«, sagte sie.

Sie gingen zum Wagen hinaus. Opa schaute Eric an und sagte lächelnd, ohne die Pfeife aus dem Mund zu nehmen: »Ich werde das Radio anstellen. Um vier Uhr gibt es Musik.«

Klavierspiel ertönte, während sie auf der geraden Straße entlangfuhren. Über ihren Köpfen zeigten sich die ersten Knospen an den Bäumen, gelbgrünliche kleine Blätter. Und die Klaviermusik schien aus diesem Vorfrühlingslaub zu kommen.

Eric dachte nach. Er hatte eine Frage auf den Lippen, und er sprach sie aus: »Warum heiße ich nicht auch Martin? Warum ist mein Name Freeman?«

»Weil . . . weil man den Namen seines Vaters trägt.«

Freeman. Der Name seines Vaters war Maurice Freeman. Er hatte einmal Oma gefragt: »War mein Vater Franzose, Oma?«

»Nein, er war kein Franzose.« Und ihr Mund hatte sich zu jener schmalen Linie zusammengezogen, die bedeutete, daß man ihm einen Wunsch verweigerte, wie zum Beispiel, wenn er bat, nachts im Freien schlafen zu dürfen oder ein drittes Stück Kuchen zu haben. *Nein, das darfst du nicht.* Dann klappte ihr Mund zu wie ein Kasten oder eine Schublade. Schnapp, klick.

»Aber der Name klingt doch französisch. Opas Freund in Frankreich, von dem er immer erzählt, hieß doch auch Maurice.«

»Er war kein Franzose.«

»Was war er dann?«

»Amerikaner natürlich. Was denn sonst?«

»Kann ich ein Bild von ihm sehen?«

»Gern, wenn ich eins hätte.«

»Und warum hast du keins?«

»Ich weiß nicht, warum ich keins habe. Aber ich habe eben keins! Ach, Eric, jetzt muß ich wieder von vorne anfangen und meine Maschen zählen. Du hast mich ganz durcheinandergebracht.« Sie strickte ständig Pullover für ihn, so auch den marineblauen, den er heute trug. Er mochte ihre Pullover nicht, denn sie kratzten auf der Haut. Es juckte ihn im Nacken, wenn er nur daran dachte.

Er war an diesem Tag sehr hartnäckig gewesen. »Wenn du kein Bild hast, erzähle mir wenigstens, wie er aussah.«

»Ich erinnere mich nicht, wie er aussah. Ich bin ihm nur einmal begegnet.«

Er hatte fragen wollen: »Warum?« Aber er hatte den Mund nur auf- und wieder zugemacht. Irgendwie war er sich bewußt geworden, daß er keine Antwort erhalten würde. Es war wie das Einschnappen eines Schlosses, wie wenn man irgendwo eingesperrt ist und herauswill oder ausgesperrt ist und hereinwill. Man kann sich Gott weiß welche Mühe geben – man kommt einfach nicht weiter. Er fühlte das ohne sonderliche Erregung, aber die Frage blieb im Raum stehen.

Mit seiner Mutter war es etwas ganz anderes. Überall standen und hingen Bilder von ihr herum, Fotos in Silberrahmen auf Schreibtischen und Kommoden, und ein Gemälde über dem Flügel, auf dem sie ein kurzes weißes Kleid und eine Schleife im Haar trug. Sie war in Alben aus Leder zu finden, auf Schnappschüssen an Deck eines Überseedampfers, auf dessen Rettungsring im Hintergrund *S.S. Leviathan* zu lesen war. »Das war im Jahr, als wir nach Frankreich zogen«, erklärten ihm die Großeltern, während sie im Licht der Tischlampe im Bibliothekszimmer saßen und langsam die Seiten umblätterten, viel zu langsam und viel zu sehr auf Einzelheiten eingehend, die er langweilig fand. »Das ist das Haus in der Provence, wo wir einen Sommer verbrachten. Siehst du, das dort sind Olivenbäume, und diese Terrassenhänge im Hintergrund – siehst du sie? –, auf denen wachsen die Weintrauben! Deine Mutter hatte sich in diesem Sommer einen richtigen provenzalischen Akzent angeeignet, aber sie sprach schon vorher französisch wie eine Einheimische.«

Besonders gefiel ihm ein Bild, auf dem sie als Baby von vielleicht zwei Jahren mit einem großen weißen Collie auf den Stufen vor dem Hause saß. Über ihrem Kopf sah man den

Messingtürklopfer mit dem Löwenhaupt. Er ging oft hinaus, und wenn niemand ihn sah, setzte er sich auf den gleichen Fleck unter dem Türklopfer, fuhr mit den Handflächen über die Steinstufe, die gleiche, auf der sie gesessen hatte, und dann hatte er das Gefühl, daß vielleicht irgend etwas von ihr noch auf diesen Stufen geblieben war. Dabei empfand er keine Trauer oder Wehmut, höchstens Neugierde.

Er konnte sich nicht mehr genau erinnern, wann er zuerst erfahren hatte, daß seine Stellung im Leben nicht die gleiche war wie die der anderen Kinder, die er kannte. Irgend jemand – war es Oma oder Opa oder Mrs. Mather, die Haushälterin, gewesen? –, irgend jemand hatte ihm erzählt, daß seine Eltern tot seien. Er war also ein Waisenkind. Aber das konnte doch nicht stimmen, denn in den Märchen wie *Das kleine Mädchen mit den Schwefelhölzern* und *Aschenputtel* war ein Waisenkind immer traurig und unglücklich. Waisenkinder haben Hunger und müssen in Hauseingängen schlafen. Wie kann man in Hauseingängen schlafen? Wo streckt man da seine Beine hin? Wie stellt man es an, daß die Leute beim Rein- und Rausgehen nicht über einen stolpern?

Aber er, Eric, hatte ein Haus und ein großes Zimmer mit einem Kamin und ein Bett mit einer Steppdecke, auf der allerlei Tierbilder zu sehen sind, ein Bücherregal und einen Schrank, in dem er seinen Hebekran, seinen Baukasten, seinen großen Lastwagen und seine Feuerwehrleiter aufbewahrte. Und zu essen hatte er mehr als genug. Man gab ihm sogar zu essen, wenn er gar keinen Hunger hatte. *Du mußt deine Haferflocken aufessen, bevor du zur Schule gehst.* Wie konnte er da ein Waisenkind sein?

Wegen des Unfalls, nur deswegen. Es war in einem Wagen passiert, weitab von hier, in New York City. Der Wagen war zerquetscht worden, und danach hatte er keinen Vater und keine Mutter mehr. Nach dem Unfall war er hierhergekommen, um bei Oma und Opa zu leben.

»Da wären wir also wieder zu Hause«, sagte Opa und stellte das Radio ab. »Eric, willst du mir bitte meine Krücken vom Rücksitz reichen?«

Großmutter kam aus dem Haus, um Opa hineinzuhelfen.

»Ich hatte mir schon Sorgen um euch gemacht. Es ist fast fünf, und Teddy wartet auf dich.«

»Wir haben uns großartig amüsiert. Eric sah seinen neuen Hund, der heute früh geboren wurde, und wir hatten eine schöne Fahrt. Du bist ja heute so festlich angezogen?«

Sie trug eine weiße Seidenbluse und ihre goldene Brosche mit den Perlen. »Natürlich. Es ist doch Erics Geburtstag.«

»Schau, was du bekommen hast!« schrie Teddy ganz aufgeregt, als sie ins Vestibül traten. »Schau, was du bekommen hast!«

Ein riesiger Karton lag halb aufgedeckt auf der Seite, und darinnen stand ein herrliches, hellrot lackiertes Auto, groß genug, um darin zu sitzen, mit Pedalvorrichtung, Scheinwerfern, Hupe und richtigen Rennfahrersitzen.

Eric blieb das Herz stehen. »Das ist für mich? Das hast du mir gekauft?«

»Natürlich nicht, du Dummkopf«, sagte Teddy. »Mein Geschenk liegt eingewickelt mit den anderen im Eßzimmer.«

»Es ist von Macys in New York«, sagte Oma. Sie wandte sich an Opa. »Ich hatte gedacht, es seien die Klappstühle, die du bestellt hast, und deshalb habe ich es geöffnet.«

»Konntest du nicht . . .?«

»Teddy war bei mir. Wir haben es zusammen aufgemacht, und dann war es zu spät.«

»Ich verstehe«, sagte Opa. »Na schön, ich bin sicher, daß du deine Freude an diesem Wagen haben wirst. Geh jetzt hinauf, wasch dir die Hände und zieh dich um. Wir werden bald essen.«

»Ich gehe nach Hause und ziehe mir meinen Anzug an«, sagte Teddy. »Meine Mutter hat gesagt, ich soll meinen guten Anzug tragen, weil es Erics Geburtstag ist.«

»Ja, natürlich. Sei um sechs zurück, Teddy«, sagte Oma.

Eric schüttelte den Kopf. »Ich kann es nicht glauben.«

»Was kannst du nicht glauben?« fragte die Großmutter.

»Mein Hund George und dieser Wagen, alles an einem Tag.«

»Du hast ja noch nicht alles«, sagte Oma lachend. »Aber jetzt geh hinauf, Liebling, ja?«

Sein Anzug und die saubere Unterwäsche lagen ausgebreitet auf dem Bett. Seine Sonntagsschuhe standen unter dem Bett. Er war so glücklich, so aufgeregt! Der Hund, der rote Wagen mit den Scheinwerfern von Macy in New York! Er kannte diesen Macy nicht, fand es jedoch sehr nett von ihm, ihm ein solches Geschenk zu machen. »Hurrah!« rief er und schlug einen Purzelbaum auf dem Teppich vor dem Badezimmer, und dann noch einen und noch einen, vier insgesamt, bevor er mit einem Bums an die Wand prallte. Er fragte sich, wo der Wagen stehen würde. In der Garage? Das mußte er gleich herausfinden.

Die Zimmer seiner Großeltern lagen am Ende des Flurs. Er hörte ihre Stimmen kaum, und so ging er etwas näher. Sie unterhielten sich leise in Opas Zimmer. Plötzlich wurde die Stimme seiner Großmutter lauter, und er hörte sie sagen: »Aber ich konnte es doch nicht verheimlichen! Wie hätte ich das gekonnt, wo Teddy dabei war? Er hätte es Eric erzählt. Es tut mir leid, James, aber es war unvermeidlich.«

»Ich dachte, sie hätten sich einverstanden erklärt, im Interesse des Kindes keinerlei Kontakt aufzunehmen. Es ist zu verwirrend, und es stellt nur wieder alles in Frage! Haben sie sich nicht einverstanden erklärt? Warum also halten sie sich nicht mehr an die Abmachung?«

»Sie haben sich ja an die Abmachung gehalten, wenn man es richtig bedenkt. Wahrscheinlich waren sie der Ansicht, daß ein Geschenk nicht unbedingt ... ach was, ich weiß es nicht, aber jedenfalls müssen sie das Bedürfnis verspürt haben, dem Jungen etwas zu schicken.«

»Furchtbar protzig! Das muß sie hundert Dollar gekostet haben.«

»Sicher. Ich werde ihnen jedenfalls den Empfang bestätigen und es dabei belassen. Aber sie tun mir doch ein bißchen leid, James.«

»Ich habe nur eine Sorge, und das ist Eric«, sagte der Großvater bestimmt.

»Natürlich.«

Dann kam ein Geräusch, wie wenn jemand sich aus einem Sessel erhebt. Eric eilte in sein Zimmer zurück.

Warum ärgerte es sie, daß Macy den Wagen geschickt hatte? Komisch. So ein schöner Wagen! Schöner als alles, was Teddy besaß. Und das war gut, denn manchmal ging ihm Teddy auf die Nerven. »Ist es nicht ein furchtbares Gefühl, keinen Vater und keine Mutter zu haben?« Solche blöden Fragen stellte er ihm. Warum sollte es ein furchtbares Gefühl sein? Er hatte ja alles, was er wollte, Opa und Oma gaben ihm alles, was er sich wünschte, und sie liebten ihn. Ein furchtbares Gefühl? Er streckte dem abwesenden Teddy die Zunge heraus. So einen Wagen hast du nicht, Teddy! Und einen Hund wie George hast du auch nicht!

Aber es war doch komisch mit Macy. Er erinnerte sich, im vorigen Winter ein Paar Schlittschuhe von ihm erhalten zu haben, als es nicht einmal Weihnachten war. Opa hatte etwas zu Oma gesagt. Damals schienen sie sich auch über die Schlittschuhe geärgert zu haben, aber bald danach war es vergessen. Jedenfalls hatte er die Schlittschuhe, und jetzt hatte er den Wagen, und alles andere spielte keine Rolle mehr. Aber komisch war es schon.

28

Joseph und sein Spiegelbild gingen die Madison Avenue herunter, zum Büro zurück. Jedesmal wenn er vom Nachmittagsverkehr wegschaute, wo Autobusse und Taxis sich an den Gehsteigen entlangdrängten, wenn eine Glastür sich öffnete oder das Sonnenlicht auf ein Schaufenster fiel, sah er einen energischen Mann im grauen Anzug, der rasch voranschritt und dabei mächtig mit den Armen ruderte. Diese Ruderei mit den Armen war ihm nie zuvor aufgefallen.

Als er an der Ecke der Sechsundfünfzigsten Straße auf das grüne Fußgängerlicht wartete, rief ein Schaufenster, in dem schwarzumränderte Fotos des vor vierzehn Tagen gestorbenen Präsidenten Roosevelt ausgestellt waren, schmerzlich traurige Erinnerungen in ihm wach. Der Tod dieses Präsidenten war etwas, das er wie einen persönlichen Kummer empfand. Feierliche Trauer, der Begräbniszug in Georgia, der langsame Marsch auf der Pennsylvania Avenue und das Pferd mit den zurückgeschlagenen Steigbügeln – Symbol des gefallenen Kriegers. Ein tapferer Mann. Ein Mann, dessen klare, vertrauenerweckende Stimme im Radio er bestimmt vermissen wird.

Und doch gab es Leute, die ihn gehaßt hatten. Nicht nur jene Reichen, die ihn als Verräter ihrer Klasse betrachteten! Joseph kannte einen Arbeiter, dessen Zwillingssöhne im Kriege gefallen waren und der Roosevelt beschuldigte, Amerika in diesen Krieg hineingetrieben zu haben. Aber das war Unsinn, verbitterte Lärmmacherei, leeres Gerede. Verständlich, aber trotzdem leeres Gerede. Malone hatte seinen Schwiegersohn verloren, Irenes Mann, der in Iwo Jima gefallen war, und jetzt war Irene mit ihren beiden kleinen Kindern zu ihren Eltern zurückgekehrt . . . gar nicht so einfach für die Malones, deren eigene Kinder noch nicht alle erwachsen waren und bei ihnen wohnten, aber sie beklagten sich nie.

Irenes kleiner Junge sah wie Eric aus – oder so, wie Eric ihrer Erinnerung nach ausgesehen hatte, als er zwei Jahre alt war. Joseph fühlte, wie sich sein Mund verzog. Immer dieses unwillkürliche Zucken, wenn man an gewisse Dinge denkt.

Denke nicht mehr daran. Denke nicht an Dinge, die man nicht ändern kann.

Die Ampel sprang auf Grün, und die Masse der Fußgänger überquerte die Straße. Die Massen sind auch nicht mehr die gleichen wie früher in dieser Gegend. Vor allem sind sie viel größer geworden, und überhaupt ist New York jetzt so voller Menschen, daß es unmöglich ist, einen Tisch in einem Restaurant oder ein Hotelzimmer zu bekommen. Letzte Woche war ein Architekt geschäftlich zu ihm aus Pittsburgh gekommen, und er hatte ihn bei sich zu Hause unterbringen müssen. In den Geschäften herrschte ständig Gedränge. Leute, die vor dem Krieg bettelarm gewesen waren, standen nun in den eleganten Läden und kauften Pelzmäntel, Konzertflügel und Brillantarmbanduhren, ohne vorher nach dem Preis zu fragen.

Joseph fühlte sich in die zwanziger Jahre zurückversetzt. Das Land, für das sie sich Ende der dreißiger Jahre jeden Groschen abgespart hatten – als Anna sagte, sie seien verrückt, wieder in das Immobiliengeschäft einzusteigen –, hatte sich im Preis verdoppelt und verdreifacht. Sie hatten dreihundert Häuser für die Arbeiter der neuen großen Flugzeugfabrik von Gulf in Long Island gebaut, einfach der Reihe nach auf die Kartoffelfelder hingestellt, und innerhalb von weniger als acht Wochen war alles verkauft.

Dann hatten sie weitergemacht und das gleiche anderswo wiederholt.

Ja, wie die zwanziger Jahre, nur war er vorsichtiger geworden. So zuversichtlich und naiv wie damals würde er nie mehr sein. Er wußte jetzt, was passieren kann.

Sie hatten wieder ein schönes Büro mit braunem Spannteppich und hübschen Bildern an den Wänden. Würdevoll und gediegen, ohne Protz und unnötigen Prunk. Dafür hatte Anna gesorgt. Er lächelte. Sie hielt ihn immer zurück, und wahrscheinlich hatte sie ganz recht. Allerdings hätten sie sich ohnehin keinen übermäßigen Luxus leisten können, besonders nicht bei einer so hohen Miete. Aber es war ein sehr gutes Gebäude – eine Adresse, die Vertrauen einflößte, ganz in der Nähe vom Grand-Central-Bahnhof. Was auch praktisch für das Hinundherfahren war, da sie jetzt das Haus auf dem Lande gekauft hatten.

Überlegen wir mal. Drei Monate bis zum Termin und ein paar weitere für die Renovierungsarbeiten. Gegen Ende September sollten wir einziehen können.

Anna hatte kein Haus gewollt, aber Anna wollte ja nie etwas. Sie hatte ihren Freundeskreis und ihre Freitagnachmittagskonzerte, seit wieder Geld für solche Dinge da war. Sie war Mitglied in einem halben Dutzend Wohltätigkeitskomitees, und wenn sie nicht dafür tätig war, vertiefte sie sich in ihre Bücher.

Er jedoch hatte sich seit langem ein Haus gewünscht. Als die Malones sich vor einem Jahr eins in Larchmont gekauft hatten, war sein Entschluß endgültig gefaßt. Im Herbst und Winter waren sie jeden Sonntag in Westchester herumgefahren, um sich Häuser anzusehen, und er empfand es geradezu als eine Perversion des Schicksals, daß man, solange man keinen Cent besitzt, immer nur Dinge sieht, die man gern haben möchte, während man, wenn man endlich das nötige Geld hat, überhaupt nichts finden kann. Aber vielleicht kam es nur daher, weil sie nicht wirklich wußten, was sie suchten. Dann waren sie vor zwei Wochen an einem warmen, windigen Apriltag auf dieses Haus gestoßen, und Anna war ganz närrisch vor Begeisterung gewesen.

Er verstand sie nicht. Es war ein großes, altes Haus, wahrscheinlich über achtzig Jahre alt, mit zwölf – er hatte sie gezählt, da er es nicht glauben konnte –, mit zwölf Giebeln und drei Schornsteinen. Ferner gab es eine Wendeltreppe, einen runden Turm, sechs in Marmor gemeißelte Kamine, sogar in den Schlafzimmern, und eine Veranda mit feingeschnitzter Holztäfelung. Du lieber Himmel! Sogar der junge Mann von der Agentur hatte verständnislos dreingeschaut. Kein sehr guter Verkäufer. Jung und unerfahren, denn sonst hätte er sich seine Zweifel nicht so offen anmerken lassen.

Anna sprach zuerst, als sie die Treppen emporstiegen. »Es ist wie in einem Buch«, sagte sie. »Faß mal das Geländer an.«

Das dunkle alte Holz fühlte sich glatt wie Seide an. Kein Wunder, denn damals hatte man das beste Material verwendet. Aber all diese Winkel, Nischen, Erker und Ecken!

»Schau doch nur!« rief Anna aus. »Dieses runde Turmzimmer! Das könnte ein herrliches Büro für dich abgeben, Joseph. Du hast Platz, um deine Karten und Baupläne auszubreiten, und . . . komm, schau dir die Aussicht an!«

Auf der Wiese unten blühten die Hyazinthen – Anna behauptete jedenfalls, daß es welche seien –, und auf ihrem Beet war noch das feuchte Herbstlaub vom vorigen Jahr zu sehen. »Eine Südterrasse! Da haben wir Sonne bis in den Winter hinein, Joseph. Du könntest dich in eine dicke Decke hüllen, wie auf dem Schiff, weißt du noch? Und lesen . . .«

Er bemerkte nur, daß der Zement bröckelte und die Ziegelsteine auseinanderfielen.

». . . und was du dort oben auf dem Hügel siehst, sind Apfelbäume. Wenn sie blühen, werden sie ganz weiß sein. Stell dir vor, du wachst früh am Morgen auf und siehst das als erstes vor dir!«

Er folgte ihr hinunter. Der Agent und Iris, die an diesem Tag mitgekommen war, gingen ihm nach. Die Küche befand sich in einem kläglichen Zustand. Der Herd wirkte wie ein schwarzes Ungeheuer, der Eisschrank stand am Eingang, riesig, braun, zerkratzt – ein Museumsstück. Die Schränke waren so hoch, daß man eine Leiter brauchte, um überall heranzukommen. Aber die Schränke würde man sowieso herausreißen müssen. Und nicht nur die, alles in dieser verdammten Küche.

»Schau«, rief Anna. »Hier ist noch ein Extraraum mit einem Spültisch. Ich glaube, er diente dazu, Schnittblumen herzurichten. Ja, das ist es! Hier stehen noch ein paar alte Vasen auf dem Regal. Stell dir vor, ein Extraraum für Blumen!«

Sie redete wie ein leicht zurückgebliebenes Kind und nicht wie eine Frau von fünfzig Jahren. Er hatte sie noch nie so entzückt gesehen.

»Jedes beliebige Haus kann einen Spültisch für Blumen haben, Anna«, sagte er gereizt.

»Könnte, aber keins hat einen«, antwortete sie.

»Tausend Dinge sprechen gegen dieses alte Haus«, platzte er heraus. Gewöhnlich wäre er in Gegenwart des Agenten etwas taktvoller gewesen, denn er kannte dieses Geschäft aus eigener Erfahrung zu gut, um nicht zu wissen, wie man sich fühlt, wenn alles bekrittelt wird. Und um jemanden auf seiner Seite zu haben und sich seine Ansicht bestätigen zu lassen, wandte er sich an Iris. »Was hältst du davon?« Iris hätte sicher mehr praktischen, nüchternen Verstand als ihre Mutter, dachte er.

»Ach, weißt du«, sagte Iris, »es hat sehr viel Charme, trotz seiner Fehler.«

»Charme, Charme. Was ist das für ein Gerede? Wir sprechen doch nicht von einer Frau!«

»Na schön, wenn dir ein anderes Wort lieber ist, würde ich sagen, es hat Charakter.«

»Charakter! Du lieber Gott im Himmel! Willst du mir bitte erklären, was das zu bedeuten hat?«

Iris bewies Geduld: »Es ist originell. Man hat den Eindruck, daß die Leute, die es gebaut haben, genau wußten, was sie wollten und wie sie es haben wollten. So hatte es für sie eine Bedeutung und war nicht nur ein Haus, wie es deren Tausende in der gleichen Preislage gibt, die jedoch niemandem besonders gefallen.«

»Hm«, sagte Joseph. Gegenüber seiner Tochter hatte er noch nie das letzte Wort gehabt oder, besser gesagt, nie das letzte Wort haben wollen.

Anna rief aus: »O Joseph, ich liebe es!«

Der junge Mann hatte wortlos zugehört. Er mochte zwar unerfahren sein, war jedoch klug genug, sich den nahenden Sieg nicht durch Worte, deren Wirkung er nicht voraussehen konnte, zu verderben.

Joseph ging noch einmal allein um das Haus herum, sah sich die Fassade an, den verwilderten Garten und die Garage, die als Pferdestall gedient hatte. Dann ging er in den Keller hinunter. Der Kohleofen hockte in einer Ecke wie ein Gorilla. Die riesigen Ausmaße und die Dunkelheit erinnerten ihn an das Kellergewölbe eines Schlosses in Frankreich, durch das Anna ihn während ihrer Ferienreise geschleppt hatte. Er ging nach oben zurück und atmete erleichtert auf, als er wieder Tageslicht sah.

»Ich werde es mir überlegen«, sagte er zum Agenten. »Ich rufe Sie in ein paar Tagen an.«

»Sehr gut«, sagte der junge Mann und fügte, wie es vorauszusehen war, hinzu: »Ich muß Sie nur darauf aufmerksam machen, daß ein anderes Ehepaar sich sehr für dieses Haus interessiert. Ich will Sie natürlich nicht drängen, aber diese Leute werden sich noch in dieser Woche entschließen.«

Natürlich. Anna hätte ihn ihre Begeisterung nicht sehen lassen sollen. Eine sehr schlechte Art, Geschäfte zu machen.

»Ich rufe Sie in ein paar Tagen an«, wiederholte er. Zu Hause dachte er noch stundenlang im Bett darüber nach.

Irgendwie war das Haus schon elegant, hatte etwas Solides und Echtes an sich, das einem anderen Zeitalter entstammte. In einem gewissen Sinne erinnerte es ihn an jene großen Steinvillen auf der Fünften Avenue, die er zu Beginn des Jahrhunderts so sehr bewundert hatte. Das wäre – so überlegte er – ein guter Rahmen für Iris. Es war ein Haus, wie man es in Zeit-

schriften sieht, wo alte und vornehme Familien Hochzeits-
empfänge für ihre Töchter veranstalteten. Ererbter Wohlstand hat es nun einmal an sich, ein bißchen altmodisch zu
sein. Er mußte lachen. Vornehme Familien! Ererbter Wohlstand! Immerhin wäre das etwas für Iris. Das Haus könnte sie
mit einer gewissen Aura umgeben, die eine Wohnung auf der
West End Avenue nicht zu bieten hat.

Diese Gedanken waren ihm peinlich, taten ihm sogar weh.
Seine Tochter war doch schließlich kein Verkaufsobjekt!
Aber ein Mädchen mußte nun einmal heiraten, denn jemand
muß doch für sie sorgen, wenn ihr Vater nicht mehr da war.

Was war nur mit Iris, mit seiner geliebten Tochter? Er
hatte versucht, mit Anna darüber zu reden, aber aus irgendeinem Grunde schien Anna immer so gereizt und schmerzhaft
berührt zu sein, wenn sie über Iris sprachen, daß er das
Thema fallenließ. Es war ihr viel leichter, über Maury zu
sprechen! Manchmal wünschte er sich, einmal ganz offen mit
Iris sprechen zu können, aber es war ihm nicht möglich. Er
konnte sie doch nicht fragen: »Wie bist du, wenn du mit jungen Männern ausgehst? Lächelst du dann, oder lachst du ein
bißchen?« Haha, mit jungen Männern ausgehen! Das passiert
jedes Jahr seltener. Und sie wird älter, ist schon sechsund-
zwanzig. Die meisten Männer sind fort. Er hatte es versucht,
hatte im vorigen Winter einen jungen Witwer zum Abendessen mitgebracht. Die Frau war an Lungenentzündung gestorben, und er suchte bestimmt eine gute und zuverlässige Frau,
die sich um sein kleines Kind kümmern könnte. Aber nichts
hatte sich daraus ergeben.

Vielleicht würde also das Haus doch einen Unterschied
machen.

In jener Woche war er noch dreimal dorthin zurückgekehrt, schwankend zwischen seinem Wunsch nach etwas Mo-
dernem, das mehr herzeigte, und der Tatsache, daß Anna gerade dieses Haus liebte. Schließlich hatte er den Kaufvertrag
unterschrieben. Und es war ihm dabei zumute gewesen, als
hätte er seinen Namen unter einen Segensspruch gesetzt.
Worte wie »trautes Heim« und »friedliche Geborgenheit«
waren ihm beim Unterschreiben in den Sinn gekommen,

ohne daß er sich auch nur im geringsten seiner Sentimentalität geschämt hätte.

Er trat in das Bürogebäude, und während er auf den Fahrstuhl wartete, las er stolz seinen Namen auf den Firmenschildern: Friedman-Malone, Liegenschaftsagentur und Bauunternehmen. Er reckte die hängenden Schultern gerade: Es geht wieder voran!

»Es sind ein paar Anrufe gekommen«, sagte Miss Donnelly. »Ich habe die Meldungen auf Ihren Schreibtisch gelegt. Nichts Dringliches, außer einem. Ein gewisser Mr. Lovejoy wünscht Sie heute nachmittag zu sprechen.«

»Ich bin um vier mit dem Buchhalter verabredet. Wer ist dieser Lovejoy? Der Hausbesitzer? Was will er denn?«

»Keine Ahnung. Ich sagte ihm, daß Sie um vier verabredet seien, aber er bestand darauf, um halb fünf hierherzukommen. Er sagte, er würde warten, bis Sie ihn empfangen könnten.«

Ein grauhaariger Mann mit ruhiger Stimme. »Ich möchte weder Ihre noch meine Zeit verschwenden, Mr. Friedman. Wir sind beide sehr beschäftigt, und ich komme gleich zur Sache. Ich möchte Sie bitten, Ihr Gebot für das Haus zurückzuziehen.«

»Ich verstehe nicht . . .«

»Der Agent hat einen unverzeihlichen Irrtum begangen. Er hatte Anweisung, einem anderen Ehepaar den Vorzug zu geben, sehr lieben alten Freunden von mir . . . und er hat es ihnen direkt vor der Nase wegverkauft.«

»Ich verstehe immer noch nicht. Ich habe meinen Scheck gegeben, und der Agent hat den Verkaufsvertrag unterschrieben.«

»Ich war in Caracas, bin erst heute mittag angekommen und nach Hause gefahren, aber sowie ich von der Sache hörte, kam ich in die Stadt zurück. Ich hatte dem Agenten Vollmacht erteilt, das Haus zu verkaufen, mit der Maßgabe, daß es an meine Freunde gehen sollte, falls sie sich dazu entschlössen.«

»Anscheinend hatten sie kein Interesse mehr, denn sonst hätte er es doch nicht mir verkauft, oder?«

»Er ist ein unerfahrener junger Mann, und er vertrat nur vorübergehend seinen Onkel, der im Krankenhaus lag. Er wurde auch für seinen Fehler streng getadelt. Es tut mir wirklich leid.«

Vielleicht war es ein Omen, ein Zeichen, daß das Haus nicht zu ihnen paßte. Jetzt, wo das Wetter schön war, könnten sie sich weiterhin umschauen und vielleicht etwas finden, was ihm besser gefiel.

»Ich bin bereit, Ihnen Ihren Scheck mit einer zusätzlichen Entschädigung von zweitausend Dollar zurückzuerstatten«, sagte Mr. Lovejoy.

Joseph nahm eine Feder und klopfte auf das Löschblatt. Warum war dieser Mann so eifrig bemüht? Dahinter verbarg sich doch etwas. Es ist, wie wenn man eine Gegenwart in einem dunklen Zimmer fühlt: Man sieht sie nicht, man hört sie nicht, und doch weiß man, daß sie da ist.

Er wehrte sich ein bißchen. »Meine Frau liebt das Haus.«

»Ach ja. Diese anderen Leute . . . die Frau ging mit meiner Frau zur Schule, und beiden liegt sehr daran, Nachbarinnen zu werden.«

Mr. Lovejoy beugte sich etwas vor. Es war etwas Dringliches in seiner Stimme, und sein Blick war unruhig. Dazu kam ein recht ominöses Stirnrunzeln, und Joseph hatte einen Augenblick den Eindruck, daß es um eine verbrecherische Verschwörung ging. Brauchte die Mafia vielleicht dieses Haus? Aber das war doch absurd. Dieser Mann gehörte einer gewissen Klasse an, könnte Bankier, Börsenmakler oder Reeder sein, irgend etwas in dieser Art. Seine Kleidung, das Gesicht, der Akzent, das alles verriet den gestandenen Geschäftsmann.

»Sie wissen ja, wie die Frauen sind . . . alte Familienfreundschaften, die seit drei oder vier Generationen bestehen . . . es würde uns viel bedeuten, und wir wären Ihnen wirklich sehr dankbar, wenn Sie Ihr Gebot zurückzögen. Ich bin überzeugt, daß dieser gleiche Agent ein Haus für Sie ausfindig machen kann, das Ihnen mindestens ebensogut, wenn nicht noch besser gefällt. Denn schließlich«, fügte er mit leicht verächtlichem Lächeln hinzu, »ist das Haus furchtbar alt und abgewirtschaftet, wie Sie wahrscheinlich sehen konnten.«

»O ja, das habe ich gesehen«, sagte Joseph. »Es ist in keinem

sehr guten Zustand. Aber, wie gesagt, liebt es meine Frau.«
Dieser Mann drängte ihn, wenn auch sehr behutsam, aber er
drängte ihn, und das gefiel ihm nicht.

Mr. Lovejoy seufzte. »Da wären vielleicht noch ein paar
Dinge, die Sie nicht in Betracht gezogen haben. Ich meine, Sie
kennen die Gegend ja noch nicht sehr gut ... Sie sind doch
fremd in der Stadt, nicht wahr?«

»Ja, wir sind Fremde.«

»Ja, eben. Sehen Sie, wir sind eine sehr alte Gemeinschaft
und halten eng zusammen. Wir haben sogar einen Verein auf
unserer Seite der Stadt, die *Stone Spring Association*; vielleicht haben Sie schon mal davon gehört? Es ist eine Art von
Interessengemeinschaft, ein gesellschaftlicher Klub, in dem
wir bestrebt sind, gemeinsame Anliegen zu fördern, etwa die
Pflege unserer Gärten, unserer Tennisplätze oder der schat-
tenspendenden Bäume längs der Straße, dann die Wahrneh-
mung unserer Interessen in der Stadt. Dinge dieser Art.«

»Fahren Sie fort«, sagte Joseph.

»Sie wissen, wie es ist, wenn Menschen die meiste Zeit ihres
Lebens am gleichen Ort verbracht haben und sich an ihre Heimat gebunden fühlen. Da ist es für einen Neuankömmling
sehr schwer, hineinzukommen. Für ihn und für die Gemeinschaft ... Das gehört nun einmal zur menschlichen Natur,
nicht wahr?«

Jetzt ging in Josephs Kopf ein Licht auf, und alles wurde
ihm klar. »Ich verstehe«, sagte er. »Ich sehe, was Sie mir zu
erklären versuchen. Keine Juden!«

Mr. Lovejoys Gesicht lief rot an, eher rosa, wie halbrohes
Roastbeef. »So würde ich es nun wieder nicht nennen, Mr.
Friedman. Wir sind durchaus nicht engstirnig, und wir hassen
niemanden. Aber jeder fühlt sich nun einmal am wohlsten,
wenn er unter seinesgleichen ist.«

Es war eine Feststellung, aber der Mann ließ sie wie eine
Frage in der Luft hängen, als ob er von Joseph eine Antwort
erwartete.

Er antwortete nicht.

»Viele Leute Ihres Glaubens kaufen jetzt Grundstücke in
der Nähe des Sound. Wie ich höre, bauen sie dort sogar eine

hübsche neue Synagoge. Im übrigen ist das Klima dort viel besser und windiger im Sommer . . .«

»Sie belegen also den besten Teil der Stadt mit Beschlag?«

Mr. Lovejoy ignorierte das. »Der Agent hätte Ihnen all das sagen sollen, in Ihrem Interesse. Er hat wirklich sehr schlechte Arbeit geleistet.«

»Das würde ich nicht sagen. Ich habe ihn um nichts weiter gebeten, als mir das Haus zu zeigen, was er getan hat, und mein Geld zu nehmen, was er ebenfalls getan hat. So einfach ist das.«

Mr. Lovejoy schüttelte den Kopf. »So einfach ist es nicht. Beim Kauf eines Hauses geht es nicht nur um die vier Wände. Man muß die ganze Nachbarschaft mit in Betracht ziehen. Alle Arten von gesellschaftlichen Anlässen. Die Leute laden sich gegenseitig ein, geben Partys. Ich kann mir nicht denken, daß Sie irgendwo wohnen möchten, wo man Sie ignoriert.«

Der Mann hat absolut recht. Aber soll ich mich jetzt zurückziehen? Ausgeschlossen, undenkbar. Mir selbst ist es völlig egal. Ob er mich dort haben will oder nicht, kümmert mich einen Dreck. Ich könnte mir etwas viel Besseres leisten als dieses baufällige Haus. Manche Leute werden mich sogar für verrückt halten, wenn sie mich, der ich in der Baubranche bin, in einer solchen Bruchbude sehen. Auch kann ich ihm nur beipflichten, wenn er sagt, daß man sich unter seinesgleichen am wohlsten fühlt. Das ist völlig richtig. Nur sollte man es aus eigenem Entschluß tun und nicht, weil einem gesagt wird, man müsse.

Er sagte: »Wir erwarten nicht, von Ihnen auf Ihre Partys eingeladen zu werden, und wir beabsichtigen auch nicht, Ihresgleichen einzuladen. Wir wollen nur in dem Haus leben, und das werden wir auch tun.«

»Ist das alles, was Sie dazu zu sagen haben?«

»Alles.«

»Sie wissen doch, daß ich die Sache vor Gericht bringen könnte. Dann käme es zu einem langen und komplizierten Prozeß, der uns beide viel Zeit und Geld kosten würde.«

Er sagte sich: Sie hat nie etwas vom Leben gehabt, außer in jenen wenigen hektischen Jahren vor dem Krach. Eine Reise nach Europa. Einen Brillantring, den ich auf die Pfandleihe bringen mußte und erst vor kurzem wieder auslöste. (Ich weiß, daß sie den Ring nicht einmal haben wollte, aber ich will, daß sie ihn hat, mir zu Gefallen.) Und einen Pelzmantel, den sie fünfzehn Jahre lang getragen hat. Ich sehe sie noch vor mir, das milchig blasse Gesicht und diesen alten Zottelpelz, den sie ständig trug, weil sie sich keinen neuen Stoffmantel leisten konnte. Wenn sie wüßte, was hier zur Sprache gekommen ist, würde sie das Haus nicht mehr wollen. Sie würde darauf bestehen, daß ich nachgebe. Also wird sie es nie erfahren. Ich werde es ihr nie erzählen.

»Mr. Friedman, ich möchte diese Sache nicht vor Gericht ausfechten. Ich habe viel zuviel zu tun, und Sie bestimmt auch.«

Ja, und es ist zu häßlich, um an die Öffentlichkeit gezerrt zu werden, dachte Joseph, ohne ein Wort zu sagen. Er fühlte sich sehr müde, und er war wütend auf sich selbst, weil er sich darüber aufregte. Was war an diesem Gespräch denn so neu oder überraschend? Er hätte es besser wissen sollen.

Auch Mr. Lovejoy hatte Mühe, seine Wut zu verbergen, und man hörte es an seiner Stimme. »Falls zweitausend Dollar nicht genügen, können wir gern noch einmal darüber reden.«

Joseph sah Gesichter an sich vorüberziehen: zuerst Annas, dann Iris', sogar Maurys und zuletzt seltsamerweise Erics – ein Gesicht, das er sich nur vorstellen konnte, das ihm genau so ein Mann wie dieser fortgenommen hatte, ein schlanker, fast hagerer Mann mit einem asketisch strengen Gesicht, wie man es auf historischen Bildern sieht, mit einem solchen Gesicht und einer blauen Seidenkrawatte.

»Ich lasse mich nicht kaufen«, sagte er leise. »Ich will das Haus.«

Mr. Lovejoy erhob sich in seiner ganzen Größe, und Joseph blickte zu ihm auf. Er glaubte, noch nie einen so großen Mann gesehen zu haben.

»Ist das Ihr letztes Wort, Mr. Friedman?«

»Jawohl.«

Mr. Lovejoy ging zur Tür, wo er sich noch einmal umwandte. »Eins kann ich Ihnen sagen«, bemerkte er mit schneidender Stimme. »In meinem ganzen Leben, jedesmal wenn ich mit euch Leuten zu tun hatte, stieß ich auf Unverständnis, Schwierigkeiten und Starrköpfigkeit. Sie bilden keine Ausnahme.«

»Und zweitausend Jahre lang haben wir bei Leuten Ihresgleichen, wenn wir mit ihnen zu tun hatten, das gleiche und noch Schlimmeres festgestellt.« *Ich werde nach Hause gehen und Anna erzählen, daß man die Spannung zwischen uns mit einem Messer hätte schneiden können. Nein, das werde ich natürlich nicht tun. Ich werde Anna überhaupt nichts erzählen.*

Mr. Lovejoys Hand lag auf der Klinke. Was für kalte Augen er hatte! Grau wie der Nordatlantik im Winter, kalt und grau. Er verneigte sich leicht, drehte sich um, ging hinaus und schloß die Tür lautlos hinter sich, wie es sich für einen Gentleman geziemt.

Joseph saß noch an seinem Schreibtisch, als Miss Donnelly in Hut und Mantel hereinkam.

»Kann ich jetzt nach Hause gehen, Mr. Friedman? Es ist nach fünf.«

»Ja, ja, gehen Sie nur.«

»Ist irgend etwas? Ich dachte, vielleicht . . .«

Er winkte ihr ab. »Nichts. Gar nichts. Ich habe nur nachgedacht.«

Annas Augen. Wenn er sie unbemerkt beobachtete, schien es ihm manchmal, als sähe sie Dinge, die anderen Menschen verborgen blieben. Traurige, fragende Augen, die so unvermittelt zu einem Lachen aufleuchten konnten. Qualität, pflegte sein Vater zu sagen, Qualität läßt sich immer erkennen. Und dieser Mann sagt, er wolle sie nicht in seiner Straße haben. Die Wut stieg wieder an.

Ich werde dieses Haus haben, und wenn es das letzte ist . . .

Die Maler und die Maurer waren noch bei der Arbeit, als sie Anfang September einzogen, damit Iris das neue Schuljahr beginnen konnte. Sie hatte das Glück gehabt, eine Stelle als Grundschullehrerin in der – wie sie später erfuhren – besten Schule der Gegend zu bekommen. Aber das hatte sie eigentlich nicht gewollt. Sie wollte arme Kinder unterrichten, weil die, wie sie sagte, es nötiger hätten. Sie wäre am liebsten Lehrerin in der Lower East Side geworden, oder sogar in Harlem.

Joseph stöhnte. »Mein ganzes Leben habe ich geschuftet, um in einer Gegend zu wohnen, in der mich nichts mehr an da unten erinnert. Wenn du unbedingt das Gefühl haben willst, in der Ludlow Street zu wohnen, kann ich ja die Badezimmer aus diesem Haus wieder herausreißen lassen.«

Er mußte selbst zugeben, daß sein Humor nicht sehr witzig war, obgleich Anna lachte. Aber Iris schaute so verärgert drein, daß Annas Lachen in einem Seufzer erstarb.

Iris war immer so ernst! Sie hatte an nichts eine wirkliche Freude, schien immer abseits zu stehen und zu beobachten, um dann ihre skeptischen oder sarkastischen Bemerkungen zu machen. Sie fand die Nachbarschaft zu gehegt und gepflegt, zu bewußt teuer, und die Kinder, die sie unterrichtete, entsprachen ganz den Häusern, in denen sie lebten. Sie mißbilligte auch, was Anna mit dem Haus machte.

»Es gefiel mir viel besser, wie es war«, sagte sie, als die Küche neue Formen annahm – mit Chromstahl, weißem Porzellan und dunkelroten Bodenfliesen.

»Das kann doch nicht dein Ernst sein!«

»Natürlich meine ich nicht den Schmutz. Aber was du da tust, sieht aus, als ob es aus einer Zeitschrift kommt.«

»Daher kommt es auch. Aus einer Zeitschrift«, sagte Anna.

Zum erstenmal in ihrem Leben konnte sie haben, was sie wirklich wollte. Das protzige pseudofranzösische Mobiliar, mit dem sie all die Jahre gelebt hatte, war Josephs Idee gewesen. Unförmige Dinger mit goldenen Schnörkeln, gemalten Blumenmustern und geschwollenen Beinen (als ob es an Rheuma und Arthritis litt, pflegte Anna sich zu sagen); aber als die Leute des Trödlers es endlich herausgeschafft hatten, war sie seltsamerweise doch traurig gewesen. Sie hatten so viel durchgemacht, mit diesen Tischen und Stühlen! Und als sie die Kommode heraustrugen, die Maury einst mit seinem Spielzeughammer beschädigt hatte, mußte sie sich abwenden. (Nur das kleine weiße Bett aus Iris' Kinderzimmer war

264

mitgekommen und stand verpackt in der Bodenkammer dieses Hauses, obgleich Iris nichts davon wußte. Sie hätte sofort begriffen, was Anna sich immer noch damit erhoffte.)

Joseph hatte ihr gesagt, sie solle kaufen, was sie wolle, und sie tat es mit viel weniger Geld, als er dafür ausgegeben hätte. Die Einrichtung des Speisezimmers hatte sie auf einer Auktion in der Gegend gekauft, und besonders gefiel ihr der lange, einfache Föhrenholztisch und das riesige Waliser Büfett. Diese hohen Räume brauchten massive Möbel, und massive Möbel waren meist alt und wurden nicht mehr hergestellt, weil die Wohnräume in diesem Jahrhundert geschrumpft waren. Überall im Haus waren Blumen: auf dem Teppichmuster in der Bibliothek, in den blau-weißen Sträußen auf der Tapete im luftigen Schlafzimmer, und vor der Eingangstür standen Geranien in hölzernen Kisten.

Langsam sah es so aus, wie sie es sich wünschte, wie das Haus einer Familie, die lange am selben Ort gelebt und sich im Laufe der Jahre ihren Besitz gesammelt hat. (Hatte sie nicht schon einmal in einem solchen Haus gelebt? *Dieses Silber gehörte meiner Familie schon vor der Revolution*, pflegte Pauls Mutter zu sagen.) Also ein falscher Eindruck? Natürlich! Aber so vieles im Leben ist falsch und vorgetäuscht . . . Solides Bürgertum, diskret und unterbetont, typisch englischer Landhausstil! Ein solches Haus für Joseph und Anna aus der Ludlow Street? Warum nicht? Solange es einem gefällt und man sich darin wohl fühlt? Jedenfalls hatte sie es gut gemacht. Wenn es nicht so ausgesehen hat, als die ursprünglichen Besitzer darin wohnten, dann war es nicht ihre Schuld.

Nur in einem hatte sie Joseph, der dieser Tage viel zu beschäftigt war, um sich um anderes zu kümmern, nachgeben müssen. Er wollte unbedingt, daß ihr Porträt über dem Kamin im Wohnzimmer hing. Nein, in zwei Dingen hatte sie nachgeben müssen, denn er hatte auch verlangt, daß man die große vergoldete Uhr unter das Porträt stellte.

»Ich möchte mich nicht jedesmal anschauen, wenn ich in dieses Zimmer komme«, hatte Anna vergeblich einzuwenden versucht. Wegen der Uhr hatte sie nichts gesagt.

Sie packte ihre silbernen Kerzenleuchter aus und wog das

massive Metall gedankenschwer in den Händen, bevor sie sie auf den Eßzimmertisch stellte. Wo sind sie schon überall gewesen! In Washington Heights auf einem Regal, weil es dort keinen Eßzimmertisch gegeben hatte, oder in eine Decke eingewickelt bei der ersten Ozeanüberfahrt. Sie konnte sich erinnern, wie ihre Mutter den Segen über sie gesprochen hatte, aber wo wurden sie während der Woche aufbewahrt? Sie dachte nach, strengte ihr Gedächtnis an, aber es fiel ihr nicht ein. Und davor waren sie in den Häusern einer Großmutter und einer unbekannten Urgroßmutter gewesen. Ihre Mutter war gestorben, bevor Anna daran gedacht hatte, sich nach diesen anderen Frauen zu erkundigen. Sie würde es also nie erfahren.

Als alles andere fix und fertig eingerichtet war, packte Anna ihre Bücher aus. Sie verbrachte lange Nachmittage in der Bibliothek, wo sie alles nach Themen ordnete: Kunst, Biographien, Lyrik, Romane. Und jede dieser Abteilungen ordnete sie alphabetisch nach den Namen der Autoren.

Hier schenkte Iris ihr Anerkennung: »Du hast ja wirklich eine richtige Bibliothek. Ich wußte gar nicht, daß wir so viele Bücher haben.«

»Die meisten waren all die Jahre über in Kisten verpackt.«

Iris betrachtete sie mit einem Interesse, das Anna als Neugierde deutete. »Du bist also wirklich glücklich, Ma?«

»Ja, sehr.« (Dieses »Glück« ist etwas, das man lernen und pflegen muß. Man zählt, was man besitzt, und ist dankbar dafür. Das mag anmaßend klingen, aber so ist es nun einmal für mich.) Sie wollte nicht fragen, konnte jedoch der Versuchung nicht widerstehen. »Du doch auch ein bißchen, Iris?« Die Frage klang fast wie eine Bitte.

»Ich bin ganz zufrieden. Es geht mir immerhin besser als neun Zehntel der Weltbevölkerung.«

Gewiß wahr, aber nicht die Antwort, die Anna sich gewünscht hätte.

Wenn sie doch nur mehr Freunde hätte! Früher traf sie sich wenigstens einmal in der Woche mit ein paar Kolleginnen von der Schule in New York, ging mit ihnen ins Theater oder zu einem Lunch am Wochenende. Aber jetzt hatte sie auch diesen Umgang nicht mehr, es sei denn, sie fuhr jede Woche in die Stadt, und das schien nicht ihre Absicht zu sein, denn sie blieb meist zu Haus, spielte Klavier, las oder korrigierte Hausaufgaben. Kein Leben für eine junge Frau von siebenundzwanzig.

Sie kam den Leuten auch nicht entgegen, und wenn sie Bekannte auf der Straße traf, nickte sie nur und ging weiter. Das hatte Anna oft genug gesehen. Aber so macht man sich keine Freunde. Die Leute purzeln einem nicht durch den Schornstein ins Haus, und man muß schon etwas tun, wenn man sich beliebt machen will. Auf dem Stück Broadway, wo Anna jahrelang ihre täglichen Einkäufe gemacht hatte, kannte sie praktisch jeden Menschen; Generationen von rollschuhlaufenden Kindern, den Schuster, den Fleischer ... Hatte der Fleischer nicht einen Neffen, der gerade sein Jurastudium auf der Columbia-Universität abgeschlossen hat, und hatte er für diesen jungen Mann nicht um Iris' Telefonnummer gebeten? Aber Iris war wütend gewesen, als Anna es ihr ausrichtete.

Seit sie hierhergezogen waren, versuchte sie, ihre Tochter für einige ihrer eigenen Aktivitäten zu interessieren. Da gab es eine sehr aktive Frauengruppe bei der Schwesternschaft des Tempels, und einige waren sogar noch jünger als Iris. Aber natürlich waren sie alle verheiratet. Dann gab es noch die Liga der Wählerinnen und das Krankenhauskomitee, das jetzt gerade Spenden sammelte, um einen neuen Flügel anzubauen. Anna gefiel diese Art der Tätigkeit, die sie in New York City oft genug ausgeübt hatte. Man sagte ihr nach, sie habe eine besondere Begabung dafür, verstehe sich auf das Organisieren von Wohltätigkeitsdiners und habe eine glückliche Hand bei der Auswahl der Redner. Es war gar nicht schwer, man brauchte nur zu lächeln, die Leute wissen zu lassen, daß man verfügbar ist, und schon konnte man jeden Tag beschäftigt sein. Es war fast eine Herausforderung, in eine neue Gegend zu kommen und zu sehen, wie rasch man sich einen Platz in der Gemeinschaft erwirbt.

»Du mußt beim Beliebtheitswettbewerb den ersten Preis gewonnen haben«, bemerkte Iris eines Nachmittags, als sie, von der Schule heimkehrend, eine Damengruppe aufbrechen sah. Die Art, wie sie es sagte – und das nicht zum erstenmal –, war zum Teil verächtlich, zum Teil bewundernd.

Anna pflegte darauf zu erwidern: »Sei freundlich zu den Leuten, dann sind sie auch freundlich zu dir.« Was aber nicht die erhoffte Wirkung erzielte und Iris nur noch mehr verärgerte. Im übrigen klang es ja auch wie irgendein Pfadfinderspruch oder wie eins jener frommen Worte, die man auf Sofakissen stickt oder gedruckt über dem Schreibtisch des Chefs im Büro hängen sieht. Also begnügte sie sich mit lahmem Humor.

»Wahrscheinlich mein rotes Haar.« Und dabei blieb es.

Wenn sie nicht all diese Freunde oder Bekannten – was immer man sie nennen will – gehabt hätte, wäre das Haus unerträglich leer gewesen. Leere Zimmer sind der Kummer des mittleren Alters. Wenn die jungen Vögel aus dem Nest geflogen sind. Aber hatte es denn je für sie ein volles Nest gegeben?

Mary Malone grämte sich über ihren Sohn Mickey, der während des Krieges in Hawaii gewesen und jetzt endgültig dorthin zurückgekehrt war. Aber sie hatte immer noch all die anderen bei sich, ganz abgesehen von den bereits geborenen und in Zukunft zu erwartenden Enkelkindern. Während wir . . .

Mehr als einmal hatte Anna daran gedacht, mit Joseph in den Wagen zu steigen, in jene Stadt zu fahren, dort an die Tür zu klopfen und zu sagen: »Wir kommen unseren Enkel besuchen.« Und dann was? Nein, angesichts der ablehnenden Haltung dieser Leute, ihrer Weigerung, konnten sie es einfach nicht tun, denn letzten Endes hätte das Kind darunter gelitten. Es kam also nicht in Frage. Eines Tages, wenn er älter ist, wird er euch kennenlernen wollen, sagten die Leute. Ja, nachdem die schönsten Jahre der Kindheit vergangen sind, wird er vielleicht einmal zu uns kommen. Als Fremder, aus Neugierde oder aus Gott weiß welchem Grund.

An solchen Tagen brauchte Anna Aktivität, körperliche Beschäftigung. Dann ging sie in die Küche hinunter und half Celeste beim Kochen. Celeste hatte sich als »gute und einfache Köchin« vorgestellt, aber in Wirklichkeit war sie mehr einfach als gut. Anna war eigentlich eher froh darüber, denn so machte ihr niemand ihre Kochkunst streitig.

Zuerst hatte sie niemanden gewollt, der bei ihnen im Haus

wohnte. Mit drei erwachsenen Personen, von denen zwei den ganzen Tag fort waren, hätten sie es sehr gut mit einer Reinemachefrau geschafft, die ein- oder zweimal in der Woche gekommen wäre.

Aber Joseph hatte darauf bestanden. »Dieses riesige Haus? Nein, du wirst dir sofort jemanden anstellen. Unbedingt«, hatte er gesagt.

Und so war Celeste zu ihnen gekommen. Sie war eine große, dicke schwarze Frau mit einer schallend lauten Stimme, die ständig lachte, wenn sie nicht traurig-wehmutsvolle Lieder sang. Sie hatte ihr heimatliches Georgia, ihre Familie – Kinder? Ehemann? – aus Gründen verlassen, über die sie sich nicht auszulassen wünschte, und nach einem ersten fruchtlosen Versuch fragte auch niemand mehr sie danach.

Nun lebte sie für immer bei ihnen im Haus und kannte sie vielleicht besser, als sie sich selbst kannten.

An einem Herbstabend, kurz vor der Dämmerung – es war im zweiten Jahr ihres Hierseins –, bemerkte Joseph, als er im Wagen vom Bahnhof nach Hause fuhr, etwas Ungewöhnliches auf der Straßenseite in der Nähe seines Hauses. Er stoppte den Wagen, fuhr ein Stück zurück und schaute es sich genauer an.

Es war ein kleiner Hund, der am Straßenrand im hohen Gras lag. Joseph lehnte sich aus dem Wagen. Der Hund hob den Kopf um einige Zentimeter und ließ ihn wieder fallen. Seine Brust und eins seiner Beine waren voller Blut.

Beim Anblick von Blut oder Qualen fühlte er sich wie immer hilflos. Vielleicht sollte er den Hund einfach liegenlassen und von zu Hause aus die Polizei anrufen. Aber inzwischen könnte ein anderer Wagen vorbeikommen und das Tier töten oder noch schwerer verletzen. Er schauderte bei dem Gedanken und blickte noch einmal hin. Ein kleiner weißer Hund mit einem Schafsgesicht, der Hund der Lovejoys. Er verstand nichts von Hunden und hatte auch nichts für sie übrig. Aber an diesen hier erinnerte er sich, denn als sie ihn zum erstenmal auf dem Rasen der Lovejoys gesehen hatten, war Anna sehr von diesem »süßen Schäfchen« angetan gewesen. Aber dann hatte Iris in einem Buch nachgeschaut – Iris muß ja immer alles ganz genau wissen – und ihnen erklärt, daß es ein Hund sei, ein Bedlington-Terrier.

Würde er ihn beißen, wenn er ihn anfaßte? Er konnte ihn doch nicht einfach liegenlassen. Jetzt hob er schon wieder den Kopf, versuchte es wenigstens, und dabei winselte er. Nein, er konnte das Tier nicht hierlassen. Er stieg aus dem Wagen. Kein Tuch, nichts, worauf er ihn legen könnte. Also zog er sich den Mantel aus. Falls die Flecken in der Reinigung nicht weggehen sollten, war dem jetzt nicht mehr abzuhelfen. Der Hund winselte wieder. Joseph hob ihn unbeholfen hoch; er verspürte Übelkeit und Mitleid für das Tier.

Er fuhr den Hügel hinauf und bog in die Einfahrt zum Haus der Lovejoys ein. Ein Dienstmädchen machte die Tür auf, und er hörte eine Frauenstimme im Vestibül.

»Wer ist es, Carrie?«

»Es ist Tippy, Mrs. Lovejoy. Er ist verletzt.«

»Ich habe ihn am Straßenrand gefunden«, sagte Joseph. »Ich bin Friedman, Ihr Nachbar.«

Mrs. Lovejoy stieß einen kleinen Schrei aus. »Oh, mein Gott!«

Joseph streckte die Arme aus, und sie nahm ihm den Mantel mit dem Hund ab. »Carrie, sagen Sie Bob, er soll den Wagen vorfahren, und rufen Sie Dr. Chase an. Teilen Sie ihm mit, wir seien unterwegs.« Dann wandte sie sich Joseph zu. »Wie ist das passiert?«

»Ich weiß es nicht«, sagte er, doch dann verstand er plötzlich und fügte hinzu: »Ich bin es nicht gewesen. Ich fand ihn auf der Straße.«

Sie drehte sich wortlos um, und er sah, daß sie ihm nicht glaubte. »Mein Mantel ... kann ich bitte meinen Mantel haben?«

Sie ließ den blutigen Mantel einfach zu Boden fallen, er nahm ihn auf und ging zur Tür hinaus.

Beim Abendessen, er hatte Anna nichts von dem Vorfall erzählt, fragte er plötzlich: »Sag mal, hast du nicht manchmal den Eindruck, daß dieses Haus zu weit von deinen Freunden entfernt ist?«

Sie blickte überrascht auf. »Ach ... sie scheinen zwar alle

mindestens zwanzig Minuten von hier weg zu sein, aber das macht mir nichts aus. Warum fragst du?«

»Nur so. Wir leben hier jetzt eine Weile, und ich fragte mich, ob es dir noch so gut gefällt wie auf den ersten Blick. Wir können ja jederzeit verkaufen und woanders hinziehen.«

»Oh, aber ich liebe es hier! Das mußt du doch wissen!«

Ja, ich weiß es. Ich sehe es an der Art, wie sie vor der Tür stehenbleibt, wenn wir ausgewesen sind, wie sie herumgeht und Sachen berührt, wie sie nachts, wenn es warm ist, auf den Stufen sitzt und in die Sterne schaut. Sie sagt, das hätte sie als Kind in Polen getan.

Es klingelte an der Tür, und einen Augenblick später kam Celeste herein. »Es ist ein Herr im Vestibül, der Sie zu sprechen wünscht.«

Direkt an der Tür stand Mr. Lovejoy. Er schien sehr verlegen.

»Ich bin gekommen, um Ihnen zu danken. Meine Frau war völlig außer sich wegen des Hundes, und es ist ihr erst später eingefallen, daß sie sich bei Ihnen nicht bedankt hat.«

»Das stimmt zwar, aber es macht nichts.«

»Er hatte sich die Pfote an einer Glasscherbe aufgerissen. Der Tierarzt meinte, er wäre in kurzer Zeit verblutet, wenn Sie ihn nicht aufgelesen hätten.«

»Ich mag niemanden leiden sehen. Weder Tiere noch Menschen.«

Anna war ins Vestibül gekommen. »Was höre ich da, Joseph? Du hast mir gar nichts erzählt!«

»Es gab nichts zu erzählen«, erwiderte er barsch.

»Ihr Mann war sehr gütig. Der Hund bedeutet uns viel, er ist wie ein Mitglied unserer Familie.«

»Dann freut es mich, daß er Ihnen behilflich sein konnte«, sagte Anna. »Wollen Sie nicht für einen Augenblick hereinkommen?«

»Vielen Dank, aber ich sollte jetzt lieber gehen. Sie haben das Haus sehr verändert«, fügte er an Anna gewandt hinzu. »Es ist kaum wiederzuerkennen.«

»Sie sind jederzeit willkommen, wenn Sie es sich anschauen möchten.«

»Nochmals vielen Dank.« Mr. Lovejoy verneigte sich, und die Tür ging hinter ihm zu.

»Joseph, ich muß schon sagen, du warst nicht gerade sehr freundlich zu diesem Mann. Ich habe dich noch nie so unhöflich gesehen.«

»Was hast du erwartet? Hätte ich ihn küssen sollen?«

»Joseph! Ich weiß nicht, was in dich gefahren ist. Und dabei war er ein so netter Mann.«

»Was war denn so nett an ihm? Wie kannst du das in einer halben Minute beurteilen? Manchmal redest du wie ein Kind, Anna!«

»Und du wie ein böser, grober Meckerer! Mir macht es nichts aus, aber ich sollte meinen, du tätest besser daran, dich mit deinen Nachbarn gutzustellen. Man kann nie wissen, vielleicht werden wir einmal Freunde sein.«

»Aber gewiß doch! Auf uns haben sie gerade gewartet!«

»Immerhin sind wir mit den Wilmots unten an der Straße befreundet.«

»Schon gut, schon gut, wie du willst.« Er klopfte ihr auf den Rücken.

Befreundet? Wohl kaum. Aber ein bißchen Menschlichkeit war doch irgendwie aufgekommen. Er stand einen Augenblick da und blickte durch die Tür in das Wohnzimmer, wo das Kaminfeuer unter Annas Porträt brannte. Nein, er würde dieses Haus nicht verkaufen, nicht verlassen. Es war sein Haus, sein Heim.

29

In allerletzter Minute erinnerten sich ihre Eltern, daß sie zum Abendessen eingeladen waren und daß Iris dieses Mal Theo Stern allein empfangen mußte. Ein fadenscheiniger Trick. Konnten sie sich nichts Schlaueres einfallen lassen?

Als ob das noch etwas ausmachte! Es war einfach eine Demütigung mehr, und diese war eine der schlimmsten, weil Theo sie sofort durchschauen würde. Theo war so ungewöhnlich. Wie konnten sie, die ständig seine Intelligenz priesen, sich einbilden, daß er so dumm wäre, nicht zu wissen, was man damit beabsichtigte?

Sie hatte Angst. Was sollte sie während des Essens und danach den ganzen langen Abend zu ihm sagen, wo sie doch genau wußte, daß er sich wünschte, weit weg und wieder in New York zu sein? Er kam zu ihnen ins Haus, um Joseph und Anna zu besuchen, nicht sie. Sie war nie wirklich mit ihm allein gewesen, abgesehen von den vier oder fünf Malen, als er sie aus reiner Höflichkeit und Dankbarkeit ihren Eltern gegenüber ins Theater eingeladen hatte. Und einmal am Strand, zusammen mit zwei Söhnen Malones und ihren Frauen.

Celeste kam summend die Treppe herauf. Wußte sie, daß sie ständig sang, oder war es bei ihr zu einer unbewußten Gewohnheit geworden? Iris trat aus ihrem Zimmer.

»Celeste, wir werden nur zwei bei Tisch sein.«

»Hat Ihre Mama mir schon gesagt. Was ich wissen wollte . . . soll ich einen Kuchen backen? Es ist noch Zeit genug.«

»Ach Gott, das ist mir doch egal! Dieses Essen heute abend ist wirklich das Letzte, was ich mir gewünscht habe.«

Celeste blickte sie verschmitzt an. Verschmitzt und vergnügt. »Das sollten Sie nicht sagen. Wo Dr. Stern ein so netter Mann ist! Er hat mir von Anfang an gefallen, schon als ich ihm zum erstenmal die Tür aufgemacht habe, und als er da vor mir stand und fragte, ob hier die Friedmans wohnten, da wußte ich gleich, daß ich ihn mögen würde.«

»Ich mag ihn auch, aber das ist doch kein Grund, ihn einen ganzen Abend lang allein zu unterhalten.«

»Er mag sie. Das habe ich gesehen.«

»Natürlich mag er mich! Er mag uns alle. Sie auch.«

»Dann werde ich den Kuchen backen. Und heiße Semmeln zum Huhn. Das letztemal, als wir sie hatten, hat er vier Stück gegessen.«

Sogar Celeste war seinem Wiener Charme erlegen! Aber es wäre nicht fair, darüber zu spotten, denn hinter seiner Höflichkeit und seinem Witz verbarg sich sehr viel mehr, und vor allem durfte man nie vergessen, was die Welt – was die Unmenschlichkeit der Nazis – Theo Stern angetan hatte.

Er war im vorigen Jahr in New York angekommen und hatte sie ausfindig gemacht. Ein Brief aus England, kurz nach dem Eintritt der Vereinigten Staaten in den Krieg, war davor die letzte Nachricht von ihm gewesen. Mama hatte immer wieder über das Schicksal der Familie Onkel Elis bittere Tränen geweint und es nicht fassen können, daß sie alle, jung und alt, hingemordet worden waren – Theo Sterns Frau Liesel und ihr kleines Baby, schrecklich, schrecklich! Wie eins jener Gruselmärchen, in denen Menschenfresser kleine Kinder verspeisen und Leute in brennende Öfen geworfen werden. Nur war das hier wirklich geschehen. Wer Theo anschaute und daran dachte, war so ergriffen und fast versucht, ihm die Hand zu drücken und zu sagen: Ich weiß, ich verstehe! Nur wußte und verstand man eben nichts, und wie hätte es auch anders sein können, wenn man es nicht selbst durchgemacht hatte?

Sie wählte rasch ein Kleid und ein Paar Schuhe aus und ließ derweil Wasser in die Wanne laufen. Mit Vorliebe suchte sie Entspannung im heißen Badewasser – trotz all der Warnungen ihrer Mutter, sie könnte einmal dabei einschlafen und in der Wanne ertrinken.

Den Kopf zurückgeneigt, ließ sie sich in die siedende Hitze sinken. Sie wäre am liebsten eine Stunde lang in der Wanne geblieben und anschließend ins Bett gegangen, um den Rest des Abends mit einem Buch zu verbringen.

Papa hatte Theo – zu einem Projekt gemacht! Er hatte ihn überredet, sich seine Praxis hier in Westchester und nicht in New York City einzurichten, und ihm sogar geholfen, passende Räumlichkeiten zu finden.

»Falls du wirklich das Gebäude auf der Grosvenor Avenue vorziehst, kann ich dir behilflich sein. Ich kenne den Besitzer, und ich könnte gute Bedingungen für den Mietvertrag herausschlagen«, hatte er gesagt.

Und falls Theo Geld für die Einrichtung brauchte, die bestimmt sehr teuer sei, würde Joseph ihm herzlich gern die notwendige Summe vorschießen. Theo litt jedoch nicht an Geldknappheit, er hatte keine Probleme finanzieller Art. Aber daß Joseph ihm ein Angebot gemacht hatte, würde er nie vergessen. Sie behandelten ihn, als ob er zur Familie gehörte. Und sie waren auch seine Familie, denn er fühlte sich zu ihnen gehörig, und sie waren alles, was er an Familie hatte.

Als Iris bedachte, wie dick Papa auftrug, war es ihr so peinlich, daß sie eine Gänsehaut bekam. Allerdings hatte Theo es sich bisher nicht anmerken lassen, ob es ihn störte oder nicht.

Er war ein gutaussehender Mann, wenn auch ein bißchen zu mager und für seine Jahre zu alt aussehend. Er hatte energische Gesichtszüge und aufmerksame Augen, die den Gesprächspartner zu durchschauen schienen. Iris hielt manchmal seinem Blick nicht stand. Andere Frauen fanden ihn bestimmt anziehend, und wahrscheinlich könnte er jede haben, wenn er es wirklich wollte. Aber er wollte sicherlich eine wie die, die er vorher gehabt hatte. »Eine Schönheit«, pflegte Mama zu sagen. »Und sie hatte das gleiche sonnige Wesen wie mein Bruder Eli.« Und wie Maury, denn Maury war wie Eli.

»Was ist das denn für eine Pflanze, die ich da rieche?« fragte Theo. »Ein bißchen wie Parfüm und ein bißchen wie, ja wie gebrannter Zucker.«

»Es ist Phlox. Meine Mutter pflanzte ein Beet davon unter dieses Fenster.«

Sie schaltete das Licht vor dem Hause an, und jetzt sah man die Phloxe, deren cremefarbige und lavendelblaue Blüten sich unter dem Gewicht der schweren Regentropfen neigten. Von den Bäumen tropfte es.

»Meine Mutter ist ganz ländlich geworden. Diese Hecke da drüben sind Himbeeren. Wir hatten welche zum Frühstück.«

Theo bemerkte: »Ich habe seit schier einer Ewigkeit niemanden mehr gekannt, der in der Lage war, irgend etwas zu pflanzen und dann friedlich zu warten, bis es gewachsen ist.«

Darauf gab es nichts zu erwidern, und er fuhr fort: »Weißt du eigentlich, wie herrlich schön ihr es habt?«

»O ja. Ich bin in den Jahren der Depression aufgewachsen, und so wie hier leben wir erst seit kurzer Zeit.«

»Ich meinte nicht das Haus, ich meinte die Familie. Du hast wunderbare Eltern. Warmherzige und gütige Menschen. Ich habe das Gefühl, daß sie sich höchst selten streiten. Ist es nicht so?«

»Das kommt daher, weil meine Mutter immer voraussieht, was mein Vater will. Es ist natürlich nicht nur das, aber es gehört dazu.«

»Eine Europäerin!«

»Sie wurde in Europa geboren, aber ich weiß nicht, wie europäisch sie noch ist.«

»Amerikanerinnen sind doch anders, nicht wahr?«

»Hier gibt es so viele Varianten ... wer kann sagen, was amerikanisch ist?«

»Sage mir, bist du wie deine Mutter oder wie dein Vater?«

Diese aufmerksamen Augen! Als ob ihre Antwort wirklich wichtig wäre. Als ob es überhaupt eine Antwort darauf gäbe.

Sie überlegte: Ich weiß ja nicht einmal, wie meine *Eltern* sind, geschweige ich selbst. Nein, das ist falsch. Papa ist verhältnismäßig einfach. Aber bei meiner Mutter gibt es verborgene Zonen. Das weiß Papa bestimmt auch, und er rätselt daran herum. Er neckt sie, wenn er sagt, sie sei geheimnisvoll, aber in Wirklichkeit meint er es ganz ernst. Daß sie sich lieben, ist sicher wahr, denn man fühlt es, aber man spürt auch eine gewisse Spannung. Manchmal kommen mir komische Gedanken: Könnte Mama uns beiden wirklich ein großes Geheimnis verbergen? Ich erinnere mich an diesen Mann, diesen Paul Werner, und irgendwie ist mir manchmal so, als müßte er etwas mit uns zu tun haben. Mit ihr. Aber dann schäme ich mich meiner Gedanken. Mama, die so moralisch und ehrbar ist – wie kann ich da auf solche Gedanken kommen? Aber es ist nun einmal so.

Sie kehrte blinzelnd in die Gegenwart zurück. Theo erwartete eine Antwort, und so sagte sie leichthin: »Es ist schwer, sich selbst zu sehen, nicht wahr? Nun ... ich mag Bücher, darin bin ich wie meine Mutter. Und ich bin ein bißchen, mehr als ein bißchen religiös eingestellt, eher wie mein Vater.«

»Religiös! Weißt du, das ist für mich etwas ganz Neues. Zu Hause hatten wir nie daran gedacht. Auch nicht im Hause meines Schwiegervaters Eduard. Ach ja, ihr nanntet ihn Eli, nicht wahr? Das hatte ich im Augenblick ganz vergessen. Dein Onkel Eli.«

»Hältst du es für lächerlich?«

»Nein, nein, natürlich nicht!«

»Sage mir die Wahrheit. Es macht mir nichts aus.«

»Schön, ich werde dir die Wahrheit sagen. Ich finde es recht charmant und malerisch. Vielleicht bedaure ich sogar, selbst kein Gefühl dafür zu haben.«

»Aber das mußt du haben. Vielleicht nicht die Form, denn Formen ändern sich ohnehin im Laufe der Zeiten. Wie Papa, der orthodox war und jetzt zu den Reformierten geht. Zuerst hat ihn der Gedanke erschreckt, aber jetzt liebt er es sehr. Was ich damit sagen will«, fuhr sie ernsthaft fort, »ist, daß nicht die Form, sondern das Gefühl zählt. Und ich bin sicher, daß auch du in Wahrheit all diese Dinge fühlst, an die wir glauben.«

»Wie zum Beispiel?«

»Nun, du hast dich deutlicher als ich überzeugen können, wessen ein Volk ohne Religion, das heißt ohne Moralbegriffe, fähig ist.«

»Ja, da hast du wahrscheinlich recht. Es ist mir bisher nie eingefallen, die Religion mit diesen Ereignissen in Verbindung zu bringen.«

Warum war sie auf einmal so geschwätzig? Dieser Mann zog ihr die Worte aus dem Mund.

»Manchmal wünsche ich mir, in der Viktorianischen Zeit zu leben. Zu Anfang des Jahrhunderts, bevor es Fabriken und Reklameschilder gab – als die Welt noch grün und schön war.«

»Die Fabriken haben dieses schöne Haus möglich gemacht. Und vergiß nicht, daß du vor hundertfünfundzwanzig Jahren höchstwahrscheinlich in einem Schuppen oder in einem polnischen Ghetto gelebt hättest.«

»Das sagt mein Vater auch. Und natürlich hast du recht. Manchmal rede ich nur so daher.«

»Was sollte daran verkehrt sein, seine Gedanken frei zu äußern?«

Theo lehnte sich mit dem Kopf an die Rückenlehne. Sie hätte ihn nicht an Europa und den Krieg erinnern sollen. Es regnete wieder, und man hörte von draußen das Prasseln auf dem dichten Laub. Im Zimmer war es still.

Er stand auf und ging zum Flügel. »Ich werde etwas Lustiges spielen. Kennst du das?«

Er klimperte locker einen flotten Walzer, wobei er sie ansah: »Ich wette, daß du den Titel nicht errätst.«

»Und ich wette, daß ich es kann. Es ist Satie. Er schrieb drei davon, ›Seine Taille‹, ›Sein Pincenez‹, ›Seine Beine‹.«

Sie brachen in schallendes Gelächter aus, und dann schwieg Theo plötzlich und starrte sie an.

»Du bist ein ganz außergewöhnliches Mädchen!«

»O nein, ich habe nur ein gutes Gedächtnis, und das ist alles.«

Er stand auf und trat auf sie zu. Dann nahm er ihre Hände und zog sie leicht zu sich hoch. »Iris, ich will es dir jetzt sagen, wenn ich den Mut dazu habe. Sollten wir nicht heiraten? Ist dir ein guter Grund bekannt, weshalb wir es nicht tun sollten?«

Sie glaubte, nicht richtig gehört zu haben, und starrte ihn an.

»Ich finde nämlich, daß wir sehr gut zusammenpassen. Ich weiß nicht, wie du dich fühlst, aber ich bin seit unendlich langer Zeit nicht mehr so glücklich gewesen.«

War das, könnte es einer jener grausamen Scherze sein, etwas von diesem angeblich witzigen Spott, der in gewissen Kreisen der Gesellschaft als ein Spiel gilt? Sie antwortete noch immer nicht.

»Wie ungeschickt von mir! Ich hätte dich darauf vorbereiten sollen. Es tut mir furchtbar leid.«

Er blickte ihr ins Gesicht, und sie konnte diesen Augen nicht ausweichen, die einen so verwirrenden und dabei weichen Ausdruck hatten. Es war also kein Scherz.

Sie konnte ihre Tränen nicht mehr zurückhalten.

Er lehnte seine Wange an die ihre und küßte sie auf die Stirn. »Ich weiß nicht, was das bedeuten soll«, sagte er. »Heißt es ja oder nein?«

»Ich glaube . . . ich glaube, es heißt ja«, flüsterte sie und fühlte das Naß ihrer Wange an der seinen.

»Iris, Liebste, ich möchte, daß du dir ganz sicher bist. Sage es mir.«

»Ich bin mir ganz sicher. Ja, ja, bestimmt.«

Er zog sein Taschentuch heraus und trocknete ihr Gesicht. »Wir werden sehr, sehr glücklich sein, das verspreche ich dir.«

Sie nickte, lachte und weinte zugleich.

Theo, bitte verstehe, warum ich weine: Ich hoffte so sehr, daß es geschehen würde, und ich wußte, daß es nicht sein konnte, weil ich fast dreißig Jahre alt bin und weil ich immer nur allein in meinem engen Bett geschlafen habe. Und jetzt bist du da.

Iris hat etwas Wunderbares getan. Fröhliches Gemurmel und schmeichelndes Lachen erfüllen das ganze Haus. Celeste bringt die Geschenkpakete herein, das Silberbesteck und das Kristallgeschirr, in Seidenpapier eingewickelt. Die Mutter sitzt am Schreibtisch, telefoniert und entwirft das Menü. Nebenher bestellt sie die Einladungskarten und den Brautschleier. (Es ist peinlich, sich wie eine Teenagerbraut anzuziehen, wenn man in einem Alter ist, wo andere Frauen ihre Kinder zur Schule bringen.) Wenigstens wird Mutter alles ziemlich einfach halten, wenn auch nicht ganz so einfach, wie Iris es sich wünscht. Papa hätte sie am liebsten auf einem weißen Elefanten anreiten lassen, auf einem mit Brillanten bestickten Sattel. Er ist so glücklich und vollauf beschäftigt mit den Plänen für Theos neue Praxis. Die Blaupausen liegen auf dem großen Schreibtisch im runden Turmzimmer, und dort ziehen sich Theo und Papa nach dem Essen zu langen Diskussionen zurück. Papa ist außer sich vor Begeisterung, weil sie einen Arzt heiratet. Einen Arzt aus Wien! Und jetzt wird wieder ein Sohn im Hause sein, ein Sohn voller Lebenskraft, Geist und Hoffnung, wie Maury es einst war. Unser Maury . . . das ist nun schon so lange her. Der arme Papa! Der arme gute Papa!

Es ist fast, als hätte sie mit Theo einen Pokal gewonnen. Sie schämt sich all des Jubels im Hause, und sie schämt sich über sich selbst, weil sie ihnen diesen Jubel nicht gönnt. Fast immer schlägt ihr Herz jetzt rascher.

Manchmal glaubt sie, es sei alles nur ein Traum.

Sie lagen im warmen Sand, und es war ein vollkommener, seidiger Florida-Nachmittag.

Als sie zum erstenmal allein in jenem Zimmer gewesen waren, hatte sie geglaubt, sie würde versagen. Sie hatte so viel gelesen, so viele Bücher über die Ehe heimlich gekauft und versteckt, den ganzen Havelock Ellis studiert, und es schien ihr, als gäbe es noch so viel zu wissen über etwas, was schließlich und endlich doch lange getan worden war, bevor man Bücher darüber geschrieben hatte.

Ihre Mutter hatte mit verschämtem Blick zum Boden gefragt: »Ist da irgend etwas, das du wissen möchtest?« Und sie war erleichtert gewesen, als Iris ihr gesagt hatte, sie brauche nichts mehr zu wissen.

In den Büchern schien es so viele Möglichkeiten zu geben, zu gefallen oder nicht zu gefallen, zu bestehen oder zu versagen; und wenn sie nun versagte oder ihm nicht gefallen sollte, was dann?

Aber sie hatte nicht versagt. Es war das höchste Entzücken, der absolute Zusammenklang von Geist und Fleisch, den man sich vorstellen konnte, und vorgestellt hatte sie es sich wahrhaftig oft genug! Und so lange darauf gewartet! Das war ihr einziges Bedauern, daß sie so lange gewartet hatte!

Theo sagte träge: »Du siehst zufrieden aus.«

»Das bin ich auch. Stolz und zufrieden.«

»Stolz?«

»Stolz, deine Frau zu sein.«

»Du bist ein Liebling, Iris. Und in gewisser Hinsicht recht erstaunlich.«

»In welcher Hinsicht?«

»Ach, siehst du, ich hatte vorher den Eindruck gehabt, du würdest scheu oder zögernd im Bett sein.«

»Und ich bin es nicht?«

Er lachte. »Du weißt sehr gut, daß du es nicht bist. Ich bin ein sehr glücklicher Ehemann.«

Er nahm ihre Hand, und sie drehten sich um, um ihre Rücken zu bräunen.

»Dieser Tag ist so vollkommen, daß man gar nicht weiß, was man damit anfangen soll«, sagte Iris.

»Es scheint mir, du weißt es sehr gut. Und das trifft auch auf die Nächte zu«, erwiderte er.

»Als ich noch ein kleines Mädchen war«, begann sie.

»Du bist immer noch ein kleines Mädchen.«

»Nein, aber höre bitte, was ich dir sagen will. Ich war etwa sieben Jahre alt und hatte eine Puppe gesehen, die ich mir sehnlichst wünschte. Sie hatte einen rosa Samtmantel mit weißem Pelzbesatz und lange schwarze Locken. Ich erinnere mich noch genau daran, es war die ideale Puppe. Verstehst du, was ich meine? Und ich hatte sie mir schon so lange gewünscht. Dann, am Morgen meines Geburtstages, als ich sie auf meinem Stuhl sitzen sah, überkam mich plötzlich ein seltsames Gefühl . . . nicht Enttäuschung, eher eine Art von Ernüchterung . . . sie war so vollkommen! Ich wollte, daß kein Staubkörnchen sie berührte, und doch wußte ich, daß das unmöglich war und ihre Vollkommenheit mit jeder Sekunde um ein Weniges dahinschwand.«

»So traurige Gedanken an einem so schönen Tag!« protestierte Theo.

Aber sie ließ sich nicht abbringen, denn sie wollte richtig verstanden sein. »Es sind keine traurigen Gedanken. Es ist so wunderbar, daß ich es immer für mich behalten und mich immer daran erinnern möchte. Theo, eines Tages, in vielen Jahren, werden wir aus dem Fenster schauen, eine nasse, kalte, winterliche Straße sehen, und dann werden wir uns darüber unterhalten, wie wir hier in der Sonne lagen und voraussahen, wie wir eines Tages aus dem Fenster auf die winterliche Straße schauen würden . . .«

»Du denkst an das, was in Jahren geschehen wird, und ich denke an heute abend. Hoffentlich gibt es wieder diese Fischsuppe. Es ist die beste, die ich je gegessen habe.«

»Theo, Liebling, sag es mir noch einmal, sag mir, daß du mich liebst.«

»Ich liebe dich, Iris. Ich liebe dich wirklich.«

30

Vetter Chris zog die Ruder ein und ließ das Boot frei auf dem Wasser tanzen. Er war heute irgendwie anders, und das störte Eric. Sonst war es immer so lustig, wenn Chris kam. Er besuchte sie nicht sehr oft, hatte Frau und Kinder sowie eine Arbeit, obgleich man es ihm nicht ansah, denn er schien so sportlich und flott und viel zu jung dafür. Allerdings war er der Lieblingsvetter von Erics Mutter gewesen, konnte also so jung gar nicht sein. Bei Chris zu Hause in Maine hatte sie, als sie noch ein Mädchen war, viele Abenteuer erlebt, wie damals, als sie sich in der Bucht im Nebel verirrt hatten . . .

Aber heute hatte Chris keine Geschichten für Eric. Er beugte sich vor, sein ernsthaftes Gesicht blickte auf ihn hinab, während sich hinter seinem Kopf am anderen Ende des Sees die Hotelgebäude und der Golfplatz vom Ufer wie ein Spielzeugdorf auf grüner Filzunterlage abhoben.

»Ich habe mit deiner Großmutter gesprochen. Wir hatten gestern abend ein langes Gespräch . . .«

»Ich habe euch unten gehört«, sagte Eric.

»Du hast gehört, was wir gesagt haben?«

»Nein, nur eure Stimmen. Aber ich wußte, daß es um etwas Ernsthaftes ging. Ich dachte, ihr redet wahrscheinlich über mich.«

»Nun ja.« Chris blickte etwas ängstlich und verwirrt drein, und er begann rasch zu sprechen, als wollte er es möglichst schnell hinter sich bringen. »Du bist jetzt dreizehn, fast erwachsen. Ich sagte deiner Großmutter, du seist alt genug, um die Wahrheit zu erfahren. Frauen finden immer, es sei zu früh, aber . . .«

»Die Wahrheit über Oma?«

»Ja, das zuallererst.«

»Du brauchst es mir nicht zu sagen. Ich weiß, daß es Krebs ist.« Er hatte dieses Wort zum erstenmal laut ausgesprochen. Gewöhnlich flüsterte man es, sagte das große K oder gab es nur mit Blicken zu verstehen. Er wußte nicht, warum er beim Aussprechen dieses schrecklichen Wortes nicht mehr empfand. Stimmte etwas mit ihm nicht, weil er nicht mehr empfand?

»Seit wann hast du es gewußt?«

»Seit dem letzten Winter. Damals war sie im Krankenhaus, und wenn ich ins Zimmer kam, schwiegen die Leute plötzlich. So nahm ich an, es müsse das sein.«

»Ich verstehe«, sagte Chris.

»Hat Oma Angst?«

»Sie hat es nicht gesagt, aber ich glaube schon. Hättest du nicht auch Angst?« Chris wartete einen Augenblick. »Du bist derjenige, um den sie sich Sorgen macht. Und deshalb möchte ich mit dir reden. Sie hat mich darum gebeten. Sie glaubt, es wäre für euch beide leichter, wenn ich es dir sage.«

»Sie braucht sich keine Sorgen zu machen. Ich werde mich um sie kümmern. Ich habe mich sehr gut um Opa gekümmert, und du weißt, wie verkrüppelt er war.«

»Ich weiß . . . aber das hier ist etwas anderes.«

»Wieso?«

Vetter Chris antwortete nicht sofort. Er nahm das Ruder wieder auf, ließ das Boot vorschnellen. Sie mußten sich bükken, als sie unter die Zweige einer Trauerweide glitten, und ein Stückchen weiter zog er die Ruder wieder ein. Das Boot lag still.

»Wieso ist es etwas anderes?« wiederholte Eric.

Chris nahm seine Armbanduhr ab. Eine ganz außergewöhnliche Uhr, die er während des Krieges in Europa gekauft hatte, als er bei der Luftwaffe war, und die er Eric gestern zeigte. Sie gab das Datum an und konnte wie ein Wecker klingeln. Im Dunkeln leuchtete das Zifferblatt. Eine ganz tolle Uhr. Jetzt betrachtete Chris sie. Er schüttelte sie ein wenig und hielt sie sich ans Ohr. Dann runzelte er die Stirn und schnallte sie sich wieder an.

»Geht deine Uhr nicht?«

»Doch. Wollte nur mal nachprüfen.« Plötzlich sprudelten die Worte heraus. »Eric, es ist etwas anderes – weil deine Oma sterben wird. Ich kann es dir einfach nicht anders sagen.«

»Aber, Jerry, ein Klassenkamerad von mir – dessen Vater hatte Krebs, als wir noch in der dritten Klasse waren, und es geht ihm ausgezeichnet!«

»Es geht nicht immer so gut.«

»Ich werde Dr. Shane fragen.«

»Tue das, wenn es dir helfen kann. Aber er wird dir das gleiche sagen, Eric.«

Hatte er sich nicht eben noch gefragt, warum er nichts empfand? Jetzt auf einmal fühlte er ein Pochen und Zerren in der

Brust und im Kopf. Es war ihm, als fühlte er etwas Heißes unter seiner Zunge, etwas wie heißes Blut.

»Ich glaube es nicht! Es ist nicht wahr!« rief er.

»Ich weiß, wie dir zumute ist. Mir ging es ebenso, als mein Großvater Guthrie starb.«

Hinter dem Schirm von Laub schoß ein Motorboot vorbei und wühlte das stille Wasser auf. Wahrscheinlich Billy Noyes und sein Vater in ihrem Chris-Craft. Die sausten ständig in diesem Boot herum.

»Ich weiß, wie dir zumute ist«, sagte Chris noch einmal.

Sie schwiegen einige Minuten lang, dann machte sich ein weiterer trauriger Gedanke in Worten Luft.

»Ich denke gerade daran, wie leer das Haus sein wird, wenn nur noch George und Mrs. Mather und ich darin wohnen.«

»Nun, darauf wollte ich als nächstes kommen«, sagte Chris. Er zog ein Päckchen Zigaretten aus der Hemdtasche und schien Schwierigkeiten mit dem Öffnen zu haben. Dann fummelte er in seiner Hosentasche nach Streichhölzern. Schließlich hatte er alles zur Hand und zündete sich umständlich die Zigarette an.

»Die Sache ist die«, sagte er schließlich, »die Sache ist die, daß du auf Dauer hier nicht bleiben kannst. Mrs. Mather gehört nicht zur Familie, und demnach kann sie auch nicht für dich verantwortlich sein, nicht wahr? Verstehst du, du mußt bei jemandem wohnen, der zu deiner eigenen Familie gehört.«

»Bei dir also?«

»Nein. Ich würde dich zwar sehr gern bei mir haben, aber wie es sich nun ergeben hat . . .« Er hielt inne. Wenn er es doch nur ein für allemal hinter sich brächte! »Also Oma hat es sich lange und reiflich überlegt, mit mir und meinen Eltern und Onkel Wendell und sogar mit Dr. Shane und Vater Duncan darüber gesprochen. Und sie alle meinen, sie alle sind überzeugt, daß unter den gegebenen Umständen das einzig richtige Heim für dich bei der Familie deines Vaters ist.«

Chris war mit seinem Satz am Schlußpunkt angelangt und hielt inne, wie nach einer musikalischen Darbietung. Eric sah, daß er ihn aufmerksam beobachtete. Der Ausdruck seines Gesichts schien zu sagen: ›Nun, das hätten wir geschafft, und was kommt jetzt?‹ Eric hatte die Gewohnheit, in Gesichtern zu lesen: bei den Lehrern in der Schule, um zu sehen, ob sie mit seiner Antwort zufrieden waren, bei Erwachsenen allgemein, um zu sehen, ob sie ihm die ganze Wahrheit sagten oder ob sie ihm etwas vorenthielten. Jetzt sah er, daß Chris ihm die volle Wahrheit sagen würde.

»Ich wußte gar nicht, daß mein Vater Familie hat.«

»O ja«, sagte Chris vorsichtig. »Er hatte Eltern und eine jüngere Schwester.«

»Und sie leben noch?« Erics Stimme wurde lauter und überschlug sich, wie es in letzter Zeit öfter geschah.

»Ja. Sie leben in New York City. Oder besser gesagt, dort in der Nähe.«

»Aber warum, warum? Warum hat man mich bis jetzt immer belogen?«

»Ich würde es nicht wirklich belogen nennen. Man hat dir doch nie erzählt, daß die Eltern deines Vaters tot seien, nicht wahr?«

»Nein, aber sie haben immer gesagt: ›Du bist alles, was wir haben, und wir sind alles, was du hast‹, und deshalb dachte ich mir . . .«

»Nun ja, das war halt eine Art, es auszudrücken. Keine Lüge, nur eine Auslassung. Das macht doch immerhin einen Unterschied, nicht wahr?«

Er war so schockiert und durcheinander, daß er überhaupt nicht mehr wußte, ob es gut oder schlecht war.

Chris fuhr fort: »Sie wollten dir alles erklären, wenn du älter sein würdest, und wahrscheinlich hätten sie es auch längst getan, wenn dein Großvater nicht gestorben wäre. Dann hättest du diese anderen Großeltern kennenlernen können.« Er wurde zuversichtlicher. »Ja, das war ganz bestimmt ihre Absicht.«

»Aber warum wurde es so lange verheimlicht?«

Chris schwieg eine Weile. »Du weißt ja, wie es ist, Eric. Leute sind nicht immer über alles einer Meinung. Einfacher gesagt, konnten sie sich nicht leiden. Es hat viel Ärger und Streit gegeben, als du den Eltern deiner Mutter und nicht denen deines Vaters anvertraut wurdest.«

»Du meinst, sie wollten mich auch?«

»O ja, und sehr sogar. Schließlich liebten sie ihren Sohn, und du bist das Kind ihres Sohnes.«

»Aber warum war jeder auf jeden so böse?«

»Ich sage es nicht gern, Eric, obgleich ich weiß, daß du inzwischen einiges über die Unvollkommenheit dieser Welt gelernt hast . . . es war eine Frage der Religion.«

»Waren sie . . . katholisch? War es das?«

»Nicht katholisch. Sie sind Juden.«

Juden! Aber das war ja geradezu verrückt! Wie war das möglich?

Juden! Wie David Lewin in der Schule. Er war der einzige, von dem er wußte, und er erinnerte sich noch sehr gut an die Zeit der fünften Klasse, als David zu ihnen gekommen war. Alle hatten ihn gemocht, außer einem Jungen, Bryce Henderson. Nein, zwei Jungen, Phil Sharp auch. Sie hatten David häßliche Dinge gesagt, weil er Jude war, und David hatte Bryce die Nase blutig geschlagen. Dann hatte der Schuldirektor David zu sich gerufen und ihn gefragt, warum er es getan habe, und David hatte nichts gesagt, weil jeder wußte, daß der Direktor ständig über Vorurteile und religiöse Intoleranz redete. »Das sind Dinge, die wir in dem eben beendeten Krieg ein für allemal abzuschaffen versuchten«, pflegte er zu sagen, und David hatte nicht gepetzt, sondern seine Strafe hingenommen, was wirklich ganz toll von ihm war. Später hatten ihn dann auch alle dafür gelobt.

Mein Vater war also wie David! Kaum zu glauben! Jetzt pochte sein Herz wirklich. Es gefiel ihm nicht, es war zu fremdartig, zu seltsam. So ganz anders. Wie David.

»Sie hätten es dir eigentlich schon früher sagen sollen.« Chris sprach wie zu sich selbst, als ob er laut nachdachte. »Ich war schon immer dieser Meinung gewesen. Wie alle . . . aber sie haben getan, was sie für das Beste hielten.«

»Hast du meinen Vater gekannt?«

»Und ob. Er war ein fabelhafter Mensch. In Yale war er einer meiner besten Freunde.«

»Tatsächlich?« Eric fühlte, wie sich seine Lippen zu einem Lächeln verzogen, zu einem blöden Lächeln zwischen Lachen und Weinen. Und er fühlte Erregung, wie in einem Kriminalfilm, wenn man mit Ängsten und Bangen erwartet, was als nächstes passiert, und lacht, weil man Angst hat. »Hast du . . . ich weiß ja nicht einmal, wie er ausgesehen hat . . .«

»Ob ich ein Bild von ihm habe? Ich habe bestimmt ein paar Fotos von uns, als wir Tennis spielten. Ich werde daheim nachsehen und sie dir schicken.«

»Erzähle mir inzwischen, wie er ausgesehen hat.«

»Nun, ein bißchen wie du, ganz bestimmt. Ich glaube, du wirst auch einmal so groß wie er sein. Helles Haar und buschige Augenbrauen wie du hatte er ebenfalls.« Vetter Chris hatte das Kinn in die Hände gestützt, und das Boot schaukelte. »Komisch, wir wollten beide Anwälte werden . . . wir waren uns beide der Zukunft so sicher. Und jetzt ist er nicht mehr da, und ich bin im Ölgeschäft. Das Leben ist voller Wechselfälle und Überraschungen, Eric, wie du es noch in dieser Minute feststellen wirst. Man weiß nie, was hinter der nächsten Ecke auf einen wartet.«

»Ich will aber nicht bei diesen Leuten wohnen! Ich kenne sie ja nicht einmal! Wie soll ich da in ihrem Haus leben?«

Plötzlich heulte er wie ein kleiner Junge, schluchzte und rang nach Luft. Er konnte es nicht fassen, daß er all diese Geräusche machte. Dabei mischten sich in ihm die verschiedensten Empfindungen – Angst, Scham, Einsamkeit, Verlassenheit und schließlich Kälte. Er verbarg das Gesicht in den Händen, wie um sich zu verstecken.

Das Boot wippte. George verließ seinen Platz und legte sich auf den Boden, die Nase auf Erics Schuh gestützt. Ein paar Minuten später fühlte Eric ein Taschentuch in seiner Hand. Er wischte sich die Nase und die Augen und blickte auf. Chris hatte sich von ihm abgewandt, er beugte sich über die Ruder, holte zu weiten Stößen aus und brachte das Boot aus der schattigen Stille. Jetzt waren sie in der Sonne, wo das Wasser so glitzerte, daß man blinzeln mußte. Langsam bewegten sie sich heimwärts.

»Vetter Chris? Muß es denn gleich sein? Könnte ich nicht wenigstens bis zum Ende des Sommers bleiben und erst im Herbst bei Schulbeginn hier ausziehen?«

Chris schaute ihn einen Augenblick an, und dann sagte er bedauernd: »Das wäre keine sehr gute Idee«, und Eric verstand, daß er damit meinte: *Oma wird vielleicht nicht bis zum Ende des Sommers leben.*

»Also dann . . .«, begann Eric zögernd, »wirst du es ihnen sagen?« Er wußte ja nicht einmal, wie er sie nennen sollte. Mister und Mistress konnte er doch schließlich nicht sagen, aber Oma und Opa ganz bestimmt nicht. »Wirst du sie anrufen und ihnen sagen, daß . . .« Er konnte den Satz nicht beenden.

»Das ist bereits geschehen. Genauer gesagt, sind sie schon unterwegs, um dich hier abzuholen.«

»Heute? Heute nachmittag?«

»Ja, es ist viel zu plötzlich für dich, ich weiß. Ich hätte eigentlich vorige Woche kommen sollen, um mit dir zu reden, aber ich mußte dringend nach Galveston, und deshalb passiert jetzt alles in letzter Minute. Es tut mir wirklich leid.«

»Ich hätte gern etwas mehr Zeit gehabt, um darüber nachzudenken, bevor sie kommen.«

»Andererseits ist es vielleicht besser so. Ich meine, daß du keine Zeit hast, lange darüber nachzudenken.«

George stieg wieder auf die Sitzbank, und sein Kopf war fast auf gleicher Höhe wie der Erics. Der Hund schmiegte sich eng an ihn an, als ob er alles wüßte. Eric war überzeugt, daß George ein sicheres Gefühl dafür hatte. Wie damals, als er ausgeschimpft worden war, als er seine schlimmste, die einzige wirklich ernsthafte und wütende Schimpfe bekommen hatte, weil er als Zehnjähriger allein in den Wagen gestiegen war, ihn angelassen und die Einfahrt hinuntergesteuert hatte. Und kurze Zeit darauf, als Opa seinen Herzanfall gehabt hatte und nach dem Abendessen auf der Veranda gestorben war. Er erinnerte sich, wie er auf sein Zimmer gegangen war und dort den ganzen Abend gesessen hatte, mit George an seiner Seite, wie jetzt. Zwischen ihm und George gab es etwas, das er sonst mit niemandem empfunden hatte.

Das Boot stieß mit einem leisen Ruck am Steg an, und Chris band es fest.

»Oma wird jetzt mit dir reden wollen, Eric.« Sie gingen an der Gruppe von Hemlocktannen vorbei auf das Haus zu. »Du weißt, daß sie sich mehr Sorgen um dich macht als um ihre Krankheit. Du machst es ihr leichter, ins Krankenhaus zurückzukehren, und du machst ihr überhaupt das Leben weniger schwer, wenn du sie wissen läßt, daß bei dir alles in Ordnung ist. Vergiß nicht: Es ist auch schwer für sie, nicht nur für dich.«

Er wußte, daß er sie am Schreibtisch im oberen Wohnzimmer antreffen würde. Dort saß sie meist in letzter Zeit, beglich Rechnungen und ging alle Arten von Papieren durch, vor allem jene langen, knisternden Bogen, die aus Anwaltskanzleien kommen. Vollmachten, Testamente und Urkunden, hörte er sie sagen, wenn sie telefonierte.

Er blieb vor der Tür stehen. »Oma?« Manchmal hörte sie die Leute nicht die Treppe heraufkommen. »Oma?«

Sie drehte sich in ihrem Stuhl um, und er sah sofort, daß sie geweint hatte. Zum erstenmal in seinem Leben sah er Tränen in ihren Augen. Selbst als Opa gestorben war, hatte sie mit traurigem Gesicht ganz ruhig gesagt: »Er ist ohne Leiden von uns gegangen, in seinem eigenen Haus und am Ende eines glücklichen Tages. Daran müssen wir denken und nicht weinen.«

Aber jetzt weinte sie. Sie stand auf und legte ihren Kopf auf seine Schulter. Er war so groß wie sie. Und jetzt tröstete er sie, wie Chris ihn erst vor ein paar Minuten im Boot zu trösten versucht hatte.

»Mach dir keine Sorgen um mich, Oma, ich verspreche dir, daß alles gutgehen wird.« *Vergiß nicht, es ist auch schwer für sie,* hatte Chris gesagt. »Paß nur gut auf dich selbst auf, Oma. Um mich brauchst du keine Angst zu haben.«

Sie richtete sich auf. »Ach, mein lieber Junge, wie könnte ich das? Es gibt ja nichts, worum ich mich deinetwegen ängstigen könnte. Du wirst ein gutes Heim haben, und man wird liebevoll für dich sorgen. Darum weine ich ja nicht, es ist nur . . .«

Und er verstand, daß sie entwurzelt und auseinandergerissen wurden. Ganz ohne Warnung, wie in jener Nacht, als der Blitz in die große Ulme vor dem Hause eingeschlagen hatte, in den Baum, der seit fast fünfundsiebzig Jahren – so pflegte Opa zu sagen – über ihr Dach gewachsen war. In wenigen Minuten hatte der Sturm sie aus der Erde gerissen, und sie war krachend und ächzend umgestürzt und streckte danach die abgerissenen Wurzeln mit der feuchten Erde in die Luft. Damals hatte er sich gefragt, ob Bäume Schmerz empfinden können.

»Setz dich«, sagte Oma. »Du hast mir doch sicher eine Menge Fragen zu stellen. Über Dinge, die dein Vetter Chris dir nicht genügend erklärt hat.«

»Er hat mir alles erklärt, aber ich verstehe es noch immer nicht.«

»Nein, natürlich nicht. Wie könntest du all diese Veränderungen in so wenigen Minuten begreifen? Deshalb wünschte ich mir so, daß wir mehr Zeit hätten.«

»Sage mir, warum haben sie mich nicht schon vorher besucht? Warum war alles so ein Geheimnis?«

»Wir waren uns einig, wir waren uns alle darüber einig, daß es zu verwirrend für ein kleines Kind gewesen wäre. Du warst ja noch ein Baby . . . Auf diese Weise hattest du keine Zweifel und wußtest, wohin du gehörst. Das war besser für dich. Und es ist bestimmt richtig gewesen, denn du warst immer sehr glücklich . . . Allerdings«, fuhr sie nachdenklich fort, »allerdings habe ich es in mancher Hinsicht immer bedauert. Mr. und Mrs. Friedman – ja, Eric, wir hatten deinen Namen anders geschrieben, um ihm einen leichteren und mehr englischen Klang zu geben. Aber sie sagen Friedman, mit I, E, D. Das ist die deutsche Schreibweise.« Als Eric nichts dazu sagte, fügte sie hinzu: »Ich weiß, daß es schrecklich für dich sein muß, herauszufinden, daß sogar dein Name nicht ganz so ist, wie du bisher gedacht hattest.«

Eric schwieg.

»Du wirst ein neues Leben beginnen. In der Stadt gibt es so viel zu sehen! Erinnerst du dich noch an das schöne Wochenende im vorigen Jahr, das Theater, das Planetarium . . .«

Er hatte keine Lust, über solche Dinge zu reden. »Warum haßte jeder jeden so sehr? Warum war es so furchtbar wichtig, ob man die gleiche Religion hatte oder nicht?«

Aber während er fragte, wußte er bereits die Antwort. Es war, weil – weil die Juden andersartige Menschen waren, nicht wie die gewöhnlichen Menschen, wie die, denen man jeden Tag begegnet. Sie waren anders. Er hatte keine Ahnung, warum, aber sie waren es. Und er gehörte dazu! Oder vielleicht nicht? Jedenfalls fühlte er keine Veränderung in sich, auch wenn er dazugehörte.

Oma seufzte. »Der Haß, falls du es so nennen willst, oder was immer es auch gewesen sein mochte, war nicht nur unsererseits. Glaube mir. Natürlich hatte Opa seine ganz bestimmten Ideen, mit denen ich durchaus nicht immer einverstanden war. Manchmal ging er ein bißchen zu weit, aber er war ein sehr stolzer Amerikaner, und in einem gewissen Sinne kann ich verstehen, was er meinte, wenn er darauf bestand, daß man unter seinesgleichen bleibt und sich seine kulturellen Werte erhält . . . ›Laß sie ihrer Wege gehen, und ich gehe meinen‹, pflegte er zu sagen.«

»Aber wenn er . . . eine solche Abneigung gegen sie hatte, warum hat er dann nie mit mir darüber gesprochen?«

»Wahrscheinlich weil er da das Gefühl gehabt hätte, über dich oder über einen Teil von dir zu reden, nicht wahr? Und er liebte dich so sehr!« Sie hielt inne. Ihre Augen schienen in die Vergangenheit zu blicken, als ob sie Dinge sah, die vor langer Zeit geschehen waren, und als ob sie Stimmen hörte. »Ich habe jedoch immer das Gefühl gehabt«, fuhr sie fort, »daß ich es anders gemacht hätte, wenn es mir überlassen gewesen wäre. Das soll keine Kritik an deinem Großvater sein. Er tat, was er in deinem Interesse für das Beste hielt. Vielleicht hatte er recht. Ein Kind zwischen zwei Welten hin- und herzuzerren ist schädlich und schlecht . . .«

Eric fiel etwas ein. »Hast du sie je gesehen? Die Eltern meines Vaters?«

»Nur einmal, als deine Eltern gestorben waren. Oh«, sagte Oma, »sie sind sehr nette Menschen, Eric. Gütige Menschen, fand ich. Sie werden über alles das mit dir reden, wenn du sie besser kennst. Ich habe in den vergangenen Wochen einige Male mit ihnen telefoniert und . . .«

Chris klopfte an die Tür. »Darf ich hereinkommen, oder führt ihr ein Privatgespräch?«

»Kein Privatgespräch. Eric und ich beenden nur, was du begonnen hast. Ich denke – ich hoffe, daß er die Dinge jetzt ein bißchen besser versteht.«

»Tante Polly! Du solltest dich ein bißchen hinlegen«, ermahnte Chris sie.

»Ja, vielleicht für ein Viertelstündchen.« Sie stand auf, und Eric sah, daß sie wankte und sich an der Rückenlehne des Stuhls festhalten mußte. Ihr Gesicht hatte eine schreckliche gelblichgraue Farbe angenommen, und ihr Kleid hatte Schweißflecken unter den Armen. Sie, die sonst immer so makellos war. Er hatte sie noch nie zuvor schwitzen gesehen.

Er schaute an ihr vorbei zum Fenster. Wenn der Wind die Blätter bewegte, sah man das silberne Glitzern des Sees. Auch das würde er verlassen. Es war, wie wenn man eine Haut verliert und sich eine neue wachsen läßt. Dieses Haus, diese Bäume, diese Gesichter werden alle noch hier sein, außer Omas Gesicht! Sie werden alle noch hier sein, und er nicht. Er wird woanders sein, an einem Ort, an dem er noch nie gewesen ist.

»Oma! Hast du sie gefragt . . . ich meine, wegen George. Ohne George gehe ich nicht fort von hier, das weißt du doch.«

»Da wird es bestimmt keine Schwierigkeiten geben«, sagte Oma. Sie blickte Chris an und lächelte. An der Tür schien ihr noch etwas einzufallen. »Eric, vergiß nie, wer du bist. Wir haben unser Bestes getan, und ich weiß, daß du dir gute Manieren angeeignet hast. Das wirst du doch nicht vergessen?«

»Ich werde es nicht vergessen«, sagte er. »Und jetzt werde ich ein bißchen ausgehen.« Als er die fragenden Gesichter sah, fügte er hinzu: »Nicht weit. Ich bin bald wieder zurück.«

Er hatte sich vage vorgenommen, mit Dr. Shane zu sprechen, aber als er an dem gelben Haus vorbeikam und keinen Wagen in der Garage sah, fühlte er sich irgendwie erleichtert. Der Arzt hätte ihm sowieso nur gesagt, was er bereits wußte. Als nächstes wollte er seinen Freund Teddy besuchen, aber Teddy war beim Zahnarzt, und wieder fühlte er sich erleichtert.

Auf der Höhe eines kleinen Hanges zweigte die Straße ab. Etwa achthundert Meter weiter konnte man sehen, wie die eine Abzweigung in den staatlichen Highway mündete. Bis dorthin hatte er gehen dürfen, als er ein kleiner Junge war. Er erinnerte sich, wie er damals – ein Knirps, der nichts anderes als Brewerstown kannte – dort gestanden hatte, auf die schwarze Asphaltstraße mit der weißen Trennlinie gestarrt und sich gefragt hatte, wo sie wohl hinführte, nachdem sie hinter der Kurve verschwand, wer wohl dort in der unsichtbaren Ferne lebte und wie das Leben dort sein mochte. Er lächelte über sich selbst. So ein Kind! Er hatte überhaupt nichts gewußt, aber eigentlich wußte er auch jetzt nicht viel mehr. Er war nirgendwo gewesen, außer in Maine, einmal mit Teddys Familie an den Niagara-Fällen und im letzten Jahr mit Oma in New York. Werde ich jetzt wieder diese Neugier verspüren, dieses erregende Gefühl, daß es dort »weiter unten an der Straße« etwas zu entdecken gibt? fragte er sich. Er verspürte nichts dergleichen, sondern sah nur eine weite, dunkle Leere. Die Schule und Teddy und all seine Freunde, die Pfadfindergruppe, sein Boot, sein Zimmer und Lafayette, das alles sollte jetzt ausradiert werden und verschwinden, wie wenn man mit dem Schwamm über die Schiefertafel wischt.

Er drehte sich um und machte sich auf den Rückweg. Eigentlich sollte er sich schämen, immer nur an sich selbst zu denken, wo doch Oma im Begriff stand, alles zu verlieren. Wie konnte er sich über seine nächste Zukunft Gedanken machen, wo Oma überhaupt keine Zukunft mehr hatte? Jedenfalls keine vorstellbare. Allerdings hoffte er, sie würde vielleicht doch Opa wiedersehen, wie sie fest glaubte. (Glaubte sie wirklich so fest daran, oder sagte sie es nur, um ihn zu beruhigen und sich selbst auch?) Jedenfalls gab es eins, was er mit Bestimmtheit für sie hoffen konnte – daß sie nicht zu sehr leiden würde.

Vor ihm bog Vater Duncans Wagen in die Toreinfahrt der Busbys ein. Er machte seinen wöchentlichen Besuch bei der alten Dame, die sich die Hüfte gebrochen hatte. Eric wollte über die Straße gehen, da er keine Lust hatte, sich in ein Gespräch verwickeln zu lassen, aber Vater Duncan rief ihn, und da gab es kein Entrinnen mehr.

»So hat sich also jetzt alles erledigt, nicht wahr, Eric? Ich habe eben mit deiner Großmutter am Telefon gesprochen.«

Jeder, außer ihm selbst, schien gewußt zu haben, was ihm bevorstand. Man hatte über seine Zukunft bestimmt, wie man es tut, wenn man ein Pferd oder einen Hund verkauft. Aber er würde nie ein Pferd oder einen Hund verkaufen, nie ein Lebewesen aus seinem Heim fortschicken.

»Ja, Vater. Alles erledigt«, sagte er.

Vater Duncan hatte eine seltsame Art, einen anzuschauen: er neigte den Kopf zur Seite, als ob er die Größe und das Gewicht seines Gegenübers einschätzen wollte. »Falls dich irgend etwas bekümmern oder verwirren sollte, Eric, komme ruhig zu mir. Morgen oder sonst jederzeit. Ist dir das recht?«

»Es gibt nichts«, sagte Eric. Oder vielmehr, es gab so viel, daß er lieber nicht darüber reden wollte. Es war wie mit der Nadel im Heuhaufen; man findet sie nie, und es ist zwecklos, auch nur den Versuch zu machen.

»Laß mich dir nur rasch eins sagen, Eric. Deine anderen Großeltern . . . haben nicht denselben Glauben wie wir. Du mußt das respektieren. Ich weiß, daß ich es dir nicht zu sagen brauche. Respektiere es, aber gib deshalb deinen nicht auf. Das kannst du. Es ist durchaus möglich, dort glücklich zu leben, sie so zu lieben, wie sie dich – dessen bin ich gewiß – lieben, und trotzdem deinen Glauben zu behalten. Verstehst du das?«

»Ja, Vater.«

»Erinnere dich der Worte Jesu, der zu seinen Jüngern sprach: ›Ich werde immer unter euch weilen, bis zum Ende der Welt.‹ Denke also stets daran, daß Er bei dir ist, wenn du dich einsam fühlst, und es wird dir sehr helfen.«

»Ich weiß«, antwortete Eric, doch er fühlte nichts.

»Das ist gut, und jetzt gehe ich zu Mrs. Busby«, sagte Vater Duncan.

Eric war fast zu Hause, als er den Wagen in der Einfahrt stehen sah. Ein langer, dunkler Wagen. Selbst von weitem konnte er sehen, daß es ein Cadillac war.

Er verlangsamte seinen Schritt. Ach du liebe Güte, sagte er sich, hoffentlich werden sie nicht alle rührselig, fangen zu weinen an, umarmen und küssen mich und stellen sich wer weiß wie an. Vor Verlegenheit begann er zu schwitzen.

Oma stand mit einer Gruppe von Leuten auf den Eingangsstufen. Sie schaute nach ihm aus und sah ihn die Einfahrt heraufkommen.

»Eric!« rief sie.

Sein Herz pochte wild. Er hatte eine solche Angst, daß er inständig hoffte, nichts Schreckliches anzustellen – etwa weinen oder sich erbrechen.

Jetzt wandten sie sich alle ihm zu. Ein Mann in dunklem Anzug und eine ziemlich große Frau in einem hellen Kleid, die eigentlich zu jung aussah, um eine Großmutter zu sein. *Seine* Großmutter. Plötzlich kam ihm alles verrückt und unwirklich vor. Vielleicht träume ich das nur? Die Dame hatte rotes Haar, und das überraschte ihn. Rotes Haar hatte er nicht erwartet, aber was er genau erwartet hatte, wußte er auch nicht.

Sie kamen die Treppe herunter. Er richtete sich auf, faßte Georges Halsband mit der einen Hand und ging ihnen langsam über den Rasen entgegen.

31

Anna nahm den warmen Teig aus der Schüssel – so behutsam, als lebte er –, breitete ihn auf der Porzellanplatte aus, streute Mehl darüber und griff zum Teigroller. Eine wohltuende Ruhe erfüllte sie, wie immer, wenn sie die Küche für sich allein hatte. Sie arbeitete ohne Hast, denn sie genoß es, mit den vertrauten Gegenständen umzugehen.

Eric kam vom Garten herein. »Was machst du da?« fragte er.

»Strudel. Weißt du, was das ist?«

Er schüttelte den Kopf.

»Es ist eine Art von Kuchen, nur viel besser, meiner Meinung nach. Ich habe heute früh schon einen Schub gebacken, der für deine Tante Iris bestimmt ist. Er steht im Anrichtezimmer. Hol dir doch ein Stück und sag mir, wie er dir schmeckt.«

Nachdem der Teig ausgerollt war, bestrich sie ihn mit gesalzener Butter und begann ihn behutsam auszuziehen, ohne ihn zu zerreißen, bis er dünn wie Papier war und über die Tischkante hing. Eric schaute schweigend zu. Er hatte sich ein kleines Stück abgeschnitten und aß es.

»Warum hast du dir nicht mehr genommen? Schmeckt es dir nicht?«

»Doch, sicher.«

»Dann nimm dir ein großes Stück. Ein erwachsener Junge wie du, mit zwei hohlen Beinen, in denen noch viel Platz ist.« Sie lächelte, und er erwiderte ihr Lächeln. Sie fragte sich, ob ihr Lächeln zu beflissen gewesen war. Wahrscheinlich schon.

Nach vier Monaten des Zusammenlebens hatte sie sich noch immer nicht an den Anblick dieses Fremden gewöhnen können, der von ihrem Fleisch und Blut war. Ständig entdeckte sie neue Einzelheiten – einen Leberfleck auf der Wange, eine Narbe am Ellbogen. Wenn er einmal erwachsen ist, wird er ziemlich vornehm wirken, fand sie. Sein jetzt von der Sonne gebleichtes Haar war außergewöhnlich dicht und weich. Die Adlernase, die gewöhnlich eher zu einem dunkleren Mittelmeertyp paßt, verlieh ihm etwas Majestätisches, und seine Augen mit den etwas schweren, gewölbten Lidern nahmen, wenn er sie plötzlich öffnete, einen unerwarteten Ausdruck von bezaubernder Unschuld an.

Sie fragte sich, ob er in seinem anderen Leben je gesprächig gewesen war. Jetzt, wenn die Jungen nach der Schule an den hellen Herbstnachmittagen lärmend nach Hause stürmten, fiel ihr immer wieder auf, daß Eric sich stets abseits hielt und fast immer still war – nicht etwa, weil man ihn abgelehnt oder ignoriert hätte, sondern einfach nur, weil er irgendwie nicht zu den anderen zu gehören schien. Sie vermutete, daß seine Größe und sein gutes Aussehen ihm sehr halfen, über die schwierigen und undankbaren Jahre der Jünglingszeit hinwegzukommen. In dieser Lebensphase galten Höflichkeit und gute Manieren nicht unbedingt als ein gesellschaftlicher Vorteil, besonders wenn man sich dieses Benehmen auf einer Privatschule angeeignet hatte. Das wußte sie von Iris. Erics Lehrer hatte ihn sogar ermahnt, die Lehrer nicht mit »Sir« anzusprechen, worüber Eric höchst verwirrt war. Er vergaß sich immer noch von Zeit zu Zeit und benutzte diese Anrede Erwachsenen gegenüber.

Aber er hatte auch Pluspunkte mitgebracht. Er war ein erstklassiger Basketballspieler, und da er seine ganze Kindheit an einem See verbracht hatte, war er auch ein ausgezeichneter Schwimmer. Iris, wie immer auf psychologische Probleme bedacht, war vor dem Ende der Ferien zur Schule gegangen, um sich mit dem dortigen Psychologen über Eric zu beraten. In der letzten Woche war sie noch einmal dort gewesen und hatte erfahren, daß die Anpassung ohne Schwierigkeiten vor sich gegangen war. Ein bemerkenswertes Resultat, berichtete Iris, wenn man in Betracht zieht, welchen inneren Konflikten man normalerweise bei einem solchen Wechsel ausgesetzt ist.

Anna machte den Mund auf, ihr lag etwas auf der Zunge, wie: Eric, ich liebe dich, und ich kann das Wunder, daß du da bist, noch immer nicht fassen. Eric, es ist, als sei dein Vater wieder da ...

Aber das hatte sie einmal getan. Es war im ersten Monat gewesen, und sie war plötzlich zu Tränen gerührt, zu Tränen einer solchen Freude und eines solchen Schmerzes, daß sie diese nicht hatte zurückhalten können. Und dann hatte sie seine Hände ergriffen und ihn geküßt, und er war mit einem solchen Ausdruck (war es Angst, Abscheu, Verlegenheit?) zurückgewichen, daß sie sich vorgenommen hatte, so etwas nie wieder zu tun.

Sie sprach ruhig, halb zu sich selbst, halb zu ihm: »Jetzt geben wir die Äpfel hinein, ein paar Rosinen, ein paar Mandeln, und ich füge immer noch ein paar Johannisbeeren hinzu. Die meisten Leute tun es nicht, aber es gibt dem Ganzen einen angenehm säuerlichen Geschmack, findest du nicht auch?« Sie fuhr immer wieder mit dem Roller über den Teig, schnitt ihn dann in drei Teile und schob ihn in den Ofen.

Eric nickte wieder.

Dieses Mal sagte sie, was sie auf dem Herzen hatte. »Du nennst mich nie bei irgendeinem Namen, und deinen Großvater auch nicht. Natürlich kannst du uns nicht Oma und Opa nennen, das verstehe ich. Aber ich finde, wir brauchen Namen. Kannst du dich nicht für irgend etwas entscheiden?«

»Ich weiß nicht, was ich wählen soll«, sagte Eric.

»Als du noch ein ganz kleiner Junge warst und gerade zu sprechen anfingst, nanntest du mich Nana.«

»So? Ich kann mich nicht daran erinnern.«

»Natürlich nicht. Aber wie wär's, wenn du mich wieder so nennen würdest? Und dein Großvater könnte einfach Groß-papa sein, nicht wahr?«

»Gut. Dann bist du von jetzt an Nana.«

»Eric? Hast du es hier sehr schwer? Ach, das war unge-schickt ausgedrückt! Natürlich ist das alles schwer für dich ge-wesen. Ich meinte nur deine jetzige Umgebung hier, in diesem Haus. Ist es zu sehr anders? Das meinte ich.«

»Nein, nein. Es ist sehr nett hier. Ich mag die Schule und mein Zimmer und alles. Ehrlich.«

»Ich denke, daß wir wahrscheinlich, ohne uns dessen be-wußt zu sein, in vielen Dingen sehr verschieden sind. Es ist nicht so einfach. Aber es ist einfacher, wenn du immer daran denkst, daß wir dich lieben. Kannst du das verstehen?«

»Ich verstehe es.«

»Genug davon. Was hast du an diesem schönen Samstag vor?«

»Ich habe noch eine Menge Mathematikaufgaben zu ma-chen. Ich dachte, ich setze mich damit draußen hin.«

Bei jeder Gelegenheit wollte er draußen sein. Fühlte er sich im Hause zu eingeengt? Diese Stadt, dieses Haus und dieser Garten müssen ihm winzig klein erscheinen, nach all dem freien Raum.

»Habe ich dir schon gesagt, daß Kusine Ruth für ein paar Tage kommt? Großpapa ist in die Stadt gefahren, um sie abzu-holen. Wenn du rechtzeitig mit deiner Arbeit fertig bist, bis sie zurück sind, geht er vielleicht mit dir den Footballhelm kaufen und die anderen Sachen, die du brauchst.«

»Das wäre nett.«

Sie sah ihn seine Bücher in den Garten tragen und ging hin-auf, um sich umzuziehen. Dabei freute sie sich darüber, daß Joseph am Nachmittag mit ihm ausgehen würde. Joseph hatte die Aufgabe übernommen, Eric für die Schule auszurüsten, und das war gut, denn der Junge brauchte männliche Führung. Er hatte zu lange bei einer alten Frau gelebt, die obendrein noch krank war. Im Sommer waren Joseph und er verschiedene Male nach dem Mittagessen zum Baseballspiel gegangen, und sie schienen sich wirklich näherzukommen. Nur schade, daß Joseph nicht mehr Zeit mit ihm verbringen konnte! Aber er war immer so sehr beschäftigt.

Sie waren Eric zu Gefallen einem kleinen Strandklub beigetreten. Die Leute hier schickten ihre Kinder in die Ferienkolonie, und außer den beiden Wilmot-Jungen, deren Eltern sich das nicht leisten konnten, war den ganzen Sommer über niemand dagewesen. Aber Iris hatte die Wilmots und Eric jeden Tag zum Strand gefahren – Anna hatte das Fahren nie gelernt –, und das war sehr großzügig von ihr, denn mit ihren beiden Babys hatte sie alle Hände voll zu tun.

Ach, die lieben Kleinen! Sie waren im Abstand von elf Monaten geboren: erst Steve, dann Jimmy. Die Mutterschaft hatte, ebenso wie die veränderte gesellschaftliche Stellung als »Mrs.«, Iris erheblich gewandelt. Und wäre sie eine sizilianische Bäuerin gewesen, hätte sie nach Annas Meinung sicher gern zwölf Kinder auf die Welt gebracht. Im schwangeren Zustand war sie wie aufgeblüht, und all die Spannung war aus ihrem Gesicht gewichen.

Ruth wird staunen, wenn sie Iris' neues Haus sieht. Joseph hatte es für sie gebaut und keine Wünsche offengelassen. Iris hatte es so gewollt, und Theo hatte offenbar nichts dagegen gehabt. Es war eine Art Glaskasten, Glas und dunkel gestrichenes Holz inmitten eines Wäldchens. Ein recht außergewöhnliches Haus, luftig und geräumig, aber sehr schlicht, fast streng. Immerhin hatte man in einer Architekturzeitschrift darüber geschrieben, und die Leute, die daran vorbeikamen, fuhren langsamer, um es sich anzuschauen.

Sie warf einen Blick aus dem Fenster. Eric hatte sich auf die Mauer gesetzt. Seine Bücher lagen offen neben ihm, er saß ganz still da und blickte zum Obstgarten, den Arm um seinen Hund George gelegt. Neugierig beobachtete sie ihn. Woran dachte er wohl? Er war gewiß nicht so extrovertiert und aufgeschlossen, wie Maury es gewesen war. Maury hatte das Herz auf der Zunge gehabt. Eric muß wie seine Mutter sein.

Bei der Beerdigung seiner Großmutter war er sehr beherrscht gewesen und hatte überhaupt nicht geweint. Natürlich war ihr Tod nicht unerwartet eingetreten, aber es war trotzdem ein Schlag. Das ist der Tod ja immer. Der Anruf war irgendwann im zweiten Monat nach Erics Ankunft gekommen, und eine kühle, alte Stimme (Onkel Wendell nannte er sich) hatte ihnen mitgeteilt, daß Mrs. Martin gestorben sei. So waren Joseph und Anna mit Eric noch einmal nach Brewerstown zurückgekehrt und hatten sogar extra einen Umweg gemacht, um nicht in die Nähe des Hauses seiner Großeltern zu kommen, aber er hatte ohnehin auf dem Rücksitz geschlafen.

Sie hörte den Wagen die Einfahrt heraufkommen und einen Augenblick später die Stimmen Ruths und Josephs im Vestibül.

»Wo ist Eric?« fragte Joseph Celeste.

»Er ist vor ein paar Minuten mit dem Hund die Straße hinuntergegangen, Mr. Friedman. Zu den Wilmots wahrscheinlich.«

»Na schön, dann wirst du ihn später sehen«, sagte Joseph zu Ruth. Er trug ihren Koffer ins Gästezimmer hinauf und stellte ihn ab. »So, jetzt lasse ich die Damen allein und lese die Zeitung, bis Eric zurück ist.« Anna war klar, daß seine Höflichkeit nur gespielt und er froh war, sich, nach Ruths Redeschwall im Auto, zurückziehen zu können.

»Und wie geht es dir?« fragte Ruth und fuhr fort, ohne eine Antwort abzuwarten. »Das Landleben bekommt dir gut!« (Sie glaubte, auf dem Lande zu sein!) »Du wirst immer jünger und hübscher, Anna, trotz deiner Sorgen.«

»Ich habe keine Sorgen«, erwiderte Anna. Und sie sagte sich: Vielleicht verschwinden sie, wenn ich sie ignoriere.

»Wunderbar, das ist mehr, als ich von mir sagen kann. Ich weiß nicht, was ich tun würde, wenn Joseph mir die Wohnung nicht so billig überlassen hätte. Er ist ein wahrer Prinz, Anna. Du kennst doch das alte Sprichwort: Eine Mutter kann für fünf Kinder sorgen ... Ich will mich ja nicht beklagen. Schließlich haben sie ihre eigenen Kinder, keinem von ihnen geht es so blendend, und aus einem Stein kann man kein Blut quetschen, ist es nicht so?«

Joseph leistete ihnen beim Mittagessen kurz Gesellschaft.

»Mein Sohn Irving hat mir erzählt, er sieht deine Schilder überall in Long Island«, sagte Ruth zu ihm. »Man behauptet, du seist einer der größten Bauunternehmer an der Ostküste. Nun ja, ich habe dich zu anderen Zeiten gekannt, stimmt's?«

»Das kann man wohl sagen«, erwiderte er ruhig, und Anna wußte, daß er innerlich schmunzelte.

Ach, schon wieder die Sünde des Stolzes! Ich bin voll davon, sagte sie sich. Aber sie war stolz, stolz auf Joseph, auf seine Würde, auf seine Leistungen. Sie war sich einer gewissen Rivalität zwischen ihr und Ruth bewußt – einer Rivalität, die nicht die gleiche war wie die, die es gewöhnlich zwischen Frauen gibt, ob sie es sich eingestehen wollen oder nicht. Bei ihr und Ruth kam es daher, daß sie sich so lange kannten; sie hatten am gleichen Ort angefangen, und ihre Lebensbahnen waren parallel verlaufen.

Ruth sprach über die Flüchtlinge in ihrer Nachbarschaft. »Tun wer weiß wie vornehm und sprechen Deutsch! Und dabei sind sie erst seit zehn oder fünfzehn Jahren hier. Ich lebe in diesem Lande seit fast fünfzig Jahren!«

Die Töchter der amerikanischen Revolution gegen den Verein der Mayflower-Nachkommen, sagte sich Anna spöttisch.

Nach dem Lunch gingen sie auf die Terrasse hinaus. Es war ein milder Oktobertag, und die Sonne war gerade warm genug, daß man draußen sitzen konnte. Einige Krähen flatterten über die Bäume und flogen nach Süden.

»Die Ziegelmauer muß schon wieder ausgebessert werden«, bemerkte Joseph. »Das war schlampige Arbeit. Und wo ist Eric? Wo steckt der Junge bloß? Wir wollten doch die Footballausrüstung kaufen.«

Anna sah, daß er sich langweilte und unruhig wurde. »Er wird gleich zurück sein. Inzwischen habe ich Strudel gebacken, für Iris und Theo. Den könntest du ihnen bringen und dir die Babys anschauen.«

»Gute Idee«, sagte Joseph sichtlich erleichtert, und er verschwand im Haus.

»Iris geht es also gut? Joseph hat mich an ihrem Haus vorbeigefahren. Ich kann nicht sagen, daß mir der Stil gefällt, aber es muß ein Vermögen gekostet haben.«

Ruths beißende Bemerkungen taten niemandem mehr weh, und Anna erwiderte gelassen: »Ja, für Iris ist alles gutgegangen.«

»Na, mit dem Kinderkriegen hat sie gewiß keine Zeit verschwendet! Natürlich kann man es sich in ihrem Alter nicht leisten, zu lange zu warten. Immerhin, Anna, mußt du zugeben, daß ich recht hatte. Hatte ich dir nicht schon immer gesagt, daß sie sich mit dem mittleren Alter bessern würde? Jetzt siehst du es.«

Anna wollte sagen: »Iris ist einunddreißig, also noch lange nicht im mittleren Alter«, aber sie beherrschte sich und wechselte das Thema. »Für heute abend habe ich einen Schmorbraten gemacht, nach dem Rezept, das du mir gabst, als ich heiratete. Es ist immer noch die beste Art.«

»Warum schuftest du dich in der Küche ab, wo du Celeste hast?«

»Weil es mir Spaß macht. Vieles schicke ich Iris ins Haus. Theo mag meine Küche.«

»Du kochst nur, wenn du Sorgen hast«, sagte Ruth weise. »Ich kenne dich seit langem, vergiß das nicht. Du kochst, und ich nähe. Ich mache Kleider für meine Enkeltöchter, die sie wahrscheinlich nie tragen werden.«

Anna schwieg, und Ruth fuhr fort: »Warum machst du nicht eine Reise? Du reist nie. Glaube mir, wenn ich dein Geld hätte, würdest du mich nicht oft hier sehen. Warum besuchst du nicht deinen Bruder in Mexico City? Du hast ihn seit Jahren nicht gesehen.«

»Seit zwanzig Jahren. Aber wir können jetzt nicht reisen und Eric allein lassen.«

»Wahrscheinlich nicht. Aber sage mir, wie werdet ihr ihn erziehen? In bezug auf Religion, meine ich. Was soll er sein?«

Anna seufzte. »Um ehrlich zu sein, ich weiß es nicht. Joseph und ich hatten zuerst gar nicht daran gedacht, das muß ich gestehen, aber dann meinte Iris, er würde vielleicht in die Kirche gehen wollen. Joseph sagte: ›Schön, ich werde ihn hinbringen.‹ Und Iris sagte: ›Du mußt aber mit ihm hineingehen.‹ Wir hatten gedacht, wir würden ihn nur hinbringen und abholen. Aber hineingehen? Nein. Iris sagte: ›Wie könnt ihr ein Kind in diesem Alter ganz allein in die Kirche gehen lassen?‹ Also gingen wir mit ihm in diese große Episkopalkirche in der Stadt. Wir kamen uns ganz seltsam vor und fragten uns, was unsere Freunde von uns denken würden, wenn sie uns sähen, und was die Leute in der Kirche, die uns vielleicht kennen, von uns denken würden.« Anna hielt inne und erlebte es noch einmal. Herrliches Orgelspiel, Gesang, Erics klare Stimme. Ein großartiger Dekor, eine erhabene Atmosphäre.

»Und?« fragte Ruth.

»Joseph fand es sehr hübsch. Ich mußte fast lachen. Wenn es nicht so feierlich und für mich so verwirrend gewesen wäre, hätte ich laut gelacht. Kannst du dir Joseph in einer Kirche vorstellen? ›Es wird uns schon nicht umbringen‹, meinte er, ›solange der Junge wenigstens an etwas glaubt.‹ Aber nach den ersten fünf- oder sechsmal wollte Eric nicht mehr hingehen. Und weißt du was? Joseph hat sich darüber Sorgen gemacht!«

»Warum wollte er nicht mehr hingehen?«

»Er sagte, er glaube nicht mehr daran. Wir versuchten, mit ihm zu reden, aber er wollte einfach nicht mehr.«

»Vielleicht würde er lieber in den Tempel gehen?«

»Dahin haben wir ihn einmal mitgenommen. Und Joseph fragte ihn, ob es ihn interessieren würde, etwas mehr über unseren Glauben zu erfahren, aber er sagte nein, es interessiere ihn auch nicht. So steht es jetzt also.«

Ruth seufzte. »Ich sehe, du hast eine Menge Probleme, Anna. Ich beneide dich nicht.«

Joseph kam gerade herein. »Probleme? Was für Probleme? Wir haben keine. Eric – falls du ihn meinst – ist ein prächtiger Junge. Er hat Mut und Intelligenz und . . .«

»War er bei Iris?« unterbrach ihn Anna.

»Nein, sie haben ihn heute nicht gesehen.«

»Wo mag er wohl sein? Es ist fast Essenszeit.«

Anderthalb Stunden später kam Celeste zur Tür. »Soll ich mit dem Essen warten? Eric ist doch noch nicht zurück.«

»Nein, er ist noch nicht da. Willst du mit dem Essen warten, Joseph?«

»Nein, setzen wir uns zu Tisch. Ich werde mal mit ihm reden, wenn er kommt. Komisch, er ist sonst immer so wohlerzogen und rücksichtsvoll. Das hat er noch nie getan.«

Celeste trug das Abendessen auf. Ruth war die einzige, die aß. Anna kämpfte wie immer gegen ihre Depressionen an, die bei ihr stets drohten, die Oberhand zu gewinnen. Warum rege ich mich so auf, nur weil der Junge sich zum Essen verspätet? So etwas geschieht doch bestimmt jeden Abend in Tausenden von Familien.

»Er ist seit heute früh fort«, unterbrach Joseph Ruth, die ständig plapperte.

»Warum rufst du nicht bei einigen seiner Freunde an, wenn du so besorgt bist?«

»Wer ist besorgt? Du vielleicht?«

»Nein«, log Anna. »Aber du könntest den jungen Arnold anrufen, er ist der Kapitän der Baseballmannschaft. Vielleicht ist Eric bei ihm.«

Aus dem Vestibül hörten sie das Gemurmel von Josephs Stimme am Telefon. Offenbar machte er einen Anruf nach dem anderen. Celeste brachte die Nachspeise herein, Anna ließ sie unberührt. Sie bemühte sich vergeblich zu hören, was Joseph sagte. Selbst Ruth schwieg.

Joseph kam zurück. »Niemand hat ihn gesehen. Aber schließlich sind fünfundsiebzig Buben in seiner Klasse, und ich kann nicht bei jedem anrufen«, erklärte er mit gespielter Gelassenheit.

Ein paar Minuten später: »Ich frage mich, ob er nicht meinetwegen dem Abendessen ferngeblieben ist. Ich glaube, ich habe seine Gefühle verletzt in bezug auf den Hund.«

»Nein, natürlich nicht! Und außerdem hat er ja seinen Willen durchgesetzt, nicht wahr? Joseph wollte den Hund nicht im Wohnzimmer haben«, erklärte sie Ruth, »wegen des hellen Teppichs.«

»Da hat er völlig recht«, meinte Ruth. »Ein solcher Teppich kostet ein Vermögen.«

»Joseph ist viel ordentlicher als ich«, gab Anna zu. »Und dann tut mir der Hund leid. Er ist nicht gern allein.«

»Meine Frau und ihre Tiere! Es sollte mich nicht wundern, wenn ich eines Abends ein Pferd im Wohnzimmer antreffe«, sagte Joseph. Er stand auf und fügte im Hinausgehen hinzu: »Eben ist mir noch jemand eingefallen, den ich vielleicht anrufen könnte.«

»Der wahre Grund, warum er wegen des Hundes nachgab«, flüsterte Anna, »war Erics Behauptung, seine andere Großmutter habe ihm sogar erlaubt, den Hund im Bett bei sich schlafen zu lassen.«

»Im Bett! Ist das nicht unhygienisch?« fragte Ruth.

Anna zuckte die Schultern. »Was macht das schon aus? Jedenfalls darf George jetzt überall sein, und Eric mußte nur versprechen, ihm jedesmal, wenn er von draußen hereinkommt, die Pfoten abzuwischen.«

Joseph kam zurück. »Dieser Junge!« sagte er und wandte sich an Ruth. »Weißt du, er ist so beliebt, und er hat so viele Freunde, daß man unmöglich wissen kann, bei wem er gerade sein mag. Wahrscheinlich spielt er Schach und hat die Zeit vergessen. Er spielt sehr gut für sein Alter, und Schach ist ein wissenschaftliches Spiel, wie du natürlich weißt. Ein intellektuelles Spiel. Wir haben es halt mit einem sehr intelligenten Jungen zu tun«, schloß er.

»Natürlich, Joseph, natürlich. Das sieht doch jeder, habe ich eben noch zu Anna gesagt.«

»So«, erklärte Joseph, »ich gehe jetzt hinauf und lese ein paar Papiere durch, die ich mir aus dem Büro mitgebracht habe, und ihr Frauen könnt euch unterhalten. Ruft mich, wenn er kommt. Ich werde ihm gehörig meine Meinung sagen. Gehörig ist vielleicht zuviel gesagt.« Er zwinkerte Ruth zu. »Könnt ihr ohne mich auskommen?«

Dieses joviale Gebaren sah ihm gar nicht ähnlich, und das beunruhigte Anna. »Geh nur hinauf und mache deine Arbeit«, sagte sie, »und reg dich nicht auf, Joseph.«

»Ich mich aufregen? Hör doch mit dem dummen Gerede auf! Um Himmels willen, es ist acht Uhr, und ein dreizehnjähriger Junge hat sich ein bißchen verspätet! Nein, wirklich, Anna, manchmal frage ich mich . . .« Er schüttelte den Kopf, nahm seine Aktentasche und stapfte die Treppe hinauf.

»Soll ich das Fernsehen einschalten?« fragte Anna die Freundin.

»Nein, es tut meinen Augen nicht gut. Die Kinder haben mir einen Fernseher zum Geburtstag geschenkt, und du wirst es nicht glauben: ich schaue mir kaum mal ein Programm an. Ich habe mir eine Zeitschrift mitgebracht und werde meinen Fortsetzungsroman lesen.«

Anna nahm *Die Eroberung von Mexiko* aus dem Regal. Joseph hatte ihr immer wieder eine Reise nach Mexiko versprochen, und sie war fest entschlossen, ihren Bruder Dan zu besuchen, wenn Eric sich einigermaßen bei ihnen eingelebt hatte. Vielleicht könnten sie sogar noch in diesen Weihnachtsferien hinfahren und Eric mitnehmen! Das wäre für den Jungen ein lehrreiches Erlebnis.

Die Lektüre erwies sich als recht schwierig, und sie zwang sich zur Konzentration, fast als wollte sie es auswendig lernen und bereitete sich auf eine Prüfung darüber vor. Sie saß mit dem Rücken zur Uhr, als es neun schlug. Hatte sie falsch gezählt? Hatte es zehn geschlagen? Sie weigerte sich, den Kopf zu drehen und auf die Uhr zu schauen. Ihr Mund war trocken, und sie verspürte ganz unerwartete Angst.

»Es wird kalt draußen«, bemerkte Ruth. »Hörst du den Wind?«

»Diese Zweige müßten abgeschnitten werden«, erwiderte Anna mit gezwungener Ruhe. »Beim geringsten Wind schlagen sie gegen die Fenster.«

Sie stand auf und ging zur Eingangstür. Feuchte und kalte Luft wehte ins Vestibül. Auf dem Rasen vor dem Haus hoben sich die im Wind schwankenden Bäume von einem weißen Himmel ab. In Augenhöhe herrschte absolute Finsternis. In dieser Gegend gab es keine Straßenbeleuchtung, was ihr einen gewissen ländlichen Reiz verlieh. Aber heute abend war die Dunkelheit unfreundlich. Der Wind rauschte so stark wie das Meer. Sie schloß die Tür.

Joseph kam gerade die Treppe herunter. »Es ist halb elf«, sagte er.

»Ihr solltet vielleicht die Polizei anrufen«, meinte Ruth.

Joseph warf ihr einen wütenden Blick zu. »Was? Die Polizei? Wozu? Lächerlich! Anna, was hatte er an?«

Sie runzelte die Stirn, versuchte sich an den Morgen zu erinnern, der Jahre zurückzuliegen schien. »Ein kariertes Hemd, glaube ich. Ich weiß es nicht mehr genau.«

»Im Radio hieß es, die Temperatur sei seit sechs Uhr um zehn Grad gesunken«, sagte Joseph.

Anna schwieg. Sie nahm wieder ihr Buch auf, las den gleichen Satz viermal, ohne ihn zu verstehen, und legte das Buch nieder. Sie erkannte an den Geräuschen, daß Joseph in der Küche war und Tee machte. Sie hörte das Pfeifen des Kessels und das Klicken der Schranktür, als er Tasse und Untertasse herausnahm. Selbst Ruth, die nicht eine Minute stillsitzen konnte, ohne zu schwatzen, sagte kein Wort.

Es begann zu regnen. Keine Vorzeichen, kein erstes Tröpfeln. Es goß ganz plötzlich in Strömen, und der Wind peitschte den Regen an die Fenster.

Joseph kam mit seinem Tee herein. »Es regnet«, sagte er ziemlich laut, um das Prasseln zu übertönen.

»Ich weiß.« Sie blickten einander an.

»Dieses Mal werde ich es dem Jungen aber richtig geben!« rief Joseph aus. »Man tut dem Kind nichts Gutes, wenn man ihm alles durchgehen läßt. Ein Kind muß lernen, die Grenzen des Erlaubten zu erkennen«, fuhr er fort, als ob er eine wichtige Entdeckung mitzuteilen hätte oder einen Vortrag hielte. »Jawohl, ein Kind ist glücklicher, wenn es weiß, was erlaubt ist und was nicht. Wahrscheinlich sitzt er irgendwo bei einem seiner Freunde, amüsiert sich prächtig und denkt überhaupt nicht daran, wie wir uns . . .«

Die Türklingel schellte. Ihre Herzen standen still. Es klingelte, als wenn sich jemand an den Knopf lehnte.

»Mein Gott!« schrie Joseph und rannte hinaus.

Er riß die Tür auf, spürte den kalten Regen und den Wind auf seinem Gesicht, sah das blendende Licht der beiden Stablampen in den Händen der zwei Polizisten, die hinter Eric und dem großen, durchnäßten Hund standen.

Sie kamen herein. »Ist das Ihr Junge?«

Ruth keifte: »Du großer Gott im Himmel, wo bist du gewesen? Du hast deinen Großpapa und deine Nana zu Tode erschreckt, und du solltest dich . . .«

»Lassen Sie das jetzt«, unterbrach sie der Polizist. Dann an

Joseph gewandt: »Sind Sie der Großvater? Wir fanden den Jungen am Highway, als er versuchte, per Anhalter mitgenommen zu werden. Er war in Richtung Boston, glaubte aber, er sei irgendwo im Nordwesten im Staate New York . . . wo wolltest du noch hin, Junge?«

»Nach Brewerstown«, sagte Eric. »Dort wohne ich. Ich wollte nur nach Hause.«

Der zitternde Junge in einer geliehenen Windjacke, die ihm viel zu groß war, stand da wie ein Zwerg vor dem Großvater.

»Das verstehe ich nicht«, sagte Joseph. »Bist du weggelaufen?«

Eric blickte zu Boden.

»Es scheint so«, sagte der Polizist. »Ein Glück, daß wir vorbeikamen. Er wurde nämlich mitgenommen, er und der Hund, von einem Kerl, der . . .« Er warf Anna und Ruth einen Blick zu. »Entschuldigung . . . der ein Schwuler ist. Gott sei Dank gelang es ihm, an einer Ampel bei Rot aus dem Wagen zu flüchten. Wahrscheinlich hätte der Hund ihn ja auch beschützt.«

Die Adern pochten auf Josephs Stirn. »Warum hast du das getan, Eric? Du mußt mir antworten. Sind wir nicht gut zu dir gewesen, Eric? Warum hast du uns das angetan?«

Eric hob den Blick. »Weil ich es hier hasse«, sagte er.

Joseph und Anna blickten sich an, dann Eric, dann wieder einander.

»Kindereien!« sagte der Polizist. »Nehmen Sie es sich nicht zu Herzen, Mr. Friedman. Was er braucht, ist eine gute Tracht Prügel, und dann ist wieder alles gut. Das ist gewöhnlich am besten, aber heute abend würde ich es nicht tun. Er ist völlig erschöpft und zu Tode verängstigt.« Er wandte sich an Eric und ermahnte ihn barsch und gutmütig. »Du kannst von Glück reden, Junge, daß du in einem solchen Haus wohnst. Ich wünschte, ich wäre hier aufgewachsen! Und du bist noch mal gerade davongekommen, könntest nämlich jetzt in großen Schwierigkeiten stecken, vergiß das nicht.«

Er setzte sich wieder die Mütze auf. Man überhäufte ihn mit Dankesbezeigungen, aber als man ihm Geld anbot, weigerte er sich.

»Vielleicht einen Drink? Oder wenigstens Kaffee?«

»Nein, danke, Mrs. Friedman. Kümmern Sie sich nur um den Jungen. Und du wirst von jetzt an deinem Großvater gehorchen, verstanden?«

Die Tür schloß sich, und es wurde still. Wo Eric in seinen Baumwollhosen und seinem dünnen Hemd stand, hatte sich eine Pfütze auf dem Boden gebildet.

»Eric, sage mir«, flüsterte Anna, »sage mir, was dich bedrückt.«

»Ich hasse es hier! Ich hasse dieses häßliche und böse Haus! Ihr hattet kein Recht, mich von zu Hause wegzuholen, und ich will nach Brewerstown zurück. Ich bleibe hier nicht. Ich werde wieder weglaufen. Ihr könnt mich nicht zurückhalten . . .«

»Was sind das für verrückte Reden?« fuhr Joseph ihn an. »*Hier* bist du zu Hause! Du weißt genau, daß du kein anderes Heim hast, daß wir die einzigen sind, die für dich sorgen, und du solltest froh sein . . .«

»Joseph, ich bitte dich!« unterbrach ihn Anna. »Eric, höre mir zu. Wir können das alles morgen besprechen. Jetzt ist es spät, und in diesem Wetter kannst du nirgendwohin. Heute abend ist niemand zu erreichen.«

Er schwankte, hielt sich an der Stuhllehne fest.

»Nun komm schon, komm nach oben. Wir können morgen darüber sprechen, was zu tun ist«, redete Anna dem Jungen zu, um ihn zur Treppe zu locken.

Er war so erschöpft, daß er sich am Geländer hinaufziehen mußte.

»Ich werde eine Dose Suppe warm machen«, flüsterte Ruth.

Joseph folgte ihnen und wollte Erics Zimmer betreten.

»Nein«, sagte Eric. »Ich will niemanden sehen. Laßt mich in Ruhe. Ich hasse euch alle!«

Die Tür schlug vor ihnen zu. Sie standen im Flur.

»Ich verstehe es nicht«, sagte Joseph wieder und verschränkte die Hände. »Er ist immer so fröhlich und umgänglich gewesen. Und heute wollten wir eine Footballausrüstung kaufen. Ich verstehe es einfach nicht . . .«

Schon eine Woche zuvor hatte Anna gemeint, bei Eric ein

gewisses Zittern zu bemerken. Doch Joseph hatte das für Unsinn gehalten. Sie wollte ihn jetzt nicht daran erinnern.

Ruth kam mit einer Tasse Suppe herauf und trat zu ihnen in den Flur vor die verschlossene Tür.

»Ich weiß nicht, was ich tun soll«, flüsterte Anna.

»Das ist ja lächerlich«, sagte Joseph. »Drei Erwachsene lassen sich von einem ungezogenen kleinen Jungen einschüchtern. Ich gehe hinein.«

Er stieß die Tür auf. Eric lag in seiner Unterhose auf dem Bett, das Gesicht in den Kissen vergraben. Seine nassen Sachen lagen auf dem Boden. Im schwachen Licht der Schreibtischlampe konnten sie sehen, daß er weinte.

Joseph legte ihm die Hand auf die Schulter. »Nun komm schon, warum solltest du weinen? Ein großer Junge wie du, ein Basketballchampion und Footballspieler?«

»Joseph, raus!« fuhr Anna ihn an. Da redete er zu dem Jungen wie zu einem zurückgebliebenen Dreijährigen, der sich in die Hosen gemacht hat! Hat er denn vergessen, wie *er* weinte, wie wir uns fassungslos in den Armen gelegen haben, als der Vater dieses Kindes . . .

»Was hast du gesagt?«

»Raus, habe ich gesagt.«

»Was redest du da? Hier ist Ruth mit warmer Suppe, und wir wollen doch nur helfen . . .«

»Du hilfst ihm, wenn du ihn in Ruhe läßt. Ja, eins kannst du tun. Hole mir eine Steppdecke aus dem Wäscheschrank, die schwere blaue auf dem obersten Brett. Und dann geh«, sagte sie und warf ihm einen Blick zu, der ihn zu erstaunen schien.

Nachdem sie Eric zugedeckt und die Tür geschlossen hatte, setzte sie sich zu ihm auf das Bett.

»Jetzt weine«, befahl sie. »Gott weiß, daß du Grund genug dazu gehabt hast. Weine dich aus, und so laut, wie du willst.«

Sie sah ganz kurz sein verängstigtes Gesicht, dann verschwand der Kopf wieder in den Kissen, der Körper zuckte, schüttelte das Bett. Das leise Schluchzen, anfänglich von den Kissen gedämpft, schwoll zu keuchenden Schreien an, die ihr das Herz zerrissen.

Was kann er von einer Welt halten, in der seine Familie immer zugrunde geht? Zweimal wurde sein Heim zerstört. Hat er Angst, daß auch wir sterben, Joseph und ich? Und wo soll er dann hin? Sollten wir nicht mit ihm darüber reden? Natürlich nicht jetzt, aber ein anderes Mal?

Er ist ein Baby, sagte sich Anna. Nur weil er groß und intelligent ist und sich gut ausdrückt, bilden wir uns ein, daß er mit allem fertig werden kann. Ist es nicht für uns schwer genug, die wir so viel älter sind? Ein Fuß ragte unter der Steppdecke heraus, einen Arm hatte er über den Kopf geworfen. Der dünne Arm eines Kindes und die große Hand eines Mannes. Eine Stimme, die ganz unerwartet vom Piepsen zu einem Brummen überwechselt, und der erste Flaum auf den Wangen, den er jeden Morgen so stolz im Spiegel betrachtet. Maury pflegte mit einem Handspiegel ans Fenster zu gehen, um es noch besser zu sehen.

»Ja, weine nur«, wiederholte sie. »Du hast genug erlebt, worüber du weinen kannst.«

An der gegenüberliegenden Wand blickte das Porträt Bellinghams vornehm und hochmütig über dem Schreibtisch auf sie herab, umgeben von Büchern, Fotos und all den sonstigen Reliquien, aus denen Eric eine Art Schrein gemacht hatte.

Lange Minuten später (wie viele? Fünf? Fünfzehn?) strampelte es unter den Decken und Kissen, ein nasses Gesicht tauchte auf und schmiegte sich an Annas Schulter. Sie streckte die Arme aus und hob ihn, bis seine Wange die ihre berührte. So saßen sie eine ganze Weile mit leichtem Wiegen, während das Weinen zu einem langen zittrigen Seufzen abebbte. Dann ein rascher Schluchzer, ein, zwei Seufzer, und dann Stille.

»O ja, o ja«, sagte sie.

»Ich schlafe nicht«, flüsterte Eric. »Hast du geglaubt, ich schlafe?«

»Nein.«

»Wo ist Großpapa? Ich will ihm etwas sagen.«

»Großpapa, wie ich ihn kenne, geht draußen vor diesem Zimmer im Flur auf und ab – die Hände auf dem Rücken verschränkt, wie er es immer tut, wenn er furchtbar aufgeregt ist. Soll ich ihn rufen?«

»Ja.«

»Joseph?« rief sie.

Die Tür öffnete sich sofort. »Willst du etwas von mir?«

»Eric will etwas von dir.«

Erics Kopf sank wieder in die schützenden Kissen zurück. »Ich wollte dir nur sagen, daß ich dich nicht hasse«, flüsterte er, ohne aufzublicken. »Und das Haus auch nicht.«

»Das wissen wir, mein Junge«, sagte Joseph. »Das wissen wir.« Er räusperte sich, hüstelte.

»George hat Hunger«, sagte Eric.

Joseph räusperte sich wieder. »Ich habe ihm zu essen gegeben. Er war sehr hungrig. Und auch sehr durstig. Er schläft jetzt im Wohnzimmer.«

»Ich glaube, ich werde jetzt auch schlafen.«

»Ja, ja«, sagte Anna. »Bleib nur ruhig liegen. Ich decke dich richtig zu.«

»Sollte er nicht etwas essen?« fragte Joseph.

»Nein, er soll jetzt lieber schlafen. Morgen kann er ausgiebig frühstücken.«

»Warte, laß mich die Decke zurechtlegen«, sagte Joseph.

Gerührt beobachtete sie seine unbeholfenen Bemühungen, irgend etwas zu tun, irgendeine Kleinigkeit, irgendwas.

O mein Gott, um Josephs und um meinetwillen, laß uns nicht auch diesen Jungen verlieren! War es unsere Schuld? Kann man je sagen: Wenn dies nicht gewesen wäre, wäre das nicht passiert? Aber falls es unsere Schuld war, laß uns hoffen, daß es nicht wieder vorkommt . . .

So viel zu lernen über dieses Kind, und so wenig Zeit, bevor er ein Mann ist. Und immer wieder, immer wieder die geheimen Zonen, in die man nicht dringen darf. Auf den alten Landkarten, die Iris sammelte, war eine einsame Grenze zu sehen, und dahinter stand *Terra incognita*. Unerforschtes Land.

Im Westen von Gibraltar ist die Welt zu Ende, sagte sich Anna. Sie gingen leise hinaus und machten lautlos die Tür hinter sich zu.

32

Die Sicht war verschwommen im blendenden Flimmerlicht; der Himmel, die See und der Sandstrand verschmolzen im weißen Glanz, Gestalten hoben sich wie rote oder blaue Tupfen auf einem pointillistischen Gemälde ab. Aber die Geräusche waren klar vernehmbar. Vom Strand her konnte man deutlich die Stimmen der Badenden unterscheiden.

Die kleinen Buben lachten im seichten Wasser. Wenigstens Jimmy lachte, während Eric ihn hielt, um ihm das Schwimmen beizubringen, obgleich er erst zweieinhalb Jahre alt war. Steve dagegen schrie und wehrte sich.

Anna sagte: »Komisch, daß der ältere Angst hat.«

»Jimmy ist ein harter kleiner Bursche«, strahlte Joseph. Er bewunderte diese Eigenschaft.

Iris schwieg. Sie legte ihr Buch mit den Seiten nach unten auf ihren riesigen Bauch. Sie war wieder schwanger – zwar erst im fünften Monat, aber sie sah aus, als ob sie jeden Augenblick niederkommen würde. Die Kinder machten ihr Sorgen. Die Leute begannen zu glauben, daß Jimmy der ältere sei. Er war fast so groß wie Steve, und wenn sie saßen, sah Jimmy größer und kräftiger aus. Erst heute früh, als sie alle am Strand angekommen waren, hatte Mrs. Malone sie begrüßt und diesen Fehler gemacht. Iris las viel über Kinderpsychologie, aber die Bücher sagten einem nicht wirklich, was man tun sollte. In jeder besonderen Situation war man auf sein eigenes Urteil angewiesen.

Steve schrie schon wieder, und Eric ließ ihn los. Er setzte sich ins Wasser.

»Meinst du nicht . . .?« begann Iris, aber Theo, der mit einem Kollegen am Strand spazierengegangen war, trat von hinten auf sie zu.

»Du brauchst dir keine Sorgen zu machen, solange Eric da ist. Er weiß, was er zu tun hat.«

Theo schätzte Eric sehr. Auch die anderen schätzten ihn wegen einer für dieses Alter ungewöhnlichen Zuverlässigkeit. Ja, auf Eric konnte man sich verlassen!

Jetzt trug er Steve in den Halbkreis, wo sie alle saßen.

Jimmy stampfte neben ihm her. Er watschelte immer noch wie ein Baby.

»Du mußt ja nicht«, besänftigte Eric ihn. »Du brauchst nicht mehr zu schwimmen, wenn du nicht willst.«

»Was ist denn los? Warum hat er Angst?« wollte Joseph wissen. »Solltest du ihn nicht wieder ins Wasser nehmen und ihm zeigen, daß er sich nicht zu ängstigen braucht?«

»So versteift, wie er jetzt ist, kann er es nicht lernen, Großpapa. Dann würde es ihm nur mißfallen. Im übrigen ist er erst dreieinhalb Jahre alt.«

»Ja, erst dreieinhalb Jahre«, sagte Anna. »Das vergessen wir, weil er so intelligent ist.«

Steve hatte sie letzte Woche in Erstaunen versetzt, als er ein paar Worte in der Zeitung entzifferte. Aus einem Bilderbuch hatte er sich die Buchstaben H für Huhn, U für Uhr, N für Nase und D für Dackel gemerkt, und so war es ihm gelungen, das Wort Hund zu erkennen. Danach hatte er das gleiche mit einigen anderen Worten zustande gebracht, und die Familie bestaunte ihn.

Steve wollte seiner Mutter auf den Schoß klettern, fand aber keinen Platz und stieß sie wütend mit dem Kopf.

»Nein, nein«, sagte Iris abwehrend. »Du tust Mami weh und auch dem Baby im Bauch.«

Joseph schüttelte mißbilligend den Kopf und brummte: »Und was noch? Glaubst du vielleicht, er versteht das? Warum erzählst du ihm nicht, daß der Storch die Kinder bringt? Das ist doch viel einfacher.«

Im Grunde ihres Herzens stimmte Anna ihm zu, aber es war schließlich Theos und Iris' Angelegenheit. »Komm her, komm zu Nana«, sagte sie. »Schau, was ich für dich habe.«

Sie saß unter einem großen Sonnenschirm, um ihre Haut vor Sonnenbrand zu schützen, und sie hatte einen Liegestuhl und eine große Handtasche, die eine schier endlose Fülle an Schätzen enthielt: Papiertaschentücher, Sonnenöl, Handtücher, Heftpflaster, eine Tüte hausgebackener Kekse, einen Roman für sich selbst und Bilderbücher für die Kinder. Man lachte stets über Annas Organisationstalent, fand es jedoch sehr nützlich.

»So, setz dich, Nana wird dir eine Geschichte vorlesen«, sagte sie zu Steve.

Die Sonne durchdrang ihn mit ihrer süßen Wärme, und gleichzeitig wehte eine Brise ihm Kühlung zu. Es war so angenehm, hier zu dösen, nichts zu tun, an nichts zu denken. Theo lag mit dem Rücken auf der Decke. Er liebte das Strandleben. Da er in Österreich aufgewachsen war, hatte er es vorher nie so erlebt, und jetzt, da er es genießen konnte, fehlte ihm meist die Zeit dazu.

Aber das war auch gut so, denn es würde ihm nicht im Traume einfallen, sich über das rasche Anwachsen seiner Praxis zu beklagen. Manchmal konnte er es selbst nicht glauben, wie sehr sein Leben sich im Laufe der letzten Jahre verändert hatte, seit er zum erstenmal wieder als freier Mensch mit seinem eigenen Namen bei der Befreiung von Paris über die Champs-Elysées marschiert war. Noch vor wenigen Jahren ein Fremder ohne Freunde, und jetzt – so seßhaft und angesehen! Eine gute und zärtliche Frau, zweieinhalb Kinder, ein schönes Haus. Er lächelte in sich hinein, denn das Haus bewunderte er in Wirklichkeit gar nicht; es war ihm zu modern, zu kalt und streng, mit all den abstrakten Gemälden und den blanken Fußböden. Direkt spartanisch. Auch das Essen war spartanisch, denn Iris war keine Köchin und wußte nicht einmal, wie man einem Dienstmädchen Anleitungen zum Kochen gibt. Aber das war an sich unwichtig, und einfaches Essen ist ohnehin gesünder. Außerdem schickte ihnen Anna ständig Essen ins Haus oder lud sie ein. Bei ihr war man immer reichlich bedient: mit Soßen, Weinen oder Kuchen mit Schlagsahne. Nach dem üppigen Essen verschnaufte man sich in den geblümten Sesseln, und während Anna Obst und Schokolade brachte, schenkte Joseph den Cognac ein. Ja, Theos Schwiegereltern waren großzügig und genossen die guten Dinge des Lebens. Sie erinnerten ihn an Wien. Er schloß die Augen . . .

Er zuckte jäh auf, mit wild pochendem Herzen. Hatte er im Schmerz seines Traums geschrien? Nein, niemand schaute in seine Richtung. Er schloß wieder die Augen. Es war jetzt ein paar Jahre her, seit dieser Schrecken ihn zum letztenmal überfallen hatte, wenn er im Halbschlaf lag. Es war wie eine Explosion im Zeitlupentempo, wie eine Filmmontage: Stahlhelme und SA-Mützen, schwarzlackierte Schaftstiefel, seine Gartenmauer, eine Ecke seines Ziegeldachs, das mit den Rosenschnitzereien verzierte Bett, in dem er mit Liesel schlief, der flaumige Kopf ihres neugeborenen Kindes, die Hände seines Vaters, flehend und gefesselt, Liesels Augen, Schreckensschreie inmitten züngelnder Flammen, und dann zersplitterte und zerbarst alles und wurde zu Asche.

Man sagt, daß die Zeit viele Wunden heilt, und das ist wahr. Die erste Wahnsinnsangst weicht einem schweren Kummer und dann viel später Tränen, die man wegblinzeln kann, bevor sie jemand bemerkt. Aber es klappt nicht immer.

Gewohnheitsmäßig griff er sich an den Ringfinger, um an seinem Ehering zu drehen, wie er es bei Aufregung zu tun pflegte. Aber dann erinnerte er sich, daß er in dieser Ehe keinen Ring trug.

Diese Ehe, dieses neue Leben. Bevor er eingenickt war, hatte er daran gedacht, daß Anna und Joseph ihn in mancher Beziehung an Wien erinnerten. Natürlich waren sie in Wirklichkeit überhaupt nicht wie Wiener, jedenfalls nicht wie die Wiener, die er gekannt hatte. Wenn er an seine Eltern dachte, an ihre etwas steife und förmliche Art und ihr leises Sprechen bei Tisch – nie gab es Diskussionen, nicht einmal freundschaftliche Zänkereien mußte er sich eingestehen, daß *dieser* Teil nichts mit den Friedmans gemein hatte, wo einer immer dem anderen ins Wort fiel und wo jeder eifrig bemüht war, sich Gehör zu verschaffen, was sehr verwirrend sein konnte, wenn sie mehrere Gäste bei Tisch hatten. Er lächelte. Sein Herz schlug wieder normal, Ruhe und Wirklichkeit kehrten zurück. Das war *jetzt*, und er war *hier*. Sie waren seine Familie. Gute Menschen, Menschen, bei denen man sich zu Hause fühlt!

33

Zuerst war es ein Urwald gewesen, mit Eschen und Schierlingstannen, Ahorn, Ulmen und Eichen. Dann waren die Siedler gekommen, hatten den Wald gerodet, Mais angepflanzt und ihr Vieh weiden lassen. Dann wurden wieder Bäume gepflanzt, um im Sommer Schatten zu haben. Lange Jahre hindurch – zweihundert oder mehr – vererbten sich die Gehöfte vom Vater auf den Sohn, und das Land gedieh.

Gegen Ende des vorigen Jahrhunderts kamen reiche Männer aus den Städten, sogenannte Gentleman-Farmer, erwarben Ländereien in der Nähe der Bauern und richteten sich in ihren großen Landhäusern hinter Steinmauern und Eisengittern ein. Die Bäume blühten noch immer, denn diese Männer liebten es, Landleute zu spielen. Sie saßen auf ihren Terrassen, beobachteten zufrieden ihre Zuchtviehherden, und ihre glänzend gestriegelten Pferde streckten die Köpfe über die Einzäunungen, die sie von den Zier- und Gemüsegärten ausschlossen.

Nach dem Zweiten Weltkrieg kamen die Reihensiedler – eine Folge der Überbevölkerung in den Städten –, und jetzt fielen die Bäume zum zweitenmal, und zwar ohne übergreifenden Plan, je nach dem Bedarf der Bauherren, brutal und ohne Rücksicht. Eine Eiche ragte einsam in den Himmel, die Blätter wiegten sich noch im Sommerwind, während die Säge bereits kreischend in den Stamm drang. Erst neigte sie sich leicht, stürzte dann in hohem Bogen zu Boden und lag dort zitternd auf der Erde, aus der sie vor etwa anderthalb Jahrhunderten gesprossen war.

So wurden die Bäume gefällt, die Wiesen zerteilt und unterteilt, und die Bulldozer rissen die Erde auf. In regelmäßigen Abständen, Reihe für Reihe, erstreckten sich völlig identische Häuser wie Steine auf einem Brett im blendenden Sonnenlicht. Die Straßen erhielten die Namen englischer Dichter und Admiräle. Die Häuser wurden als »Landsitze« oder »Ranchos« angepriesen, obgleich man in vielen von ihnen vom Fenster aus dem Nachbarn die Hand schütteln konnte.

Wie häßliche Flecke auf der Tischdecke breiteten sich diese

Wohnkolonien über das ganze Land aus. Dann kamen die Einkaufszentren, das Kreuz und Quer der Highways, jene Schleifen, Überführungen, Zubringer und Ausfahrten des neuen Verkehrssystems, das so beschaffen war, daß der, der nach Westen fahren wollte, nach Osten abbiegen, eine Überführung finden und dann in die entgegengesetzte Richtung fahren mußte.

Ein ständiges Wachsen und Sichausbreiten, ohne Halt, ohne Maß, und kein Ende in Sicht.

34

Eric saß auf den Stufen des Musterbungalows und wartete auf seinen Großvater. Zu seiner Linken erstreckten sich die langen Reihen der fertiggestellten Häuser, eins wie das andere, unter dem grauen Märzhimmel. Zu seiner Rechten erhoben sich Gerüste, klopften Hämmer, wirbelten rötliche Staubwolken auf, wenn ein Lastwagen eine Fuhre Ziegelsteine ablud. Betonmischer ratterten. Riesige Rohre, breit genug, daß zwei Männer hindurchkriechen konnten, lagen unter Spulen von Kupferdraht. Ein Lastwagen keuchte einen Hang hinauf, ein anderer lud eine Fuhre Isoliermaterial ab.

Bald näherte sich der vierte Jahrestag des Aufenthalts in seiner »neuen Familie«, und es war nicht das erste Mal, daß er einen dieser Bauplätze besuchte. Es störte ihn auch nicht weiter, solange man ihn nicht zu oft dazu aufforderte. Heute hatten sie bei der gleichen Gelegenheit noch ein Paar Schuhe und einen Regenmantel gekauft.

Eigentlich brauchte er gar keinen neuen Regenmantel. Oma in Brewerstown hätte sich den alten angeschaut und gesagt: »Der ist noch gut für ein Jahr«, genauso wie sie zu sagen pflegte: »Du hast genug Pullover und brauchst keinen neuen«, oder: »Eric, du hast jetzt wirklich genug gegessen!« – eine Feststellung, die im Hause der Friedmans undenkbar wäre.

Hier wurde einem das Essen aufgedrängt, manchmal mehr, als man verkraften konnte. Hier wurde einem ständig etwas gekauft. »Gefällt dir dieser Pullover? Er ist hübsch, ich kaufe ihn dir.« Das Schenken war eine Form der Liebe, nicht etwa deren Ersatz. Wie Eric festgestellt hatte, glaubten sie immer, nicht genug Möglichkeiten zu haben, ihm ihre Liebe zu beweisen. Falls Chris und seine Familie sich je gefragt haben sollten, ob man ihm genug Zuneigung schenken würde – was nicht anzunehmen war –, so könnten sie beruhigt sein. Er schwamm geradezu darin.

Chris schrieb ihm regelmäßig. Die anderen Guthries ließen nur gelegentlich von sich hören – Postkarten von Schiffsweltreisen, Grüße und kleine Geschenke aus Portugal, wo die älteren Guthries sich ein Haus gemietet hatten. Chris schrieb wirklich lange Briefe mit Beschreibungen von Venezuela und schickte Fotos von den Kindern, um – das wußte Eric – ihm gegebenenfalls zu helfen, falls er sich einmal einsam fühlen sollte. Eric versuchte, im gleichen Sinne zu antworten. Ich bin jetzt im Basketballteam, ich bin Stürmer, ich habe ein neues Fahrrad zu meinem Geburtstag bekommen, alle sind gut zu mir, ich habe viele Freunde, ich bin in einer neuen Pfadfindergruppe.

Die Wahrheit war allerdings ein bißchen komplizierter als diese bloßen Tatsachen. Zuerst einmal war dieser Haushalt so ganz anders. Hier herrschte eine fast hektische Geschäftigkeit, die vor allem von seinem Großvater ausging. Zum Beispiel heute. Es hätte sein freier Tag sein sollen, aber wie immer hatte sich wieder irgend etwas Dringliches ergeben, etwas, das unbedingt seine Gegenwart erforderte, sogar heute am Abend des Passah-Festes. Immer mußte er rasch irgendwo hin. Eric war überrascht gewesen, als er erfuhr, daß seine Großeltern erst seit sieben Jahren in dieser Stadt lebten, denn sie nahmen so an allem teil, als wenn sie ihr ganzes Leben hier verbracht hätten. Großmutter war im Krankenhauskomitee und in so vielen Wohltätigkeitsvereinen, daß er sie nicht hätte aufzählen können. Großpapa hatte eine Kapelle für den neuen Tempel gebaut und der Gemeinde die Hälfte der Kosten erlassen. (Großpapa selbst hätte es ihm nicht erzählt; der Junge wußte es von Tante Iris, die so stolz auf ihn war.) Letzte Woche war ein Polizist bei einer Verbrecherjagd überfahren worden, und der Stadtrat hatte eine Sammlungsaktion zugunsten seiner Witwe und Kinder beschlossen; Großpapa war der Vorsitzende des Komitees. Es war sogar die Rede, ihn zum Mitglied einer staatlichen Kommission für den öffentlichen Wohnungsbau zu ernennen. Nein, er war nicht die Art von Mann, mit dem ein Junge lange Nachmittage mit Fernglas und Notizblock im Walde verbringen konnte, um Vögel zu beobachten. Und selbst wenn er die Zeit dazu gehabt hätte, wäre es ihm nicht interessant genug gewesen.

Aber wurde man ihm auch wirklich gerecht? Wenn man Großpapas Leben und seine Herkunft bedenkt? Einmal waren sie in New York an dem Haus in der Ludlow Street vorbeigefahren, wo er aufgewachsen war, und an dem Haus in der Hester Street, wo Nana als junge Einwanderin gewohnt hatte, und der Anblick dieser engen und gedrängt vollen Straßen und ärmlichen Häuser hatte ihm einen Schock versetzt. Solche Orte hatte er noch nie gesehen, außer vielleicht in einem Film. Wie kann man sich für Wälder und Vögel interessieren, wie kann man etwas darüber lernen, wenn man an einem solchen Ort lebt?

Im vorigen Herbst, kurz vor Schulbeginn, mußte Großpapa geschäftlich nach Boston, und Nana hatte vorgeschlagen, bei dieser Gelegenheit für ein paar Tage durch New England zu fahren. Überraschenderweise hatte Großpapa sich einverstanden erklärt, und so waren sie alle bis zum Mount Monadnock in New Hampshire hinaufgefahren. Sie hatten in alten, noch aus Holz errichteten Gasthäusern übernachtet, in deren Höfen Sonnenblumen wuchsen und wo es zum Frühstück Berge von heißen Pfannkuchen gab, was in der kalten Luft besonders gut tat. Sie waren in den kleinen weißgetünchten Städten herumspaziert, und Nana hatte in den Antiquitätenläden allerlei Nippes und Glaszeug eingekauft.

»Wenn es sie glücklich macht, soll sie sich nur ihre Spielsachen kaufen«, hatte Großpapa augenzwinkernd zu Eric gesagt.

Dann waren Großpapa und Eric die Straße hinuntergegangen und auf einer Brücke stehengeblieben, unter der ein paar Jungen im Fluß angelten.

»Verstehst du was vom Angeln?« hatte Großpapa gefragt, und als Eric darauf geantwortet hatte, ja, er habe oft in der Gegend von Brewerstown Forellen geangelt, war Großpapa ganz still geworden und hatte den Blick über die Stoppelfelder schweifen lassen, dann zu den Hügeln, die bläulich in der Ferne schimmerten, hatte geschaut und geschaut und schließlich gesagt: »Es gibt so vieles, was ich nie gesehen habe, Eric.«

So war es vielleicht nicht recht, zu sagen, daß es ihn nicht interessieren würde.

Auf der Rückreise schien Nana Erics Gedanken erraten zu haben, denn sie schlug plötzlich vor: »Vielleicht könnten wir durch den Staat New York zurückfahren, damit Eric einmal wieder Brewerstown sieht.«

Nicht etwa, daß er Angst gehabt hätte, sie darum zu bitten, denn inzwischen wußte er, daß sie ihm jeden Wunsch erfüllen würden. Der wirkliche Grund, warum er nichts gesagt hatte, war der, daß sie nicht glauben sollten, er habe Heimweh oder sei nicht glücklich bei ihnen. In dieser Beziehung waren sie nämlich äußerst empfindlich.

Er wußte auch genau, daß sie so nachsichtig waren, weil sie Angst hatten, er würde sie sonst nicht lieben. Es hatte Zeiten gegeben, wo er voller Selbstmitleid gewesen war, besonders im ersten Jahr, als er sich einbildete, kein Kind sei je in einer Lage wie er gewesen. Irgendwie tat er sich immer noch ein bißchen leid, aber meistens bedauerte er die beiden alten Leute, ohne genau zu wissen, warum.

So machten sie in Brewerstown halt. Als sie die Hauptstraße hinunter in die Richtung des Hauses fuhren, war ein Gefühl von Übelkeit in ihm aufgestiegen, und er hatte sich auf seinem Sitz ganz klein gemacht und gehofft, von niemandem, den er kannte, gesehen zu werden. Der Tag, an dem er das Haus verlassen hatte, war ihm noch gut in Erinnerung gewesen. Das war drei Jahre her. Oma war ins Krankenhaus zurückgekehrt, wo sie dann sterben sollte. Er sah sie noch, wie man sie herausgetragen hatte, ganz verschrumpelt und gelblich im Gesicht und mit einem seltsam unangenehmen Geruch, der ihr gar nicht ähnlich war, denn sie hatte immer nach Zitronenseife geduftet. Als er zum letztenmal die Einfahrt hinuntergegangen war, hatte er sich gesagt, daß das Haus jetzt sehr einsam für sie sein würde. Auf dem Weg nach draußen war er noch einmal stehengeblieben, um eine große Päonienblüte aufzustützen, die sonst in den Staub der Straße gefallen wäre. Oma hatte ihre Päonien immer mit besonderer Sorgfalt gepflegt. In diesen letzten Minuten hatte er versucht, sich alles in sein Gedächtnis einzuprägen, den Weißdornbaum mit den bösen Stacheln oder den Maulbeerbusch, in dem er eine schattige Höhle für sich und George gebaut hatte, als sie beide noch ganz klein waren. Und ihm war gewesen, als wüßten all diese Dinge von seinem Abschied. Zwischen Großpapa und Nana, die damals noch Fremde für ihn waren, hatte er das Haus und den Garten verlassen, war in den Wagen gestiegen und hatte sich nicht ein einziges Mal erlaubt, zurückzublicken, während sie die Straße hinauffuhren, bis das Haus außer Sichtweite war; er hatte immer nur vor sich hin gestarrt.

Jetzt waren sie also wieder vor dem Haus, und erstaunlicherweise hatte es sich gar nicht verändert. In der Einfahrt stand ein Puppenwagen und auf der Veranda ein Kinderwagen mit Moskitonetz. Sie saßen im Wagen und beobachteten: ein Krocketspiel auf dem Rasen neben dem Haus, im Wind wehende Wäsche hinter der Garage. Das Haus lebte, als wenn Eric es nie bewohnt und verlassen hätte . . .

»Möchtest du hineingehen?« hatte Nana ihn gefragt. »Ich bin sicher, daß die Leute nichts dagegen haben werden.«

»Nein«, hatte er entschlossen geantwortet. »Nein.« Sie hatten ihn verstanden und waren weitergefahren.

Um irgend etwas zu sagen, zeigte Eric ihnen die Pferde auf Whitelys Weide. »Dieser Weißbraungescheckte dort ist Lafayette. Auf dem bin ich fast jeden Tag geritten.«

»Du hast uns nie gesagt, daß du reiten kannst«, rief Großpapa aus. »Warum hast du uns das nicht erzählt? Ich kaufe dir ein Pferd. Ich kenne einen guten Stall, kaum eine Viertelstunde von unserem Häuschen entfernt!«

»Nein.« Er hatte sich geweigert. »Nein, danke, ich habe jetzt nicht die Zeit dafür, mit der Schule und dem Basketballtraining und all dem Zeug.«

Aber das war nicht die Wahrheit. Die Freude des Reitens,

der Wind und die Freiheit, die Freundschaft mit dem Pferd – all das gehörte zu dem anderen Leben. Und das mußte er auseinanderhalten, denn es war ohnehin verwirrend genug gewesen. Seine beiden Leben durfte er nicht vermischen. Das andere war beendet und abgeschlossen. Vergiß es.

Die Tür ging auf, und Mr. Malone kam heraus. Er setzte sich zu Eric auf die Stufen.

»Dein Großvater ist in ein paar Minuten fertig.« Er wischte sich die Stirn. »Junge, Junge, laß dir sagen, das ist ein tolles Geschäft. Möchtest du es einmal übernehmen?«

»Ich weiß es nicht, Mr. Malone«, antwortete er höflich.

»Dumme Frage, nicht wahr? Wie solltest du das wissen? Aber du wirst es tun! Meine Jungen haben sich prächtig eingearbeitet. Und dein Großvater wird im siebten Himmel sein, wenn du eines Tages deinen Hut in unser Büro hängst.« Seine Stimme wurde leiser. »Weißt du was, Eric? Seit du da bist, ist er wie umgewandelt. Er war zwar schon immer goldrichtig, aber jetzt ist er um Jahre jünger geworden. Das kann ich beurteilen, denn ich kenne ihn lange genug. Weißt du, wie lange?«

»Nein, Sir.«

»Es war 1912. Warte mal, das macht neununddreißig Jahre. Wir haben viel erlebt. Hat er dir je erzählt, wie ich 1929 nach dem Börsenkrach völlig blank war, und wie er für mich gesorgt hat?«

»Nein, Sir.«

»Natürlich nicht. Aber ich werde ihm das nie vergessen! Er hat mich und meine Familie ernährt, bis ich wieder in der Lage war, auf eigenen Füßen zu stehen. Jawohl«, sagte Mr. Malone, »die alten Zeiten. Die alten Zeiten. Wenn ich dich hier sitzen sehe, erinnert mich das an die Zeit, als dein Vater uns auf dem Bauplatz in der Stadt besuchte. Er war jünger, als du jetzt bist. Es stört dich doch nicht, wenn ich deinen Vater erwähne?«

»Nein, Sir.«

»›Sir‹. Es gefällt mir, wie du immer ›Sir‹ sagst, obgleich es mir nichts ausmachen würde, wenn du es nicht sagtest. Es zeigt zwar, daß du gut erzogen bist, aber heutzutage hört man das nicht mehr oft. Außer bei denen, die auf der katholischen Privatschule waren. Die haben gute Manieren! Das müssen sie ja wohl auch, denn sonst würde ihnen die Schwester wohl gehörig auf die Finger klopfen.«

Seltsam, wie viele verschiedenartige Menschen hier beisammen sind, stellte Eric fest. Mr. Malone ist so stockkatholisch! Und einer der Ingenieure war ein gutaussehender Chinese.

»Dein Großvater sollte sich jetzt aber ein bißchen beeilen.« Mr. Malone schaute auf seine Uhr. »Sonst kommt er zu spät zum Seder* nach Haus.«

Ausgerechnet Mr. Malone mußte seinen Großvater an den Seder erinnern!

Großpapa kam heraus, und sie stiegen in den Wagen. »Ein tolles Projekt, was?« sagte er, während sie holpernd und schaukelnd an Bulldozern und Kränen vorbeifuhren. »Drei Millionen Dollar! Aber mißverstehe mich nicht, das ist nicht unser Gewinn.« Er lachte. »Beileibe nicht. Was ich meinte, ist, daß wir uns so viel von den Banken und den Syndikaten beschaffen müssen, um das Ding zu starten. Tausend Stunden Kopfschmerzen, das kann ich dir sagen. Aber es ist eine große Herausforderung, Eric, und man ist richtig stolz, wenn alles fix und fertig ist, wenn man die Wagen in den Einfahrten sieht, die Vorhänge an den Fenstern und die spielenden Kinder auf den Gehsteigen. Wenn du dann bedenkst, daß du – daß wir das alles im Kopf geplant und dann durchgeführt haben ... Möchtest du das nicht auch einmal machen?« fragte er wie Mr. Malone.

»Das erfordert aber eine Menge Vorkenntnisse«, sagte Eric.

»Ach, du würdest dich so leicht anpassen, wie eine Ente das Schwimmen lernt. Stell dir vor, allein am letzten Wochenende haben wir neunzehn Häuser verkauft. Was sagst du dazu?«

»Toll«, sagte Eric.

»Sage mal, du hast doch nächste Woche Geburtstag? Wahrscheinlich wirst du mir nicht sagen, was du dir wünschst. Das tust du ja nie.«

Es schien ihm, daß er eigentlich bereits alles hatte. Aber

---

* Festmahl am Passah-Abend (jüdische Ostern)

dann, als sie um eine Kurve bogen und an einem Eingangstor vorbeifuhren, fiel ihm plötzlich etwas ein, das er sich vielleicht doch wünschte.

»Weißt du, was ich gerne haben möchte, Großpapa? Falls es nicht zu teuer ist, fände ich es fabelhaft, wenn du dem Lochmuir Club beitreten würdest. Dann könnte ich jederzeit nach Belieben Tennis spielen. Sogar im Winter.«

»Der Lochmuir Club? Was weißt du darüber?«

»Es ist wirklich sehr schön dort. Weißt du noch, als diese Freunde von Chris im letzten Jahr kamen, um Verwandte in New York zu besuchen? Chris hatte ihnen gesagt, sie sollten mich besuchen, und sie hatten mich dann dort zum Abendessen eingeladen.«

»Ich wußte nicht, daß du dortgewesen bist.«

»Ein paar Jungen in der Schule sind auch Mitglieder. Es gibt dort Squashplätze und ein Hallenschwimmbad. Die Profis haben dort für die Olympiade trainiert.«

»Klingt ja großartig«, sagte Großpapa langsam.

»Meinst du, wir könnten beitreten?«

»Nein«, sagte Großpapa, »das können wir nicht.«

»Ist es zu teuer? Ist das der Grund?« Es wäre wirklich das erste Mal, daß sein Großvater ihm aus diesem Grunde etwas ausschlug.

»Das ist nicht der Grund. Weißt du denn nicht, was der Grund ist?«

»Nein.«

»Denke einmal nach, Eric.«

Jetzt dämmerte es ihm, und er fühlte ein Prickeln im Nakken. »Ist es, weil du . . .«

»Sage es nur, du brauchst keine Angst zu haben. Weil wir Juden sind und in diesem Klub nicht zugelassen werden. Weder als Mitglieder noch als Gäste im Speiseraum. Hast du das nicht gewußt?«

»Ach, ich habe hier und da davon gelesen, aber ich habe nie richtig darüber nachgedacht.«

»Nein, das hast du weiß Gott nicht.« Das Gesicht seines Großvaters nahm einen grimmigen Ausdruck an.

Sie schwiegen einige Minuten, und dann sagte Eric: »Diese

Leute sagten, sie würden in diesem Sommer wieder an die Ostküste kommen und mich anrufen. Ich werde absagen.«

»Das brauchst du nicht zu tun. Du kannst sie ruhig sehen.«

»Ich will es aber nicht.«

»Ganz wie du willst.« Wieder Schweigen. Dann setzte sein Großvater ein Lächeln auf (ein gekünsteltes Lächeln?) und sagte: »Jetzt sind wir gleich da und haben noch viel Zeit, um uns für das große Diner deiner Großmutter umzuziehen. Du weißt doch, daß wir uns zum Seder umziehen?«

»Ich weiß«, sagte Eric.

Viertes Buch

Donner

35

Das neue Erholungsheim wurde mit Hurrarufen, Lobreden und viel Reklame in den Zeitungen begrüßt. Die Architekten, so sagte man, seien wieder einmal inspiriert gewesen, man sprach von jungen Männern mit radikalen Ideen in bezug auf die »menschliche Dimension«, die Rolle des Lichts, des formfreien Raums und der Grünflächen. Die Bauunternehmer hätten ganze Arbeit geleistet, die Pläne ausgeführt, ohne den Kostenvoranschlag zu überschreiten, und die Qualität sei gewährleistet – kurz, es war ein Wetteifern der Komplimente.

Joseph und Malone wurden fotografiert und interviewt, Joseph an seinem Schreibtisch, über einen Stapel Blaupausen gebeugt. Ein Reporter schrieb: »Dieser bescheidene Mann sprach mit Dankbarkeit von dem Glück, das ihn auf seinem Lebensweg begleitet hat. So erfuhren wir, daß er seinen Aufstieg 1919 mit dem Kauf eines kleinen Mietshauses auf den Washington Heights begann. Die zweitausend Dollar, die ihm dazu fehlten, mußte er sich leihen.« In dem Artikel hieß es weiter, das Gebäude würde offiziell mit einem Diner eröffnet werden: zu Ehren der Architekten, der Bauunternehmer und der zahlreichen großzügigen Spender des Heims.

Anna war immer der Meinung gewesen, daß Hellseherei, Gedankenübertragung, Psi und dergleichen absoluter Unsinn seien. Und doch wußte sie, fühlte sie – welch ein Unsinn! –, daß Paul Werner an diesem Diner teilnehmen würde.

So war sie nicht sonderlich überrascht, als sie ihn nach Beendigung des Hauptgerichts den riesigen Speisesaal durchqueren und an Malones Tisch treten sah. Sie beobachtete die Szene, wie Malone sich erhob, ihm die Hand schüttelte, seine Familie vorstellte und wie Paul sich leicht und höflich verneigte, und obgleich er viel zu weit entfernt war, glaubte sie sogar, seine Stimme zu hören. Jetzt mußte er bald auch an ihren Tisch kommen.

Was werde ich sagen? Was wird er sagen? Werde ich erröten? Man wird es mir bestimmt ansehen, und es sollte mich nicht wundern, wenn man das Pochen meines Herzens hört.

Paul trat direkt auf Joseph zu und streckte ihm die Hand entgegen.

»Paul Werner«, sagte er. »Ich wollte Ihnen und Mr. Malone gratulieren. Ein herrliches Gebäude. Ich habe gerade einen Rundgang gemacht.«

Joseph blickte ihn einen Augenblick verblüfft an, dann erhob er sich und antwortete mit Würde: »Ich danke Ihnen. Sie sind sehr liebenswürdig.« Er wandte sich an die anderen. »Das hier ist der Mann, der mir zum Start verholfen hat. Er hat . . .«

»Ich bitte Sie«, unterbrach ihn Paul. »Das ist doch unwichtig. Was Sie getan, was Sie aus eigener Kraft geleistet haben, zählt allein.«

»Sie kennen ja meine Frau Anna«, sagte Joseph. »Und das ist unsere Tochter Iris und unser Schwiegersohn Theo Stern, Dr. Theodor Stern.«

Er hatte Anna nicht angeschaut. Wie sollte sie sich verhalten, wenn er sich an sie wandte?

Joseph zog einen Stuhl herbei. »Setzen Sie sich doch bitte zu uns, Mr. Werner.«

Paul setzte sich. Anna verspürte ein leises Schwindelgefühl. Nur nicht ohnmächtig werden, auf keinen Fall!

»Sind Sie allein?« erkundigte sich Joseph. »Vielleicht möchte Ihre . . .«

»Meine Frau konnte leider nicht kommen«, erklärte Paul. »Ich bin eigentlich heute abend in gewissem Sinne geschäftlich hier. Ich bin nämlich Mitglied des *Parsons Trust*-Aufsichtsrats, und da wir zur Finanzierung des Heims beitragen, ist es meine Pflicht, nachzuprüfen, auf welche Weise unser Geld ausgegeben wird.« Er lächelte. »Es wird mir eine Freude sein, zu berichten, daß wir sehr zufrieden sein können. Was mir besonders gefällt, ist die gekonnte Art, wie Sie den Funktionalismus des Bauhausstils beibehalten haben, aber ohne seinen kahlen und strengen Aspekt.«

Einer der anderen Herren am Tisch erwiderte: »Als Architekt fühle ich mich sehr geschmeichelt. Das war genau unser Vorhaben: Flächendekoration, ohne die die Räume wie Fabrikhallen wirken würden. Sind Sie auch Architekt, Mr. Werner?«

»Nein, nur Bankier. Aber ich bastle ein bißchen herum. Vielleicht bin ich ein verhinderter Architekt.«

Wie geschickt er es versteht, in die andere Richtung zu schauen, fand Anna. Wie konnte er nur so etwas wagen? Sie begegnete dem Blick ihrer Tochter und lächelte schwach zurück. Warum starrte Iris sie an? Aber vielleicht starrte sie gar nicht. Sie wurde sich plötzlich bewußt, daß sie nervös mit ihrer Perlenkette spielte, und legte die Hände in den Schoß. Dann dachte sie an ihre Perlen, drei feine, wohlproportionierte Reihen. Paul konnte sehen, daß Joseph sie gut behandelte. Ordinärer Gedanke! Sie errötete.

Paul sah ihre Verlegenheit und fühlte Reue. Gemein, ihr das angetan zu haben. (Ich wußte, daß sie hiersein würde, und ich wollte sie sehen. Jeder hat das Recht, zuweilen ein bißchen selbstsüchtig zu sein. Mein Gott, wie schön sie ist! Es gab eine Zeit, da eine Frau in den Fünfzigern als alt galt. Aber Anna sieht aus, als sei das Leben spurlos an ihr vorübergegangen.)

»Meine Frau hat sich für wohltätige Zwecke auch sehr engagiert«, sagte Joseph gerade. »Sie ist die Vorsitzende des Krankenhauskomitees in unserer Stadt, und sie hat im Frühjahr den Opernabend zugunsten des Krankenhauses organisiert. Wissen Sie, daß diese Frauen in diesem Jahr ein ganzes Vermögen gesammelt haben? Ich wünschte, die Angestellten in meinem Büro würden für ihr Geld so schwer arbeiten, wie sie es für nichts tun.«

Paul wandte sich an Iris. »Und gehören Sie auch zu diesen schwer arbeitenden Damen?«

»Leider nicht. Wir haben drei Kinder, und die lassen mir nicht viel Zeit«, erwiderte Iris und sagte sich: Mama benimmt sich höchst seltsam. Sie hat rote Flecken auf den Wangen. Was ist nur mit ihr los?

»Aber meine Frau war früher Lehrerin«, mischte sich Theo stolz ein. »Sie hat eine außergewöhnliche Begabung für diesen Beruf, und man bittet sie ständig, ihn wiederaufzunehmen.«

»Vielleicht wenn die Kinder einmal älter sind . . .«, sagte Iris schüchtern.

»Quatsch!« fiel Joseph ihr ins Wort. »Du hast genug mit deiner Familie zu tun.«

»Was unterrichteten Sie denn?« fragte Paul.

Er fragt sie aus, sagte sich Anna. Er möchte sie besser kennen, der arme Paul. Die Leute haben bestimmt gesehen, wie ähnlich sie sich sind! Vor Angst wurde ihr der Mund trocken, und die Handflächen wurden feucht.

»Ich unterrichtete die sechste Klasse, und die Kinder waren sehr aufgeschlossen. Ich hätte lieber in einer Schule in den Slums von New York unterrichtet, aber Papa war dagegen.« Sie lächelte Joseph zu.

»Jawohl«, sagte Joseph. »Ich habe vor noch zu kurzer Zeit selbst in diesen Slums gelebt, um daran erinnert werden zu wollen. Das mag egoistisch klingen, aber jemand, der nicht dort aufgewachsen ist, weiß halt nicht, wie einem zumute ist, wenn man daran erinnert wird. Ich wollte es einfach nicht, wenigstens nicht, solange sie unter meinem Dach lebte. Zigarre gefällig?« Er hatte Zigarren herumgereicht und bot Paul eine an.

»Nein, vielen Dank. Mein Laster sind Zigaretten.« Pauls lange Finger öffneten das Zigarettenetui.

Ich schäme mich nicht zu sagen, woher ich gekommen bin, stellte Joseph mit Genugtuung fest. Nicht wie mancher andere es heutzutage tut. Außerdem weiß dieser Mann Bescheid, und er sieht auch, zu was ich es gebracht habe. Herrgott, ich weiß, daß es billig ist, stolz zu sein, aber ich bin schließlich nur ein Mensch, und er würde das gleiche fühlen, wenn er in meiner Lage wäre. Das würde jeder.

»Hat mein Partner Ihnen zufällig erzählt, daß wir auch in Florida ein Eisen im Feuer haben?« fragte er Paul.

»Er erwähnte etwas.«

»Es ist eine ganz große Sache, die größte, die wir bisher gemacht haben. Häuser mit Eigentumswohnungen, Einfamilienhäuser, ein erstklassiges Einkaufszentrum, Golfplatz, Strandpromenade – alles, was Sie wollen. Dort sitzt unser Architekt, Ihnen direkt gegenüber.«

Der junge Architekt, der auf eine solche Gelegenheit gewartet hatte, sagte zu Paul: »Mr. Werner, als verhindertem Architekten sind Ihnen sicher die neuen Wohnstädte in Skandinavien bekannt. Wir bemühen uns, unser Projekt ähnlich autark zu gestalten. Mit Fußgängerzonen und dergleichen.«

»Das klingt ja höchst interessant«, sagte Paul.

Im Nu waren sie in ein Gespräch vertieft, kritzelten Pläne auf die Menükarten und errichteten gewagte Konstruktionen aus Löffeln, Gabeln und Messern.

Anna beobachtete Pauls Hände. Sie versuchte, nicht hinzuschauen, tat es dann aber doch unter dem Vorwand, daß sie sich für das Thema interessierte. Kräftige und geschmeidige Hände. Josephs Hände waren auch kräftig, aber breiter und ganz anders. Völlig anders.

Joseph war an dem Gespräch nicht interessiert. Theorien waren nichts für ihn. Gebt mir einen Plan, und ich führe ihn aus. Aber er beobachtete Anna, die so aufmerksam zuhörte. Anna war gebildet und kannte sich in solchen Dingen aus. Sie war so schön in diesem Kleid, ganz in schillerndem Grau und Rosa. Irisierender Taft hatte sie heute abend gesagt, als sie sich anzog. »Gefällt dir das Knistern?« hatte sie gefragt und war durch das Zimmer gerauscht. Was dieser Kerl wohl jetzt von ihr denkt? Sie, das verschüchterte Mädchen auf der Treppe seines vornehmen Hauses. Und jetzt das. Nur in Amerika kann das passieren.

». . . die erfrischende Einfachheit des dänischen Designs«, schloß gerade jemand.

Anna sah, daß Paul sich aus dem Gespräch zu ziehen versuchte. »Sind Sie schon mal in Dänemark gewesen?« fragte er Iris.

»Ich war noch nie in Europa«, erwiderte sie.

»Nein? Das müssen Sie aber bald tun. Es gibt nichts Schöneres, als es mit jungen Augen zu sehen. Und mit jungen Beinen«, fügte er hinzu.

»Theo möchte Europa nicht wiedersehen«, sagte Iris.

»Ich habe Anna schon lange eine Reise versprochen«, mischte sich Joseph ein. »Sie möchte um alles in der Welt gern wieder hin. Nur habe ich so verdammt viel zu tun und schiebe es immer wieder auf.«

Paul wandte sich wieder Iris zu, und Anna wußte nur zu gut, warum. Er wollte, daß sie ein bißchen aus sich herausging, er wollte sie reden hören. Er wußte nicht, daß man Iris lange kennen mußte, bevor sie redete. Sie fragte sich, was er wohl gefühlt haben mußte, als er Iris zum erstenmal erwachsen sah. Und sie fragte sich auch, ob Joseph sich nicht wunderte, daß Paul so lange an ihrem Tisch sitzen blieb.

»Nein, ich will Europa nie wiedersehen«, sagte Theo. »Ich habe meine Familie dort verloren.«

»Ich verstehe«, erwiderte Paul und hielt einen Augenblick inne. »Aber vielleicht sollten Sie sich einmal Israel anschauen. Schließlich ist es das Heilmittel für die Krankheit, die Europa befallen hatte.«

»Sind Sie schon einmal dort gewesen?« fragte Theo.

Die Worte formten sich auf Annas Lippen: *Aber er war doch einer von jenen, die Israel gegründet haben!* Bestürzt sagte sie sich: Mein Gott, wenn ich damit herausgeplatzt wäre!

»Viele, viele Male«, sagte Paul. »Vor der Gründung des Staates und auch danach.« Er lächelte. »Ich würde einen Besuch empfehlen, besonders Ihnen.«

»Wenn die Kinder größer sind«, sagte Iris, »vielleicht dann. Mein Vater hat auch viel dafür getan, nicht an Ort und Stelle, aber mit Spendensammlungen. Wir fühlen uns alle sehr mit Israel verbunden.«

»Das freut mich zu hören«, sagte Paul.

Und zu sich selbst: Sie ist hübscher, als ich erwartete. Das muß die Ehe sein. Ihre Haltung hat Würde, und sie drückt sich gut aus. Und dann diese leuchtenden großen Augen! Anna hat noch kein einziges Wort gesagt. Ich hätte ihr das nicht antun sollen. Allerdings ist sie eine gute Schauspielerin; sie hat sich nichts anmerken lassen. Wenn ich es bedenke, bin auch ich ein recht guter Schauspieler. Das Herz fließt mir über, aber niemand weiß es. Außer Anna. Sie weiß es.

»Warum tanzt ihr jungen Leute nicht?« fragte Joseph. »Geht nur, laßt euch von uns nicht stören.«

Iris stand auf, dann Theo. Dieser Mann und Mama, sagte sie sich. Dieser Mann. Sieht Papa denn nichts?

Einen Augenblick später kam Malone herbei. »Mr. Hicks möchte uns beide sprechen«, sagte er zu Joseph. »Er ist im Büro.«

Als Joseph sich entschuldigt hatte und all die anderen am Tisch tanzen gegangen waren, blieben Anna und Paul allein.

Da blickte er ihr zum erstenmal in die Augen. »Fünfzehn Jahre, Anna«, sagte er schließlich.

»O Paul, du hättest mich doch wenigstens vorwarnen können.«

»Ich weiß. Das war gedankenlos von mir, und ich bitte um Verzeihung. Einmal kann man sich einen kleinen Fehler erlauben.«

Sie antwortete nicht, sah ihn nur an. Die Hitze in ihrem Nacken war erstickend.

»Als ich es in der Zeitung las, wußte ich, daß du hiersein würdest. Und ich hoffte, auch sie anzutreffen.«

»Wie findest du sie?«

»Entzückend und ungewöhnlich. Auch kompliziert, und sie hält vieles zurück. Außerdem habe ich das Gefühl, ihre Neugierde erregt zu haben.«

»Was willst du damit sagen?« fragte Anna beunruhigt.

Paul zögerte. »Nichts Bestimmtes. Es ist nur so eine Ahnung, was sie wohl fühlen mag.«

»Sie hat eine glänzende Heirat gemacht. Es hat ihr gutgetan.«

»Ich weiß. Ich las die Annonce in der Zeitung.«

»Es ist eine Ehe, der deine Mutter zugestimmt hätte. In gesellschaftlicher Hinsicht, will ich sagen.«

»Ist das nicht ein bißchen unfair von dir, Anna?«

»Vielleicht.« Es war unfair, aber sie hatte nicht widerstehen können. »Theo stammt aus einer sehr vornehmen Wiener Familie – oder vielmehr stammte, weil sie alle ermordet wurden. Vornehm und reich. Er hat in Cambridge studiert und . . .«

»Sehr schön. Ich bin genügend beeindruckt. Was für ein Mensch ist er?«

»Ein wunderbarer, guter Mensch. Und sie sind sehr glücklich.«

»Du machst dir also keine Sorgen mehr.«

»Nun, ich habe wenigstens das Gefühl, daß Iris auf eigenen Füßen steht, und das hat mich wahrscheinlich ein paar Jahre jünger gemacht.«

»Und sie hat drei Kinder.«

»Ja, zwei sehr intelligente Jungen, besonders der ältere, Steve. Das einzige Problem bei ihm ist, daß er seinem Alter so weit voraus ist. Das Mädchen, die kleine Laura, ist ein Engel, ein gesundes und gutherziges Kind.« Anna hielt inne. Pauls offenes Gesicht wirkte wie zugeschnappt, und sie wußte, daß sie mit ihrer Erzählung – obgleich er sie darum gebeten hatte – einen schmerzhaften wunden Punkt berührte.

»Fahre fort«, sagte er.

»Womit?«

»Erzähle mir alles, fülle die fünfzehn Jahre aus.«

Sie hätte für ihn weinen können. »Wir hatten unwahrscheinliches Glück«, fuhr sie fort. »Eric kam vor fünf Jahren zu uns zurück. Er wird achtzehn in diesem Jahr.«

»Eric?«

»Maurys Sohn.«

»Das freut mich für dich, Anna. Und für Joseph. Weißt du«, sagte Paul zaghaft, »Joseph muß man einfach mögen. Ich bin ziemlich verwirrt heute abend.«

»Ich auch.« Annas Lippen zuckten plötzlich.

Paul blickte fort. »Anna, Liebste, ich bringe dich ganz durcheinander. Es war nicht fair von mir, dir das anzutun.«

»Nein.«

Er blickte zur Tanzfläche und wechselte das Thema: »Mit wem tanzt Iris?« Iris und Theo hatten die Partner gewechselt.

»Mit einem der Söhne von Malone.«

»Ein wahres Prachtexemplar.«

»Alle Malones sind Prachtexemplare. Einer immer gesünder und hübscher als der andere.«

»Du hättest gern viele Kinder gehabt, nicht wahr?«

»Ach«, sagte sie leise.

»Du hättest einen größeren Kindersegen verdient, das wäre nicht zuviel verlangt.«

»Wer kann das sagen, was zuviel verlangt ist, Paul?«

Er antwortete nicht. Einen Augenblick lang überkam sie ein seltsames Gefühl von Unwirklichkeit. Es schien ihr unmöglich, daß sie hier wirklich beisammensaßen. Sie wußte nichts von ihm nach all den Jahren, und doch war es Paul, den sie so gut kannte und liebte. Plötzlich wollte sie alles wissen, wollte, wie er gesagt hatte, die fünfzehn Jahre ausfüllen.

»Was siehst du denn da in der Luft, Anna? Du bist tausend Meilen fort von hier.«

»Nein, ich bin hier und denke an dich. Ich versuche, mir dein Leben all die Jahre vorzustellen, und ich sehe nur Büros, Schiffe und Flugzeuge. Ständig bist du unterwegs. Aber ich möchte mehr sehen.«

»So ist es aber ungefähr. Ich reise viel herum. Letztes Jahr brauchte ich Ferien und fuhr nach Marokko und über das Atlasgebirge. Ein faszinierendes Erlebnis.«

»Aber das sagt mir immer noch nichts über dich!«

»Ach ja«, sagte er betrübt. »Ich bin dir ausgewichen, nicht wahr? Also gut, ich werde dir alles erzählen.« Er drückte seine eben angezündete Zigarette nervös im Aschenbecher aus. »Meine Frau und ich . . . wir verstehen uns weder besonders schlecht, noch besonders gut. Ihre Familie ist in Palm Beach. Sie ist meist dort, und da ich den Ort hasse, sehen wir uns nur selten. Ich arbeite und liebe meine Arbeit. Frauen habe ich überall und wann immer ich sie brauche. Aber sie bedeuten mir nichts.« Er blickte auf. »Du kommst mir einfach nicht aus dem Sinn, Anna.«

»Es tut weh. Es tut mir weh, daß du unglücklich bist«, sagte sie leise.

Er zündete sich eine neue Zigarette an, räusperte sich, als ob er Heiserkeit verspürte, und fuhr fort: »Ich könnte philosophieren und dich fragen, wie du mich oft gefragt hast: Was ist das Glück denn überhaupt? Und, was es auch immer sein mag, warum bilden wir uns ein, ein Anrecht darauf zu haben? Das ist natürlich alles nur Gerede, aber es steckt doch ein Sinn darin. Um es dir genau zu sagen, Anna, ich weiß es nicht. Ich bin verwirrt. Ich habe Schuldgefühle, und ich habe eine Wut, aber ich weiß nicht, worauf. Auf das Schicksal vielleicht? Oder auf mich selbst? Sollte man nicht meinen, daß ich dich nach all den Jahren endlich vergessen könnte . . .«

»Ich weiß«, murmelte sie.

»Erinnerst du dich an das letzte Mal? Das Haus am Strand?«

»Ich erinnere mich. Damals waren wir noch jung und . . .«

»Aber du bist immer noch jung. Du wirst immer jung sein.« Er beugte sich vor. »Weißt du was? Es mag verrückt klingen, aber ich habe immer noch nicht die Hoffnung aufgegeben, daß du und ich eines Tages, auf irgendeine Weise . . .«

»Ich bitte dich«, unterbrach ihn Anna verängstigt. »Schau mich nicht so an. Iris beobachtet uns.«

Paul lehnte sich wieder zurück, und Anna goß sich eine Tasse Kaffee ein, obgleich sie gar keinen Appetit darauf hatte. Sie mußte irgend etwas tun, egal was, und ihre Hände zitterten.

»Ich wünschte . . .«, begann sie zu sagen, als die Musik plötzlich verstummte.

Theo und Iris kamen zum Tisch zurück. Kurz darauf stellten sich Joseph und Malone wieder ein. Man scherzte ein wenig, und dann verabschiedete sich Paul. Es war vorüber.

»Mama, ich muß schon sagen«, bemerkte Iris auf der Heimfahrt, »du und Mr. Werner, ihr habt so ernsthaft dreingeschaut! Das ist mir von weitem aufgefallen. Worüber habt ihr denn bloß geredet?«

Die Antwort war leicht und entsprach zum Teil der Wahrheit. »Es tut mir leid, aber ich erzählte ihm von Maury und Eric, und da habe ich mir vielleicht meine Gefühle ein bißchen zu sehr anmerken lassen.«

»Das ist doch weiß Gott verständlich«, sagte Joseph. Er seufzte schwer, fuhr dann aber vergnügter fort: »Scheint mir ein ganz netter Kerl zu sein, dieser Werner. Um dir die Wahrheit zu sagen, hatte ich ihn mir immer als eine Art Snob vorgestellt, aber das ist er gar nicht. Meinst du nicht auch?«

»Ich glaube nicht, daß er ein Snob ist«, sagte Anna.

»Komisch, wie wir uns nach all den Jahren endlich kennen-
lernten.«

»Ja, sehr . . .«

Es war spät, als sie zu Hause ankamen. Joseph ging an den
Eisschrank. »Ich mache mir noch einen Sandwich. Das Essen
auf diesen Empfängen ist immer miserabel. Willst du auch
einen, Anna?«

»Nein, danke.« Sie ging auf die Terrasse hinaus. Die Nacht
war kühl und frisch, und es roch nach feuchter Erde. Millionen
Sterne flimmerten am klaren Himmel. Wie herrlich schön!
Und doch im Grunde so traurig. Die wunderbare Ordnung,
die dort oben herrscht, wo jeder Stern seiner vorgeschriebe-
nen Bahn folgt, während hier unten das menschliche Leben
nur heillose Verwirrung ist!

Verwirrung und Zufall. Zufall, wo man geboren ist, wann,
von wem. Wen man dann kennenlernt und heiratet. Alles Zufall.

»Was stehst du da draußen herum?« rief Joseph ihr zu. »Du
wirst dich noch erkälten.«

»Ich habe nur in den Himmel geschaut«, sagte Anna, als sie
wieder hereinkam.

»Du und deine Sterne! Du hättest Astrologe werden sollen.
Komm zu Bett.«

Als er auf dem Bettrand saß und sich die Schuhe auszog,
sagte er: »So, jetzt habe ich endlich den großen Finanzmann
kennengelernt.«

Sie sollte wenigstens ein bißchen normales Interesse zeigen.
»Ist er wirklich ein großer Finanzmann?«

»Nun ja, es ist zwar nur eine kleine Privatbank, kein Mor-
gan, aber sie hat Macht und Einfluß. Ein sehr gut geführtes
Haus. Und weißt du was? Er hat Malone gesagt, sie würden
sich freuen, uns ein Darlehen für unser Florida-Projekt zu ge-
währen. Acht Millionen Dollar!«

»So viel?«

»Natürlich! Was hast du denn geglaubt? Es ist eins der
größten Projekte an der Ostküste!«

Anna blickte auf. Seine Augen glänzten. »Weißt du, Anna,
ich mußte immer wieder an dieses erste Darlehen denken, als

wir ihn praktisch anbettelten um lumpige zweitausend Dollar. Und heute ist dieser gleiche Mann bestrebt, mit mir ins Geschäft zu kommen, wo es um Millionen geht! Kaum zu glauben, nicht wahr?«

»Ja, kaum zu glauben.«

»Werner hat sich bestimmt das gleiche gedacht. Aber natürlich hat er nichts gesagt. Er ist schließlich ein Gentleman.«

»Und wirst du nun mit Werners Bank arbeiten?«

»Nein. Malone hat ihm gesagt, wir seien praktisch anderweitig verpflichtet. Aber es hat mir trotzdem etwas ausgemacht.«

Die Schuhe fielen mit einem Bums zu Boden. »Stell dir vor, drei oder vielleicht sogar vier Generationen im gleichen Geschäft! Junge, Junge, so muß man es machen! Den richtigen Großvater muß man haben, mehr braucht man nicht! Wir haben es nicht richtig angefangen, Anna, nicht wahr? Aber das macht nichts«, fuhr er fröhlich fort. »Ich dampfe mit eigener Kraft! Jawohl, ich glaube, unsere Enkelkinder werden einmal sagen können, daß sie sich den richtigen Großvater ausgesucht haben.«

In plötzlicher Panik stürzte Anna auf ihn zu, nahm ihn in ihre Arme. Oh, liebe mich! Laß mich nicht etwas Verrücktes tun, das uns alle ruiniert! Selbst wenn ich es je wollen sollte, laß es mich nicht tun!

Er küßte sie. »Du warst sehr schön heute abend, Anna. Ich war so stolz auf dich, du weißt gar nicht, wie stolz! Was ist denn los? Du weinst doch nicht etwa?«

»Nicht wirklich. Nur ein paar Tränen. Weil alles so ist, wie ich es mir gewünscht habe, mit Eric bei uns und Iris mit ihren Babys nur zehn Minuten entfernt. Und ich habe eine solche Angst, daß es nicht so bleiben wird.«

»Aber du warst doch sonst immer so optimistisch! Was ist in dich gefahren?« Joseph lachte, zuckte die Schultern und hob die Hände zum Himmel – eine Geste, die ihm aus seiner Kindheit geblieben war. »Alles ist so gut, und sie sorgt sich und weint! Kein Wunder, daß ein Mann eine Frau nie verstehen kann!«

Anna ging in der letzten Pause in das Foyer. Das Opernhaus war voller Frauen, weil das Damenkomitee des Krankenhauses die meisten Plätze vorbestellt und weiterverkauft hatte. Zufrieden mit dem Erfolg ging sie den Flur zur Wasserfontäne hinunter.

»Anna«, sagte jemand.

Bevor sie sich umwandte, wußte sie, wer es war. Er stand an der Wand, als ob er Angst gehabt hatte, sie zu erschrecken, und deshalb nicht vorgetreten war. »Bitte, sei mir nicht böse.«

»Ich bin dir nicht böse! Aber ich habe Angst, Paul, du hättest nicht kommen sollen.«

»Es war die einzige Möglichkeit, dich zu sehen. Auf dem Empfang konnten wir nicht wirklich reden.«

»Aber hier auch nicht.«

»Also nach der Vorstellung. Gehen wir dann irgendwohin.«

»Ich kann nicht. Ich muß nach Haus, Paul.«

»Also wann?«

»Paul«, sagte Anna, »ich fürchte, daß etwas passiert, wenn ich dich wiedersehe.«

»Vielleicht. Aber ich glaube es nicht.«

Sie blickte ihn an. Seine Ernsthaftigkeit erinnerte sie an Iris in jenen einsamen Tagen, bevor sie Theo begegnet war. Sie legte ihm die Hand auf den Arm, und so standen sie da, fast ohne sich zu berühren – Auge in Auge.

»Anna, wenn ich an die Reinkarnation glaubte, würde ich sagen, ich hätte dich in einem früheren Leben gehabt und verloren und sei seitdem auf der Suche nach dir.«

Eine Frau, die von der Fontäne kam, starrte sie an, vielleicht, weil sie Pauls letzte Worte gehört hatte, oder weil sie die Spannung zwischen den beiden spürte.

Anna überlegte: Wenn ich ihn während all der Zeit jeden Tag gesehen hätte – was wäre wohl dann passiert? Was wäre aus meinem starken Glauben an die eigene Standhaftigkeit geworden? Man weigert sich zwanzigmal, mit einem Mann wegzulaufen, und beim einundzwanzigstenmal tut man es vielleicht doch. Und mit leisem Erschrecken fragte sie sich: Kann sich ein Mensch denn überhaupt seines Willens sicher sein? Seelenchemie! Auch nur ein moderner Ausdruck für die Verzauberung, die Anziehung zwischen den Geschlechtern, die Verlockung, alle Vorsicht außer acht zu lassen . . .

Seelenchemie!

Paul schaute sie voll Zärtlichkeit an: »Du leuchtest noch immer. Jenes Feuer, das dir innewohnte, als du ein junges Mädchen warst, ist nie wirklich erloschen. Trotz allem.«

Sie fühlte einen kleinen stechenden Schmerz. »Ich bin so lange zerrissen gewesen. Ich möchte mich einmal wieder heil und ganz fühlen.«

Es klingelte zum letzten Akt. Die zurückströmenden Pausengäste drängten an ihnen vorbei.

Paul ergriff ihren Arm. »Ich weiß, was du meinst. Ich werde dein Familienleben nicht auseinanderreißen. Ich will Joseph nicht verletzen, und auch meine Tochter nicht. Meinst du vielleicht, ich würde Iris weh tun wollen? Du kannst mir vertrauen. Aber wir müssen uns wiedersehen.«

»Ich werde mit dir zu Mittag essen.«

»Sag mir nur, wann und wo . . .«

Zwei beleibte Damen in »Cocktailkleidern« und mit Pelzen behangen kamen auf Anna zu, und die eine kreischte fröhlich: »Wir haben Sie überall gesucht! Beeilen Sie sich, der Vorhang wird jede Minute aufgehen!« Ohne ein weiteres Wort sagen zu können, wurde sie von den schnatternden Frauen fortgeführt.

Paul blickte ihr einen Augenblick verwirrt nach. Er war nahe daran, hinter ihr herzulaufen, aber dann zuckte er resigniert die Schultern und ging rasch davon.

Nach der Vorstellung ließ sich Anna von der Menge dem Hauptausgang zutreiben. Wie verabredet, wartete Joseph draußen.

»Komm, der Wagen steht um die Ecke. Wie war es?«

»Wunderbar. *Aida* ist eine meiner Lieblingsopern.«

Der Wagen bog nach Norden ab, um die Stadt zu verlassen. Im Westen hatte sich der dunkle Winterhimmel gelichtet, und zwischen den Wolken leuchtete es lavendelblau, perlgrau und grün.

»Ein herrlicher Sonnenuntergang«, sagte Anna. »Die Tage werden länger.«

»Ja.«

Joseph war sehr schweigsam. Er hatte sicher einen schweren Tag gehabt. Um so besser, denn so brauchte sie keine Konversation zu machen. Wenn nur die schlafenden Hunde nicht geweckt worden wären! Seit ein oder zwei Jahren war sie weniger besorgt gewesen – eine natürliche Folge des Eheglücks ihrer Tochter –, und es war ihr gelungen, manchmal mehr als eine Woche lang nicht an gewisse Dinge zu denken. Jetzt aber waren die schlafenden Hunde erwacht.

In ihrer Nervosität überkam sie ein plötzliches Hitzegefühl, und sie ließ den Mantel von den Schultern sinken.

»Was ist denn los? Eine Hitzewelle im Februar?«

»Es ist dieses Kleid. Das mag sich für einen Winter in Lappland eignen, aber nicht in New York«, beklagte sich Anna.

Er sagte nichts mehr, aber eine Weile später, als sie sich mit dem Kopf in den Sitz zurücklehnte, fragte er, ob sie sich nicht wohl fühlte.

»Kopfschmerzen«, antwortete sie. »Ich mache einfach die Augen zu.«

Sie waren fast zu Hause angelangt, als Joseph wieder zu sprechen begann. »Es waren viele Leute da, nicht wahr? Meist Frauen, nehme ich an.«

»Fast nur Frauen. Nur ein paar ältere Männer wie Hazel Berbers Mann. Aber der ist ja praktisch schon im Ruhestand.«

»Ich nehme an, du hast eine Menge Leute getroffen, die du seit langem nicht gesehen hattest.«

»Natürlich, bei einem solchen Ereignis . . .« Etwas in Josephs Stimme beunruhigte sie. Sie setzte sich auf, gab vor, ihren Mantel zurechtzurücken, und schaute ihn von der Seite an. Er blickte geradeaus, ohne sich etwas anmerken zu lassen.

In ihrem Zimmer zog sie sich ein leichteres Kleid an; es war ihr immer noch furchtbar heiß. Dann kündigten Josephs feste Schritte auf der Treppe sein Kommen an. Er trat ein und schloß die Tür hinter sich.

»Also Anna, ich habe während der ganzen Rückfahrt gewartet, dir jede Chance gegeben, es mir zu sagen, und du hast es mir nicht gesagt.«

Am besten ist es, sich mit Unschuld zu wappnen. »Wovon redest du nur?«

»Du bist eine sehr gute Schauspielerin, aber es nützt dir nichts. Denn, siehst du, ich war da. Ich war bereits vor dem letzten Akt da und habe alles gesehen!«

»Willst du mir bitte sagen, wovon du redest? Was ›alles‹ hast du gesehen?«

»Nun komm schon, Anna, ich bin doch nicht gestern geboren. Du hast mehr als fünfzehn Minuten lang mit diesem Mann gesprochen.«

»Ach!« rief sie mit heller Stimme aus. »Du meinst Paul Werner! Ja, ich bin ihm bei der Fontäne begegnet. Was ist denn daran so schlimm?«

»Du bist ihm nicht nur begegnet, du hast dich eine ganze Viertelstunde lang sehr ernsthaft mit ihm unterhalten, also erzähle mir nicht . . .«

Geh zum Angriff über, es ist die beste Verteidigung. »Und was hast du getan? Mit einer Stoppuhr die Zeit gemessen? Warum bist du nicht einfach auf uns zugekommen, wie jeder normale Ehemann es tun würde, anstatt dich zu verstecken und mir nachzuspionieren?«

»Jeder Ehemann an meiner Stelle wäre verdammt neugierig gewesen! Was habt ihr dort getrieben? Er ist absichtlich nur gekommen, um dich zu sehen, Anna! Er wußte, daß du dort sein würdest, weil – ich erinnere mich jetzt –, weil ich es ihm gesagt hatte.«

»War das eine Idee von dir, um mich in die Falle zu locken?«

»Anna, du solltest dich schämen, so schmutzige Gedanken zu haben!«

»Und deine schmutzigen Gedanken?«

»Versuche nicht, mich in die Defensive zu drängen, denn das kannst du nicht mehr. Er kam, um dich zu sehen, und du hast mich belogen. Das sind die nackten Tatsachen. An denen kannst du nichts ändern.«

»Ich habe dich nicht belogen! Es ist mir einfach nur nicht eingefallen, es zu erwähnen.«

»Und warum nicht?«

»Weil . . .« Sie hörte sich stammeln, fing noch einmal an. »Weil es mir nicht wichtig war. Ein ganz banales Gespräch. Gebe ich dir jeden Abend eine Liste der Leute, denen ich am Tage zufällig einmal begegnet bin?«

»Zufällig begegnet!« spöttelte Joseph. »Einem Paul Werner begegnest du ja alle Tage, nicht wahr? Wie dem Milchmann oder dem Briefträger! Hältst du mich für einen Esel? Aber wenn ich es mir noch einmal überlege«, sagte er langsam, »wenn ich es mir richtig überlege, siehst du ihn vielleicht doch. Vielleicht ist es gar nicht so ungewöhnlich.«

»Wie kannst du eine solche Ungeheuerlichkeit sagen? Bist du denn völlig wahnsinnig geworden?«

»Nein, ich bin durchaus nicht wahnsinnig, ich bin bei klarem Verstand. Und ich will wissen, warum er gekommen ist und worüber ihr geredet habt. Ich warte«, sagte Joseph.

Sie beugte den Kopf. Alles drehte sich, als ob sie ohnmächtig werden würde. »Mir ist schlecht«, murmelte sie.

»Dann setze dich, oder lege dich hin. Aber du entkommst mir nicht auf diese Weise.«

Sie setzte sich und stützte den Kopf in die Hände. Celeste hatte in der Küche das Radio an, und ein Schwall von Gospelsongs drang hinauf, wurde dann plötzlich abgestellt. Ein Wagen hupte draußen auf der Straße. Die Stille im Raum dröhnte in ihren Ohren. Er stand immer noch da und wartete. War eine Minute vergangen, oder waren es fünf? Sie hob den Kopf.

»Nun?« sagte Joseph.

Sie wollte schreien: Gnade! Laß mich in Ruhe, ich ertrage es nicht. Aber sie schwieg.

»Nun?« wiederholte er.

Anna sah ein, daß es keinen Sinn hatte. Sie benetzte ihre Lippen, seufzte und sprach: »Er bat mich, mit ihm zu Mittag zu essen. Ich habe es dir nur deshalb nicht gesagt, weil ich wußte, daß du dich darüber ärgern würdest. Und ich wußte auch, daß du geschäftlich mit ihm zu tun hast, und da ich befürchtete, es könnte Unannehmlichkeiten geben, hielt ich es für besser, nach meinem Ermessen zu handeln.« Zitternd hielt sie inne.

»Und wie hast du gehandelt?«

»Was meinst du wohl? Ich habe mich natürlich geweigert und ihm gesagt, er dürfe sich nie wieder etwas Derartiges herausnehmen.«

Sie blickte Joseph direkt in die Augen, und er hielt eine Weile ihrem Blick stand. Dann wandte er sich ab.

»Dieser Schuft«, sagte er ruhig. »Spielt den feinen Herrn und ist nur ein Schuft! Macht sich hinter meinem Rücken an meine Frau heran.«

Er ging im Zimmer auf und ab, zog die Jalousien hoch, starrte in die Nacht hinaus und wandte sich dann wieder Anna zu. »Er ist in dich verliebt, nicht wahr?«

»Warum? Weil er mich zum Mittagessen eingeladen hat?«

»Du kannst doch nicht so blöde sein! Oder wäre es taktvoller, naiv zu sagen? Eine Frau in deinem Alter! Was, in Himmels Namen, dachtest du wohl, wollte er von dir?«

»Tatsache ist, daß er mich zum Mittagessen eingeladen hat, und das ist alles.«

»Die Stadt ist voller Frauen, die jünger sind als du und die ein Mann zum Mittagessen und dem, was danach kommt, einladen kann. Es steckt mehr hinter dieser Geschichte.«

»Vielleicht ist es nur . . . was manche Männer halt tun. Ich meine, er sah mich auf diesem Empfang, und ich habe ihm . . . irgendwie gefallen. Tun Männer so etwas nicht . . . in solchen Fällen?«

»Ein billiger Schürzenjäger! Die Frau eines anderen Mannes! Hast du ihn seitdem wiedergesehen?«

»Nein.«

Joseph fuhr sich mit der Hand über die Stirn; er schwitzte. »Weißt du, es ist komisch, ich habe es nie erwähnt, aber auf diesem Diner war es mir bereits so, als habe er dich etwas seltsam angeschaut. Ich hatte so ein Gefühl. Aber dann sagte ich mir, sei doch kein Narr. Ich hatte es mir aus dem Kopf geschlagen und mir gesagt, es sei nichts dabei.«

»Aber siehst du«, sagte Anna leise, »es war ja auch wirklich nicht viel dabei. Ein kleiner Annäherungsversuch. Ich nehme an, er fand mich . . . interessant. Da er mich vor so langer Zeit gekannt hatte.«

Wie häßlich, diese Schmeicheleien, dieser Betrug! Wie häßlich, Paul so zu verleumden! Aber sie hatte keine Wahl. Sie mußte sich verteidigen, und nicht nur sich selbst. Sie alle hingen ab von dem, was in diesem Zimmer gesagt und geglaubt wurde.

Unten im Küchenflügel schlug eine Tür zu, und man hörte Stimmen. Das mußte Eric sein, der vom Basketballtraining kam und zu hungrig war, um bis zum Abendessen zu warten. Welche Katastrophe für ihn, wenn das hier nicht ausgebügelt werden konnte!

Wir sind alle so miteinander verwoben. Es gibt keine Möglichkeit, das Böse, die Krankheit zu isolieren. Jeder wird davon erfaßt: Joseph und ich und Eric und Iris und ihre Kinder. Und Paul. Ja, auch Paul. Wir fügen einander so viel Leid zu, ohne es zu wollen.

»Anna, sage es mir, ich muß es wissen. Ich habe dich schon früher gefragt, und du hast es immer geleugnet, aber ich frage dich noch einmal: Habt ihr euch damals geliebt?«

»Nie. Nein, nie.«

»Und es war nie etwas zwischen euch?«

Sie ballte die Fäuste, löste sich wieder und holte tief Luft. »Nein, nie.«

»Kannst du das schwören?«

»Joseph, genügt es nicht, daß ich dir geantwortet habe?«

»Es ist vielleicht närrisch von mir, aber es wäre mir eine große Erleichterung, wenn du es mir schwören würdest. Schwöre es beim Leben Erics und Iris' und ihrer Kinder. Dann weiß ich, daß es wahr ist.«

Sie war in die Ecke gedrängt. Sie hatte sich tatsächlich in eine Ecke des Zimmers zurückgezogen, und jetzt schien es ihr, als kämen die Wände immer näher auf sie zu.

»Nein, das tue ich nicht. Ich werde nicht bei ihrem Leben schwören.«

»Warum nicht? Wenn ich dich darum bitte?«

»Es ist eine Beleidigung, daß du mich darum bittest. Als ob dir mein Wort nicht genügte.«

»Ich will dich nicht beleidigen. Es ist nur, daß . . .«

»Und außerdem bin ich abergläubisch.«

»Warum? Du hast Angst, daß ihnen etwas passieren könnte? Aber es passiert ihnen doch nichts, solange du die Wahrheit sagst.«

»Nein, Joseph.«

»Dann schwöre ohne das. Sage, ich schwöre, daß es zwischen mir und Paul Werner nie etwas gegeben hat, was mein Mann nicht wissen könnte.«

Jetzt erwachte plötzlich eine wilde Kraft in Annas Seele, die Kraft der Verzweiflung, und sie ging zum Angriff über.

»Jetzt werde ich aber böse, Joseph! Warum willst du mich demütigen? Was für eine Ehe ist das, wenn man einander nicht mehr traut?«

»Ich will dir ja glauben«, sagte Joseph, vor ihrem Zorn zurückweichend.

»Dann glaube mir!«

Er hatte Tränen in den Augen. »Anna, ich würde es nicht ertragen, wenn . . . Die Welt ist so wechselhaft, und man weiß nie, wo man steht. Es muß wenigstens einen Menschen geben, der sich nie ändert. Wenn ich das verlöre, und du weißt, was ich durchgemacht habe, ohne je aufzugeben . . . aber wenn ich denken müßte, daß du . . .« Er schluckte. »Dann würde ich keinen einzigen Tag mehr leben wollen. So wahr mir Gott helfe.«

»Du hast nichts verloren, du wirst nichts verlieren«, sagte sie, jetzt viel sanfter.

»Ich weiß, welches Glück ich hatte, dich zu bekommen. Eine Frau wie du hätte jeden Mann, den sie sich wünschte, haben können.«

Die Spannung brach, und sie begann zu weinen.

»Anna, bitte weine nicht. Es ist schon gut. Ich bin darüber hinweg. Ich verstehe jetzt, was geschehen ist.«

Er hatte es nie ertragen können, jemanden weinen zu sehen. Iris hatte es sich bereits als ganz kleines Mädchen zunutze gemacht. *Papa gibt dir alles, wenn du zu weinen aufhörst.*

»Dieser verdammte Schuft«, brummte Joseph. »Dich in eine solche Lage zu versetzen! Dem würde ich nicht raten, sich hier noch einmal sehen zu lassen.«

»Er wird es nicht tun.«

Jemand klopfte an die Tür. »Ich bin's, Eric. Celeste sagt, das Essen sei bereit.«

»Wir kommen gleich«, rief Joseph zurück.

»Ich habe keinen Appetit«, sagte Anna. »Iß du mit Eric.«

»Nein, nein! Ich will nicht, daß der Junge denkt, wir hätten Streit gehabt. Wasch dir die Augen aus. Niemand wird etwas merken.«

Gesichter sind zum Verstellen da, sagte sich Anna, während sie sich rosa puderte. Morgen mußte sie Paul erzählen, wie die Dinge standen. Und das lange Schweigen zwischen ihnen würde wieder beginnen. So mußte es bleiben.

Was blieb ihr sonst übrig? Sollte sie Joseph alles sagen, sich von der ganzen Last der Lügen befreien, für immer frei sein? Ja, frei in den Trümmern ihres Lebens, in der Vernichtung all derer, die sie liebte! Nie und nimmer! Lebe und trage die Last allein. So wahr mir Gott helfe, wie Joseph eben gesagt hatte.

So wahr mir Gott helfe!

36

Iris rennt unter riesigen alten Bäumen entlang, dreht sich suchend um, geht zurück und dreht sich wieder um. In diesen Wäldern ist kein Ende zu sehen. Niemand hat je zuvor solche Bäume gesehen. Die Stämme erheben sich wie die Säulen einer Kathedrale, und doch schwingen sich ihre dunklen und weichen Wipfel so leicht wie Federn am Himmelsrand. Sie weiß, wo sie ist. Es sind die Muir-Wälder, nördlich von San Francisco. Sie ist noch nie dort gewesen, aber sie kennt sie, und sie weiß auch, daß sie träumt.

Sie rennt schneller, darf nicht stehenbleiben. Laufe, eile, denn Steve hat sich verloren. Er ist irgendwo unter diesen unendlich vielen Bäumen. Wie ist es geschehen? Wie konnte es geschehen, daß niemand ihn sah? Kann ein Kind, kann irgendein Mensch einfach so verschwinden? Sie versucht, ihre Tränen abzuwürgen, denn wenn man in Panik gerät, kann man nicht mehr denken, und sie muß Ruhe bewahren und ganz aufmerksam sein, um ihren kleinen Jungen wiederzufinden. Habt ihr ihn gesehen? fragt sie flehend, denn es sind keine Baumstämme mehr, sondern Menschen, riesige, schweigende Menschen, die nicht antworten. Jemand muß ihn doch gesehen haben? fleht sie. Ein kleiner Junge wie er kann doch nicht verschwunden sein?

Mama! ruft sie einer Frau zu, die ein Gesicht wie ihre Mutter hat, aber ihr Mund ist so abweisend, und sie antwortet nicht.

Papa! schreit sie, hilf mir, o hilf mir, Papa! Er beugt sich über sie, streckt ihr die Arme entgegen. Aber sein Gesicht ist Paul Werners Gesicht – besorgt, teilnahmsvoll. Er spricht, und sie versteht nicht, was er sagt. Sie gibt sich alle Mühe, aber er verschmilzt im Nebel. Sie schreit Papa! Vater! Und sie glaubt den Verstand zu verlieren.

Sie ist verzweifelt. Ein Schmerz ist in ihrer Brust, steigt ihr in die Kehle, und der Schmerz ist hellrot. Ist es möglich, so zu leiden und zu leben? Irgendwo sucht ihr Kind weinend nach ihr; vielleicht ist es ganz in der Nähe. Aber sie hat sich überall umgeschaut, war gerannt und gerannt, durch dunkle Schatten und Lichtungen, und er ist nirgends zu finden. So verloren, so verängstigt fühlt sie sich, wie kann man so verloren und so verängstigt leben?

Schatten an der Zimmerdecke, die der Lichtstrahl der Lampe im Flur durchbricht – flimmernd, wie sie feststellt, wenn sie den Kopf Theos Schulter zuwendet. Sie fragt sich, ob sie in ihrem Alptraum geschrien hat. Aber nein; Theo hat einen leichten Schlaf, und er hat sich nicht gerührt. Was kann diesen Traum verursacht haben? Sie liegt hier sicher in ihrem Bett, und die Kinder schlafen ruhig nebenan. Aus welchem Grunde kann dieser innere Kampf entstanden sein?

Es ist so kalt. In Nächten wie dieser dringt die kalte Winterluft in das Haus. Sie will nicht aufstehen, aber sie muß. Sie schleicht sich über den Flur in Steves Zimmer, wobei sie sich bemüht, im Dunkeln an nichts anzustoßen, denn auch er hat einen leichten Schlaf. Sie tritt auf eine Stoffkatze. Er hält sie immer in den Armen, bevor er einschläft, aber manchmal wirft er sie auch aus dem Bett. Er ist ein runder Haufen unter der Decke, auf dem Bauch liegend, den Kopf an die Rückwand gestützt. So klein, so zart und weich. Selbst das Geräusch seines Atems, seines Lebenshauchs, ist so klein.

Sie schleicht sich auf Zehenspitzen in ihr Zimmer zurück. Theo hat sich umgedreht, im Schlaf den Arm ausgestreckt, und er berührt sie, die jetzt wieder im Warmen liegt. Es fällt ihr ein, daß sie dieses Mal nicht an Jimmys und an Lauras Bett gegangen ist, aber sie weiß, daß ihnen nichts fehlt. Ihre Wangen sind kalt und klebrig von den Tränen ihres Traums.

37

Sie kamen aus der Carnegie Hall und kämpften sich durch den eisigen Wind bis zum Parkplatz durch. Theo hielt sein Gesicht der Kälte entgegen. Er empfand sie so leuchtend hell, so erhaben und ergreifend wie das Verdi-Requiem, das sie eben gehört hatten und das ihm von jetzt an und für immer von einem besonderen Tod singen sollte.

An der Ecke drängte sich eine Menschenmenge, die auf Taxis wartete oder die Straße überqueren wollte, und als er sich an den Leuten vorbeistieß, sah er ein Gesicht. Es verschwand, und dann tauchte es wieder auf. Er sah es ganz klar, zögerte eine Sekunde und war sich dann ganz sicher.

»Franz! Franz Brenner!«

»Theo! Mein Gott! Ich hatte gehört, daß du in New York bist, aber ich konnte dich nicht finden . . .«

»Was tust du hier?« Dann erinnerte er sich an Iris. »Das ist Franz Brenner, einer der besten Anwälte aus Wien! Wir sind zusammen aufgewachsen. Iris, meine Frau.«

Franz lachte. »Theo ist zu großzügig. Und ich bin auch zu alt, um mit ihm aufgewachsen zu sein.«

»Wir können hier nicht herumstehen! Komm, wir gehen etwas essen.«

Im Licht des russischen Tea-Rooms suchten sie sich wiederzuerkennen.

»Theo, du siehst gut aus! Du mußt glücklich sein, du hast dich nicht verändert.«

»Und du . . .«

»Sage mir bloß nicht, ich hätte mich auch nicht verändert.«

Franz war fast völlig weiß geworden. Die eine Wange war von einer tiefen Falte durchzogen, von einer wundartigen Furche, die ständig zuckte, wenn er sprach.

»Was tust du hier?« fragte Theo noch einmal.

»Ich bin hier geschäftlich. Strickwaren. Aber ich lebe in Israel.«

»Bist du nicht mehr als Anwalt tätig?«

Franz zuckte die Schultern. »In Israel wimmelt es von deutschen und österreichischen Juristen. Dort bedeutet das nicht viel. Aber sage mir . . .«

»Bestell dir etwas, bestell dir ein Abendessen«, unterbrach ihn Theo. »Wir brauchen Zeit, wir haben uns so viel zu erzählen. Oder warte, ich habe eine bessere Idee!« Er fühlte eine steigende Erregung. »Du fährst mit uns nach Hause. Wir wohnen nur eine Stunde von hier. Du kannst ein paar Tage bei uns bleiben.«

»Ich kann nicht, ich fahre morgen ab«, antwortete er auf deutsch, dann auf englisch zu Iris: »Ich bitte um Verzeihung, Mrs. Stern, aber ich bin noch nicht an die englische Sprache gewöhnt. Ich habe sie vor Jahren an der Universität studiert, aber manchmal vergesse ich mich und spreche wieder deutsch. Ich wollte nur sagen, daß ich morgen früh zurückfliegen muß.« Er lehnte sich über den Tisch. »Erzähle mir, was du tust, Theo. Hast du Kinder?«

»Zwei Jungen und ein Mädchen. Und du?«

»Keine Kinder. Ich verlor Marianne . . . habe aber wieder geheiratet; eine Witwe mit erwachsenen Töchtern. Eine ganz gute Stellung habe ich auch. Das Leben ist dort nicht leicht, aber es ist jetzt unsere Heimat. Und weißt du was? Es war mir damals irgendwie zu Ohren gekommen, daß du in New York seist. Nur fand ich nichts im New Yorker Telefonbuch. Und du mußt wissen, daß ein New Yorker Telefonbuch zu jenen Zeiten in Europa ein Vermögen wert war, denn darin konnte man vielleicht den Namen eines Verwandten entdekken – und wenn es auch nur ein Vetter dritten Grades deines Großvaters war – oder sonst irgendeine Adresse von jemandem, der einem aus menschlicher Teilnahme die Papiere schicken könnte, die die Rettung vor dem Feuer bedeuteten.«

»Ich habe nur ein Jahr in New York City gelebt. Ich hatte hier ein Zimmer, als ich 1946 ankam.«

»Ach so! Liesel erfuhr nämlich . . .«

»Was hast du gesagt?«

»Ich sagte, daß Liesel erfuhr . . .«

Theo richtete sich auf. »Um Himmels willen, was hast du gesagt? Von welcher Liesel redest du?«

Franz war erstaunt. »Von welcher Liesel? Natürlich von deiner Frau«, murmelte er.

»Franz, Liesel ist tot.«

»Das weiß ich.«

»Sie starb in Dachau mit unserer gesamten Familie. Es schickt sich nicht, von ihr zu sprechen! Begreifst du das denn nicht? Wir erwähnen nie ihren Namen!«

Franz blickte ihn lange an, ohne auch nur einmal mit der Wimper zu zucken. Dann sagte er: »Sie starb nicht in Dachau. Ich dachte, du wüßtest es. Ich dachte, das Komitee, die Leute in Tel Aviv, hätten dich informiert.«

»Franz, verdammt noch mal! Wirst du jetzt endlich reden, oder soll ich es aus dir herausschütteln?«

»Theo! Theo!« Iris legte ihm beschwichtigend die Hand auf den Arm. Ein Mann am Nebentisch starrte herüber, wandte sich aber rasch wieder ab.

»Ich weiß nicht, wo ich anfangen soll«, sagte Franz. »Du lieber Gott, ich . . .«

Theo war wie rasend. »Fang mit dem Anfang an, oder du wirst morgen nie in dein Flugzeug steigen. Was weißt du?« Und als Franz Iris einen Blick zuwarf: »Sie kann es ruhig hören, verdammt noch mal! Ich will es wissen!«

Franz blickte auf den Salzstreuer. »Ich begegnete Liesel im Winter 1946 in Italien. Ich hatte versucht, nach Palästina zu kommen, aber die Engländer hatten uns abgewiesen. Also bereitete ich mich auf einen weiteren Versuch vor und bemühte mich, einen alten Kahn zu finden, dessen Kapitän willens war, die Blockade zu durchbrechen. Wir waren einige hundert, zum Teil ehemalige Lagerinsassen, zum Teil Leute, die mit falschen Papieren untergetaucht waren.«

»Und sie . . . hatte falsche Papiere?« Er war elektrisch geladen. Er glaubte, sein Kopf würde zerspringen oder es sei ein Traum, und fürchtete, sich übergeben zu müssen.

»Nein, keine falschen Papiere.«

»Was dann?«

Franz hob die Augen. »Theo, sie ist tot. Das weiß ich, denn ich war da. Was hat das alles für einen Zweck? Lassen wir es ruhen, wie es ist.«

Theo zitterte. »Ich muß es wissen. Und du wirst es mir sagen, wenn du je dein Flugzeug erreichen willst!«

Franz seufzte, nahm einen tiefen Atemzug, wie ein Kind, das vor der versammelten Klasse etwas aufsagen muß.

»Nun denn. Sie kamen. Es war die erste Woche nach dem Anschluß. Die Deutschen kamen in das Haus der Familie. Seltsam, sie hatten gedacht, daß ihr Einfluß ihnen helfen würde, aber gerade das Gegenteil war der Fall. Andere Leute, die weniger wichtig waren, hatten zum großen Teil noch die Möglichkeit, aus dem Lande zu kommen.

Sie kamen also. Es war früh an einem kalten Morgen, und es regnete. Das Baby lag krank mit Fieber zu Bett. Sie flehte sie an, wenigstens das Kind in diesem Wetter zu verschonen, und sie sagten ihr, sie könne das Baby zurücklassen, falls sie es wünschte: ›Sie können ihn mitnehmen oder hierlassen. Ganz wie Sie wünschen‹, sagten sie.

Als sie hinausgingen, riß einer der Soldaten ein Gemälde von der Wand. Sein Vorgesetzter war wütend: ›Hier wird nichts zerstört! Es ist ein erstklassiges Haus, und wir brauchen es!‹ Da wußten sie, daß sie nicht zurückkehren würden.

Sie fuhren mit zwei uniformierten SS-Leuten. Das Baby schrie die ganze Zeit, denn es hatte an diesem Morgen noch nicht seine Flasche bekommen.«

Iris hielt den Atem an. Sie begann zu weinen.

»Hör auf!« fuhr Theo sie wütend an.

»Ein paar Tage später hatte das Baby Lungenentzündung und starb. Die Familie blieb eine Weile zusammen im Lager, bevor sie getrennt und nach Polen geschickt wurde. Ach,

Theo, das weißt du doch alles! Du weißt, wie es geschehen ist. Die ganze Welt weiß es, selbst die, die es nicht wissen wollen.«

»Fahre fort«, sagte Theo.

Franz starrte wieder das Salzfaß an. »Die alten Leute wurden sofort zu den Öfen geschickt. Wer jung und kräftig war, mußte arbeiten. Sie wurde in einer Werkstatt beschäftigt, wo man Gürtel und Handschuhe und sonstige Ledersachen für die Wehrmacht anfertigte. Sie arbeitete dort lange Zeit . . .« Er schluckte, fuhr mit eintöniger Stimme fort: »Und dann, ich weiß nicht, wie lange danach es war, vielleicht ein Jahr oder zwei, vielleicht sogar noch länger, ich erinnere mich nicht mehr genau . . .«

»Wann es war, ist mir egal. Sage mir nur, was es war. Los!«

»Nun ja, also eines Tages kamen ein paar höhere Offiziere von der Gestapo in die Werkstatt. Du weißt ja, wie es ist – sie suchten, wie soll ich es sagen, sie suchten Mädchen. Hübsche Mädchen, blonde Mädchen, die wie Arierinnen aussahen. Für das Hauptquartier an der Front.« Franz schwieg einen Augenblick, und dann blickte er verängstigt auf. »Man hat sie fortgeführt und ihnen auf den Arm gestempelt: ›Nur für Offiziere.‹«

Theo sprang auf und stieß seinen Stuhl zurück. Ein Glas Wasser fiel um und ergoß sich über den Tisch.

»Bitte, Theo, hör nicht mehr zu, belasse es dabei«, flüsterte Iris. »Mr. Brenner, Franz, es hat doch keinen Sinn, es ist genug.«

Theo setzte sich wieder. »Franz, zwinge mich nicht, es aus dir herauszuprügeln. Ich will alles hören, jedes Wort, an das du dich erinnern kannst. Und, Iris, du hältst den Mund!«

»Sie erzählte mir, daß die Person, die ihr den Verstand gerettet hatte, eine Prostituierte war, und dieses Mädchen – sie war aus Berlin –, dieses Mädchen sagte zu den anderen: ›Hört mir gut zu, diese Kerle berühren nicht *euch*, nicht *euch*, verstanden? Es ist nur Fleisch und Haut. Wenn man euch zwingt, mit bloßen Händen dreckige Arbeit zu tun, verachtet ihr ja auch nicht danach eure Hände, nicht wahr? Ihr würdet sie deshalb nicht abschneiden. Und hier ist es das gleiche, und ihr habt es mit Dreckschweinen und Scheiße zu tun.‹ Ich bitte um Verzeihung«, sagte er zu Iris.

»Also schloß sie alles Denken aus und lebte in Erwartung, in der Erwartung, daß die Deutschen den Krieg verlieren . . .

Die Ärzte kamen regelmäßig, um sie auf Krankheiten zu untersuchen. Es waren kalte und harte Menschen. Sie – Liesel – war erstaunt, daß Ärzte so sein konnten. Sie hatte sich Ärzte immer ganz anders vorgestellt. Sie war, wie sie sagte, so unwissend und ohne jede Erfahrung, sie wußte so wenig von der Welt und den Menschen.

Eines Tages kam ein Mann, der sie erkannte, ein Rechtsanwalt Dietrich aus Wien.«

»Ich kannte ihn, er war ein Schwein. Einer der ersten, der mit den Wölfen heulte.«

»Er erkannte sie, weil er Mitglied eines Streichquartetts gewesen war, das in irgendeinem Haus zu üben pflegte, ich glaube, im Hause ihrer Eltern.«

»Nein, bei meinen Eltern. Mein Vater empfing sie jeden Dienstagabend, und sie kam auch manchmal, um Klavier zu spielen.«

»Nun, jedenfalls erinnerte er sich an sie. Und kurz darauf wurde sie in die Werkstatt zurückgeschickt. Seinetwegen natürlich. Sie hielt es für einen Akt der Gnade, denn selbst nach allem, was sie durchgemacht hatte, war sie noch sehr unschuldig. Aber es war natürlich nur, weil der Krieg zu Ende ging und viele dieser Verbrecher plötzlich menschliche Anwandlungen bekamen. Sie hofften, daß irgendein Überlebender ein gutes Wort für sie einlegen würde, wenn man sie vor Gericht stellte.

Und so begegneten wir uns dann später in Italien. Sie erkannte mich zuerst nicht, denn ich hatte sechzig Pfund verloren . . . ich hatte sie auch nicht gleich erkannt . . . weil sie gealtert war. Man hätte sie für weit über dreißig gehalten . . . aber irgendwie war sie immer noch . . . immer noch schön. Selbst diese Tiere hatten das nicht zerstören können . . .

Wir warteten wochenlang in Genua. Ständig trafen mehr von ihnen ein, jene lebenden Leichname mit den Hautwunden und den kahlrasierten Schädeln, die durch ganz Europa gekrochen waren – aus ihren Verstecken heraus, aus den Lagern – und die jetzt vor den Russen flohen . . . Alles, was sie wollten, war, raus aus Europa und nie wieder zurück. Die Gruppe, bei der ich war, wartete wie ich auf eine Möglichkeit, nach Palästina zu kommen. Die paar Groschen, die wir vom *Joint* bekamen, gaben wir in billigen Cafés aus. Dort konnte man stundenlang bei einem Glas Wein oder einer Tasse Kaffee sitzen – und wahrscheinlich tut man das in Europa immer noch. Wir saßen in der Sonne und genossen das Gefühl, unter keinem Terror zu stehen und noch am Leben zu sein. Wir sprachen über die Zukunft.

Einige von uns überredeten Liesel, sich uns anzuschließen. Wir dachten nämlich, du seist tot. In jenen Tagen zirkulierten ja so viele Gerüchte. Überall, wo Leute wie wir sich versammelten, wurde jeder Neuankömmling ausgiebig verhört und ausgefragt, und dann verglich man seine Notizen. Manche Leute hatten ganze Listen mit Daten, Namen und Adressen, und immer wieder hieß es: Hat jemand Soundso gesehen oder von ihm gehört? Ein Mann kam, der jemanden kannte, der in einem französischen Lager für Juden gewesen war und ihm erzählt hatte, du seist in Paris verhaftet worden und kurz darauf umgekommen. Später wurde das von einem anderen bestätigt, der ganz sicher war, dich in einer Gruppe gesehen zu haben, die gleich nach dem Fall Frankreichs deportiert wurde.

Wir hatten keinen Grund, es nicht zu glauben. Schließlich waren ja alle anderen tot, ihre Eltern, ihre Brüder, ihr Kind, warum nicht also auch ihr Mann?

Du großer Gott, wenn ich an ihren Mut denke! Diese Geduld, dieser Wille!« Franz hielt inne. Er starrte zur Wand, fuhr dann fort:

»Kurz darauf geschah etwas Schreckliches. Ich erinnere mich noch gut daran. Da war ein Arzt in unserer Gruppe, der auch auf das Schiff wartete, ein älterer Mann, der wie wir vieles erlitten hatte und der wie wir von dem Wunder, überlebt zu haben, überwältigt war. Er war sehr verläßlich, stark und gütig, sprach jenen Trost und Mut zu, denen es nicht so gutging, und gab ihnen Hoffnung und neue Zuversicht. Er war wie ein Fels, an den man sich halten konnte. Und dann ganz plötzlich, eines Tages, während wir auf der sonnigen Piazza saßen – ich erinnere mich noch, daß ich Pasta aß, denn damals konnte ich nie genug zu essen bekommen –, ganz plötzlich also sprang dieser starke Mann von seinem Stuhl auf und rannte über den Platz. Es standen dort ein paar *Carabinieri*, die mit einem Ladenbesitzer plauderten. Einem der Soldaten entriß der Arzt das Gewehr. Er begann zu brüllen und gebärdete sich wie ein Wahnsinniger. Es kam zu einem Handgemenge um das Gewehr, und dabei wurde der Arzt erschossen. Da lag er nun tot auf dem Pflaster, unser gütiger, weiser Arzt.

Nach diesem Ereignis vollzog sich ein Wandel in Liesel, als ob – ich glaube, sie drückte es sogar in den gleichen Worten aus –, als ob es Selbsttäuschung wäre, sich einzubilden, man könnte nach Dingen wie denen, die wir durchgemacht hatten, je wieder zu einem normalen Leben zurückkehren, ein viel zu schwieriges, ja unmögliches Unterfangen, ebenso unmöglich wie der Glaube an Hoffnung.

Endlich kam das Schiff. Es war ein schrottreifer alter Kahn, kaum seetüchtig, aber das war die geringste unserer Sorgen. Unsere Hauptsorge war die britische Blockade. Wir mußten nachts ohne Lichter fahren, und an Deck wurde nur noch geflüstert.

So krochen wir über das Mittelmeer in Richtung Palästina. Das Schiff war überfüllt und schmutzig. Viele waren seekrank, die Kinder langweilten sich und weinten, und auch viele Erwachsene hatten nicht die Kraft der Geduld. Aber man bemühte sich. Und vor allem hatten wir alle Angst, hielten gespannt nach Schiffen Ausschau. Die Spannung wuchs, je näher wir kamen.

Eines Tages, im Laufe eines unserer nie enden wollenden Gespräche, erwähnte jemand, daß er einen deutsch-jüdischen Flüchtling kennengelernt hatte, der als Soldat der amerikanischen Armee nach Europa zurückgekehrt war. Dieser Mann besaß einen Brief mit einer Namenliste, die von einem gewissen Dr. Weissinger stammte, der 1934 aus Wien nach Amerika ausgewandert war. Die Liste enthielt die Namen anderer Wiener Juden, die in New York lebten, und Theodor Stern war dabei. Siehst du, es war damals wichtig, alles schriftlich zu haben, um die Leute wieder zusammenzubringen, um zu wissen, wer noch lebte. Du mußt Dr. Weissinger gekannt haben, Theo.«

»Er starb vor ein paar Jahren. Ja, er war einer von den Schlauen. Er kam hierher, als noch niemand glaubte, daß es einmal so schlimm werden würde.« Theo erkannte seine eigene Stimme nicht. Es war eine falsche, künstliche Stimme. Seine wahre Stimme hätte gebrüllt und geschrien und geflucht und die Luft durchpeitscht.

»Dieser Mann hatte die Liste des Soldaten abgeschrieben, und da sahen wir deinen Namen mit deiner alten Wiener Adresse, aber ohne eine Anschrift in New York. Immerhin gab es keinen Zweifel mehr.

Ich sagte Liesel, wir würden sofort von Haifa aus schreiben und versuchen, dich ausfindig zu machen, was bestimmt nicht schwer sein dürfte. Übrigens hätte ich mich nach ihrem Tod mit dir in Verbindung setzen können, aber ich habe es nicht getan und weiß nicht, warum. Vielleicht weil jemand mir erzählte, daß die Behörden dich bereits informiert hätten. Und dann ist man oft wie gelähmt nach so viel Verwirrung und Aufregungen. Man weiß nicht mehr, wo man beginnen soll. Ganz abgesehen davon, daß man an seinen Lebensunterhalt denken muß.

Wir haben lange Gespräche miteinander geführt, sie und ich. Wir saßen bis spät in die Nacht hinein an Deck, denn unten war es sehr heiß und laut.«

»Erzähle mir alles, was sie gesagt hat.« Es schien ihm, als könnte er es nicht ertragen, noch mehr zu hören, aber er wußte, daß er es noch weniger ertragen würde, wenn er nicht alles gehört hätte.

»Es ist schwer, sich an alles zu erinnern. Im Laufe der Tage redet man von so vielen Dingen. Und andererseits sagt man wiederum auch nicht viel, nicht wahr? Sie sagte mehrere Male: ›Ich erinnere mich kaum noch an Theo. Nur noch an gewisse Dinge, wie zum Beispiel an den Tag, als wir die Mariahilferstraße hinuntergegangen sind, um unsere Eheringe zu kaufen. Theo wollte sie auf der Stelle kaufen, und ich fragte ihn, ob er nicht lieber zuerst mit Papa sprechen sollte. Er sagte, das würde er natürlich tun, aber da wir wüßten, daß Papa ja sagen würde, könnten wir die Ringe ruhig schon jetzt kaufen. Daran erinnere ich mich‹, sagte sie lachend, ›aber sein Gesicht habe ich vergessen.‹

Ach, und manchmal redete sie vom Skilaufen. Sie erinnerte sich besonders an einen Tag in den Dolomiten, als ihr tagsüber Ski gelaufen wart und am Abend nach dem Essen im Hotel vierhändig gespielt habt. An solche Dinge erinnerte sie sich, und dann sagte sie: ›Wir waren so jung; wie konnten wir nur je so jung gewesen sein?‹

So sprach sie. Oft schwieg sie lange. Ich auch, denn ich war bei meinen eigenen Gedanken. Wie wir alle. Es war ein mit Gedanken beladenes Schiff. Seltsam, all diese schweren Gedanken in diesen wunderbaren, milden Nächten, wo die Luft sich auf der Haut wie warmes Wasser anfühlte.

Außer in jener letzten Nacht, als es zu regnen begann und das Schiff sich durch einen schweren, wenn auch nicht stürmischen Seegang kämpfte. Viele Leute waren seekrank, mehr als gewöhnlich. Ich ging mit ihr auf das überdachte Deck hinauf, und der Regen nieselte uns ins Gesicht.

›Es ist so rein hier oben‹, sagte sie. ›Und ich bin so schmutzig, Franz.‹

Ich protestierte und sagte, was man halt so sagt, aber sie ließ sich nicht davon abbringen. ›Wer wird mich je wieder berühren wollen?‹ sagte sie, und ich versuchte es ihr auszureden, so gut ich konnte.

Und sie sagte: ›Ich frage mich, wie viele Menschen auf dem Schiff des Nachts heimlich still und leise über Bord gesprungen sind.‹

›Was sind das für makabre Gedanken?‹ rief ich aus. Ich war beunruhigt.

Sie sagte, es sei gar nicht so makaber, es wäre eine reine und saubere Art zu sterben, indem man sich in das saubere Wasser versinken läßt . . . sie benutzte das Wort ›sauber‹ so oft . . . und dann sagte sie, es sei, als wenn man in ein Zimmer tritt, das einem alle Behaglichkeit bietet, die Betten gemacht, die Lampen verhüllt . . .

Ich wußte nicht, was ich davon halten sollte. Nach alledem, was wir durchgemacht hatten, waren solche Reden eigentlich nichts Besonderes. Wir alle verfielen zuweilen in diese Stimmung. Mit ein bißchen Hoffnung verfliegen diese trüben Gedanken allmählich wieder fast von selbst. Aber ich wollte nichts riskieren und redete ihr zu, wieder nach unten zu gehen, da es spät geworden war. ›Nein‹, sagte sie, ›da unten ist es stikkig und schmutzig. Hier oben ist die Luft wenigstens rein und frisch.‹ Ich sagte, dann würde ich mit ihr oben bleiben. Sie protestierte, aber ich blieb.«

Franz blickte auf. »Nur bin ich eingeschlafen, Theo. Eingeschlafen! Und als ich aufwachte, war sie fort. Das ist alles.«

38

Theo hatte über ein halbes Jahr lang getrauert, und das war zuviel für Iris. Der Kummer hatte ihn zu einem Krüppel gemacht, zu einem seelischen Krüppel, und sie fühlte den ganzen Schmerz seiner Zerrissenheit.

An jenem ersten Abend, als sie sich an der Ecke der Siebenundfünfzigsten Straße von Franz Brenner verabschiedet hatten, hatte sie sich erboten, ihn nach Hause zu fahren, aber Theo hatte sich ans Steuer gesetzt. Sie sah immer noch seinen verkniffenen Mund, der sich wie ein Schnitt oder eine Narbe auf seinem Gesicht abzeichnete, und sie erinnerte sich an ihre Angst – nicht so sehr vor einem Unfall, obgleich er wie ein Wahnsinniger fuhr, sondern vor der Tatsache, daß dieser Abend ihm etwas angetan haben könnte, was nicht wiedergutzumachen war. Und hatte diese Angst sich nicht als berechtigt erwiesen?

Die ganze Familie bemühte sich um Theo. Papa war gleich am nächsten Morgen gekommen und hatte ihn schweigend umarmt. Mama hatte geweint – natürlich, denn sie hielt nie ihre Tränen zurück – und wieder einmal die Gelegenheit wahrgenommen, ihren Bruder und seine Familie zu beweinen.

»Ach, dieses süße Kind!« sagte sie, als sie wieder allein waren. »Ich sehe sie noch im Garten von Elis Haus. Sie hatte ein Samtband um das Haar, wie Alice im Wunderland.« Und dann flüsterte sie, vor der Erinnerung erschreckend: »Ich sah, wie ein Mädchen in Polen vergewaltigt wurde.«

»Das hast du mir nie erzählt!« rief Papa aus.

»Derartige Erinnerungen möchte man lieber begraben«, antwortete sie.

Eric war verblüfft. Natürlich hatte er von den Greueltaten der Nazis gehört, aber er gab zu, daß sie ihm irgendwie immer ein bißchen übertrieben erschienen waren. Irgendwie.

Theo nahm am zweiten Tag wieder seine Arbeit in der Praxis auf. Während der ersten Zeit machte sich Iris große Sorgen um ihn. Sie wußte zwar nicht genau, wovor sie Angst hatte, aber sie hatte Angst. Unter allen möglichen Vorwänden rief sie in der Praxis an, um von der Sekretärin auf allerlei Umwegen herauszufinden, ob alles normal verlief.

Nachts bemerkte sie, daß er wach neben ihr lag. Sie hörte ein unterdrücktes Schluchzen, aber nach der ersten Nacht suchte er keinen Trost mehr.

»Ich habe Husten«, erklärte er, und diese plumpe Lüge rührte sie fast noch mehr als alles andere.

Den Kindern gegenüber war er ungewöhnlich sanft. Selbst wenn er bei Tisch ganz banale Dinge sagte, klang seine Stimme zärtlich. »Steve, hast du dir auch bestimmt die Hände gewaschen? Jimmy, wenn du deine Nachspeise haben willst, mußt du zuerst deine Milch austrinken.«

Einmal sah sie ihn mit Laura auf dem Schoß sitzen, die Arme um die Schultern der beiden Jungen gelegt, als ob er sie alle behüten und beschützen wolle. Und dieser Ausdruck auf seinem Gesicht! So wild entschlossen, und doch so traurig! Wenn sie zu ihm sprach, zuckte er zusammen, und sie mußte ihre Worte wiederholen. Dann blinzelte er, schüttelte den Kopf und kehrte von dort, wo immer er gewesen sein mochte, allmählich wieder in die Wirklichkeit zurück.

Jeden Abend, wenn auch nicht in ihrer Gegenwart, aber wenn sie ihr Bad nahm, hörte sie, wie er die Schublade aufzog und nach einer langen Weile wieder schloß, und sie wußte, daß er sich die Fotos von Liesel und ihrem Kind angeschaut hatte. Manchmal, wenn sie unerwartet ins Zimmer kam, sah sie an seiner raschen Bewegung, daß er die Bilder wieder herausgenommen hatte. Eines Tages erregte dieses Tun bei ihr kein Mitgefühl mehr, sondern ganz unverhohlenen Ärger.

Wenn er die Bilder weiterhin ständig befingert, wird bald nicht mehr viel von ihnen dasein. Aber gleich darauf schämte sie sich und wünschte reumütig, wünschte inständig, daß es ihr physisch möglich wäre, ihm die Last seiner Ängste abzunehmen und sich selbst aufzubürden.

Sie war zutiefst beunruhigt. Wie lange kann ein Mensch eine solche Bürde tragen? Mit allem, was er in der Praxis und im Krankenhaus zu tun hatte? Mit einer Frau und drei Kindern und jetzt dieser anderen Sache, die ihm den Verstand trübte?

Und sie wütete gegen die böse Welt, die diese guten und sanften Menschen so arg zugerichtet hatte.

Zu welchem Zeitpunkt ihr Kummer begonnen hatte, sich in Empörung zu verwandeln, hätte Iris nicht zu sagen vermocht. War es nach drei, vier oder fünf Monaten gewesen, als ihr klargeworden war, daß sie ihren Unwillen nicht länger unterdrücken oder verleugnen konnte. Vielleicht war es an jenem Morgen gewesen, als eine der Sekretärinnen Theos angerufen hatte. Irgendwie – Iris wußte nicht, auf welchen Umwegen – war die Geschichte dem Personal in der Praxis zu Ohren gekommen.

»Wir haben gerade gehört, was mit Dr. Sterns Frau geschehen ist«, hatte sie gesagt. »Unglaublich, und das im zwanzigsten Jahrhundert! Es tut uns allen so schrecklich leid, und wir möchten Sie wissen lassen, daß wir hier alles versuchen, Dr. Stern wenigstens die Arbeit zu erleichtern.«

Iris hatte ihr mit angemessener Dankbarkeit geantwortet und dann aufgehängt. *Was mit seiner Frau geschehen ist.* Entsetzlich, entsetzlich und wahr. Aber jetzt bin ich seine Frau, und ich bin da. Wie lange wird diese Trauer noch andauern? Jeder behandelt Theo wie ein rohes Ei – meine Eltern, Eric, unsere wenigen Freunde, die es wissen. Eine Atmosphäre der Trauer, ein Haus der Trauer.

Er hatte die Gewohnheit angenommen, bis spät aufzubleiben. Warum nicht? Sie hatte Verständnis für seine Schlaflosigkeit, und sie hatte sich bemüht, mit ihm aufzubleiben, aber dann waren ihr die Augen zugefallen, und er hatte ihr gesagt, sie solle zu Bett gehen, er würde auch bald kommen.

Eines Nachts hatte sie heimlich nach unten geschaut, um zu sehen, was er machte. Er saß in einem Sessel, starrte ins Leere, saß einfach da, saß nur still da ... Dann war er aufgestanden und zum Flügel gegangen und hatte ganz leise gespielt, ganz leise, um niemand aufzuwecken.

Fast jede Nacht hörte sie ihn spielen. Die Klänge wehten bis zu ihr hinauf, meist Nocturnos von Chopin, sehnsuchtsvolle Melodien, die an sommerliche Gärten, an Liebe und Sternenhimmel erinnerten.

Eines Nachts stützte sie sich auf den Ellbogen und blickte auf das Leuchtzifferblatt der Nachttischuhr: halb zwei. Zwei Stunden lang hatte sie hier allein gelegen, während ihr Mann sich in der Musik anderer Zeiten und anderer Orte verlor, mit einer anderen Frau.

Als er heraufkam und sah, daß sie noch wach war, näherte er sich ihr. Sie wußte, daß er von ihr eine willige und rasche Reaktion erwartete. Aber ihr Begehren wurde von einem Gefühl der Demütigung erdrückt. All die Male, als sie so völlig ungehemmt gewesen war, so frei im Ausdruck ihrer Leidenschaft für ihn – hatte er da vielleicht gar nicht an sie gedacht, sie nicht einmal wirklich begehrt? Hatte er vielleicht ...

Sie wollte nicht, daß er sie berührte. Komm nicht zu mir mit diesem Trauergesicht, wollte sie ihn anschreien, und sie schrie es in sich hinein, schrie es noch, als er sie umarmte. Du hast mich ausgeschlossen. *Mich, mich,* verstehst du das denn nicht? Bleibe mir fern, bis du wieder so wie früher sein kannst. Aber wirst du das je können?

Sie wußte, daß diese Art von Gefühl gefährlich war. Wenn sie nicht bald damit aufhörte, könnte es außer Kontrolle geraten. Aber wie damit aufhören? Das Auge eines Wirbelsturms ist ein einsamer Ort der Ruhe, wo sich nichts bewegt, wo die Panik stilliegt. Die Dunkelheit knistert und raschelt, und der Morgen ist eine Ewigkeit entfernt. Nach solchen Nächten hatte sie Ringe unter den Augen. Ihr Gesicht war eingefallen, und die Schatten gaben ihr ein tragisches Aussehen. Am Morgen sollte man rosig, frisch und munter aussehen – und nicht so, stellte sie dann deprimiert fest. Alles fand sie deprimierend, aber vor allem Theos abweisendes Gesicht. Ein müdes

Schweigen herrschte am Frühstückstisch, nur hier und da vom Rascheln der Zeitung unterbrochen.

Ganz allmählich, Zoll für Zoll, richtete sich eine Mauer auf.

Dann erschien er eines Nachmittags und teilte ihr mit, sie seien dem Country Club beigetreten. Sie war erstaunt, denn sie waren sich bisher darüber einig gewesen, daß das Clubleben ihnen nichts zu bieten hatte, was die Ausgabe lohnte. Gewiß, Theo war ein guter Tennisspieler, aber er hatte sich immer mit den öffentlichen Plätzen in der Stadt begnügt. Iris war sportlich unbegabt und hätte die Einrichtungen des Clubs ohnehin nie in Anspruch genommen. Einige ihrer Freunde waren Mitglieder, die meisten jedoch nicht. Ihr engster Freundeskreis bestand aus Europäern, Ärzten und Kammermusikliebhabern, die abwechselnd bei sich zu Hause kleine Konzertabende veranstalteten. Sie war also erstaunt.

»Ich möchte einmal unter Leuten sein, die nicht so ernst sind«, sagte Theo. »Unter Leuten, die gern tanzen und sich amüsieren.«

Nun, sie tanzte ja brennend gern! Was hatte er also damit sagen wollen? Im ersten Augenblick empfand sie es als einen Vorwurf. Sie fühlte Zorn in sich aufsteigen, der aber bald wieder verebbte. Er versuchte ja nur, durch eine Abwechslung im täglichen Einerlei seinen Gedanken zu entrinnen! Sie, die so stolz auf ihr »Verständnis« war, hätte doch wenigstens das verstehen sollen! Der arme Mann! Zu Recht oder Unrecht bildete er sich ein, daß viele Menschen, neue Gesichter und »fröhliches Treiben« ihm Vergessen und Erleichterung bringen würden.

Und doch verbarg sich noch etwas hinter seinen Worten. Verärgerung? Bitterkeit? Trotz? Irgend etwas ist uns abhanden gekommen, sagte sie sich, ist uns aus den Fingern geglitten.

Es fiel ihr ein, wie sie sich vor langer Zeit – es mußte ganz am Anfang gewesen sein – einmal gesagt hatte, daß Theo jede Frau haben könnte, wenn er nur wollte. Während des ganzen vorigen Sommers hatte er im Club mühelos einen ganzen Schwarm von Frauen um sich versammelt; junge Mädchen und Frauen, die viel älter waren als Iris. Dann stand er an der Bar, einen Drink in der Hand – er trank sehr wenig, und ein Longdrink genügte ihm für eine Stunde oder länger –, und die Frauen fühlten sich angezogen von seinem wissenden Blick, seiner kaum angedeuteten Bewunderung. Natürlich hatte auch der Akzent dabei eine Rolle gespielt, der leicht fremdartige, leicht britische Akzent. Er hatte zwar nie etwas getan, was sie ihm vorwerfen könnte, aber sie hatte trotzdem manchmal nicht übel Lust gehabt, ihn zu ohrfeigen.

Kaum heimgekehrt, war die Trauer wieder da. Er drückte es nie in Worten aus – das Thema durfte nie erwähnt werden –, aber in seinem Ton und in seinen Gesten, und vor allem in seinem Schweigen. Die Trauer war stets gegenwärtig, wie ein kleiner Luftzug aus einem vergessenen, offengelassenen Fenster – gerade genug, um die Atmosphäre abzukühlen. Seine Freunde im Club hätten ihn nicht wiedererkannt, wenn sie ihm in seinem Haus begegnet wären.

Aus ihm waren zwei Menschen geworden.

Wenn sie wenigstens mit jemandem über das, was in ihrem Hause vorging, hätte reden können! Aber es war zu intim, und es wäre ihr unmöglich gewesen. Iris kannte sich zur Genüge und wußte, daß es ihr Stolz war – falscher Stolz? –, der sie daran hinderte, so vertrauliche Dinge preiszugeben. Vielleicht könnte sie mit Papa sprechen, wenn es zum Äußersten käme. Er war der einzige. Aber selbst ihm konnte sie es eigentlich nicht sagen, denn sie wollte ihn nicht wissen lassen, daß das Leben seiner Tochter nicht vollkommen war, daß sie sich mit Sorgen quälte. Er brauchte den Glauben, daß alles vollkommen war. Papa trug Scheuklappen, hatte sich das Bild der idealen und traditionsbewußten Familie in den Kopf gesetzt, und für ihn galt der Satz: Wie es sein soll, so muß es sein. Eine andere Möglichkeit gibt es nicht.

Iris wußte, daß Theo, während sie ihr Bad nahm, zur Schublade seiner Kommode gehen und das Foto herausholen würde. Heute abend stieg sie ganz leise aus der Wanne und schlüpfte in ihren Morgenrock. Da sie die Tür sehr rasch öffnete, ertappte sie ihn, wie er das Foto ans Licht hielt. Sie erblickte die vertrauten Umrisse der Madonnenpose, langes gewelltes Haar, das Kind auf dem Schoß.

Da standen sie nun und starrten sich an. »Du hättest mich nie heiraten sollen«, sagte Iris schließlich.

»Was redest du da?«

»Du liebst mich nicht. Du hast mich nie geliebt. Du liebst immer noch sie.«

»Sie ist tot.«

»Ja, und wenn sie noch lebte, wärst du glücklicher mit ihr gewesen, als du es mit mir bist.«

»Sie hätte wenigstens nicht an mir herumgenörgelt!«

»Siehst du? Da hast du es. Zu schade, nicht wahr? Vielleicht sollte ich dir den Gefallen tun, zu sterben. Nur würde das sie auch nicht zurückbringen, nicht wahr?«

Er schlug knallend die Faust in die Hand. »Dieser blöde und kindische Quatsch! Wie lange soll ich mir das noch anhören, Iris? Das mit dem Nörgeln hätte ich nicht sagen sollen, ich hatte es nicht so gemeint. Aber es ist mir unbegreiflich, wie du so unsicher sein kannst. Hast du so wenig Selbstvertrauen? Es ist wirklich ein Jammer.«

»Vielleicht bin ich unsicher. Warum hilfst du mir nicht, wenn du das glaubst?«

»Sage mir, wie. Wenn ich es kann, werde ich es tun.«

Sie wußte, daß sie die Brücken hinter sich abbrach, aber es gab für sie kein Halten mehr.

»Sage mir, du würdest mich zur Frau gewählt haben, auch wenn du gewußt hättest, daß sie noch lebte. Sage mir, daß du mich mehr liebst, als du sie je geliebt hast.«

»Das kann ich nicht. Weißt du denn nicht, daß jede Liebe anders ist? Sie war *ein* Mensch, und du bist ein anderer Mensch. Das bedeutet nicht, daß die eine besser oder schlechter als die andere ist.«

»Du weichst meiner Frage aus, Theo.«

»Ich versuche nur, mein Bestes zu tun«, erwiderte er ziemlich sanft.

»Na schön. Dann beantworte die andere Hälfte meiner Frage. Wenn du gewußt hättest, daß sie noch lebte, wärst du dann zu ihr gegangen und hättest mich verlassen? Das kannst du bestimmt beantworten.«

»O mein Gott!« rief Theo aus. »Warum quälst du mich?«

Ja, sie prügelte ihn wie einen hilflosen Hund an der Leine. Das hatte sie einmal einen Mann auf der Straße tun sehen, und es war ihr übel geworden. Aber sie konnte nicht aufhören.

»Ich frage dich, Theo, weil ich es wissen muß. Siehst du denn nicht, daß alles davon abhängt – wie ich weiterleben soll oder kann?«

»Aber das ist grausam! Ich kann einfach nicht, kann einfach eine so unsinnige Frage nicht beantworten.«

»Kehren wir also zu dem zurück, was ich am Anfang sagte. Du wolltest mich nie wirklich heiraten.«

»Und warum habe ich es getan?«

»Weil du wußtest, daß mein Vater es halb von dir erwartete . . .«

»Iris, zehn Väter hätten mich nicht dazu zwingen können, wenn ich es nicht gewollt hätte.«

». . . und weil du einsam und müde warst und in meiner Familie Ruhe fandest. Und dann schließlich auch noch, weil ich intelligent genug bin, den gleichen Geschmack wie du habe oder hatte. Deine kultivierten europäischen Freunde können zu uns ins Haus kommen, und ich bin in der Lage, mich mit ihnen zu unterhalten. Aber das ist keine Liebe.«

Theo überlegte einen Augenblick. Dann fragte er: »Was verstehst du unter Liebe? Kannst du es definieren?«

»Wortklaubereien! Natürlich kann ich es nicht. Niemand kann es, aber jeder weiß, was er meint, wenn er dieses Wort benutzt.«

»Genau. Jeder weiß, was *er* meint. Es ist also für jeden etwas anderes.«

»Ach, laß doch deine philosophischen Tricks! Du willst mich in die Defensive drängen! Und dabei weißt du genau, wovon ich rede.«

»Gut, dann wollen wir es einmal definieren. Versuchen wir es. Würdest du sagen, es sei ein Beweis von Liebe, wenn man selbstlos ist, sich um das Wohlsein und Glück des anderen sorgt?«

»Ja, aber das könnte man schließlich auch für seinen alten Großvater tun.«

»Iris, du drehst mir die Worte im Mund herum, und du erlegst dir ganz unnötige Qualen auf. Wenn ich nur wüßte, was du willst!«

Ihre Lippen begannen zu zittern. Sie hielt sich die Hand vor den Mund, um es zu verbergen. »Ich will . . . ich will . . . etwas wie Romeo und Julia. Ich möchte ausschließlich geliebt werden. Verstehst du das?«

»Iris, ich muß es noch einmal sagen . . . das ist kindisch.«

»Kindisch? Die ganze Welt ist davon bewegt! Es ist das Stärkste, Tiefste, Wunderbarste, das einem Menschen passieren kann. Alle Kunst, Musik und Dichtung der Welt dreht sich nur darum. Und das nennst du kindisch?«

Theo seufzte. »Vielleicht habe ich wieder einmal das falsche Wort gewählt. Nicht kindisch. Wirklichkeitsfremd. Du redest von Gipfeln der Gefühle, von erhabenen Augenblikken. Wie lange, glaubst du, kann das währen? Deshalb sage ich wirklichkeitsfremd.«

»Ich bin doch nicht blöde. Ich weiß, daß das Leben kein Gedicht und keine Oper ist. Aber ich möchte trotzdem einmal einen jener ›erhabenen Augenblicke‹ erleben, wie du es nennst.«

»Und du glaubst, es noch nie erlebt zu haben?«

»Nein. Ich habe dich mit einer toten Frau teilen müssen, und jetzt auch noch mit einer Menge kalter und oberflächlicher dummer Gänse.«

»Iris, du tust mir leid. Es ist ein Jammer für uns beide. Hat das Foto das alles jetzt bei dir ausgelöst? Schön, ich werde es mir nicht mehr anschauen. Mit der Zeit hätte sich das ohnehin gegeben«, fügte er bitter hinzu. »Aber wenn du auch damit noch nicht zufrieden bist . . . Du scheinst etwas in dir zu haben, das sich durch nichts befriedigen läßt, das immer nur leiden will.«

»Aha, jetzt sind wir bei der Psychoanalyse angelangt.«

»Man braucht kein Analytiker zu sein, um das zu sehen. Du willst einfach leiden, denn sonst würdest du dich von meinen Vernunftargumenten überzeugen lassen.«

»Vernunft hat überhaupt nichts damit zu tun. Es geht hier um das, was ich fühle. Und Gefühlen kann man nicht mit Vernunftargumenten beikommen. Wenn man das könnte, hättest du schon längst gelernt, nicht mehr an Liesel zu denken.«

Theo fuhr sich mit der Hand über die Stirn. »Können wir dieses Gespräch nicht morgen früh fortsetzen? Es ist nach zwölf, und ich bin völlig erschöpft.«

»Wie du willst«, antwortete sie.

Sie legten sich in das breite Bett. Ihr Herz begann zu pochen. Sie hatte die Hände zu Fäusten geballt und die Arme steif an die Seiten gepreßt. Sie fragte sich, ob der erlösende Schlaf kommen würde, und sie hörte an Theos Atem, daß auch er nicht schlief.

Nach einer Weile fühlte sie seine Hand auf ihrer Schulter, sanft und zärtlich, eine Geste des Trostes. Dann faßte seine Hand ihre Brust.

»Nein«, sagte sie. »Ich kann nicht. Ich fühle nichts mehr. Es ist aus.«

»Aus? Was meinst du damit? Aus für immer?«

»Ja, es ist tot. Es ist in mir gestorben.« Sie weinte. Kalte Tränen rannen über ihre Schläfen in ihr Haar. Sie machte kein Geräusch, aber ihr war klar, daß er es bemerkt hatte. Er streckte noch einmal die Hand aus und wollte ihre Hand halten, aber sie zog sich zurück. Dann hörte sie, wie er sich umdrehte, hörte das Rascheln der Laken und wußte, daß er ihr den Rücken zugewandt hatte, um möglichst weit von ihr zu sein.

Am frühen Morgen – nach einer Nacht, in der er höchstens zwei Stunden geschlafen hatte – stand Theo auf und ging hinunter. Im Telefonbuch von New York City fand er mühelos die gesuchte Nummer. Er zögerte einen Augenblick.

Als er vor ein oder zwei Wochen vom Zahnarzt in New York City gekommen war, hatte es plötzlich zu gießen angefangen, und er mußte sich für einen Augenblick im Hauseingang unterstellen. Und dieses Mädchen, eine Zahntechnikerin aus der Praxis nebenan, war auch herausgekommen und wartete mit ihm. Er schätzte sie auf etwa zweiunddreißig, eine Skandinavierin mit jener Offenheit und gesunden Frische, die diesen Frauen eigen ist. Sie hatten sich angenehm unterhalten, bis es zu regnen aufhörte, hatten über Ski geplaudert, über New York und über Norwegen, woher sie kam.

Dann hatte er ihr gesagt, wie sehr es ihn gefreut habe, sie kennenzulernen, und sie hatte erwidert: »Rufen Sie mich an, wenn Sie einmal wieder mit mir plaudern wollen. Ich stehe im Telefonbuch.«

Jetzt war es soweit. Er wählte die Nummer.

»Hallo, Ingrid?« sagte er leise, als sie sich meldete. »Hier ist Theo Stern. Erinnern Sie sich noch an mich?«

39

Das schwache Februarlicht fiel auf den Teppich neben dem Fenster und beschien Iris' Hände mit dem Buch, in dem sie zeitweise las. Als Anna sie sah, saß sie einfach da und schaute aus dem Fenster. Anna klopfte an die offene Tür, und Iris drehte sich um.

»Guten Morgen«, rief Anna ihr fröhlich zu. »Ich bin gerade auf dem Markt gewesen und wollte noch ein Stück spazierengehen. Ich brauche das für meine Gesundheit.«

Eine bessere Entschuldigung für ihren unerwarteten Vormittagsbesuch war ihr nicht eingefallen. In Wahrheit kam sie, weil ihr im Laufe der Telefongespräche der letzten Tage eine neue und beunruhigende Niedergeschlagenheit und Mutlosigkeit an der Tochter aufgefallen war.

»Setz dich. Möchtest du zu Mittag essen?«

»Nein, danke, so lange bleibe ich nicht.« Sie setzte sich zögernd und fragte sich, wie sie am besten anfangen sollte. Mit Iris war es immer schwer, den richtigen Kontakt zu finden.

»Wenn Nellie nicht das Radio in der Küche abstellt«, schrie Iris plötzlich, »werde ich wahnsinnig, oder ich gehe hin und schlage es kaputt.«

»Zu schade, daß du nicht mit Theo zum Skilaufen nach Vermont gefahren bist. Du brauchst wirklich ein bißchen Veränderung, Iris. Es ist eine zu große Nervenbelastung, im-

mer mit den Kindern zu sein und nie ausspannen zu können.«
Platitüden, in Ermangelung der Wahrheit.

Keine Antwort. Anna sagte leise: »Iris, es kommt einmal
der Moment, wo wir aus unserer Reserve heraus müssen. Ich
weiß seit langem, daß du Kummer hast, und ich war zu höflich und zu zurückhaltend, um dich danach zu fragen. Aber
jetzt frage ich dich.«

Iris blickte auf. Ihr Gesicht war ausdruckslos und leer. Ihre
Stimme war ebenso leer. »Manchmal ist es mir egal, ob ich
lebe oder sterbe. Jetzt weißt du es.«

»Was hat Theo getan?«

Die Frage traf Iris wie ein Schlag. Ihr Mund verzog sich zu
einer Grimasse, und die Tränen traten ihr in die Augen.

»Was Theo getan hat? Eigentlich nichts. Er ist nur fort, hat
mich verlassen. Wir haben uns getrennt. Wir leben im gleichen Hause, aber er hat mich und ich habe ihn verlassen.«

»Ich verstehe.« Anna sprach behutsam. »Willst du mir die
Gründe erklären, oder kennst du sie nicht?«

»Ach, ich kenne sie nur zu gut! Es ist meinetwegen. Ich
entspreche nicht dem Niveau ... ich laufe nicht Ski, ich bin
keine zarte Blondine, ich spiele nur mittelmäßig Klavier,
und ... seien wir ruhig ehrlich ... ich *bin* mittelmäßig,
Punkt.«

Das ist es also, sagte sich Anna. Ich hätte es mir denken
können.

Iris stand auf, ging im Zimmer auf und ab, setzte sich wieder an den Schreibtisch und blickte Anna an.

»Mama ... ich weiß, daß ich mich schämen muß, dich das
zu fragen, aber ich muß es wissen. War sie so schön, wie sie
auf dem Foto ist?«

»Ich habe kein Foto gesehen«, wich Anna ihr aus.

»Bitte, sei nicht so zu mir. Du hast sie doch gesehen, als du
in Wien warst.«

»Ich kann mich nur an ein hübsches Kind erinnern ... Iris,
Liebling, warum tust du dir das an?«

»Ich weiß es nicht, ich weiß es nicht.«

Vor langer Zeit, vor vielen Jahren – wann? –, hatte Anna
eine Art von Erleuchtung gehabt: Wenn ich je einmal eine

Tochter haben sollte, muß ich alles tun, damit sie nicht verwundbar und weltfremd wird.

»Siehst du«, rief Iris weinend, »siehst du, daß ich sogar keine Selbstachtung mehr habe? Ich bin eine jämmerliche und kleinliche Seele. Ich bin eifersüchtig auf diese arme Frau, die durch die Flammen des Jahrhunderts gegangen und darin umgekommen ist! Und ich gönne ihr nicht das einzige, was ihr blieb: daß jemand, der sie liebte, sie betrauert! Ich schäme mich so, ich schäme mich dieses Wurms, der in mir nagt! Siehst du denn nicht, was für ein schlechter Mensch ich bin?«

»Du bist kein schlechter Mensch, und du bist es nie gewesen. Aber du machst dir über alles zu viele Gedanken, einschließlich über dich selbst.« Sie mußte unbedingt ein paar Worte finden, die natürlich klangen, die Mut gaben und Trost spendeten. »Es ist ganz normal, ein bißchen eifersüchtig zu sein, und es ist auch normal, es sich dann vorzuwerfen.«

»Nein«, unterbrach Iris sie. »Du verstehst nicht, was ich meine. Wie könntest du es auch? Papa betet dich an, und für ihn hat es nie eine andere gegeben als dich.«

Anna fuhr zusammen, wie wenn ein Schmerz sie durchzuckte, aber dann bemühte sie sich, beiläufig zu klingen. »Dein Vater ist ein Mann, und wie soll ich wissen, ob er mir immer alles erzählt? Aber ich sitze nicht herum und gräme mich darüber, das versichere ich dir.«

Iris wurde ungeduldig. »Immerhin weißt du, daß er nicht, von einer Schar von Frauen umgeben, im Country Club sitzt oder ganz allein unten im Wohnzimmer, wo er die halbe Nacht mit seinem Kummer verbringt. Ich bin absolut überflüssig, verstehst du? Ausgestoßen, weggeworfen. Und ich weiß nicht, wie lange ich so leben kann.«

»Willst du ihn verlassen?«

Iris starrte sie an. »Ich wünschte, ich könnte es wollen. Aber ich will es nicht, denn ich glaube, ich könnte auch damit nicht leben.«

»Wenn ich dir nur irgendwie helfen könnte!«

»Mir helfen? Du hättest mir zum Beispiel schon sehr geholfen, wenn du mir nicht einen so lächerlichen Namen gegeben hättest! Iris! Schau mich an, sehe ich wie eine Iris aus? Aus welchem Grunde hast du dir nur einbilden können, daß dieser Name zu mir passen würde, wenn ich erwachsen wäre? Aber vielleicht hast du gehofft, daß ich wie du aussehen würde.«

»Es tut mir leid. Wir fanden den Namen einfach schön, und das ist alles.«

»O Gott!« sagte Iris.

Sie trommelte mit den Fäusten auf die Schreibtischplatte, und dann senkte sie den Kopf. Ein solch jämmerliches Leiden! Wie eine offene Wunde. Der Nacken so schwach, so zart, so schmächtig für einen Erwachsenen. Anna streckte die Hand aus und wollte sie berühren, zog sie aber wieder zurück, denn sie hatte Angst, sie zu stören.

Oh, ich liebe sie, ich liebe sie, wenn es auch nie das gleiche gewesen ist wie mit Maury. Der goldene Maury. Jene ersten Jahre auf der Straße, die Frauen auf den Klappstühlen, die kleinen Buben mit ihren Wägelchen und Spielautos, sein Lachen, sein helles Haar. Eine alte Oma hatte ihm den Kopf gestreichelt und »Wunderkind« gesagt. Wunderkind.

Wie hätte es mit Iris das gleiche sein können? Gott weiß, daß ich um ihretwegen nie Freude empfunden habe, weder vor noch nach ihrer Geburt. Müssen diese Schmerzen, diese Verzweiflung, diese Schuldgefühle nicht auf das Kind in meinem Leibe eingewirkt haben? Und später, wenn ich sie anschaute, in ihrem Gesicht – so verrückt es auch klingen mag – nach Anzeichen suchte, die mir offenbarten, daß ich durch sie bestraft werden würde. Daß sie, Gott bewahre, als zurückgeblieben, verkrüppelt, mit einem Mal behaftet aufwachsen könnte. Sie ist zwar weder zurückgeblieben noch verkrüppelt, aber ohne jeden Zweifel ist sie mit einem Mal behaftet, dem Mal der Schwäche und Schüchternheit. Oh, sie ist tapfer, die Arme, sie kämpft um ihr Glück, und sie kann es sich erobern, aber dann passiert etwas: Ein böser Wind weht sie um und bringt sie zu Fall. Meine Schuld. Ich hätte ihr auf irgendeine Weise beibringen müssen, stark zu sein, sich der Liebe ihres Mannes, der Liebe überhaupt, sicher zu fühlen. Das hätte ich tun müssen, aber ich habe es nicht getan . . .

Es ist alles so vage. Was weiß ich noch von Iris' Vergangenheit? Sie wuchs auf, und ich machte mir Sorgen um sie. Sie hat mir nie Schwierigkeiten gemacht, und ich erinnere mich eigentlich nur, daß sie nie jung war.

Dieser verdammte Theo! Was hat er ihr getan?

Vielleicht wäre ihr Leben weniger kompliziert, wenn sie den schüchternen kleinen Schullehrer geheiratet hätte, der ihr während des Krieges den Hof machte. Er war ein bescheidener Mann, und Iris wäre seine Königin gewesen. Aber kann sich nicht jeder fragen, ob das Leben nicht anders verlaufen wäre, wenn man einen anderen geheiratet hätte? Irgendwann fragt sich das doch jeder! Vor meinem Haus kommt jeden Nachmittag ein älteres Ehepaar vorbei, selbst wenn es regnet. Die Frau hat ein rotes Gesicht, ihr Haar ist nach hinten gekämmt und zusammengebunden. Sie gehen im Gleichschritt und reden und reden. Was können sie sich zu sagen haben? »Ich hasse Geschwätz«, sagte Joseph. Aber dieser Mann und diese Frau sind stets Arm in Arm, plaudern und lachen. Wäre ich anders, wenn ich einen Mann geheiratet hätte, der mir so viel zu sagen hat? Wenn ich Paul geheiratet hätte?

Iris blickte auf und wischte sich die Augen. »Sage mir, hättest du sterben wollen, wenn Papa dir keinen Heiratsantrag gemacht hätte?«

Mein Gott, welche Frage! »Nein, das ist kein Mann wert.«

»Jetzt weiß ich, daß du nicht wie ich bist und ich nicht wie du.«

»Wahrscheinlich nicht.«

Annas Gedanken drehten sich langsam im Kreis. Sie stand verwirrt, wie benebelt, und wußte nicht, was sie sagen sollte. Wie würde ich mich an Iris' Stelle fühlen? Ich wäre bestimmt nicht so verzweifelt wie sie. Theo ist der Mittelpunkt ihres Lebens, und der Mittelpunkt hält nicht mehr. Eben noch sagte ich ihr, kein Mann sei es wert, daß man für ihn sterbe. Und doch habe ich mir immer eingeredet, daß ich, wenn ein Tyrann mein Leben oder Josephs Leben verlangte, sagen würde: ›Nimm meins.‹ Würde ich das auch für Paul tun? Ich frage mich, was Paul wohl in dieser Minute tut. Was würde er sagen, wenn ich mit ihm über die Ängste seiner Tochter sprechen könnte?

Schließlich sagte sie: »Die Zeit heilt alle Wunden. Das einzige, das sie nicht heilt, ist das Unrecht, das man anderen angetan hat.«

»Was weißt du davon? Welches Unrecht hast du schon jemandem angetan?«

»Ich bin auch nur ein Mensch.«

Nach einer Weile sagte Iris: »Ich glaube nicht, daß ich Theo ein Unrecht angetan habe.«

»Vielleicht nicht. Aber kannst du nicht versuchen, das, was er dir getan hat, zu vergessen?«

»Ich weiß nicht einmal, ob man das, was er mir getan hat, ein Unrecht nennen kann. Er hat einfach nur genug von mir. Dafür kann er doch nichts, oder?«

»Das weißt du ja nicht einmal mit Bestimmtheit. Wie ich dir schon sagte, analysierst du viel zu sehr, mein Kind. Du findest Motivationen, die gar nicht da sind, oder du übertreibst sie. Das hast du schon als Kind getan. Ich habe es oft beobachtet.«

»Du hast mich ständig beobachtet und mir forschend ins Gesicht geschaut, als ob du etwas darin suchtest.«

»Wirklich? Ich kann mich nicht daran erinnern. Beobachten Mütter ihre Kinder nicht immer mit besonderer Aufmerksamkeit?«

»Bei mir war es anders. Ich hatte immer den Eindruck, du schautest mich an, als ob du mich nicht wiedererkanntest, als ob du nicht genau wußtest, wer ich bin.«

Anna schwieg.

»Weißt du jetzt, wer ich bin?«

»Ich verstehe dich nicht.«

»Ein Außenseiter. Das bin ich schon immer gewesen.«

»Sind wir das nicht alle in einem gewissen Maße?«

»Keineswegs. Schau dich selbst an und all deine Freunde. Du brauchst nicht fünf Minuten allein zu sein, wenn du es nicht willst.«

»Freunde? Es kommt ganz drauf an, was du unter Freunden verstehst. Ich kenne eine Menge netter Frauen, aber wirkliche Freunde? Ruth natürlich.« Anna zählte an ihren Fingern. »Und Vita Wilmot und die mir sehr verbundene Mary Malone. Dann wären da noch Molly und Jean Becer, und . . . das ist alles. Die anderen sind nur nette Gesellschaft, freundliche

Leute. Du erwartest zu viel von den Menschen, Iris. Und deshalb bist du immer wieder enttäuscht.«

»Das klingt recht zynisch aus deinem Munde.«

»Nicht zynisch, nur realistisch. Man darf nicht zuviel erwarten, das ist alles.«

»Ich erwarte überhaupt nichts mehr«, sagte Iris niedergeschlagen.

»Aber geh! Du bist eine junge Frau! Schau voran! Denke positiv.«

Die Türklingel schellte, und Iris erschrak. »Das sind die Kinder. Es ist Essenszeit für sie. Sieht man mir an, daß ich geweint habe?«

»Du siehst ganz ordentlich aus. Sie werden nichts merken.« Sie waren zu jung, um zu sehen, wie blaß ihr Gesicht, wie ausgebeult ihr Rock, wie zerknüllt ihre Bluse war. Anna seufzte. »Ich muß jetzt gehen. Ich habe ein Rendezvous beim Friseur für den Nachmittag. Soll ich eins für dich ausmachen?«

»Das ist sehr taktvoll von dir, Mama. Ich weiß, wie ich aussehe, und es ist mir völlig egal.«

»Ich habe dir also gar nicht geholfen? Ich wollte dir helfen!«

»Ich weiß, Mama, und ich danke dir. Aber wie ich dir bereits sagte, als du kamst, ich habe es schon hinter mir. Wenn ich nicht meine Kinder hätte, wäre es mir egal, ob ich lebe oder sterbe.«

»Fühlen Sie sich heute nicht wohl, Mrs. Friedman?« Mr. Anthony, der sich seit Jahren um ihr Haar kümmerte, hätte Annas Enkel sein können.

»Kopfschmerzen, Anthony. Deshalb bin ich so schweigsam.«

Sie schloß die Augen, öffnete sie aber wieder, als laute Stimmen im Raum sie aufschreckten. Eine aufgetakelte Frau mit einem hübschen, älteren Gesicht zierte sich und schob schmollend ihre dicke kleine Unterlippe vor.

»Ein bißchen mehr über die Schläfe, kämmen Sie es auf, Leo – dort, über dem Ohr, sehen Sie es denn nicht?«

Der geduldige Leo verschob eine Haarsträhne um einige Millimeter. Anna beobachtete das Spiel. Der Anblick dieser zappelnden, posierenden Frau, die sich im Spiegel betrachtete, als sei sie ein Leckerbissen, lenkte sie von ihren beunruhigenden Gedanken ab.

Eine andere Frau kam unter dem Haartrockner hervor und trat auf die Wurstlippige zu. »Wie waren die Skiferien?«

»Sehr schön. Wir hatten großartiges Wetter, und die Kinder waren begeistert. Wir wohnten in einem ganz kleinen Ort in einer ganz abgelegenen Gegend, wo wir zur Abwechslung mal keine Bekannten trafen. Nicht eine Seele. Oder vielmehr doch. Wir trafen Dr. Stern, den Spezialisten für Schönheitsoperationen. Aber sonst niemanden.«

»Ach, Theo Stern? Mit wem war er? Doch nicht mit seiner Freundin?«

»Ich kenne ihn nicht, Jerry kennt ihn. Er hat also eine Freundin?«

»Natürlich! Und schon seit langem. Es ist wirklich komisch, wie die Leute glauben, man käme ihnen nicht auf die Schliche. Ich erfuhr es ganz zufällig. Mein Sohn Bruce hat eine Wohnung in New York City, und gerade gegenüber wohnt diese große, phantastische Schwedin. Eines Abends, als wir bei Bruce waren und gerade gehen wollten, um uns fürs Theater umzuziehen, sehen wir Stern reinkommen. Er war früher oft im Club mit seiner Frau, einem unscheinbaren, mausartigen Geschöpf. Jedenfalls dachte ich mir nichts weiter dabei, aber als wir ihm ein paar Wochen später schon wieder begegneten, sagte ich zu Bruce: ›Sage mal, ist bei dir gegenüber etwas im Gange?‹ Und Bruce sagte: ›O ja, er ist bei seiner Freundin. Er besucht sie jeden Dienstag.‹«

»Eine große blonde Schwedin?«

»Ja, ich habe sie einmal gesehen. Das Haar zur Seite gekämmt, ich würde sie jederzeit wiedererkennen.«

»Mein Gott! Sie war mit ihm dort! Und er tat so, als habe er sie gerade erst kennengelernt. Das muß ich aber Jerry erzählen!«

Mr. Anthony legte den Kamm nieder und entfernte sich. Als er wiederkam, waren die Stimmen verstummt.

»Sie haben ihnen gesagt, wer ich bin?« fragte Anna.

»Nein. Nicht, wer Sie sind. Ich bat sie nur, das Thema fallenzulassen. Es tut mir wirklich leid, Mrs. Friedman. Dieser Schmutz, diese Klatschweiber.«

Als Anna draußen auf der Straße war, hatte sich ein Wind erhoben – quasi wie eine Drohung, die gut zu ihrer Wut auf die Frau paßte, deren ungewollte Enthüllungen sie nun zum Handeln zwangen. Sie empfand es wie eine Forderung, der sie zornig und entschlossen nachkommen mußte.

Sie kämpfte bis zu ihrer Haustür gegen den heftigen Wind an. Ihr Zuhause war ein Schutz gegen die Unbilden des Wetters; die Bücher in den Regalen und die Vasen mit den gelben Rosen auf dem blankpolierten Tisch hatten immer alles von ihr ferngehalten, was da draußen toben und stürmen mochte. Sie kam herein, blieb einen Augenblick stehen und ließ den Blick über all die Dinge schweifen. Jetzt sah sie – vielleicht zum ersten Male –, daß Wände keinen Schutz bieten gegen die Drohungen der Welt, weil sie so zerbrechlich wie Eierschalen sind.

Ich muß für sie kämpfen, sagte sie sich mit Schrecken. Ich muß für sie kämpfen.

Theo saß hinter seinem Schreibtisch zwischen einer Reihe von Diplomen und den Fotografien von Iris und den Kindern. Ein fescher Kerl, stellte Anna fest; das pflegte man in meiner Jugendzeit zu sagen. Die grauen Schläfen und die sportliche Geschmeidigkeit von all dem Skilaufen und Tennisspielen. Ein fescher Kerl.

Er erhob sich überrascht. »Ach, die Schwiegermama! Was führt dich hierher? Für ein *Facelifting* bist du doch noch viel zu hübsch.«

»Nein, danke, das ist es nicht. Jedenfalls dieses Mal nicht. Hast du deine Ferien genossen? Du bist vorzeitig zurückgekehrt.«

»Ja, der Schnee war matschig, und ich hatte genug.«

Jetzt, da sie hier war, hatte die Wut sich plötzlich verflüchtigt, und sie wußte nicht, wie sie beginnen sollte.

Aber Theo half ihr. »Du bist bestimmt nicht gekommen, um dich nach meinen Ferien zu erkundigen.«

»Nein.« Sie seufzte. »Ich war gestern beim Friseur.«

Er hob die Brauen und wartete höflich ab.

Sie schaute aus dem Fenster; eine Taube hockte auf der Klimaanlage. Anna hatte sich eine unmögliche Aufgabe vorgenommen. Aber jetzt gab es kein Zurück mehr.

»Du weißt oder hast sicher schon gehört, daß in Friseursalons viel geklatscht wird.«

Er rückte auf seinem Stuhl hin und her und wartete.

»So kam mir zufällig etwas zu Ohren, was ich lieber nicht erfahren hätte . . . Du warst nicht allein in den Ferien, Theo. Du hast . . . sagen wir mal, ein kleines Verhältnis in New York?«

»So?«

»Leute, verschiedene Leute zu verschiedenen Malen, haben dich mit einer – Dame gesehen. Mit einer großen blonden Dame. Natürlich könnten sie gelogen haben, und in diesem Falle bitte ich um Verzeihung für das, was ich gesagt habe.«

»Sie haben nicht gelogen.«

»Und ich habe gehofft, sie hätten . . .«

»Ich könnte behaupten, es sei nicht wahr, aber das würde mir nicht viel nützen, und außerdem wäre das eine Heuchelei, die ich verächtlich fände.« Er rieb ein Streichholz, um sich seine Pfeife anzuzünden. Sie sah, daß seine Hände zitterten.

»Ist das alles, was du dazu zu sagen hast, Theo?«

»Was soll ich dir sonst noch sagen? Daß ich nicht der erste bin und auch nicht der letzte sein werde, der so etwas tut? Ich könnte dir sagen, daß wahrscheinlich jeder zweite Mann es tut. Aber das würde mir widerstreben. So kann ich dir nur sagen, daß ich nicht sehr stolz auf mich bin.«

Er stieß seinen Stuhl zurück, stand auf und ging zum Fenster, wo die Taube gurrte. Er stand dort, den Rücken Anna zugekehrt.

»Ich gebe zu, daß ich mich ziemlich verrückt benahm, als diese Geschichte im vorigen Jahr passierte. Und Iris war der Situation nicht gewachsen. Ich kann es ihr eigentlich nicht übelnehmen, obgleich ich mir nicht sicher bin, ob ich es nicht doch tue. Jedenfalls kam der Stein ins Rollen, und dann ging es immer rapider mit uns bergab, bis wir ganz unten landeten.«

»Einen schönen Stein habt ihr da ins Rollen gebracht«, bemerkte Anna trocken.

»Und dann lernte ich dieses Mädchen kennen, und es geschah gerade zu der Zeit, als wir . . .«

»Mich interessiert nur Iris. Über die andere will ich kein Wort hören.«

»Laß mich bitte ausreden. Es wird dich bestimmt interessieren, daß es zwischen mir und diesem Mädchen keine Beziehung mehr gibt.«

»Seit wann?«

»Seit vorgestern. Endgültig Schluß, ohne jede Frage, aus und erledigt.«

»Gott sei Dank . . . ich glaube, Joseph würde dich umbringen, wenn er das erführe.«

»Du wirst es ihm doch nicht erzählen?«

»Natürlich nicht. Aber nicht dir zu Gefallen. In Josephs Interesse und in Iris'.«

»Und du? Möchtest du mich nicht auch umbringen?«

Anna antwortete langsam. »Ich kann über niemanden richten. Ich nehme an, jeder tut, was er zu tun hat.«

Theo starrte sie verblüfft an. »Das ist aber ein sehr freier Begriff für deine Generation.«

»Mag sein. Aber ich werde auf keinen Fall zulassen, daß du meiner Tochter das Herz brichst, Theo.«

»Mama! Du glaubst doch nicht etwa, daß ich das tun würde? Diese Sache war völlig . . . na schön, du willst nichts darüber hören. Aber eins muß ich dir sagen: Iris bedeutet mir viel. Wahrscheinlich kannst du das nicht verstehen.«

»Ob du es glaubst oder nicht, ich verstehe es. Nur sie nicht, und da liegt das Problem.«

»Du hast mit ihr gesprochen?«

»Ja, und zwar auch vorgestern.«

»Hat sie dir erzählt, daß wir nicht mehr . . . miteinander schlafen? Wir haben jetzt getrennte Schlafzimmer.«

Anna errötete über dieses intime Geständnis. Dann erwiderte sie mit einem gewissen Trotz: »Zugegeben, das war falsch. Aber eine Frau tut so etwas nicht ohne Grund, selbst wenn der Grund nicht zu rechtfertigen ist. Du bist zu lange wie ein lebender Leichnam herumgewandert. Das Gefühl hatte sie jedenfalls. Und dann hast du deinen Kummer im Club zu ertränken versucht, unter all deinen Bewunderinnen der Schickeria. Ich mache dir keinen Vorwurf, aber schließlich muß alles mal ein Ende haben, nicht wahr? Iris lebt und hat ihr eigenes Leben, aber sie kann es nicht verkraften, mit deinen Erinnerungen zu wetteifern.« Tränen traten in Annas Augen, und sie preßte die Lider zusammen. »Manche Frauen überstehen das alles ohne viel Schaden. Aber sie kann es nicht. Ich bitte dich, das zu verstehen, Theo, sie kann nichts dafür! Sie ist schon immer so gewesen. Sie glaubt, sie sei zu unscheinbar und nicht gut genug für dich. Sie glaubt, du seist mit ihr unzufrieden; sie glaubt, sie habe versagt. Sie braucht Kraft und Mut, Theo, und ich habe versucht und versuche immer noch, es ihr zu geben, aber das sollte doch eigentlich nicht meine Aufgabe sein, sondern die deine, nicht wahr?«

»Du beschämst mich«, sagte Theo fast tonlos. »Ich komme mir billig vor.«

»Das war nicht meine Absicht. Ich wollte nur ein wenig Licht in das Dunkel bringen, damit du siehst, wohin du gehst. Du hast drei Kinder, deren Heim zusammenzubrechen droht. Das darf nicht geschehen, Theo! Verstehst du?« schrie sie, sich der Leidenschaft in ihrer Stimme bewußt. »Die Familie kommt immer zuerst! Immer!«

»Ich verstehe dich, Mama, und ich habe dir gesagt, daß es aus ist. Ich werde heute abend nach Hause gehen und Iris sagen, daß es aus ist mit der anderen.«

Anna blickte entsetzt auf. »Theo! Sie weiß nichts von . . . der Frau! Wenn du das noch dem hinzufügst, was sie sich bereits denkt, wird es sie vernichten.«

»Aber ich will einen Neubeginn machen, ganz ehrlich sein, um eine klare Situation zu schaffen.«

»Ja, und mit deiner Ehrlichkeit würdest du dir sehr heroisch vorkommen, nicht wahr? Ganz gleich, was es ihr antun würde. Theo, ich schwöre dir, du wirst in mir für den Rest deines Lebens eine unerbittliche Feindin haben, wenn du mir nicht auf der Stelle versprichst, daß du Iris nie und nimmer auch nur ein Sterbenswörtchen darüber sagst. Es steht schlimm mit ihr,

Theo.« Annas Stimme zitterte. »Ich habe Angst um sie. Furchtbare Angst.«

»Mama, ich sagte dir doch, es ist aus. Und Iris wird nie etwas erfahren, da du es so wünschst.«

»Danke. Und vergiß nicht, daß dieses Gespräch zwischen uns beiden nie stattgefunden hat.«

Er nickte. »Ich werde versuchen, alles wieder ins Lot zu bringen. Ich will es. Du glaubst doch nicht etwa, daß es mir Vergnügen macht, so zu leben?«

»Nein, das glaube ich nicht. Aber ich muß dir sagen, daß ich mir nicht sicher bin, ob es dir gelingen wird, alles wieder ins Lot zu bringen. Dazu ist es ein bißchen zu spät. Und Iris ist schwierig, das weiß ich.«

Theo lächelte. »Ich weiß es auch.«

Anna stand auf und hängte sich den Mantel über die Schultern. »Aber bilde dir nur nicht ein, daß ich nicht für meine Tochter kämpfen werde, wie starrköpfig und schwierig sie auch sein mag. Denn ich werde kämpfen, wenn ihr beiden euch nicht versöhnt und es zum Bruch kommt.«

»Mama, man sieht's dir nicht ohne weiteres an, doch du hast einen eisernen Kern. Du läßt dich zerbeulen und zerkratzen, aber nie kaputtmachen.«

»Ach ja, natürlich, der eiserne Kern.«

Theo begleitete sie durch das Wartezimmer hinaus, wo schon einige Patienten saßen. Sie sah sich im Spiegel, als sie vorüberging: hochgewachsen, das rote Haar in anmutigem Kontrast zu dem dunklen Pelzkragen, und sie sah auch den Blick eines Mannes, der ihr nachstarrte. Nicht schlecht, sagte sie sich grimmig, nicht schlecht für mein Alter und die schweren Zeiten, die ich durchgemacht habe.

»Schwiegermutter, nimm es mir nicht übel«, sagte Theo an der Tür, »aber wenn ich älter gewesen wäre oder du jünger, als ich dich kennenlernte . . . Jedenfalls bist du eine sehr bemerkenswerte Frau. Weißt du das?«

Sie gab ihm einen Klaps auf den Arm. »Du wärst nicht mein Typ gewesen.« (Aber wahrscheinlich doch, denn du erinnerst mich, Theo, mit deinem Charme und deiner Eleganz, ja, du erinnerst mich an Paul.)

Anna stieg die Stufen zum Salon empor, wo Iris, wie Nellie ihr gesagt hatte, am Schreibtisch saß. Sie trat ohne Zögern ein.

Iris blickte auf. »Ich hatte dich nicht erwartet.«

»Ich weiß. Ich kam nur, um mich zu erkundigen, wie es dir heute geht.«

»Genauso wie beim letzten Mal, als du hier warst.«

O Mädchen, wie hohl deine Stimme ist! Komisch, daß ich sie immer noch als ein Mädchen betrachte, wo sie eine Frau von sechsunddreißig ist. Aber der schlanke Nacken und die traurigen Augen haben etwas Mädchenhaftes.

»Wie ich höre, ist Theo heimgekehrt.«

»Er kam gestern zurück.«

»Und?«

»Und nichts. Er hätte mich nie heiraten sollen, das ist alles.«

»Über das zu urteilen war und ist doch wohl seine Sache, nicht wahr?« (Ich habe das letzte Mal alles falsch gemacht; ich werde mit dem Mut der Verzweiflung kämpfen und gewinnen oder verlieren.) »Und selbst wenn dem so wäre, nehmen wir es einmal an, dann würde ich sagen, ist es nicht ein bißchen spät, jetzt darüber nachzudenken? Du hast ein Haus voller Kinder und führst solche Reden? Verrückt ist das, total verrückt!« Annas Stimme war laut geworden, aber als ihr einfiel, daß Nellie unten war, fuhr sie leiser fort, ohne jedoch weniger Leidenschaft und Intensität in ihre Worte zu legen. »Schau in den Himmel hinaus, in die Welt mit all ihrer Pracht! All diese Herrlichkeit, und du sitzt hier eingeschlossen herum und trauerst, weil nicht alles genau deinen Wünschen entspricht! Selbst die glücklichsten Menschen haben nicht immer alles, was sie wollen, oder bildest du dir das vielleicht ein? Wer bist du denn, daß du glaubst, nicht deine Bürde tragen zu müssen – eine Bürde übrigens, die du dir selbst auferlegt hast. Tun wir das nicht alle?« Sie unterbrach sich und dachte nach. Belohnung? Bestrafung? So wie ich einst glaubte, durch Maurys Tod bestraft worden zu sein? Unsinn. Abergläubische Ideen. Aber Joseph würde es nicht unsinnig finden. Ja, würde er sagen, wir müssen für alles bezahlen, bevor wir einen Schlußstrich ziehen können.

»Du weißt, wie glücklich ich war«, sagte Iris leise. »Es gab keine Frau auf der ganzen Welt, die glücklicher war als ich, das schwöre ich.«

Es ist wahr, es ist wahr. Dieser verdammte Theo! Seinetwegen ist das arme Kind innerlich verkümmert. Der Schmerz war so deutlich zu sehen wie eine Brandwunde.

Immer diese Sache zwischen Mann und Frau. Jetzt, in Gegenwart ihrer Tochter, lebte das Leid der Jugend in ihr wieder auf.

»Wie lange kannst du so weitermachen?« fragte sie plötzlich.

»Ich weiß es nicht. Ich weiß überhaupt nichts mehr.«

»Hast du mit Theo gesprochen, seit er zurück ist?«

»Nein. Auch ihm ist elend zumute. Die Ferien haben ihm nicht gutgetan.« Iris lachte bitter.

»Kannst du ihm denn gar kein Mitgefühl zeigen? Wie kannst du so viel für die Armen und Unterdrückten der Welt empfinden und so wenig für ihn?«

Iris starrte sie an. »Du ergreifst für Theo Partei?«

»Ich ergreife für niemanden Partei.« Was waren Theos Worte gewesen? Ein bißchen verrückt, hatte er gesagt. Anna fuhr fort: »Wie es scheint, habt ihr euch beide ein bißchen verrückt benommen. Nicht etwa, daß Theo keinen Grund dazu gehabt hätte. Und du vielleicht auch nicht. Ich kann nicht in eure Seelen schauen, und ich kann nur sagen, wir dürfen uns nicht vom Druck der Lebensumstände unterkriegen lassen. Vom Druck der Lebensumstände«, wiederholte sie. Annas Gedanken wirbelten durcheinander, als sie ihre Stimme verklingen hörte.

Nach einer Weile nahm sie den Faden wieder auf. »Iris, Märtyrer sind unbeliebt. Solange es etwas zu retten gibt, einschließlich deiner eigenen Person, mußt du lernen, entsprechend zu handeln. Wenn du nicht vergnügt bist, tu wenigstens so, als ob du es wärst, und dann wirst du dich bald viel besser fühlen.«

»Das rätst du mir? Eine billige Verstellung? Ist es das, was du in all den Jahrren gemacht hast? Uns etwas vorgemacht?«

»Was soll das heißen?« Anna blickte bestürzt ihre Tochter an.

Iris hielt ihrem Blick nicht stand. »Wenn du es nicht weißt, weiß ich es auch nicht.«

Ich weiß genau, was sie meint, sagte sich Anna. Sie hat schon immer ein seltsames Gefühl in bezug auf Paul gehabt, schon damals vor vielen Jahren, als er das Bild schickte – vielleicht sogar schon vorher, wenn ich mit Joseph Streit wegen den Werners hatte. Aber das ist jetzt unwichtig. An dem, was sie vielleicht von mir gedacht haben mag, kann ich nichts ändern, und im Augenblick hat sie genug eigene Sorgen.

Plötzlich kam alles zusammen: Panik, Mitleid, drohendes Unheil, Ungeduld und Wut über dieses Chaos, das ihr in den Schoß geworfen worden war. Alles, aber hauptsächlich Panik.

»Jetzt höre mal! Komm endlich aus deinem Schneckenhaus heraus und sieh die Welt, wie sie wirklich ist! Was würdest du tun, wenn er eines Tages nicht mehr wiederkäme – du, die du mir noch vor zwei Tagen gesagt hast, du könntest ohne Theo nicht leben? Bildest du dir vielleicht ein, die Männer würden Schlange stehen, um für dich und deine drei Kinder zu sorgen, falls er von all dem Quatsch genug haben und dich verlassen sollte? Bildest du dir das ein? Oder«, fuhr Anna ebenso grausam zu sich selbst wie zu Iris fort, »falls er sterben sollte? Jawohl, sterben! Er geht eines Morgens wie gewöhnlich aus dem Haus, und eine kleine Weile später klingelt ein Fremder an der Tür, ganz wie damals bei Maury, und sagt dir, daß Theo tot ist. Was dann? Sage es mir!« Ihr Atem war rasch, und sie konnte den häßlichen Worten keinen Einhalt gebieten, obgleich sie sah, daß Iris entsetzt war. »Jawohl, innerhalb von drei Sekunden wäre alles vorbei. Endgültig. Und dann sitzt du hier allein in diesem Haus mit deiner schweigenden Würde, deinen Herzenswunden, deinem Stolz und deinen Kindern, die den Vater verloren haben. Ja, es kann geschehen!« Iris hatte sich die Hände vor das Gesicht geschlagen. »Aber dann komm nicht zu mir! Dann erwarte keine Teilnahme von mir! Denn ich habe für mein Leben genug Kummer gehabt und werde mir nicht noch neuen Kummer aufbürden.«

Das Schlimme war, daß es ihr fast Vergnügen bereitete, Iris weh zu tun. (Du bist schlapp und feige, Iris, und weiter nichts.) Und gleichzeitig hatte sie eine furchtbare Angst. Mein Gott, wenn dir nur kein Leid geschieht! Iris, mein Kind, mein kleines Mädchen, warum muß alles für dich so schwer sein! Das verdienst du nicht.

»Es ist mir egal, ob du mich haßt. Ich sage dir nur, was du endlich einmal hören mußt. Und wenn du nie wieder mit mir sprichst, so ist es mir auch egal. – Nein, natürlich nicht«, verbesserte sie sich. Sie geriet außer Atem, wurde schwach und hielt sich an der Türklinke fest. »Aber falls du beschließen solltest, nicht mehr mit mir zu sprechen, so kann ich es nicht ändern. Noch eins, höre mir gut zu: Geh und laß dir dein Haar richten! Und schmeiße dieses Ding fort, diesen grauen Staublappen, den du anhast. Daß du mir nicht noch einmal mit solchen Lumpen unter die Augen kommst! Setze ein Lächeln auf, wenn Theo nach Hause kommt. Setz eins auf, verdammt noch mal, und wenn du es dir anmalen mußt! So, und jetzt rufe mir ein Taxi. Ich gehe.«

Iris blickte auf. »Gute Idee. Ich wollte dich nämlich gerade bitten, mein Haus zu verlassen.«

»Ich bin dir zuvorgekommen.«

Als Theo hereinkam, sah er, daß die beiden schmalen Betten nicht mehr da waren. Das alte große Bett mit dem gelben Überwurf stand wieder an seinem Platz. Iris trat aus dem Ankleidezimmer. Sie trug eine Art von Robe, einen Hauskimono oder dergleichen. Jedenfalls hatte es einen hübschen weißgefransten Kragen, der an die Blütenblätter einer Margerite erinnerte. Sie war beim Friseur gewesen.

»Guten Abend«, sagte er, und ein kleines Lachen stieg in seiner Kehle auf. »Wie ich sehe, sind einige Veränderungen mit dem Mobiliar vorgenommen worden.«

»Gefallen sie dir?« fragte sie, ohne ihn anzusehen.

»Sehr.« Er wartete einen Augenblick, und als sie aufschaute, trat er auf sie zu und drückte ihren Kopf an seine Schulter. Sie rückte nicht näher, zog sich aber auch nicht zurück. So standen sie etwa eine Minute. Er erinnerte sich an die Nacht vor gar nicht so langer Zeit, als er seinen Kopf auf ihre Schulter gelegt hatte, um bei ihr Trost zu finden. Das war jetzt Vergangenheit.

Seine Hände bewegten sich über ihren Körper.

»Noch nicht«, flüsterte sie. »Noch nicht jetzt.«

»Aber bald?«

»Ja, bald. Sehr bald.«

40

Eines Tages im Frühherbst – es war sein letztes Schuljahr in
Dartmouth – traf sich Eric mit seinem Vetter Chris Guthrie
zum Mittagessen in New York. Chris war nach drei Jahren aus
Venezuela heimgekehrt.

»Ich habe mir all deine Briefe aufbewahrt«, sagte er zu Eric.
»Ich hatte richtiges Heimweh davon, fühlte mich wieder wie
auf dem College und roch den Schnee in der Luft. Du
schreibst ausgezeichnet, weißt du das?«

»Man hat es mir gesagt.«

»Was gedenkst du nach dem Abschlußexamen zu tun?«

»Mein Großvater hat eine Stelle für mich in der Firma bereit.«

Chris rührte in seinem Kaffee, dann blickte er unvermittelt
auf. Diesen Blick haben alle Geschäftsleute, stellte Eric fest.
Er hatte sie an den Nebentischen beobachtet, die Männer mit
den dunklen Anzügen und den englischen Schuhen, die ihre
eigene Art hatten, konzentriert zu erscheinen und die Dinge
nach ihrem Willen in Gang zu setzen. Ihre Augen *träumten* nie
– das ist es. Sie verweilen nie länger als ein paar Sekunden auf
einem Gegenstand. Sie sehen nicht, daß der Septemberdunst
hinter dem Fenster ambrafarben ist und daß die Stadt der
kühlen Jahreszeit entgegenlächelt . . .

»Ich fragte dich«, sagte Chris, »ich fragte dich, ob dir das
gefallen wird?«

»Verzeihung. Ich hatte dich nicht gehört. Ich hoffe, daß es
mir gefallen wird. Schließlich ist es eine Chance, die nicht jeder hat, nicht wahr?«

»Im Familienunternehmen von ganz oben anfangen? Gewiß nicht!« Chris fuhr nachdenklich fort: »Weißt du noch, als
du vor sieben Jahren Brewerstown verlassen hast? Jetzt kann

ich es sagen: Ich glaube, in meinem ganzen Leben hat mir noch niemand so leid getan wie du damals. Und jetzt, da ich meine eigenen Kinder aufwachsen sehe, denke ich noch oft daran, wie es dir ergangen ist, und ich bin froh, daß sie nichts Derartiges durchzustehen haben.«

»Ach, Chris, wenn man sieht, was in der Welt gelitten wird, da kann ich mich eigentlich nicht beklagen.«

»Natürlich, wenn du Hunger und Elend meinst . . . aber das ist etwas anderes. Es gibt andere Formen des Leidens. Du hast sehr viel Mut gehabt, und . . .«

»Chris, mir geht es gut. Wirklich gut.«

»Das sehe ich. Sage mir, wenn du zurückdenkst, siehst du da einen großen Unterschied zwischen dem, was du jetzt hast, und der Zeit, als du bei Oma und Opa warst? Ich frage aus keinem besonderen Grund, nur aus Neugierde.«

»Nun, die Persönlichkeiten sind verschieden. Sehr sogar. Aber was das Gefühl der Geborgenheit betrifft und so weiter, so ist es das gleiche.«

»Gut. Was kann ich dich sonst noch fragen? Hast du eine Freundin?«

Eric lachte. »Eine Freundin? Nein.«

»Sehr gut. Binde dich nicht, solange du jung bist. Aber kommen wir auf die Arbeit und die Geschäfte zurück. Sage mir, hast du je in Betracht gezogen, *nicht* bei deinem Großvater einzusteigen?«

»Nicht wirklich. Ich habe keine besonderen Ambitionen. Warum fragst du?«

»Das werde ich dir sagen. Ich habe einen ganz tollen Auftrag bekommen. Ein Riesengeschäft. Vier bis fünf Jahre im Mittleren Osten, Basis im Iran.«

»Donnerwetter! Das große Abenteuer! Lawrence von Arabien!«

»Lache nur, aber dort ist wirklich eine Menge los. Jedenfalls dachte ich mir folgendes: Ich muß ein Team zusammenstellen, vier oder fünf helle, ehrgeizige junge Burschen. Und da habe ich an dich gedacht. Die Genehmigung kriege ich ohne weiteres, das ist kein Problem.« Er zündete sich eine Zigarette an und wartete. »Was hältst du davon?«

»Was hätte ich zu tun?«

»Verkäufe, Kontakte, Ortspolitik, alles, was du willst.«
Chris wartete wieder und fügte dann hinzu: »Es ist ein phanta-
stischer Teil der Welt. In jedem Sinne des Wortes. Ich war
dort und habe mich sofort wohl gefühlt. Wenn du deinen ersten Beduinen erblickst, mit seinem *Keffijeh*, auf seinem Ka-
mel . . .«

Das Restaurant, die dunklen Anzüge, der Tisch mit seiner
Decke und den Bestecken verwandelten sich in einen bunten
Basar unter einem strahlenden Himmel. Eric mußte über
seine Phantasien lächeln.

»Es ist sehr verlockend, sehr vielversprechend und sehr
plötzlich, Chris«, sagte er zaghaft.

»Natürlich. Du glaubst doch nicht etwa, daß ich eine sofor-
tige Antwort erwartete? Ich bin gegen Weihnachten wieder
zurück, und dann können wir noch einmal darüber reden. Nur
eins sollst du dir jetzt schon merken, Eric. Nein, zwei Dinge.
Der erste Punkt liegt auf der Hand: In unserer Firma hättest
du wirklich gute Zukunftschancen. Der zweite betrifft deine
schriftstellerische Begabung.«

»Inwiefern?«

»Nun, um zu schreiben, mußt du doch zuerst etwas haben,
worüber du schreiben kannst, nicht wahr? Du mußt Menschen
und Kulturen und Konflikte kennenlernen. Denke doch nur
einmal an die Schätze von Erinnerungen, die du aufspeichern
kannst! Genug für dein ganzes Leben! Und ich würde dafür
sorgen, daß du jede Menge Zeit hast, Erfahrungen zu sammeln.«

Wieder dieser unvermittelte, abschätzende Blick. Eric antwortete langsam.

»Nur wäre es für meine Großeltern eine furchtbare Niederlage.«

»Mag sein, aber sie haben ihr Leben gelebt und getan, was
sie wollten. Jetzt bist du an der Reihe! Ich werde auch bald
abtreten müssen, um meinen Jungen Platz zu machen. Ich bin
schließlich fast zweiundvierzig.« Chris rief den Kellner und
zog seine Brieftasche. »Ich muß noch den Zug erreichen. Es
war mir eine große Freude, Eric. Jedesmal wenn ich dich

sehe, werde ich mir bewußt, wie sehr du mir gefehlt hast. Überlege dir meinen Vorschlag, es eilt nicht, aber ich glaube wirklich, daß es deine große Chance sein könnte. Du hörst von mir ... Ach ja, viele Grüße bei dir zu Haus.«

Kurz vor Weihnachten traf er sich mit Chris am gleichen Ort.
»Ich habe mich nicht entschließen können«, sagte Eric.
Chris war überrascht. »Was hat dich daran gehindert?«
»Ich muß ständig an Großpapa und Nana denken. Er hat mich ins Büro mitgenommen und allen erzählt, ich würde im nächsten Jahr dort arbeiten; und er hat mir sogar schon einen Büroraum reserviert, den *sie* mit Radierungen aus der Revolutionszeit ausgeschmückt hat.« Als Chris ihn unterbrechen wollte, fuhr er rasch fort: »Ich weiß, du wirst sagen, es sei mein Leben, und das ist auch wahr, aber es ist ein schwerer Entschluß, und ich kann ihn nicht in solcher Eile fassen.«
»Höre«, sagte Chris, »ich möchte, daß du Ende der Woche noch einmal in die Stadt kommst. Ich treffe mit meinen Leuten hier in New York eine Verabredung für dich, und dann kannst du dir alle deine Fragen beantworten lassen, damit du ganz sicher sein und deinen Entschluß nicht nur auf Grund meiner Erzählungen fassen kannst. Nur eins ...« Er senkte die Stimme und warf einen Blick zum Nebentisch. »Wenn du deinen Namen angibst, buchstabiere ihn so, wie du es früher getan hast, ja? Freeman? Das klingt amerikanischer. Ich habe ihnen gesagt, daß du so heißt.«
»Warum hast du das getan? Was spielt das für eine Rolle?«
»Es spielt schon eine Rolle, das kannst du mir glauben. Besonders im Mittleren Osten, wo sich die Lage zwischen den Arabern und Israel immer mehr zuspitzt.«
»Du meinst also, ich soll mich als Nichtjude ausgeben?«
»Das bist du doch auch. Du wurdest im Glauben der episkopalischen Kirche erzogen, und du bist mein Vetter. Wer wird sich da fragen, ob du ein Jude bist?«
»Ich bin aber auch Joseph Friedmans Enkel.«
»Natürlich, natürlich. Aber höre mal, Eric, es ist eine kalte und nüchterne Welt, und man muß clever sein, um darin zu überleben. Wenn du es je geschäftlich zu etwas bringen willst,

würde ich dir sehr raten, dich an dieses Prinzip zu halten. Besonders in diesem Geschäft.«

Eric verzog das Gesicht. »Das ist erbärmlich, das ist Heuchelei. Schlimmer noch, es ist grausam.«

»Warum grausam? Du tust ja niemandem weh. Es geht nur darum, etwas nicht zu sagen, etwas für dich zu behalten.« Und als Eric nichts erwiderte, fügte er hinzu: »Außerdem solltest du nicht deine andere Seite vergessen, nämlich Opa und Oma und das Leben bei ihnen.«

»Chris! Wie könnte ich sie vergessen?«

»Das sage ich ja nicht. Natürlich wäre es etwas anderes, wenn du ein frommer Jude geworden wärst. Du bist doch nicht etwa zum jüdischen Glauben übergetreten, Eric?« fragte Chris plötzlich beunruhigt.

»Um dir die Wahrheit zu sagen, habe ich überhaupt keine Religion«, sagte Eric, und seine Stimme klang traurig.

»Ach, das ist ja heute modern. Also soll ich die Verabredung für diese Woche machen, oder möchtest du lieber bis zu meinem nächsten Besuch warten?«

»Ich warte lieber«, sagte Eric. »Es hat ja keine Eile.«

In der folgenden Woche kehrte er nach Dartmouth zurück, fünf Monate vor dem Abschlußexamen, immer noch unentschlossen und ohne feste Zukunftspläne.

Großonkel Wendell starb Anfang April, und die Beerdigung fand in Massachusetts statt, wo die Guthries seit dreihundert Jahren ansässig waren.

Eric fuhr von New Hampshire hinunter. Er spürte die erste Frühlingswärme, wenn die Sonne durch die Wolken brach. Trotz des traurigen Anlasses war er beschwingt und vergnügt, als sein Wagen an von Steinmauern umgebenen Feldern vorbeirollte – über breite, von Ulmen gesäumte Straßen, hinter denen die großen weißen Häuser seiner Kindheit mit rechtekkigem Grundriß lagen. Er wußte genau, wie diese Häuser von innen aussahen: mit Eckschränken im Speisezimmer links und rechts vom Kamin und der hohen Standuhr auf dem Treppenabsatz zwischen den beiden Etagen. Wie in Brewerstown.

Als sie vom Friedhof, wo die Guthries lagen, zum Haus zurückkehrten, waren ihm auch die Gesichter der Verwandten und Bekannten vertraut, selbst die, die er nicht kannte. Ist es nicht seltsam, wie man sich an andere Menschentypen und Gesichter gewöhnt, ohne des Unterschieds gewahr zu werden? Hier wurde es ihm klar, daß er dieser Art von Gesichtern seit Jahren nicht mehr begegnet war.

Verallgemeinerungen waren ihm zuwider, denn die Zahl der Ausnahmen ist fast immer so groß wie die der Regel, und doch wurde er sich hier sofort bewußt, daß er nicht unter den Leuten seines Vaters war. Warum? Weil hier weniger Spannung herrschte, weniger Betriebsamkeit, weniger Buntheit, weniger Lärm? Jedenfalls war es anders.

Diese Leute hier waren von einer unverkennbaren Art, meist schlank und von jener gesunden Härte, die man vom Leben im Freien, vom Segeln in stürmischem Wetter oder von langen Skitouren in den Bergen bekommt. Die Frauen, selbst die nicht hübschen, die mit den groben Pferdegesichtern, trugen die Kennzeichen ihrer Wesensart: Blusen und Röcke, Goldreifenbroschen und eine strenge Haltung, jedem Unsinn abgeneigt. Selbst in Patagonien hätte er eine solche Frau sofort wiedererkannt. So stand er da und beobachtete. Als er den leisen Stimmen mit den ungewohnten frischen Akzenten lauschte, hatte er das Gefühl, nach kurzer Abwesenheit zu den Seinen zurückgekehrt zu sein. Und er begriff, was ihn so gerührt hatte: Sie erinnerten ihn an Oma!

Chris war da mit seiner Frau und den älteren Söhnen. Auch seine Brüder waren mit ihren jungen Frauen gekommen, die allesamt zur gleichen Zeit schwanger waren.

Hugh trat auf ihn zu und stellte ihm Betsey vor. »Wie ich höre, machen Sie bei diesem aufregenden Abenteuer mit«, sagte Betsey. »Wir freuen uns so, daß Sie und Chris zusammensein werden.«

Eric wurde rot. »Ich habe mich noch nicht ganz entschlossen«, erwiderte er.

Chris kam auf sie zu. »Ich weiß nicht, worauf du noch wartest«, sagte er. Zum erstenmal klang er ungeduldig. »Es ist bereits April, und wenn du mitkommen willst, mußt du dich bei den Leuten in New York bis spätestens Ende des Monats vorstellen. Länger kann ich es wirklich nicht mehr hinausschieben.«

»Ich weiß.«

»Es ist mir einfach unbegreiflich, daß du bei einer solchen Chance überhaupt noch zögerst.«

»Wahrscheinlich weil es für fünf Jahre ist. Um sich für so lange fest zu binden, muß man ganz sicher sein.«

»Überleg nicht zu lange«, warnte Chris und entfernte sich.

Jetzt stellte Hugh ihn einem alten Mann vor, der sich am Kamin wärmte.

»Vetter Ted, das ist Eric. Ich glaube, ihr kennt euch noch nicht.«

Eric schüttelte eine kräftige Hand und blickte in ein Paar durchdringende Augen.

»Ich kannte Ihre Mutter, als sie noch klein war, aber Sie habe ich noch nie gesehen. Hatte überhaupt kaum noch Kontakt mit der Familie meiner Frau, seit ihrem Tod. Nur heute wollte ich Wendell die letzte Ehre erweisen. Ich wohne in Prides Crossing drüben, seit ich im Ruhestand bin.« Er redete ziemlich unzusammenhängend und schien schon etwas senil zu sein. »Ihrem Vater bin ich einmal begegnet. Kam zu mir in die Bank, weil er Arbeit suchte. Die Depression, verstehen Sie? Keine Arbeit. Sie sehen übrigens wie Ihre Mutter aus«, sagte er plötzlich. »Ja, sie war ein feines, hübsches Mädchen, Ihre Mutter. Starb zu früh. Schauen Sie mich an, ich bin siebenundachtzig.«

Jemand kam und führte ihn zum Kaffeetisch. Eric sagte sich: All diese Leute wissen mehr über mich als ich. Der Gedanke erbitterte ihn, erweckte jedoch gleichzeitig ein Gefühl der Sehnsucht, den Wunsch, sich ihnen zu nähern.

»Denke an uns«, hatte Oma gesagt.

Wenn ich ihnen jetzt den Rücken kehre und mich ausschließe, ist es das Ende, Schluß für immer. Die alten Leute sterben oder sind gestorben. Chris wird fortgehen, und wenn er wiederkommt, werden wir uns fremd sein. Jetzt ist wenigstens noch ein kleines Etwas zwischen uns – eine schwache kleine Flamme, die am Leben erhalten werden kann.

Arabien. Mit Chris aus dem alten, ersten Leben in ein ganz

neues Leben treten ... Jemand hatte Tannenzapfen in den Kamin geworfen, und der süße, scharfe Geruch drang durch die warme Luft. Duft und Geschmack waren, wie bei Proust, immer kraftvolle Erinnerungen gewesen. Die salzige Luft der Buchen von Maine, die goldenen September in Brewerstown mit ihren Herbstfeuern. Oh, die Orte der Erinnerungen, die nie vergessenen Gesichter! Fleisch seines Fleisches, vertraute Bilder der Vergangenheit: Opas Vögel, ein weidender Schimmel und vieles andere mehr ...

Er fand Chris am anderen Ende des Zimmers und klopfte ihm auf die Schulter: »Chris, ich komme mit.«

Während der Osterferienwoche hatte er ein dutzendmal den Mund aufgemacht, um es seinen Großeltern zu sagen, es dann aber doch nicht getan, und dann war er sich wie ein Schwächling und ein Feigling vorgekommen.

»Ich werde dir einen neuen Wagen kaufen«, sagte Großpapa. »Diese Karre war gut genug für einen College-Studenten, aber jetzt solltest du einen besseren haben. Überlege dir also, was du haben möchtest, und wir besorgen es nach der Abschlußprüfung.«

Oder er sagte: »Nimm dir doch ein oder zwei Monate frei, bevor du mit der Schufterei beginnst. Fahre nach Kalifornien oder sonstwohin und amüsiere dich.«

Nana sagte: »Möchtest du, daß ich dir ein Zimmer im Büro einrichte, oder willst du dir lieber selbst deine Sachen auswählen? Jerry Malone hat sich gerade neu eingerichtet, und vielleicht solltest du dir sein Büro einmal anschauen.«

Großpapa sagte: »Du hast doch noch nicht das neue Einkaufszentrum gesehen, seit wir unsere Arbeiten beendet haben? Möchtest du nicht mit mir hinfahren? Ich muß dort heute nachmittag ein paar Leute treffen.«

Eric fuhr mit. Er schlenderte durch die lange Ladenallee mit ihren Seitenpassagen, den oberen und unteren Ebenen und bewunderte die Riesendimensionen des Unternehmens. Dabei versuchte er, sich genug zu merken, um später den intelligenten Kommentar abgeben zu können, der von ihm erwartet wurde.

Aber alles, was er dabei zu fühlen vermochte, war Niedergeschlagenheit. All die Ehepaare, die scheinbar ziellos herumwanderten, während ihre Kinder ihnen gelangweilt und quengelnd nachzottelten, ödeten ihn an. Dann die nervösen Männer in Wildlederjacken, die müden Frauen mit ihren Lockenwicklern, die mit sehnsüchtig-gierigen Blicken den Ramsch in den Schaufenstern anstarrten – Dinge, die sie sich nicht leisten konnten und auch nicht brauchten! Eric wußte, daß sein Großvater ihn nur verblüfft und verständnislos anblicken würde, wenn er ihm von diesen Eindrücken erzählte.

Sie stiegen wieder in den Wagen. »Nun, was hältst du davon?« fragte Großpapa mit freudig erregter Stimme.

»Viel Betrieb, das muß man schon sagen.«

»Warte, bis du gesehen hast, was wir im Süden Jerseys bauen. Es ist jetzt nur erst auf dem Papier, aber wir wollen im September anfangen. Vielleicht lasse ich dich dort arbeiten. Ich schicke dich mal mit Matt Malone hinunter, damit du dich damit vertraut machen kannst. Matt ist ein heller Junge. Von ihm kannst du eine Menge lernen.«

Erics linke Hand lag auf dem Sitz, und plötzlich fühlte er die Hand seines Großvaters auf der seinen. Er sprach so leise, daß Eric ihn kaum hören konnte, jedoch sofort wußte, daß der alte Mann nur verlegen war, so offen seine Rührung zu zeigen.

»Jahrelang habe ich Malone beneidet. Das war unrecht von mir, ich weiß. *Du sollst nicht begehren* ... Aber ich beneidete ihn trotzdem. All die tüchtigen Söhne, die mit ihm im Geschäft arbeiteten! Sie konnten weiterführen, was er im Schweiße seines Angesichts aufgebaut hat, während für mich alles umsonst war und sich im Nichts auflösen sollte, als ob es nie existiert hätte. Bis du kamst. Jetzt kann ich es dir sagen, du hast mir viele Jahre von den Schultern genommen. Oder mir viele Jahre geschenkt, wenn du es lieber so ausdrücken willst. Gehe ich dir auf die Nerven, Eric? Falls ja, verzeihe mir dieses eine Mal.«

»Ist schon gut, Großpapa.« Mein Gott, mein Gott, wie soll ich es ihm sagen? Mit welchen Worten? Wo? Wann?

Am Freitagabend rief ihn seine Großmutter beiseite. »Eric, ich möchte dich um einen Gefallen bitten. Würdest du uns heute abend in den Tempel begleiten? Es ist der Jahrestag des Todes deines Urgroßvaters, und Großpapa muß den Kaddisch für ihn beten.«

»Aber gewiß. Ich komme mit.«

In diesem Augenblick war er überzeugt, daß er unmöglich von hier wegkonnte.

»Du bist mir doch nicht böse, Chris?« fragte er, nachdem er ihm seine Geschichte erzählt hatte. Sie waren in New York, und Chris hatte erwartet, Eric seinen Leuten vorzustellen.

»Das werde ich mir nicht gestatten.« Chris lächelte, aber seine Augen waren zornig. »Ich kann nur sagen, daß du sehr jung für dein Alter bist, völlig unerfahren und viel zu sentimental. Du bist wie deine . . .« Er unterbrach sich.

»Wie meine Eltern, wolltest du sagen.«

»Nun ja, es lag mir auf der Zunge. Aber es ist ja nicht ungewöhnlich, seinen Eltern zu ähneln.«

»Wem von den beiden?« wollte Eric wissen.

»Beiden. Sie waren beide viel zu idealistisch und haben sich damit nur geschadet.«

Chris nahm Erics Hand. »Ich scheine ständig in Eile zu sein, und deshalb sage ich dir nur ›viel Glück für uns beide‹. Und falls du mich je brauchen solltest, weißt du, wo ich bin. Laß von dir hören, ja? Mach's gut.« Sein Gesicht war verändert und nahm einen Ausdruck von Ernst und Milde an. Eric fühlte sich einen Augenblick lang in jenes Boot zurückversetzt, in der stillen Bucht hinter den Weiden, wo Chris gesagt hatte: »Deine Oma wird sterben.« Die Erinnerung verschwand so rasch, wie sie gekommen war.

»Danke für alles, Chris«, sagte er, zog seine Hand zurück und sah seinen großen Vetter in der Menge der Dreiundvierzigsten Straße verschwinden.

Eine kleine Erbschaft von Opa sollte ihm am Tage nach seiner Abschlußprüfung ausgezahlt werden. Das Geld war zur Finanzierung einer Europareise bestimmt, die der junge Mann unternehmen sollte, ehe er sich irgendwo häuslich niederlassen würde.

»Ich wäre gerne mitgekommen«, sagte Iris. »Aber Theo findet, daß Europa nach Verwesung riecht.«

»Dieser Sommer wäre ohnehin nicht ideal für dich«, sagte Eric, denn sie war schon wieder einmal schwanger – im Alter von siebenunddreißig Jahren! –, und er fragte sich, ob sie sich wirklich darüber freute oder ob es ein Zufall gewesen war, was ihm wahrscheinlicher schien.

»Das Baby wird geboren sein, wenn du zurückkommst, nehme ich an. Ich erwarte es für Mitte Oktober.«

»Bis dahin bin ich zurück«, versicherte ihr Eric.

Mitte Juni, nach der Abschlußprüfung, halfen sie ihm beim Packen. Seine Großmutter hatte ihm einen ganzen Satz schöner Koffer gekauft, einen Regenschirm und einen Reiseschlafrock, alles völlig unpraktische Dinge, die ihm jedoch sagten: »Amüsiere dich gut; wir lieben dich.« Das hatte er im Laufe der Zeit zu verstehen gelernt.

Anna weinte ein bißchen. »Ich weiß nicht, warum ich weine! Ich bin so glücklich, daß du einen herrlichen Sommer verbringen wirst. Warum weine ich nur?«

Sie weinte so leicht. Das hätte Oma nie getan. Er litt ständig unter seinen widersprüchlichen Gefühlen. Einerseits war ihm diese Frau hier gefühlsmäßig viel näher, als es Oma je gewesen war, und andererseits hatte Oma einen Platz in seinem Leben und Wesen, den die andere Großmutter nie einnehmen könnte. Nana war zu spät gekommen, und ein Teil von ihm war einfach nicht fähig, sich ihr gegenüber ganz frei gehenzulassen.

Plötzlich fiel ihm ein, daß sie wahrscheinlich das gleiche empfand und deshalb weinte.

In einer kleinen Stadt in der Nähe von Bath kaufte er eines Nachmittags einen billigen Schreibblock in einem Papiergeschäft und begann, seine Eindrücke niederzuschreiben:

»Manchmal empfinde ich es als ein Unglück, an nichts zu glauben. Das mag im Munde eines halbwegs gebildeten und in einer Großstadt lebenden Amerikaners in unserem nüchternen Zeitalter absurd klingen. Aber es ist trotzdem eine Tatsache.

Wenn ich an etwas glaubte, wüßte ich vielleicht wenigstens, wohin ich gehöre oder wohin ich gehören möchte, zu welcher Art von Leuten. Man mag sich fragen, was der Glaube, der so ganz und gar persönlich ist, mit der Zugehörigkeit zu der einen oder anderen sozialen Gruppe zu tun hat. Eigentlich nichts.

Als ich im Alter von neun oder zehn Jahren mit Oma und Opa die Kirche besuchte, war es etwas ganz anderes. All die Feierlichkeit und dann das große Sonntagsessen zu Haus mit Braten und Pastete, ich im guten Anzug und mit dem Gefühl, daß die Welt in Ordnung ist. Ich wünschte, ich könnte das wieder empfinden. Oder das empfinden, was mein Großvater und Tante Iris in der Synagoge fühlen. Bei Nana bin ich mir nicht so sicher. Ich glaube, sie bemüht sich nur, es den anderen gleichzutun. Natürlich würde sie es nie zugeben. Vielleicht weiß sie es nicht einmal. Fragte einmal Onkel Theo, ob er seinen Glauben verloren hat. Ich habe ihn nie besessen, antwortete er mir.

Irland. Schreckliche Feuchtigkeit und Zähneklappern. Nebel und Regen, kalte Steinmauern, Elendsgassen. Alte Frauen, in schwarze Schals gehüllt, knien an den Stationen des Kreuzwegs in einem Straßendorf. Meine Ururururgroßeltern kamen aus Irland, hat Oma mir erzählt. Sahen sie wie diese Weiber in ihren Schals aus? Oder wie jenes Mädchen auf der Landstraße, so arm und elend, mit fauligen Zähnen und Augen wie Türkissteine. Aberglaube, dunkle Legenden von Elfen und Gnomen in den Wäldern.

Ich betrete eine Kirche. Schäbige Freskogemälde, Postkartenmalerei in Bonbonschachtelfarben, effeminierte Gestalt am Kreuz, kitschiges Bild der Muttergottes mit dem Kind. Ich denke an die hohe Kunst, die Pietà, die Mutter mit dem toten Sohn, den in Jahrhunderten angesammelten Schmerz und vor allem an das Menschliche.

Nur darum geht es: um das Menschliche. Das Bedürfnis, sich auf etwas zu stützen, während wir durch das Leben taumeln. Nur darum geht es, nicht wahr? Jeder denkende Mensch weiß es.

Vater, ich glaube. Hilf meinem Unglauben.

Opa wollte immer nach Europa zurückkehren und konnte es nicht. Jetzt sehe ich, warum er es sich so sehr wünschte. Platanenalleen, Städte auf den Hügeln, alte Olivenhaine, die Provence. Schnappschüsse von meiner Mutter, vor einem Weinberg sitzend, die Augen diesem Licht zugewandt. Römische Gesichter. Sie waren hier seit dem Altertum. Nein, die Griechen waren schon vorher dagewesen. Marseille war Marsilia. Ruinen einer griechischen Stadt in Glanum. All die Flüsse des Lebens, auch die Rue des Israélites in einer mittelalterlichen Stadt gehören dazu, aber in ihr floß Blut. Die Judengasse in Salzburg wie überall in Europa abgeschlossen, Ketten an beiden Enden der Straße. Eine einzigartige Völkergeschichte, und ich ganz am Ende. Fanatischer Glaube, für den man starb. Ich glaube nicht, daß es sich lohnte. Meiner Meinung nach ist kein Glaube es wert, daß man dafür stirbt. Aber bin ich mir dessen so sicher? Vielleicht finde ich einmal einen, für den sich das Sterben lohnt, denn dann wird sich auch das Leben lohnen.

Wochen später.

Juliana steht am Fenster vor den Kästen mit den roten Blumen. Das Haus hat ein Giebeldach und liegt an einem Kanal. Sie ißt holländische Schokolade aus einer Schachtel. Ich glaube, ich habe mich in sie verliebt.

Ich weiß, daß ich mich in sie verliebt habe. Sie arbeitet in einem Kibbuz im Norden Galiläas und ist für die Ferienzeit heimgekehrt. Ich frage sie, warum? Warum Israel? Sie sagt, sie möchte die Welt sehen, und sie sagt, die Holländer seien gut zu den Juden gewesen (das weiß ich), und das Leben dort sei sehr aufregend. Ideale in Aktion, erklärt sie mir. Ein Ort für junge Menschen, ein neues Land. Sie möchte, daß ich mitkomme, wenn sie zurückfährt. Nur um zu sehen, wie es ist. Ich werde sie begleiten. Mit ihr wäre es mir überall recht, sogar in Timbuktu.

Oh, du schönes Europa mit deinen Blumen und Weinen, mit deinem Brot und deiner Musik. Wir fliegen nach Südosten, über die warmen, violettfarbenen alten Mittelmeerländer. Die Lieblichkeit und Anmut Europas werden mir stets in Erinnerung bleiben.

Und auch die Konzentrationslager, wie Onkel Theo sagt.«

41

Der nördlichste Zipfel Israels ist so schmal, daß ein Riese darüber stehen könnte, den einen Fuß im Libanon, den anderen in Syrien.

Der Jordan, in der Phantasie der westlichen Welt ein mächtiger Strom, war nur ein ganz gewöhnlicher Fluß, wie Eric überrascht feststellte, und die »Wasserfälle« an der Quelle, auf die die Einheimischen so stolz sind, waren im Vergleich zum Niagara nur klägliche Rinnsale.

Trotzdem war das Land herrlich.

Auf der Kuppe eines kleinen Hügels standen die hölzernen Gebäude des Kibbuz: Schlafsäle, Speiseraum, Bibliothek, Schule. Ställe und Schuppen lagen an den Hängen, und unter ihnen erstreckten sich weite Obstgärten, hinter denen ein Meer von Weizen wogte.

Mähmaschinen durchfurchten dieses goldene Meer. Junge Männer und Frauen stiegen auf die Bäume, um Obst zu pflücken und es anschließend zu verpacken. Das Vieh stampfte in den Ställen, und der Duft des frisch geschnittenen Grases erfüllte die Luft. Im Speisesaal übte jemand Klavier, und in der Werkstatt wurde gehämmert. In der großen Küche herrschte von früh bis spät reger Betrieb, während die Kinder im Schwimmbecken herumplanschten – ein Luxus, den die zweite Generation der Arbeit der Pioniere hinzugefügt hatte. Aus kahlen Felsen und jahrhundertelang unfruchtbarem Land war dank des Erfindungsgeistes und Fleißes neues Leben entstanden.

Und all das lag in Schußweite der Golanhöhen.

»Die Syrier haben ihre besten Truppen dort oben«, sagte Juliana und wies auf die sich wie eine Mauer erhebenden Klippen im Osten. »Alles, was sich in den Feldern oder auf der Straße bewegt, ist eine Zielscheibe, wann immer es ihnen gefällt. Im vorigen Jahr, kurz nachdem ich hier ankam«, erzählte sie mit Bitterkeit, »war es ein Bus auf dem Wege zur Stadt. Der Fahrer wurde getroffen, und natürlich kam es zu einem Unfall. Acht Tote, zwei davon Kinder unter fünf Jahren.«

Sie schlenderten durch die Höfe zwischen den Gebäuden, und Juliana war sehr ernsthaft. »Komm, ich zeige dir noch etwas. Auf dieser Seite hier sind wir nur zwei Meilen vom Libanon entfernt.« Sie schritten durch feuchtes Gras, an Reihen junger Birnbäume vorbei. Am unteren Ende des Obstgartens führte sie ihn durch eine Laubtarnung, wo sie in die häßlichen Rachen einer Reihe von Geschützen blickten.

»Unsere zweite Verteidigungslinie. Die Stacheldrahtzäune und die Wachtposten sind an der Grenze.«

»Es ist ziemlich ernüchternd, wenn man bedenkt, daß wir hier mit Geschützen in unserem Rücken schlafen.«

»Es gibt dir ein Gefühl von Sicherheit, das kann ich dir sagen! Wenn es ihnen auch hier und da trotzdem gelingt, durchzuschlüpfen. Du hast doch sicher von dem Überfall auf die Schule gelesen? Das war nur zwanzig Minuten von hier. Dort unten hinter dem Wäldchen ist die Grenze mit dem Stacheldrahtverhau. Du brauchst nur hinunterzugehen, und schon bist du da.«

Eric sagte sich: Wenn ich mich Chris angeschlossen hätte, wäre ich jetzt auf der anderen Seite. Er fragte sich zwar gelegentlich, wie wohl das Leben auf der anderen Seite sein mochte, aber im Laufe der kurzen Wochen, die er hier gewesen war, hatte er sich so sehr mit dem Leben dieser Menschen identifiziert, daß es ihm schwerfiel, sich das der anderen vorzustellen.

Er war im Schlafsaal für unverheiratete Männer untergebracht. Gegenüber jedem Bett hing ein Gewehr an der Wand. Hosen und Schuhe lagen auf einem Stuhl neben dem Bett bereit. So konnte man innerhalb von sechzig Sekunden angezogen und marschbereit sein.

Er dachte an die Geschichten, die Opa ihm über seine Ahnen erzählt hatte, die sich in der Wildnis des Staates New York angesiedelt hatten. Energie und Mut, aus dem Nichts etwas zu machen. Vielleicht zog ihn dieser Ort deshalb so sehr an – deshalb und wegen Juliana.

»Gefällt es dir wirklich, Eric? Fühlst du jetzt das, was ich dir in Holland zu beschreiben versuchte?« fragte sie.

»Ich beginne es zu fühlen. Und ich weiß, was du meintest.«

Sie saßen auf einem Felsen bei Sonnenuntergang. Es war Sabbat, und es herrschte eine feierliche Stille. Die Arbeit war eingestellt, und man hörte nur das Stampfen und Muhen in den Ställen.

»Als ich zum erstenmal kam – ich hatte es seit langem gewollt –, war es ein Pflichtgefühl. Vielen Europäern geht es so, auch Deutschen. Jetzt bleibe ich, weil es mir gefällt. Aber das Pflichtgefühl war zuerst da.«

»Erkläre es mir.«

Juliana erschauderte. »In den Kriegsjahren, als ich neun, zehn, elf war, haben wir so schreckliche Dinge gesehen . . .« Sie schwieg eine Weile, fuhr dann fort: »Eine unserer Nachbarinnen, eine entschlossene Frau mit Überzeugungen . . .«

»Wie du«, unterbrach Eric sie lächelnd.

»Sie war eine tapfere Frau. Sie hatte eine jüdische Familie in ihrer Bodenkammer versteckt, hinter einer getarnten Tür. Wie bei Anne Frank. Du hast doch das Buch gelesen?«

»Ja.«

»So war es jedenfalls. Nur wenige wußten davon. Was wir uns vom Essen absparen konnten, einen Apfel oder etwas Hirsebrei, der übriggeblieben war, brachte meine Mutter nach nebenan. Wir Kinder sollten es nicht wissen, aber ich hörte, wie meine Mutter zu meinem Vater sagte, daß dort zwei Brüder mit ihren Frauen und Kindern und einem Baby wohnten. Sie mußten das Baby unter einer Decke halten, damit man es nicht schreien hörte. Und eines Tages kamen dann die Deutschen und führten sie fort. Sie gingen direkt auf die getarnte Tür zu. Unsere gute Nachbarin nahmen sie auch mit, in einem Lastwagen voller Leute, die in die Lager gebracht wurden, die meisten in die Todeslager. Die Männer wurden von ihren Frauen getrennt und die Kinder von ihren Müttern. Wir hörten sie schreien und weinen, bis sie um die Ecke waren, und ich höre sie immer noch . . .« Juliana schlug sich die Hände vor den Kopf. »Glaubst du, daß ich das je vergessen kann, Eric? Ich glaube es nicht. Eines Tages holten sich die Nazis meine beiden Onkel, die jüngeren Brüder meiner Mutter. Wir haben nie wieder von ihnen gehört. Sie waren nämlich in der Widerstandsbewegung.«

Aus dem Speisesaal kam Musik, eine mit Temperament und Eifer gespielte Klaviersonate.

Zwei Hochzeiten wurden am gleichen Tage im Kibbuz gefeiert. Eric hatte zwar schon einige Hochzeiten erlebt, aber noch nie eine mit so viel Gefühl, mit so vielen Tränen und Umarmungen, so wilden Tänzen und so viel Wein. Eine Weile spielte er seine übliche Rolle des Hochzeitsgasts, der mit Interesse und Neugier beobachtet, Sympathie und Teilnahme empfindet, aber kein Zugehörigkeitsgefühl. Als er dann in der Menge stand, die den auf Hochzeitsreise an die See fahrenden Brautpaaren von der Straße aus nachwinkte – er hätte nicht sagen können, wie es geschehen war –, schien ihm das auf einmal alles sehr vertraut und heimelig. Er begann, mehr darüber nachzudenken, und auch das erstaunte ihn. Zudem fühlte er sich recht froh und sogar ein wenig stolz. Dann begann er, das Thema von allen Seiten zu beleuchten, sozusagen das Terrain zu prüfen, bevor er sich weiter hinauswagte.

»Sage mir«, fragte er Juliana eines Tages, »beabsichtigst du, hier sehr lange zu bleiben?«

Sie saßen am Rande des Schwimmbeckens. Alle anderen waren im Wasser, aber er hatte sie zurückgehalten, weil er mit ihr reden wollte.

»Nun, ich fühle mich jedenfalls wie zu Haus.«

»Ja, aber«, drang Eric weiter, »willst du hier immer bleiben?«

»Das Wort ›immer‹ ist nicht in meinem Vokabular. Ich habe dir gesagt, daß ich nicht so weit vorausdenken möchte.«

»Aber ich. Ich will einen Ort und Leute finden – eine Heimat, die mir immer recht sein wird. Es muß doch irgend etwas auf der Welt geben, das für immer ist.«

»Wie was?«

»Wie zum Beispiel ein Haus, das du nie zu verlassen brauchst. Wo du Bäume pflanzen und sie wachsen sehen kannst.«

»Und wovon träumst du sonst noch?« fragte Juliana, während sie ihm mit einem langen Grashalm sanft über Nase und Wangen fuhr.

»Ich träume . . .« Er zögerte. »Ich träume, daß ich einmal ein Buch schreibe, an das man sich nach meinem Tode erinnern wird. Ein wirklich großartiges Buch. Und ich möchte es in einem Zimmer eines Hauses schreiben, wie das, in dem ich aufgewachsen bin.« Er wollte hinzufügen: »Und mit dir in diesem Haus«, aber sie unterbrach ihn, bevor er sich dazu entschließen konnte.

»Ich hoffe, daß du das alles haben wirst, alles, was du dir wünschst, dein ganzes Leben lang!«

Gewöhnlich sagt man so etwas aus Höflichkeit, aber ihre Stimme klang so eindringlich, daß Eric aufhorchte. »Meinst du das wirklich?« fragte er.

Und sie antwortete: »Ja. Weil ich dich liebe, Eric. Deshalb ist es ganz natürlich.«

Es war gewiß nicht das erstemal, daß sie sich derartiges sagten, aber jetzt wollte er ganz sicher sein. »Hat es . . . hat es für dich schon einmal einen anderen gegeben?«

Juliana blickte weg. Sie vergaß den Lärm und das Treiben im Schwimmbecken. »Es hat einen gegeben, nur einen, aber das ist lange her und war ganz anders.«

Er war nicht zufrieden. »Was geschah damals?«

Sie schaute ihn blinzelnd an, als wäre sie in Gedanken weit weg gewesen. »Er wollte . . . er bestand darauf, daß wir heirateten. Da ich es nicht wollte, stritten wir uns und machten Schluß. Es war besser so.«

Auch das befriedigte ihn noch nicht. »Und das ist alles?«

»Alles, was einer Erwähnung wert wäre.«

»Aber jetzt sage mir mal«, fuhr er beharrlich fort, »warum dir der Gedanke an die Ehe so zuwider ist. Ich dachte, die Mädchen sehnen sich danach, von der Wiege an.«

»Ja«, sagte sie, »das tun sie. Ist es nicht ein Jammer? Die armen Frauen! Tun dir die Frauen nicht leid?«

»Nein«, antwortete er ehrlich. »Oder, besser gesagt, ich habe noch nie darüber nachgedacht.«

»Dann denke mal darüber nach! Denke an all die elenden Ehen, die sie schließen, weil sie Angst haben, sie würden sitzenbleiben, wenn sie zu lange warten. Und die elenden Ehen, die sie dann erdulden. Und die elenden Kinder . . .«

»Wie hoffnungslos das klingt! Als ob es keine glücklichen Ehen gäbe. Das ergibt doch nicht einmal einen Sinn!«

Sie streckte die Hände in die Höhe. »Für mich ergibt es einen Sinn, und das genügt mir. Ich richte mir mein Leben ein, wie ich will.«

Ihm sank das Herz. In ein oder zwei Jahren wird sie einem anderen Mann von ihm erzählen. »Ja, es hat einmal einen jungen Amerikaner gegeben, aber er bestand darauf, daß wir heirateten, und da ich nicht heiraten will, gab es Streit und . . .«

»Und Kinder?« fragte er entmutigt. »Du verstehst dich so gut mit ihnen. Möchtest du denn keine haben?«

»Für den Augenblick genügt es mir, mich um anderer Leute Kinder zu kümmern.«

»Aber auf die Dauer genügt das doch nicht«, argumentierte er. »Es ist doch nur ein Ersatz!«

Juliana sprang auf. »Ich koche in dieser Hitze! Schwimmen wir!«

»Geh nur, ich folge dir in einer Minute.«

Was war das? Warum? Sie war so frei in der Liebe, so frei mit ihren Gedanken, ob sie nun traurig, froh oder nüchtern waren, aber nur, solange sie nicht die persönliche Zukunft betrafen. Sie war ihm ein Rätsel. Es wäre leichter zu verstehen und damit auszukommen gewesen, wenn es einen anderen Mann gegeben hätte. Früher war er einmal mit einem Mädchen gegangen, das es ihm sehr angetan hatte, aber dann schien sie plötzlich mit einem anderen angebändelt zu haben, und Eric war vor die beiden getreten und hatte gefragt: »Wer soll es sein? Er oder ich?« Komisch! Er lächelte, als er sich daran erinnerte. Sie hatte sich für Eric entschieden, aber bald danach war sein Interesse für sie erloschen.

Hier jedoch war es etwas ganz anderes. Hier ging es um Juliana, und sein Rivale war kein anderer Mann. Was war es dann?

»Solltest du nicht in die Staaten zurückkehren?« fragte Juliana ihn eines Tages gegen Ende des Sommers.

»Ich kann noch ein bißchen länger bleiben. Mir wurde

noch eine Reise versprochen, bevor ich arbeite, und mein ver-
längerter Aufenthalt hier könnte dafür zählen«, sagte Eric.

Der wahre Grund war allerdings, daß er sie nicht verlassen
konnte. Noch nicht.

Als die Ernte endlich eingebracht war, gab es Ferien. Eric
war noch nicht in Jerusalem gewesen, und da Juliana ihm die
Wunder dieser Stadt so gepriesen hatte, kam er auf die Idee,
mit ihr ein paar Tage dort zu verbringen. So bat er Bekannte,
die auch dorthin fuhren, ihnen zwei Plätze in ihrem Wagen frei-
zuhalten, und als er Juliana gegen Mittag traf, sagte er es ihr.

Sie war empört. »Wer gibt dir das Recht, über meine Zeit zu
verfügen?«

Er glaubte zuerst, es sei ein Scherz, aber als er sah, daß es
keiner war, blickte er sie überrascht an. »Ich hatte gedacht, du
würdest mir dankbar sein, daß ich uns Plätze besorgt und dir
die Mühe erspart habe, dich darum zu kümmern.«

»Wie kannst du so sicher sein, daß ich mit dir nach Jerusalem
fahren will?«

»Hast du zufällig den Verstand verloren?« fragte er.

»Nein. Es gefällt mir nur nicht, von einem Mann wie ein Gegenstand behandelt zu werden!«

»Diese Sorge kannst du dir in Zukunft ersparen«, erwiderte
er wütend. »Ich werde dich nicht wieder wie einen ›Gegenstand‹ behandeln. Ich fahre allein!« Und er ging fort.

Den ganzen Nachmittag quälte er sich mit seinem Zorn.
Frauen! »Tun dir die Frauen nicht leid?« hatte sie gesagt. Un-
berechenbar, launisch, kindisch, undankbar, blöde . . . Er hatte
seinen Wortschatz erschöpft.

Gab es vielleicht doch einen anderen? Alles war möglich,
und doch konnte er sich das nicht vorstellen. Sie waren fast immer zusammen gewesen, und sie hätte nicht einmal Zeit gehabt, mit jemand anderem zu reden. Und doch war alles möglich.

Beim Abendessen setzte er sich absichtlich nicht neben sie.
Aber danach, als er zur abendlichen Kontrolle in die Ställe hin-
unterging, folgte sie ihm.

»Eric, Eric, es tut mir leid.« Sie legte ihm die Hand auf den
Arm.

Er antwortete nicht.

»Ich bin manchmal so. Ich weiß, daß es dumm und unrecht ist. Es war einfach nicht anständig, nachdem du immer so nett zu mir gewesen bist.«

Er schmolz. »Nun ja, aber . . . was war es denn?«

»Ich habe manchmal eine ganz komische Angst, in Besitz genommen zu werden. Meine Unabhängigkeit ist mir sehr wertvoll, und wenn ich sie bedroht sehe, gerate ich in Panik. Ich kann es mir selbst nicht erklären.«

»Es ist schon gut«, sagte er verlegen, ohne sie im entferntesten verstanden zu haben.

»Und du wirst mir nicht mehr böse sein? Bitte!«

»Ist ja schon gut«, wiederholte er. »Willst du am Sonntag mitkommen?«

»Ja, sehr gern.«

Der Minibus war überfüllt. Die Hälfte der Mitfahrer waren Kinder und Jugendliche. Ihr Gesang war schrill, ohrenbetäuben und fröhlich. Die Straße führte an den braunen Feldern vorbei, die bereits für die Wintersaat umgepflügt waren. Sie führte durch neue Betonstädte – kahle, häßliche und blitzsaubere Ortschaften.

»Mehr können sie sich nicht leisten«, erklärte Juliana, als Eric eine Bemerkung machte. »Sie haben weder Zeit noch Geld. Für Schönheit können sie später sorgen.«

Aber in der Vergangenheit hatte es Schönheit gegeben, und in Jerusalem war sie noch sehr lebendig. Der Wagen hielt auf einer Hügelkuppe. Unter ihnen lag die bernsteinfarbene Stadt, die sich über viele Hügel und Hänge erstreckte.

»Es ist nicht Gold«, stellte Eric verwundert fest, »wie es im Lied heißt. Es ist Bernstein. Ja, das ist es.«

»Wir haben eine alte Tradition«, sagte der Fahrer, »daß man Jerusalem zu Fuß betreten soll. Wer will hier aussteigen?«

Einige der Jungen und Mädchen sprangen heraus. Juliana folgte ihnen.

»Das hatte ich gehofft«, sagte Eric.

Sie feierten drei Tage lang. Er folgte ihr, wohin sie ihn führte. Sie brauchten keinen Reiseführer, denn Juliana kannte sich in der Stadt sehr gut aus.

»Zu schade, daß wir nicht mehr sehen können«, sagte sie. »Ost-Jerusalem ist ganz arabisch, und da läßt man uns nicht hinein. Das alte jüdische Viertel, das dort zweitausend Jahre lang bestand, wurde zerstört und eingenommen, als die Araber 1948 angriffen.«

Trotzdem gab es mehr, als man in drei Tagen besichtigen konnte. Museen, archäologische Ausgrabungen, die belebten Gassen der Altstadt mit ihrem Gestank und ihrem malerischen Aussehen. Araberinnen in schwarzen Schleiern und Araber im *Keffijeh*. Enge Werkstattbuden, wo Messing gehämmert und Leder geschnitten wurde. Sie hörten den Ruf des Muezzins am frühen Morgen und dann wieder um die Mittagszeit, wenn die Männer zum Gebet in die Moschee gingen.

Auf den felsigen Wiesen am Rande der Stadt grasten die Ziegen mit ihren schellenden Glocken. Ein Mann führte eine Herde schäbig aussehender Kamele, deren große Augen geduldig blinzelten, während sie sich in das blendende Sonnenlicht begaben. Sie lauschten den melancholischen Klängen der orientalischen Musik, und am Abend tanzten sie die *hora* und wanderten durch dunkle, alte Gassen.

»Das hier ist die Straße der Jemeniten«, erklärte Juliana. »Die meisten von ihnen sind Juweliere und Silberschmiede.«

»Ich möchte dir etwas kaufen«, sagte Eric.

»Das habe ich nicht gemeint«, protestierte sie. »Ich wollte es dir nur zeigen, weil es interessant ist. Diese Leute sind vom Jemen hierhergekommen . . .«

»Nimm dir eins dieser Armbänder«, befahl er. »Nein, nicht dieses, es ist nicht schön genug. Suche dir ein wirklich wertvolles aus.«

Der Ladenbesitzer holte ein sehr hübsches, filigran gearbeitetes feines Silberarmband hervor.

»Das ist es«, sagte Eric entschlossen. »Das heißt, falls es der Dame gefällt.«

»O ja«, sagte Juliana, »es gefällt der Dame sehr.«

Als sie draußen waren, fragte sie: »Eric, bist du so reich, daß du dir das leisten kannst?«

Er war gerührt. Es hatte gar nicht so viel gekostet.

»Nein«, sagte er, »das bin ich nicht, obgleich die Leute hier es vielleicht von mir denken.«

Am letzten Tage sagte Juliana zu ihm: »Das Beste habe ich bis jetzt aufgespart. Ich werde dich in eine Synagoge führen.«

Er lachte. »Du scheinst zu vergessen, daß ich schon viele Synagogen besucht habe.«

»Aber keine wie diese. Ich glaube es wenigstens nicht.«

Sie blieben am Ende einer langen Gasse stehen. »Hier sieht es wie im mittelalterlichen Europa aus«, stellte Eric verwundert fest.

»Das ist es auch. Es kommt von dort und wurde hier wieder aufgebaut. Habe ich dir nicht gesagt, daß man in dieser Stadt alles findet?«

In der kastenförmigen Synagoge aus altem Steinwerk trennten sie sich; Juliana stieg die Treppen zum Frauenbalkon empor, wo die Jüdinnen mit ihren Gebetbüchern hinter den Holzgittern saßen. Wenn sie durch eine Öffnung blinzelte, sah sie die Männer unten an ihren Gebetpulten, in ihre Schals gehüllt, sich wiegend und singend. Eric mußte unter ihnen sein, aber sie sah ihn nicht.

Sie trafen sich wieder am Ausgang.

»Sie sahen alle so alt aus!« sagte Eric.

»Das ist nur wegen der Bärte und der schwarzen Kleidung.«

»Wenn man bedenkt, daß sie dreitausend Jahre lang auf diese Weise gebetet haben!«

»Vielleicht noch länger.«

»Mein Großvater ging in einen Tempel wie diesen in der Lower East Side, bevor er ›modern‹ wurde.« Eric lachte. »Weißt du, ich glaube, daß er es immer noch vorzieht. Aber meine Großmutter will es nicht.«

»Ist dir klar, daß diese Leute sich weder um Politik noch um Kriege kümmern, noch um sonst irgendwas, was sich außerhalb ihrer Türen abspielt?«

»Sie warten auf den Messias, der wieder für Gerechtigkeit in der Welt sorgen wird.«

Juliana schüttelte den Kopf. »Sie werden so weiter beten, durch Bombenangriffe und Kriege hindurch, und sogar – Gott bewahre – durch Vernichtung und Niederlage.«

»Das ist Glaube. Sie glauben. Ich wünschte, ich könnte es auch«, sagte Eric.

Sie schaute ihn fragend an. »Glaubst du denn an gar nichts?«

»Und du?« entgegnete er.

»Ja. An Freiheit und die Würde des einzelnen.«

»An das könnte ich auch glauben, wenn es weiter nichts ist.«

»Vielleicht ist es alles, was man an Glauben braucht. Etwas, wofür es sich zu leben und zu sterben lohnt.«

»Ja. Nur möchte ich jetzt noch nicht sterben!«

»Ich natürlich auch nicht!«

»Frage mich, was ich mir am meisten wünsche«, befahl er.

»Was du dir am meisten wünschst?«

»Ja: zu leben, wo du lebst. Dir immer nahe zu sein.«

»Nichts ist für immer«, sagte Juliana traurig.

»Denkst du das wirklich? Ich höre es nicht gern.«

»Ich weiß.«

»Juliana, ich will dich heiraten. Das weißt du doch bestimmt.«

»Du bist noch zu jung, Eric!«

Er blieb mitten auf der Straße stehen. »Das war gemein, was du eben gesagt hast!«

»Sei mir nicht bös. Ich meinte nur . . . daß ich älter bin als du. Ich bin vierundzwanzig.«

»Glaubst du, ich hätte mir das nicht schon längst ausgerechnet? Und was spielt es schon für eine Rolle?«

»Wahrscheinlich keine. Aber ich meinte damit auch, daß du . . . viel zu arglos bist. Du kennst mich kaum und willst mir dein Leben auf einem Silbertablett servieren.«

»Es ist mein Leben«, brummte er. »Ich kann es anbieten, wie und wo ich will.«

»Ach, sei doch nicht bös«, wiederholte sie und gab ihm einen Kuß. »Gehen wir ein Eis essen. Die Füße tun mir weh, und ich habe Hunger. Wir können uns dort drüben in den Park setzen.«

Sie saßen auf einer Parkbank und löffelten das Eis aus den Papierbechern. Kinder kamen schwatzend aus der Schule, die Büchertaschen über die Schultern gehängt. Touristenbusse fuhren vorbei. Im Vorhof eines Hauses an der Straße gegenüber schmückte eine Familie das Gerüst für das Laubhüttenfest, hängte Kürbisse, Melonen und Korngarben an die Bretter oder häufte sie auf die Seitenplanken. Eric folgte Julianas Blick.

»Es ist ihr Erntedankfest«, erklärte sie. »Sie nehmen ihre Mahlzeiten in der kleinen Laubhütte ein.«

»Eine hübsche Sitte.«

»Natürlich.«

Zwei alte Männer kamen vorbei. Sie unterhielten sich über ein Buch, das der eine von ihnen aufgeschlagen in der Hand hielt. Ihre langen Bärte wehten im Wind, während sie bei ihrem Gespräch heftig gestikulierten.

»Das würde meinem Großvater gefallen«, sagte Eric. »Ich dachte mir gerade, wenn er einen langen Bart und einen breiten schwarzen Hut hätte, würde er genauso aussehen. Man sieht hier immer wieder die gleichen Gestalten.«

»Ja.«

»Was ist?« fragte Eric. Sie hatte den Löffel niedergelegt und die Hände in ihrem Schoß verschränkt.

»Nichts . . . oder doch . . . ich muß dir etwas sagen.«

Er wartete, aber sie sagte nichts.

»Ich mag es dir nicht sagen.«

Er sah ihre Erregung. »Laß es nur, wenn du es nicht willst.«

»Nein«, widersprach sie. »Ich will es dir sagen. Das heißt, ich will es jemandem sagen. Ich wollte es schon immer tun und habe es nie getan, und jetzt halte ich es nicht länger aus! Weißt du, wie es ist, wenn etwas in deinem Inneren brennt, etwas, worüber du sprechen möchtest und nicht sprechen kannst, etwas, das dich krank macht, dessen du dich so schämst . . .«

Er konnte sich nicht vorstellen, was sie getan haben mochte, und er erschrak.

»Weißt du, wie es ist?« fragte sie wieder.

»Nein, ich weiß es nicht.«

»Erinnerst du dich, daß ich dir von meiner Familie erzählte, wie sie den armen Juden in der Bodenkammer halfen und wie meine beiden Onkel von den Nazis verschleppt wurden?«

»Ja, du erzähltest mir von deinen Eltern, und . . .«

»Nein«, unterbrach sie ihn. »Nicht von meinen Eltern. Von meiner Mutter.« Sie wandte sich ab, blickte in die Luft. »Meine Mutter und ihre Brüder.« Sie hielt inne, und Eric wartete.

Ein Feuerwehrwagen raste vorüber, gefolgt von einem Polizeiwagen mit Sirene. Eine kurze Weile hörte man sein eigenes Wort nicht mehr. Dann kehrte Ruhe in den kleinen Park zurück, tiefe Stille, nur vom Gurren der krumenpickenden Tauben unterbrochen und von einer Frau, die etwas über die Straße rief. Aber Juliana schwieg noch immer.

Er wartete, und als er sie forschend anschaute, sah er, daß sie die Augen fest zugekniffen und die Fäuste im Schoß geballt hatte. Er war ratlos.

Endlich sprach sie mit bemüht ruhiger Stimme: »Mein Vater . . . die holländische Polizei hat nach dem Kriege meinen Vater verhaftet. Weil er bei der deutschen Gegenspionage war . . . an führender Stelle. Eine wichtige Persönlichkeit.« Sie öffnete die Augen und blickte Eric an. »Ja, eine wichtige Persönlichkeit! Er war es, der meine Onkel und die Nachbarn denunziert hat und unseren Pastor und all die anderen, die in der Widerstandsbewegung waren. Kannst du das glauben? Mein Vater!«

Eric hielt den Atem an.

»Meine Mutter ist fast wahnsinnig geworden.«

»Aber«, sagte Eric, »es könnte doch nicht wahr gewesen sein? Vielleicht war die Anklage falsch?«

Juliana schüttelte langsam den Kopf. »Das hatten wir gehofft. Aber alles stimmte. Er hat es nicht einmal geleugnet, war sogar stolz darauf. Stolz darauf, Eric! Er hat an all den Quatsch geglaubt, die Herrenrasse, das tausendjährige Reich, alles!«

Eric nahm ihre beiden Hände und hielt sie.

»Das ist es also«, murmelte Eric zu sich selbst.

»Was? Was hast du gesagt?«

»Nichts von Bedeutung.«

Es wurde dunkel, und die Straßenlaternen gingen an.

»Ich bin froh, daß du es jetzt weißt«, sagte Juliana. »Ich fühle mich besser.«

»Du kannst mir alles sagen«, erwiderte er und meinte es auch.

Und doch tat es ihm irgendwie leid, daß sie es ihm gesagt hatte. Denn jetzt war er dem »Rivalen« begegnet. Er hatte gesehen, wie gefährlich er war, und ahnte, welch harter Kampf ihm bevorstand.

Arieh, der in dem Bett neben Eric schlief, sagte eines Abends: »Mir fällt etwas an dir auf. In letzter Zeit sprichst du kaum noch von zu Hause, von dem schönen Landhaus, wo du aufgewachsen bist, und alledem.«

»Mag sein«, gab Eric zu.

Arieh war ein Sabra, in einem Kibbuz geboren. Ein richtiger Bursche vom Lande, zuweilen etwas schroff und sonst schweigsam, wie diese Menschen sind.

»Hier haben dich alle gern«, sagte er plötzlich.

»Wirklich?« Eric fühlte sich erröten. Die Leute hier waren nicht zu Schmeicheleien aufgelegt, selbst wenn man ein Kompliment verdient hatte.

»Das freut mich«, erwiderte er, »denn ich mag euch alle auch.«

Arieh nickte und griff zum Lichtschalter. »Kann ich ausmachen? Es war ein langer Tag.«

Während er im stillen Dunkel lag, dachte er über sein neues Leben nach. Einfache Tage, schlicht und nahrhaft wie ein gutes Brot, das man um die Mittagszeit unter einem Baum ißt, oder vielleicht im Winter in der warmen Küche, besonders wenn es so kalt war wie dort, wo er seine Kindheit verbracht hatte.

Er leistete schwere körperliche Arbeit, und jede Woche schien sie ihm leichter, wurde sein Körper geschmeidiger und flinker. Manchmal, wenn er von den Feldern zur Scheune oder von der Scheune auf die Felder ging, sah er Juliana draußen mit den Kindern, manchmal auch allein, wenn sie raschen Schrittes eine Besorgung machte, das schöne lange Haar über die Schultern fallend, und dann zog sich der Tag schier endlos hin, während er auf den Abend wartete.

›Ein gesunder Geist in einem gesunden Körper.‹ Er hatte

auch das Gefühl, geistig kräftiger geworden zu sein und mit allem fertig werden zu können. Nicht etwa, daß er großartige Entschlüsse gefaßt hätte, denn die schob er ständig hinaus, und das wußte er. Aber wenn die Zeit kommen würde, war er sicher, die richtige Entscheidung zu treffen.

Er schalt sich allerdings für seine euphorischen Anwandlungen. ›Nur weil du ein natürliches Leben führst‹, hielt er sich vor, ›nur weil du dich gesund fühlst, glaubst du, alle Probleme lösen zu können.‹ Wenn sie ihn nur heiraten würde! Aber er wußte, daß er ihr nicht wieder damit kommen durfte, daß er warten mußte, bis die Ängste in ihr verebbt waren.

So ging der warme Herbst vorüber. Der Winter ist streng in Galiläa.

Ihr gegenseitiges Verlangen war inzwischen so stark geworden, daß es nur noch selten zu langen Vorgesprächen kam. Er traf sie am verabredeten Ort, draußen vor ihrer Tür, und dann gingen sie den Hügel hinunter und durch die Obstgärten.

»Komm«, sagte er dann. Sie breitete ihren Schal in dem hohen Gras aus, und sie legten sich ins Gebüsch, hinter die großen Geschütze.

In einer milden Nacht, als sie dort lagen, hörten sie die Klänge des Klaviers, die der Wind hinunterwehte. Bald lauter, bald leiser, singend und ersterbend. Wie klar die Musik doch zu uns spricht, sagte sich Eric. Sie spricht mit hundert Stimmen, Stimmen der Hoffnung und des Mutes, der Sorge und der Freude, erzählt uns ohne Worte, wie der Mensch die Erde liebt, den Tod fürchtet und wie er sich unter den Sternen der Ewigkeit bewußt wird.

Ein kleiner Laut entrang sich seiner Kehle, ein leises Stöhnen, und Juliana blickte ihn an.

»Wann wirst du mich heiraten?« fragte er, alle guten Vorsätze vergessend.

Zu seiner Überraschung antwortete sie: »Sobald es dir recht ist.« Er war fassungslos und konnte es nicht glauben.

»Wie wäre es mit morgen?«

Er sah ihr Lächeln im schwachen Licht der Sterne. »Könntest du warten, bis meine Mutter kommt? Wenn ich sie benachrichtige, ist sie in wenigen Tagen hier.«

Er fühlte sich, als sei er plötzlich von einem Schmerz befreit oder als sei er aus lähmend eisiger Kälte in einen warmen, behaglichen Raum getreten. Eine Weile schliefen sie in völligem Frieden. Als sie erwachten, war der Mond aufgegangen. Hand in Hand gingen sie, wie so oft, schweigend den Hügel hinauf, den Häusern zu.

Eine Explosion von Feuer und Donner zerriß die Stille der Nacht. Die Männer sprangen sofort hellwach aus ihren Betten, als hätten sie das Harmageddon erwartet.

»Die Benzintanks!« rief Arieh. »Sie haben die Benzintanks getroffen!«

Jeder wußte, wer mit »sie« gemeint war.

Die Benzinfässer hatten Feuer gefangen, warfen Erdklumpen auf, und haushohe Flammen schossen empor. Sie züngelten über das Dach der Viehställe und griffen auf die Garagen und Scheunen über. Aber da waren die Männer bereits in Hosen und Schuhen und rannten die Treppe hinunter.

»Wohin?« flüsterte Eric. »Dir nach?«

»Ja«, rief ihm Allon zu. »Zieh den Kopf ein!«

Ein Knall und ein Peng! Dann noch ein Peng! Dann das Krachen zersplitternden Holzes, als die Kugeln gegen die Wände prasselten.

»Raus durch die Seitentür!« befahl Allon. »Dann hinten ums Haus herum zum Speisesaal! Still, Köpfe eingezogen, marsch im Schnellschritt!«

Eric verstand. Vom Speisesaal aus beherrschten sie das Karree des Hofes, das Nervenzentrum der Gemeinschaft. Jeder, der dort einzudringen versuchte, kam in ihren Schußbereich.

Sie schlichen sich an der hinteren Wand entlang. Aus den Ställen hörten sie das verzweifelte Wiehern der Pferde.

»O Gott, können wir . . . können wir sie da nicht rausholen?« flüsterte Eric.

»Bist du verrückt? Still!«

Mit einem Seitenblick sah er einen Moment lang die Umrisse des Viehstalls vor einem Hintergrund von Flammen. Dann brach alles zusammen, nachdem das Feuer das Heu erfaßt hatte. Die Kühe! Die dummen Kreaturen mit ihren sanften Augen!

Überall um sie herum pfiff und krachte es, schlugen Kugeln ein, während sie rannten. Wessen Geschosse? Ihre oder unsere? Irgendwo vor ihnen rannte ein Mann heraus, wurde getroffen, schrie auf und drehte sich wie ein Kreisel. Aus allen Gebäuden ertönten Schreie, unheimliches Gebrüll. Wo waren sie? Wo waren die Angreifer? Die Dunkelheit schützte den Feind genauso wie sie.

Sie erreichten den Speisesaal. Die Tür wurde von innen geöffnet. Geduckt krochen sie hinein, einer nach dem anderen: Ezra, Arieh, Allon und Eric.

Werde ich das überleben? Werde ich zu kämpfen wissen?

Die Führer standen flüsternd beisammen. Im Raum war es still, draußen pfiffen und krachten noch immer die Schüsse. Aber wo? Wo waren die Angreifer? Gab es denn keinen Plan, wie man ihnen begegnen könnte? Es mußte einen geben. Erics Lungen brannten. Sie waren die ganze Strecke bis zum Speisesaal hinauf gerannt. Sein Kopf juckte und war schweißnaß.

»Herhören!« sagte Allon. »Ich brauche einen von euch an jedem Fenster. Zacks Leute halten den südlichen Schlafsaal, können hier also nicht helfen. Wir sind insgesamt neunundzwanzig Mann, aber wir wissen nicht, wie viele diese Teufel haben. Wir müssen uns also Hilfe aus der Stadt holen, aber die Telefondrähte sind zerschnitten . . . Ezra, kannst du zum Lastwagen gelangen und ihn bergab rollen lassen, ohne ein Geräusch zu machen? Wenn du auf der Straße bist, kannst du den Motor anlassen, und dann rase wie der Teufel los.«

»Wird gemacht. Wo ist der Hund? Hol ihn mir aus der Küche.«

»Er wird bellen!«

»Rufus? Nein. Ich will ihn bei mir haben. Er kann einem Mann die Kehle durchbeißen.«

Ezra und der Hund schlüpften durch die Küchentür.

Ihnen diagonal gegenüber lag die Kinderabteilung mit einer Tannengruppe neben der Tür. Juliana mußte außer sich sein, dort drinnen, wo sie alles hören konnte, ohne zu sehen oder zu wissen, was los war.

Der Schrecken lähmte fast Erics Stimme. »Und die Kinder?«

»Dans Leute müssen dort sein.«

»Aber ich sehe sie nicht.« Eric starrte in das Dunkel, das sich im unheilvollen Feuerschein zu einem rauchigen Gelb erhellte.

»Du sollst sie auch nicht sehen!« Allon sprach mit Ungeduld. »Aber sie sind da.«

Es gab also einen Plan. Natürlich, natürlich gab es einen. Aber wenn er nun nicht klappte? Wenn Dans Leute in eine Falle gelaufen waren, oder . . .?

Wieder herrschte Schweigen im Saal, und man hörte nur das keuchende Atmen. Sie warteten und warteten.

»Hast du eine Ahnung, wo sie sein könnten?« flüsterte Eric dem Mann neben ihm zu.

»Wer?«

»Die Araber.«

»Weiß ich nicht. Woher soll ich das wissen? Überall.« Avram hatte Angst, tat aber, als ob er keine hätte, und spielte den erfahrenen und geschulten Mann. »Sie werden versuchen, uns zu überfallen, weil sie glauben, daß wir uns hierher verkrochen haben, um uns nur zu verteidigen. Aber wir werden sie niedermähen, wenn sie kommen.«

Ein leises Kratzen an der Tür, sehr leise. Allon, das Gewehr schußbereit, drückte sich an die Wand, öffnete einen Spalt. Der Hund Rufus schleppte sich hinein, winselte und sank zu Boden. Er war nur noch ein Haufen blutigen und zerzausten Fells mit aufgeschlitztem Bauch.

»O mein Gott«, sagte jemand. »Dann ist Ezra . . .«

Sie standen da und starrten sich an. Jemand rief von einem Vorderfenster aus: »Der südliche Schlafsaal brennt! O Gott, sie springen aus den Fen . . .« Die Stimme brach unter einem lauten Knall, gefolgt vom Klirren zersplitternden Glases. Arieh . . .

Allon kroch auf Händen und Knien zu ihm, drehte ihn um. »Er ist tot«, sagte er tonlos, ohne sich umzusehen. »Er hätte sich nicht aufrichten sollen.«

»Wie kannst du das wissen?« rief Eric, ohne nachzudenken. »Vielleicht ist er nur . . .«

»Der obere Teil seines Kopfes ist weggeschossen«, sagte Allon. »Komm her und überzeuge dich.«

Gestern abend haben wir noch Schach gespielt, sagte sich Eric. Dann: Mir wird schlecht, aber ich kann mich jetzt nicht erbrechen.

»Herhören!« sagte Allon. »Wir müssen in die Stadt. Ich werde gehen, aber dazu brauche ich drei, nein, vier Mann. Wer kommt mit?«

»Aber wenn sie Ezra erwischt haben, muß die Straße unter ihrer Kontrolle sein«, wendete jemand ein. »Wie kannst du da . . .«

»Durch den Obstgarten und um die Straße herum, bis kurz vor die Tore.«

»Ausgeschlossen, Allon! Das wäre Selbstmord! Durch den Obstgarten müssen sie doch gekommen sein!«

»Kennst du einen anderen Weg?« fragte Allon. Wie er da auf den Knien hockte, noch naß von Ariehs Blut, strahlte er unheimliche Autorität aus. »Wir müssen es versuchen. Wer kommt mit?«

»Ich«, meldete sich Eric.

»Nein, du kennst das Gelände nicht gut genug. Ben, Shimon, Zwi, Max, wir gehen. Falls es einen von uns trifft, darf sich niemand seinetwegen aufhalten. Einer von uns muß es schaffen! Marc, du übernimmst hier den Befehl, während ich fort bin.«

Wie als Antwort zerschmetterte eine weitere Fensterscheibe, und die Splitter fielen auf Arieh, den niemand anzuschauen wagte.

Wieder warteten sie. Marc stand in der Ecke, mit dem Rükken zur Wand und in einem Winkel, von dem aus er alle Fenster überblicken konnte.

»Sie überqueren das Karree«, flüsterte er plötzlich.

»Wer?«

»Es ist zu dunkel. Um Himmels willen, senke dein Gewehr«, schrie er Jigel an. »Es könnten die unseren sein!«

Sie warteten. Eric erinnerte sich, irgendwo in einer Geschichte des Ersten Weltkriegs gelesen zu haben, daß die Soldaten sich am meisten über das endlose Warten beklagt hatten. Mit trockenem Mund und feuchten Händen und dem Bedürfnis, pinkeln zu gehen.

Er kroch zum Fenster und lugte vorsichtig hinaus. Ja, es waren Männer, die im Schatten das Karree überquerten. Sie bewegten sich auf die Tür des Kinderhauses zu. Unsere Leute? Verstärkungen? Aber warum dann so ganz offen und auffällig? Es können nicht die unseren sein . . . Sein Herz blieb stehen. Dann sind es also . . .

Jetzt standen sie vor der Tür des Kinderhauses. Er zählte – waren es fünf oder sieben Mann? Es war zu dunkel. Sie standen einfach da. Warum? Wer waren sie?

Eine Kugel schlug im Saal ein, dann noch eine und noch eine, ein wahrer Feuerhagel. Marc schrie auf, ein Schenkelschuß. David stürzte – tot oder verwundet? Keine Zeit, es herauszufinden.

»Sie sind auf dem Dach!« schrie Avram. »Sie sind vom Anbau aus auf das Dach geklettert.«

Diese Teufel! Diese Hunde! Jetzt konnten sie von oben durch die Fenster schießen, und niemand konnte das Feuer erwidern.

Jetzt waren es nur noch drei: Avram, Jigel und Eric. Sie krochen zur Hinterwand des Saals. Dabei schleppten sie Marc mit sich, um ihn außer Reichweite der Kugeln zu bringen, die wie ein Platzregen überall einschlugen.

Plötzlich hörte das Schießen auf, und in die unheimliche Stille hinein ertönte eine Stimme. Sie sprach Hebräisch mit leichtem Akzent. »Ihr da drinnen! Wir haben einen Vorschlag zu machen! Könnt ihr mich hören?«

Avram, Jigel und Eric packten einander bei den Armen.

»Wir wissen, daß ihr dort seid! Wir wollen mit eurem Chef Allon reden. Er soll antworten! Er braucht sich nicht zu zeigen.«

»Woher kennen sie Allon?« flüsterte Eric.

»Araber in der Stadt. Kontakte jenseits der Grenze. Wer kann es wissen?«

»Allon, Chef! Höre uns lieber zu, sonst brennen wir auch noch die übrigen Gebäude nieder! Wenn du uns gibst, was wir verlangen, lassen wir dich in Ruhe.«

Avram flüsterte: »Sollen wir antworten?«

»Nein«, sagte Jigel wild entschlossen.

»Doch«, entgegnete Eric. »Wenn wir genug Zeit gewinnen, bis Allon in die Stadt gelangt, kommt vielleicht Hilfe, bevor es zu spät ist.«

»Was wollt ihr?« rief Avram.

»Bist du der Chef Allon?«

»Ja. Was wollt ihr?«

»Sechs Kinder. Ganz gleich, welche. Wir nehmen sie mit und behalten sie als Geiseln, bis eure Regierung unsere sechs Freiheitskämpfer aus dem Gefängnis entläßt.«

»Die Freiheitskämpfer sind die, die vor zwei Jahren das Schulhaus überfallen haben«, sagte Jigel zu Eric. Und zu Avram: »Sag ihnen, sie sollen sich zum Teufel scheren.«

»Ihr wißt, daß wir das nicht tun werden!« rief Avram zurück.

»Ihr solltet es aber lieber tun, denn sonst könnten wir alle Kinder umbringen und euch auch. Schaut, unsere Leute warten bereits vor der Tür des Kinderhauses.«

»Das wird euch nie gelingen!« schrie Avram. »Wir sind hier über hundert Mann . . .«

»*Waren.* Jetzt seid ihr es nicht mehr.«

Schweigen.

»Wenn wir mit Gewalt ins Kinderhaus eindringen müssen, bleibt dort niemand am Leben. Allon, Chef! Gib uns jetzt die sechs Kinder. Ganz gleich, welche.«

Die Betten der Kleinen sind mit Enten und Häschen bemalt, und an den Wänden tanzen Clowns und Elefanten. Und Juliana schläft dort. Mein Mädchen.

Jemand rüttelte am Schloß der Küchenhintertür.

Sie zuckten zusammen.

»Vorsicht. Macht nicht auf.«

»Wer ist da?« rief Jigel mit gezücktem Revolver.

Ein lautes Flüstern. »Ich bin's! Shimon! Macht auf!«

Jigel öffnete die Tür, und Shimon stieß vor sich einen jungen Araber hinein, der die Hände erhoben und ein Gewehr umgehängt hatte.

»Wir erwischten diesen Burschen mit einem Messer in der

Hand, als er den Hügel heraufkam.« Shimon gab Avram das Messer. »Zwei und Allon sind tot. Max und Ben liefen weiter. Vielleicht schaffen sie es bis zur Stadt.«

»Wenn wir wüßten, wie viele sie sind«, sagte Eric, »könnten wir vielleicht . . .«

»Könnten wir was?« fragte Avram gereizt.

»Frag ihn jedenfalls«, sagte Eric.

Jigel sprach arabisch mit dem Mann und übersetzte dann. »Er weiß es nicht, sagt er.«

»Gib mir das Messer«, sagte Eric und nahm es Avram ab. Er hielt es dem Araber an die Kehle. Der Mann wich entsetzt zurück, stieß Gurgellaute aus und rollte die Augen. »Jigel, sage ihm, er soll antworten, oder ich schlitze ihn auf, wie er den Hund aufgeschlitzt hat . . . und Ezra wahrscheinlich auch. Sage es ihm.«

Jigel sprach, der Mann murmelte, und Jigel übersetzte. »Er sagt vier.«

»Allein vor dem Kinderhaus stehen mindestens sechs oder sieben, und dann ist eine Gruppe auf dem Dach. Sag ihm, wir wollen die Wahrheit!« befahl Eric.

»Er sagt fünf. Er hat vergessen, sich selbst mitzuzählen.«

Eric fuhr dem Araber leicht mit dem Messer über die Schulter. Der Mann schrie auf, und Eric zog die blutige Klinge zurück. »Antworte mir«, brüllte er ihn an, »oder ich schneide dir die Kehle durch!«

Der Araber zitterte und heulte. Jigel übersetzte wieder.

»Er sagt, auf dem Dach seien zwei. Wie viele drüben an der Tür sind, weiß er nicht. Die übrigen sind tot.«

»Gut. Fesselt ihn«, sagte Eric. Es überraschte ihn, daß Avram und Jigel ohne Widerrede gehorchten.

»Allon, Chef! Worauf wartest du noch? Daß wir das Kinderhaus in Brand setzen?«

»Damit kommt ihr nicht davon!« rief Avram zurück.

Herrgott, wo waren Max und Ben? Und falls sie durch ein Wunder bis zur Stadt gelangt waren, wie lange könnte es dauern, bis sie mit der Hilfe zurück sein würden?

Eric kroch zum Fenster. An der Tür des Kinderhauses hatte jemand eine Fackel angezündet, zweifellos in der Absicht, es anzuzünden. Im aufflammenden Licht konnte er sie zählen – fünf, nein, sieben, und sie standen an der Tür und warteten. Er hörte ihr schrilles Gelächter. Diese Schweine, diese Schufte! Und die armen Frauen hinter der Tür! Juliana ... Er stellte fest, daß er noch nie in seinem Leben so wütend gewesen war, so empört.

Er stand auf und erkannte seine eigene Stimme nicht wieder, als er schrie: »Die hole ich mir! Die hole ich mir!«

»Geh in Deckung, verdammt noch mal!« rief Jigel. »Eric, du Idiot, geh in Deckung!«

»Diese dreckigen, elenden, gemeinen Mörder!« brüllte Eric.

Jigel riß ihn nach unten. »Halte den Mund! Du kannst überhaupt nichts tun! Gegen sieben Mann!«

»Ich habe eine Granate.«

»Es ist viel zu weit! Ehe du nahe genug herankommst, um sie zu werfen, haben dich die anderen vom Dach aus längst abgeknallt! Verschwende dein Leben nicht ...«

Flecken roter und gelber Wut tanzten Eric vor Augen. All die Schrecknisse der Welt flammten in seinem Kopf auf, so wie der Ertrinkende angeblich in letzter Sekunde sein ganzes Leben an sich vorüberziehen sieht. All die Grausamkeiten und Ängste drangen auf ihn ein, leidende, verwaiste Kinder, Gewalt, Verderbnis und früher Tod. Alles, alles ...

Sein Hemd zerriß, und Jigel, der ihn hatte zurückhalten wollen, hielt einen Fetzen Khakistoff in der Hand, als Eric mit seiner Granate zur Tür hinaus und die Treppe hinunterstürmte.

Die Überlebenden erzählten es folgendermaßen: Er sprintete über den offenen Platz auf das Kinderhaus zu, wie ein Rugbyspieler beim Torlauf. Er duckte sich und schlug Haken, während die Kugeln in den Boden um seine Füße einschlugen. Etwa fünf Meter vor der Tür des Kinderhauses traf ihn ein tödlicher Schuß in den Rücken. Er hatte gerade noch Zeit gehabt, die Granate in die Gruppe zu werfen und alle sieben Mann zu töten.

Dann war es vorbei. Die beiden Schützen auf dem Dach ergriffen entsetzt die Flucht und wurden im Obstgarten gefangengenommen. Als die Hilfstruppen aus der Stadt ankamen, waren die Flammen gelöscht, und alles war still – bis auf die Frauen, die schreiend und weinend die Toten wuschen.

Am anderen Ende der Welt, in Amerika, brachte ein Telegramm die traurige Nachricht. Kaum eine Woche war seitdem vergangen, und Joseph war um zehn Jahre gealtert. Er saß beim Frühstück, seiner ersten Mahlzeit seit Tagen, trank seinen Kaffee aus, rückte seinen Stuhl vom Tisch zurück, stand jedoch nicht auf, sondern saß einfach mit offenem Munde da. Wie ein alter Mann. Anna vermied es, in den Spiegel zu schauen. Gott weiß, wie ich aussehe, sagte sie sich. Aber das ist wirklich die letzte meiner Sorgen!

»O Gott, o Gott, wo bist du?« Anna weinte still in sich hinein. Warum quälst du diesen guten Mann? Vom Rest der Menschheit ganz zu schweigen! Die Welt ächzt und wankt, die Menschen werden vom Krebs zerfressen, schreien in den Irrenhäusern, Maschinengewehre werden auf Kinder gerichtet – sage mir, du in deiner großen Weisheit, warum läßt du all das geschehen?

Und warum glaube ich trotzdem immer noch an dich? Theo meint, weil ich ein Vaterbild brauche. Ich weiß es nicht, ich glaube es nicht. Ich kann überhaupt nicht mehr denken. Ich weiß nicht, warum ich dir immer noch vertraue. Aber ich vertraue dir. Ich muß es tun, weil ich sonst nicht leben könnte.

Ich frage dich trotzdem: Wann wirst du endlich aufhören, uns zu quälen?

Das Telefon klingelte, und sie hob den Hörer ab. Sie sprach eine Minute lang und kam dann zum Tisch zurück.

»Es war Theo«, sagte sie ruhig. »Iris hat eben ihr Kind gekriegt. Es ist ein Junge. Sie sind beide wohlauf.«

Fünftes Buch

Alle Wasser laufen ins Meer . . .

PREDIGER 1–7

42

Man hatte ihm gesagt, es sei nur eine leichte Attacke gewesen, ein kleiner Herzanfall. »Sie sind immer noch besser dran als jemand, der keine Warnung bekommen hat und immer weiter das Falsche macht. Sie werden noch viele Jahre leben«, versicherte man ihm, »wenn Sie sich fit halten und vernünftig essen.« Aber das hatte er ohnehin schon immer getan. »Also keine Sorge«, sagten sie. Daß ich nicht lache!

Seine Gedanken wanderten. Das kam vom Nichtstun. Er hatte heute schon zweimal die *Times* gelesen, war die Wendeltreppe zu seinem runden Zimmer emporgestiegen und breitete jetzt die Blaupausen auf seinem Schreibtisch aus. Sie planten ein Einkaufszentrum in Florida. Mit all den neuen Siedlungen, Mietwohnungen, Eigentumswohnungen und Seniorenheimen müßte es eigentlich eine Goldgrube werden. Jetzt war er wieder bei scharfem Verstand und konzentrierte sich auf das, was ihm wesentlich erschien. Sobald man ihn hier aus dem Hause ließ, und das sollte gegen Anfang des Monats sein, hatte man gesagt, müßte er einige der großen Kettenlädenfirmen besuchen. Sie brauchten ohne Zweifel ein Warenhaus und einen Drugstore, dazu ein großes, modernes Schuhgeschäft und einige Modeläden. Natürlich im Rahmen einer prunkvollen Gartenarchitektur – vielleicht mit einer breiten Palmenallee in der Mitte, die Palm Walk oder Palmenpromenade heißen könnte.

Er ging ruhelos im Zimmer auf und ab. Anna hatte recht gehabt – dieser kleine Raum war wirklich eine großartige Idee. Er liebte es, auf die Baumwipfel hinabzublicken und die Geräusche des Haushalts zu hören, die von unten heraufdrangen – vernehmbar genug, um ihm das Gefühl des Daheimseins zu geben, und doch nicht so laut, daß sie ihn störten

Er fühlte sich wieder wohl, sah auch gut aus und hatte sogar noch eine Menge Haar, das nicht ergraut war. Anna mußte ihres färben, darauf hatte er bestanden. Ihr Gesicht war immer noch so frisch, und warum sollte sie da altes Haar haben? Sie hatte es rotbraun gefärbt, wie es ursprünglich gewesen war, und sah um fünfzehn Jahre jünger aus. Was ihn selbst betraf, so schien es ihm unglaublich, daß er schon dreiundsiebzig war, daß bereits sieben Jahre seit Erics Tod vergangen waren – aber lieber nicht daran denken, nicht daran und auch nicht an vieles andere. Jetzt ist jetzt. Gewiß, er hatte immer noch seine Sorgen, ein Riesenunternehmen mit fast zweihundert Angestellten, deren Familien auf ihn angewiesen waren, aber damit konnte er fertig werden. Und warum? Weil er es wollte, denn nur so weiß man, daß man noch lebendig ist. Wenn man viele Probleme hat, löst man das eine nach dem anderen.

Malone war allerdings sehr alt geworden. Mit seinen zittrigen Lippen und wäßrigen Augen macht er es nicht so lange wie ich, sagte sich Joseph. Malone war in den Ruhestand getreten, weil er dem Streß nicht mehr standhielt, und Gott sei Dank war er vernünftig genug gewesen, es einzusehen. Er war besser in Arizona aufgehoben, und außerdem hatte er Söhne.

Wir hätten mehr Kinder haben sollen, warf er sich zum tausendsten Male vor. Iris' Jungen sind die einzige Zukunft, aber ihre eigene, nicht die ihres Großvaters. So soll es auch sein. Aber es wäre doch schön, wenn einer von ihnen einmal den Betrieb übernähme und sich zumindest für die Arbeit interessierte, mit der er, Joseph, sich einen Namen gemacht hat.

Land! Habe ich nicht recht gehabt, als ich sagte, daß Land die Grundlage allen Reichtums ist? Man muß es nur richtig anpacken. Aber Jimmy wird Arzt werden, wie sein Vater, das sieht man schon jetzt. Er lachte vor sich hin. Iris fand letzte Woche eine tote Maus unter seinem Bett. Alle sagen, Jimmy sei mein Augenstern, aber Philip ist es auch, Philip, mein Liebling und meine Freude. Wie er in seinem Pyjama die Treppe heruntergekommen ist, um Theos Streichquartett zu hören, während wir glaubten, er wollte nur naschen! Sie lachen mich aus, aber ich weiß, was ich sage. Rubinstein und Horowitz waren auch einmal klein. Ich finde, er spielt wie ein Engel. So etwas hatten wir noch nie in der Familie. Außer vielleicht Annas Nichte, die arme Liesel. Vielleicht kommt die musikalische Begabung von ihr, auf irgendeinem Umweg. Bestimmt nicht von meiner Seite, weiß Gott. Jedenfalls wird auch Philip mein Geschäft nicht haben wollen, das steht fest.

Und Steve? Haha! Eine Bombe wird er vielleicht legen, das wäre schon eher möglich! Der mit seinem Sozialismus oder Anarchismus, oder wie man es sonst noch nennen will! Nein, das ist nicht fair. Er ist schließlich noch ein Junge, noch nicht sechzehn, und die Zeiten sind radikal. Das geht vorüber. Er hat noch eine Menge zu lernen, aber er macht mir Sorgen.

Gott sei Dank ist Laura in Ordnung. Ganz wie Anna, besonders wenn sie so dreinschaut, als sei die Welt jeden Morgen nagelneu für sie gerichtet.

Manchmal, wenn es draußen noch dunkel ist, liege ich mit offenen Augen im Bett, warte, bis das erste Licht durch die Jalousien dringt, und höre im Winter den Wind und sonst Vogelgezwitscher. Dann ist die Dunkelheit wie eine bedrückende Frage. Das sind die einsamsten Stunden. Anna schläft, und unsere Welten sind getrennt. Jeder Mensch lebt letzten Endes für sich allein – getrennt von den anderen, einsam. Das weiß man nicht oder will es sich nicht eingestehen, bis die Zeit kommt, da man dem Tode nahe ist.

Anna sagt: »Warum machst du es dir nicht ein bißchen leichter? Du könntest den Malone-Jungen mehr überlassen und nur ein- bis zweimal die Woche ins Büro gehen, um nach dem Rechten zu schauen.«

Nein. Was soll ich hier den ganzen Tag tun? Herumsitzen und der Verkalkung meiner Arterien lauschen? Die Arbeit macht mir Freude. Wenn ich für mehr als ein paar Tage abwesend bin, habe ich ein schleichendes Gefühl von Melancholie, und das macht mir angst. Deshalb bin ich nie gern gereist. Ich weiß, damit habe ich Anna enttäuscht, denn sie hätte mit Freuden die ganze Welt durchwandert und wäre auf jeden Berg gestiegen, wenn ich eingewilligt hätte. Aber mein Leben ist die Arbeit und die Firma Friedman-Malone, und das weiß Anna.

Er ging zum Fernseher und stellte ihn an. Zuerst kam die Stimme, und dann leuchtete allmählich das Bild in der Mattscheibe auf. Man wiederholte die Übertragung der Begräbnisfeier für Kennedy von der letzten Woche: die Totenmesse, all die Berühmtheiten beim Überqueren der Brücke nach Arlington, und das Pferd mit den über den Sattel gehängten Steigbügeln.

Vor achtzehn Jahren war der andere Präsident gestorben ... Er erinnerte sich an die Schaufenster der Madison Avenue mit den schwarzumrandeten Porträts von Roosevelt. Achtzehn Jahre! Und das hier war noch schlimmer: Der junge Mann mit der klaffenden Schädelwunde. Er stellte den Fernseher ab.

Tod und Gewalt. Gewalt und Tod. Wenn das Herz nicht mehr will, kann man nichts machen. Aber ein Tod wie dieser! Kennedy und Maury, verblutet und verstümmelt. Und dann Eric. Alles sinnlose, unnötige Tode.

O Maury, o mein Sohn, wenn ich dich wiederhaben könnte, wäre es mir gleich, was du getan hast. Hätte ich dir und diesem jungen Mädchen das Leben ein bißchen leichter gemacht, ein bißchen von dem Druck von euch genommen, vielleicht ... Das ist jetzt fast fünfundzwanzig Jahre her. Und dein Sohn. Ich habe versucht, an ihm wiedergutzumachen, was ich dir nicht zu geben vermochte, damit du vielleicht sehen würdest, daß ich deinen Jungen liebte und gut zu ihm war. Aber er wollte es nicht – nicht das, was ich ihm zu bieten hatte. Er wußte nicht, wo er hingehörte. Vielleicht in eine Welt, wo alle gleich sind. (Daß ich nicht lache! Wann hat es je eine solche Welt gegeben, wann wird es sie je geben?) Wenn er mit den einen war, machte er sich Vorwürfe, den anderen den Rücken zuzukehren. Er hat es uns nie gesagt, aber wir wußten es. Deine Mutter hat es sofort gesehen, und sie hatte recht. Uns gegenüber hatte er die stärkeren Schuldgefühle, weil wir die Leidenden waren, die Schwächeren. Und doch führte die andere Seite ihn in Versuchung, die Sonnenseite, die nichtjüdische Seite. Wer kann es ihm verübeln? Und dann fühlte er sich wieder schuldig. Er hatte keine Wurzeln. Das ist zwar heutzutage ein in Verruf geratenes Wort, aber ein besseres fällt mir nicht ein.

Immerhin war Eric nicht der einzige in einer solchen Lage. Hat er zuviel davon hergemacht? Hätte er sich nicht einfach damit abfinden können, um das Leben zu genießen? Aber er war zu empfindsam, er nahm alles zu ernst. Das scheint in der Familie zu liegen, diese Weichheit, dieses ständige Grübeln über sich selbst und die anderen um einen herum. (Aber ich bin hart und zäh, ich bin der einzige, der nicht so ist.)

Sogar meine Eltern. Sie besaßen nichts und hatten nichts gelernt. Aber meine Mutter wollte, daß ich einmal Medizin studierte. Wir standen auf dem Dach der elenden Mietskaserne. Ich brachte ihr den Korb mit der Wäsche zum Aufhängen. Ihre Augen hatten den Glanz biblischer Zeiten, die Augen Rachels und Sarahs. Sie war jünger, als ich es jetzt bin, und sie schien so alt. Sie hatten ein schweres und hartes Leben, schliefen in der kleinen dunklen Kammer hinter dem Laden und fragten sich bange, wie sie uns ernähren sollten – wieder Wasser in die Milch für das Kind? O Gott, so leben zu müssen!

Und doch wie einfach! Nur eine Sorge: Geld. Sie würden es nicht glauben, wenn sie auf die Welt zurückkehren und sehen könnten, worüber die Leute sich heutzutage Sorgen machen. Wie Iris mit ihrer Kinderpsychologie, mit Geschwisterneid, antiautoritären Schulen, fortschrittlichen Ferienheimen und all dem Quatsch, der es nicht wert ist, daß man sich darüber Sorgen macht.

Immerhin ist es gut, daß sie wieder unterrichtet. Ich war zuerst dagegen gewesen, weil ich finde, daß eine Frau nicht arbeiten sollte, wenn sie nicht unbedingt muß. Es schien mir, es könnte so aussehen, als ob Theo nicht in der Lage wäre, seine Familie zu ernähren. Aber es ist dann doch sehr gut gegangen. Iris macht den Eindruck, in ihrem Element zu sein. Sie benimmt sich auch irgendwie selbstsicherer. Sie möchte sogar wieder auf die Universität, um sich in Pädagogik weiterzubilden. Wahrscheinlich hat sie genug von der Routine der hiesigen Kleinstadtschulen mit ihrem Elternbeirat, den Pfadfinderausflügen, Zahnarztbesuchen und Ballettklassen. Iris war schon immer ein helles Kind.

»Was wollen Sie, Celeste?«

»Ich bringe Ihnen nur das hier herauf.« Schon wieder ein Topf Chrysanthemen. »Und hier ist die Karte.«

»Wo sollen wir das alles hinstellen? Hier ist kein Platz.« Man kam sich hier ohnehin schon wie in einem Totenzimmer vor, mit all den Blumen und Topfpflanzen und mit all den Genesungswunschkarten, die beantwortet werden wollten! Er hatte so viele Sachen bekommen, Bücher und Cognac und Briefe, sogar einen Brief von Ruth. Die war jetzt gut über achtzig, und mit ihrer krakeligen Handschrift – die Zeilen so schräg, daß sie vom Blatt zu rutschen schienen – hatte sie geschrieben: »Lieber alter Freund, wir alle lieben dich.«

Sie liebt mich. Aber ich habe Solly nicht geholfen und ließ ihn sterben . . .

Celeste wartete. »Ich nehme sie wieder mit, und Mrs. Friedman wird sie schon irgendwo hinstellen. Fühlen Sie sich wohl, Mr. Friedman?«

Celeste schien immer eine Heidenangst zu haben, wenn sie ganz sachte die Tür öffnete, als ob sie erwartete, ihn tot auf dem Boden liegen zu sehen. Macht einen direkt verrückt mit ihrem ängstlichen Gesicht! Aber dann schämte er sich und sagte lachend: »Ich sollte öfter krank werden, dann sind alle so besorgt um mich.«

»Oh, bitte tun Sie das nicht. Wir werden uns auch um Sie sorgen, wenn Sie nicht krank sind.«

»Ich weiß, Celeste, ich weiß.«

»Möchten Sie eine Tasse Tee oder sonst etwas?«

»Nein, danke, ich warte, bis meine Frau nach Hause kommt.«

»Sie wird bald hiersein. Soll ich die Türe schließen?«

»Sie können sie ruhig offenlassen, danke.«

Es tut gut, die Geräusche des Hauses zu hören, so auch Celestes Plaudereien mit der Reinemachefrau da unten. Eine gute Frau, diese Celeste. Wie ein Mitglied der Familie. Mit *der* sollte Steve mal reden, *sie* fragen, was sie denkt! Sie würde ihm sagen, daß sie es sehr gut hat! Ein schönes Zimmer, einen Fernseher ganz für sich allein, bezahlte Ferien, das beste Essen und soviel sie wollte. Ja, das sollte Steve.

Anna müßte bald hiersein. Er hatte sie überredet, zum Lunch des Krankenhauskomitees zu gehen. Sie hatte ihn nicht allein lassen wollen, aber sie war seit Wochen nicht mehr aus dem Haus gegangen, seit seinem Herzanfall. Es wird ihr guttun. Sie sah blendend aus, als sie ging, denn Anna versteht es, sich anzuziehen. Da kommt es nicht darauf an, was es kostet; man muß nur wissen, was man tut. Manche Frauen der reichsten Männer sehen scheußlich aus. »Ihr Kleider, wo wollt ihr mit der Frau hin?« So sahen sie aus, das Haar aufgesteckt, Köpfe wie Wassermelonen, von oben bis unten mit Schmuck behangen. Protzig und vulgär sahen sie aus. Das hatte Annas Geschmack ihn gelehrt.

Überhaupt hatte sie ihn vieles gelehrt. Alles Gute in seinem Leben war von ihr gekommen, Charme und Anmut, Zärtlichkeit und Freude. Maury und Eric waren von ihr gekommen. Und Iris . . .

Er runzelte die Stirn und schüttelte den Kopf. Schon wieder dieser unsinnige, häßliche Gedanke! Er war so sicher gewesen, ihn sich endlich aus dem Kopf geschlagen zu haben, aber er war wieder da, wie ein Schmutzfleck, der nicht wegzuwischen ist.

Daß Iris nicht meine Tochter sein könnte! Mein Liebling, mein Kind! Es . . . es verschnürt mir die Kehle . . . Und wenn ich bedenke, wie unerwartet die kam. Fünf Jahre zwischen den beiden Geburten, und ich hatte damals solche Sorgen, daß ich Anna nicht oft nahe kam. Ja, und dann finde ich – verrückter Gedanke –, dann finde ich sogar, daß sie diesem Werner ein bißchen ähnlich sieht. Verrückt, verrückt, das muß ich mir unbedingt aus dem Kopf schlagen! Wie kann ich nur! Schämen sollte ich mich.

Aber irgend etwas hat es zwischen den beiden gegeben, wenn auch nicht das. Irgend etwas. Ich weiß nicht, wie weit es ging, aber da war etwas. Vor unserer Ehe, oder danach?

Wann? Vielleicht an dem Tag, als ich sie schickte, um die Werners zu bitten, mir das Geld zu leihen? Falls es dann war, ist es meine eigene Schuld. Ich hätte sie nicht hinschicken dürfen, sie nicht in eine Lage versetzen, wo sie . . . Allein in diesem Haus. Die dunklen Treppen, die dunkelpolierten Holzgeländer, immer höher, ein hoher Spiegel im ersten Stock neben dem Zimmer, wo der Flügel stand. Anna hatte es mir einmal gezeigt, und ich werde nie dieses erste Mal vergessen, als ich im Hause eines reichen Mannes war.

Oder vielleicht ein Stelldichein an einem trüben Winternachmittag? In einem luxuriösen Hotel, zehn Stock über dem

Verkehr auf der Fünften Avenue, Flaschen und Kristallgläser auf einem Silbertablett, Champagner (denn Anna trinkt keinen Whisky). Ja, die Gläser auf dem Tisch. Und ein Bett.

Er kniff die Augen zu, faßte sich an den Kopf.

Was mich betrifft, so hätte ich Frauen haben können. Es ist so leicht, besonders wenn man Geld hat und ihnen etwas kaufen kann. Die Mädchen im Büro. Einmal eine Rechtsanwältin nach Büroschluß, hochgewachsen, schwarzes Lockenhaar über einem weißen Kragen. So leicht. Aber ich hatte nie Zeit, weil ich immer höher wollte. Nie genug Zeit für solche Dinge. Und es muß mir auch nie sehr wichtig gewesen sein, denn sonst hätte ich doch wohl die Zeit gefunden, nicht wahr? Ich habe es mir nie richtig gewünscht.

Anna.

Als ich um ihre Hand anhielt, glaubte ich nicht, daß sie einwilligen würde. Es hatte nichts zwischen uns gegeben, keinen Blick, nicht die leiseste fleischliche Berührung, aus der ich hätte schließen können, daß etwas zu machen war. Und doch sagte sie ja, als ich sie fragte. Irgendwie wußte ich da bereits, daß die Dinge zwischen Mann und Frau sich gewöhnlich nicht so abspielen. Irgendwie wußte ich schon damals, daß da etwas war.

Sie war so jung. Naiv, nicht von dieser Welt. Und sie ist es gewissermaßen immer noch, obgleich sie böse wäre, wenn ich es ihr sagen würde. Sie soll es nie wissen, nie zu leiden haben unter meinen schlechten Gedanken. Verständnis, Geduld, Nachsicht, wie immer man es nennen will, das muß ich haben. Denn sie hat mir so viel gegeben, und wir haben ein so schönes Leben gehabt, sie und ich.

Anna, geliebte Anna. Mein ein und alles.

Jetzt fuhr der Wagen vor. Er schaute auf seine Uhr. Sie ist früh nach Hause gekommen; wahrscheinlich wollte sie ihn nicht zu lange allein lassen. Er hörte, wie sich die Garagentür schloß, dann ihre Schritte auf dem Kies. Ein weiterer Wagen fuhr vor, die Tür wurde zugeschlagen, neue Schritte. Wer?

Dann drangen Theos und Annas Stimmen von der Treppe zu ihm hoch, und unten waren noch Jimmy und Steve zu hören.

»Guten Tag.« Theos spaßhaft verstellte Professorenstimme. »Und wie geht es heute unserem Patienten?« Dann mit normaler Stimme: »Wir hielten gleichzeitig an einer Verkehrsampel an, und das brachte die Jungen und mich auf die Idee, dir einen kleinen Besuch zu machen.«

»Ihr seid mir stets eine Augenweide. Wie geht es denn so, Theo?«

Seine alte Begrüßungsformel. Sie bedeutete: Wie läuft die Praxis? Ich hoffe, du hast viel zu tun, ohne dich zu überarbeiten, und kannst deine Rechnungen bezahlen mit dem, was dir das Steueramt übrigläßt. Es bedeutete: Ist zu Hause alles in Ordnung? Kein Ärger mit den Kindern?

Theos übliche Antworten beruhigten ihn. Ja, ja, alles sei wunderbar, und er habe sogar eine gute Nachricht: Jimmy ist in die Tennismannschaft aufgenommen worden.

»Na, da gratuliere ich«, sagte Joseph. »Und du, Steve? Ärgerst du dich über irgendwas?« Denn Steve machte wieder einmal sein, wie Anna es nannte, »zugeknöpftes Gesicht«.

»Nein.«

»Du kannst es Großpapa ruhig erzählen«, sagte Theo. Und da Steve beharrlich schwieg, fuhr er fort: »Steve war eben bei mir in der Praxis, um mein Kopiergerät zu benutzen. Und da hörte er zufällig ein Gespräch, das ich mit einer Patientin führte, einer jungen Frau, die sich von mir operieren lassen will, weil ihr die Nase nicht gefällt. Steve ist angewidert, nicht nur von ihr, sondern auch von mir. Er findet, ich hätte ihr mitsamt ihrer Nase einen Tritt in den Hintern geben und sie rausschmeißen sollen.«

Jetzt sprach Steve. »Ich sagte nur, es gäbe genug leidende und wirklich verkrüppelte Menschen auf der Welt, und du solltest dich schämen, deine Arbeit an eine verwöhnte Person der Bourgeoisie zu verschwenden.«

»Leiden ist relativ«, sagte Theo. »Wenn sie sich mit ihrer Nase elend fühlt, magst du das lächerlich finden, aber deshalb muß es noch lange nicht lächerlich sein.«

»Das Argument zieht bei mir nicht. Tatsache ist, daß du Leute wie sie behandelst, weil es dir Geld einbringt – aus keinem anderen Grunde. Wieder einmal das Profitsystem.«

»Was ist denn so schlecht am Profitsystem?« fragte Joseph.

»Was daran so schlecht ist? Das Profitsystem vernichtet die Umwelt und zerstört den menschlichen Geist. Das ist es.«

Die Haltung des Jungen, seine schmächtige, lässig an die Wand gelehnte Gestalt mit dem stolz erhobenen Kopf verärgerten den Großvater.

»Vernichtung der Umwelt! Was zum Teufel lehrt man euch Kinder auf der Schule? Doch nicht etwa diesen Quatsch?«

»Schule!« Steve war wütend. »Ich denke für mich selbst! In der Schule lernt man überhaupt nichts, außer Strebertum, um bessere Noten zu bekommen.«

Joseph warf die Hände hoch. »Bah! Sozialistischer Quark! All diese Reden laufen nur auf eins hinaus: Neid. All diese Gleichheitsbestrebungen, dieses Versetztwerdenwollen ohne genügend Punkte und dergleichen, das wollen ja nur die, die ohnehin immer schlechte Noten haben. Sie können dir alle möglichen moralischen Gründe angeben, aber Tatsache ist und bleibt, daß sie die beneiden, die die besten Noten erzielen.«

»Das läßt sich auf mich nicht anwenden«, erwiderte Steve steif und wahrheitsgemäß, denn er war immer einer der besten Schüler gewesen. »Ich beneide niemanden. Ich leide nur unter einem Schuldbewußtsein, das euch allen fehlt.«

Jimmy schwang seinen Tennisschläger. »Nun komm schon, Steve, laß uns in Ruhe, ja?«

Aber Joseph fühlte sich angestachelt und wollte das Gespräch weiterführen. »Schuldbewußt in welcher Beziehung?«

»Unsere ganze Lebensart. Du solltest dich schuldig fühlen, weil du in einem solchen Hause lebst, während Millionen von Menschen in Elendsbaracken wohnen.«

»Ich habe mir dieses Haus mit Verstand und harter Arbeit verdient! Glaubst du nicht, daß harte Arbeit irgendwie belohnt werden sollte?«

»Geldverdienen ist zum großen Teil Glückssache.« Steve sprach sehr ruhig, während Joseph sich wütend schnaufen hörte. »Glück und nebenbei auch ein bißchen Betrug hier und da.«

»Steve! Du gehst zu weit!« fuhr Theo ihn zornig an.

Joseph hob die Hand. »Laß ihn nur! Betrug, hast du gesagt? So wisse, daß dein Großvater nie an einer Betrügerei teilgenommen hat! Merke dir das! Ich habe nichts getan, dessen ich mich schämen müßte. Ich habe ehrlich gebaut. Die Leute brauchen Häuser, und ich habe sie ihnen gebaut. Die meisten leben darin besser als je zuvor. Soll ich mich vielleicht als einen Schmarotzer betrachten? Bin ich vielleicht ein Ausbeuter, weil ich ein bißchen Geld damit verdiene?«

»Joseph! Du regst dich zu sehr auf!« rief Anna. »Das darfst du nicht. Jungens, geht doch für eine Weile hinaus und übt euer Tennis an der Garagentür . . .«

»Oder ihr macht euch auf den Heimweg«, sagte Theo. »Ich hole euch unterwegs ein.« Und als sie hinuntergegangen waren: »Es tut mir furchtbar leid. Mit Steve ist schwer auszukommen. Wir erleben das ständig.«

»Er leidet innerlich«, sagte Anna. »Könnte es sein, weil Jimmy größer ist?« fuhr sie gedankenvoll fort. »Das kann nämlich sehr hart sein, wenn man sieht, daß der jüngere Bruder größer ist. Und jetzt hat er auch noch diese Pickel im Gesicht.«

»Ach, meine Frau mit ihren Entschuldigungen«, brummte Joseph. »Mit ihrer Psychologie.«

»Laß nur«, sagte Anna. »Im Inneren eines Kindes gehen Dinge vor, die wir uns nicht vorstellen können. Iris sagt, die Tests hätten ergeben, daß Steves Intelligenzquotient um einiges höher ist als der von Jimmy, und dabei steht ihm Jimmy in der Schule nicht nach und scheint sich auch für viel mehr Gebiete zu interessieren, wie seine Briefmarken, Tiere, Tennis und . . .«

»Jimmy!« unterbrach Joseph sie. »Mit Jimmy hat es nie Probleme gegeben. Er ist nie jemandem auf die Nerven gegangen.«

»Jimmy hat sich stets mit allem arrangiert«, sagte Theo. »Er genießt das Leben. Es ist nicht sein Verdienst, er hat nur das große Glück, so zu sein, wie er ist. Er scheint die Dinge klar und ruhig zu sehen. Vor einigen Tagen fragte er einmal: ›Falls du und Mutter sterben sollten, was soll dann mit diesem Haus geschehen?‹ Eine Sekunde war ich verblüfft, und dann wurde ich mir bewußt, daß die Frage eigentlich ganz vernünftig war. Steve jedoch bekam einen Wutanfall und hatte Tränen in den Augen, und dabei bin ich sicher, daß er nicht weinte, weil er fand, daß Jimmy vielleicht unsere Gefühle verletzt haben könnte. Gott weiß, daß Steve sich nicht viel um die Gefühle anderer kümmert! Es kann also nur die Angst vor dem Tode gewesen sein. Der arme Junge hatte Angst, wir würden sterben und ihn allein lassen.« Theo seufzte, und eine Weile herrschte Schweigen. Dann stand er auf. »Ach ja, sie wissen eben nicht, wie gut sie es haben, nicht wahr? Wahrscheinlich ging es uns nicht anders in ihrem Alter. Aber es wird vorübergehen. Ich hoffe nur, daß Steve sich nicht frühzeitig zu fest engagiert. Er will in diesem Sommer in die Südstaaten fahren, um an einem dieser Protestmärsche teilzunehmen.«

Joseph hatte Annas Alarmsignal bemerkt. »Anna, hör auf, mich zu beschützen. Ich bin noch nicht tot oder liege im Sterben.«

»Natürlich nicht! Aber du regst dich zu sehr auf. Das tust du immer!«

»Mama hat recht«, entschuldigte sich Theo. »Ich hätte es nicht erwähnen sollen. Macht euch keine Sorgen, ich werde schon damit fertig.«

»Das weiß ich, Theo. Aber es ist nicht leicht. Was tun wir nicht für unsere Kinder! Wir vergießen das Blut unseres Lebens . . .«

»Wir hatten einen sehr guten Redner beim Lunch«, unterbrach ihn Anna. »Er sprach über die Betriebskosten eines Krankenhauses. Es hätte dich bestimmt interessiert, Theo.«

Joseph lächelte. Wie durchsichtig! Reden wir nur über unpersönliche Dinge, um den alten Mann nicht aufzuregen. Über alles andere sprechen wir später.

Anna und Theo vergaßen, wie gut man die Stimmen von oben hörte, als sie einige Minuten später unten an der Haustür standen.

Joseph hörte Theo sagen: »Er schien mir heute recht niedergeschlagen, findest du nicht auch? Daß er sich über Steve so aufgeregt hat . . . Ich glaube nicht, daß es nur Steves Quatsch gewesen sein kann.«

»Nein, nein, ich kenne ihn. Sollte ich ihn nicht kennen? Er denkt an Maury und Eric. Er ist manchmal so. Auch schon vor seinem Herzanfall.« Annas Stimme wurde leiser. »Er kann es nicht ertragen, wenn man auch nur ihre Namen erwähnt. Wenn der Tag kommt, an dem der Name des einen oder des anderen im Tempel von der Rolle der Toten gelesen wird, versuche ich immer, irgendeine Entschuldigung zu finden, um nicht hinzugehen. Dann schütze ich Unwohlsein vor oder etwas in dieser Art.«

»Und klappt es?«

Anna lachte. »Natürlich nicht. Aber ich versuche es.«

Bei Anna weiß man nie, was sie plant, was sie vor mir verbergen will, um mich zu schonen. Sie glaubt, ich wisse nicht, daß es vor Jahren eine Zeitlang zwischen Iris und Theo Schwierigkeiten gegeben hat. Sie haben es zu vertuschen versucht, aber ich wußte es. Ich habe nur nichts gesagt, weil ich es wahrscheinlich nicht wissen sollte. Aber sie hätten mir sowieso nichts erzählt.

Gott sei Dank geht jetzt wieder alles gut, das habe auch ich gemerkt. Ein guter Mann, dieser Theo. Es gefällt mir, wie er mit den Kindern Französisch oder Deutsch spricht, wenn er mit ihnen vom Tennisplatz kommt. Und er ist auch gut zu Iris; seine Stimme ist sanft, wenn er mit ihr redet, das höre ich. Möchte ich ihm auch geraten haben!

Mein Liebling, mein Herzenskind. Vom Tag der Geburt an, als sie so ein rührend häßliches kleines Ding war ... Aber dann hat sie sich gut entwickelt und ist auf ihre Art eine ganz gutaussehende Frau geworden, vielleicht nicht gerade eine Schönheit, doch irgendwie besonders, irgendwie vornehm. Ja, das ist es, vornehm. Meine Iris.

Daß dieser Lausbub Steve ihr bloß keinen Kummer macht! Mit dem werde ich noch dieser Tage ein Wörtchen reden. Betrügereien hat er gesagt. Eine solche Frechheit! Glück! All die Schufterei, vor fünf Uhr morgens aus dem Bett, um rechtzeitig auf dem Bauplatz zu sein, die ganzen ersten Jahre hindurch! All die Mühe, die richtigen Kontakte zu finden, das nötige Geld aufzutreiben, und dann die Plackerei mit dem Abzahlen der Hypothekenzinsen, war das vielleicht Glück?

Er sagt, wir bieten nichts für das Geld. Zugegeben, wir bieten nicht die Qualität dieses Hauses hier zum Beispiel, in dem ich wohne. Aber wie könnten wir das, wo die Gewerkschaften jedes Jahr ihre Forderungen erhöhen und uns Unternehmer wie eine Zitrone ausquetschen? Natürlich weiß ich, daß sich jeder wünscht, seine Familie anständig unterzubringen und etwas für sein Geld zu haben. Niemand weiß es besser als ich! Also was ist die Antwort? Tut mir leid, aber die weiß ich nicht.

Ich verstehe schon, was Steve meint, wenn er es auch nicht glaubt. Er ist ein kluger Junge, der klügste von allen. Aber ich komme einfach nicht mit ihm zurecht wie mit den anderen, mit meinem kleinen Philip oder Jimmy. Jimmy hat lustige Augen, das fiel mir gerade ein. Außerdem hat Steve so langes und strähniges Haar. Und ich lege nun mal Wert auf saubere Fingernägel, besonders beim Essen. Ich kann mir nicht helfen, aber Schmutz ist mir zuwider. Dieser arrogante Rotzjunge! Und doch tut er mir auch wieder leid. Er ist so unglücklich, der arme Steve. Wenn ich nur an ihn herangelangen könnte! Der arme Junge.

Anna kam zurück mit einem Tablett, zwei Tassen Tee und einem kleinen Teller mit Gebäck. »Nach dem Tee mußt du ein Schläfchen machen. Ärztlicher Befehl, also murre nicht.«

»Wer braucht schon ein Schläfchen?«

»Du.« Ihre Stimme war ruhig. »Wenn du wieder ins Büro zurück willst, mußt du tun, was man dir sagt.«

Sie setzte sich und rührte ihren Tee um. Ihr Gesicht strahlte Ruhe und Würde aus. Strenge in der Weichheit. Bemerkenswerte Frau! Warum denke ich immer an das, was mein Vater gesagt haben würde? Qualität, hätte er gesagt. Wenn er einen feinen Stoff in die Hände nahm und zwischen Daumen und Zeigefinger rieb, pflegte er zu sagen: »Qualität. Das merkt man immer gleich.«

»Woran denkst du?« fragte Anna.

»An dich. Ich hatte mich nicht geirrt, als ich dich bei Levinsons auf den Stufen sitzen sah.«

»Das freut mich.«

»Wirklich, Anna? Manchmal frage ich mich. Im letzten Monat hatte ich zuviel Zeit zum Nachdenken. Weißt du noch, wie wir kurz vor meinem Herzanfall auf dieser Wohltätigkeitsveranstaltung für die Blinden waren? Du unterhieltest dich mit diesem Kerl, der Kunstbücher verlegt, und da sagte ich mir: Einen solchen Mann hätte sie heiraten sollen, einen Mann, der ihre Sprache spricht.«

»Willst du mich loswerden?«

»Mach keine Witze! Es ist mir sehr ernst.« Er überlegte: Sollte er ihr alles sagen? Ja, ja, es mußte einmal heraus, alles. »Ich weiß, daß ich dir versprochen hatte, das Thema nie mehr zu erwähnen, aber in letzter Zeit wollte es mir einfach nicht aus dem Kopf. Wegen dir und Werner . . . er war doch ein Mann, der deine Sprache sprach, nicht wahr?«

Anna seufzte tief. »O Joseph! Nicht schon wieder!«

»Es tut mir leid. Ich weiß, du hast mir versichert, daß da nie etwas war, aber so vieles paßt nicht zusammen: Worte, Gesten, Zwischenfälle. Ich will nicht noch einmal drauf eingehen, weil du es weißt und ich es weiß. Aber es paßt einfach nicht zusammen, mein Gefühl und mein Instinkt . . .«

»Gefühle und Instinkte beweisen überhaupt nichts«, unterbrach ihn Anna. »Ich habe dir vernünftige Antworten gegeben. Mehr kann ich nicht tun. Wenn du von deinen Instinkten redest, komme ich mir vor wie jemand, der mit einem Schwert gegen Spinnweben ankämpft.«

Er hörte den Trotz, obgleich sie beherrscht und ruhig sprach. Sie nahm Rücksicht auf seinen Gesundheitszustand, denn sonst wäre sie bestimmt heftiger gewesen. Er durfte sie nicht weiter bedrängen und Streit suchen. Konnte er sich nicht glücklich schätzen, sie all die Jahre gehabt zu haben? fragte er sich zum tausendstenmal. Eine Frau wie Anna hätte jeden haben können.

»Quäle dich nicht, Joseph. Laß diese Fragen. Selbst wenn du mir nicht glaubst – was ich bedauern würde –, frage mich bitte nicht mehr.«

Er würde es also nie richtig wissen, nie *wirklich*. Was hätte er nicht darum gegeben, endlich seine Zweifel los zu sein – zu wissen, daß sie ihm ganz allein gehörte, ihm immer gehört hatte und daß es nie, nie einen anderen gegeben hat! Die restlichen Jahre seines Lebens würde er darum geben.

»Ich möchte ja nur wirklich beruhigt sein«, sagte er.

»Dann sei beruhigt. Mehr kann ich dir nicht sagen.« Anna trank ihren Tee aus, stand auf und streichelte ihm über die Stirn. Ihre Hand war warm von der Teetasse, und er roch ihr Parfüm.

So saß er regungslos und genoß das Gefühl ihrer Hand auf seiner Stirn, wobei er hoffte, sie würde nicht aufhören. »Es ist schön hier, nicht wahr?« sagte er, um sie aufzuhalten.

»Sehr. Es ist unser Zuhause.«

Dieses stille Haus, der Blick auf die Bäume, sagte er sich plötzlich. All das kommt immer den Leuten an der Spitze zu. Ob in Buenos Aires oder in Peking, ganz gleich, in welchem politischen System, die stillen Zimmer und der Blick auf die Bäume sind immer den Leuten an der Spitze vorbehalten.

»Falls jemand sich einbildet, es könnte je eine Welt geben, in der man das alles haben kann, ohne sich anzustrengen, dann ist er verrückt«, rief er plötzlich aus. »Ich habe dafür geschuftet, Anna, geschuftet!«

Anna dachte an das, was sie dazu beigetragen hatte, aber sie sagte: »Ich weiß. Und deshalb ist es an der Zeit, daß du aufhörst, findest du nicht?«

Er konnte nicht einschlafen. Zuviel Ruhe, das war es. Vielleicht sollte er aufstehen und lesen. Anna hatte vor ein paar Tagen ein Buch hier oben gehabt. Wunderschöne Essays, hatte sie gesagt, von irgendeinem bedeutenden Dichter, und er hatte gesehen, daß sie darüber reden wollte, und so hatte er sie gebeten, ihm ein paar Seiten vorzulesen. Es war sogar ganz hübsch gewesen, und für einen Augenblick hatte er verstanden, was sie meinte.

Zu schade, daß er in seinem ganzen Leben nie etwas gelesen hatte. Er war schon immer ein Bewunderer von Gelehrsamkeit gewesen, aber das ist eine Sache, mit der man geboren sein muß, die man sich nicht einfach aneignen kann. Und doch, wenn man es bedenkt, sind diese Lehrer, die ständig bei Iris ein und aus gehen – nette Leute übrigens, so höflich und so gebildet –, im Grunde arme Schweine. Können nicht mal die zehn Dollar aufbringen, die eins dieser Bücher, von denen sie so viel reden, kostet. Was hat das für einen Sinn? Immerhin wäre es schön, beides zu haben. Es fehlte ihm so an Bildung. Mit Anna war er sich dessen besonders bewußt, obgleich sie es nie zuließ, daß er so geringschätzig von sich redete. Damals, als sie in Mexico City gewesen waren und ihre Verwandten ihnen diese großartigen Ruinen gezeigt hatten ... ganz einmalige Bauwerke! Anna hatte damals alles über die Erbauer gewußt – waren es die Azteken? Sie hatte über ihre Paläste und Priester gelesen und das, was die Spanier ihnen angetan hatten. Ja, Anna war gebildet.

Was war noch mit diesem Buch, aus dem sie ihm vorgelesen hatte? Es war rot eingebunden, und sie hatte es auf dem Stuhl liegenlassen. Er stand auf. Ja, ein Essayband. Er hatte kurz hineingeschaut, nachdem sie gegangen war. Ein Essay handelte vom Altwerden, und den hätte sie ihm bestimmt nicht gezeigt, sondern schweigend übergangen. Aber er erinnerte sich, es war Seite dreiundvierzig. Dein Gedächtnis ist noch ganz gut, Josef, meinst du nicht? Mit einem solchen Gedächtnis können die Arterien noch nicht sehr verkalkt sein.

Da war es. »Über das Altwerden.« Sein Blick schweifte über die Seite. ». . . straffe Bande lockern sich, Knoten lösen sich, die Finger öffnen sich und lassen fallen, was sie eben noch so fest gehalten haben. Die Schultern werden leichter, befreit von ihrer Bürde. Geh, fahre hin in den wehenden Wind und die steigende Flut, fahre hin.«

43

Anna schlenderte die Fünfte Avenue hinauf, abwechselnd im Licht der strahlenden Oktobersonne und in den Schatten vor den Schaufenstern. Was für ein schöner Tag, sie fühlte sich jung, frisch und unbeschwert.

Noch vor einer Woche hätte sie es nicht für möglich gehalten, daß Joseph Ferien machen würde! Sie hatten gerade mit dem Bau eines neuen Wohnblocks in Süd-Jersey begonnen, und in seinem kleinen runden Zimmer häuften sich die Papiere und Blaupausen. Aber dann waren die Malones heimgekehrt, um ihr neuestes Enkelkind zu besuchen, und sie hatten so von der herrlichen Landschaft des Westens geschwärmt, daß Joseph beeindruckt war und sich schließlich sogar bereit erklärt hatte, sie auf ihrer Rückreise zu begleiten.

Elf Uhr. Sie war um halb eins mit Laura im Lincoln Center zum Lunch und zur Ballettvorstellung verabredet. Anna war schon seit neun Uhr in der Stadt – viel zu früh für Laura, denn junge Leute schlafen gern lange. Sie hatte ihre Einkäufe gemacht: nur ein Paar feste Schuhe für sich, aber keine neuen Kleider, weil Mary Malone keine Modedame war. Bei ihr fühlte man sich nicht verpflichtet, immer nach dem letzten Schrei gekleidet zu sein. Sie war auch in der Herrenabteilung gewesen und hatte einige Sporthemden für Joseph gekauft. Er brauchte sie wirklich, wenn er auch meckern und behaupten würde, seine alten seien noch gut genug. Immer noch dieser Widerwille, Geld für sich auszugeben! Sie durfte nicht vergessen, die Preisschilder abzutrennen, denn sonst brächte er es noch fertig, sie damit zurückzuschicken.

Gott sei Dank fühlte er sich in letzter Zeit so wohl. Plötzlich sah sie ihn im Geiste vor sich, wie er den Immobilienteil der *Sunday Times* las. Seine Hände waren wirklich schön für einen Mann: lange Finger, wie Pianisten oder Chirurgen sie haben sollten. Diese Reise könnte ein Neubeginn sein. Wäre es nicht wunderbar, noch einmal Europa zu besuchen, und dann Israel? Er hatte schon einige Male den Wunsch geäußert, sich die damals von Eric beschriebenen Orte anzuschauen. Gewiß, es waren nur wage Andeutungen gewesen, aber er mußte daran gedacht haben. Während sie weiter stadteinwärts ging, beschleunigten sich ihre Gedanken.

Wieder einmal goldene Amulette. Heute früh habe ich einen besseren Kauf gemacht, genau das Richtige für Lauras Geburtstag. Sie hat ja das Armband dazu. Man weiß nie, was man ihr schenken soll. Man kann doch nicht ewig Bücher schenken. Gewiß, sie ist kein Kind mehr, aber eine Frau auch noch nicht. Ich versuche, mich zu erinnern, wie ich mit vierzehn war. Aber ich hatte ein so anderes Leben, bei Onkel Meyer und unter Fremden. Immerhin muß ich in mancher

Hinsicht ähnlich wie sie gefühlt haben, von meinen eigenen Problemen ganz abgesehen.

Überhaupt frage ich mich oft, was in den Menschen vorgeht. Da gibt es so viel, worüber ich nichts weiß. Wäre ich hier geboren und hätte ich die Möglichkeit gehabt, mich zu bilden, dann wäre ich auf die Universität gegangen und hätte Psychologie studiert. Nehmen wir mal dieses Ehepaar, das dort an der Ecke steht und sich zankt. Sie ist den Tränen nahe, und er geht weg, läßt sie einfach stehen. Was tun sie sich an? Und warum? Und dann die beiden alten Frauen, die vor mir gehen, sie sind mindestens so alt wie ich, wenn nicht noch älter. Welke, angemalte Gesichter, Beine voller Krampfadern – und angezogen wie die jungen Mädchen! Zierliche Schuhe, wie sie ein unschuldiger Teenager beim Tanzen trägt. Wie unsinnig. Und wie traurig.

Vielleicht haben sie alle Angst; Angst, nicht zu bekommen, was sie wollen, und falls sie es bereits haben, Angst, daß jemand es ihnen wegnehmen wird. (Wenn niemand es tut, tut es die Zeit.) Ja, wir haben alle Angst vor Dingen, über die wir nicht reden.

Da ist ein Kleid im Schaufenster, eine rosa Wolke. Das wäre etwas für Laura in ein paar Jahren, und für mich wäre es vor vielen Jahren etwas gewesen . . . wie das Kleid, das Joseph mir damals in Paris kaufte. Konnte man sich etwas Zauberhafteres vorstellen?

Ein herrlicher, schöner Tag. Es ist wärmer geworden, die letzten Tage des Altweibersommers. Ich werde durch den Park zum Lincoln Center gehen. Laura hat *Schwanensee* noch nie gesehen. Es wird ihr sehr gefallen. Die Luft ist mild, Staub auf den Bäumen, alte Männer auf den Bänken beim Damespiel, Kinder auf Rollschuhen. Nicht in der Schule? Ach natürlich, es ist ja Samstag. Ich bin in letzter Zeit vergeßlich geworden.

Zweiundsiebzigste Straße, Central Park West. Ich bin zu weit gegangen, also wieder zurück. Hier ist die Straße. Was kann mir schon passieren, wenn ich nur mal schnell durchgehe, einen Blick hineinwerfe! Es wimmelt von schwarzen Kindern. Puertoricaner. Sie spielen Ball. Auf der Lower East

Side haben sie Hockey gespielt, und ich erinnere mich noch, wie laut es dann immer auf der Straße war. Alle Arten von Geschrei. Hier ist das Haus, wenn ich mich nicht irre. Ja, hier ist es. So klein! Hoch und eng, nur zwei Fenster breit. Wahrscheinlich werden hier jetzt möblierte Zimmer vermietet, wie in all den anderen Häusern. Die Leute sitzen auf den Stufen. Die letzte Sonne des Jahres. Die Jalousien schief und abgerissen. Damals war der Salon mit grünem Samt ausgeschlagen, und zwischen den Fenstern stand ein niedriger Tisch, auf den um vier Uhr das Tablett mit dem Teeservice gestellt wurde, und darüber Pauls Zimmer mit den Reitstiefeln, dem Banner von Yale und all den wunderbaren Büchern.

Bin ich noch die, die ich damals war? Ich erkenne mich überhaupt nicht mehr, und doch ist es noch gar nicht so lange her, seit ich Ruths Wohnung verließ, nach Uptown zog und in dieses Haus kam.

Schlag es dir aus dem Sinn. Was hat es für einen Zweck, darüber nachzudenken, was vielleicht einmal hätte sein können? Oder sich zu fragen, wie es Paul jetzt geht? Zwecklos, und doch frage ich mich. Ich habe mich immer noch nicht an den Gedanken gewöhnt, daß ich ihn vielleicht nie wiedersehen werde. Als ob er tot wäre.

Ich kann mich auch nicht daran gewöhnen, daß Ruth tot ist. Wußte nicht, daß ich sie so sehr vermissen würde. Sie war bitter und neidisch geworden, aber sie war immer da, und man konnte sich auf sie verlassen. »Ich werde mich um dich kümmern«, hatte sie am ersten Tag gesagt, als ich mit meinem Bündel und Schal vor ihr stand und von nichts eine Ahnung hatte. Ich vertraute ihr und hatte es nie zu bereuen.

Sie hat es nicht immer leicht gehabt. Wie sie da an jenem Abend saß, als Solly sich das Leben genommen hatte und alles weg war – nicht nur Solly, alles. Es wäre weniger bitter gewesen, wenn sie nicht die paar Jahre des Wohlstands erlebt hätte, in einer Wohnung voller kostbarer Teppiche und einem Seidenschal auf dem Stutzflügel. Als wir im letzten Sommer nach ihrer Beerdigung auf den Washington Heights waren, war das Erdgeschoß umgebaut, und es gab nur noch Läden. Ihre Wohnung lag über einer Wäscherei. War es immer noch so deprimierend wie damals, als wir dort lebten? Nein, es hat sich geändert. Und ich bin bestimmt auch nicht mehr die gleiche. Alles ist anders geworden.

Und jetzt ist auch noch Dan in Mexiko gestorben. In den fünfundfünfzig Jahren habe ich ihn nur zweimal gesehen. Ich hätte ihn gern noch einmal besucht.

Es geht bergab mit uns.

Laura aß Rührei mit Speck. Ihr langes rotes Haar, das sie, wie Iris ihr einmal lachend erzählt hatte, auf einem Bügelbrett glättete, hing ihr in den Teller hinein. Sie schob es zurück und blickte auf. »Ich war am Verhungern«, sagte sie.

»Es riecht gut.«

»Der Speck ist köstlich. Hast du das wirklich noch nie probiert?«

»Nie. Ich erinnere mich, als ich hier ankam und zum erstenmal Speck braten sah, wurde mir schlecht.«

»Weil man dir beigebracht hat, daß man ihn nicht essen soll. Willst du nicht mal versuchen?«

»Manchmal wäre mir schon danach. Aber dein Großvater . . .«

»Du brauchst es ihm ja nicht zu sagen. Muß man denn seinem Mann alles erzählen? Muß man das?«

»Ich habe immer gefunden, man sollte.« Gott verzeih mir die Lüge.

»Na, dann erzähle es ihm halt. Hat eine Frau nicht das Recht, auch Dinge zu tun, mit denen ihr Mann nicht einverstanden ist?«

»Das moralische Recht hätte sie wohl.«

Laura dachte nach. »Aber dann«, sagte sie einsichtig, »wäre es dir wahrscheinlich nicht wichtig genug, nicht wahr? Wenn du auf etwas bestehst, worüber er sich aufregt, würde es dir nachher nur leid tun, nicht wahr?«

Anna lächelte. »Ich hätte es nicht besser sagen können.«

Ein aufgewecktes Kind. Wie ein Instrument: Ich schlage einen Ton an, und sie läßt die Harmonie erklingen. In der Beziehung ist sie mehr eine Tochter, als Iris es war, obgleich ich weiß, daß Iris kein solcher Sonderfall ist. Ich habe genug

Töchter reden gehört, und auch Mütter. Wie wäre ich wohl zu meiner Mutter gewesen, wenn sie gelebt hätte? Ich muß aufpassen, daß ich Laura nicht zu sehr verwöhne und sie Iris entfremde. Großmütter neigen allzu leicht dazu.

»Daddy spielte uns gestern abend die ganze Musik von *Schwanensee* vor, und dann sprachen wir über die Handlung. Weißt du, daß es das erste Ballett ist, das er gesehen hat? Seine Eltern nahmen ihn mit, als es mit der Pawlowa aufgeführt wurde. Er hat uns gründlich die Musik und die Handlung erklärt. Gründlich! Du weißt ja, wie Daddy ist.« Sie lachte. »Als ich klein war, etwa acht Jahre alt, wollte ich eine Ballerina werden. Ich glaubte wirklich, man brauchte nur etwas zu wollen, und dann bekam man es.«

»Aber jetzt weißt du es besser.«

»Ich denke schon. Vielleicht bilde ich es mir nur ein. Ich bin im Grunde noch ein Kind und kenne mich nicht genug. Aber manchmal fühle ich mich sehr erwachsen.«

»Ich weiß, wie es ist. Heute früh sah ich ein rosa Kleid in einem Schaufenster und vergaß, daß ich eine alte Frau bin.«

Laura widersprach ihr nicht, wie man es höflicherweise oft tut: *Ach, du bist doch nicht alt . . .* Sie sagte: »Es muß schrecklich sein, wenn man alt ist. Ist es nicht schrecklich?«

»Nur wenn man zuviel daran denkt. Ich versuche, nicht darüber nachzudenken, wie wenig Zeit mir noch bleibt.«

Laura stützte das Kinn in die Hand. Sie warteten auf den Nachtisch, Annas Kaffee und Lauras Torte mit Eis. Wenn man das Kind zum Essen einlud, wußte man nie, ob sie in einer Hungerperiode oder in einer Freßphase war. Diese Woche fraß sie.

»Sage mir, Nana«, fragte sie sehr ernsthaft, »warst du und bist du zufrieden mit deinem Leben?«

»Ach, du liebe Güte«, sagte Anna, »das ist eine viel zu schwierige Frage für einen schönen Samstagnachmittag. Und außerdem kann ich sie dir unmöglich beantworten.« Was dieses Mädchen für Fragen stellt!

»Versuche es.«

»Ich kann nicht. Falls du damit meinst, ob ich in diesem Leben, das ich habe, glücklich bin, würde ich antworten, ja, sehr.

Ich liebe euch alle, ich habe Freunde und beschäftige mich mit interessanten Dingen, von denen einige, wie ich hoffe, auch ein bißchen nützlich sind. Und ich habe Vergnügungen, kann zum Beispiel mit meiner Enkeltochter zu einer Ballettvorstellung gehen. Aber wenn du fragst, ob ich ein anderes Leben vorgezogen hätte und lieber eine Pawlowa oder eine Madame Curie geworden wäre . . . verstehst du, was ich meine? . . . dann kann ich es dir unmöglich beantworten.«

»Manche Leute tun mir furchtbar leid«, sagte Laura, den Mund voll Eis. »Zum Beispiel mein Vater. Er tut mir manchmal sehr leid.«

»Warum?«

»Er denkt bestimmt sehr oft an seine andere Familie, an Liesel und ihren kleinen Jungen. Aber er spricht nie davon.«

Anna schwieg.

»Wahrscheinlich hat er das Gefühl, daß Mutter es nicht gerne hören würde.«

»Warum sagst du das?« fragte Anna achselzuckend, als wollte sie zu verstehen geben, daß das Thema sie nicht sonderlich interessierte.

»Ich weiß nicht. Ich habe einfach den Eindruck.«

Ich frage mich, was die Kinder wissen oder halb wissen oder an was sie sich erinnern. Sie waren damals so klein. Gott sei Dank haben sie keinen Schaden genommen! Aber wer sagt, daß ein Kind immer nur Freude und Sonnenschein haben muß? Das wäre ja unnatürlich. Immerhin fragt man sich, was in ihren Köpfen vorgeht. Entzückende Kinder, sogar die Jungen, soweit man einen Jungen entzückend finden kann. Warum eigentlich nicht? Ist Jimmy es nicht, Jimmy, der Unschlagbare? Und Steve, der bald launisch, bald finster, bald strahlend oder wie Quecksilber ist, ihn finde ich am anziehendsten. Ist es nicht seltsam? Joseph kann es nicht begreifen. Steve ärgert ihn, und ich verstehe auch, warum. Mir geht er ebenfalls auf die Nerven, und doch ist da etwas, an das ich gelangen möchte, etwas sehr Rührendes, sehr Warmes. Philip, der dann kam, als wir nichts mehr erwarteten. Und dieses Mädchen hier. Gott bewahre sie alle! Wie komme ich auf die Idee, sie hier zu segnen, an diesem Ort, bei Geplappere und klappernden Tellern? Gott schütze ihr zartes Fleisch vor Wunden und ihre Herzen vor Kummer. Nein, das ist unmöglich . . . aber schütze sie jedenfalls, lieber Gott.

»Es ist Zeit für die Vorstellung«, sagte Laura. »Alle gehen schon hinein.«

»Ja, ja.« Anna schaute auf ihre Uhr, sie standen auf und schlenderten zum Foyer, wo bereits viele Leute waren. Man schaute ihnen nach – das spürte Anna: den beiden Rothaarigen, der alten und der jungen.

Im Saal funkelten und strahlten die Kristalleuchter wie Eis und Diamanten. Dann wurde es dunkel, und die Ouvertüre begann. Als der Vorhang sich über dem Märchenwald und den verzauberten Jungfrauen öffnete, hörte Anna neben der Musik das freudige Aufstöhnen Lauras.

Die Bahn verlangsamte ihr Tempo, und sie waren angekommen.

Laura summte noch vor sich hin. »Es war wunderbar, einfach wunderbar! Ich danke dir sehr! Ich bin ganz begeistert.«

Dann fuhr sie fort: »Weißt du, Nana, ich werde den heutigen Tag nie vergessen. Ich werde einmal meinen Kindern erzählen, daß ich *Schwanensee* zum erstenmal mit meiner Großmutter gesehen habe, daß es an einem schönen warmen Nachmittag war und wir zusammen mit der Bahn zurückfuhren.«

Über sie brauche ich mir keine Sorgen zu machen, sagte sich Anna. Dieses Kind ist in Ordnung. »Wir nehmen uns ein Taxi«, sagte sie. »Ich setze dich ab und fahre dann direkt nach Hause. Dein Großvater ist sicher schon zurück.«

Im Taxi ordnete sie ihre Pakete und freute sich über die gelungenen Einkäufe: die Armbandanhänger für Laura – sie sollte sie aber erst an ihrem Geburtstag bekommen – und Hemden für Joseph.

Malones Wagen mit der Zulassungsnummer von Arizona parkte in der Einfahrt. Joseph muß sie zum Abendessen eingeladen haben. Wird der Braten ausreichen? Sie bezahlte das Taxi und war auf dem halben Weg zur Tür, als Malone sie öffnete.

»Das ist aber eine nette Überraschung!« begrüßte sie ihn, und dann sah sie sein Gesicht. »Was ist los? Was ist los?«

»Anna, bitte rege dich nicht auf. Joseph . . . sein Herz. Er ist im Büro zusammengebrochen, an seinem Schreibtisch. Wir riefen sofort einen Arzt, aber . . .«

»Oh, mein Gott!« rief sie aus. »Wo ist er? In welchem Krankenhaus? Fahre mich sofort hin, beeile dich . . .«

Malone faßte sie an den Schultern, Tränen rannen ihm über die Wangen. »O Anna, Anna, kein Krankenhaus. Es war zu spät.«

Iris schwankt, ihr Gesicht ist grau. »Laß mich nur, Theo«, sagt Anna, denn er hält ihren Arm. »Kümmere dich lieber um Iris.«

Die Kapelle ist bis auf den letzten Platz besetzt. Die Mittagssonnenstrahlen dringen durch die bunten Fenster, auf die Joseph so stolz war. Sie tanzen auf den Fliesen, flimmern golden und rubinfarben. Wie kann ich an solche Dinge denken, fragt sich Anna. Aber ich muß an sie denken, und an die Gesichter, und ich darf nicht auf den Sarg schauen, darf nicht an ihn denken, der darin liegt. Schau, in der zweiten Reihe sitzt Pierce, unser Kongreßabgeordneter, und Burgess von der Provident Bank, und Wieheißternoch vom Nationalrat der Christen und Juden. Gesichter, Gesichter, an die ich mich erinnern muß. Joseph hätte sich jedes einzelne gemerkt und ihnen später gedankt. All die Leute vom Verwaltungsrat des Krankenhauses, und der Kleine dort, der gerade hereinkommt, ist von der Bauarbeitergewerkschaft. Joseph ist immer anständig zu den Arbeitern gewesen, und das wissen sie. Gesichter, Gesichter, Frauen von der Schwesternschaft des Tempels, Tom und Vita Wilmot, Celestes Freundin Rhoda (daß die gekommen ist!) und Mr. Mozetti, der Gärtner. Die Malone-Jungen mit ihren Frauen. Ruths Töchter (wie fett sie geworden sind!) und Harry mit dem traurigen Gesicht und dem schäbigen Anzug. Komisch, er ist immer noch Taxichauffeur, und dabei war Solly immer so stolz auf seine Gelehrsamkeit gewesen. Seltsam.

Ich muß denken, denken. Jetzt nimmt mich der Rabbi beim

Arm. Ich bin zerbrechlich. Man hat Angst, ich könnte umfallen, aber das werde ich nicht tun. Joseph würde sich meiner schämen vor all diesen Leuten. Der Rabbi sagt, er habe einen guten Namen hinterlassen, einen unbezahlbaren Schatz, den man sich nur durch die Mühe eines rechtschaffenen Lebens erwerben kann. Er meint, was er sagt, der gute Rabbi. Er ist ein gütiger Mensch, und er weiß, daß das, was er sagt, wenigstens dieses Mal der Wahrheit entspricht. Das ist ja nicht immer der Fall, aber schließlich muß man doch etwas Nettes über die Toten sagen, nicht wahr?

Man stelle sich vor, sie könnten hören, was man über sie sagt. *De mortuis nil nisi bene.* Es hatte Maury amüsiert, daß ich seine lateinischen Sprichwörter auswendig kannte, ohne je Latein gelernt zu haben. Aber ich hatte immer ein gutes Gedächtnis und ein gutes Ohr.

»Er lebt fort in den Herzen derer, die ihn geliebt haben«, sagt der Rabbi. Seine Stimme ist sanft und ernst. Er blickt die Witwe an und spricht zu ihr. »Er war fest in seinem Glauben.« Ja, das war er. »Ein Vorbild für seine Enkelkinder, denen er die Bedeutung ihrer Identität klarzumachen verstand.« Die Enkelkinder sitzen auf der Bank und wenden ihm ihre ängstlichen Gesichter zu. Laura weint still in sich hinein. Werden sie sich erinnern an das, was er ihnen gab? Das weiß nur die Zukunft, die ferne Zukunft.

Die herrlichen, vertrauten Worte klingen wie Musik in ihren Ohren. »Fürchte Gott und folge seinen Geboten, denn das ist die Pflicht des Menschen.«

Musik. »Oh, Gott des Erbarmens, ewiger Geist des Universums, gewähre Joseph, der in die Ewigkeit eingetreten ist, die vollkommene Ruhe unter den Fittichen deiner Gegenwart.«

Wir gehen hinaus und steigen in einen langen schwarzen Wagen, der furchtbar traurig aussieht. Eine Motorradeskorte ist auch dabei. Wer hat das arrangiert und warum? Das hätte Joseph nicht gefallen. Selbst im Tode gilt Rang und Klassenstolz. Bescheidene Leute haben ergreifende Beerdigungen, nicht wie diese hier. Jetzt fahren wir durch das Friedhofstor. Dort ist die Familiengruft der Kirschs; wie eins der königlichen Grabmäler, die wir in Europa sahen. Reichtum und

Hierarchie, selbst im Tode. Das hätte Joseph nie zugelassen. »Nur ein ganz einfacher Grabstein«, hat er mir einmal gesagt. Ich werde ihn nächstes Jahr aufstellen lassen – und meinen daneben. Mit den Worten: »Anna, Josephs Frau.« Bin ich nicht verrückt, solche Gedanken zu haben, während man mir aus dem Wagen hilft, mich bei den Ellbogen hält? Das große grüne Tuch soll nur verbergen, daß man ein Loch in die Erde gegraben hat. All die Toten, meilenweit nur Tote. Wäre es nicht seltsam, wenn sie wüßten, daß wir hier stehen? Wenn sie es wüßten, während sie dort im Dunkeln liegen, unter dem gemähten Gras, unter dem Gewicht der schweren Erde, die auf ihre wie Eierschalen zerbrechlichen Schädel drückt und auf ihre hilflosen Hände? Wenn sie hören könnten, was die Leute über sie sagen, es genau hören, aber sich nicht dagegen wehren könnten? *Ja, aber ich hatte recht! Du hast es nicht verstanden, ich versuchte, ich meinte nur . . .*

De mortuis nil nisi bene.

Ach, Joseph, haben wir dafür unsere Kinder genährt, geliebt und verloren, hast du dich dafür dein Leben lang abgeschuftet, wenn du auch sagtest, es machte dir Spaß? War es dafür? Daß wir dann einfach weggehen und dich in einem Loch in der Erde liegenlassen? War alles dafür?

Ein Raunen geht durch die Menge. Die Leute richten sich auf und murmeln den Kaddisch: »Jit-gadal we-jit-ka-dasch she-mei raba . . .«

Iris schluchzt, als Theo sie zum Wagen zurückführt. Warum weine ich nicht auch? Joseph wäre stolz auf mich, weil ich nicht weine. Aber ich sollte doch weinen.

Jemand flüstert: »Ich fand, daß er herrlich gesprochen hat.« Ein anderer: »Sie hält sich gut . . . Würde hat sie schon immer gehabt.«

Der Himmel wird winterlich. Bevor wir zu Hause sind, fängt es zu regnen an, ein düsterer, stürmischer, spritzender Regen. Überall im Hause ist das Licht an. Freunde und Nachbarn sind gekommen, mit rosa Chrysanthemen, Körben voller Obst und Schokoladenkuchen.

»Kommen Sie«, sagt Celeste, »trinken Sie eine Tasse Tee, Sie haben den ganzen Tag nichts zu sich genommen.« Sie führt mich ins Speisezimmer, und ich lasse mich führen. Trotz allem genießt der Körper seine kleinen Freuden: den Tee, das warme Feuer, die Geschütztheit vor dem Unwetter draußen. Man legt mir einen halben Sandwich mit Hühnerbrust auf den Teller.

Warum weine ich nicht?

Erst der Hut löste die Tränen. Nach dem langen Tag war es der Anblick von Josephs verbeultem Regenhut, der vergessen auf einem Stuhl im oberen Flur lag. Sie ging in ihr Zimmer und hielt ihn sich an die Wange – seinen alten Hut, den er nie mehr tragen würde. Sie stand weinend im Raum und wiegte sich hin und her, wie es seit Jahrtausenden trauernde Frauen tun.

Leer, leer.

Sie zog sich aus. Das Bett war gemacht, so ein breites Bett für sie allein. Ein Bild blitzte in ihr auf – aus welcher Kammer ihres Gedächtnisses? –, ein Bild von Joseph, wie er am Strand mit Solly Ball spielte. »Der arme Solly«, hatte Joseph einmal gesagt, »all seine junge Lebhaftigkeit ist erloschen.«

Und er selbst?

Die Tür wurde aufgestoßen. Es war nur der alte Hund George der Zweite, der immer bei ihnen geschlafen hatte, seit . . . seit Eric von ihnen geschieden war. Er hob den Kopf und blickte Anna treuherzig an, als ob er fragen wollte, wo Joseph sei . . . und da er keine Antwort erhielt, legte er sich auf die Fußmatte an Josephs Seite und wartete.

Ich war nicht gut genug zu ihm. Ich sagte es noch gestern, und Iris nahm meine Hände und versicherte mir: »Mama, das ist nicht wahr. Du hast ihn glücklich gemacht. Du weißt, daß er glücklich war!«

Ja, das hat er mir immer gesagt. In all unseren Jahren muß er es mir Hunderte von Malen gesagt haben. Und trotzdem war ich nicht gut genug zu ihm und für ihn.

Oh, ich habe mich bemüht. Ich wollte es und schuldete es ihm.

Jener Priester, der außer Paul der einzige Mensch auf der Welt ist, der weiß, was ich weiß – ich frage mich, ob er noch lebt. Wir hatten uns ja nicht einmal mit Namen vorgestellt.

Theo klopfte an. »Ich habe dir etwas gebracht. Kann ich hereinkommen?« Er hatte ein Glas Wasser in der einen und eine Pille in der anderen Hand.

»Ich nehme nie Beruhigungsmittel, Theo.« Sie hatte nicht beabsichtigt, starrköpfig oder stolz zu klingen, aber es kam so heraus.

»Nur heute abend. Du hast dich sehr tapfer gehalten und verdienst ein bißchen Hilfe.«

»Ich will es mit eigener Kraft überstehen.«

»Ich weiß, daß du stark bist, aber du bist auch bockig. Also nimm schon, der Arzt hat es verordnet . . .«

»Schon gut, schon gut. Ich dachte, ihr seid nach Hause gegangen.«

»Wir sitzen unten.«

»Bring Iris nach Hause . . . es ist schwer für sie gewesen.«

»Ich weiß. Jetzt wird sie wirklich erwachsen werden müssen, voll und ganz.«

»Das hast du auch gewußt?«

»Natürlich. Sie war immer der kleine Liebling ihres Vaters.«

»Ja. Sein kleiner Liebling.«

Nach einer Weile sagte Theo: »Laura bleibt hier. Sie schläft im Zimmer gegenüber.«

»O nein, warum?«

»O ja. Sie kommt morgen nach der Schule zurück und wird hier ein paar Nächte schlafen.«

»Das solltest du dem Kind nicht aufzwingen.«

»Laura ist kein Kind. Und sie betrachtet sich auch nicht als ihres Vaters kleinen Liebling, Anna. Außerdem hat sie es selbst so gewollt.«

»Ich bin überwältigt von eurer Liebe und finde keine Worte.«

»Dafür sind Familien da«, sagte Theo bestimmt. »Und jetzt schlafe.«

44

Jimmy betrachtete Janet mit Stolz und Vergnügen, als sie beim Thanksgiving-Festmahl bei seinen Eltern saß. Es waren bisher herrliche Ferien gewesen, wenn er auch hier nicht mit ihr schlafen konnte, wie sie es im College zu tun pflegten. Ihr Zimmer lag zwar auf demselben Flur, aber solange sie im Hause seiner Eltern waren, wollte er nicht zu ihr gehen. War das Heuchelei? Jedenfalls hätte er es nicht tun können. Und außerdem wollte er nicht, daß seine Eltern auch nur den geringsten Grund haben konnten, etwas an Janet auszusetzen.

Sie lachte jetzt und warf ihre dunklen Locken zurück. Sie haßte dieses Haar, denn sie konnte es bürsten, soviel sie wollte – es fiel immer wieder in seine ursprüngliche Form zurück und bildete einen runden Schopf über einem runden Gesicht. Alles an ihr war rundlich, Brüste und Hüften, und in ein paar Jahren würde sie auf ihr Gewicht achten müssen. Sogar ihre blauen Augen waren rund. Wer aber bei all der molligen Fülle einen naiven, sanften und vagen Blick erwartet hätte, täuschte sich, denn ihre unter schweren Lidern liegenden Augen waren von scharfer Wachsamkeit.

Es amüsierte ihn, wenn er bedachte, daß sie mit den besten Empfehlungen gekommen war und sich als die Enkeltochter einer entfernten Verwandten Nanas ausweisen konnte, jener alten Dame Ruth, die vor ihrem Tode seine Großeltern zu besuchen pflegte.

»Wie seid ihr beide euch eigentlich begegnet?« fragte Dad.

»Ach«, erklärte Jimmy, »da wir beide im gleichen Semester des medizinischen Vorbereitungskurses sind, haben wir natürlich zum größten Teil auch die gleichen Professoren. Und eines Tages machte mir Dr. Adam Harris nach dem Kurs im Zoologielaboratorium eine Mitteilung. Erzähle du weiter, Janet. Ich bringe die Verwandtschaft immer wieder durcheinander.«

»Es ist eine verrückte Geschichte«, erzählte Janet. »Wie es scheint, war Dr. Harris' Großvater – als er noch lebte – der Vetter vierten Grades meiner Großmutter Levinson. Und als sich in diesem Jahr eine ganze Gruppe von Verwandten bei der Beerdigung eines anderen Vetters begegnete, stellten sie im Laufe des Gesprächs fest, daß Jimmy und ich auf der gleichen Universität sind. So wurde beschlossen, daß Adam Harris uns einander vorstellen sollte. Und alles das auf einem Friedhof, wohlgemerkt!«

»Adam Harris fand das sehr lustig«, fügte Jimmy hinzu. »Er ist übrigens einer der nettesten Leute auf dem College, und dazu ein begabter Forscher, der auch gern unterrichtet. Ein seltener Vogel. Sehr menschlich und in jeder Beziehung tadellos.«

»Harris sagte dann noch: ›Ich habe erfahren, daß dein und mein Großvater zusammen in der Lower East Side aufgewachsen sind. Das hatte ich vorher nie gewußt. – So, jetzt habe ich dir die Nachricht überbracht und meine Pflicht getan.‹«

»Wie sieht sie aus?« hatte Jimmy sich erkundigt.

»Das mußt du selbst beurteilen, mein Freund. Nur eins kann ich dir jetzt schon sagen: Sie ist verdammt gescheit, eine der Besten ihrer Gruppe. Mehr wirst du von mir nicht erfahren.«

Da Jimmy sehr höflich war und gesellschaftliche Verpflichtungen ernst nahm, wäre es ihm nie eingefallen, das Anerbieten zu ignorieren. Er hatte beabsichtigt, das Mädchen anzurufen, sie zu einem Kaffee einzuladen und es dann dabei zu belassen.

Janet hatte gelacht, als er sie anrief. »Weißt du, daß ich dich schon längst hätte anrufen sollen? Meine Mutter hat mir ständig damit in den Ohren gelegen. Sie tauscht noch immer Neujahrsglückwünsche mit deiner Großmutter aus, seit die meine gestorben ist, und ich glaube, sie erfuhr auf diese Weise, daß wir beide hier sind. Meine Mutter ist sehr von deiner Familie beeindruckt. Sie hält sie für wichtige Leute.«

Nur Janet bringt es fertig, mit einer solchen Offenheit zu reden. Zuerst hatte ihr Benehmen Jimmy befremdet, aber dann hatte er sich daran gewöhnt und es zu schätzen gelernt. Sie redete nicht um den heißen Brei herum oder machte Andeutungen; bei ihr wußte man stets, woran man war.

»Wir sind ziemlich arm«, hatte sie ihm ohne Umschweife gestanden. »Mein Vater hat ein Schuhgeschäft. Das Wort arm ist vielleicht übertrieben, aber ich will damit nur sagen, daß ich eine Menge sparen muß, wenn ich Medizin studieren will. Ich jobbe jeden Sommer, und für das College habe ich ein Stipendium.«

»Da komme ich mir direkt verwöhnt vor«, hatte Jimmy gesagt. »Du beschämst mich.«

»Warum? Mir wäre es lieber, wenn ich es ein bißchen leichter hätte. Ich wäre froh, wenn meine Eltern mir Geld geben würden oder wenn ich verheiratet wäre und einen Mann hätte, der mir Sachen kauft.«

»Wissen Sie, daß ich in Washington Heights wohne, in der Nähe des Hauses, in dem Sie früher wohnten?« sagte Janet zu Nana. »Ihr Mann war so gut zu meiner Großmutter«, fuhr sie fort. »Sie hat uns immer von ihm erzählt. Als der Enkel meines Onkels Harry krank war, hat er für alles bezahlt. Sie pflegte zu sagen: Leute wie Joseph Friedman gibt es nur einmal.«

Nanas Augen wurden feucht. Seit Großpapas Tod kamen ihr leicht die Tränen, und manchmal genügte der geringste Anlaß.

Sie schien sich sehr für Adam Harris zu interessieren. »Du bewunderst ihn sehr, nicht wahr?«

»O ja«, erwiderte Janet. »Er redet nicht nur gut, er kann auch gut zuhören. Er ist wirklich phantastisch.«

Nana schüttelte den Kopf. »Seltsam. Wenn ich bedenke, wie ganz anders der Großvater war . . .«

»In welcher Beziehung?«

»Ach, viel weiß ich eigentlich nicht von ihm, nur daß er ein Junge aus der Nachbarschaft deines Großpapas war und daß er als einer der größten Schnapshändler des Landes endete.«

»Ein komischer Hintergrund für Dr. Harris«, bemerkte Jimmy. »Er ist so einfach. Fährt einen Volkswagen und trägt jeden Tag den gleichen Anzug.«

»Interessant«, sagte Nana, und Jimmy fragte sich, was sie sich wohl dabei dachte. Bei seiner Großmutter konnte man nie wissen. Dann wandte sie sich an Steve: »Kennst du diesen Adam Harris auch?«

»Ich besuche seine Kurse nicht, aber ich kenne ihn ein biß-

chen, denn ich sehe ihn manchmal mit Leuten beim Mittagessen. Er ist ein Gefühlsmensch und ein heuchlerischer Vertei-
diger des Status quo, wie die meisten auf der Fakultät. Redet
viel Scheiße.«

»Du scheinst von niemandem im College eine gute Meinung zu haben«, sagte Dad. »Nicht wahr, Steve?«

»Nein, denn sie sind alle Werkzeuge des Systems, Söldner,
die nur dazu da sind, die Jungen für die Profitjagd zu schulen.
Was gibt es da zu bewundern?«

»Es tut mir leid, daß du das alles so erbärmlich findest.«

»Ach, im Grunde ist es mir scheißegal.«

Jimmy sah, wie die Mutter dem Vater einen Blick zuwarf,
während sie die Preiselbeersoße herumreichte, und sie wollte
gerade den Mund aufmachen, um das Thema zu wechseln, als
Steve seine Bombe hochgehen ließ.

»Es ist mir schon deshalb scheißegal, weil ich Ende des Se-
mesters abzugehen gedenke.«

»Was hast du, bitte, gesagt?« fragte Dad.

»Ich habe gesagt, ich gedenke abzugehen – auszutreten, ab-
zuhauen.«

»Tatsächlich?« sagte Dad höflich. Wenn er so sprach, war
Feuer unter dem Eis. »Tatsächlich? Und was gedenkst du zu
tun – mit zwei Jahren College und sonst nichts?«

Steve zuckte die Schultern. »Bevor ich irgendwas tue, will
ich diesem Krieg ein Ende machen.«

»Man wird dich einziehen, das weißt du doch?«

»Mich nicht, kommt nicht in Frage! Ich gehe nicht.«

»Du wirst also ins Gefängnis gehen?«

»Wenn's sein muß«, sagte Steve gedankenlos. »Oder eher
schon nach Schweden oder Kanada.«

Großmutter machte große Augen und wollte etwas sagen,
aber Mutter warf ihr einen warnenden Blick zu. Jeder in der
Familie wußte, daß mit Dad nicht zu spaßen war, wenn er
einen seiner seltenen Wutanfälle hatte. Steve pflegte zu sagen,
es sei der Preuße in ihm, was Jimmy absurd fand, denn er
wußte, daß die Österreicher und die Preußen nichts miteinander gemein hatten.

»Lassen wir den Krieg vorläufig einmal beiseite«, sagte Dad

behutsam. Er legte seine Gabel nieder, obgleich das Essen kaum erst begonnen hatte. »Oder nehmen wir an, der Krieg sei zu Ende, was mit Gottes Hilfe hoffentlich bald der Fall sein wird.« Dad sagte immer »mit Gottes Hilfe«, obgleich er behauptete, nicht an Gott zu glauben. »Würdest du dann immer noch finden, daß alle Schulbildung unnötig ist?«

»Diese Art, ja. Man lernt nichts, was man sich nicht selbst beibringen könnte, wenn man es wollte. Und ich will es nicht. Ich beabsichtige nicht, mir beibringen zu lassen, wie ich mir mein ganzes Leben lang mein Geld verdienen soll.«

»Geld ist dir also zuwider?«

»Es ist mir zuwider, wie es hierzulande gepriesen wird. Es gilt hier ja mehr als die Liebe.«

»Sehr schlagfertig, aber deine Schlagfertigkeit hält einer Analyse nicht stand. Glaubst du zum Beispiel, daß ein Mann, der für seine Familie Geld verdient, sie deshalb nicht liebt?«

»Theo, das hat er nicht gesagt«, warf Mutter ein, um Steve zu verteidigen.

Soweit Jimmy sich erinnern konnte, hatte sie immer seinen Bruder verteidigt. Selbst vor Jahren, als Laura ihn geneckt und Steve sie dafür geschlagen hatte und als sie die beiden ordentlich ausgeschimpft hatte, war ihre Stimme Steve gegenüber anders gewesen. Ob sie wohl wußte, wie angstvoll und klagend sie klang, wenn sie mit Steve oder über Steve sprach?

Steve brummte: »Falls du unbedingt persönlich werden willst, würde ich sagen, es wäre besser gewesen, wenn du nur halbtags in deiner Praxis gearbeitet und uns mehr Zeit gewidmet hättest.«

»Halbtags in meiner Praxis? Wenn ich das getan hätte, könntet ihr nicht in einem solchen Haus leben! Wäre das vielleicht Liebe gewesen?« Jetzt wurde die Stimme seines Vaters lauter, und obgleich er nicht schrie, schien der ganze Tisch zu erzittern. »Da sitzt du mit deinen weißen Zähnen – fünfzehnhundert Dollar Zahnarztkosten . . . ja, ich weiß, es schickt sich nicht, das Geld zu erwähnen, aber ich habe dieses Thema nicht angeschnitten, sondern du. Auch das Geld gehört zur Liebe, und behaupte mir nicht das Gegenteil. Jedesmal wenn ich einen Scheck ausschrieb für etwas, was du brauchtest, oder für etwas, das dir Freude machen würde, fühlte ich deine Freude. Ein Stück meiner Liebe ging in jeden Dollar. Jawohl, und auch ein Stück meiner Dankbarkeit für das Land, das es mir möglich gemacht hat, dir gegenüber großzügig zu sein. Kannst du das verstehen?«

»Ich teile deinen Chauvinismus nicht«, sagte Steve.

»Chauvinismus? Weil ich von Dankbarkeit spreche?« Dad stieß seinen Stuhl zurück. »Jetzt höre mir mal gut zu! Diesem Land schulde ich alles, was ich bin und was ich habe. Diesem Land, das mich aufgenommen hat. Narren wie du, die das Glück hatten, hier geboren zu werden, wissen ja gar nicht, wie gut es ihnen geht. Ich küsse diese Erde. Ich sage es vor euch allen. Ich werde auf den Gehsteig vor diesem Haus gehen und die Erde küssen! Hörst du das? Jawohl, und dein Großvater hat das gleiche gefühlt.«

»Mein Großvater war ein Geldautomat«, sagte Steve. »Dir kann man wenigstens noch zugute halten, daß du auch andere Interessen hast wie Musik, Tennis und Bücher. Aber er hat mit seinem Leben nichts anderes angefangen, als Geld zu machen. Und du weißt, daß es so ist.«

»Oh!« rief Großmutter aus. »Ich begreife nicht, was hier vor sich geht, noch nie bei Tisch ist mir . . .«

Jimmy blickte Janet an, aber sie schaute auf ihren Teller.

Und Mutter sagte: »Steve, ich bin traurig und beschämt, daß du, was immer auch du denken magst, daß du so wenig Gefühl hast, daß du . . .«

»Gefühl!« unterbrach Dad. »Gefühl! Jawohl, diese Linksradikalen weinen heiße Tränen für jeden Unterdrückten und Unzufriedenen auf der Welt, aber für die Familie, die sich ihretwegen das Herz aus dem Leib reißt, finden sie keine Träne. Du willst also dein Collegestudium einfach abbrechen, und es macht dir überhaupt nichts aus, was deine Eltern denken, wie ihnen zumute ist, wenn sie mit ansehen müssen, wie du dein Leben in den Dreck wirfst . . .«

Ein Riesenkrach.

Später, als sie oben waren, ging Jimmy in Steves Zimmer. »Was, zum Teufel, ist in dich gefahren? Herrgott, es ist mir völlig egal, ob du dich wie ein verdammter Idiot benehmen willst! Hau vom College ab, tu, was dir gefällt, aber sage mir bitte, warum du uns unbedingt das Abendessen verderben mußtest!?«

»Du bist ja nur sauer, weil deine Freundin da war.«

»Du hast verdammt recht! Du hättest dir weiß Gott einen besseren Augenblick auswählen können. Du hattest keine Ursache, es ausgerechnet heute abend zu tun.«

»Aber auch keine Ursache, es nicht zu tun. Vergiß nicht, daß ich nicht derjenige war, der Krach geschlagen hat. Ich habe ganz ruhig gesagt, was ich zu tun gedenke, und dann hat Dad verrückt gespielt.«

»Ja, und du wußtest genau, daß es so kommen würde. Das hast du schon immer so gemacht, als Großpapa noch lebte. Du hast Dinge gesagt, von denen du wußtest, daß sie wie ein rotes Tuch wirkten.«

»Großpapa!« rief Steve verächtlich aus.

»Mochtest du Großpapa nicht?«

Steve zuckte die Schultern, als wollte er eine unerwünschte Last abschütteln. »Du könntest mich ebensogut fragen, ob ich Tutenchamun mag. Wir hatten uns überhaupt nichts zu sagen. Er war schon Jahre tot, bevor er's merkte.«

»Du kannst manchmal sehr gemein sein, Steve.«

»Ich bin nicht gemein. Ich verlange nur das gleiche Recht wie jeder andere in der Familie, meine Meinung auszudrükken, und das scheint an ihren Grundfesten zu rütteln. Aber ihnen ist es gleich, wie sehr ihre Ansichten mich verletzen.«

»Das ist nicht wahr. Ich habe dich oft genug mit Dad über Politik und soziale Gerechtigkeit reden gehört.«

»Na schön. Ich gebe zu, daß Dad gute Absichten hat. Er bemüht sich, ein offenes Ohr zu haben, wenn ihm gerade danach ist. Er kann zuhören und bemüht sich – jedenfalls behauptet er es –, zu verstehen. Aber im Grunde genommen weißt du so gut wie ich, daß er ebenso verklemmt wie jeder andere Wall-Street-Hörige ist und nur ans Vorwärtskommen denkt, ans Anschaffen, den neuesten Wagen, Spannteppiche im Büro und dergleichen mehr. Die Leute in Harlem, die nicht einmal genug zu essen haben, sind ihm egal. Und Vietnam. Gewiß, er findet es nicht recht, aber würde er deshalb irgend etwas tun und sich bloßstellen? Mein Gott, wenn du wüßtest, wie mich das alles anekelt! Manchmal, wenn ich sie über Versicherungen, steuerfreie Obligationen und ähnlichen Mist reden höre, möchte ich am liebsten kotzen. Jawohl, kotzen!«

»Schon gut, ich weiß, was du meinst, aber immerhin ist es ihr Haus, und da haben sie wohl das Recht, zu reden, über was sie wollen, finde ich. Ich bin ja auch nicht immer mit ihnen einverstanden, aber deshalb brauche ich noch lange keinen solchen Stunk zu machen. Laß sie doch denken, was ihnen Spaß macht, und behalte deine Meinung für dich, zum Donnerwetter!«

»Und was ist das für eine Beziehung, wenn man nicht einmal seine Meinung sagen kann? Das ist auch der Grund, weshalb es mich anwidert, zu Hause zu sein. Im College kann ich wenigstens frei reden. Ich kann aufatmen, wenn ich wieder dort bin.«

»Ich dachte, du wolltest aussteigen?«

»Ja, und viele meiner Freunde ebenfalls. Ich meinte ja nicht, daß das ganze College frei ist, beileibe nicht, ich meinte nur meine Leute.«

Steves Leute. Tierisch ernst, ständig diskutierend, zornige, junge Männer. Wahrscheinlich alle ebenso superintelligent wie Steve, fand Jimmy, obgleich er sie eigentlich nur vom Sehen kannte, wenn sie unter den Bäumen oder in den Klubzimmern debattierten. Namen, die er im *Clarion Call* gelesen hatte, in Berichten über Verhöre vor dem Kongreßkomitee, Teilnehmer an Streiks und Protestmärschen, Leute, die ständig irgendwo auf Achse waren. Er fragte sich, wie sie da ihre Schularbeit bewältigen und ihre Prüfungen bestehen konnten. Schließlich muß man doch wenigstens etwas Zeit zum Büffeln verwenden, selbst wenn man so begabt ist wie Steve. Es wunderte ihn.

»Wo echte Liebe vorhanden ist, gibt es auch Verständnis, nicht wahr?« fragte Steve ihn jetzt. »Oder vielleicht nicht?«

»Steve, du weißt genau, was ich meine, und du tust nur so, als ob. Es ist zwecklos, mit dir zu diskutieren, denn du drehst einem die Worte im Mund herum, bis sie keinen Sinn mehr ergeben, und dabei sage ich dir nur etwas, was jeder vernünftige Mensch als richtig empfindet.«

»Ja, *empfindet*. Die Stimme des Blutes, wie bei den Faschisten«, sagte Steve.

Er hatte die entnervende Gewohnheit, langsam und spöttisch die Augen zu schließen, um anzudeuten, daß für ihn das Gespräch beendet sei. Jimmy hätte ihn dann manchmal am liebsten geschlagen. Aber wenn er seinen Bruder dann anschaute und die blauen Venen an den Schläfen unter der blassen Haut sah, stieg in ihm eine Zärtlichkeit auf, die er nicht einmal für seinen kleinen Bruder Philip zu empfinden vermochte.

»Ich wollte ohnehin nicht zum Thanksgiving nach Hause kommen«, sagte Steve. »Du hast mich dazu gezwungen.«

»Es tut mir leid«, erwiderte Jimmy. »Und jetzt habe ich genug für heute abend. Ich gehe zu Bett.«

»Der Schlaf des Gerechten«, spöttelte Steve.

Seine bissigen Bemerkungen konnten einen ganz schön in Wut bringen. Aber das war eigentlich nur aufgesetzt, wie Jimmy vor ein paar Jahren festgestellt hatte.

Damals hatte sich Jimmy das Bein gebrochen, und Steve war es gewesen, der ihm die Bücher aus der Bibliothek geholt, die Mäuse gefüttert, die Pflanzen begossen und seine Arbeit über ein Experiment zum Beweis des Mendelschen Gesetzes abgetippt hatte. Er erinnerte sich auch, wie Steve, als sie klein waren, immer in Wut geriet, weil er der Schwächere war und nie einen Kampf gegen seinen jüngeren Bruder gewinnen konnte, und wie er dann so elend verzweifelt war, daß Jimmy ihn losließ und Mitleid mit ihm hatte.

Meines Bruders Schuldner und meines Bruders Hüter. Es kling so hochtrabend, und doch ist es so.

Am nächsten Nachmittag reiste Steve, sehr zu Jimmys Erleichterung, aber auch sehr zur Besorgnis seiner Eltern, nach Kalifornien zu einer Friedenskundgebung.

Nana lud Jimmy und Janet zum Mittagessen ein. Janet mußte ihr sehr gut gefallen haben, denn sonst hätte sie das nicht getan. Sie saßen im sonnigen, geräumigen Eßzimmer, und die Frauen plauderten mit jener Ungezwungenheit, die ihnen zu eigen ist. Er hörte mit halbem Ohr, wie sie über Janets Familie, das College und Rocklängen sprachen. Mit dem anderen halben Ohr hörte er Stimmen der Vergangenheit.

Die Abendmahlzeiten, die er an diesem langen, polierten Tisch eingenommen hatte! Es schien ihm, als seien es immer Festmahle gewesen, aber es mußte auch einfachere Anlässe gegeben haben. Was ihm aber vor allem im Gedächtnis haftengeblieben war und ihn am meisten beeindruckt hatte, waren Gesang und Gebete, Blumen, Kerzenlicht und köstlich gewürzte Speisen.

»Wir langweilen dich«, sagte seine Großmutter plötzlich.

»Nein, nein, ich ließ nur meine Gedanken wandern. Ich dachte daran, wie wir uns immer für die Festtagsmahlzeiten unsere besten Anzüge anziehen mußten und wie förmlich es da immer zuging.«

»War es so schrecklich für dich?« frage Janet neugierig.

»Ah, als ich klein war, hat es mich beeindruckt. Aber von meinem vierzehnten Lebensjahr an langweilte es mich entsetzlich. Die Mahlzeiten nahmen kein Ende. Ich mußte mir ständig Mühe geben, mir mein Gähnen nicht anmerken zu lassen.«

»Mit vierzehn langweilt man sich leicht«, bemerkte Nana. »Aber schön war es doch, nicht wahr?«

Ja, sehr schön. Jetzt, da er fern von zu Hause lebte, kein Kind mehr war, da die Distanz von Raum und Zeit ihm erlaubte, die Dinge zu sehen, wie sie waren, fand er es wünschenswert, es im eigenen Hause wiederzuerleben, wenn die Reihe an ihm sein würde.

»Ich frage mich, ob Mutter es vermißt«, sagte er. »Sie hing so sehr an Großpapa. Und Dad legt keinen Wert darauf, die Feiertage in seinem Hause einzuhalten.«

»Ich glaube, sie vermißt es«, antwortete Nana. »Mir jedenfalls fehlt es.«

Das Schweigen war etwas betrübt.

Dann fragte Nana überraschend: »Bist du religiös, Janet?«

»Ja, die Tradition bedeutet mir viel. Schon immer.«

Die Großmutter lächelte, und dann sagte sie munter:

»Wenn wir fertig sind, könntest du Janet das Haus zeigen. Sie sagte mir, sie möchte es sich gern anschauen.«

Sie gingen zuerst ins Musikzimmer. Die Goldberg-Variationen von Bach lagen aufgeschlagen auf dem Notenständer des Flügels.

»Philip muß hiergewesen sein«, bemerkte Jimmy.

»Ja, er war hier am Sonntag zum Abendessen und hat mir etwas vorgespielt.«

»Erinnerst du dich noch, wie niemand zu husten wagte, wenn Philip spielte?«

»O ja.«

»Bei allem Respekt glaube ich kaum, daß Großpapa etwas von Musik verstand oder sie auch nur mochte.«

Nana lachte. »Da hast du recht.«

»Es war eigentlich nur, weil Philip spielte.«

Diese abgöttische Liebe! Jimmy fragte sich, ob es nicht eine Zumutung für den Kleinen war, so herumgezeigt zu werden. Aber wahrscheinlich nicht. Philip war jetzt auf der Musikhochschule Julliard, und welchen Sinn hatte es schließlich, ein Instrument zu spielen, wenn kein Publikum Beifall klatscht? Gott sei Dank war er wenigstens kein weltfremdes Wunderkind. Er hatte sich sogar seiner Umwelt besser angepaßt als viele andere, war von einem umgänglichen und friedlichen Wesen, das gar nicht den billigen Verallgemeinerungen über das Temperament der Musiker entsprach.

Sie stiegen die Treppe zu Großpapas rundem Zimmer empor. Der Zigarrenschrank duftete noch immer nach starken Havannas, obgleich er seit langem leerstand. Blaupausen lagen zusammengerollt auf den Regalen. Ein Strauß Ringelblumen stand in einer kleinen Vase auf dem Schreibtisch, Nanas Blumen – die gleichen wie die, die an diesem Herbsttag die Terrasse und den Rasen umgaben.

Janet stand am Fenster. »Was für ein herrliches Haus!« rief sie leise aus.

»Ja«, sagte Jimmy. »In mancher Beziehung erscheint es mir mehr als das Haus meiner Kindheit, wo ich wirklich lebte.«

Unten am einstöckigen Außenflügel der Bibliothek rankte wilder Wein üppig an den Mauern empor. Der mußte vor mindestens einer Generation gepflanzt worden sein und war jetzt so kräftig, daß man ihn mit der Hand kaum noch ausreißen konnte.

»Ich erinnere mich, hier einmal geschlafen zu haben, als ich noch ganz klein war«, sagte Jimmy. »Ich hatte furchtbare Angst vor dem Donner, und in dieser Nacht war ein gewaltiger Sturm ausgebrochen. Du wußtest, daß ich Angst hatte, Nana, und du kamst in mein Zimmer, als ich wach im Bett lag. Aber zum erstenmal hatte ich überhaupt keine Angst, und du warst sehr überrascht. Ich sagte dir, daß ich mich in *diesem* Hause vor nichts fürchtete, daß mir in *diesem* Hause nie etwas Schlimmes passieren könnte. Kannst du dich noch daran erinnern?«

»Ich hatte es vergessen und bin froh, daß du mich daran erinnerst.« Nana freute sich.

Kurz danach verabschiedeten sie sich mit einem Kuß von ihr und fuhren fort.

»Jimmy, du hast eine wunderbare Familie«, sagte Janet. »Deine Großmutter liebe ich besonders. Sie ist stark wie ihr Haus. Sie gab mir – ich weiß nicht – ein Gefühl von Beständigkeit. Und ich mag Dinge, die von Dauer sind, Jimmy.«

»Ich auch«, sagte er.

Jimmy lag ausgestreckt auf dem Bett seines Zimmers im College, zwischen Haufen von Decken, Kleidungsstücken und Schulbüchern, und er sah Janet beim Ankleiden zu. Er hatte das Gefühl, daß sein Körper immer noch glühte, immer noch ihre wohlige Wärme verspürte, und er sah voraus, wie öde und leer das Zimmer nach ihrem Fortgehen sein würde, wenn er wieder ganz allein war, bis zum nächsten Mal. Er kannte sie erst seit einem Jahr, und doch gehörte sie zu ihm wie das Blut in seinen Adern oder der Atem in seiner Lunge.

»Geh nicht«, sagte er.

»Jimmy, ich muß. Wenn ich bleiben würde, könnte ich nicht arbeiten, und Donnerstag habe ich Chemieprüfung.«

»Wir können beide arbeiten, ich werde dich nicht stören.«

»Du weißt genau, daß wir nicht arbeiten würden.«

Er lachte. »Na schön. Du hast gewonnen.«

Sie zog sich ihre Jacke zurecht. »Ich gehe also jetzt. Du kannst Freitag zu mir kommen. Meine Zimmerkameradin ist über das Wochenende fort.«

»Gut. Warte, ich ziehe mir schnell etwas an und begleite dich rüber.«

Er las rasch einige Kleidungsstücke auf – ein Hemd, das auf der Schreibmaschine lag, eine Hose vom Fußboden.

»Janet?«

»Was, Liebster?«

»Es tut mir leid, daß es diese Szene bei mir zu Hause gab. Wirklich eine Schande, bei deinem ersten Besuch! Und dabei haben wir gewöhnlich nie solche Streitereien, höchstens hier und da ein kleines Wortgeplänkel, wenn Steve es mal wieder nicht lassen kann.«

»Mir hat es nichts ausgemacht. Ihr habt mir leid getan, besonders deine Großmutter, die ich furchtbar gern mag.«

»Ach ja, seit Großpapas Tod ist es nicht leicht für sie. Sie ist wirklich großartig, Janet. Manchmal klingt sie wie jemand aus einem Märchen, wie aus einer völlig anderen Welt. Und dann, andere Male sagt man sich: Diese Dame ist nicht auf den Kopf gefallen. Wußtest du, daß sie eine große Opernkennerin ist?«

»Glaubst du, daß Steve wirklich das College verlassen wird?«

»Davon bin ich leider überzeugt«, sagte er, und dann fuhr er langsam fort: »Steve ist eine Art von Genie, weißt du? Das heißt, er könnte eins sein, wenn er wollte. Er ist in allem gut: Sprachen, Mathematik, in einfach allem. Habe ich dir erzählt, daß er bei der Prüfung siebenmal neunzig Punkte erzielt hat? Und er braucht nie zu schuften wie ich. Ich meine, ich kann mich zu Tode schuften, während er alles mit dem Gedächtnis macht. Er liest sich einmal eine Seite durch, und sofort hat er sich alles eingeprägt. Er ist phantastisch.«

»Wofür interessiert er sich?«

»Für nichts. Früher war es mal Geschichte, aber dann behauptete er, es sei alles Scheiße, ausgemachte Lügen, und in den Büchern stünde kein wahres Wort. Danach war es Philosophie, und das ist immer noch sein Hauptfach, aber ich weiß nicht, ob es ihm wirklich noch so gefällt und was er damit einmal anfangen will.«

»Höchstens Lehrer werden, nicht wahr?«

»Lehrer werden will er auch nicht. Übrigens ist seine neueste Masche, daß die Universitäten ein Schwindel sind und nur dazu dienen, die Kriegsmaschine zu füttern. Aber das kennst du ja.« Er dachte an etwas Bestimmtes und lachte. »Ich erinnere mich, wie er meinem Großvater eines Tages erzählte, daß er sich zum Philosophiestudium entschlossen habe, und darauf fragte mein Großpapa ihn, was er damit anfangen wolle. Bei Großpapa mußte nämlich alles seinen praktischen Zweck haben. Als Steve nicht antwortete, sagte mein Großvater witzelnd: ›Du könntest ein Geschäft eröffnen. Steve Stern: Philosophische Artikel aller Art.‹ Alle lachten, und Steve war furchtbar wütend.«

»Er hat nicht viel Humor.«

»Nein. Besonders jetzt nicht. Es ist dieses verdammte Vietnam. Manche Leute reden überhaupt von nichts anderem mehr.«

»Es ist immerhin wichtig, Jimmy«, sagte Janet sehr ernsthaft.

»Ich weiß. Aber es braucht doch nicht das ganze Leben eines Menschen zu vergiften, oder? Ich möchte jedenfalls so oder so Arzt werden. Und du doch auch?«

»Natürlich.«

Sie öffneten die Tür und traten in eine veränderte Welt hinaus. Der Schnee, der den ganzen Tag in feinen Flocken gefallen war, prasselte jetzt in Form von Eiskörnern nieder, der Wind schlug die Tür hinter ihnen zu und fuhr in die Bäume, die sich neigten und einen Schauer von Eiszapfen zu Boden fallen ließen.

»Die Welt sieht böse aus«, sagte Janet.

Wahrscheinlich mußte man hier in den Steppen des Mittleren Westens geboren sein, um diese stürmischen Winde, diese dunklen, grauen, eisigen Winter als etwas Normales hinzunehmen. Das Eis brannte auf ihren Wangen, und sie mußten die Augen zukneifen, um sie zu schützen. Sie gerieten ins Stolpern und rutschten aus. Janet fiel hin, Jimmy hob sie auf, und sie kämpften sich bis zu ihrer Tür vor. Im Licht des Gebäudes sah er die Schneeflocken auf ihrem Haar.

»Du bist entzückend mit deiner Schneefrisur«, sagte er.

Sie streichelte ihm die Wange. »Ich liebe dich, Jimmy. Du bist so lieb und zärtlich, und ich muß aufpassen, daß ich das nicht ausnutze.«

»Da bin ich unbesorgt.«

»Arbeite nicht zu lange.«

Als er gegen den Wind und den eisigen Schnee zurückging, hüllte er sein Gesicht in den Wollschal. Er fühlte sich sehr müde. Eine körperliche Müdigkeit. Er war sich nicht bewußt, wie sehr dieses Wochenende seine Nerven beansprucht hatte – mit der Sorge, Janet könnte seine Familie nicht mögen oder, was wahrscheinlicher war, seine Familie könnte sie nicht mögen und sie würde dann nichts mehr von ihm wissen wollen. Alles war jedoch ziemlich gut verlaufen, und jetzt fühlte er die Erschöpfung nach der Anspannung.

Besonders hatte es ihn gefreut, daß Laura und Janet sich so gut miteinander verstanden. Er betrachtete seine Schwester, seit sie den wechselhaften Launen eines Teenagers entwachsen war, als eine Art von Norm. Sie hatte eine überaus freundliche Einstellung zum Leben. Wenn man ihn gebeten hätte, ihren Charakter zu beschreiben, so hätte er Worte wie ›vernünftig‹ oder ›anpassungsfähig‹ gewählt. Das war vielleicht übertrieben vereinfacht, aber so sah er sie. Sie war seinem Vater ähnlich.

Und Steve seiner Mutter, fand er, obgleich niemand es wahrhaben wollte, was übrigens durchaus begreiflich war, denn, oberflächlich gesehen, könnte man sich keine unterschiedlicheren Charaktere vorstellen. Seine Mutter, stets höflich und besorgt (man sah die Besorgnis in ihren Augen, in den beiden vertikalen Linien zwischen den Brauen) und so beflissen, es allen recht zu machen. Sie hatte immer Angst gehabt, die Nerven zu verlieren (weil sie fürchtete, daß ihre Kinder sie nicht mehr lieben würden?). Sie hatte ihnen oft viel zuviel durchgehen lassen. Aber ihre Besorgnis, ihre Angst, war die gleiche wie bei Steve.

Vielleicht, sagte sich Jimmy, habe ich mehr Menschenkenntnis, als ich glaubte, und das wird mir helfen, wenn ich einmal Arzt bin.

Dad hatte ihn und Janet mit echtem Respekt behandelt, als er ihnen am Tag vor Thanksgiving das Krankenhaus zeigte. Er hatte dann einen Lunch in sein Sprechzimmer kommen lassen und sich mit ihnen über eine Stunde über Medizin und den Arztberuf unterhalten. Nach einer Weile war das Gespräch unerwarteterweise auf das Thema der Familie gekommen – vielleicht, weil sie Großpapas Namen auf der Gedenktafel in der Eingangshalle gesehen hatten.

»Er fehlt mir sehr«, hatte Dad gesagt. »Wir waren sehr verschieden in unseren Meinungen und Ansichten, und doch hat es nie einen Menschen gegeben, den ich mehr schätzte und liebte.« Er hatte noch einiges erzählt, was ihm in Erinnerung geblieben war, und dann hinzugefügt: »Für ihn war die Familie alles. Und wißt ihr, was? Er hatte recht. Es gab eine Zeit in meinem Leben, als ich nicht verwundbar sein, mich nicht mit einer Familie belasten wollte. Aber ich fand heraus, daß es ohne sie nichts gibt. Nur ein schwarzes Loch in der Seele.«

Jimmy war es nicht gewohnt, seinen Vater so feierlich sprechen zu hören. Es hatte wie Großpapa geklungen. Er war eigentlich nicht einmal ganz sicher, den Sinn der Rede begriffen zu haben, empfand es aber als eine Ehre, daß Dad sie so ins Vertrauen gezogen hatte.

Ja, sagte sich Jimmy jetzt, ich komme aus einer anständigen Familie.

Er hätte gern mit seinen Eltern über Janet gesprochen, traute sich aber nicht. Sie würden einer so frühen Heirat nicht zustimmen und sagen, daß er mit seinen zwanzig Jahren noch nicht in der Lage wäre, sich selbst genügend zu kennen und einen Entschluß zu fassen, der dann auch von Dauer wäre. Aber wenn man ihn für reif genug hielt, zu wissen, daß er Arzt werden wollte, was ja schließlich eine Lebensentscheidung war, warum sollte er dann nicht reif genug sein, Janet zu heiraten? Aber das würden sie nicht einsehen – wie die meisten Eltern.

Außerdem war da noch die Geldfrage. Er konnte nicht von ihnen verlangen, daß sie für seine Frau sorgten. Dad verdiente

zwar recht gut, aber mit vier Kindern, die alle studieren sollten, mußte er sehr hart arbeiten, um den Anforderungen
standzuhalten. Nein, das war unmöglich.

Er stieg schleppend die Treppe zu seinem Zimmer hinauf.
Steve. Janet. Enorm viel Arbeit. Die Aufnahmeprüfung für
die medizinische Fakultät. Aber vor allem Janet.

Das Zimmer war kalt ohne sie, wie er es vorausgesehen
hatte. Fünf Jahre! Wer weiß, was fünf Jahre Verlobung anzu-
richten vermögen? Hier und da ein paar gemeinsame Stunden? Das könnte ihre Beziehung kaputtmachen.

Fünf Jahre. Wie wenn man sagte: ein Jahrhundert. Wie
wenn man sagte: nie. Er fühlte sich sehr müde.

»Alle Kriege«, wiederholte Steve, »nicht nur der Vietnam-
krieg, alle Kriege finden nur statt, damit einige wenige sich bereichern können. Die anderen sterben für nichts und wieder
nichts.« Die Venen an seinen Schläfen traten hervor und wirkten wie Wundmale. Die eine Schläfe zuckte, wie Jimmy feststellte.

Es war eine zusammengewürfelte Gruppe am Tisch in der
Cafeteria, die sich zufällig eingefunden hatte. Jimmy und Janet waren aus der eisigen Kälte gekommen, um etwas Heißes
zu trinken, und dann hatte sich Adam Harris zu ihnen gesetzt.
Kurz darauf war Steve eingetreten, gerade zurück von seiner
Friedensdemonstration in Kalifornien, wahrscheinlich bis auf
den letzten Heller abgebrannt, mit zerrissenem Mantel, den er
mit einem Stapel Broschüren zu Boden fallen ließ, und mit Ta-
schenbüchern von Kafka, Fanon und Sartre.

»Alle Kriege?« fragte Adam Harris. »Du erinnerst mich an
jene Studentengruppen, die sich gelobten, in keinem Krieg zu
kämpfen, während Hitler bereits vor ihrer Nase zum Krieg rü-
stete. Was kannst du dazu sagen?«

»Es war im Grunde das gleiche. Wenn die Interessen der
Weltfinanz Hitler nicht hochgebracht hätten, wäre der Krieg
durchaus zu vermeiden gewesen. Sehen Sie denn nicht ein,
daß der Krieg und das System die beiden Seiten der gleichen
Medaille sind? Daß das eine ohne das andere nicht existieren
kann?«

Erschöpft ließ er den Kopf für einen Augenblick in die Armbeuge sinken. Die anderen starrten ihn an und rückten unruhig auf ihren Stühlen herum. Er war kaum eine halbe Stunde da, und die Spannung, die von ihm ausging, hatte bereits begonnen, sie anzustecken.

Plötzlich richtete er sich auf. »Ich dachte gerade an den Rückflug. Alle an Bord der Maschine waren tot, wißt ihr das? Fragt sie nach Vietnam, dem Schulsystem oder Lateinamerika – ob ihr's glaubt oder nicht: sie scheren sich einen Dreck darum! Für sie zählt nur, wer die nächste Baseballmeisterschaft gewinnt, wie man am besten die Schwarzen am Eintritt in die Gewerkschaften hindern kann, welchen Wagen man sich kaufen sollte und ob die Stewardeß ein guter Betthase ist. Nur daran denken sie.«

Adam Harris sprach geduldig. »Du hast nichts Neues oder Überraschendes entdeckt. Die Leute denken immer zuerst an sich selbst, das ist nur natürlich. Soziale Veränderungen gehen langsam vor sich. Aber sie kommen. Eines Tages, wenn genügend Leute diesen Krieg in Südostasien beenden wollen, werden wir uns zurückziehen. So funktioniert nun einmal die Demokratie.«

»Demokratie! Wer sich einbildet, daß dieses Land eine Demokratie ist, hat nicht alle Tassen im Schrank!«

Adam Harris lächelte. »Ist dir irgendwo ein besseres System bekannt?«

»Nein, das ist es ja gerade. Wir müssen von Grund auf ein neues System schaffen. Und wir beginnen damit, daß wir diesen Krieg beenden. Das ist der erste Schritt.« Er wandte sich an Jimmy. »Warum tust du nicht auch etwas, anstatt immer abseits zu sitzen? Sonntag nachmittag haben wir eine Versammlung in der Loomis Hall. Warum gehst du nicht hin und hörst dir an, worum es geht?«

»Ich weiß ja, worum es geht. Ich lese die Zeitungen.«

»Danny Congreve wird sprechen. Weißt du, daß er einer der besten Köpfe, der klarsten Denker ist, die wir haben? Wenn wir solche Männer in der Regierung hätten . . .«

Jimmy hatte Congreve immer als einen Aufrührer betrachtet. Aber vielleicht tat er ihm damit unrecht. Congreve war

Anhänger von Harold Clifford, einem ehemaligen Quäker und Theologen, der das Land mit seinen fanatischen Antikriegsreden überschwemmte.

Aber er schüttelte den Kopf und hielt mit einiger Mühe Steves Blick stand. »An Sonntagnachmittagen sitze ich hinter meinen Büchern. Du vergißt, daß ich für mein Studium arbeiten muß.«

»Ausflüchte«, warf Steve ihm vor. »Wenn du wolltest, könntest du die Zeit finden.«

»Ich will vor allem Arzt werden. Das gibt mir die Möglichkeit, auf meine Weise etwas Gutes zu tun.«

»Und dabei ganz nebenher fünfzigtausend Dollar im Jahr zu verdienen. Oder müssen es bei dir hundert sein?«

»Jetzt höre mal: Wenn du es genau wissen willst, werde ich dir sagen, warum ich nichts damit zu tun haben möchte. Ich habe zu viele Berichte über umgestürzte Wagen und eingeschlagene Schaufensterscheiben gelesen. Ich weiß zwar, daß du persönlich bei solchen Sachen nicht mitmachst – ich hoffe es wenigstens –, aber für mich ist es ein Grund, mich von alldem fernzuhalten, und falls du das für Feigheit hältst, kann ich dir auch nicht helfen, Steve.«

»Du hast nur Angst vor dir selbst«, sagte Steve.

Adam Harris griff ein: »Ich bin ganz entschieden gegen diesen Krieg, aber ich glaube nicht, daß man etwas erreicht, wenn man Wagen umstürzt und Schaufenster einschlägt. Gewalt ist nie eine Lösung.«

Steve stand auf und zog sich seine Jacke an. »Wir sind gegen die Gewalt, begreift ihr das denn nicht? Ihr redet von Autos und Fensterscheiben, als ob das bedeutsam wäre, wo es doch nur kleine Zwischenfälle sind. Die wahre Gewalt ist das Blutvergießen im Krieg, der Machtkampf der Industrie und die Vergewaltigung der Natur. Wir wollen die Welt wieder auf anständige Wertbegriffe zurückführen und dafür sorgen, daß es keine Konkurrenz, keinen Neid und keinen Haß mehr gibt.«

Er sammelte seine Bücher zusammen und wirkte auf einmal überraschend schüchtern. Wenn er nicht leidenschaftlich seine Meinung verteidigte – so stellte Jimmy fest –, verlor er alle Sicherheit und Überzeugung. So sah er gewöhnlich aus.

»Also, bis dann«, murmelte Steve. »Bis dann.« Die Bücher unter dem Arm, die Schultern hängend, schlurfte er in den dämmerigen Nachmittag hinaus.

Die anderen erhoben sich und gingen zur Tür. »Dein Bruder ist ein leidenschaftlicher junger Mann«, bemerkte Dr. Harris.

»Ich weiß«, sagte Jimmy. »Ich wünschte nur . . .« Er zögerte. »Ich wünschte nur, er würde etwas mehr an sich selbst denken, an seine Zukunft. Wir machen uns Sorgen um ihn zu Haus.«

»Ich glaube, ihr braucht euch keine Sorgen zu machen. Vieles, was er sagt, ist nur Gerede. Leute wie Congreve zum Beispiel klingen wie die jungen Wölfe, die die Welt in Stücke reißen möchten, aber sie tun es nicht, und die Welt wurstelt weiter wie zuvor.«

Sie standen einen Augenblick vor dem Gebäude. »Ja«, sagte Adam Harris, »was Gewalt ist, werden sie bald genug merken. Es ist das tragische Kennzeichen unserer Zeit. Aber sie werden auch merken, daß man damit nichts erreicht, weder politisch noch persönlich. Zum Schluß versagt sie immer. Es war jedenfalls nett, mit euch beiden einmal über etwas anderes zu reden als die fortgeschrittene Zoologie der Wirbeltiere.«

Nachdem er gegangen war, sprach Janet zum erstenmal seit einer halben Stunde.

»Ist es nicht verblüffend, wie naiv ein solches Gehirn denken kann?«

»Wieso naiv?«

»Aber Jimmy, alle Macht, ob auf politischem oder persönlichem Gebiet, beruht nun einmal auf Gewalt! Das weiß doch jeder. Zum Beispiel die Öldynastien, das britische Weltreich, die großen Privatvermögen hierzulande und sogar die eigene Familie – darauf könnte ich wetten, obgleich er es vielleicht nicht einmal weiß. Alles beruht auf Gewalt! Alles.«

»Aber«, entgegnete Jimmy, »er hat gesagt, daß sie zum Schluß immer versagt.«

Janet schaute ihm in die Augen. »Natürlich versagt sie. Wenn ein Gegner auftaucht, der ehrgeiziger, schlauer und gewalttätiger ist. Begreifst du das denn nicht?«

»Im Augenblick begreife ich überhaupt nichts. Alles dreht sich in meinem Kopf.«

»Ich sage ja nicht, daß es gut und recht ist, aber es ist nun einmal so und nicht anders.«

»Ich bin verwirrt. Diese Art von Diskussion ist nichts für mich. Ich glaube, ich gehe lieber auf mein Zimmer und beschäftige mich mit der Zoologie der Wirbeltiere. Das ist einfacher.«

Jemand auf seiner Etage hatte seinen tragbaren Fernseher benutzt und vergessen, ihn abzustellen. So ertönten wilde, hysterische Schreie aus der kleinen Flimmerkiste. Man dachte sofort an einen Straßenunfall oder eine Horrorszene. Aber es war nur eine Quizshow. Der Vorhang war gerade aufgegangen, und man sah die Preise.

Stieläugige Idioten, die sich schmatzend die Lippen leckten, und für was? Für einen Kühlschrank, einen Elektromixer, für irgendeinen blöden Markenartikel! Ekelhaft, stellte er fest und schaltete den Fernseher ab. Nein, nicht ekelhaft – traurig. Aber warum traurig? Weil sie diese Dinge brauchten und sie sich meist nicht leisten konnten? Oder weil es lächerlich ist, sich diese Dinge überhaupt so sehr zu wünschen? Ich werde wie Steve, sagte sich Jimmy, und zermartere mir den Kopf mit Fragen, auf die es keine Antworten gibt. Er war plötzlich sehr müde und warf sich erschöpft in den Sessel.

Und doch war vieles von dem, was Steve predigte, wahr. Die Umweltverschmutzung Amerikas, zum Beispiel. Halden voller Metallschrott: Felgen, Büchsen, Rahmen, Gehäuse undefinierbarer zerbrochener Maschinen. Wenn man in der Bahn aus dem Fenster schaut, sieht man eine zerstörte und verwelkte Landschaft. Straßenüberführungen und darunter Haufen verrosteter Autos, von mannshohem Unkraut umwachsen, ölige Dreckpfützen, stinkende verbrannte Gummireifen, wo einst Marschland gewesen war, mit Schwärmen von Enten und Möwen, die sich über das Schilfgras erhoben und in Richtung des Meeres flatterten.

Grau. Grauer Schmutz, grauer Regen, graue Asche, alte Reifen, nasse Pappkartons und darüber ein beizender, klebriger Smog.

Die Verschmutzung Amerikas.

Und eine ähnliche Verschmutzung in jenem kleinen Land in Südostasien – nur war dort der Schutt überdies noch mit Blut bedeckt. Er verspürte die Wut seines Bruders, den gerechten Zorn, der den Körper seines Bruders erzittern ließ.

Und doch stimmte etwas nicht mit diesem Zorn. Jimmy zermarterte sich darüber den Kopf, da er es nicht gewohnt war, an abstrakte Dinge zu denken, die in keiner Beziehung zu seinem ohnehin genügend schwierigen Lebensziel standen. Es war ihm nie leichtgefallen, seine Gedanken in flüssige Worte zu kleiden. Angeblich ist das typisch für wissenschaftlich orientierte Studenten. Beklagen sich deshalb Patienten so oft, daß es den Ärzten an Einfühlungsvermögen fehlt?

Er wußte allerdings recht gut, was er fühlte. Angst stieg in ihm auf, eine Angst, die ihn frösteln und erschaudern ließ. Er begriff, daß jene, die das sahen, was Steve mit so schmerzlicher Überzeugung und er mit halbem Auge sah, genauso blind, engstirnig und rücksichtslos sein konnten wie die, die sie bekämpften. Er sah, daß ihr gerechter Zorn so leicht irregeleitet und mißbraucht werden konnte, daß Fanatismus immer dazu führte, die Welt – wie Adam Harris es von den Wölfen sagte – in Stücke zu zerreißen.

Obgleich es fast zehn Uhr war, niemand sich draußen in der bitteren Kälte herumtrieb und alle in ihren warmen Zimmern hinter fest verschlossenen Fenstern saßen, ging in Sekundenschnelle überall das Licht an, Telefone klingelten. Stimmen riefen, Türen schlugen auf und zu, und der Hof vor den Gebäuden füllte sich mit Menschen. Alles rannte in die Richtung des Hauses der Naturwissenschaften mit seinen Labors, das mit seinen hell erleuchteten Fenstern wie ein Überseedampfer in einer Galanacht wirkte.

Die Menschen waren verblüfft und still, und ein Raunen ging durch die Menge, als Polizei- und Krankenwagen mit ihren roten und blauen Signallichtern eintrafen.

»Ich habe nichts gehört«, sagte Jimmy zu einem, der neben ihm stand. »Hast du was gehört?«

»Es war wie ein dumpfer Knall oder Aufprall, und ich habe

mir weiter nichts dabei gedacht, bis ich die anderen auf der Etage hörte, die irgend etwas von einer Explosion im Haus der Naturwissenschaften brüllten. Ich hätte nie geglaubt . . .«

Andere Stimmen tönten durcheinander.

». . . das Gebäude war leer!«

». . . und die Krankenwagen?«

». . . natürlich Armeeaufträge.«

». . . haben kein Recht, unsere Labors für den Krieg zu benutzen!«

». . . sind wir nicht auch ein Teil Amerikas?«

». . . du redest Scheiße!«

». . . verflucht, da war ja doch jemand drin!«

Stille, nur Schritte auf dem Kies, leises Rascheln. Man trat von der Türe zurück, um den Krankenträgern Platz zu machen, die vorsichtig die glitschigen Stufen herunterkamen.

»Mein Gott, wer ist es?«

»Ist er tot?«

»Nein, nicht tot.« Er streckt einen Arm aus der Decke, die man über ihn gelegt hat. Die Decke fällt, wird aufgehoben und wieder auf die Trage gelegt, aber man hat gesehen, daß der untere Teil des Körpers nur noch eine blutige Masse ist.

». . . es ist Dr. Harris! Mein Gott, Dr. Harris!«

». . . wer ist das?«

». . . Biologe. Hat wahrscheinlich in seinem Zimmer gesessen und Prüfungsarbeiten korrigiert.«

». . . du liebe Güte!«

»Er ist doch nicht tot? Aber das Gesicht ist so grau und . . .«

». . . das ist der Schock. Nicht tot. Noch nicht.«

». . . o mein Gott!«

Jimmy wurden die Knie schwach, und er setzte sich auf die Stufen. Unter den Herumstehenden kannte er niemanden, es waren nur Fremde, die auf die nächste Sensation warteten. Der Krankenwagen fuhr mit heulenden Sirenen die Straße hinunter.

». . . der Hauswart hat vor einer Weile zwei Typen reinkommen sehen. Er sagt, er könne sie identifizieren.«

». . . bah, Gerüchte! Darauf gebe ich nichts.«

». . . habe gehört, daß man eine Leiche fand. Es soll Dan Congreve sein.«

». . . du hast wohl nicht alle Tassen im Schrank!«

». . . nein, er hat recht, ich habe zwei Bullen gehört, die das gleiche erzählten.«

». . . zwei von ihnen haben sie gefunden. Nicht zu fassen, sie sind mit ihrem eigenen Sprengstoff hochgegangen. Den Namen des anderen Typs kennt niemand.«

». . . eine Leiche, zwei Leichen. Bald werden sie erzählen, es seien zwanzig.«

Sobald Jimmy seine Knie wieder unter Kontrolle hatte, stand er auf. Die Brust schmerzte ihn, und er fragte sich, ob er in seinem Alter einen Herzanfall haben könnte. Er dachte an das, was unter der Decke gewesen war, und ihm wurde schlecht. (Ein schöner Arzt wirst du einmal sein!) Noch gestern, als sie in der Cafeteria saßen, hatte Adam Harris gesagt, Gewalt sei etwas, worüber die jungen Leute nur redeten, ohne ernsthaft daran zu denken. Und ausgerechnet er mußte jetzt darunter leiden! Er, der keiner Fliege etwas zuleide tun würde! Das sieht man doch auf den ersten Blick, Herrgott noch mal! Er spürte eine Flüssigkeit in seinem Mund, wie Erbrochenes.

Er mußte unbedingt zu seinem Bruder. Wäre es möglich? Nein, natürlich nicht. Er verzagte. Ich sollte mich schämen, solche Gedanken zu hegen – wie komme ich bloß auf das Wort »hegen«? Jedenfalls war bestimmt noch eine Leiche da, die man identifiziert hatte. *Steve hatte gesagt: Einer der besten Geister, die wir haben, höre ihn dir einmal an.*

Könnte Steve vielleicht . . .? Nein, natürlich nicht. Steve war bestimmt noch auf seinem Zimmer, träumte über einem Buch, war zu sehr mit seinen Gedanken beschäftigt, um den Aufruhr gehört zu haben. Außerdem ging sein Zimmer auf die andere Seite hinaus, auf die Seeseite. Möglicherweise hatte er von dort nichts gesehen oder gehört. Vielleicht schlief er auch. Es war bereits nach Mitternacht. Ja, Steve schlief bestimmt. Er ging ja immer mit den Hühnern zu Bett. Das kannte man an ihm. Natürlich.

Steve war nicht in seinem Zimmer.

Jimmy klopfte heftig an die Tür, störte damit aber nur die Zimmernachbarn.

»Was willst du denn?« rief ihm jemand barsch zu.

»Ich suche meinen Bruder, Steve Stern.«

»Der ist nicht da. Ist seit ein paar Stunden fort.« Die Tür wurde zugeknallt.

Jimmy keuchte, rang nach Luft und geriet abermals in Panik. Könnte er in seinem Alter einen Herzanfall haben? Da es keine andere Sitzgelegenheit gab, setzte er sich auf den Fußboden. Einige Jungen, die in ihre Zimmer zurückkehrten, schauten ihn neugierig an. Wahrscheinlich glaubten sie, er sei betrunken.

Die Großvateruhr unten, ein Geschenk der Klasse 1910, schlug. *Dong!* Einmal Dong. Ein Uhr. Er lehnte den Kopf an die Tür und streckte die Beine aus. Sie reichten fast bis an die gegenüberliegende Flurwand.

Einmal hatte er mit seinem Vater einen Fernsehfilm über die Nazis und den Widerstand in Frankreich gesehen. Man hatte eine Frau verhaftet, sie gefoltert, ihr die Zehennägel ausgerissen, und sie hatte nicht gesprochen, hatte sich geweigert und nur immer wieder mit grausig verzerrter Stimme wiederholt: »Ich habe nichts mehr zu sagen! Ich habe nichts mehr zu sagen!« Er erinnerte sich, dabei gedacht zu haben: »Dad sollte sich das nicht anschauen, er, der das alles miterlebt hat. Am liebsten würde ich den Fernseher einfach abstellen, aber ich traue mich nicht. Warum steht er nicht auf und verläßt das Zimmer?«

Aber sein Vater war einfach sitzen geblieben. Als es zu Ende war, hatte er eine Weile geschwiegen, und Jimmy auch. Und dann hatte Dad so laut mit der Faust auf seine Handfläche geschlagen, daß Jimmy sich vorstellte, eine Faust, die einem Wehrlosen in die Kinnlade kracht, müsse ebenso klingen. Er hatte verstört auf dem Stuhl gesessen, hatte nicht gewußt, wie er aufstehen und was er sagen sollte, ohne seinen Vater noch mehr zu erzürnen.

Dann hatte Dad geseufzt und gesagt: »Es war ein großer Sturm, der die Welt erschütterte. Es begann in meiner Jugend, und dann legte er sich eine Weile, aber ich glaube, er wird wieder ausbrechen. Ich fühle bereits den Staub und den Schmutz in den Mauerritzen.«

Jimmy erschauderte. Er blickte auf seine Uhr. Sechs. Er mußte eingeschlafen sein, und sein ganzer Körper schmerzte. Steve war noch nicht zurück. Jetzt wurde ihm klar, was er zu tun hatte. Auf sein Zimmer gehen, sich waschen und rasieren, dann den Siebenuhrbus in die Stadt nehmen und zum Polizeirevier gehen. Entweder war die nicht identifizierte Leiche Steve, oder Steve mußte gesucht werden. Ja, es war völlig klar.

Er rappelte sich mühsam hoch, stieg die Treppe hinunter und ging in die Richtung seines Zimmers. Vor dem Haus der Naturwissenschaften sah man jetzt im anbrechenden Tageslicht ein schwarzes Loch, Glasscherben und zertrümmerte Ziegelsteine, daneben einen Polizeiwagen und vier wachhabende Polizisten. Er ging auf sie zu.

»Ist es wahr, daß Danny Congreve hier umgekommen ist?«

Einer der Polizisten blickte ihn kühl an. »Warum interessiert Sie das so sehr?«

»Dr. Harris war ein Freund von mir.«

»Ach so. Ja, es war Congreve. Und noch einer, dessen Überreste man noch nicht identifiziert hat.«

Tränen traten Jimmy in die Augen. Er wischte sie mit seinem Handschuh fort, aber die anderen hatten es gesehen.

Einer von ihnen sagte in freundlicherem Ton: »Die Ärzte meinen, der Biologieprofessor wird durchkommen. Ein Bein wird er allerdings verlieren. Vielleicht auch beide.«

»Verdammte Schweinerei!« sagte ein anderer. »Und diese Idioten haben nicht einmal gewußt, wie man so etwas richtig anstellt. Mit ihrem Dynamit haben sie sich selbst umgebracht.«

Es rauschte in der Funkanlage im Wagen, und sie horchten. Jimmy entfernte sich.

Ein Bein verlieren. Vielleicht auch beide. Adam Harris war Tennisspieler gewesen, und ein guter noch dazu. Der andere, seine Überreste, im Leichenschauhaus.

Wieder stellte sich der Schmerz ein, ein heißes Stechen in der Brust. *Mein Bruder. Ein Bruder von mir.* Der Sohn meiner Eltern. Du allmächtiger Gott!

Er schleppte sich die Treppe hinauf. Vielleicht noch schnell eine Tasse Kaffee, bevor ich gehe. Damit ich mich nicht so schwindlig fühle. Ja, eine gute Idee. Er war an der Ecke des Flurs angelangt, vor seiner Tür.

Steve stand da.

Sie starrten einander an.

»Du hast geglaubt, ich sei dabeigewesen«, sagte Steve.

»Mein Gott! Ich dachte nicht, daß du . . . Aber ich wußte nicht.«

Steves Gesicht war weiß. Nein, nicht weiß – von einer schrecklichen Farbe, wie der Bauch eines Frosches.

»Komm herein«, sagte Jimmy und schloß die Tür auf. »Komm herein und setz dich. Wo bist du gewesen? Ich habe die ganze Nacht vor deinem Zimmer gewartet.«

»Ich hatte mich schon ausgezogen und arbeitete noch ein bißchen, als ich den Lärm vor meiner Tür hörte. Da zog ich mich an und ging rüber. Und da sah ich . . . da sah ich deinen Freund.« Er schlug sich die Hände vors Gesicht. »Jimmy, es tut mir so leid, so furchtbar leid.«

»Wo warst du während der Nacht?«

»Ich mußte mich ständig erbrechen und ging ins Krankenzimmer, wo man mich dabehalten hat. Eine der Schwestern erzählte mir heute früh von Danny Congreve. Jimmy, ich hätte so etwas nie gedacht, ich kann es dir schwören. Ich hatte immer volles Vertrauen zu ihm, volles Vertrauen. Und jetzt fühle ich mich beschämt, unwürdig . . .«

Jimmy atmete erleichtert auf. »Laß nur. Du bist nicht der erste, der sich in seinem Urteil geirrt hat . . .«

»*Das* habe ich nicht gewollt!«

»Ich weiß, Steve.«

»Ich muß weg und nachdenken.«

»Worüber willst du nachdenken?«

»Über alles. Vor allem über mich selbst. Ich muß weg.«

»Wohin?«

»Weiß ich noch nicht. An irgendeinen ruhigen Ort. Ich kenne da einen Typ, mit dem ich mal ins Gespräch kam – nichts Politisches, nur Allgemeines über Natur und Umwelt, verstehst du. Der hat ein Stück Land nördlich von San Francisco und hat gesagt, ich könne jederzeit zu ihm kommen. Das werde ich jetzt tun.«

»Wann fährst du?«

»Jetzt. Morgen. Ich muß hier raus. Ich wollte es ja schon immer, aber jetzt aus anderen Gründen. Verstehst du das?«

»Ich glaube schon.« In Wirklichkeit verstand er überhaupt nichts. Er fühlte Mitleid und Trauer, aber kein Verständnis. Vielleicht würde er es ihm nie nachfühlen können.

»Wirst du zu Hause anrufen und es ihnen sagen, nachdem ich fort bin? Ich habe jetzt nicht die Kraft, mich mit ihnen lange herumzustreiten.«

»Ich rufe sie an«, sagte Jimmy hilfsbereit.

Sie waren eine Stunde zu früh da und standen in der Schalterhalle, sahen die ankommenden und abfahrenden Fluggäste, die hin und her fahrenden Gepäckwagen, die Mechaniker unterwegs zu ihrem Wartungsdienst und die Piloten mit ihren Köfferchen auf dem Weg nach Paris, Portland oder Kuala Lumpur.

»Ich werde Philip vermissen«, sagte Steve.

»Er dich auch. Wir alle.« Wie albern und banal klingen doch all die Worte, die man sich aus dem Leib reißt, jawohl, aus Leib und Seele! Und dieses »vermissen« – was bedeutet es eigentlich?

»Mach mir nichts vor, Jimmy. Wenn ich einmal weg bin, wird es zu Hause viel friedlicher sein.«

Warum war ihm zum Weinen zumute? Man könnte meinen, er schickte seinen Bruder auf die Reise in den sicheren Tod, und er sah immer nur Bilder der Vergangenheit vor sich: Steve, nach der Schule auf einen Hügel kletternd (warum kam ihm gerade das immer wieder in den Sinn?); Steve und er als kleine Jungens in der Badewanne und lange vorher auch mit Laura, drei in der Badewanne, bis sie zu groß waren. Er sah sich und Steve Laura anstarren, über sie lachen, wenn sie nachher im Bett lagen und sich fragten, wie man sich fühlt, wenn man keinen Penis hat; wie Steve sich erbot, ihm bei den Mathematikaufgaben zu helfen, weil er wußte, daß Jimmy nicht weiterkam und sich schämte, um Hilfe zu bitten; Steve im Krankenhaus mit Lungenentzündung, während seine Mutter im Schlafzimmer weinte und es sich nicht anmerken lassen wollte.

»Sie haben sich immer bemüht, unparteiisch zu sein, aber dich haben sie mehr geliebt, Jimmy.«

»Nicht mehr. Nur anders. Wir sind ja auch sehr verschieden, nicht wahr?«

Steve antwortete nicht. Eine Schar von Touristen drängte sich an ihnen vorbei, als ihr Flug aufgerufen wurde. Auf ihren Schultertaschen und Namensetiketten war zu lesen, daß sie nach Hawaii reisten. Sie waren alle in gesetztem Alter, hatten heisere Stimmen und trugen bunte Hawaiihemden unter ihren Mänteln – die Männer ganz oder fast kahl, die Frauen mit frischer Dauerwelle und blauschimmerndem Haar. Mit ihren Fotoapparaten, Handkoffern und ihrer aufgesetzten Fröhlichkeit eilten sie davon.

»Die Menschen tun mir so leid«, sagte Steve plötzlich. »All dieses Kämpfen und Leiden, und dabei wissen sie, daß sie bald sterben werden. Manchmal fühle ich ihre Schmerzen so heftig. Und doch mag ich sie nicht«, murmelte er versonnen, wie zu sich selbst. »Ich mag sie wirklich nicht, verstehst du das? Mit ihren Transistorradios und ihrem blöden Gelächter – lächerliche Clowns sind sie fast alle, und ich habe ihnen nichts zu sagen.«

Jimmy schien es jedoch, daß man selbst zu einem glatzköpfigen alten Kerl im Hawaiihemd Kontakt findet, wenn man sich nur etwas darum bemüht; denn schließlich ist er doch ein Mensch wie du und ich, nicht wahr? Aber wahrscheinlich sind das einfältige Ansichten, denn sonst wäre Steve nicht, wie er ist.

»Wie geht es Dr. Harris? Hast du etwas gehört?« fragte Steve.

»Er ist außer Lebensgefahr. Ein Bein wurde an der Hüfte amputiert, das andere am Knie.«

»O Gott«, flüsterte Steve. Er biß sich auf die Lippe. »Er ist ein netter, anständiger Kerl, Jimmy.«

»Ja.«

»Ich weiß nicht, wie ich das je verkraften kann.«

»Aber du hattest doch nichts damit zu tun!«

»Vielleicht nicht direkt, aber am Rande schon.«

»Du wußtest nicht, was diese Leute vorhatten!«

»Aber ich hätte es wissen sollen, das ist es ja gerade. Verstehst du jetzt, was ich meinte? Ich begreife die Menschen nicht. Sie sagen nie, was sie denken, und sie denken nie, was sie sagen.«

»Hast du diesen Eindruck auch von mir? «

»Nein. Komisch, aber du bist vielleicht der einzige, den ich durchschauen kann.«

»Dann muß ja eine ziemliche Leere in mir herrschen!«

»Laß deine Witze, ich weiß, daß du es mir nur leichter machen willst. Ich glaube, wenn ich von hier wegkomme und irgendwo bleibe, wo es warm genug ist, daß man das ganze Jahr im Freien sein kann, Sachen pflanzt, die Erde bearbeitet, mit den Händen schafft – ich glaube, das wird mir helfen. Dann wird mir vielleicht klarwerden, was ich tun will.«

»Ja, das könnte gut für dich sein«, sagte Jimmy verlegen.

»Auch die Erde braucht Heilung« erklärte Steve. »Vielleicht könnte ich dazu beitragen?«

Die Frage blieb unbeantwortet in der Luft hängen.

Mutter hatte einmal zu Steve gesagt, er gehöre zu den Menschen, die es im Leben schwer haben. Sie sehen die Welt, wie sie – zumindest ihrer Ansicht nach – sein sollte, aber sie fühlen sich nie wohl in ihr, sehen ihre Erwartungen nie erfüllt, und das aus Gründen, die sie sich selbst nicht erklären können. Ein ziemlich treffendes Urteil, aber was soll man damit anfangen?

Der Flug nach San Francisco wurde aufgerufen, und Steve griff nach seinem Koffer.

»Also, Jimmy ...«

Jimmy ging auf seinen Bruder zu und umarmte ihn. Wie leicht und zerbrechlich er sich in seinen Armen anfühlte! Dann wandte Steve sich ab und schritt rasch davon. Es schien Jimmy, daß Steve unter all den Leuten, die sich zum Abflugschalter drängten, der einzige Alleinreisende war, obgleich es bestimmt noch andere gab. Er wirkte nur so, wie er rasch voranschritt, die Schultern nach vorn gebeugt und – so vermutete Jimmy jedenfalls – mit jenem ängstlichen Gesichtsausdruck, den man so oft bei ihm sah.

Kurz darauf rollte das Flugzeug zur Startbahn. Es geriet außer Sicht, als es hinter einem Schuppen verschwand, aber Jimmy wartete, bis es wieder zu sehen war und ans äußerste Ende der Piste rollte, von wo es dann starten würde. Selbst aus der Entfernung glaubte er es zittern zu sehen, wie ein Insekt mit zwei Sitzreihen in seinem Rumpf und einem brüllenden, für seine kleine Gestalt viel zu großen Herzen. Er glaubte, sein machtvolles Schwirren zu hören, als es all seine Kraft zusammennahm, zum Sprung ansetzte, sich dann in die Lüfte erhob und nach Westen flog.

Nach der Rückkehr ins Studentenheim wartete er in seinem Zimmer auf Janet. Die Bücherstapel, der Notizblock auf dem Schreibtisch luden ihn zur Arbeit ein. Aber Jimmy konnte sich nicht aufraffen, die Wartezeit durch Arbeit zu verkürzen: er fühlte sich wie gelähmt.

Er sollte seine Eltern anrufen. Sie würden die Nachricht mit vorgetäuschter Ruhe entgegennehmen, um Jimmy nicht wissen zu lassen, wie schwer sie der Schlag traf. (Werden sie ihr ganzes Leben lang so handeln und ihn beschützen wollen, oder wird einmal eine Zeit kommen, da die Kinder ihrerseits sie beschützen könnten?) Sie würden es bei der nächsten Mahlzeit Laura und Philip sagen – möglichst leichthin, wie zum Beispiel: Steve habe die Schule verlassen, würde aber bald wieder zurück sein, und obgleich sie fänden, daß er einen schweren Fehler gemacht habe, sei es manchmal besser, da man aus seinen eigenen Fehlern lernt. (Das würde Mutter sagen.)

Später, oben in ihrem Schlafzimmer, würde sie weinen, am nächsten Morgen mit leicht geschwollenen Augen beim Frühstück erscheinen und behaupten, sie hätte Schnupfen. (War es ein Vorzeichen, ein Vorgefühl kommender Jahre, daß er sie, die doch wirklich noch gar nicht so alt waren, bereits so sah? Und er sich ihres unvermeidlichen Endes bewußt wurde? Ein sich lösender Zahn, ein im Gelenk locker werdender Knochen, so fängt es an.)

Das Telefon klingelte. Er stand auf und nahm den Hörer ab,

in der Hoffnung, daß es nicht seine Eltern waren, weil er sich noch nicht zurechtgelegt hatte, was er ihnen sagen sollte.

Es war seine Großmutter. Sie hatte ihn noch nie im College angerufen, und er befürchtete eine Katastrophe.

»Ist schon gut, beunruhige dich nicht«, sagte sie, als hätte sie seine Angst gefühlt. »Wir haben nur gehört, was bei euch passiert ist.«

»Ja, es war schrecklich.« Wie nichtssagend klang dieses Wort angesichts dieser Tragödie.

»Ist Steve schon fort?«

»Nun . . . ja. Ich komme gerade vom Flughafen zurück. Wie bist du darauf gekommen, Nana?«

»Ein Gefühl. Ich dachte mir, er würde wegen dieser Sache eiligst verschwinden wollen.«

»Genauso war es.«

»Hast du schon deine Eltern benachrichtigt?«

»Nein. Das tue ich morgen. Ich wollte eigentlich warten, bis ich wieder richtig beisammen bin.«

»Ich weiß. Ich werde nichts sagen. Übrigens rufe ich nicht deshalb an. Ich wollte über dich reden.«

»Über mich?«

»Über dich und Janet. Sie ist ein wunderbares Mädchen, Jimmy.«

»Meinst du wirklich?« Jubel in der Stimme, aber auch ein leichtes Schluchzen. Erschöpfung. Dieses lange Wochenende war zuviel auf einmal.

»Ja, das meine ich. Wann wirst du sie heiraten?«

Der Jubel verebbte. »Wir haben noch ein Jahr im College und vier Jahre Universitätsstudium vor uns, Nana.«

»Fünf Jahre sind eine zu lange Wartezeit. Es wäre eine Sünde, auf die Freuden des Lebens zu verzichten, während ihr noch jung seid und es richtig auskosten könnt.«

Er machte eine resignierende Geste mit der Hand. »Was können wir tun?«

»Du könntest dir von mir das Geld geben lassen, um sie zu heiraten.«

Vor Jahren war sie während eines Gewitters in sein Zimmer gekommen, weil sie seine Angst gefühlt hatte. Und jetzt wieder, aus einer Distanz von über tausend Meilen, hatte sie seinen Herzenswunsch gespürt. Tränen brannten ihm in den Augen, und er blinzelte verlegen, als ob sie ihn sehen könnte.

»Das ist zuviel. Das kann ich von dir nicht annehmen«, sagte er.

»Meinst du nicht, daß ich das am besten beurteilen kann?«

Seinen Eltern würde es nicht gefallen. Sie zogen es vor – besonders sein Vater –, auf niemanden angewiesen zu sein. Sie würden ihm bestimmt nicht einmal erlauben, das Geld von Nana anzunehmen. Sie warfen ihr ständig vor, daß sie zuviel für die Familie tat, und sie hatten recht.

Seine Hoffnung sank.

»Jimmy? Bist du noch da? Was hast du mir nun zu sagen?«

Plötzlich hatte er einen Einfall. »Könntest du . . . könnten wir uns das Geld von dir ausleihen? Wir könnten mit der Rückzahlung beginnen, sowie wir unser Praktikum antreten.« Die Hoffnung stieg. »Die Assistenzärzte werden ganz gut bezahlt. Würde dir das passen?«

»Höre mal, ich bin doch diejenige, die dich angerufen hat, oder? Ich will, daß ihr heiratet. Und ich gebe euch . . . oder leihe euch, was ihr dazu braucht.«

»Mit Zinsen natürlich«, erklärte er stolz.

»Natürlich! Was denn sonst? Geschäft ist Geschäft, nicht wahr?«

Sie ging auf das Spiel ein, um seinen Stolz zu schonen. Und er wußte, was gespielt wurde, aber nur so konnte er es annehmen.

»Wieviel Zinsen?« fragte er.

»Ich denke, fünfeinhalb oder sechs Prozent. Wie der Satz, den ich bei einbehaltenen Steuern bekomme.«

»Darlehenszinsen sind aber viel höher.«

»Ich weiß. Aber zwischen Großmutter und Enkel? Ich will mich doch nicht an dir bereichern. Also fünfeinhalb Prozent, einverstanden? Und du rechnest dir aus, was du für einen Haushalt brauchst, mit einer Zweizimmerwohnung und den laufenden monatlichen Ausgaben. Das schreibst du mir auf und schickst es mir noch diese Woche. Verstanden?«

»Verstanden, Nana. Janet muß jede Minute hiersein, und

wenn ich es ihr sage, wird sie es nicht glauben! Ich bin dir so dankbar, ich weiß gar nicht, wie ich es dir sagen soll, ich . . .«

»Dann laß es bleiben. Höre mal, dieser Anruf wird allmählich teuer. Meine Telefonrechnung ist diesen Monat ohnehin schändlich hoch. Schreibe mir, Jimmy.« Es knackte im Hörer, und die Verbindung war abgebrochen.

Er stand da, wischte sich die feuchten Augen und schüttelte den Kopf. Ein Dollar mehr auf der Telefonrechnung und Tausende, um ihn und Janet für die nächsten fünf Jahre zu versorgen.

Bevor es klopfte, hatte er Janets Schritte auf dem Flur erkannt.

»Es tut mir so leid«, rief sie aus. »Es tut mir so furchtbar leid um Steve!«

Durch die gefütterte Jacke hindurch fühlte er den Schlag ihres Herzens. Oder war es der seine? Wellen von Wohlgefühl überfluteten ihn, als er sie im Arm hielt. Der Knoten in seiner Brust löste sich in heilender Wärme. Er klammerte sich an sie, als wäre sie ein Turm; dabei war er fast dreißig Zentimeter größer als sie!

Er überlegte, ob er es ihr jetzt schon sagen sollte, aber es war ihm nicht nach Reden zumute. Er knöpfte ihr Jacke und Bluse auf und zog sie sanft zum Bett hin.

Er glaubte, ihr Flüstern an seiner Schulter gehört zu haben: »Beunruhige dich nicht, sei nicht traurig, nicht über deinen Bruder, über nichts. Ich bin hier, ich werde immer bei dir sein.« Und dann hörte und sah er nichts mehr – versunken in Wonne und Seligkeit wie in die pulsierende Wärme einer lauen Sommernacht, lag da, bis er in goldener Morgendämmerung zu erwachen vermeinte – in einem so leuchtenden Gold, daß alles ringsum flimmerte und er in der Stille Sphärenklänge zu hören glaubte.

45

»Würden Sie bitte Eistee machen?« sagte Anna, als sie in die Küche trat. »Und die Walnußtorte servieren? Ich habe Besuch heute nachmittag.«

Celeste blickte vom Herd auf. »Oh, das ist aber ein hübsches Kleid! Noch letzte Woche sagte ich zu Miss Laura: ›Deine Großmutter sieht wieder ganz wie früher aus.‹«

In den letzten Jahren seit Josephs Tod hatte sie nicht viel Wert auf ihr Äußeres gelegt. Ein Jahr lang hatte sie Trauer getragen, obgleich ihre Freunde ihr beteuerten, daß man das nicht mehr tat und daß Joseph es sich bestimmt nicht von ihr gewünscht hätte. Aber sie wußte es besser. Er, der sich so viel aus Brauchtum und Tradition gemacht hatte, wäre mit ihr zufrieden gewesen.

Jetzt zupfte sie das Kleid zurecht, wo das schmale goldene Armband sich im Ärmel verfangen hatte. Es war ein schönes, cremefarbenes Leinenkleid, ein Kleid für den Sommer, die kurze und geliebte Jahreszeit, und sie trug es gern.

»Der Herr und ich werden unseren Tee draußen einnehmen. Das Wetter ist viel zu schön, um im Haus zu sitzen.«

»Der Herr«, wiederholte Celeste. »Der Herr!«

Anna lächelte. »Ja, ein alter Freund.« Und dann ging sie hinaus, während Celeste staunte.

Sie brauchte nicht lange zu warten. Der Wagen stoppte an der Toreinfahrt – er vergewisserte sich der Hausnummer –, und dann fuhr er über den knirschenden Kies und hielt fast direkt vor Anna. Ein kleiner ausländischer Sportwagen, ein Wagen für einen jungen Mann. Die Tür schlug zu, und Paul Werner kam die Stufen herauf.

Anna rührte sich nicht und vergaß sogar, ihm die Hand zu reichen. Er stand vor ihr und blickte sie an.

»Du hast dich überhaupt nicht verändert«, sagte er.

»Du auch nicht sehr.«

Er war grau geworden, aber sein immer noch dichtes und glattes Haar leuchtete silbern über der gebräunten Haut. Die Augen – die Wernerschen Augen – strahlten wie die eines Kindes.

Anna wurde verlegen. Was hatte sie getan? Warum hatte sie ihm erlaubt hierherzukommen? Während sie ihn auf die Terrasse führte, fragte sie: »Sonne oder Schatten?«, und nachdem er den Schatten gewählt hatte, setzte sie sich und wußte nicht, was sie sagen sollte.

Aber Paul sprach ganz mühelos. »Ein herrlicher Ort! Paßt zu dir. Altes Haus, alte Bäume, und so still.«

»Ja, wir sind hier sehr glücklich gewesen.«

»Ich freue mich, daß du auf meine Nachricht geantwortet hast. Ich hatte Angst, du würdest es nicht tun.«

»Warum sollte ich nicht? Ich habe keinen Grund mehr, es nicht zu tun.«

»Ich habe mit Bedauern von Josephs Tod gehört. Er war ein guter Mann.«

»Ja.« Ein guter Mann! Ein banaler Ausdruck, abgenutzt und bis zur Bedeutungslosigkeit verwendet. Alle toten Männer werden zu guten Männern. Und doch hatten diese Worte in Pauls Mund einen Klang von Wahrheit, von Anerkennung. Ja, Joseph war ein guter Mann gewesen.

»Hast du gehört, daß ich meine Frau verloren habe?« fragte Paul.

»Nein. Es tut mir leid. Wann?«

»Das ist schon fast drei Jahre her.«

»So lange? Das tut mir leid«, wiederholte Anna.

»Nun ja.« Er schlug die Beine übereinander, und ein Sonnenstrahl fiel auf seinen Fuß, auf den neuen, frisch geputzten Schuh, und sie erinnerte sich – wie albern, daran zu denken –, daß er immer elegante Schuhe getragen hatte.

Sie stand auf. »Ich muß nur eben rasch zu Celeste. Möchtest du Eistee oder lieber etwas anderes?«

»Tee wäre fein, vielen Dank.«

Sie kam mit dem Tablett zurück und war froh, etwas zu tun zu haben: den Tee zu servieren, Zucker zu verteilen, Zitronenscheiben und Kuchen zu schneiden.

»Es ist lange her, Anna.«

Sie blickte auf. Paul lächelte ihr zu, und sie lächelte zurück.

»Für Leute, die . . . sich ziemlich gut gekannt haben, sind wir recht schweigsam«, sagte er.

Sie schüttelte fragend den Kopf. »Wo sollen wir beginnen?«

»Mit Iris, zum Beispiel. Wie geht es ihr?«

»Sie ist jetzt eine Frau im mittleren Alter, Paul. Schwer zu glauben, nicht wahr?«

»Alles, was uns beide betrifft, ist schwer zu glauben. Aber fahre fort.«

»Sie ist so stark und verläßlich geworden! Und mir eine große Hilfe. Joseph hat eine Menge Grundbesitz hinterlassen, und Iris scheint von uns allen die einzige zu sein, die sich im Umgang mit Notaren und Buchhaltern auskennt. Sie hat einen wirklich guten Sinn fürs Geschäftliche. Ich glaube, sie selbst ist darüber erstaunt. Von mir hat sie es weiß Gott nicht.«

Paul lächelte, sagte aber nichts dazu.

»Und die Kinder sind erwachsen. Jimmy studiert Medizin, und . . .«

Er unterbrach sie. »Und ihr Mann? Ist es immer noch eine gute Ehe?«

Anna nickte. Sie hätte ihm ganze Romane erzählen können, aber der bloße Gedanke, all die Verwirrungen dieser Menschen in Worte zu fassen, machte sie müde – abgesehen davon, daß die Zeit nicht ausreichte und die Mühe sich nicht lohnte. Es war einfach unmöglich, ihm Iris, Theo, Steve und die anderen lebendig zu machen, denn er kannte sie ja nicht einmal.

»Hast du mir nichts zu erzählen?«

Sie hob resigniert die Hände.

»Es ist zuviel verlangt. Wie könntest du sie, die für mich Gespenster sind, in Fleisch und Blut verwandeln? Jahre in Minuten zusammenfassen?«

»Ich weiß, daß du sie gerne sehen möchtest, Paul. Ich weiß.«

»Und ich weiß, daß das nie möglich sein wird. Es sei denn . . .« Er hielt inne.

»Möchtest du dir wenigstens ein paar Fotos anschauen? Ich habe gerade die letzten Aufnahmen in ein Album geklebt. Warte, ich hole es dir«, erbot sich Anna.

Er beugte sich über das Album. Sein Rücken war immer noch geschmeidig, der Körper schlank und vom Alter nicht gezeichnet. Er wird wahrscheinlich sehr alt werden und bis zum Schluß seine Sportlichkeit bewahren. Eine Erinnerung blitzte in ihr auf: der Tag, als sie ihn zum erstenmal sah und er fast noch ein Junge war – die Treppen seines Hauses hinaufeilend, die Arme voller Geschenke aus Übersee.

»Das Mädchen sieht wie du aus, Anna. Bildhübsch.«

»Laura ist ein liebes Kind. Freundlich, empfindsam und fröhlich.«

»Auch die Jungen sind prächtig. Wer ist der Jüngste?«

»Das ist unser Philip.« (Josephs kleines Genie, sagte sie sich wehmütig. O ja, begabt ist er, aber doch nicht so begabt!) »Ich hatte ganz vergessen, daß er noch gar nicht geboren war, als ich dich das letztemal sah.« Die Worte klangen betrübt, aber das wollte sie nicht. »Iris hat eine glückliche Familie«, sagte sie. »Die Kinder wachsen und gedeihen.« Warum Steves Krise erwähnen oder die Sorgen um Jimmys Aufnahmeprüfung für die medizinische Fakultät oder die um Lauras Verehrer? Das waren ja heutzutage alles völlig normale Dinge.

»Es ist zum Wahnsinnigwerden, wenn ich mir sage, daß all diese Menschen auch ein Teil meiner Familie sind«, sagte Paul.

»Ich weiß.« Sie fühlte einen stechenden Schmerz in der Brust. Oder hatte sie sich das nur eingebildet? Angeblich ist auch das normal. Psychosomatisch nennt man es.

Er legte das Album beiseite, und da fiel Anna ein, daß es unhöflich war, ihn nur draußen zu empfangen. »Möchtest du dir das Haus anschauen?« fragte sie.

Er nickte, und sie traten in die Kühle der Halle, durchquerten das Eßzimmer, wo Joseph in seinem dunklen Anzug streng und nüchtern von der Wand herabblickte, und endlich gelangten sie in Annas Lieblingssalon im hinteren Teil des Hauses. Hier war es in jeder Jahreszeit hell und luftig. Es war der Raum, in dem sie sich am meisten aufhielt. Zeitschriften auf den Tischen, ein halb fertiggestrickter Skipullover für Laura auf dem gelb-weißen Sofa.

»Dieses Zimmer kommt mir bekannt vor«, sagte Paul.

Sie verstand nicht. »Bekannt?«

»Erinnerst du dich denn nicht? Das Wohnzimmer meiner

Mutter war immer gelb-weiß. Es waren ihre Lieblingsfarben«, sagte er.

Dieses Wohnzimmer! Ach ja. Sie fühlte prickelnde Röte vom Nacken bis zur Stirn aufsteigen. Sie hatte es vergessen.

Paul betrachtete die an der einen Wand hängenden Aquarelle. »Die sind aber sehr schön. Hast du sie selbst ausgewählt?«

»Ja, vor Jahren. Solche Dinge hat Joseph immer mir überlassen. Er interessierte sich nicht für Kunst.«

»Du hast einen sehr guten Geschmack, Anna. Du könntest heute das Dreifache von dem bekommen, was du dafür bezahlt hast. Aber das dürfte dir wohl egal sein.«

»Ich kaufte sie nur, weil sie mir gefielen. Das war der einzige Grund.«

Es waren einfache Arbeiten, sparsam in den Linien, mit Wasserlilien und Schilfgewächsen; ein langes, hochkant hängendes Bild von einem toten Baumstamm, der die Arme in einen wolkenschweren Himmel streckt; ein kleines Aquarell mit Moos auf feuchtem schwarzem Fels.

»Entzückend«, sagte Paul. Er trat wieder zum Fenster und blickte schweigend in den leuchtenden Nachmittag hinaus.

Als sie seinem verträumten Blick folgte, sah sie nur das Teegeschirr auf dem Gartentisch und die Spitzen der Phloxe, der Flammenblumen, deren üppige lila und kirschrote Köpfe sich über die Mauer erhoben. Ein Hauch ihres starken Dufts drang durch das offene Fenster herein.

Anna setzte sich und wartete. Wie seltsam, ihn hier in ihrem Hause stehen zu sehen! Wie kurz war er in ihr Leben getreten, höchstens ein paar Stunden, wenn man alles zusammenzählte! Und doch hatte er ihr Leben wie kaum ein anderer verändert. Sie erinnerte sich jetzt an Dinge, die ihr seit Jahren nicht mehr in den Sinn gekommen waren, die sie aus ihrem Gedächtnis verdrängt, ausgeschlossen und begraben hatte: an jene Nächte im Hause seiner Eltern, vor so vielen Jahren, an ihr trockenes Schluchzen, die verschluckten Tränen, die geballte Faust an ihrem Mund. In der Jugend sind die Schmerzen heftiger als der tiefste Kummer, den man später erleidet!

»Im Rückblick betrachtet, hat dein Leben auch seine guten

Seiten gehabt«, sagte Paul plötzlich. »Trotz des Kummers, den ich dir gemacht habe, nicht wahr, Anna?«

»Es war nicht nur Kummer«, sagte sie beschwichtigend.

»Wirklich nicht, Anna?«

»Es waren auch Augenblicke großer Freude dabei.«

»Augenblicke!« rief er aus. »Augenblicke! Was sind sie an einem Leben gemessen? Das ist alles, was ich dir zu geben vermochte?«

»Vergiß nicht, daß du mir auch meine Tochter gegeben hast.«

»Und wie steht es zwischen euch?«

»Sie ist mir eine wahre Tochter. Ich könnte mir keine bessere wünschen.«

»Das freut mich.«

Er setzte sich ihr gegenüber. Sie wurde nervös, nahm die Strickarbeit auf und wickelte die Wolle mechanisch um die Nadel.

»Es freut mich, daß ich außer dir das Leben schwerzumachen auch etwas Gutes tun konnte, Anna.«

»So habe ich es nie gesehen. Aber weißt du, mir ist eben etwas eingefallen.«

»Was ist es?«

»Ich hatte nie die Gelegenheit, es dir zu sagen und dir zu danken. Nach jenem Tag in der Oper, als Joseph so furchtbar wütend war und ich dir mitteilte, daß du mich nie mehr anrufen oder mir schreiben dürftest, hast du nicht ein einziges Mal mein Vertrauen mißbraucht oder mich der leisesten Gefahr ausgesetzt. Und dabei hättest du es so leicht tun können. Ein anderer Mann hätte es vielleicht getan.«

Paul blickte ihr fest in die Augen. »Ich hätte mir lieber den rechten Arm abgeschnitten. Das weißt du doch, Anna.«

Sie hielt sich die Hand an die Wange. »O mein Gott!« rief sie aus.

Sie schwiegen, dann sprach er wieder.

»So ist es also für uns gewesen. Ich wünschte, es wäre anders gekommen.«

Heuschrecken zirpten im hohen Gras, Sommergeräusche, die jedoch bereits das Ende verkündeten, während die letzten

Rosen, von der Hitze versengt, langsam ihre Blütenblätter verloren.

»Der traurige Spätsommer«, sagte Paul, als ob er Annas Gedanken gelesen hätte. »Wenn die Heuschrecken all den Lärm machen, kann man sicher sein, daß der Sommer vorbei ist.«

»Bis zum nächsten Jahr«, entgegnete sie.

»Du bist schon immer optimistisch gewesen. Für dich ist der Becher immer halb voll.«

»Und für dich halb leer.«

»Oft.«

Sie lächelte ihm zu. »Dann mußt du dich beeilen, ihn wieder aufzufüllen, nicht wahr?«

»Genau das habe ich vor. Ich kam, um mit dir darüber zu sprechen. Ich werde nach Europa gehen und dort leben.«

»Für immer?«

»Ja. Ich brauche dir nicht zu sagen, daß ich stets ein loyaler Amerikaner gewesen bin. Aber ein Teil von mir hat schon immer an der Vergangenheit gehangen, und ich sehne mich nach jenen alten Dörfern in Südfrankreich zurück, wo man die Ruinen bis auf die Römer zurückverfolgen kann. Vielleicht aber auch Italien, an einem der Seen ... Lugano, Como. Bist du schon einmal dort gewesen?«

»Nein, das habe ich verpaßt.«

»Ach, Lugano würde dir gefallen, Anna. Es gehört übrigens zur Schweiz, ist gar nicht tropisch, sondern von goldener Wärme und herrlichem Frieden. Ja, dort würde ich mir gern ein Haus kaufen. Willst du mit mir kommen? Würdest du ...?«

»Aber«, sagte sie überrascht. »Das ist wirklich ...«

»Ich weiß, ich habe dich erschreckt. Und es kommt reichlich spät – das weiß ich auch. Aber gerade das sollte ein Grund sein, wenigstens etwas von unserem Leben zu retten.«

Warum war jene ferne Vergangenheit so viel klarer als das, was erst vor wenigen Jahren geschehen war? Sie war tatsächlich imstande, jawohl, tatsächlich imstande, sich in die Lage zurückzuversetzen, als sie das ihn anbetende junge Mädchen war und er haushoch über ihr stand. Und jetzt saß er hier und flehte sie an. Sie hätte für ihn weinen können, und für sich selbst auch.

»Anna, es könnte immer noch sehr schön sein, wenn wir heirateten – auch jetzt noch.«

Lugano. Enge Gassen, blühende Bäume. Sie und er in den Straßen, unter den Bäumen. Ein Tisch auf einer Terrasse in der Sonne, eine Flasche Wein – und sie und er. Ein Zimmer in einem alten Haus, wo der milde Nachtwind durch die Fenster dringt, während sie miteinander schlafen, und der Morgenwind, wenn sie miteinander erwachen. Sie war sprachlos vor Sehnsucht und Entzücken.

Und doch kannte sie bereits die einzig mögliche Antwort.

»Weißt du«, sagte Paul, »daß zwischen uns vom ersten Augenblick an etwas zum Leben erwacht ist? Und es lebt immer noch. Es hat alle Enttäuschungen und Mißverständnisse überlebt, alle Zeit und allen Raum. Nichts vermochte es zu töten. Können wir ihm nicht die Chance geben, endlich aufzublühen? Können wir es nicht befreien?«

»Wenn wir allein auf der Welt wären . . .«, begann sie.

»Aber das sind wir nie. Immer sind andere da.«

»Erkläre mir, was du meinst.«

Sie begegnete seinem angstvollen Blick und sprach mit äußerster Zärtlichkeit. »Da sind die, die vorher gekommen und gegangen sind. Und dann die, die danach kamen. Es ist einfach nicht möglich. Nicht möglich.«

»Aber warum?«

»Weil es Josephs Familie ist, Paul. Siehst du das nicht ein?«

Er schüttelte den Kopf. »Nein, Anna. Nein.«

Sie erhob sich, trat auf ihn zu und legte ihm die Hände auf die Schultern. »Schau mich an, höre mich an, mein geliebter Freund. Kannst du dir vorstellen, wie du bei Iris und Theo am Tisch sitzt, mit ihnen, mit mir, mit ihren Kindern? Kannst du dir vorstellen, wie ich es möglicherweise fertigbrächte, dich in diese Familie einzuführen, wo deine Tochter nicht weiß, daß sie deine Tochter ist, und wo du für deine Enkelkinder ein Fremder bist?«

Er antwortete nicht.

»Iris hatte schon immer unbestimmte Ahnungen und ein

unbehagliches Gefühl, was dich und mich betrifft. Ich weiß es. Soll das alles wieder aufleben und sich noch verschärfen? Kannst du dir das vorstellen?«

Er antwortete noch immer nicht.

»Es wäre Wahnsinn. Leuchtet dir das nicht ein? Siehst du nicht, daß ich es nicht ertragen könnte?«

»Du könntest es nicht ertragen«, wiederholte er sehr leise.

»Und du auch nicht.«

Sie wandte sich ab und ging zum anderen Ende des Zimmers. Ihr kamen Tränen, die sie verstohlen mit dem Ärmel fortwischte.

Ich darf ihn nie wieder berühren, darf mich nicht von ihm berühren lassen.

»Schon wieder die Familie«, sagte Paul. »Immer die Familie, die allem anderen gegenüber Vorrang hat.«

»Du verstehst doch, warum, nicht wahr?«

»Ja. Aber wenn ich dich umstimmen könnte, würde ich es tun . . . und all die anderen zum Teufel wünschen.«

»Das meinst du doch nicht.«

»Natürlich nicht.« Und dann sagte er plötzlich: »Weißt du was? Ich beneide Joseph.«

»Du beneidest ihn? Er ist tot!«

»Ja, aber solange er lebte . . . lebte er.«

Die Kaminuhr schlug im Nebenzimmer zur vollen Stunde – jene gleichgültige, idyllisch aussehende kleine Kaminuhr, die seine Eltern ihr geschenkt hatten –, schlug wie zu allen Stunden, frohen und traurigen, kommenden und gehenden . . .

»Ist das wirklich endgültig, Anna?« fragte Paul.

Sie wandte sich ihm zu. Das letzte Mal, wirklich das letzte Mal. Oh, diese Augen, diese herrlichen blauen Augen, sein Lachen, seine Kraft, seine Zärtlichkeit, der wunderbare Mund, die Hände . . .

»Ist es deine endgültige Antwort?«

»Paul, Paul . . . es muß sein.«

Keine Tränen, Anna. Dein Leben lang hast du geliebten Menschen Lebewohl gesagt, so oft und auf so viele Arten. Das hier ist nur ein weiteres Lebewohl, sonst nichts. Keine Tränen, Anna.

»Ich werde dich also nicht wiedersehen. Vor Jahresende bin ich in Europa.«

»Ich werde an dich denken. Ich werde immer in Gedanken bei dir sein.«

Sie gab ihm die Hand, und er hielt sie lange. Dann ließ er sie los.

»Nein, bitte begleite mich nicht hinaus. Lebe wohl, Anna«, und damit schritt er durch die hohe Tür auf die Terrasse, stieg über den kleinen Mauervorsprung auf den Rasen hinab und entschwand ihren Blicken.

Der Motor heulte auf, und der Kies knirschte. Als sie sicher war, daß er sich weit genug entfernt hatte, trat sie auf die Terrasse hinaus. Das Glas, aus dem er getrunken hatte, stand immer noch auf dem Tisch, die Gabel lag auf dem Teller. Sie schaute auf den leeren Stuhl.

Es ist alles ein Rätsel. Der ständige Widerspruch zwischen unseren Wünschen und Pflichten, zwischen dem, was wir wollen, und dem, was wir tun sollen.

Die Schläge der Uhr drangen aus dem offenen Fenster heraus, verkündeten die halben Stunden und die Stunden. Die blaugrauen Schatten auf dem Rasen wurden immer länger, und die Sonne stand tief im Westen, als Anna sich endlich erhob und ins Haus zurückging.

46

Man nennt es das Galiläische Meer oder den See von Genezareth, und die Israelis nennen es Jam Kinnereth, den harfenförmigen See. Das Hotel ist voller Touristen aus allen Ecken der Welt: Amerikaner; Japaner mit ihren Fotoapparaten, meist zwei oder drei über die Schulter gehängt; eine Gruppe französischer Nonnen, der Anna und Laura auf ihrer Reise von Eilat über Jerusalem bereits drei- oder viermal begegnet sind.

Laura schläft. Licht fällt durch die Fenster (Mond oder Sterne?), Anna steht auf und blickt hinaus auf den See und die schmalen Bäume, die wie dunkelblaue Fontänen aus dem Boden schießen. Ein diamantenes Schimmern auf dem Wasser, verstreuter, phosphoreszierender Glanz, und sie glaubt, das Aufplätschern eines Fisches gehört zu haben.

Sie hat keine Mühe mit dem Einschlafen, aber ihr Schlaf ist so leicht, daß er nicht lange anhält. Joseph pflegte sich darüber zu beklagen und auch über ihr frühes Erwachen. Jetzt liegt sie lange wach, hört Lauras leisen Atem vom anderen Bett, denkt an den Morgen. Sowie sie einschläft, kommen wieder die Träume.

Einige sind alt und bedrückend. Wie der Traum, in dem zwei Menschen einer sind und einer zwei. Maury und Eric. Wie der Traum, in dem Joseph mit seinem Wagen ankommt, sie ihm freudig entgegeneilt, er jedoch kalt den Kopf abwendet, weil er nicht mit ihr sprechen will, und sie weiß, daß sie ihn verletzt hat und daß die Wunde nie heilen wird.

Jetzt träumt sie einen neuen Traum. Von Laura und Robby McAllister. Er ist ein netter Junge, freundlich und intelligent, mit Sommersprossen und dichten blonden Wimpern. Laura hat im College mit ihm gelebt. Er gehört der falschen Religion an, und außerdem wird er sie ohnehin nicht heiraten. Man heiratet kein Mädchen, das so leicht zu haben ist. Oder ist das jetzt nicht mehr so? Das Leben hat sich so rasch verändert, daß sie oft gar nicht mehr weiß, was noch Gültigkeit hat.

Sie wirft sich herum und erwacht wieder.

Falls er sie heiraten will, werden seine Eltern es nicht zulassen. Sie werden sie bestimmt ablehnen. Ängste steigen in Anna auf, ihre Kehle wird trocken. Im ersten Dämmerlicht sieht sie Lauras Hemd und Jeans auf dem Stuhl. Kleidung für ein Kind. Achtloses, närrisches kleines Ding!

Iris ist im Bilde. »Weiß es deine Mutter?« hatte Anna Laura gefragt. »O ja, sie weiß, und sie hat ein bißchen Angst, daß ich enttäuscht werden könnte. Sie hofft, daß ich weiß, was ich tue.« Ist das alles? Nichts über Recht und Unrecht, nichts über die wahren moralischen Werte, mit denen wir all die Tausende von Jahren gelebt oder zu leben versucht haben? Was ist nur mit Iris los? Was für eine Mutter ist sie?

Ich klinge wie Joseph.

Laura hatte ihr in Paris gesagt: »Mutter bat mich, es dir nicht zu sagen, weil du schockiert sein würdest.«

»Und warum hast du es mir erzählt?«

»Weil ich in allem ehrlich sein möchte.«

In allem ehrlich! Die Parole der jungen Generation. Du kannst tun, was du willst, solange du ehrlich und offen dazu stehst.

»Weiß es dein Vater?« hatte Anna sie gefragt.

»Nein, es würde ihn zu sehr aufregen. Er glaubt nämlich an zweierlei Maß. Für Männer ist es natürlich, aber ein Mädchen darf es nicht.«

»Das ist auch meine Ansicht.«

»Nana, ich verstehe dich nicht! Warum? Warum soll eine Frau nicht die gleichen Rechte haben . . .«

»Frauen werden schwanger«, hatte Anna sie zornig unterbrochen. »Darum!«

»Aber heute nicht mehr.«

Ist es zu glauben? Ist es zu glauben? sagt sich Anna jetzt. Sie bewegt sich leise durch das Zimmer und kleidet sich an. Man wirft sich einfach weg für nichts und wieder nichts, kocht und wäscht für einen Mann, schläft mit ihm, und er ist an kein Versprechen gebunden, trägt nicht die geringste Verantwortung, kann einen jederzeit sitzenlassen! Du großer Gott!

Laute Stimmen hallen durch den Flur. Heutzutage haben die Leute keine Manieren mehr und schlagen Lärm um sieben Uhr morgens.

Die Füße tun ihr weh, in den neuen Schuhen hat sie sich Blasen gelaufen. Ein Skandal, wenn ich bedenke, was ich für diese Schuhe bezahlt habe. Niemand macht sich mehr die Mühe, einem wirklich etwas für sein Geld zu bieten. Alles muß, wie die jungen Leute sagen, »auf die Schnelle« gemacht werden. Ja, und gerade sie sind die Schlimmsten, weil sie keine Rücksicht auf die Gefühle der Älteren nehmen.

Sie weiß, daß sie müde, gereizt und schlechter Laune ist. In zwei Tagen wird sie daheim sein, und dann wird sie mit einem Buch in den Garten gehen, mit einem Buch über irgendein Jahrhundert, nur nicht das verrückte, in dem wir leben. Sie wird sich ganz ruhig hinsetzen und die Welt in ihrem eigenen Saft schmoren lassen.

Sie hätte die Reise nicht so lange hinausschieben sollen. Vor fünf Jahren wäre sie noch sicherer auf den Beinen gewesen. Kreuzfahrten hatte sie sich hartnäckig widersetzt, denn sie kannte viele alte Witwen, deren Familien sie ständig auf Schiffsreisen schickten, um sie los zu sein. (Mama hat dort allen Luxus, und auf diesen Schiffen sind Ärzte, die sich um sie kümmern können, falls ihr etwas passieren sollte.) Und dann war in diesem Sommer plötzlich die Reiselust erwacht. Sie hatte Frankreich wiedersehen wollen, und sie wollte Israel kennenlernen.

»Aber Mama, warum in diesem Sommer?« hatte Iris eingewandt. »Du weißt doch, daß ich gerade jetzt meine Doktorarbeit beende und daß ich mir die Zeit nicht nehmen kann.«

»Das verlange ich auch nicht von dir. Ich kann sehr gut alleine reisen.«

»Mama! Du bist siebenundsiebzig!«

»Du meinst, ich könnte sterben! Dann braucht man ja nur die Leiche zurückzuschicken.«

»Mama, du solltest dich schämen, so zu reden. Kannst du nicht bis zum nächsten Sommer warten? Ich verspreche dir, daß ich dich dann begleiten werde.«

»Wie du selbst sagtest, bin ich siebenundsiebzig. Es ist mir zu riskant, bis zum nächsten Jahr zu warten.«

Anna hatte sie mürbe gemacht. So wurde beschlossen, daß Iris sie »ins Flugzeug setzen« würde, daß Laura, die mit einer Mädchengruppe durch Europa trampte, sich mit ihr in Paris treffen und sie dann nach Israel begleiten sollte.

Sie war aufgeregter gewesen, als sie es sich eingestehen wollte, und deshalb hatte die Wirklichkeit sie dann ziemlich ernüchtert. Der Flug nach Europa! Das klingt sehr abenteuerlich, aber in Wirklichkeit ist es fast wie eine Fahrt in einem Intercity-Zug und dauert weniger lange als die meisten Bahnreisen. Die Europareise 1929 – ja, das war etwas anderes gewesen! Man kaufte sich ein Tagebuch, einen Schiffsmantel, einige Abendkleider, und das Orchester spielte, während man beim Tanzen das Stampfen der Maschinen unter sich spürte –

stets in dem Bewußtsein, einen Ozean, ein wogendes Weltmeer zu überqueren. Schon wie das klingt! Lange, klagende Vokale! Wogendes Weltmeer. Das ist jetzt alles vorbei.

Immerhin war Paris noch wie beim erstenmal. Es gefiel ihr, daß ihr Zimmer den gleichen Ausblick hatte und daß hohe Gladiolen in der Hotelhalle standen. Mit Entzücken hörte sie wieder den Klang der Sprache, der an das Rascheln von Taft und an plätscherndes Wasser erinnert. Sie beobachtete die ein und aus gehenden Leute, die energisch ausschreitenden Geschäftsleute mit ihren Aktentaschen, die Frauen und ihre Zwergpudel mit den Halsbändern aus Bergkristall – geduldige Tierchen, die unter den Teetischen gähnten.

Dann war Laura gekommen. Laura, ihr Liebling! Sie hatte sogar daran gedacht, sich ein Kleid anzuziehen, wofür Anna ihr dankbar war. Aber – um die Wahrheit zu sagen – wäre sie mit Jeans und Rucksack in der eleganten Hotelhalle erschienen, so hätte ihr Anna in der Freude, sie wiederzusehen, den Stilbruch gern verziehen.

Sie wollte ein Bad nehmen. Wie ein armes Waisenkind hatte sie die große Wanne in dem riesigen Badezimmer angestaunt. Und dann war sie frisch und nach Annas Badeöl duftend herausgekommen.

»Nana, ist es dir recht, wenn ich jemand zum Abendessen einlade?«

»Natürlich! Ich hatte es erwartet. Sogar mehrere, wenn du willst.«

»Nur eine Person. Wir haben den ganzen Sommer miteinander verbracht.«

»Wunderbar. Kenne ich sie?«

»Es ist keine Sie. Ein Er!«

Und so erfuhr Anna von Robby McAllister.

Laura öffnet die Augen und blinzelt in den hellen Morgen. Ihre Haut ist noch feucht und rosig vom Schlaf, wie bei einem Baby, das aus seinem Schlummer erwacht. Und dieser junge Kerl, sagt sich Anna, dieser junge Kerl sieht sie so jeden Morgen und betrachtet es als sein Recht, als ob sie ihm gehörte! Anna ist empört über seine Kühnheit und entrüstet über Laura.

Du Närrin! Du Dummkopf! Machst dir dein Leben kaputt, wo du noch alles hast und nur zu blöde bist, es zu wissen!

Ich klinge wie Joseph.

»Hast du gut geschlafen, Nana? Ich habe großen Hunger«, sagt Laura.

»Mach nicht zu lange, wenn du frühstückst. Der Chauffeur erwartet uns um halb neun«, befiehlt Anna und hört die Schärfe ihrer Stimme.

Laura schaut sie nur komisch an und sagt nichts. Sie schlüpft in ihre Kleider und frühstückt rasch und schweigend.

Der Friedhof liegt oben auf einem Hügel. Man hat sie durch den Kibbuz geführt – Kindergarten, Bibliothek, Speisesaal (hier ging Eric ein und aus, aß und arbeitete) –, an den Scheunen und Ställen vorbei, wo die großen, schwerfälligen, sanften Tiere ihnen stumm nachblicken, während sie den Hang hinaufsteigen.

Wenn man im Ausland ist, scheint fast alles, was man sich anschauen will, nur über einen Berghang und Treppenstufen erreichbar zu sein. Aber sie schafft es noch recht gut und ist bemüht, sich nicht zu fest auf Lauras Arm zu stützen.

»Paß auf, Nana«, sagt Laura. Man hat sie ermahnt, auf sie achtzugeben, und ihr gesagt, daß alte Frauen sich beim Stürzen das Becken brechen und Lungenentzündung bekommen können. Anna hört fast Theos Stimme, wie er warnend von Herzschwäche, Erschöpfung und Schlaganfall spricht. Die Jungen müssen sich um die Alten kümmern.

Aber die Jungen wissen nicht, daß die Alten sich auch um sie kümmern. Anna hat Laura beobachtet und sie nie beim Frühstück mit dem Zimmerkellner allein gelassen oder mit den Fremdenführern. Sie hat sie vor frechen Blicken und Unverschämtheiten geschützt (ja, Unverschämtheit ist ein altmodisches Wort, das man nicht mehr hört). Obgleich es doch eigentlich ziemlich unsinnig scheint, ein Mädchen beschützen zu wollen, das mit einem jungen Mann – ohne verheiratet zu sein – durch ganz Europa getrampt ist.

Die Gräber liegen auf einer ebenen Rasenfläche, die von Immergrün umwachsen ist. Laura findet den Stein.

»Was steht drauf?« fragt Anna.

»Nur der Name und die Geburts- und Todesdaten nach dem hebräischen Kalender.«

Der Führer erkundigt sich auf englisch: »Sie können Hebräisch und Ihre Großmutter nicht?«

»In meiner Zeit«, erwidert Anna, »lernten nur die Knaben die heilige Sprache.«

Sie versucht, ihre Gefühle zu ordnen. Jetzt ist sie am eigentlichen Ziel ihrer Reise. Sie erinnert sich, wie sie und Joseph von der Möglichkeit gesprochen hatten, einmal hierher zu kommen, und wie schrecklich ihnen der Gedanke erschienen war, einmal dort zu stehen, wo sie jetzt steht.

»Kannten Sie ihn zufällig?« fragt sie den Führer.

»Nein, ich war damals nicht hier. Aber ich habe von ihm gehört.« Er machte eine fatalistische und resignierende Geste. »Unsere Geschichte nimmt ihren Lauf, und wir müssen uns an unsere Tapferen erinnern. Daher wissen wir hier alle, wer dieser junge Amerikaner war und was er in jener Nacht vollbracht hat . . . obgleich es ziemlich lange her ist.«

Fast Mittagszeit. Eine Stimme ruft über den Hühnerhof, eine andere antwortet. Die Vögel, die am Morgen noch so emsig gezwitschert hatten, sind still. Hitze breitet sich über dem Stück Erde aus, wo Eric liegt, und über das ganze so zäh verteidigte Land zwischen Syrien und Libanon, deren Baumwipfel von hier aus sichtbar sind.

»Schrecklich.« Laura unterbricht die Stille. »Schrecklich, wenn man bedenkt, daß er endlich einen Ort gefunden hatte, wo er glücklich war.«

»Er wäre nicht geblieben«, sagt Anna mit plötzlicher Gewißheit. »Auch das hier hätte ihn letztendlich enttäuscht.«

»Du überraschst mich, Nana. Ich dachte, du hast geglaubt, daß er gerade hier das Richtige gefunden hat.«

»Nein. Er suchte nach etwas. Er hätte den Rest seines Lebens einen Ort gesucht, wo er sich ganz zu Hause fühlen konnte – und er hätte ihn nie gefunden.«

»Geht es nicht allen so?«

»O nein. Manche brauchen nicht einmal zu suchen. Dein Großvater war einer von denen. Es ist eine große Gnade.«

504

Laura macht den Mund auf, als ob sie fragen wollte: ›Und du?‹, aber sie tut es nicht.

Anna streckt die Hand in die heiße Luft aus. Blaue Venen und braune Flecken verunzieren diese Hand wie bei einer Krankheit. Aber es ist nur das Alter. Mein Fleisch und Blut, sagt sie sich, und Josephs und das seiner alten Mutter, die ich ganz ohne Grund nicht ausstehen konnte, liegt hier. Und Agathas. Die zarte Agatha und ihre Eltern mit ihrer kühlen und puritanischen Strenge. Aus diesem jungen Paar, ihrer Liebe und ihren Ängsten, war dieser Junge entstanden.

»Ich begreife es nicht«, sagt sie laut und vernehmbar.

Laura und der Führer blicken sie überrascht an. Dann sagt der Führer: »Ihr Chauffeur winkt. Es ist Zeit zur Abfahrt, wenn Sie das Flugzeug erreichen wollen.«

»Warten Sie eine Minute. Ich komme gleich.«

Die anderen gehen zum Tor. Aus Rücksicht und Respekt lassen sie sie allein. Präge es dir ein, bevor du gehst: locker wachsendes Immergrün an der Mauer, zwei halb ausgewachsene Lorbeerbüsche zur Rechten und eine Reihe von Geranien längs dem Pfad.

Friede mit dir, Eric, Sohn meines Sohnes, wo immer du bist. Schalom.

»Es ist immer traurig, einen Ort zu verlassen, der so schön ist«, bemerkt Laura, »selbst wenn man nur ein paar Tage da verbracht hat.«

Es ist Spätnachmittag, und sie kommen von den Hügeln herab. Unter ihnen liegt das Mittelmeer, und die zum Flughafen führende Straße bahnt sich durch Orangenhaine.

»Hat es dir also doch etwas bedeutet?«

»O ja! Man fühlt, man muß einfach fühlen, daß da etwas vorhanden ist. Nach Tausenden von Jahren! Es hat so lange gedauert, daß man wirklich beeindruckt ist. Ich hätte es nicht geglaubt.«

Laura faßt sich ans Herz.

»Ja«, sagt Anna. »Ja.«

»Nana, du mußt mir etwas sagen. Ich hatte das Gefühl, daß du dich bisher nicht geäußert hast, weil du die Harmonie der

Reise nicht stören wolltest, daß du mir aber trotzdem sehr böse warst. Habe ich recht?«

Anna blickt sie an. »Ich war dir böse. Aber jetzt nicht mehr.«

»Und warum nicht mehr?«

»Es ist einfach verflogen – der Zorn, die Verletztheit oder wie du es sonst nennen willst.«

»Da bin ich froh«, sagt Laura erleichtert.

Wie immer sieht Anna die Frage von zwei Seiten. (Joseph pflegte sich zu beklagen, daß sie nie eine feste Meinung vertrat.) Eins weiß sie jedoch mit Bestimmtheit: Man kann nicht nach festen Leitsätzen leben. Was für den einen ehrlich ist, ist für den anderen eine Lüge. Hauptsache ist, man lebt. Liebe das Leben, genieße es. Pflanze Blumen, und wenn du das Unkraut nicht ausreißen kannst, verberge es.

»Le-Chajim«, sagt sie und spricht zum zweitenmal an diesem Tag laut vor sich hin.

Der Chauffeur lächelt durch den Rückspiegel. »Sie haben recht, Mistress«, sagt er. »Darauf würde auch ich trinken, wenn ich etwas zu trinken hätte. Le-Chajim. Auf das Leben.«

47

Es war keine Hochzeit im herkömmlichen Sinne, und Joseph hätte mehr als einen Grund gehabt, darüber entsetzt zu sein. Trotzdem fand Anna es sehr rührend. Laura hatte sich gewünscht, in Annas Garten getraut zu werden, jedoch befürchtet, damit Iris' und Theos Gefühle zu verletzen, was aber nicht der Fall zu sein schien. Iris hatte sich nie etwas aus ihrem Garten gemacht, während der von Anna herrlich war, mit den schweren Birnen an den Spalierbäumen, den lila und violett blühenden Flammenblumen und jetzt im Sommer dem süßlichen Duft von Zimt und Vanille.

Die Trauung wurde von einer Friedensrichterin vollzogen, es war die Mutter eines Collegekameraden von Robby. Das junge Paar stand vor ihr, Hand in Hand: Er trug Jeans und ein offenes Hemd, sie ein langes weißes Baumwollkleid, und ihre roten Zöpfe hingen über einen weißen Schal. Wie ich, als ich noch die Unschuld vom Lande war, sagte sich Anna. Laura hing mit ihren Blicken verzückt an ihrem Bräutigam. Gerade so hatte Iris damals ausgesehen – allerdings mit Spitzenhäubchen und Brautkleid. Robby begann, das Gedicht aufzusagen, das sie sich für die Trauungsfeier ausgesucht hatten, während Philip ganz leise auf der kleinen elektronischen Orgel dazu spielte.

»Den Liebenden gehört die Welt,
                                dem Buhlen und der Maid,
Den Schmachtenden und Flüsternden,
                                der trauten Zweisamkeit.
Denn alles will umworben sein, in Lüften, Land und Meer.
Gott schuf nichts, was allein sein muß,
                                in seiner Welt, so hehr!«

»Emily Dickinson ist eine unserer Lieblingsdichterinnen, Nana«, hatte Laura gesagt. »Du hast doch bestimmt ihre Gedichte gelesen?«

Immerhin schmeichelhaft, daß ihre Enkeltochter sich dessen so sicher war! Zufällig stimmte es sogar, denn sie hatte einige Gedichte von ihr gelesen, weil Emily Dickinson neben Millay, Robinson und Frost auch einer von Maurys Lieblingsdichtern gewesen war.

Jetzt antwortete Laura.

»Tritt vorsichtig an diesen Baum, dann klett're kühn hinan
Und greife dir die, die du liebst –
                                Raum, Zeit, denk nicht daran!
Dann trag sie in den grünen Wald und bau ihr eine Laube,
Und schenke ihr, was sie verlangt,
                                Schmuck, Blume oder Taube.
Und bring die Flöte und das Horn,
                                schlag auf die Trommel fest –
Und sag der Welt ade und zieh ins Glorienheim, dein Nest!«

Niemand regte sich. Die Friedensrichterin begann zu sprechen. Man fragte sich, was die geladenen Gäste von alledem halten mochten. Iris hatte sich große Sorgen darüber gemacht, Theo weniger – jedoch immerhin mehr, als man von einem Mann erwartet hätte, der ständig behauptete, keinen Glauben und kein Traditionsbewußtsein zu haben.

»Wenn das so weitergeht, wird bald nichts mehr von uns übrigbleiben«, sagte Iris immer wieder. »Und wenn ich an Papa denke, könnte ich heulen.«

In der Tat kann man sich schwer vorstellen, was Joseph bei der Hochzeit seiner liebsten Laura empfunden hätte, er, der sicher bereits eine stattliche Trauung nach altem Brauch in der von ihm gestifteten Kapelle für sie geplant hatte.

Aber Robby war ein bemerkenswerter junger Mann, und Joseph lag unter der Erde. Gegen die Zeit kann man nicht ankämpfen. So wie man auch nicht die Flut zurückhalten kann. Es war schon immer so gewesen, in stärkerem oder schwächerem Grade. Die einen kommen, die anderen gehen.

Für Robbys Familie, konservative Kleinstädter – geblümte Kleider, weiße Handschuhe –, die still und bescheiden an ihren Plätzen standen, war es bestimmt auch nicht das, was sie sich erträumt hatten. Aber die Zeiten ändern sich, und eine neue Generation hat das Sagen. Man kämpft nicht mehr bis aufs letzte für das, was man sich erträumt hat.

Annas Blicke wanderten über die Gruppe der jungen Mädchen aus New York mit ihren flachen Schuhen und dem langen, glatten Haar. Die Gesichter so ungeschminkt wie zu Annas Jugendzeit und so verschieden von denen ihrer aufgeputzten Mütter. So schließt sich der Kreis.

Und dann waren die Malones da, extra aus Arizona für die Hochzeit angereist! Er muß jetzt – Moment, Joseph wäre jetzt zweiundachtzig, also muß Malone fünfundachtzig sein. Und Joseph hatte sich immer über die Gesundheit seines Freundes Sorgen gemacht und gesagt, Malone lebe nur noch auf Abruf.

Zu schade, daß man auf eine Beerdigung oder eine Hochzeit warten mußte, um Leute zu sehen, die man seit Jahren nicht beziehungsweise noch nie gesehen hatte. Wie die Zwillinge – Zwillinge nach zwei Generationen! –, die sie einmal

1954 in Mexiko sah, als Rainaldo und Raimundo noch kleine Babys waren.

Vor einem Monat hatte Anna einen Brief mit Fotos der immer größer werdenden Familie bekommen. So viele, eine Generation nach der anderen! Und es schien ihnen auch recht gutzugehen, nach der prunkvollen Fassade des Hauses zu urteilen. Dena schaute sehr alt aus, ihre Schrift war krakelig geworden, das Papier voller Tintenflecke, und wahrscheinlich sah sie nicht mehr sehr gut. Aber sie hatte Anna mitteilen wollen, daß die Zwillingssöhne ihrer Enkeltochter vor ihrer Europareise in New York haltmachen würden, und ob Anna sie nicht sehen möchte?

Jetzt waren sie hier, der eine sprach überhaupt kein Englisch, der andere konnte sich gerade verständlich machen. Sie sprachen auch ein bißchen Jiddisch, das sie von ihren Großeltern gelernt hatten, aber nur ein bißchen, und Annas Jiddisch war eingerostet. In ihren dunklen Anzügen und den schwarzen Samtjarmulkes auf den Köpfen benahmen sie sich äußerst höflich und korrekt. Anna konnte von ihrem Standort aus den würdigen und skeptischen Ausdruck ihrer Gesichter beobachten, und es amüsierte und betrübte sie zugleich. Sie waren streng orthodox erzogen, und was mußten sie denken? Wahrscheinlich hielten sie diese Hochzeit für eine Posse.

»Und so erkläre ich im Namen des Staates New York, der mich dazu ermächtigt . . .«

Mann und Frau. Sie küßten sich, als ob sie alleine wären. O mein Gott! Und dann die Beglückwünschungen, Gelächter, wieder Küsse, und dann war es vorbei. Allerliebste Laura.

Sie hatte darauf bestanden, sich barfuß trauen zu lassen, denn sie fände es viel schöner und natürlicher, besonders in einem Garten. Es hatte heftige Diskussionen gegeben, und vor allem Theo war sehr schockiert darüber gewesen. »Wie weit kannst du es noch treiben?« Sogar Iris hatte gejammert, sie, die sonst immer die erste war, für die Neuerungen der Jungen Entschuldigungen zu finden. Zum Glück waren mit der Post ein Paar weiße Sandalen eingetroffen, ein Geschenk von Steve, handgemachte weiße Sandalen mit dazu passendem Gürtel samt Handtasche. Er lebte in einer Kommune und beschäftigte sich dort mit Lederarbeiten. Und weil Steve die Sandalen gemacht hatte, trug Laura sie, was Gott sei Dank den leidigen Streit beendete.

Theo ging neben Anna ins Haus zurück. »Es war eigentlich doch sehr schön, Theo«, sagte Anna.

»Es war völliger Blödsinn, und das weißt du.«

»Nein. Es war ehrlich und poetisch. Nicht mein Stil oder deiner, aber ihnen gefällt es.«

»Diese Kinder von heute! Diese Kinder!«

»Wenigstens ist deine Tochter jetzt verheiratet, und das ist mehr, als viele Eltern von sich sagen können.«

»Und Steve ist nicht einmal zur Hochzeit seiner Schwester gekommen«, bemerkte Theo bitter.

»Er wird schon eines Tages kommen. Vielleicht früher, als wir erwarten.«

»Daß er heute nicht hier ist, werde ich ihm wohl nie verzeihen können.«

»Er wollte kommen, siehst du das denn nicht? Deshalb hat er all diese Sachen geschickt. Sie sind mit solcher Sorgfalt hergestellt, daß er Wochen daran gearbeitet haben muß. Nur sich vor euch allen zeigen – das konnte er nicht. Es gab keinen anderen Grund!«

»Er hat sich sein Leben vermasselt«, brummte Theo starrköpfig. »Auf unverzeihliche Weise vermasselt.«

Plötzlich fühlte Anna Josephs Gegenwart, und die achtunggebietenden Worte, die über ihre Lippen kamen, hätten von ihm kommen können.

»Ein Mensch kann, ohne es zu wollen, in eine Situation geraten, aus der es sehr schwer ist, wieder herauszukommen. Das solltest du wissen, Theo.« Es war das erste und einzige Mal, daß sie ihn erinnert hatte. Es tat ihr weh, aber sie entnahm seinem Schweigen, daß Steve keinen Ärger mit seinem Vater haben würde, wenn er zurückkehrte.

»Schau dir deinen Philip an!« rief sie fröhlich aus. »Er ist über Nacht zu einem Mann geworden! Findest du nicht auch, daß er viel älter als sechzehn aussieht? Und er hat herrlich gespielt.«

Laura und Robby hatten nicht gewünscht, daß man sich for-

510

mell anstellte, um ihnen zu gratulieren, und so scharten sich die Leute um sie, gingen im Garten auf und ab oder kehrten ins Haus zurück, wo der Champagner bereits serviert wurde.

Anna nahm ein Glas und gab Theo eins. »Hier, trink! Jedem Vater tut es weh, wenn seine Tochter heiratet. Es ist also gar nichts dabei, wenn du dich ein bißchen niedergeschlagen fühlst. Das ist nur normal.«

Theo grinste verlegen. »Du hast wieder einmal recht.«

Sie klopfte ihm auf den Arm. »Du hast eine Menge Grund, glücklich zu sein, Theo«, sagte sie, ohne ihn belehren zu wollen.

Er hatte sie verstanden, und sie blickten beide zu Iris, die am Kamin stand und mit Janets Eltern und einigen anderen plauderte. Man hätte sie für eine jener Gesellschaftsmagazine fotografieren können, in denen man vornehme Damen vor dem Kamin oder lässig an die Treppe gelehnt sieht. Das würde Iris amüsieren!

»Worüber lachst du denn?« fragte Theo.

»Ich dachte an die Frau, die dich einmal fragte, warum Iris sich nicht ihre Nase richten ließe, wo du doch vom Fach wärst.«

»Ich hätte es nicht getan, selbst wenn Iris es gewollt hätte.«

Ja, Ruth hatte damals vor vielen Jahren recht gehabt. Jetzt, im mittleren Alter, war Iris zu einer wahren Schönheit gereift. Besonders in diesem Augenblick wirkte sie erstaunlich, und es entging ihr nicht, daß Theo es auch sah. Iris trug ihr dunkles, nur ganz wenig ergrautes Haar in der Mitte gescheitelt. Sie hatte es seit langem so getragen, und Anna konnte sich nicht mehr erinnern, wann es anders gewesen war. Ihr Gesicht zeichnete sich in reinen Linien ab, die scharfe Wölbung der Nase, die Brauen, die feinen Lippen.

Jetzt drängten sich die Leute aus dem Garten herein, man schüttelte sich die Hände, küßte sich auf die Wangen, tauschte Begrüßungen und Komplimente aus.

Jemand – ein Freund von Theo? (zu alt), ein Freund von Joseph? (zu jung; mein Gedächtnis läßt zu wünschen übrig) – begann mit ihr zu plaudern.

»Welch herrliches Haus! Und das Grundstück! Solche

Grundstücke sieht man heutzutage nicht mehr oft so nahe bei New York.«

»Und dabei hat es sich sehr verändert. Als wir einzogen, war es so still, daß man die ganze Nacht draußen sitzen konnte und nur die Grillen zirpen hörte. Heute haben wir den Verkehrslärm vom Highway.«

Der Mann seufzte. »Ich weiß. Wo ich wohne, wo früher ein großer Obstgarten mit Apfelbäumen war, baut man jetzt eine ganze Villenkolonie. Es ist sehr traurig«, sagte er und ging weiter.

Eine Weile blieb sie allein und dachte nach: Wenn ich einmal sterbe, wird man diesen Besitz verkaufen. Niemand will ein so großes Haus. Man wird es niederreißen, Reihenhäuser bauen oder irgendein Geschäftsgebäude errichten. An der Ecke ist ja bereits eine Versicherungsgesellschaft.

Man hatte sie mit allem Takt gefragt, ob sie nicht lieber das Haus verkaufen und sich eine Wohnung nehmen sollte. Der gleiche Vorschlag, den sie Joseph bei seinem ersten Herzanfall gemacht hatte. Er hatte sich mit der gleichen Entschlossenheit widersetzt wie jetzt sie. Das Haus war ihr Heim, sie konnte es sich leisten, und sie wollte hier bleiben. Sie hatte Bäume gepflanzt: Birken, Robinien und Rotdorn. Und all die Bücher in der Bibliothek, die Dinge in Josephs rundem Zimmer, an die man nicht rühren durfte, seine Pfeifensammlung, die einmal seine Enkel bekommen sollten. Und was würde sie mit Albert tun? Der Hund war viel zu groß für eine Wohnung. Nein, es war undenkbar.

Iris unterhielt sich immer noch am anderen Ende des Salons. Sie mußte etwas Amüsantes gesagt haben, denn die Leute lachten. Jetzt lachte auch sie und klatschte wie ein Teenager in die Hände. Wie gut sie sich entwickelt hat! Wahrlich, meine Gebete wurden erhört, sagte sich Anna. Manche jedenfalls.

Wenn man bedenkt, wie tüchtig und praktisch Iris geworden ist! Niemand sonst in der Familie hatte eine Ahnung von Geschäften. Der liebe Theo wußte nie, ob er einen Nickel oder einen Dollar in der Tasche hatte, und so hatte Iris gelernt, sich um den Grundbesitz und die Investitionen zu kümmern. Sie wird bestimmt wissen, was mit diesem alten Haus geschehen soll, wenn die Zeit gekommen ist.

»Nana«, sagte Laura, »darf ich dir Robbys Tante vorstellen? Das ist Tante Margaret, seine Lieblingstante. Er erzählt mir immer so viel von ihr, und ich erzähle von dir, und deshalb finde ich, daß ihr euch kennenlernen solltet.«

Hoffentlich werden sie es nicht abreißen lassen, sagte sich Anna. Vielleicht wird sich jemand finden, der dafür Verwendung hat. Und dann wird wieder eine Kinderschaukel unter der Esche hängen, man wird Futter in die Vogelkästen streuen für die Vögel im Winter . . .

»Margaret Taylor.« Eine stämmige, freundliche Frau mit jener Würde, die beleibten Damen eigen ist, nahm Annas Hand. »Ihre kleine Braut ist entzückend. Wir haben sie alle liebgewonnen.«

»Das freut mich. Wenn sie heiraten und man sie so weit wegschickt, kann man nur hoffen, daß sie Liebe finden werden.«

»Sie fahren nach New Mexico, wenn ich recht verstanden habe. Es wird ihnen sehr gefallen. Wunderbare Farben und unendliche Weiten.«

»Ich habe davon gehört. Leider bin ich selbst nie weiter westlich als Pennsylvania gekommen.« Seltsam. In all den Jahren. Und wir hätten es uns leisten können. Warum haben wir es nicht getan?

»Sind Sie in New York aufgewachsen, Mrs. Friedman?«

»Ich bin in dieses Land gekommen, als ich siebzehn war, und habe seitdem immer in New York oder in der Nähe von New York gelebt.«

»Eine so aufregende Stadt! Ich wollte, wir könnten es einrichten, öfter zu kommen, aber irgendwie finden wir nie die Zeit. Als ich jung war, besuchte ich New York fast jedes Jahr. Mein Bruder – er ist fünfzehn Jahre älter als ich – hatte einen Studienfreund aus Yale, der ganz wunderbar zu uns war. Jahre hindurch, wenn wir um die Weihnachtszeit für eine Woche kamen, um Einkäufe zu machen und in die Oper zu gehen, bestand er darauf, daß meine Mutter, meine Schwester und ich in ihrem Haus abstiegen. Paul Werner hieß er, und seine Familie hatte die prächtigste Wohnung, die man sich denken kann, auf der Fünften Avenue, in der Nähe des Museums. Ich hatte noch nie ein solches Haus gesehen. Kannten Sie zufällig die Familie?«

»Ich weiß, wen Sie meinen«, sagte Anna, und die Frau redete weiter.

»Sie hatten eine herrliche Gemäldesammlung. Ich studierte damals Kunstgeschichte am College und war sehr beeindruckt. Fast ausschließlich Hudson-River-Schule. Es kam für eine Weile aus der Mode, aber ich brauche Ihnen nicht zu sagen, was diese Bilder heute wert sind. Er hatte sehr viel Charme, dieser Paul Werner. Das entging mir nicht, obgleich ich noch sehr jung war. Zu viel Charme für die Frau, die er dann heiratete. Ich fand sie zwar sehr nett, aber furchtbar langweilig.«

»Haben Sie ihn seit ihrem Tode wiedergesehen?«

»O nein, nicht mehr seit meinem zwanzigsten Lebensjahr. Aber meine Schwester ist mit ihm in Verbindung geblieben und sah ihn noch vor ein paar Jahren in Italien. Er hat eine Villa am Lago Maggiore, ein altes Haus voller Renaissancemöbel und moderner Kunst. Das macht man ja heute gern, nicht wahr? Diese Mischung der unvereinbaren Dinge. Ach, Donald, komm, ich möchte dir Lauras Großmutter vorstellen. Das ist mein Mann.«

»Und über wen unterhalten sich die Damen? Über Paul Werner? Das habe ich zufällig noch aufgeschnappt.«

»Ich erzählte Mrs. Friedman von ihm. Ich weiß nicht, wie wir auf das Thema kamen – es hat sich einfach so ergeben.«

»Meine Frau wird ihn nie vergessen. Sie kommt sich vor, als ob sie einen Königssohn gekannt hätte.«

»Ach, Donald, du machst dich über alles lustig! Und dabei warst du genauso beeindruckt wie ich! Mit Paul fühlte man sich immer so – lebendig, und er hatte auch etwas Königliches an sich, auf eine sehr nette Art.«

Sie wandte sich wieder Anna zu. »Aber Sie sagten, Sie kannten ihn?«

»Ich war Dienstmädchen bei seinen Eltern«, sagte Anna. *Jetzt habe ich sie aber schockiert, was?*

Einen kurzen Augenblick blickten sie verblüfft drein, aber dann faßten sie sich rasch und sagten fast gleichzeitig mit freundlicher Stimme: »Da kann man nur sagen, daß Ihr Leben eine wahre amerikanische Erfolgsgeschichte ist, nicht wahr?«

»So könnte man es wohl nennen«, erwiderte Anna.

Und wie reagierte sie? Gar nicht so beißend scharf, wie sie es vielleicht erwartet hätte, nur ein leichtes Zucken, das sie jedoch zu beherrschen vermochte.

Unbemerkt ging sie in ihr Zimmer hinauf. Die schweren Ohrringe begannen ihr weh zu tun. Iris hatte darauf bestanden, daß sie sich für die Hochzeit ihren gesamten Schmuck aus dem Safe holte. Es schickte sich zwar, der Trauung einer Enkeltochter möglichst feierlich gekleidet beizuwohnen, aber sie fand es irgendwie dumm, sich mit ihren alten Händen und ihrem runzligen Hals in solchen Staat zu werfen. Seufzend nahm sie die Ohrringe ab. Sie fühlte sich erleichtert und beugte sich nach vorn, um sich im Spiegel zu betrachten.

Komisch, wenn man alt wird, hängt die Nase tiefer. Meine Nase ist noch nie so groß gewesen. Theo sagt, es habe etwas mit dem Knorpel zu tun. Aber ich sehe noch nicht schrecklich aus und habe mich ganz gut gehalten. Das ist schon immer so gewesen. Gesichter täuschen. Selbst nach diesem Gespräch von eben gelingt es mir noch, ruhig zu wirken. Nur diese Kopfschmerzen. Sie hielt sich die Hände an die Schläfen: Der Puls war stärker als gewöhnlich.

Der große Diamant, Josephs wunderbarer Ring, saß wie eine ovale Träne auf ihrem Finger. Er hatte das rosige Feuer des Sonnenlichts und des Regenbogens. Seltsam, wenn man bedenkt, daß er aus der tiefsten, dunkelsten Erde zutage gefördert worden war, mit all diesem Licht in seinem Inneren. Wenn ich einmal unter der Erde liege, wird er immer noch im Licht leben, mit seinem rosigen Feuer auf irgendeiner lebenden Hand leuchten. Auf welcher? Nicht Iris', nicht Lauras . . . die würden einen solchen Ring nie tragen, ihn sich ebensowenig wünschen, wie ich ihn mir gewünscht hatte. Josephs wunderbarer Ring.

Sie erhob sich langsam und kehrte nach unten zurück. Die Leute bewegten sich durch die schönen Zimmer in ihren hellen Kleidern und weißen Sommeranzügen. Es war das letzte Mal, daß das Haus in diesem Glanz stehen würde. Philip war sechzehn. Vielleicht könnte sie eine Hochzeitsparty für ihn ausrichten, aber es wäre doch höchst erstaunlich, wenn sie das noch erleben würde. Und für Steve? Wer weiß?

Von ihrem Standort am Fuße der Treppe aus konnte Anna direkt in das Wohnzimmer blicken, wo ihr Porträt hing. So jung in dem rosa Kleid, mit jenem leicht überraschten Ausdruck, der ihr schon immer aufgefallen war und den je gesehen zu haben sonst niemand zugab. Wäre sie damals nicht wirklich überrascht gewesen, wenn sie alle Geschehnisse hätte voraussehen können? Aber wie hätte sie voraussehen können, was man fühlt, wenn man achtundsiebzig ist? Ein solches Alter stellt man sich nie vor.

»Nana!« rief Jimmy. »Janet und ich haben dich überall gesucht. Alle gehen zum Essen.«

»Ich habe das Haus bewundert«, sagte Janet. »Jedesmal, wenn ich hierher komme, entdecke ich neue Schätze – dein Porzellan, das Silber – und ich weiß, daß wir eines Tages . . .«

»Eines Tages was?« fragte Jimmy.

»Eines Tages werden wir das auch haben. Da wir beide arbeiten, werden wir uns ein schönes Heim leisten können«, erklärte sie zuversichtlich und fügte rasch hinzu:»Natürlich nicht ein so schönes wie deins, aber ein bißchen in der Art.«

Das hätte Joseph gefallen. Die Arbeitsethik, wie er zu sagen pflegte. Wer arbeitet, soll auch dafür belohnt werden. Ein intelligentes Mädchen mit praktischem Verstand, nicht faul und nicht schüchtern in bezug auf ihre Wünsche. In zwei Jahren wird sie Ärztin sein. Und zu alledem hat sie das süße kleine Baby, das oben schläft. *Sie* würde sich über den Diamanten freuen! Sie würde den Ring mit Stolz tragen. Also wird sie ihn bekommen. Es ist Zeit, Besitz zu verschenken, sagten die Anwälte taktvollerweise, was nichts anderes hieß als: Du machst es nicht mehr lange und solltest an die Erbschaftssteuer denken.

»Ich werde dir all mein Silber hinterlassen«, sagte Anna plötzlich.

Janet wurde rot.»Nana, ich habe wirklich nicht gemeint . . .«

»Sei nicht dumm. Ich weiß, daß du nichts dergleichen gemeint hast. Aber Dinge sind dazu da, benutzt und genossen zu werden. Für Iris sind es nur Staubfänger, und Laura wird auf irgendeinem Indianerreservat Ausgrabungen machen, also keine Verwendung dafür haben. Deshalb möchte ich, daß du es bekommst.«

»Du solltest trotzdem ein paar Sachen für Laura zurückbehalten«, sagte Janet und fügte schelmisch hinzu: »Man kann nie wissen, ob sie es nicht müde werden, in einem Wohnwagen herumzuziehen. Sie könnten sich eines Tages entschließen, das zu tun, was sie bisher verachtet haben.«

Anna lächelte. »Du magst recht haben. Jedenfalls werde ich morgen meine Liste aufstellen.«

»Was für makabre Gespräche an einem Hochzeitstag!« protestierte Jimmy.

»Gar nicht makaber, nur praktisch.«

Jimmy nahm ihren Arm. »Wenn wir schon von praktischen Dingen reden, schlage ich vor, daß wir jetzt essen.«

Im Nu besann sich Anna wieder auf ihre gastgeberischen Pflichten, insbesondere das Menü für die mexikanischen Zwillinge, die, wie ihre Ahnen, die religiösen Speisegesetze strikt einhielten. Sie rief Celeste, um sich noch einmal zu vergewissern. Die beiden jungen Männer aßen mit Anna, während die anderen Gäste sich ihre Plätze nach Belieben aussuchen konnten – das war auch eine der von Robby und Laura eingeführten Neuerungen.

Es gefiel ihr, daß so viele junge Leute, einschließlich des Brautpaars, sich an ihren Tisch gesetzt hatten. All diese schönen, jungen Gesichter in ihrer erstaunlichen Verschiedenheit! Robby, rotbäckig, offen und frei, Jimmy nicht unähnlich. Raimundo und Rainaldo, ausgesprochen spanisch aussehend, und dabei waren ihre Großeltern in polnischen Dörfern aufgewachsen – wie soll man sich das erklären? Es muß die Reserviertheit sein, die spanische Wohlerzogenheit, die sie um so viel älter erscheinen läßt als die amerikanischen Jungen im gleichen Alter.

Welche Ironie des Schicksals! Der eitle, gutherzige, ehrgeizige, schlaue Eli hatte keine Nachkommen, während Dan, der

Schlemihl, der Bescheidene, in diesen beiden hübschen Jungen und manchen anderen weiterlebte. Mit nichts in Mexiko gelandet – in einem unbekannten Land, das diese beiden hier ganz selbstverständlich als ihre Heimat betrachteten, als ob ihre Urahnen dort gelebt hätten. Genau wie meine Kindeskinder Amerika als eine Selbstverständlichkeit betrachten und nicht sehen, welch ein Wunder es ist. Meine Gedanken wandern. Seltsam, denke ich, wie zeitlose Menschen so widersprüchlich und zäh sein können.

Gesprächsfetzen schweben wie Blätter im Winde über dem Tisch. Die jungen Leute sind heutzutage so ernsthaft. Zu meiner Zeit tanzte man auf einer Hochzeit. Sie diskutieren lieber. Nun ja, die Moden ändern sich und ziehen ihre Kreise. Wenigstens das sehe ich von meinem Blickpunkt aus, es ist eine der wenigen Belohnungen, der sehr wenigen Vorteile des Alters. Alles geht vorüber. Die Revolution von vor ein paar Wochen, der Schmutz, die Wut, sogar die Bärte verschwinden wieder. Etwas anderes wird an ihre Stelle treten, um uns zu verwirren und Sorgen zu machen.

Jimmy erklärt einem Freund Robbys: »Janet und ich, wir halten uns nicht an diese Vorschriften.« (Sie reden über Rainaldo und Raimundo.) »Aber wir finden, daß die religiöse Tradition in ihren wesentlichen Aspekten aufrechterhalten werden sollte. Wir haben eine lange und ruhmreiche Geschichte hinter uns, und aus der tritt man nicht einfach aus. Im übrigen ist es wichtig für die Kinder, einen Identitätssinn zu haben.«

Kluge Reden, schöne Reden. Alles müssen sie analysieren, für alles einen Grund angeben. Das ist die Krankheit dieser Zeit. Aber ich lasse ihnen gerne ihre Gründe, solange sie wenigstens zum Teil bei der Tradition bleiben.

Robby sagt: »Ich habe von Laura eine Menge gelernt, was die Einwanderergeneration betrifft. Ich finde es faszinierend, wie diese Leute hier zu Beginn des Jahrhunderts ankamen und dabei sozusagen mit einem Satz drei- oder vierhundert Jahre übersprangen. Sie kamen tatsächlich direkt aus dem Mittelalter. Einige hatten noch nie eine Eisenbahn gesehen!«

Ganz richtig. Ich war zehn Jahre alt, als ich die erste Bahn sah, mein guter Junge. Du bist ein lieber Junge, mit deinen hellgrünen Augen und deinem ernsthaften Interesse an allem. Ich hoffe nur, daß du dich eines Tages entschließt, dir einen Anzug zu kaufen. Du kannst dich doch nicht in Jeans und offenem Hemd um eine Stelle bewerben. Oder kann man das heutzutage?

Ein außergewöhnlich hübsches Mädchen ließ sich am anderen Ende des Tisches vernehmen. »So kann es nicht mehr weitergehen. Wir können nicht ewig fortfahren, Menschen auszubeuten und die Umwelt zu zerstören. Für das ›jeder für sich‹ ist es einfach zu spät. Sonst wird es nie Frieden auf der Welt geben.«

Als ob es den je gegeben hat! Aber nein, das sollte ich nicht sagen. Was weiß ich von der Zukunft? Man muß es versuchen. Vielleicht werden diese jungen Menschen mit ihren Ansichten und ihrer Energie das erreichen, was wir nie getan und womit wir uns nicht einmal ernsthaft befaßt haben. Wir fanden es genug, uns um uns selbst zu kümmern.

Ich weiß es also nicht. Sollen sie eine Lösung finden, wenn sie es können.

Rainaldo, der ein bißchen Englisch sprach, fing Annas Blick auf. Wie unhöflich von ihr. Sie hatte die Zwillinge vernachlässigt. Sie lächelte, er lächelte zurück, und um Konversation zu machen, zeigte er auf die Kerzenleuchter.

»Sehr schönes Silber, Tante. Sehr alt. Zweihundert Jahre, glaube ich.«

»Stimmt. Sie gehörten meiner Urgroßmutter. Das ist deine – warte mal – Urur . . . wie viele Ur, vier oder fünf?«

Rainaldo streckte die Hände empor. »Phantastisch! Es gibt einem ein Gefühl« – er zeigte auf sein Herz –, »wenn man das bedenkt.«

»Ja«, sagte Anna, »das ist wahr.«

»In Mexiko haben wir auch sehr schönes Silber. Ich sehe es oft. Dieses Bild – Porträt, Gemälde? Ist das Onkel Joseph? Mein Großvater hat mir von ihm erzählt.«

Das Porträt hing hinter ihr. Vom Tischende aus hatte Joseph sich immer selbst gesehen. Sie drehte sich um.

»Ja, eine starke Ähnlichkeit. So sah er wirklich aus.«

Aber nicht, als er jung war. In seiner Jugend hatte er einen verängstigten Blick, wogegen er auf diesem Porträt zuversichtlich, vielleicht ein bißchen streng wirkte. Wie ein Patriarch.

»Laura redet so viel von ihm«, sagte Robby. »Ich hätte ihn gern gekannt.«

»Er war ein einfacher Mensch«, erklärte Anna, als ob man sie gebeten hätte, seine Wesensart zusammenzufassen. »Er hatte eigentlich nur einen Wunsch: die Familie zusammenzuhalten. Alles andere war nur Mittel für diesen Zweck.«

Stimmengewirr und Gelächter, eine Gruppe trat auf Annas Tisch zu. Theo ergriff das Wort. »Ich bitte alle Anwesenden, auf das Wohl meiner Schwiegermutter zu trinken. Möge sie hundertzwanzig Jahre alt werden!« Man stieß mit den Gläsern an, und er fügte hinzu: »Es ist nicht jedem Mann gegeben, seiner Schwiegermutter ein langes Leben zu wünschen und dies auch wirklich ernst zu meinen.« Er und Anna blickten sich lange an.

»Und ich möchte auf das Andenken Papas trinken«, sagte Iris mit leiser Stimme. »Besonders an einem Tag wie heute denken wir an ihn.«

Es war wie bei jeder Familienzusammenkunft unvermeidlich, daß das Spiel der Ähnlichkeiten gespielt wurde.

»Siehst du ihm ähnlich, Iris?« fragte Doris Berg. »Wenn ich dich vor dem Bild stehen sehe, scheint es mir, daß du vielleicht doch ein bißchen wie dein Vater aussiehst.«

»Findest du das auch, Mama?« fragte Iris.

Sie will von mir hören, daß sie ihm ähnlich sieht. »Ich verstehe mich nicht gut auf das Erkennen von Ähnlichkeiten. Ich finde, daß jeder wie er selbst aussieht.«

Doris blieb hartnäckig. »Ach, das finde ich aber gar nicht! Manche Leute gleichen sich wie Fotokopien. Jimmy sieht genau wie Theo aus und Philip wie Iris. Iris hat eine hohe Stirn, ein bißchen wie ihr Vater, und doch« (zweifelnd den Kopf zur Seite geneigt), »und doch ist es schwer zu sagen . . . vielleicht bist du ihm doch nicht ähnlich. Iris, du bist uns ein Rätsel.«

Und Mary Malone sagte: »Aber unsere Braut ist ganz die Großmutter! Das rote Haar und die Augen, da gibt es nicht den geringsten Zweifel! Anna, du hattest so neugierige und große

Augen! Ich erinnere mich, als ich dich zum erstenmal sah . . . da blicktest du drein, als ob du nie genug sehen oder wissen könntest, als ob du in die Welt verliebt seist.«

Es war vorüber. Das Brautpaar war mit Kombiwagen und Zelt in die Flitterwochen gefahren. Celeste war mit ein paar Tüten Reis am Hauseingang erschienen. Das gehörte auch zu den Traditionen, auf die Laura und Robby lieber verzichtet hätten, aber Celeste hielt an ihren Ideen fest, und so waren sie durch einen Hagel von Reis die Stufen und die Einfahrt hinunter bis zu ihrem Wagen gelaufen. Theo und Iris standen neben Anna, bis der Wagen ihren Blicken entschwunden war. Sie hielten sich an den Händen.

Anna berührte Theos Arm. »Sie ist nicht fort, Theo. Du hast sie nicht verloren.«

»Woher willst du das wissen?«

»Ich weiß es halt. Sie gehen ihrer Wege, aber eine unsichtbare Kette wird sie immer an dich binden.« Fast, aber nicht ganz, glaubte sie es selbst.

Als die Gäste und das Hilfspersonal gegangen waren und nur noch die Familie blieb, stieg Anna die Treppe zu ihrem Zimmer empor. »Ich muß aus diesem Aufputz raus.«

»Ich helfe dir«, erbot sich Iris. »Es war eigentlich doch eine schöne Hochzeit, findest du nicht auch? Ich fürchtete, es würde so ein Hippiefest werden . . . Ach, schon wieder dieser gräßliche Hund!« Albert hatte die Tür aufgestoßen und begrüßte Anna mit feuchter Nase und nassem Schnauzhaar.

»Schau dir dein Kleid an!«

»Ich kann es in die Reinigung geben, das wäre die geringste meiner Sorgen. Aber ich sorge mich um Albert. Er könnte mich überleben, und du magst keine Hunde.«

»Mutter, du bist so makaber!«

Jetzt hatte man es ihr schon zum zweitenmal gesagt, und sie fühlte sich durchaus nicht makaber. Will denn niemand den Tatsachen ins Auge sehen?

»Ich denke, Laura und Robby würden ihn gerne nehmen. Platz hätten sie ja genug . . . Ich werde ihnen schreiben und sie fragen.«

»Gestatte ihnen bitte, ihre Flitterwochen zu genießen, bevor du ihnen über deinen Tod schreibst. Gib mir deine Ansteckblume, damit ich sie ins Wasser stelle.«

Scheußliche Dinger, diese Orchideen. Ich liebe fröhliche, frische Blumen wie Astern oder Narzissen – fast alles, nur keine Orchideen! Joseph schenkte mir immer welche, und es schien ihm Freude zu machen. Ich habe ihm nie gesagt, daß sie mich an Schlangen erinnern.

»Und jetzt gib mir die Halskette. Ich lege sie einstweilen in diese Schachtel, und morgen früh schließe ich alles in den Safe. Was ist denn das?«

»Das ist nicht meine Juwelenschachtel.« Anna war verlegen. Es war eine buntbemalte alte Blechschachtel, die früher einmal Konfekt enthalten hatte und in der sie jetzt die letzten Locken ihres langen roten Haars aufbewahrte.

Iris nahm es heraus, eine glänzende Spirale, die ihr, als sie sich löste, fast bis an die Knie hing. »Mama, wie prächtig! Einfach phantastisch! Ich hatte ganz vergessen, wie schön . . .«

»Das ist lange her.«

»Mir scheint es gar nicht so lange. Ich erinnere mich, daß du auf meiner Hochzeit ein rosa Kleid trugst. Du hast gern Rosa getragen, weil es so raffiniert gut zu deinem Haar paßte. Du warst wieder einmal die Schönste. Niemand hat mich angeschaut, und alle Blicke waren nur auf dich gerichtet.«

»Iris, ich muß schon sagen, manchmal redest du den größten Quatsch. Du warst eine schöne Braut, und damit basta!« erwiderte Anna etwas barsch.

Iris' Augen wurden feucht. Meine Tochter schaut mich an, und ich sehe so genau, was sie denkt, als ob ihre Stirn durchsichtig wäre. Sie erinnert sich an Kindheit und Mutterschaft, und sie wirft sich vor, Joseph mehr als mich geliebt zu haben. Ich strecke meine Hand aus, sie legt ihre Hand in die meine, aber irgendwie ist es ihr nicht wohl bei der Berührung. Das ist schon immer so gewesen, und ich weiß nicht, warum. Sie kann nichts dafür, es gehört zu ihrem Wesen, genauso wie ihre Liebe für Theo.

Janet klopfte an die offene Tür. »Darf ich hereinkommen? Ich wollte dir nur noch einmal das Baby bringen.«

Sie legte es in Annas Schoß. Anna streckte den Finger aus, und die kleine Hand faßte ihn fest. Es hatte die Augen geschlossen, sah so zart und zerbrechlich aus. Oh, noch einmal jung sein, ein solches Ding in die Welt setzen!

Plötzliche Panik stieg in ihr auf. Irgendwo in ihrem Kopf war eine völlige Leere. Sie konnte sich nicht erinnern, ob dieses Kind, Jimmys Kind, ein Junge oder ein Mädchen war. Sie war entsetzt und fühlte sich beschämt . . . Ich kann sie doch nicht fragen, denn dann werden sie glauben, ich sei senil, und das bin ich Gott sei Dank noch nicht, wenn ich auch weiß, daß meine Arterien verkalken werden. Schade, denn sonst sehe ich die Dinge in einem klareren Licht als je zuvor.

»Ist das Baby nicht zu dünn?« Sie zog behutsam die Decke fort. Ein rosa Hemdchen. Aha, ein Mädchen. Natürlich. Meine Urenkeltochter.

»Die Ärzte sind gegen fette Babys, Mama, das weißt du doch.«

Rebecca ist der Name. Rebecca Ruth, nach Janets beiden Großmüttern. Zu schade, daß Ruth es nicht mehr erlebt hat. Ist es nicht komisch, daß Ruth und ich jetzt die Urgroßmütter des gleichen Kindes sind? Ein guter Name. Ich bin froh, daß sie ihr nicht so einen albernen Namen gegeben haben, wie es heutzutage üblich ist – Judy mit einem I oder Gloria mit einem Y, ohne ersichtlichen Grund. Rebecca Ruth, du bist gerade angekommen, und ich stehe kurz vor der Abreise. Die Zwischenzeit wird höchstens ein paar Jahre dauern. Ich möchte wenigstens noch so lange leben, daß du mich ein bißchen in Erinnerung behältst. Ist das nicht eitel von mir?

Aber ich bin das Verbindungsglied, die einzige heute abend in diesem Hause, die sie alle zusammenhält, Rainaldo und Raimundo, Philip und Steve . . . Ich blicke auf meine Hand. Ist es wahr, daß einige meiner Körperzellen die gleichen sind wie die dieses Babys? Ich wollte, ich wüßte mehr über Biologie. Ich wollte, ich wüßte über alles ein bißchen mehr. Wenn ich bedenke, was Rebecca Ruth alles einmal wissen und sehen wird! Dinge, die ich mir nicht vorstellen kann. Meine Mutter stand an der Tür unseres Hauses und redete von den wunderbaren Zeiten, da jede Frau vielleicht einmal die Möglichkeit haben würde, lesen und schreiben zu können.

Aber eine der alten Wahrheiten ist immer noch geblieben. Ich sagte zu Theo, daß es ein Band gäbe, das uns alle zusammenhält, ich sagte es, um ihn zu trösten, aber ich meinte es auch. Wäre es nicht da, so hätte nichts mehr einen Wert, und ich weiß, daß *das* nicht sein kann. Es ist die Lebenslinie der Familie, und wenn wir uns daran halten können, erziehen wir unsere Kinder zu guten Menschen, und die Welt wird besser sein. In diesen verwirrten Zeiten mag das ein wenig zu einfach klingen, aber sind die wahrsten Dinge nicht immer einfach?

Oh, ich möchte ein bißchen länger bleiben, um zu sehen, was Philip mit seiner Begabung erreicht, um auf Iris aufzupassen (obgleich sie das bestimmt nicht mehr braucht). Wie kann ich sterben und sie alle zurücklassen? Ich mache mir solche Sorgen! Du dummes Ding bildest dir ein, sie könnten ohne dich nicht auskommen? Anna, die Unentbehrliche!

Das Baby strampelte und runzelte das rosige Gesichtchen. »Ich nehme sie«, sagte Janet. »Zeit für die Flasche.«

Anna hatte eine Idee. »Ich hätte gern ein Bild von uns beiden. Es wäre eine schöne Erinnerung für sie. Nicht viele Leute wissen, wie ihre Urgroßmutter ausgesehen hat. Ich habe mich mein ganzes Leben lang gefragt, was für Menschen meine Vorfahren waren, und ich habe es nie herausfinden können. Bilder gab es da bestimmt nicht.«

»Wir werden morgen vormittag einen Fotografen kommen lassen«, erklärte Iris. »Er kann Aufnahmen von den Jungens aus Mexiko machen – ich kann mir nie die Namen merken – und von der ganzen Familie. Hier kommt Philip. Du hast wunderbar gespielt, Liebling.«

»Nana«, sagte Philip, »ich habe das Tonbandgerät mitgebracht. Hoffentlich hast du es nicht vergessen. Nana und ich«, erklärte er Janet, »werden die Geschichte ihres Lebens für die Nachwelt aufzeichnen. Es war meine Idee. Weil Nana immer so viel von Familien erzählt und von Leuten, die ihre Vorfahren kennen sollten, und von all dem Zeug.«

Anna schlug die Hände zusammen. »Ich weiß nicht, was

ich sagen soll! Meine Existenz war doch weiß Gott kein Heldenleben.«

»Nana! Du willst doch nicht etwa kneifen?«

Sie fühlte sich plötzlich sehr, sehr müde. Aber er schaute so enttäuscht drein! Er hat die blassen Augen meines Vaters und die gleichen schwerfälligen Bewegungen. Kann er denn überhaupt verstehen, wie das Leben für seinen Urgroßvater, den Schuster und Sattler, war? Für ihn ist es nur noch eine malerische und rührende Geschichte. Für ihn ist mein Vater wirklich tot, wie wir es alle einmal sind, wenn der letzte Mensch, der unsere Gesichter gesehen und unsere Stimmen gehört hat, gestorben ist. Von dem Leben, das einmal war, retten wir höchstens ein kleines bißchen.

»Nein«, sagte sie. »Ich kneife nicht.«

»Fein!« Er hantierte an seinem Gerät. »Setz dich bequem hin, Nana, und erzähle alles von Anfang an.«

Von Anfang an? Manchmal war der Beginn so verschwommen und fern, daß sie glaubte, es sei gar nicht so gewesen. Dann wieder war er wie der heutige Morgen, so nahe, daß man es berühren, fühlen und riechen konnte. Die weiche, dunstige, duftende Luft Europas. Die spritzige amerikanische Luft. Schönes Amerika, wunderbarer, schmerzhafter, großzügiger, schwieriger und wohltuender, als sie es sich als Kind so sehnsuchtsvoll erträumt hatte.

»Erzähl einfach, was dir gerade einfällt – so weit zurück, wie du dich erinnern kannst. Es spielt keine Rolle, was es ist. Du darfst nur nichts auslassen.«

Sie wollte lachen, aber das Gesicht des Jungen war so ernst und beflissen.

»Entspanne dich, Nana. Ich sage dir, wann du anfangen sollst.«

Sie schloß die Augen. Das Lampenlicht schien durch ihre Lider, ließ ein rotes Netz erkennen. Äderchen, wie ein Spitzenmuster. Ja, denke nach. Alles ist leuchtender Wirrwarr, ein Haufen Blumen oder buntes Papier, das der Wind aufwirbelt. Eric, tapfer über den Rasen auf sie zuschreitend, Maury bei der akademischen Feier in Yale, Maury auf dem Küchenfußboden, einen Apfel in der Hand. Iris, schwächlich-zartes Kind, an Josephs Hand. Vogelgezwitscher über Erics Grab. Und Josephs geflüsterte Worte: *Wie schön du bist.*

Ein Durcheinander und ein Flackern weit, weit zurück. Kann ich mich wirklich erinnern, daß meine Mutter einen dunkelblauen Schal mit einem kleinen weißen Muster trug? Ist es möglich, daß ich mich noch an ihre Stimme beim Gebet erinnere, an die für eine Frau ziemlich tiefe Stimme? *Gelobt seist Du, o Herr, König des Himmels und der Erde*, sprach sie in jenem Zimmer der Kindheit, dessen Wärme und Geborgenheit wir unser ganzes Leben lang suchen und nie wiederfinden. Ausdruck und Sinnbild für das Gefühl eines mächtigen Glücks.

»Nana, bist du bereit? Ich schalte das Tonband ein.«

»Da war eine Stadt. Ja, das ist ein guter Anfang.« Die Worte kamen rasch und klar. »Es war am anderen Ende der Welt, und man konnte es kaum eine Stadt nennen; nur eine breite, schlammige Straße, die zum Fluß führte. Vielleicht ist sie noch da, ich weiß es nicht, denn alle meine Leute sind längst nicht mehr. Ein Bretterzaun um das Haus meines Vaters, und in der Küche ein schwarzer eiserner Herd. Rote Blumen auf den Tapeten, und meine Mutter sang.«

Belva Plain

Ullstein

Belva Plain

Ein stummer Schrei, der ungehört verhallt

Roman

Dies ist die Geschichte einer Frau, die in ihrer Ehe mit einem gewalttätigen Mann die Hölle durchlebt und die doch schweigt, bis es zur Katastrophe kommt. Ein brandaktuelles Thema, spannend und sprachlich brillant umgesetzt in einem großen Roman.

Hestia

ISBN 3-89457-067-9